I'm 我識出版社
I'm Publishing.

I'm 我識出版社
I'm Publishing.

考來考去都考這 3,000 單字

包中

1 單字＋KK音標＋字母拼讀法＋例句＝最有效的單字學習法

每個單字均附上實用例句、KK音標與字母拼讀法，讓你不但會背、會讀、會寫也懂得靈活運用。

TOEFL　IELTS　TOEIC　GEPT　學測&指考　公務人員考試

1. admiral [`ædmərəl] 【ad·mi·ral】 n 海軍將領
He dreams of being a respectful admiral all the time in the future.
他總是幻想將來成為一位令人尊敬的海軍將領。

2. admiration [ˌædməˈreʃən] 【ad·mi·ra·tion】 n 欽佩，羨慕
Susan listened to the speaker with rapt admiration.
蘇珊充滿崇拜的聆聽演講者說話。

2 單字錦囊，考試重點大破解

此部分含「考試必考片語」、「考試必勝小秘訣」與「考試必考混淆字」及「考試必考同、反義字」等相關的單字補充，仔細研讀保證穩坐考場常勝軍。

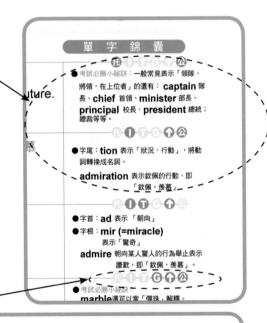

單 字 錦 囊

● 考試必勝小秘訣：一般常見表示「領隊，將領，在上位者」的還有：**captain** 隊長、**chief** 首領、**minister** 部長、**principal** 校長、**president** 總統；總裁等等。

● 字尾：**tion** 表示「狀況，行動」，將動詞轉換成名詞。
admiration 表示欽佩的行動，即「欽佩，羨慕」。

● 字首：**ad** 表示「朝向」
● 字根：**mir (=miracle)** 表示「驚奇」
admire 朝向某人驚人的行為舉止表示讚歎，即「欽佩，羨慕」。

● 考試必勝小秘訣：
marble 還可以當「彈珠，解繩。

3 六大考試出題率燈號標示

獨家依照國內常考英檢考試如：TOEFL, IELTS, NEW TOEIC, GEPT，升學考試與公務人員考試等作單字出題率標示。注意！考試燈號顯示愈多表示愈重要。

托TOEFL　IIELTS　TTOEIC　GGEPT　↑學測&指考　公公務人員考試

4 單字MP3

全書單字由專業外籍教師錄音，聆聽最標準的發音並大聲朗讀，加強聽力與口說能力。

、羨慕　MP3 01-01

...ime in the future.

考試

單 字 錦 囊

● 考試必勝小秘訣：一般常見表示「領隊、將領，在上位者」的還有：**captain** 隊長、**chief** 首領、**minister** 部長、**principal** 校長、**president** 總統、總裁等等。

5 三分鐘速記圖

獨創「必考關鍵字三分鐘速記圖」，強化學習邏輯性。只要三分鐘運用四大記憶法，把前面所背讀過的重點單字做一個全盤的瞭解。幫助考前迅速總複習，把握最後衝刺的機會。

▶ **admire** 必考關鍵字三分鐘速記圖

請利用三分鐘的時間，把前面所記過的單字做一個全盤的瞭解和記憶。

- admire v. 欽佩
  - 首 → admiral n. 海軍將領
  - 首 → admiration n. 欽佩，羨慕
  - 根 → miracle n. 奇蹟
    - 首 → miraculous a. 奇蹟般的
    - 相 → mirror n. 鏡子
    - 同 → marvelous a. 奇妙的
    - 相 → marble n. 大理石
    - 首 → marvel n. 令人驚奇的事物

〔音〕字首、〔根〕字根、〔尾〕字尾記憶法 │〔同〕同義、〔反〕反義記憶法 │〔相〕相似字記憶法 │〔聯〕聯想記憶法

6 字詞大追擊

延伸解釋讀者容易混淆用法的英文近義字，強化讀者英文學習和單字使用準確度。

字詞大追擊 **marvel, miracle, wonder** 這些名詞均含 "奇蹟" 的意思。

1. marvel n 泛指異乎尋常，奇怪而使人好奇。

Niagara Falls is one of the great marvel in the world.
尼加拉瀑布是世界大奇景之一。

2. miracle n 一般指被認為是人力所辦不到的奇異之事。

That bridge was a miracle of engineering.
那座橋是工程學上的一個奇蹟。

從事英語教學工作多年，最常聽學生反應的就是單字總是背不起來，或是背了就忘，相似字一堆，常常不小心就用錯單字或拼錯單字，造成表達和使用上的錯誤。而坊間語言單字書琳瑯滿目，到底怎樣的一本語言單字書才能真正符合考生的需求，並足以應付各類英文考試呢？

另外，我也常看到許多學習者因為學習上一時的挫敗而對英文失去信心與學習興趣，真為他們感到可惜啊！因此能適時、適性提供優質教學素材，幫助莘莘學子在英語學習上達到事半功倍之效，這正是我從事英語教學以來一直希望達到的目標。

以往考生在準備英文考試時總是花費許多時間和精力在背單字上，抱著厚厚的一本英文字典逐頁逐字背誦的更是不在少數，然而這樣的學習方法真的可以幫助考生在考場上游刃有餘嗎？這次應我識出版集團之邀約，籌劃一本能讓考生事半功倍的語言單字書，希望能夠幫助所有考生應付各類英檢考試。

《考來考去都考這3,000單字》一書，內容針對國內六大英文考試——大學升學考試、新多益NEW TOEIC、托福TOEFL、雅思IELTS、全民英檢GEPT、博思Bulats及高普考等公職考試篩選出不常用、不規則、易混淆、超難記，但出題率卻高達80%的基礎關鍵字2,696，再加上同義反義字等相關補充單字，只要背熟這3,000個單字，搭配例句與重點解析，保證每一位考生都是考場常勝軍。

其實，背記英文單字並不難，只要掌握正確有效的記憶學習方法必能

達到最大的學習效果。在《考來考去都考這3,000單字》一書中，獨創「**必考關鍵字三分鐘速記圖**」，以必考關鍵字為基礎，表列「**字首、字根、字尾記憶法**」、「**同義、反義記憶法**」、「**相似字記憶法**」及「**聯想式記憶法**」，運用四大單字記憶法，讓你馬上建立最完整的單字學習概念。此速記圖更適合考生做考前1週迅速總整理！

四大學習記憶法

1. **字首、字根、字尾記憶法**：學會看懂字首、字根、字尾，即使遇到不會的單字也可以猜得出意思。
2. **同義、反義記憶法**：採用正、反向思維模式，加深對同義、反義詞群的理解與運用。
3. **相似字記憶法**：強化區分音韻相同、字型相似等易混淆的單字，避免產生誤用和誤釋的現象。
4. **聯想記憶法**：建立運動記憶模式，利用已知的單字作上下左右向的加字、減字、拆字、中間詞、相關主題詞組等舉一反三的聯想，擴展詞彙量。

　　單字是瞭解另一種新語言或新文化的首要條件之一，正確的學習方法不外乎多聽、多說、反覆的練習運用。姑且不論考試用途，語言學習可以幫助我們拉近與其他國家的距離，透過語言瞭解其國家或民族的文化及生活習慣、增廣見聞、提升世界觀。期望《考來考去都考這3,000單字》一書能夠提升每一位讀者學習興趣，不論是自我學習或是準備考試，都能達到其學習目的。

目錄
Contents

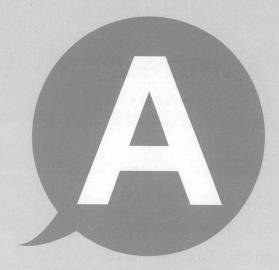

a 形容詞
ad 副詞
aux 助動詞
conj 連接詞
n 名詞
num 數字
prep 介係詞
pron 代名詞
v 動詞
（美）美式用語
（英）英式用語

首 字首記憶法
根 字根記憶法
尾 字尾記憶法
同 同義字記憶法
反 反義字記憶法
相 相似字記憶法
聯 聯想記憶法

托 TOEFL
I IELTS
T TOEIC
G GEPT
↑ 學測&指考
公 公務人員考試

必考關鍵字

 admire Ⓥ 欽佩，羨慕　　⊙MP3 01-01

🅣TOEFL　Ⓘ IELTS　🅣TOEIC　🅖GEPT　⬆學測&指考　🅐公務人員考試

單　字　錦　囊

1. admiral [ˈædmərəl]【ad·miral】ｎ 海軍將領
He dreams of being a respectful admiral in the future all the time.
他總是幻想將來成為一位令人尊敬的海軍將領。

- 考試必勝小祕訣：
  一般常見表示「領隊、將領、在上位者」的還有：**captain** 隊長，**chief** 首領，**minister** 部長，**principal** 校長，**president** 總統、總裁等等。

2. admiration [ˌædməˈreʃən]【ad·mi·ra·tion】ｎ 欽佩，羨慕
Susan listened to the speaker with rapt admiration.
蘇珊充滿崇拜的聆聽演講者說話。

- 字尾：**tion** 表示「狀況，行動」，多置於動詞後面，將動詞轉換成名詞。**admiration** 表示欽佩的行動，即「欽佩，羨慕」。

3. admire [ədˈmaɪr]【ad·mire】Ⓥ 欽佩，羨慕
She admired the young man for his music talent.
她欣賞那位年輕人的音樂天賦。

- 字首：**ad** 表示「朝向」。
- 字根：**mir (=miracle)** 表示「驚奇」，**admire** 朝向某人驚人的行為舉止表示讚歎，即「欽佩，羨慕」。

4. marble [ˈmɑrbl̩]【mar·ble】ｎ 大理石
The fireplace is built with imported artificial marble.
這座壁爐是用進口人造大理石打造的。

- 考試必勝小祕訣：
  marble 還可以當「彈珠」解釋。

5. marvel [ˈmɑrvl̩]【mar·vel】ｎ 令人驚奇的事物，奇妙的事物 Ⓥ 感到驚異
The tourists marveled at the prominent architecture of Taipei 101 in Taiwan.
許多觀光客都對台北101卓越的建築感到讚嘆不已。

- 考試必勝小祕訣：
  marvel at 表示「驚嘆；讚嘆」。

6. marvelous [ˈmɑrvələs]【mar·vel·ous】ａ 奇妙的
My brother has a marvelous collection of limited sneakers.
我哥哥蒐藏了許多了不起的限量版球鞋。

- 字尾：**ous** 表示「充滿…的」，**marvelous** 充滿令人驚奇的事物，即「奇妙的」。

7. miracle [ˈmɪrəkl̩]【mir·a·cle】ｎ 奇蹟
It's a miracle that no one was killed in the car crash.
這場車禍並未造成任何死亡，真是奇蹟。

- **crash** 表示「猛烈撞擊」，**car crash** 表示「車子猛烈撞擊」 = **accident** 即「車禍」的意思。一般飛機失事也常用「**crash**」來表示。

8. miraculous [mɪˈrækjələs]【mi·rac·u·lous】ａ 奇蹟般的
Some people believe that the pyramids are credited with miraculous power.
有些人相信古埃及金字塔具有某種神祕的力量。

- 字根：**mirac = miracle** 表示「奇蹟」。字尾：**ous** 表示「充滿…的」形容詞。**miraculous** 充滿奇蹟的，即「奇蹟的」。
- 考試必考片語：**be credited with** 表示「具有，擁有」。

9. mirror [ˈmɪrə]【mir·ror】ｎ 鏡子
She looked at her face reflected in the mirror.
她看著鏡子中自己的臉。

- 考試必考混淆字：
  mirror, miracle, marble 為考試常出現的相似字，容易混淆。

> | **admire** 必考關鍵字三分鐘速記圖

請利用三分鐘的時間，把前面所記過的單字做一個全盤的瞭解和記憶。

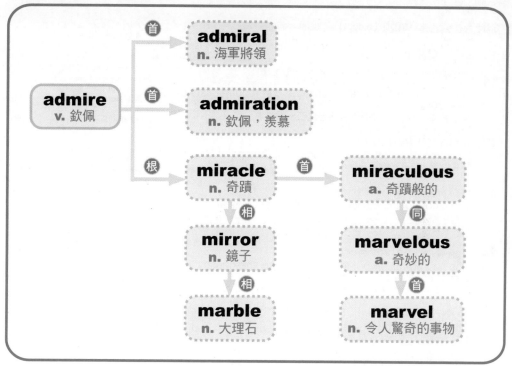

首 字首、根 字根、尾 字尾記憶法｜同 同義、反 反義記憶法｜相 相似字記憶法｜聯 聯想記憶法

字詞
大追擊　**marvel, miracle, wonder** 這些名詞均含 "奇蹟" 的意思。

1. marvel n 泛指異乎尋常，奇怪而使人好奇。
Niagara Falls is one of the great marvels in the world.
尼加拉瀑布是世界大奇景之一。

2. miracle n 一般指被認為是人力所辦不到的奇異之事。
That bridge was a miracle of engineering.
那座橋是工程學上的一個奇蹟。

3. wonder n 通常指使人驚奇的事蹟、人物或景觀，主要指人創造的奇蹟。
The Great Wall is one of the wonders of the world.
長城是世界奇觀之一。

必考關鍵字

adopt Ⅴ 採用，收養

MP3 01-02

🏰TOEFL ①IELTS ①TOEIC ⓖGEPT ⬆學測&指考 ⓐ公務人員考試

單 字 錦 囊

10. adopt [ə`dɑpt]【a·dopt】**Ⅴ**採用，收養
The director married his adopted daughter.
那位導演娶了自己的養女。

• adopt, adapt 為考試必考混淆字，adapt表示「適應、改寫」。

11. adoption [ə`dɑpʃən]【adop·tion】**Ⅱ**採用，收養
The adoption of this new technique can reduce costs by at least 30%.
採用這項新科技可以降低至少百分之三十的成本。

• 字首：ad 表示「朝向」，
字根：opt 表示「選擇」，
字尾：tion 表示「狀況、行動」，多置於動詞後面，將動詞轉換成名詞。
adoption 朝向選擇的狀況，即「採用」

12. opt [ɑpt]【opt】**Ⅴ**選擇
Mr. Chen opted for early retirement at the age of 50.
陳先生選擇在五十歲那年提早退休。

• 考試必考混淆字：
opt, apt 為考試必考混淆字，apt表示「有…傾向的」。

13. optical [`ɑptɪkḷ]【op·tic·al】**ə**視力的，光學的
The laboratory is equipped with the latest optical microscope.
這間實驗室配備有最先進的光學顯微鏡。

• 注意！**optical** 不是由option衍生出來的字，**option** 所衍生出來的形容詞應為**optional**。

14. option [`ɑpʃən]【op·tion】**Ⅱ**選擇
She had no option but to marry the one she doesn't love in order to satisfy her parents.
為了讓父母高興，她別無選擇只好嫁給一個她不愛的人。

• 考試必考片語：
have no / little option 表示「別無選擇」，
a soft option 表示「容易及格的課程」。

15. optional [`ɑpʃnḷ]【op·tion·al】**ə**可選擇的，非強制的
Attendance at this course is optional.
這門課程可以選擇任意參加。

• 字尾：al 表示「屬於…的、與…有關的」，加在名詞之後變形容詞。
optional 與選擇有關係的，即「可選擇的」。

adopt 必考關鍵字三分鐘速記圖

請利用三分鐘的時間，把前面所記過的單字做一個全盤的瞭解和記憶。

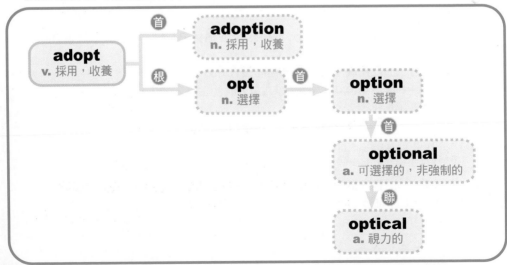

首字首、根字根、尾字尾記憶法｜同同義、反反義記憶法｜相相似字記憶法｜聯聯想記憶法

> | afraid a 害怕的，擔心的 (MP3)01-03

托TOEFL I IELTS T TOEIC G GEPT ↑學測&指考 ⚖公務人員考試

| 單 字 錦 囊 |

16. afraid [əˋfred]【a·fraid】 a 害怕的，擔心的
Ted is afraid of no one except for his mother.
除了他媽媽以外，泰德誰都不怕。

托 I T G ↑ ⚖
- 字首：af 朝向；字根：raid 驚駭 afraid 朝向駭的地方，即「害怕的、擔心的」，
- **afraid of one's own shadow** 表示「草木皆兵」。

17. after [ˋæftɚ]【af·ter】 prep 在…之後，向後
After I retire, I'm going to locate in Hawaii.
我退休後打算在夏威夷定居。

托 I T G ↑ ⚖
- 背了 afraid 再背記一個以「af」開頭的單字，即 after。

18. afterwards [ˋæftɚwɚdz]【af·ter·wards】 ad 後來，以後
Her illness was a blessing in disguise, because she afterwards married the doctor.
那場生病對她來說是因禍得福，因為後來她跟她的醫生結婚了。

托 I T G ↑ ⚖
- 字尾：ward 表示方向 **afterwards=afterward** 往後面的方向，即「後來，以後」。

19. fright [fraɪt]【fright】 n 恐怖，驚駭，吃驚
The mysterious noise at night gave her a terrible fright.
半夜傳來的莫名噪音讓她嚇得半死。

托 I T G ↑ ⚖
- 考試必考混淆字：**fright, flight** 在口說、拼讀上都是容易造成混淆的字。**flight** 表示「飛行、飛機班次」。

20. frighten [ˋfraɪtn̩]【fright·en】 v 使驚恐
A sudden scream frightened the sleeping baby.
突然的尖叫聲嚇壞了正在熟睡的小嬰兒。

托 I T G ↑ ⚖
- 考試必考混淆字：名詞字尾加上 **en**，可以變動詞。

21. frightened [ˋfraɪtn̩d]【fright·end】 a 驚恐的，恐懼的
Carrie was frightened to look down from the top of the Taipei 101.
凱莉害怕從台北101大樓頂端往下看感到害怕。

托 I T G ↑ ⚖
- 考試必考片語：**frightened to death** 表示「嚇得要死」。

22. raid [red]【raid】 v n 襲擊
The team made a raid on the house looking for hard evidence.
小隊突襲房子為了搜索有利證據。

托 I T G ↑ ⚖
- **air-raid** 空襲的
- **anti-air-raid maneuver** 防空演習
- **a cross-board raid** 越界突擊

> afraid 必考關鍵字三分鐘速記圖

請利用三分鐘的時間，把前面所記過的單字做一個全盤的瞭解和記憶。

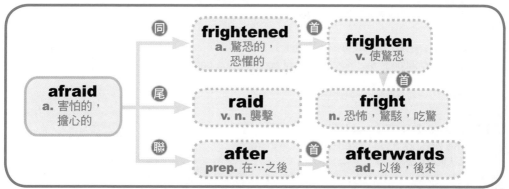

首 字首、根 字根、尾 字尾記憶法｜同 同義、反 反義記憶法｜相 相似字記憶法｜聯 聯想記憶法 **011**

必考關鍵字

 age n 年齡

🅣TOEFL ⒤IELTS 🅣TOEIC 🅖GEPT ⬆學測&指考 🅐公務人員考試

23. age [edʒ] 【age】 n 年齡
She published her first novel at the age of 16.
她在十六歲那年出版她的第一本小說。

- 考試必考片語：
  at the age of 表示「在…歲」。

24. aged [ˋedʒɪd] 【ag·ed】 a 年老的，（味道等）醇厚
He visits his aged grandparents after work on Fridays.
他每星期五下班後都會去探望年邁的祖父母。

- 考試必考片語：
  old, elder, grey-haired, white-haired, 都可以表示「年老的」。

25. agree [əˋgri] 【a·gree】 v 同意
Professor White agreed to give his last lecture in our class.
懷特教授同意到我們班上發表他的最後一次演說。

- 考試必考片語：
  agree with 表示「同意」。
  考試必考反義字：
  disagree 表示「不同意」。

26. disgrace [dɪsˋgres] 【dis·grace】 n 丟臉 v 使丟臉
His affair scandal is a huge disgrace to the whole family.
他的外遇醜聞使整個家族蒙羞。

- 考試必考片語：
  in disgrace: 丟臉

27. grace [gres] 【grace】 n 優美，仁慈
The lady moved with grace.
女士優雅的移動步伐。

- 考試必考小祕訣：
  Grace （對公爵、公爵夫人或大主教的尊稱）閣下。

28. graceful [ˋgresfəl] 【grace·ful】 a 優美的，文雅的；得體的
I don't think the girl is graceful enough to be a dancer.
我覺得那女孩的動作不夠優雅，不適合跳舞。

- 字尾：**ful** 表示「充滿…的」。

29. gracious [ˋgreʃəs] 【gra·cious】 a 親切的，有禮貌的，仁慈的
Miss Daisy is the most gracious teacher I've ever known.
黛西小姐是我所遇過最和藹可親的老師。

- 考試必考小祕訣：
  Good gracious. 天呀！
  （用來表示驚訝）。

30. teenager [ˋtinˏedʒɚ] 【teen·ag·er】 n 青少年
Communication is the most important aspect when parenting a teenager.
輔導青少年時最重要的一點就是溝通。

- 考試必考小祕訣：
  teenager 一般指13-19歲的青少年，**teenybopper** 一般指9-14歲時髦的青少年（尤指女孩）。

31. wage [wedʒ] 【wage】 n 工資 v 開展，進行
The workers have asked for a wage increase.
工人們要求提高工資。

- 考試必考同義字：
  salary 表示「薪資」。

▷ age 必考關鍵字三分鐘速記圖

請利用三分鐘的時間，把前面所記過的單字做一個全盤的瞭解和記憶。

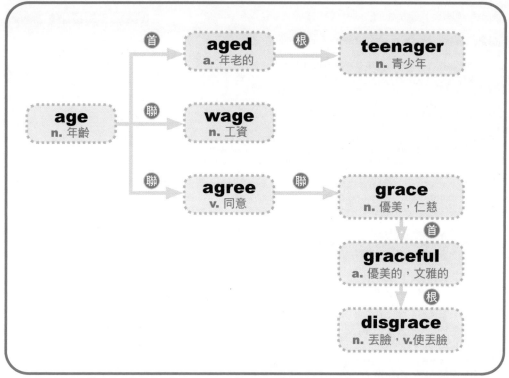

首字首、根字根、尾字尾記憶法｜同同義、反反義記憶法｜相相似字記憶法｜聯聯想記憶法

字詞大追擊

shame, disgrace, dishonour
這些名詞均含"丟臉，羞愧"之意。

1. shame n 多指因非法婚姻、私生、賣國或犯法等而丟失臉面或敗壞名聲，使

他人認為"丟臉"、"可恥"。

She felt great shame at having failed the exam.
她因考試不及格而感到極其羞愧。

2. disgrace n 常指失去他人的尊敬和稱讚而使自己感受到的丟臉、恥辱。

The dirty classrooms are a disgrace to the school.
骯髒的教室是學校的恥辱。

必考關鍵字

air n 空氣

⊕TOEFL ❶IELTS ❶TOEIC ⓖGEPT ↑學測&指考 Ⓩ公務人員考試

| 單 字 錦 囊 |

32. aeroplane [ˈɛrəˌplen]【aer·o·plane】n （英）飛機
He has dreamed of driving an aeroplane since he was a kid.
駕駛飛機是他從小孩子到現在的夢想。

- 考試必勝小祕訣：
a passenger aeroplane 客機

33. aerial [ˈɛrɪəl]【ae·ri·al】a 飛機的 n 無線電
My father has worked for British Aerial Transport Company
for 30 years. 我父親已經在英國空運公司工作三十年了。

- 考試必勝小祕訣：
an aerial battle 空戰

34. air [ɛr]【air】n 空氣 v 把…晾乾，廣播，播放
The onlookers moved back to give the injured woman some
fresh air. 圍觀者向後退開，好給受傷的婦女一些新鮮空氣。

- 考試必考片語：
on / off the air 表示「正在廣播 / 停止廣播」。

35. air-conditioning [ˈɛrkənˌdɪʃənɪŋ]【air·con·di·tion·ing】n 空調
Feeling cold, he turned off the air-conditioning.
他覺得很冷，於是將冷氣關掉。

- 考試必考片語：
turn on / off 表示「開 / 關」，常用於電器用品上的開與關。

36. airplane [ˈɛrˌplen]【air·plane】n （美）飛機
He managed to land the air-plane smoothly at his first try.
他第一次開飛機就能平穩的降落。

- 考試必勝小祕訣：
主題相關詞彙：**airport** 表示「飛機場」，**crew** 表示「全體機務人員」。

37. aircraft [ˈɛrˌkræft]【air·craft】n 航空器，飛機
The speed of the new aircraft is very high. 新飛機的速度很快。

- 考試必勝小祕訣：
a jet aircraft 噴氣式飛機

38. airline [ˈɛrlen]【air·line】n 航線，航空公司
There are two airlines offering flights from New York to Paris.
紐約飛往巴黎班機的航空公司有兩家。

- 考試必勝小祕訣：
book an airline ticket 表示「訂飛機票」。

39. aviation [ˌevɪˈeʃən]【avi·a·tion】n 飛行，航空學
Some people think aviation industry should pay for its
pollution. 有人認為航空產業應該為它所造成的汙染付出代價。

- 字首：**tion** 表示「行為」；「狀態」。

▶ air 必考關鍵字三分鐘速記圖

請利用三分鐘的時間，把前面所記過的單字做一個全盤的瞭解和記憶。

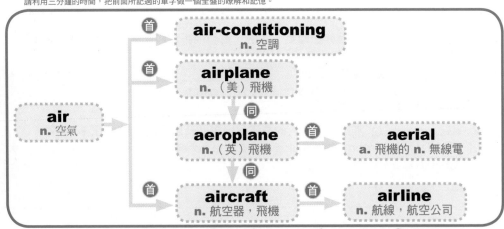

首字首、根字根、尾字尾記憶法 | 同同義、反反義記憶法 | 相相似字記憶法 | 聯聯想記憶法

必考關鍵字

alcohol ⋒ 酒精

MP3 01-06

🔵TOEFL　🅸IELTS　🆃TOEIC　🅶GEPT　⬆學測&指考　㊕公務人員考試

單字錦囊

---

40. alcohol [ˋælkəˌhɔl]【al·co·hol】⋒酒精

A breath alcohol test is to estimate your blood alcohol concentration.

呼氣式酒測是為了測量你血液裡的酒精濃度。

- 考試必考片語：
alcohol abuse 表示「酗酒」。

---

41. alcoholic [ˌælkəˋhɔlɪk]【al·co·hol·ic】🅰含酒精的
⋒酗酒者

He goes to the bar every weekend but never orders alcoholic drinks.

他每個週末都會上酒吧，卻從來不點含酒精的飲料。

- 字尾：ic表示「屬於…的、與…有關的」，**alcoholic** 與酒精有關的，即「含酒精的」。
- 考試必考同義字：
drunkard 表示「酒鬼」（含貶意）

---

42. allocate [ˋæləˌket]【al·lo·cate】🆅分配，撥出

During the war, all important resources were allocated by the government.

戰爭期間，所有重要資源都由政府分配。

- 字首：al表示「全部」，字根：locate表示「找到…的位置」，**allocate** 全部的東西都找到位置，即「分配」。

---

43. balcony [ˋbælkənɪ]【bal·co·ny】⋒陽臺；（戲院的）樓廳

I'll rent the room with a balcony.

我會租那間有陽臺的房間。

- 考試必考同義字：
terrace 表示「陽臺，戲院的樓廳」。

---

44. local [ˋlokl]【lo·cal】🅰地方的 ⋒居民

He prepared some local delicacies for his guests.

他為客人準備了一些當地佳餚。

- 考試必考小祕訣：
the local government 當地政府，
locality n.（比較正式）地區、地點。

---

45. locate [loˋket]【lo·cate】🆅找到…的位置

His house is located around the corner from the church.

他家就位於教堂轉角那邊。

- 考試必考小祕訣：
locate + 字尾ion 即**location** n. 表示「地點，場所；電影的外景拍攝地」。

---

46. locomotive [ˌlokəˋmotɪv]【lo·co·mo·tive】⋒機車，（美）火車頭；🅰與運動有關的

The steam locomotives are no longer in use toady.

今日已沒人在使用蒸氣火車了。

- 考試必考小祕訣：
locomotive power 表示「運動力」。

▶ | **alcohol** 必考關鍵字三分鐘速記圖

請利用三分鐘的時間，把前面所記過的單字做一個全盤的瞭解和記憶。

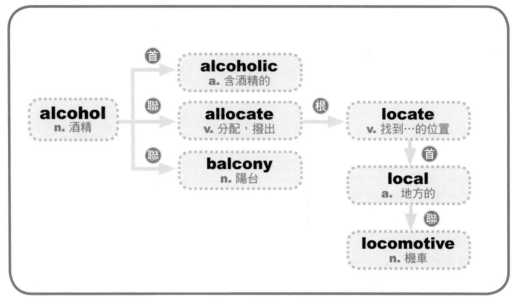

📱字首、📱字根、📱字尾記憶法 | 📱同義、📱反義記憶法 | 📱相似字記憶法 | 📱聯想記憶法

字詞 大追擊 **assign, distribute, divide, allocate**
這些動詞均含"分配，分發"之意。

1. assign Ⅴ 指按照某種原則進行的硬性分配，也不一定是很公平的。
Each overseas teacher was assigned a flat.
每位外籍教師都分配到一套房間。

2. distribute Ⅴ 通常指以整體或定量分為若干份來分配。
They had distributed the lands among the peasants.
他們把土地分給農民。

3. divide Ⅴ 普通用詞，將某物分成若干份分配給他人，當某物一分為二時，含平均分配之意。
The teacher divided our class into four groups.
老師把我們班分成四個小組。

4. allocate Ⅴ 主要指金錢、財產、權力或領土等的分配，著重分配的比例和專門
用途。

必考關鍵字

 allow Ⅴ 同意，承認　　(MP3) 01-03

🅣TOEFL　🅘IELTS　🅣TOEIC　🅖GEPT　⬆學測&指考　㊤公務人員考試　　　單　字　錦　囊

---

47. alien [`eliən] 【alien】 🅐外國的，性質全然不同的 🅝外星人
He adjusted to an alien culture soon.
他很快就適應了異國文化。

• 字首：**al**表示「不同的，其他的」。

---

48. alienate [`eliən͵et] 【alien·ate】 Ⅴ使疏遠，離開
His policy alienated many of his followers.
他的政策使得許多擁護他的人都疏遠他。

• 字尾：**ate**表示「行動」。
alienate 與其他不相容的行動，即「疏遠，離開」。
• 考試必考片語：
alienate from 表示「離開」。

---

49. allow [ə`laʊ] 【al·low】 Ⅴ同意，承認
Passengers are not allowed to smoke.
乘客禁止（＝不允許）吸煙。

• 考試必考片語：
allow for考慮
• 考試必考反義字：
disallow 表示「不同意」。

---

50. allowance [ə`laʊəns] 【al·low·ance】 🅝 津貼，考慮
The housing allowance program will provide a short-term allowance of up to $10,000 per month.
這項房屋津貼計畫預計將提供每月高達一萬元的短期津貼。

• 字尾：**ance**表示「一項行動」，把動詞轉換成名詞，**allowance**在進行同意的一項行為，即「考慮」。

---

51. alter [`ɔltɚ] 【al·ter】 Ⅴ改變，變更
Since I've made up my mind, nothing can alter my will.
既然我已經下定決心了，就沒有任何事情可以改變我的想法。

• 字根：**alte**表示「其他的；改變」
• **alternate** adj. 輪流的；**alternative** adj. 兩者擇一的；**alternation** n. 改變，變更。

---

52. swallow [`swɑlo] 【swal·low】 🅝燕子 Ⅴ吞嚥
He swallowed his anger and said nothing.
他吞下怒氣，不發一語。

• 考試必勝小祕訣：
在**allow**前面加上「**sw**」變成"**swallow**"，多背記一個新單字。

---

allow 必考關鍵字三分鐘速記圖

請利用三分鐘的時間，把前面所記過的單字做一個全盤的瞭解和記憶。

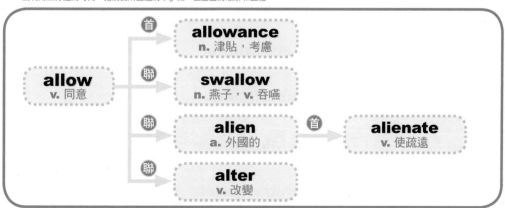

🗐字首、🗐字根、🗐字尾記憶法｜🗐同義、🗐反義記憶法｜🗐相似字記憶法｜🗐聯想記憶法

必考關鍵字

 ambition n 野心，雄心

⚞TOEFL ❶IELTS ⚞TOEIC ⚞GEPT ❶學測&指考 ⚞公務人員考試

單 字 錦 囊
⚞❶⚞⚞❶⚞

53. **ambassador** [æm`bæsədɚ]【am·bas·sa·dor】
n 大使，使節
He was appointed ambassador to the United States.
他被任命為駐美大使。

• 考試必考片語：
be appointed as / to 表示「任命，指派」。

⚞❶⚞⚞❶⚞

54. **ambiguous** [æm`bɪgjuəs]【am·big·u·ous】a 模稜兩可的，一語雙關的
The public got angry at the politician's ambiguous respond.
民眾對於該位政客模稜兩可的回應感到生氣。

• 字首：**ambi**表示「一分為二，兩種含義的」。

⚞❶⚞⚞❶⚞

55. **ambition** [æm`bɪʃən]【am·bi·tion】n 野心，雄心
In his youth he had the ambition of being a scientist.
他年輕時曾擁有當科學家的野心。

• 考試必勝小祕訣：
lack ambition 表示「胸無大志」。

⚞❶⚞⚞❶⚞

56. **ambitious** [æm`bɪʃəs]【am·bi·tious】a 有抱負的，有野心的
An ambitious man usually works hard.
一位野心勃勃的男人通常都會努力工作。

• 考試必考片語：
be ambitious for / of 表示「對…有野心的」。

⚞❶⚞⚞❶⚞

57. **ambulance** [`æmbjələns]【am·bu·lance】n 救護車
By the time the ambulance arrived, the injured man had passed out. 等救護車抵達時，傷患早已意識昏迷。

• 字首：**ambul**表示「行走，走動」
ambul+ance（表示名詞字尾），即「救護車」。
ambulance chaster 表示「想乘他人之危而謀利的人」。

⚞❶⚞⚞❶⚞

58. **embassy** [`ɛmbəsɪ]【em·bas·sy】n 大使館
He works at the American embassy in London.
他在倫敦的美國駐英大使館裡工作。

• 考試必勝小祕訣：
常用大寫，例：**the American Embasy in Nairobi** 美國駐肯亞奈洛比大使館。

ambition 必考關鍵字三分鐘速記圖

請利用三分鐘的時間，把前面所記過的單字做一個全盤的瞭解和記憶。

首字首、根字根、尾字尾記憶法 ｜同同義、反反義記憶法 ｜相相似字記憶法 ｜聯聯想記憶法

必考關鍵字

among prep 在…之中

🅣TOEFL 🅘IELTS 🅣TOEIC 🅖GEPT 🅐學測&指考 🅐公務人員考試

🅣🅘🅣🅖🅐

59. among [ə`mʌŋ]【a·mong】 **prep** 在…之中
The school is built among the trees.
校舍就蓋在樹叢環繞之中。

- 考試必勝小祕訣：
between 強調「在兩個之中」，
among 強調「在三個（或眾多）以上之中」。

🅣🅘🅣🅖🅐🅐

60. amongst [ə`mʌŋst]【a·mongst】 **prep** 在…之中
The kid was only one amongst many who needed help.
那小孩只是眾多需要幫助者之一。

- 考試必勝小祕訣：
amongst=among

🅣🅘🅣🅖🅐🅐

61. mingle [`mɪŋg!]【min·gle】 **v** 混合
The robber mingled with the crowd to get rid of the police.
搶匪混入人群當中好甩開警察。

- 與**mix**同意，均有「混合」的意思
- 考試必考片語：
mingle with 表示「混入，往來」

🅣🅘🅣🅖🅐🅐

62. mix [mɪks]【mix】 **v** 混合
Oil does not mix with water.
油和水不相融。

- 考試必考片語：
mix with 表示「攪和」、**mix in** 表示
「把（某物）滲入」。

🅣🅘🅣🅖🅐🅐

63. mixture [`mɪkstʃɚ]【mix·ture】 **n** 混合物
The day was a mixture of sun and clouds.
今日是陰晴交錯的天氣。

- 字尾：**ure**把動詞轉換成名詞，表示「一項行動」。
- **the mixture as before**（含貶意）
表示「換湯不換藥」。

among 必考關鍵字三分鐘速記圖

請利用三分鐘的時間，把前面所記過的單字做一個全盤的瞭解和記憶。

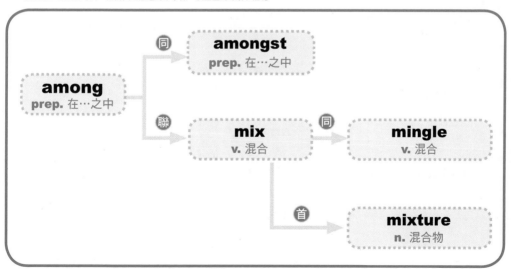

🎯字首、🎯字根、🎯字尾記憶法｜同同義、反反義記憶法｜相相似字記憶法｜聯聯想記憶法

必考關鍵字

 anger n 憤怒，生氣 v 使發怒 MP3 01-04

托TOEFL　I IELTS　T TOEIC　G GEPT　↑學測&指考　公公務人員考試

單 字 錦 囊

托 I T G ↑ 公

64. anger [ˈæŋgɚ]【an·ger】 n 憤怒，生氣；v 使發怒
A sudden impulse of anger arose in her.
她心中突然感到一陣憤怒。

・考試必考同義字：
annoyance 表示「煩惱，惱怒」（**anger**的憤怒程度較大）。

托 I T G ↑ 公

65. angry [ˈæŋgrɪ]【an·gry】 a 生氣的，憤怒的
He got angry at his rude neighbor.
他對那位沒有禮貌的鄰居感到生氣。

・字尾：y把名詞轉換成形容詞，表示「有…的性質，充滿…的」。
angry 有生氣的性質，即「生氣的，狂怒的」。

托 I T G ↑ 公

66. anguish [ˈæŋgwɪʃ]【an·guish】 n 痛苦
Cyndi was in anguish over her missing dog.
辛蒂因為愛犬失蹤而感到痛苦。

・考試必勝小祕訣：
pain 表示「痛苦」，多指身體部分的疼痛；**anguish** 尤指精神上的痛苦。

托 I T G ↑ 公

67. anxiety [æŋˈzaɪətɪ]【anx·i·ety】 n 焦慮
They waited with great anxiety for more kinsfolk rescued from the disater.
他們憂心忡忡地等待著更多親屬從災難中獲救出來。

・考試必勝小祕訣：
介係詞＋名詞＝副詞，例：**with anxiety=anxiously** 表示「焦慮地，擔心地」。

托 I T G ↑ 公

68. anxious [ˈæŋkʃəs]【anx·ious】 a 焦慮的
He felt anxious when knowing his ex-girlfriend was getting married.
當他得知前女友要結婚的消息時，不免感到焦慮不安。

・字尾：ious把名詞轉換成形容詞，表示「充滿…的」。
anixious 充滿焦慮，即「焦慮的」。

> **anger** 必考關鍵字三分鐘速記圖

請利用三分鐘的時間，把前面所記過的單字做一個全盤的瞭解和記憶。

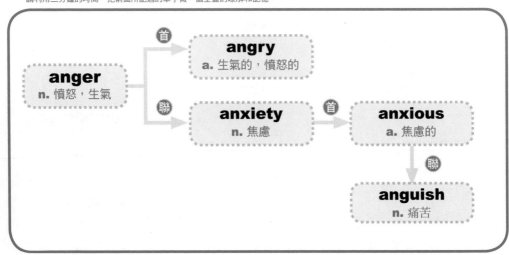

首字首、根字根、尾字尾記憶法｜同同義、反反義記憶法｜相相似字記憶法｜聯聯想記憶法

angle n 角度　(MP3) 01-11

單　字　錦　囊

69. angel [ˋendʒḷ]【an·gel】n 天使
She looks like an angel when she smiles.
她笑起來時就像天使一樣。

- 考試必考混淆字：
angle與angel的組合字母排序相近，但字義大不相同。
- 常用來當女子英文名「安琪兒」，表示仁慈而美麗的人。

70. angle [ˋæŋgḷ]【an·gle】n 角度 v 按照某角度轉動或移動
The building looks impressive from any angle.
這棟建築物無論從什麼角度看都讓人驚艷。

- 考試必勝小祕訣：
相關詞彙 obtuse angle表示「鈍角」，right angle表示「直角」，acute angle表示「銳角」。

71. ankle [ˋæŋkḷ]【an·kle】n 踝關節
The man twisted his ankle while playing basketball.
這男人打籃球時扭傷了腳踝。

- 考試必考混淆字：
angle與ankle不論在讀音和拼音上都極為相近。

72. rectangle [rɛkˋtæŋgḷ]【rec·tan·gle】n 長方形
He folded his bedquilt into a neat rectangle.
他將棉被摺成一個整齊的長方形。

- 字尾：ar把名詞轉換成形容詞，表示「與…有關的」。rectanguar與長方形有關的，即「長方形的」。

73. tangle [ˋtæŋgḷ]【tan·gle】v 處於混亂狀態，使糾纏不清
The last thing he wants is to tangle with the police.
和警方起衝突是他最不樂見的事。

- 考試必考片語：
tangle with someboby 表示「和…吵架，爭論」。

74. triangle [ˋtraɪæŋgḷ]【tri·an·gle】n 三角形，三角鐵
Ever since there have been men and women, there have been love triangles.
自從有男女之存在，就免不了有三角戀情的發生。

- 字首：tri 表示「三」的意思，triangle三個角度，即「三角形」。

angle 必考關鍵字三分鐘速記圖

請利用三分鐘的時間，把前面所記過的單字做一個全盤的瞭解和記憶。

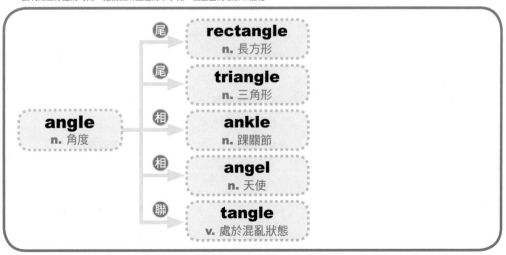

首字首、根字根、尾字尾記憶法｜同同義、反反義記憶法｜相相似字記憶法｜聯聯想記憶法

必考關鍵字

 animal ⓐ 動物

🏫TOEFL ❶IELTS ❶TOEIC ⓖGEPT ↑學測&指考 ⒶP公務人員考試 │ 單 字 錦 囊

75. animal [ˈænəml]【an·i·mal】 ⓝ動物 ⓐ肉體的
Sex is one of animal instincts.
性是動物的本能之一。

• 考試必考相關字：
mammal 表示「哺乳類動物」。

76. animate [ˈænəˌmet]【ani·mate】 ⓥ激勵，使有生命
ⓐ生氣勃勃的
A smile animates her face.
一絲笑容使她臉上增添了生氣。

• 字首：**anim** 表示「精神，靈魂」，
字尾：**ate** 表示「有…的特質」，
animate 有精神、靈魂的特質，即「使有生命」。

77. animated [ˈænəˌmetɪd]【an·i·mat·ed】 ⓐ活生生的
The man talked in an animated way about his affair.
男人繪聲繪影地聊著他的風流韻事。

• 考試必勝小祕訣：
an animated debate 表示「一場激烈的辯論賽」。

78. answer [ˈænsɚ]【an·swer】 ⓥ回答 ⓝ答覆
I've called the number you gave me many times but no one answered.
我照著你給我的電話打過去好幾次了，不過都沒有人接。

• 考試必考片語：
answer back 表示「回嘴，頂嘴」，
尤其指小孩對大人。
answer to the question 表示「回答問題」。

79. swear [swɛr]【swear】 ⓥ宣誓，詛咒
The witness swore on the bible in court.
證人在法庭上對著聖經發誓所言屬實。

• 考試必考片語：
swear on 表示「宣誓」，尤指在法庭上用手按著聖經宣誓。**swear sbdy to sth.** 表示「使承諾，使保證」。

80. swearword [ˈswɛrˌwɝd]【swear·word】 ⓝ罵人的話，詛咒
It seems that a swearword always evolves from what is the taboo. 罵人的髒話似乎總是從禁忌語演變而來。

• 考試必勝小祕訣：
swearword 為複合名詞，第二個名詞 **"word"** 用來標示「功用或目的」。

81. unanimous [juˈnænəməs]【u·nan·i·mous】 ⓐ全體一致的
The committee was unanimous in approving of the application. 委員會一致通過該項申請。

• 考試必考同義字：
concurrent 表示「一致的，同時發生的」。

> **animal** 必考關鍵字三分鐘速記圖
請利用三分鐘的時間，把前面所記過的單字做一個全盤的瞭解和記憶。

必字首、根字根、尾字尾記憶法 │ 同同義、反反義記憶法 │ 相相似字記憶法 │ 聯聯想記憶法

必考關鍵字

 appeal Ⅴ 求助，訴請   (MP3) 01-05

🏝TOEFL ❶IELTS ⓣTOEIC ⓖGEPT ⬆學測&指考 🅐公務人員考試

| 單 字 錦 囊 |

82. apparent [ə`pærənt]【ap·par·ent】 a 明顯的，表面的
It's quite apparent to all of us that the guy is cheating on you.
大家都看得出來那個男人在欺騙你。

- 字尾：**ent** 表示「…狀態的」，**apparent** 處於一種出現的狀態，即「明顯的」。

83. appeal [ə`pil]【ap·peal】 Ⅴ 求助，訴請
The charity appealed to the government for financial support.
慈善團體向政府請求財務援助。

- 考試必考片語：**appeal to** 表示「懇求，求助於」。

84. appear [ə`pɪr]【ap·pear】 Ⅴ 出現，似乎，看來
It appears that no one survived from the crash.
看來這場事故無人生還。

- 考試必考混淆字：appeal, appear。

85. compel [kəm`pɛl]【com·pel】 Ⅴ 強迫，迫使
The heavy rain compelled us to stay indoors.
大雨迫使我們待在室內。

- 字首：**com** 表示「聚合」，多放在以 **b, m, p** 開頭的單字前面。

86. compulsory [kəm`pʌlsərɪ]【com·pul·so·ry】
a 必須做的，義務的
English now is a compulsory subject in school.
英文現今在學校是必修科目。

- 考試必考同義字：**obligatory** 表示「有義務的，必須的」
- **com**（共同）+ **pulse**（推）+ **ory**（形容詞）= **compulsory** 共同推動的，即「強迫的」。

87. disappear [͵dɪsə`pɪr]【dis·ap·pear】 Ⅴ 離開，消失
The actress had disappeared from the screen for almost ten years.
那位女星有將近十年時間沒出現在螢光幕前。

- 字首：**dis** 表示「否定，相反的意思」，**disappear** 出現的相反，即「離開，消失」。

88. expel [ɪk`spɛl]【ex·pel】 Ⅴ 驅逐，排出
The bullet was expelled from the gun in a flash.
子彈瞬間從槍口射出。

- 考試必勝小秘訣：**expel-expelled-expelled**
- 考試必考片語：**be expelled from** 表示「從…開除，排出；驅逐」。

89. impulse [`ɪmpʌls]【im·pulse】 n 衝動，推動力
I did not mean to do it; it's an action of impulse.
我不是故意這麼做，是一時衝動造成的。

- 字首：**im** 表示「向內，進入」，字根：**pulse**「推動」，**impulse** 向內推動，即「衝動」。

90. propel [prə`pɛl]【pro·pel】 Ⅴ 推進，推動
He made a canoe which was constructed from logs and propelled by means of wooden paddles.
他用原木造了一艘由木槳推動前進的獨木舟。

- 考試必勝小秘訣：**propel-propelled-propelled**。

91. propeller [prə`pɛlɚ]【pro·pel·ler】 n 螺旋槳，推進器
A boat propeller operates as the source of thrust that moves the boat forward.
一艘船的螺旋槳是用來推動船隻前進的動力來源。

- 字尾：**er** 表示「用於做某事的物品或工具」，**propeller** 用來推動的工具，即「推進器」。

92. propulsion [prə`pʌlʃən]【pro·pul·sion】 n 推進，驅使
This aircraft works by jet propulsion.
這架飛機是用噴射器所推進。

- 字尾：**sion** 表示「一項行動」，把動詞轉換成名詞。**propulsion** 表示「推進，推動」。

93. pulse [pʌls]【pulse】 n 脈搏（一般用於單數），心態
v 脈搏跳動

The candidate was able to take the pulse of the grass-roots voters.
那名候選人可以清楚掌握草根性選民的心態。

- 試必考片語：
take pulse表示「量脈搏」。

94. repeal [rɪ`pil]【re·peal】 v n 廢除，撤銷（法令）
They lobbied the members of parliament to repeal the existing legislation.
他們遊說國會成員要廢除現行的立法。

- 考試必考同義字：
invalidate表示「使無效，使作廢」。

95. repel [rɪ`pɛl]【re·pel】 v 擊退，使厭惡
The villagers finally repelled the invaders.
村民最後終於擊退了入侵者。

- 考試必考混淆字：**repeal, repel**
- 考試必勝小祕訣：**repel-repelled-repelled**

> ▶ | **appeal** 必考關鍵字三分鐘速記圖

請利用三分鐘的時間，把前面所記過的單字做一個全盤的瞭解和記憶。

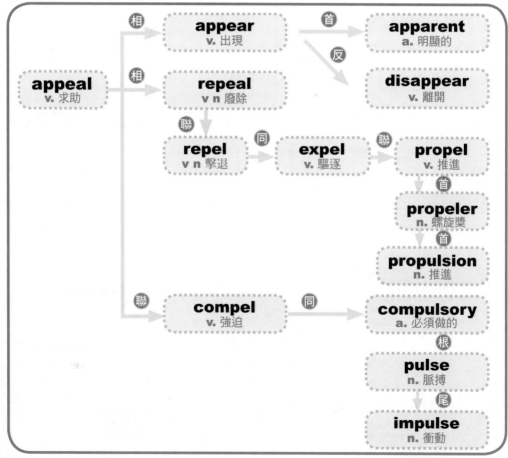

首 字首、根 字根、尾 字尾記憶法 | 同 同義、反 反義記憶法 | 相 相似字記憶法 | 聯 聯想記憶法

必考關鍵字

 approach n v 靠近，接近

托TOEFL ⓘIELTS ⓣTOEIC ⓖGEPT ⬆學測&指考 公公務人員考試

單　字　錦　囊

96. approach [ə`protʃ]【ap·proach】 n v 靠近，接近
Silently, the hunter approached the bear with his gun.
獵人手持槍枝，靜悄悄地接近大熊。

托ⓘⓣⓖ⬆公
• 考試必考片語：
make approach 表示「接觸；與初次見面的人打交道」。

97. approximate [ə`prɑksəmɪt]【ap·prox·i·mate】
a 大約的，接近的 v 近似
The substitute they provides approximates the real thing.
他們所提供的替代品就像真品一樣。

托ⓘⓣⓖ⬆公
• 字首：ap 表示「朝向」，
字根：prox 表示「接近，靠近」，
字尾：ate 表示「有…似的」的形容詞字尾，
approximate 往靠近的地方去似的，即「接近的」。

98. approximately [ə`prɑksəmɪtlɪ]【ap·prox·i·mate·ly】
ad 大概，近乎
The plane will be taking off in approximately ten minutes.
飛機約莫再過十分鐘起飛。

托ⓘⓣⓖ⬆公
• 字尾：ly 加在形容詞後面，使其變成副詞。

99. proximate [prɑk`sɪmət]【prox·im·i·t】 a 靠近，鄰近
There is a parking lot proximate to the restaurant.
餐廳附近有個停車場。

托ⓘⓣⓖ⬆公
• 考試必考片語：
in the promixity to / of 表示「靠近」。

100. reproach [rɪ`protʃ]【re·proach】 n v 責備，批評
The public reproached the legislator for his irresponsible behavior. 民眾責備那位議員不負責任的行為。

托ⓘⓣⓖ⬆公
• 考試必考片語：
above / beyond reproach 表示「無懈可擊」。

 approach 必考關鍵字三分鐘速記圖

請利用三分鐘的時間，把前面所記過的單字做一個全盤的瞭解和記憶。

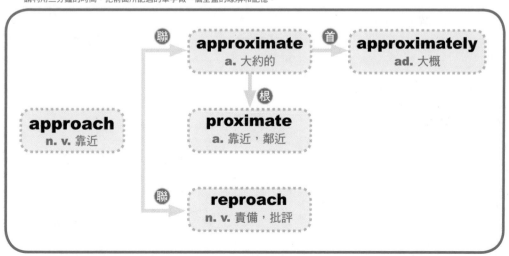

arm n 手臂；武裝

(MP3) 01-06

托 TOEFL ❶ IELTS Ⓣ TOEIC Ⓖ GEPT ⬆學測&指考 ☆公務人員考試

單 字 錦 囊
托❶ⓉⒼ⬆☆

101. alarm [əˋlɑrm]【a·larm】 n 鬧鐘，警報 v 使恐慌
He gave the alarm as soon as he saw the signal.
他一見到信號，就發出警報。

• 考試必考片語：
as soon as 表示「一…，就…」，
• 考試必勝小祕訣：
a burglar alarm 表示「防盜警報器」。

托❶ⓉⒼ⬆☆

102. alert [əˋlɝt]【a·lert】 a 警惕的 n 警報
Marrie was alert to everything around her when travelling in other countries.
出國時，瑪莉對身邊的每件事都提高警覺。

• 考試必考片語：
be alert to 表示「警惕的，機敏的」，
on the alert for 表示「對…保持戒備的狀態」。

托❶ⓉⒼ⬆☆

103. arm [ɑrm]【arm】 n 手臂，武裝
They walked across the street arm in arm.
他們手挽著手走過街。

• 考試必考片語：
arm in arm 表示「手挽著手」。

托❶ⓉⒼ⬆☆

104. armor [ˋɑrmɚ]【ar·mor】 n 盔甲
Steel is being widely used in armor.
鋼材質被廣泛用於盔甲製作。

• 考試必勝小祕訣：
armor - clad 表示「武裝的」。

托❶ⓉⒼ⬆☆

105. army [ˋɑrmɪ]【ar·my】 n 陸軍，軍隊；一大群人
An army of waitress served at the banquet.
宴會上有一大群女侍者為賓客服務。

• 考試必考片語：
an army of 表示「一大群人」。

arm 必考關鍵字三分鐘速記圖

請利用三分鐘的時間，把前面所記過的單字做一個全盤的瞭解和記憶。

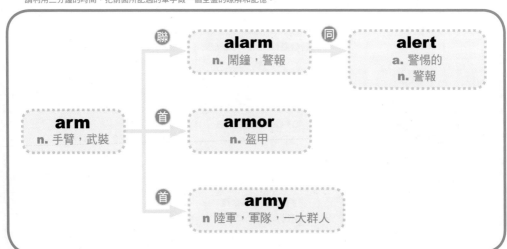

必考關鍵字

art n 藝術，技術

托TOEFL　I IELTS　T TOEIC　G GEPT　↑學測&指考　公公務人員考試　　單 字 錦 囊
托 I T G ↑

106. art [ɑrt]【art】 n 藝術，技術
He has devoted his whole life to art.
他把一生都貢獻給藝術了。

* 考試必考片語：
devote to 表示「貢獻，把…奉獻給」。

托 I T G ↑

107. article [ˋɑrtɪkḷ]【ar·ti·cle】 n 文章；冠詞
She was a freelancer who writes articles for magazine.
她是專為雜誌撰寫文章的自由投稿作家。

* 考試必勝小祕訣：
the leading article 表示「社論」，
the definite article 表示「定冠詞」，即「**the**」，
the indifinite article 表示「不定詞」，即「**a or an**」。

托 I T G ↑

108. articulate [ɑrˋtɪkjəlɪt]【ar·ti·cu·late】 a 善於表達的
Most politicians are articulate speakers.
大部分的政治家都是能言善辯的演說家。

* 字尾 **ate** 表示「狀態，功能」，
articulate 用來表達論述的狀態，即「善於表達的」。
* 考試必考反義字：
inarticulate 表示「口齒不清的」

托 I T G ↑

109. artificial [ˌɑrtəˋfɪʃəl]【ar·ti·fi·cial】 a 人工的，假的
I cannot stand her artificial smiles any more.
我再也無法忍受她那假惺惺的笑容了。

* 考試必考片語：
not…any more 表示「再也不能…」。

托 I T G ↑ 公

110. artist [ˋɑrtɪst]【ar·tist】 n 藝術家
His dream of being an artist has been fulfilled.
他成為藝術家的夢想實現了。

* 字尾 **ist** 表示「人」的意思，
artist 與藝術有相關的人，即「藝術家」。

托 I T G ↑

111. artistic [ɑrˋtɪstɪk]【ar·tis·tic】 a 藝術的
He is the man with artistic temperament.
他是一位有藝術氣質的男性。

* 字尾 **ic** 表示「與…有關的」，把名詞轉換成形容詞。
artistic 與藝術家有關的，即「藝術的」。

art 必考關鍵字三分鐘速記圖

請利用三分鐘的時間，把前面所記過的單字做一個全盤的瞭解和記憶。

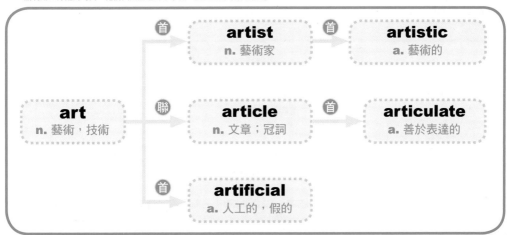

首
artist
n. 藝術家

首
artistic
a. 藝術的

art
n. 藝術，技術

聯
article
n. 文章；冠詞

首
articulate
a. 善於表達的

首
artificial
a. 人工的，假的

必考關鍵字

ash n 灰燼

托TOEFL　I IELTS　T TOEIC　G GEPT　↑學測&指考　公公務人員考試

	單 字 錦 囊

112. ash [æʃ]【ash】n 灰燼
The cabin burned into ash in hours.
小木屋在數小時之間燒成灰燼。

- 考試必勝小祕訣：
cigarette ash 表示「香菸灰」。
ash + es 表複數形。

113. ass [æs]【ass】n 驢，傻瓜，蠢人
The ass is eating grass in the grassland.　那頭驢在草地上吃草。

- 考試必勝小祕訣：
a pompous ass 表示「一個愛炫耀的笨蛋」。

114. assassinate [əˋsæsɪˏet]【as·sas·si·nate】v 暗殺、行刺
The premier was assassinated by terrorist.
首相遭到恐怖份子刺殺。

- 考試必考同意字：**kill**表示「殺死，弄死」。

115. assassination [əˏsæsəˋneʃən]【as·sas·si·na·tion】n 刺殺
The assassination of the ambassador has failed.
刺殺大使的行動失敗了。

- 字尾**tion**表示「一項行動」將動詞轉為名詞，**assassination**一項刺殺的行動，即「刺殺」。

116. bias [ˋbaɪəs]【bi·as】n 偏見
He has a bias against people of other religions.
他對於和自己不同信仰的人存有偏見。

- 字首**bi**表示「分為二」，**bias**分為兩種意見，即「偏見」。

117. mash [mæʃ]【mash】v 搗碎 n 馬鈴薯泥
He mashed up the potato with a fork.　他用叉子將馬鈴薯搗碎。

- 考試必考片語：**mash up**表示「搗碎」。

118. smash [smæʃ]【smash】v 打碎，使粉碎，猛撞，擊毀
Mom dropped the vase on the floor unexpectedly and it smashed to smithereens.
媽媽不小心把花瓶掉到地板上，花瓶摔得粉粹。

- 考試必勝小祕訣：
smash-and-grab表示「砸破櫥窗搶劫」。

119. trash [træʃ]【trash】n 垃圾
I tried to throw the trash in the dumpster but I missed and it spilled everywhere.
我試著將垃圾丟進垃圾車，不過沒丟準，反倒讓垃圾灑了一地。

- 考試必考同義字：
garbage（美式用法）、**rubbish**（英和澳式用法），皆表示「垃圾」。

ash 必考關鍵字三分鐘速記圖

請利用三分鐘的時間，把前面所記過的單字做一個全盤的瞭解和記憶。

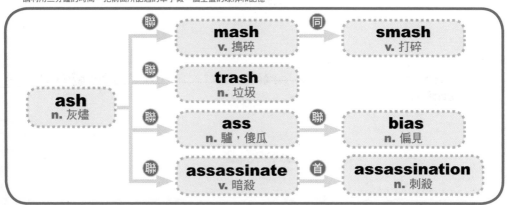

首字首、根字根、尾字尾記憶法｜同同義、反反義記憶法｜相相似字記憶法｜聯聯想記憶法

必考關鍵字

 audio ⓐ 聽覺的，音頻的　（MP3）01-07

🔵TOEFL ❶IELTS ⓉTOEIC ⒼGEPT ⬆學測&指考 Ⓐ公務人員考試　　┃　單　字　錦　囊　┃

---

120. audience [ˋɔdɪəns]【au·di·ence】 n 聽眾；晉見，正式拜會，法庭上意見申訴的傾聽
The audience applauded for his performance.
觀眾為他的表演鼓掌。

• 考試必勝小祕訣：
to ask an audience with the President 表示「請求謁見總統」。

---

121. audio [ˋɔdɪo]【au·dio】ⓐ聽覺的，音頻的
Audio books are being very popular these days.
有聲書最近變得十分流行。

• 考試必勝小祕訣：
audio-visual 表示「視聽的」。

---

122. audit [ˋɔdɪt]【au·dit】 v n 審計，旁聽
The audit report will be finished by the weekend.
審計報告會在週末之前完成。

• 考試必勝小祕訣：**audit** ＋ 字尾or當名詞用，表示「審計員」，**audit** ＋字尾 **ion**當名詞用，表示「歌手、演員等的試鏡」。

---

123. auditor [ˋɔdɪtɚ]【au·ditor】 n 審計員
He worked as an internal auditor for his wife's company.
他在他太太的公司擔任內部審計員。

124.auditorium [ˌɔdəˋtorɪəm]【au·di·to·rium】 n 觀眾席，禮堂
The crowd overflowed the auditorium.
人潮將大禮堂擠得水洩不通。

• 字根：audit 表示「聽」，
字尾：orium表示「地方，領域」，
auditorium可以聽的地方，即「禮堂」。

---

125. auditory [ˋɔdəˌtorɪ]【au·di·tory】ⓐ聽覺的
She is sensitive to any auditory stimuli.
她對聽覺上的刺激很敏感。

---

126. aural [ˋɔrəl]【au·ral】ⓐ聽覺的
This aural skill test will take approximately five minutes to finish.　這項聽力技巧測驗大約要花五分鐘的時間來完成。

• 考試必考混淆字：
aural與**oral** 在用法及發音上極為相似，
an aural test 表示「聽力測驗」，
an oral test 表示「口試」。

---

127. obey [əˋbe]【o·bey】 v 服從、聽從
Soldiers must obey orders.　軍人必須服從命令。

• 考試必勝小祕訣：
obedience n.表示「服從」，
obedient adj.表示「順從的」。

---

 audio 必考關鍵字三分鐘速記圖

請利用三分鐘的時間，把前面所記過的單字做一個全盤的瞭解和記憶。

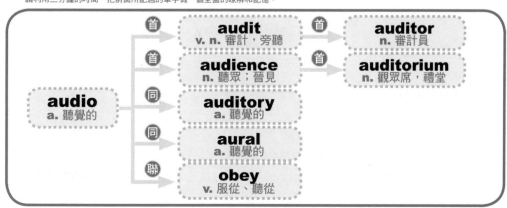

必考關鍵字

> automobile n 汽車

🔒TOEFL ⓘIELTS ⓣTOEIC ⓖGEPT ⬆學測&指考 ⚖公務人員考試

單 字 錦 囊

🔒ⓘⓣⓖ⬆

128. autobiography [ˌɔtəbaɪˈɑgrəfɪ]【au·to·bi·og·ra·phy】
n 自傳
That rock star's autobiography is a best seller.
那位搖滾巨星的自傳很暢銷。

• 字首：**auto**表示「自己的，自動的」
autobiography自己的傳記，
即「自傳」。

ⓘⓣⓖ⬆

129. automatic [ˌɔtəˈmætɪk]【au·to·mat·ic】 a 自動（化）
的，不加思索的
He made an automatic reply to her question.
對她的問題，他不加思索地做了回應。

• 考試必勝小祕訣：
an automatic response / reply
表示「不加思索的回答」。

🔒ⓘⓣⓖ⬆⚖

130. automation [ˌɔtəˈmeʃən]【au·to·ma·tion】 n 自動化
Automation of production procedure has greatly reduced its
cost. 生產過程的自動化將成本大幅降低了。

🔒ⓘⓣⓖ⬆

131. automobile [ˈɔtəməˌbɪl]【au·to·mo·bile】 n 汽車
Our automobile industry is prosperous.
我們的汽車工業前景看好。

• 字根：**mobile**表示「可移動的」，
automobile可以自動移動的，即「汽
車」（美式用法）。

🔒ⓘⓣⓖ⬆

132. autonomy [ɔˈtɑnəmɪ]【au·to·no·my】 n 自治，自治權
The branch companies call for more autonomy.
分公司要求擁有更多自主權。

• 考試必考片語：
call for表示「要求，請求」。

🔒ⓘⓣⓖ⬆

133. autonomous [ɔˈtɑnəməs]【au·to·no·mous】 a 自治的
The judiciary is supposed to be autonomous and
independent. 司法體制應該擁有自治與獨立權。

• 考試必考片語：
an autonomous region表示「自治
區」。
• 考試必考片語：**be supposed to**表示
「應該，有義務做…」。

> automobile 必考關鍵字三分鐘速記圖

請利用三分鐘的時間，把前面所記過的單字做一個全盤的瞭解和記憶。

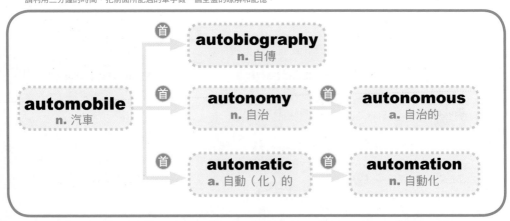

首字首、根字根、尾字尾記憶法 ┃ 同同義、反反義記憶法 ┃ 相相似字記憶法 ┃ 聯聯想記憶法

必考關鍵字

 auction n 拍賣

TOEFL ❶IELTS TOEIC ⒢GEPT ↑學測&指考 ⒸⒸ公務人員考試

單 字 錦 囊

---

134. auction [ˋɔkʃən] 【auc·tion】 n v 拍賣
His house was sold by auction.
他的房子拍賣賣掉了。

- 考試必考片語：
  at / by auction 表示「拍賣」。

---

135. augment [ɔgˋmɛnt] 【aug·ment】 n v 增加，擴大
He augmented his income by working at weekends.
他藉著週末加班來增加收入。

- 考試必勝小祕訣：**augment + ation = augmentation** 名詞，表示「增加」。
- 考試必考同義字：**increase** 「增加」、**enlarge** 「擴大」。

---

136. authentic [ɔˋθɛntɪk] 【au·then·tic】 a 可信的，非假冒的
Is that an authentic manuscript or a copy?
那份手稿是原作還是複製品？

- 考試必勝小祕訣：**bona, fide, genuine** 表示「真實的」。

---

137. author [ˋɔθɚ] 【au·thor】 n 作者
The author of this book is the winner of 2008 Nobel Prize in literature.
該書作者是2008年諾貝爾文學獎的得主。

- 字尾：**ess** 表示「陰性」的名詞字尾 **authoress** 表示「女作者」。

---

138. authoritative [əˋθɔrəˌtetɪv] 【au·thor·i·ta·tive】
a 權威性的，官方的
He said in an authoritative tone.
他以一種權威性的語氣說著。

- 字尾：**ative** 表示「屬於…的，與…有關的」，**authoritative** 表示「權威性的」= **authorize**（批准，授權）+ **ative**。

---

139. authority [əˋθɔrətɪ] 【au·tho·ri·ty】 n 權力，權威
The doctor is a leading authority on cancer.
那位醫生是癌症方面的權威。

- 考試必考片語：**authority on** 表示「大師，有權威之著作」。

---

140. authorize [ˋɔθəˌraɪz] 【au·tho·rize】 v 授權，批准
The famous rock star has authorized his autobiography.
知名的搖滾巨星已授權出版他的自傳。

- 考試必勝小祕訣：**Authorized Version**（1611年，英王詹姆斯一世欽定版的英文聖經，又作 **King James Version**）。

---

141. auxiliary [ɔgˋzɪljərɪ] 【aux·il·ia·ry】 a 輔助的 n 助手（一般用複數）
We provide an auxiliary generator in case of power cuts.
我們提供了輔助的發電機以避免斷電的情形。

- 考試必勝小祕訣：**an auxiliary verb** 表示「助動詞」。

---

142. inaugurate [ɪnˋɔgjəˌret] 【in·au·gu·rate】 v 舉行就職典禮
He was inaugurated as the premier.
他正式就任為首相。

- 考試必勝小祕訣：**inaugurate + ral = inaugural** 形容詞，表示「就職的」 **inaugurate + ration = inauguration** 名詞，表示「就職」。

> **| auction** 必考關鍵字三分鐘速記圖

請利用三分鐘的時間，把前面所記過的單字做一個全盤的瞭解和記憶。

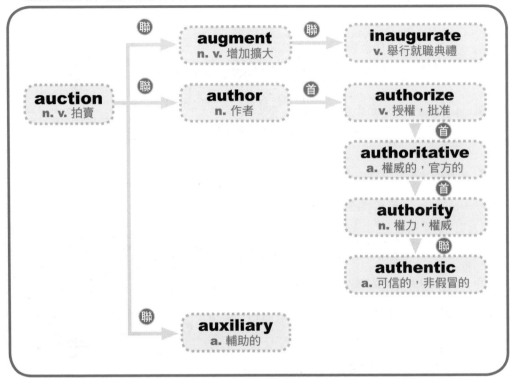

首 字首、根 字根、尾 字尾記憶法｜同 同義、反 反義記憶法｜相 相似字記憶法｜聯 聯想記憶法

字詞大追擊 **genuine, authentic, actual**
這些形容詞均有 "真的，真實的，實在的" 之意。

1. genuine a 普通常用詞，指真正的，貨真價實的，強調非人為或非虛假的。
The ring is genuine gold.
這戒指是真金的。

2. authentic a 常可與genuine換用，指與事實完全相符，強調準確可靠。
The report is authentic.
這個報告是可靠的。

3. actual a 指事物的實際存在，並非出自主觀臆造。
What he told us was an actual happening.

a 形容詞
ad 副詞
aux 助動詞
conj 連接詞
n 名詞
num 數字
prep 介係詞
pron 代名詞
v 動詞
（美）美式用語
（英）英式用語

首 字首記憶法
根 字根記憶法
尾 字尾記憶法
同 同義字記憶法
反 反義字記憶法
相 相似字記憶法
聯 聯想記憶法

托 TOEFL
I IELTS
T TOEIC
G GEPT
↑ 學測&指考
公 公務人員考試

必考關鍵字

 back ⓝ後面ⓐ後面的ⓥ當後盾支持，使退後 🎧02-01

🅣TOEFL ❶IELTS ⓣTOEIC ⓖGEPT ⬆學測&指考 Ⓩ公務人員考試　　　單 字 錦 囊

---

143. back [bæk]【back】ⓝ後面 ⓐ後面的 ⓥ當後盾支持，使退後
Please sign on the back of the check. 請在支票後面簽名。

- 考試必考片語：
at one's back表示「支持某人」，
back out表示「打退堂鼓，食言」。

---

144. background [`bæk,graʊnd]【back·ground】ⓝ背景
He lied about his background to get the job.
他為了得到那份工作而謊稱自己的背景。

- 考試必勝小祕訣：
background為複合詞結構，即「**adj + n.**」。此類複合詞重音落在形容詞**back**上，形成一個特殊意義的詞。

---

145. backward [`bækwəd]【back·ward】ⓐ向後的，落後的
Some backward countries need financial support from developed countries.
有一些落後國家需要先進國家的經濟援助。

- 字尾**ward**表示「方向的」，
backward 表示後面方向的，即「向後的」。

---

146. bake [bek]【bake】ⓥ烘焙，烘乾
She baked a cake on her boyfriend's birthday.
她在她男朋友的生日烤了個蛋糕。

- 考試必勝小祕訣：
It's baking! 熱死了！

---

147. baker [`bekə]【baker】ⓝ麵包師
The baker was once elected baker of the year.
這位麵包師曾獲選年麵包師。

- 字尾：**r** 表示「人」，
baker 跟烘培有關係的人，即「麵包師」。

---

148. bakery [`bekərɪ]【bak·ery】ⓝ麵包店
He works in the bakery from 7 AM to 9 PM.
他在一間麵包店工作，工作時間是從早上7點鐘到晚上9點鐘。

- 字尾：**ery**表示「某種類項產品或物品總稱」，**bakery** 涵蓋所有麵包，即「麵包店」。

---

149. bag [bæg]【bag】ⓝ袋子
He put his bag on the luggage rack. 他把袋子放到行李架上。

- 考試必考混淆字：
beg表示「乞求，懇求」。

---

150. baggage [`bægɪdʒ]【bag·gage】ⓝ行李（美），輕佻的女子
They had left their baggage at the hotel. 他們把行李留在旅館。

- 字尾：**age**表示「一團，聚集」，**baggage** 一團東西聚集袋子裡，即「行李」。

---

151. batch [bætʃ]【batch】ⓝ一批，一次生產量
All letters were sent out in batches. 所有信件分批寄送。

- 考試必勝小祕訣：
batch processing表示「成批處理」。

---

152. drawback [`drɔ,bæk]【draw·back】ⓝ不利的條件，缺點，障礙
Everything has its drawbacks. 凡事皆有不足之處。

- 考試必考同義字：
shortcoming, disadvantage皆表示「缺點，不利的條件」。

---

153. feedback [`fid,bæk]【feed·back】ⓝ回饋
Consumers' feedback is vital to our ongoing research and product development.
消費者的回應對於我們現階段的研究與產品開發來說是很重要的。

- 考試必考同義字：
response表示「回應」。

---

154. handbag [`hænd͵bæg】【hand·bag】 n.女用手提包，袋子
Her handbag was robbed on her way home.
她的手提包在回家的路上被搶了。

• 考試必考同義字：
purse, pockbook 表示「（女用）手提包」。

155. luggage [`lʌgɪdʒ】【lug·gage】 n.行李（英）
The old man carried his luggage to the train.
老人把行李帶上火車。

• 考試必考小祕訣：
luggage van表「火車的行李車」，**luggage rack**「火車、公車內的行李架」。

156. suitcase [`sut͵kes】【suit·case】 n.小型行李箱，手提箱
Jane packed all her stuff in a small luxurious suitcase before leaving.
離開之前，珍把她的所有東西都打包在一只華麗的小行李箱裡。

• 考試必考小祕訣：
suitcase又可以簡寫為**case**即可。

> **back** 必考關鍵字三分鐘速記圖

請利用三分鐘的時間，把前面所記過的單字做一個全盤的瞭解和記憶。

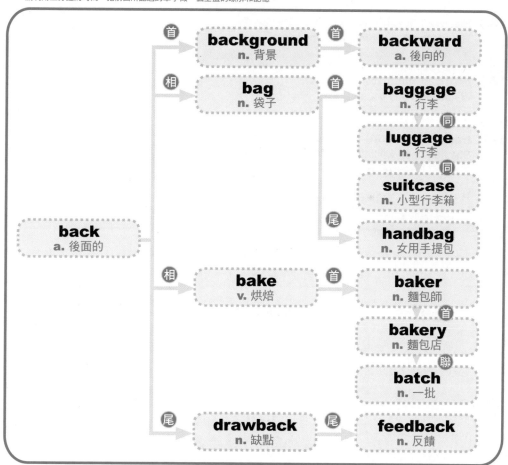

首字首、根字根、尾字尾記憶法 ｜ 同同義、反反義記憶法 ｜ 相相似字記憶法 ｜ 聯聯想記憶法

必考關鍵字

 ball n 球，舞會

@TOEFL **①**IELTS **①**TOEIC **©**GEPT **①**學測&指考 **④**公務人員考試

單 字 錦 囊

---

157. bald [bɔld]【bald】**a** 光禿的，單調的，不加修飾的
Johnny is only 25, but he is bald already.
強尼25歲就禿頭了。

@**①①©①**
- 考試必勝小祕訣：
bald eagle表示「禿鷹」。

158. ball [bɔl]【ball】**n** 球；舞會
Jenny asked Jack to take her to the ball.
珍妮請傑克帶她去參加舞會。

①①①
- 考試必考片語：
on the ball表示「機靈，有見識」。

159. balloon [bə`lun]【bal·lon】**n** 氣球
The kid cried loudly for his balloon flying away.
那小孩因為氣球飛走了而號啕大哭。

@**①①©①⑤**
- 考試必勝小祕訣：
go down like a lead ballon 表示
「（笑話、建議等）未達預期效果」。

160. ballot [`bælət]【bul·lot】**n** 選票 **v** 無記名投票
The proposal was proceeded by ballot.
提案採用無記名投票表決。

@**①①©①⑤**
- 考試必考片語：
put it to the ballot表示「付諸於投票表決」。

161. bullet [`bulɪt]【bul·let】**n** 子彈
Windows in this house are all bullet-proof.
屋裡的窗戶具有防彈效果。

@**①①©①⑤**
- 考試必考片語：
bite the bullet表示「為了度過難關而忍受的極大痛苦」。

162. hall [hɔl]【hall】**n** 大廳；（英）大學的食堂或學生宿舍
She has been waiting in the hall for 2 hours.
她已在大廳等候兩個小時。

- 考試必勝小祕訣：
又可寫作 **"hallway"**（美），
city hall表示「市政府」。

> **ball** 必考關鍵字三分鐘速記圖

請利用三分鐘的時間，把前面所記過的單字做一個全盤的瞭解和記憶。

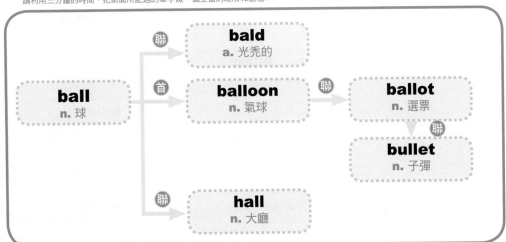

首字首、**根**字根、**尾**字尾記憶法｜**同**同義、**反**反義記憶法｜**相**相似字記憶法｜**聯**聯想記憶法

必考關鍵字

 bankrupt a破產的 v使破產 (MP3)02-02

托TOEFL 雅IELTS 多TOEIC 學GEPT 學測&指考 公公務人員考試

單 字 錦 囊

---

163. abrupt [ə`brʌpt]【ab·rupt】a突然的
The bus came to an abrupt halt.
公車突然停駛。

• 字首：**ab**表示「離開」，
字根：**rupt**表示「破裂」，
abrupt突然破裂，即「突然的」。

---

164. bankrupt [`bæŋkrʌpt]【bank·rupt】a破產的 v使破產
His wife left him after he went bankrupt.
在他破產之後，他太太也離開他了。

• 考試必勝小祕訣：
bankrupt 和銀行的作業往來破裂，即
「破產」。

---

165. bankruptcy [`bæŋkrəptsɪ]【bank·rupt·cy】n破產
The firm went into bankruptcy. 公司破產了。

• 考試必考片語：
go into表示「進入…的狀態」。

---

166. corrupt [kə`rʌpt]【cor·rupt】a腐敗的，墮落的
Are you going to lead such a corrupt life during the whole summer vacation?
整個暑假你都要過著這麼墮落的生活嗎？

• 字首：**co**表示「全部，一起」，
字根：**rupt**表示「破裂」，
corupt全部一起破裂，即「腐敗的」。

---

167. disrupt [dɪs`rʌpt]【dis·rupt】v使中斷，搗亂
My website was disrupted by hackers last week.
上星期我的電腦受到駭客入侵搗亂。

• 考試必勝小祕訣：
disruption表示「混亂」、**disruptive**
表示「混亂的」、**disruptively**表示「混亂地」。

---

168. erupt [ɪ`rʌpt]【e·rupt】v噴出，噴發，突然發生
My sister erupted in anger over his rude laughing.
因為他的無禮的大笑讓我姐姐勃然大怒。

• 字首：**e**表示「出來」，
erupt出來破裂，即「噴出」。

---

169. interrupt [͵ɪntə`rʌpt]【in·ter·rupt】v打斷，插話
I hated to be interrupted while talking.
我討厭講話時被打斷。

• 字首：**inter**表示「入內，插入」，
interrupt插入破裂，即「打斷，插話」。

---

170. rupture [`rʌptʃɚ]【rup·ture】n破裂
He took three days off for ligament rupture.
他因為韌帶受傷破裂請假3天。

• 考試必考片語：**take off**表示「請假」。

---

171. route [rut]【route】n路程，路線
Open market and free trade is the only route to prosperity.
開拓市場和自由貿易是增進繁榮的唯一途徑。

• 考試必考片語：
en route表示「在途中」。

---

172. routine [ru`tin]【rou·tine】n常規，程序 a慣例的
He keeps talking about his daily routine but I'm not interested at all.
我一點也沒興趣聽他一直講述他每天的生活作息。

• 考試必考小祕訣：
routine examination表示「例行檢查」。

---

173. sculpture [`skʌlptʃɚ]【sculp·ture】n v雕刻（品）
There is an exhibition of ancient Greece sculpture in the Art Gallery. 美術館最近展出古希臘雕刻作品。

• 考試必考混清字：
statue表示「雕像」，
例：**The Statue of Liberty** 自由女神。

▶ **bankrupt** 必考關鍵字三分鐘速記圖

請利用三分鐘的時間，把前面所記過的單字做一個全盤的瞭解和記憶。

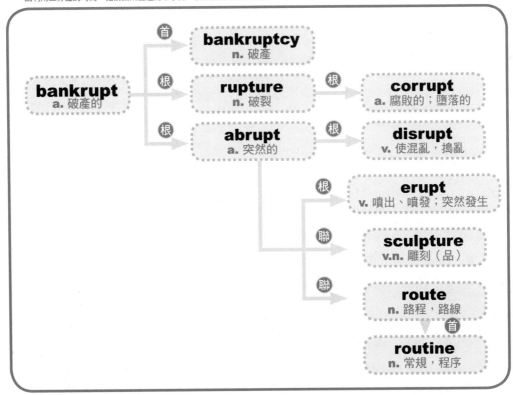

首字首、根字根、尾字尾記憶法｜同同義、反反義記憶法｜相相似字記憶法｜聯聯想記憶法

字詞大追擊 **explode, burst, erupt**
這些動詞均有"爆炸、爆發"之意。

1. explode ☑ 指物體爆炸而釋放大量熱能的一剎那。
I'm about to explode.
我快要氣炸了！

2. burst ☑ 強調爆炸能量的突然釋放和力量的突然迸發。
Her door was thrust open, and Mrs. Page burst in.
她的門被猛烈地推開，佩奇太太衝了進來。

3. erupt ☑ 主要指火山的爆發，也可用作引申意義。
It's many years since Mount Vesuvius last erupted.
維蘇威火山上一次爆發至今已有很多年了。

必考關鍵字

bank ⋂ 銀行

🅣TOEFL 🅘IELTS 🅣TOEIC 🅖GEPT 🅐學測&指考 🅟公務人員考試

單字錦囊

---

174. bank [bæŋk]【bank】⋂銀行
Investment banks are different from commercial banks in the source of their cash flow.
投資銀行和商務銀行不同的地方在於資金流轉來源。

🅣🅘🅣🅖🅐🅟
• 考試必考片語：
be different from表示「和…不同」。

---

175. banker [`bæŋkɚ]【bank·er】⋂銀行家，賭博莊家
The banker is gambling in the capital market.
銀行家正投資資本市場。

🅣🅘🅣🅖🅐🅟
• 考試必勝小祕訣：
banker's card表示「銀行保附卡」，**banker's order**表示「自動轉帳委託」。

---

176. banking [`bæŋkɪŋ]【bank·ing】⋂銀行業務
In recent years, many international banks push online banking overseas.
近年來，許多國際銀行推行海外網路銀行業務。

🅣🅘🅣🅖🅐🅟
• 考試必勝小祕訣：
banknote表示「中央銀行發行的鈔票」，**bankroll**表示「鈔票，資金」。

---

177. banquet [`bæŋkwɪt]【ban·quet】⋂宴客 Ⅴ出席宴會，設宴款待
A banquet will be held in honour of the Olympic contestants. 為了向奧林匹克選手致敬而舉行宴會。

🅣🅘🅣🅖🅐🅟
• 考試必考片語：
in honor of 表示「向…致敬」。

---

178. base [bes]【base】⋂基礎，根據，總部 Ⅴ以…為基地
Our company's base is in Taipei but we have some branches in middle and north parts of Taiwan.
我們公司總部在台北，但中南部仍有我們的分公司。

🅣🅘🅣🅖🅐🅟
• 考試必考片語：
base on / upon表示「以…為基礎」。

---

179. baseball [`bes،bɔl]【base·ball】⋂棒球
Baseball is my favorite sport.
我最喜歡的運動是棒球。

🅣🅘🅣🅖🅐🅟
• 考試必考混淆字：
basketball表示「籃球」。

---

180. basement [`besmənt]【base·ment】⋂地下室
The shopkeeper stored all the goods in the basement.
店家老闆把貨儲放在地下室。

🅣🅘🅣🅖🅐🅟
• 考試必考同義字：
cellar表示「地窖，酒窖」。

---

bank 必考關鍵字三分鐘速記圖

請利用三分鐘的時間，把前面所記過的單字做一個全盤的瞭解和記憶。

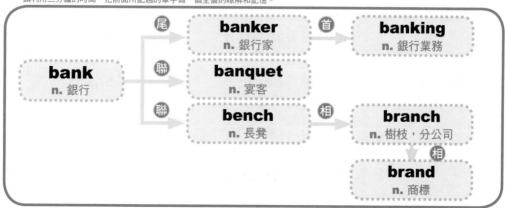

必考關鍵字

base n 基礎，根據；總部 v 以…為基地 MP3 02-04

托TOEFL I IELTS T TOEIC G GEPT ↑學測&指考 公公務人員考試

單 字 錦 囊
托 I T G ↑ 公

181. basic [`besɪk]【ba·sic】a 基礎的，根本的
This course is for everyone who wants to learn about the basic principles of an essay.
這堂課是教授論文寫作基本原則。

• 考試必勝小祕訣：
basic + ally = basically 為副詞，表示「基本上」。

托 I T G ↑ 公

182. basin [besn]【ba·sin】n 盆地，（河川的）流域；食物盆
She mixed milk and dough in a large basin.
她把牛奶和麵糰混在一個大食物盆。

• 考試必勝小祕訣：
a basin of boiling water 表示「一盆滾燙的熱水」。

托 I T G ↑ 公

183. bass [`bæs]【bass】n 男低音，低音樂器
He plays the bass in the orchestra.
他在樂隊裡負責低音提琴。

• 考試必勝小祕訣：
bassist 表示「低音提琴手」，**bass clef** 表示「低音符號」。

托 I T G ↑ 公

184. bench [bɛntʃ]【bench】n 長凳；法官
Mr. Brown sits on the bench reading the newspaper in the park every morning.
布朗先生習慣每天早晨坐在公園的長凳上閱讀報紙。

• 考試必勝小祕訣：
benchmark 表示「基準點，標準」。

托 I T G ↑ 公

185. branch [bræntʃ]【branch】n 樹枝，分公司 v 分岔
The enterprise has more than 40 branches all over the world.
這家企業在全世界有多達40家分公司。

• 考試必考片語：
branch off 表示「轉移」，**branch out** 表示「擴大範圍」。

托 I T G ↑ 公

186. brand [b-ænd]【brand】n 商標，烙印 v 銘記，印…商標於
All the products are branded with authorized mark before being exported to other countries.
所有商品在出關前都會印上合法的商標。

• 考試必勝小祕訣：
brand leader 表示「最受歡迎」，**brand name** 表示「商標名。」

托 I T G ↑ 公

187. database [`detə,bes]【da·ta·base】n 資料庫
The company is working on building their own database.
這家公司正在建立自己的資料庫。

• 考試必考同義字：**date bank** 表示「資料庫」
• 考試必勝小祕訣：**data** 資料＋**base** 基礎，即「資料庫」

base 必考關鍵字三分鐘速記圖

請利用三分鐘的時間，把前面所記過的單字做一個全盤的瞭解和記憶。

```
base          首   baseball      首   basement
n. 基礎              n. 棒球              n. 地下室

              首   basic         相   basin
                    a. 基礎的            n. 盆地，（河川的）
                                        流域，食物盆

              相   bass
                    n. 男低音、低音樂器

              根   database
                    n. 資料庫
```

首字首、根字根、尾字尾記憶法｜同同義、反反義記憶法｜相相似字記憶法｜聯聯想記憶法

必考關鍵字

beat v 打擊

MP3 02-03

托TOEFL I IELTS T TOEIC G GEPT 學測&指考 公公務人員考試

	單字錦囊
188. acrobat [ˋækrəbæt]【ac·ro·bat】n 特技演員 Skill, agility and coordination are required to be an acrobat. 熟練、敏捷和協調度是特技演員必備條件。	• 字首：**acro**表示「高，極度，開始」。
189. bat [bæt]【bat】n 球拍，蝙蝠 v 用球棒打擊，眨眼 He bought his son a bat as the birthday gift. 他買一支球拍送他兒子當作生日禮物。	• 考試必勝小秘訣：**not bat an eyelid**表示「面不改色，泰然不動」， • 考試必考片語：**off one's own bat**表示「自動地」。
190. batter [ˋbætɚ]【bat·ter】v 連續猛擊，打壞 The robber battered down the window and robbed all the jewelry. 強盜破窗而入且搶走所有珠寶。	• 考試必勝小秘訣：**children battering**表示「虐童」。
191. battery [ˋbætərɪ]【bat·te·ry】n 電池 My laptop runs out of battery and needs to be charged. 我的筆記型電腦沒電了需要充電。	• 考試必考片語：**run out of**表示「耗盡，用完」。
192. battle [ˋbætl̩]【bat·tle】n 戰鬥，戰役 v 打鬥 The two boxers battled for a woman. 兩位拳擊手為了一個女人大打出手。	• 考試必勝小秘訣：**battel + field = battlefield**打鬥的場地，即「戰場」，**battle + ship = battleship**打鬥的船艦，即「戰鑑」。
193. beat [bit]【beat】v 打擊 This question really beats me. 這問題考倒我了。	• 考試必勝小秘訣：**beat- beat- beaten** • 考試必考片語：**beat down**表示「打倒，壓低」。
194. combat [ˋkɑmbæt]【com·bat】n v 鬥爭，格鬥 The government has not figured out the effectual measures to combat the growing drugs problem. 為了對抗日益嚴重的毒品問題，政府還沒找到有效的解決辦法。	• 字首：**com**表示「一起」， • 考試必考片語：**combat with / between / against**表示「與…打鬥」。
195. debate [dɪˋbet]【de·bate】n v 辯論，爭論 A fierce debate on global warming is going on. 一場關於全球暖化的激烈爭論正展開中。	• 考試必勝小秘訣：**debate + r = debater**表示「辯論家」。
196. dispute [dɪˋspjut]【dis·pute】v 爭論，反駁 n 爭論 It is quite ridiculous to dispute about such tiny matter. 為了這一點小事在那爭論實在是有點可笑。	• 考試必考片語：**dispute about / over / with** 表示「為…爭論」，**without dispute = beyond all dispute**表示「無庸置疑」。

beat 必考關鍵字三分鐘速記圖

請利用三分鐘的時間，把前面所記過的單字做一個全盤的瞭解和記憶。

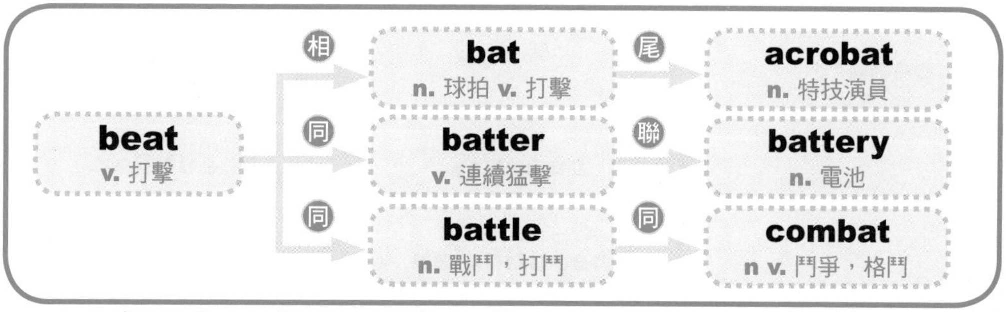

首字首、根字根、尾字尾記憶法｜同同義、反反義記憶法｜相相似字記憶法｜聯聯想記憶法

必考關鍵字

 # beauty n 美麗

托TOEFL I IELTS T TOEIC G GEPT 學測&指考 公公務人員考試

單 字 錦 囊
托 I T G 公

197. beauteous [`bjutɪəs]【beau·te·ous】a 美麗的，美妙的
What a beauteous verse it is! 多麼美妙的一首韻文！

・考試必勝小祕訣：
beauteous源自十五世紀中古英文
"**beaute**"。

托 I T G 公 公

198. beautician [bjuˋtɪʃən]【beau·ti·cian】n 美容師
All the top beauticians in the town are recruited to the salon.
鎮上所有頂尖的美容師都被聘請到這家沙龍工作。

・字尾：**ian**表示「和…相關的人」，
beautician和美麗有關係的人，即「美容師」。

托 I T G 公 公

199. beautiful [`bjutəfəl]【beau·ti·ful】a 美麗的
She has a beautiful face but an ugly mind.
她有一張美麗的臉孔，但是心地醜陋。

・字尾：**ful**表示「一定的量填滿…的」，把
名詞轉成形容詞，
beautiful一定的量填滿美麗，即「美麗的」。

托 I T G 公 公

200. beautify [`bjutəˏfaɪ]【beau·ti·fy】v 美化
Do not forget to beautify yourself for the special day.
特殊節日時，可別忘了幫自己好好打扮一番。

・字尾：**ify**表示「引起，造成」，
beautify造成美麗，即「美化」。

托 I T T G 公 公

201. beautifier [`bjutəˏfaɪr]【beau·ti·fi·er】n 美化物，美化者
Herbal oil has long been used as a beautifier.
草本精油一直以來都被用為美化物。

托 I T T G 公 公

202. beauty [`bjutɪ]【beau·ty】n 美麗
Beauty is in the eyes of the beholder.
情人眼裡出西施。

・考試必勝小祕訣：
Beauty and the Beast迪士尼知名卡通。

托 I T G 公 公

203. ugly [`ʌglɪ]【ug·ly】a 醜的，討厭的
What an ugly dress! 多麼難看的洋裝！

・考試必勝小祕訣：**ugly duckling**表示
「形容醜小鴨變天鵝的人」，
ugly customer表示「可怕、粗暴的人」。

> **beauty** 必考關鍵字三分鐘速記圖

請利用三分鐘的時間，把前面所記過的單字做一個全盤的瞭解和記憶。

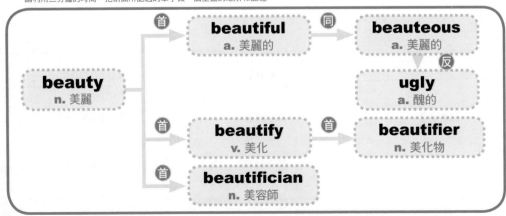

必考關鍵字

 because conj 因為

⑰TOEFL ❶IELTS ⓣTOEIC ⓖGEPT ⬆學測&指考 ⬤公務人員考試　｜單　字　錦　囊｜

204. accuse [əˋkjuz] 【ac·cuse】 v 控告，譴責
The man was accused of stealing money.
他被控告偷錢。

- 考試必考片語：
  accuse of 表示「控告」。

205. because [bɪˋkɔz] 【be·cause】 conj 因為
She quitted her job because of her children.
因為小孩所以她把工作辭掉了。

- 考試必考片語：
  because of 表示「因為」。

206. cause [kɔz] 【cause】 n 理由 v 造成 v 引起
Drunk driving is the main cause of the car crash.
酒駕是造成這場車禍的主要原因。

- 考試必考片語：
  make common cause with 表示「與…共同合作」。

207. clause [klɔz] 【clause】 n 條款；子句
If I had read clause 1-4 clearly, I would not sign that contract.
如果我有仔細閱讀第一到第四條條款，我就不會簽那份合約了。

- 考試必考混淆字：
  請注意！**cause, clause** 不論在讀音或是拼字都很相近。

208. excuse [ɪkˋskjuz] 【ex·cuse】 n 藉口 v 原諒
Traffic jam is no excuse for being late.
塞車不可以拿來當作遲到的藉口。

- 考試必考片語：
  excuse oneself 表示「要求得到原諒」，**make one's excuses** 表示「解釋為什麼不能做某事」。

because 必考關鍵字三分鐘速記圖

請利用三分鐘的時間，把前面所記過的單字做一個全盤的瞭解和記憶。

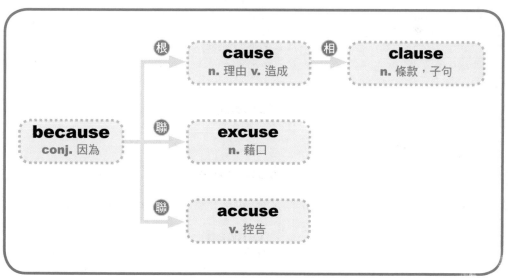

必考關鍵字

> bed n床 v將⋯崁入

(MP3) 02-04

托TOEFL ❶IELTS T TOEIC G GEPT ⬆學測&指考 公公務人員考試

單 字 錦 囊
托❶TG⬆公

209. bed [bɛd]【bed】n床 v將⋯崁入
Life is not a bed of roses.
生活中並非事事如意。

• 考試必考片語：
make the bed表示「鋪好床準備睡覺」，**take to one's bed**表示「臥病在床」。

托❶TG⬆公

210. bedding [`bɛdɪŋ]【bed·ding】n被褥，寢具
You can find all kinds of bedding products in this shop.
在這家店裡你可以買到各式各樣的寢具商品。

• 考試必考同義字：
bed linen表示「被單和枕套」，**bed clothes**表示「寢具，鋪蓋」。

托❶TG⬆公

211. bedroom [`bɛd‚rum]【bed·room】n臥室
She found her bedroom in a mess, but she could not remember anything.
她看到她臥房一團亂但卻記不起任何事。

• 字尾：**room**表示「空間，場所」，**bedroom**有床的場所，表示「臥室」。

托❶TG⬆公

212. bedridden [`bɛdˎrɪdn]【bed·rid·den】a臥床不起的，久病的
She knows well how to take care of the bedridden patients.
她非常瞭解要如何照顧臥床不起的病人。

• 字尾：**ridden**表示「充斥⋯的；為⋯所苦」，**bedridden**充斥在床上的，即「臥病不起的」。

托❶TG⬆公

213. embed [ɪm`bɛd]【em·bed】v把⋯嵌入
The identification chip was embedded into the dog.
那隻狗有植入晶片。

• 字首：**em**表示「使進入⋯狀態，成為」，**embed**使成為固定的狀態，即「把⋯嵌入」。

> bed 必考關鍵字三分鐘速記圖

請利用三分鐘的時間，把前面所記過的單字做一個全盤的瞭解和記憶。

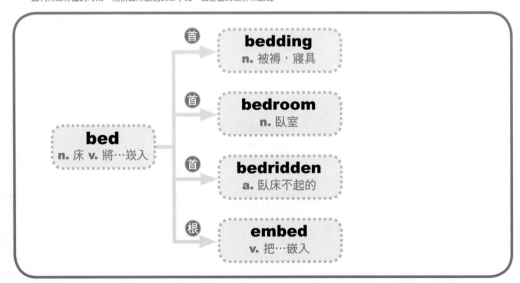

bed
n. 床 v. 將⋯崁入

首 → **bedding**
n. 被褥，寢具

首 → **bedroom**
n. 臥室

首 → **bedridden**
a. 臥床不起的

根 → **embed**
v. 把⋯嵌入

首字首、根字根、尾字尾記憶法 | 同同義、反反義記憶法 | 相相似字記憶法 | 聯聯想記憶法

必考關鍵字

 before `prep` `conj` 在…以前

托TOEFL　I IELTS　T TOEIC　G GEPT　↑學測&指考　公公務人員考試　　單　字　錦　囊

214. afford [əˋford]【af·ford】 **v** 負擔得起
She can not afford her child's tuition. 她負擔不起小孩的學費。

- 考試必考小祕訣：
  afford常與**can, could, able to**等字連用。
  托 I T ↑ 公

215. before [bɪˋfor]【be·fore】 `prep` `conj` 在…以前
Do not forget to wash your hands before a meal.
用餐前別忘記要洗手。

- 考試必考同義字：
  ago表示「在…以前」，前須加一段時間。
  托 I T G 公

216. farmer [ˋfarmɚ]【farm·er】 **n** 農夫
His father is a fruit famer.　他父親是一位果農。

- 字尾**er**表示「人」，
  farmer和農田有相關的人，即「農夫」。
  托 I T G 公

217. fore [for]【fore】 **a** 向前的，在前部的
The dog broke its fore foot yesterday.
那隻狗昨天摔斷了一隻前腳。

- 考試必考片語：
  to the fore 表示「在顯著的位置，嶄露頭角」
  托 I T ↑ 公

218. forecast [ˋforˏkæst]【fore·cast】 **v** **n** 預測，預報
The weather forecast says it will be cloudy tomorrow.
氣象預報說明天會是陰天。

- 考試必考小祕訣：
  forecaster表示「氣象預報員」。
  托 I T G ↑ 公

219. forefinger [ˋforˏfɪŋgɚ]【fore·fin·ger】 **n** 食指
She touched the screen with her forefinger.
她用食指觸摸螢幕。

- 考試必考小祕訣：
  fore（向前的）+**finger**（指頭）
  = **forefinger**指向前的指頭，即「食指」。
  托 I T G 公

220. foreground [ˋforˏgraund]【fore·ground】 **n** 前景，最顯著的位置
He drew a picture with a pond in the foreground.
他畫了一副畫，前景是一個池塘。

- 考試必考片語：
  in the foreground 表示「前景；使自己處於最吸引人的地方」。
  托 I T G ↑ 公

221. forehead [ˋforˏhɛd]【fore·head】 **n** 額頭
Her hair covers her forehead.
她的頭髮遮住了額頭。

- 考試必勝小祕訣：相關字**forelock**表示「額髮，前髮」，**at / touch one's forelock**表示「表示對有權勢（或上流社會）的人表示過度的敬意」。
  托 I T G ↑ 公

222. foremost [ˋforˏmost]【fore·most】 **a** 首要的
He is one of the world's foremost pianists.
他是世界上最重要的鋼琴家之一。

- 考試必考片語：
  first and foremost 表示「最重要的」。
  托 I T G ↑ 公

223. foresee [forˋsi]【fore·see】 **v** 遇見，先知
He can foresee his own future.　他可以預見自己的未來。

- 考試必考小祕訣：
  相關字**foreknowledge**表示「預知，事先知道」。
  托 I T G ↑ 公

224. forestall [forˋstɔl]【fore·stall】 **v** 預先阻止，搶在…前面行動
I meant to clean my room before my mom finished working, but she forestalled my plan by scheduling her working time one hour earlier.
我打算在媽媽下班前把房間打掃乾淨，可是媽媽今天提早一小時下班。

- 考試必考小祕訣：
  fore（前面的）+**stall**（拖延）= **forestall**在前面拖延，即「預先阻止」。
  托 I T G ↑ 公

225. forerunner [ˋforˏrʌnɚ]【fore·run·ner】 **n** 先驅，預兆
The cold evenings were a forerunner of winter.
寒冷的夜晚是冬天的預兆。

- 考試必考小祕訣：
  fore（前面的）+**runner**（跑步者）= **forerunner**在前面跑步的人，即「先驅，先鋒」。

226. former [`fɔrmɚ]【for·mer】 **n** 前者 **a** 以前的（無比較級）
The former president was assassinated last night.
前總統昨晚遭暗殺。

- 考試必考反義字：
latter表示「後者；後面的」

227. forward [`fɔrwɚd]【for·ward】 **a** 位於前面的 **a** 向前
I am looking forward to seeing you tomorrow.　我期待明天看到你。

- 考試必考片語：
look forward to（＋名詞）表示「期待」

228. straightforward [ˌstret`fɔrwɚd]【straight·for·ward】
a 正直的，簡單的
He gave me a straightforward answer.　他給我了一個簡單的回覆。

- 考試必考同義字：
straight-out 表示「坦率的」

> **before** 必考關鍵字三分鐘速記圖

請利用三分鐘的時間，把前面所記過的單字做一個全盤的瞭解和記憶。

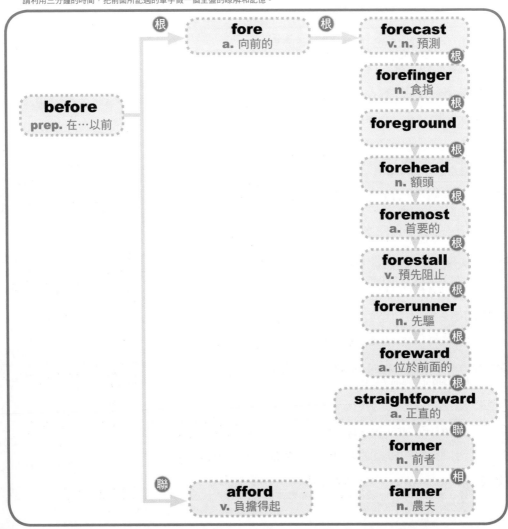

首字首、根字根、尾字尾記憶法｜同同義、反反義記憶法｜相相似字記憶法｜聯聯想記憶法

B

必考關鍵字

| **behind** ⓐ 後面的　　　　　　(MP3) 02-05

🅣 TOEFL　🅘 IELTS　🅣 TOEIC　🅖 GEPT　⬆學測&指考　🅐公務人員考試

　　　　　　　　　　　　　　　　　　　　　　　單　字　錦　囊

229. behind [bɪˋhaɪnd]【be·hind】 **prep**在…後面 **ad**在背後
The kid bullies his classmates behind the teacher's back.
那小孩在老師背後欺負同學。

• 考試必考片語：
behind the schedule表示「誤點」，
behind one's back表示「支持某人」。

230. belief [bɪˋlif]【be·lief】 **n**信任，信仰
No matter what you did, my belief in you is as strong as ever.
不論你做了什麼，我還是一樣相信你。

• 考試必考片語：
as…as表示「和…一樣」，
beyond belief表示「難以置信」。

231. believable [bɪˋlivəbḷ]【be·liev·able】 **a**可信的
His testimony is hardly believable.
他的證詞難以採信。

• 字尾：**able**表示「能…的」，至於動詞後變形容詞。
• 考試必考反義字：
unbelievable表示「難以置信的」。

232. believe [bɪˋliv]【be·lieve】 **v**相信
I could hardly believe my eyes when he passed away without a word.
我真不敢相信他就這麼過世了。

• 考試必考片語：
believe in sbd / sth表示「相信，相信…的存在」。

233. believer [bɪˋlivɚ]【be·liev·er】 **n**信徒
Alice is a firm believer in Muslim religion.
艾莉絲是一位虔誠的回教教徒。

• 考試必考反義字：
unbeliever表示「異教徒，懷疑者」。

234. hind [haɪnd]【hind】 **a**後面的 **n**雌鹿
Be careful of kangaroo's hind legs while walking by them.
經過袋鼠旁邊時要小心它們的後腿。

• 考試必考混淆字：
hide表示「隱藏，掩蔽」。

235. hinder [ˋhɪndɚ]【hin·der】 **v**阻礙，妨礙
The storm hindered the police from searching the area.
暴風雨阻礙了警察搜索這個區域。

• 考試必考片語：
hinder from表示「阻礙」。

236. hindrance [ˋhɪndrəns]【hin·drance】 **n**妨礙
This survey report may be a hindrance to my plan.
這份調查報告已對我的計畫造成阻礙。

• 考試必勝小祕訣：
more of a hindrance than a help表示「幫倒忙」。

237. hindsight [ˋhaɪnd͵saɪt]【hind·sight】 **n**事後聰明，後見之名
with the benefit / wisdom of hindsight
事後的聰明

• 考試必考反義字：
foresight 表示「先見之明，深遠謀慮」。

238. disciple [dɪˋsaɪpḷ]【dis·ci·ple】 **n**門徒，追隨者
the Disciples
耶穌的十二使徒

• 考試必考同義字：
apostle 表示「早期基督教的傳教士，傳道先驅者」。

> **behind** 必考關鍵字三分鐘速記圖

請利用三分鐘的時間，把前面所記過的單字做一個全盤的瞭解和記憶。

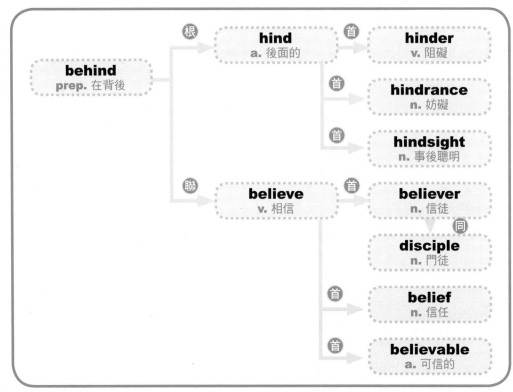

首字首、根字根、尾字尾記憶法｜同同義、反反義記憶法｜相相似字記憶法｜聯聯想記憶法

字詞 大追擊　**belief, faith, confidence**
這些名詞都有"相信，信任"之意。

1. belief n 普通用詞，指單純從主觀上的相信，不著重這種相信是否有根據。
He explained the beliefs of Taoism to us.
他向我們講解了道教教義。

2. faith n 語氣較強，強調完全相信；有時也能僅憑感覺產生的相信。
He always puts his faith in the future.
他對未來總是抱有信心。

3. confidence n 指對某人某事有充分信心，斷定不會使人失望，因而給予信任。
He lacks confidence in himself.
他缺少自信。

bell ⋒ 鈴，鐘

㊌TOEFL ⒤IELTS ㊀TOEIC ⒢GEPT ⬆學測&指考 ㊂公務人員考試

單 字 錦 囊
㊌⒤㊀⒢⬆㊂

---

239. abdomen [ˋæbdəmən]【ab·do·men】⋒ 腹部
Strain your abdomen when doing pull-ups.
作仰臥起坐時要縮小腹部。

• 考試必勝小祕訣：
abdominal 表示「腹部的」，
abdominal pain 表示「腹痛」。

㊌⒤㊀⒢⬆㊂

---

240. bell [bɛl]【bell】⋒ 鈴，鐘
Students rushed out of the classroom as soon as the bell rang.
鐘聲一響，學生們就往教室外面跑。

• 考試必考片語：
give someone a bell 表示「給某人打電話」。

㊌⒤㊀⒢⬆㊂

---

241. bellboy [ˋbɛlˌbɔɪ]【bell·boy】⋒ 信差，旅館大廳的男服務生
He works as a bellboy in a five-star hotel.
他在一家五星級飯店裡當大廳服務生。

• 考試必勝同義字：
bellhop 表示「侍者」（美國口語用法）。

㊌⒤㊀⒢⬆㊂

---

242. bellicose [ˋbɛləˌkos]【bel·li·cose】ⓐ 好戰鬥的
His bellicose attitude leads him to be laid off.
他好鬥個性導致他被解僱了。

• 字根：**belli** 表示「戰爭」，
字尾：**ose** 表示「充滿的」。
bellicose 充滿戰爭的，即「戰鬥的，好爭吵的」。

㊌⒤㊀⒢⬆㊂

---

243. bellow [ˋbɛlo]【bel·low】ⓥ 吼叫，咆哮
Would you stop bellowing at me?
可以停止對我吼叫嗎？

• 考試必考片語：
bellow out 表示「咆哮」。

㊌⒤㊀⒢⬆㊂

---

244. belly [ˋbɛlɪ]【bel·ly】⋒ 肚子 ⓥ 使鼓起
She kneaded her belly slightly to ease the pain.
她輕輕按摩肚子以減少疼痛。

• 考試必考片語：
belly out 表示「使鼓起，使脹起」。

㊌⒤㊀⒢⬆㊂

---

245. below [bəˋlo]【be·low】prep 在…下面
The data below is the accounting earnings for this year.
以下資料是今年度會計盈餘。

• 考試必考同義字：
beneath 表示「向…下面」。
• 考試必考反義字：
above 表示「在…上面」。

㊌⒤㊀⒢⬆㊂

---

246. jelly [ˋdʒɛlɪ]【jel·ly】⋒ 果凍，果醬
I had toast with strawberry jelly as breakfast this morning.
今天早上我有吃草莓果醬的土司當早餐。

• 考試必考同義字：
jam 表示「果醬」（美式用法）。
• 考試必勝小祕訣：
jellyfish 表示「水母」。

㊌⒤㊀⒢⬆㊂

---

247. rabble [ˋræbḷ]【rab·ble】⋒ 暴民，（貶）平民
Karry was so arrogant and she never made friends with rabbles.
凱莉很驕傲，她從不跟下流社會的人做朋友。

• 考試必勝小祕訣：
rabble-rouser 表示「暴民煽動者」。

㊌⒤㊀⒢⬆㊂

---

248. rebel [rɪˋbɛl]【reb·el】ⓥ 反叛
Children always rebel against their parents at adolescence.
青春期時期的小孩經常反抗父母。

• 字根：**bel** 表示「戰爭」，
rebel 再戰爭，即「反抗」。

249. **rebellion** [rɪˈbɛljən] 【re·bel·lion】 **n.** 反叛

The CEO's determination to lay off employees led to a rebellion.

執行長決定裁員導致員工反抗。

- 考試必考同義字：
  revolution表示「革命」。

250. **roar** [rɔr] 【roar】 **v. n.** 怒吼，咆嘯

The teacher roared with anger due to students' bustle.

學生們的喧嘩使得老師氣得大吼。

- 考試必考片語：
  roar out 表示「大聲吼叫」。
- 考試必勝小祕訣：
  a roaring trade 表示「生意興榮」。

▶ **bell** 必考關鍵字三分鐘速記圖

請利用三分鐘的時間，把前面所記過的單字做一個全盤的瞭解和記憶。

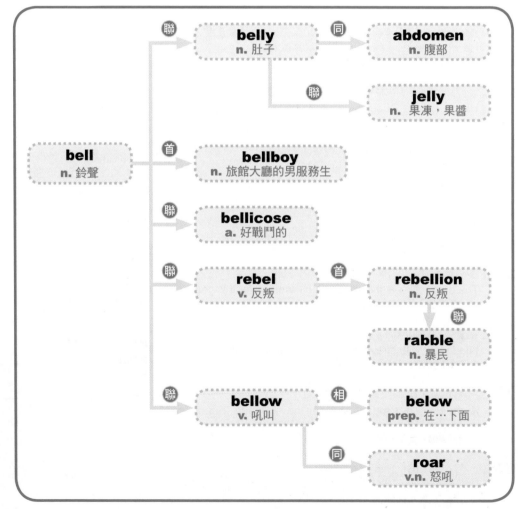

首字首、根字根、尾字尾記憶法 | 同同義、反反義記憶法 | 相相似字記憶法 | 聯聯想記憶法

必考關鍵字

 bicycle n 自行車 ⏺02-06

托TOEFL ❶IELTS 丅TOEIC ❻GEPT ⬆學測&指考 ❷公務人員考試

單 字 錦 囊

251. bicycle [ˈbaɪsɪkl̩] 【bi·cy·cle】 n 自行車
Recently, many commuters go to work by bicycles instead of the mass transportation.
最近許多通勤族都騎自行車上班而不搭大眾交通工具。

- 字首：**bi**表示「二」，
  字根：**cycl**表示「圓圈、輪子」，
  bicyle 兩個輪子，即「自行車」。

252. bike [baɪk] 【bike】 n 自行車
In Australia, people should wear hamlets while they ride bikes.
在澳洲騎腳踏車需要戴安全帽。

- 考試必勝小祕訣：
  bicycle與**bike**同義，可互相使用，前者較正式。

253. bilateral [baɪˈlætərəl] 【bi·lat·er·al】 a 雙邊的
We should lead to a bilateral agreement before signing the contract. 在簽約前我們必須先達成雙邊的協定。

- 考試必勝小祕訣：
  相關字**multilateral**表示「多邊的」。

254. combination [ˌkɑmbəˈneʃən] 【com·bi·na·tion】 a 聯合，化合
A combination of high demand and industrious work leads her to succeed. 高度的要求結合努力不懈的工作是她成功的原因。

- 考試必勝小祕訣：
  combination lock表示「密碼鎖」。

255. combine [kəmˈbaɪn] 【com·bine】 v 使聯合，使結合
The job is quite challenging; it combines professional knowledge with related experience.
這份工作相當有挑戰性；它結合了專業知識和相關經驗。

- 考試必考片語：
  combine with 表示「結合」。

256. cycle [ˈsaɪkl̩] 【cy·cle】 n 週期，循環，迴圈；自行車
The machine runs in a 30 minute cycle automatically.
機器每30分鐘循環運轉一次。

- 考試必勝小祕訣：
  a vicious cycle 表示「惡性循環」。

257. cylinder [ˈsɪlɪndɚ] 【cyl·in·der】 n 圓柱體
The palace was built with various cylinders.
這宮廷是由許多種圓柱體建立而成的。

- 考試必勝小祕訣：
  cylinder 也表示「汽缸」。

258. cynical [ˈsɪnɪkl̩] 【cyn·i·cal】 a 憤世嫉俗，玩世不恭的
Due to his cynical behaviour, Alex is not welcomed in this office.
艾利克斯玩世不恭的態度使他在這辦公室裡很不受歡迎。

- 考試必考片語：
  be cynical about 表示「對…冷嘲熱諷的」。

259. encyclopedia [ɪnˌsaɪkləˈpidɪə] 【en·cy·clo·pe·dia】
n 百科全書
This is an encycolpedia of birds. 這是一本鳥類百科。

- 字首：**en**表示「裡面」
  字根：**cyclo=cycle**表示「圓圈」，
  ped表示「知識」，
  encyclopedia在圓圈裡的教育，即「百科全書」。

260. hike [haɪk] 【hike】 v n 徒步旅行
He finished his traveling around Taiwan by hiking.
他剛完成徒步環島旅行。

- 考試必考片語：
  hike up 表示「高舉，猛然拉起」。

261. lateral [ˈlætərəl] 【lat·er·al】 a 側面的
With lateral thinking, Maria dealt with the complicated problem finally. 經過多方面的思考，瑪麗亞終於解決了那棘手的問題。

- 考試必考片語：
  deal with 表示「處理」。

262. motorcycle [`motɚ͵saɪkl̩] 【mo·tor·cy·cle】 n̄ 摩托車
He got a motorcycle as an 18-year-old birthday gift from his parents. 他父母送他一台摩托車當作18歲生日禮物。

- 字首：**motor**表示「馬達」，
  字根：**cycle**表示「自行車」，
  motorcycle有馬達的自行車，即「摩托車」。

263. recycle [ri`saɪkl̩] 【re·cy·cle】 v̄ 回收利用
The book is printed with recycled paper.
這本書是用再生紙印製的。

- 字首：**re**表示「再」，
  字根：**cycle**表示「循環」，
  recycle再循環，即「回收利用」。

> **bicycle** 必考關鍵字三分鐘速記圖

請利用三分鐘的時間，把前面所記過的單字做一個全盤的瞭解和記憶。

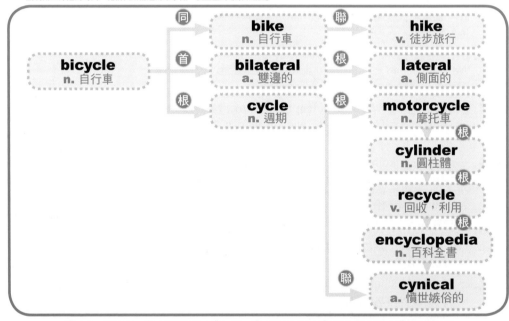

[首]字首、[根]字根、[尾]字尾記憶法 | [同]同義、[反]反義記憶法 | [相]相似字記憶法 | [聯]聯想記憶法

字詞大追擊 mix, mingle, combine 這些動詞均含 "混合" 之意。

1. mix v̄ 含義廣泛，側重混合的一致性，混合的各成分可能按原樣存在，但不一定能辨別出來。
Oil doesn't mix with water. 油和水不能混合。

2. mingle v̄ 暗示混合後的各成分仍保持各自的特性，能辨別出來。
It was a cry that mingled fright with surprise. 那是一聲夾著恐懼與驚訝的喊叫。

3. combine v̄ 通常用於化學反應中，指化合物等。
Combine the eggs with a little flour and heat the mixture gently.
把雞蛋和少量麵粉調勻，用文火加熱。

必考關鍵字

breath n 氣息

托TOEFL I IELTS T TOEIC G GEPT 學測&指考 公務人員考試

單 字 錦 囊

264. breath [brɛθ]【breath】n 氣息
With the continuous complaints and unsatisfication, the manager paused for a moment to get his breath back.
在一連串的抱怨與不滿，經理稍停片刻喘口氣。

• 考試必考片語：
take someone's breath away表示「使某人大吃一驚」。

265. breathe [brið]【breathe】v 呼吸，輕聲說話
The teacher always asks us to keep breathing slowly and smoothly while doing yoga.
老師說做瑜珈時要保持緩慢的呼吸速度。

• 考試必考片語：
breathe down one's neck表示「嚴密監視某人」。

266. breathless [`brɛθlɪs]【breath·less】a 喘不過氣
Dealing with a series of fierce criticism, I felt breathless.
面對一連串的嚴厲批評，我快喘不過氣了。

• 字尾：less表示「不能…的」，轉動詞為形容詞。
breathless不能呼吸的，即「喘不過氣」。

267. breathtaking [`brɛθˌtekɪŋ]【breath·tak·ing】
a 令人興奮的，驚險的
You are such a breathtaking pretty I've ever met.
我從沒遇見如此美艷動人的美女。

• 考試必勝小祕訣：
breathtaking為複合詞，名詞breath為動名詞taking的受詞。

268. breed [brid]【breed】v 飼養繁殖，招致 n 品種
Intimate breeds scorn. 親密導致輕蔑。

• 考試必勝小祕訣：**breed-bred-bred**。**breed like rabbits** (貶) 形容生很多小孩。

269. breeding [`bridɪŋ]【breed·ing】n 繁殖，教養，飼養
Mr. Wang keeps a hen-breeding farm in the suburb.
王先生在郊區有個養雞場。

• 考試必勝小祕訣：
breeding-ground表示「繁殖場」。

270. brood [brud]【brood】v 沉思 n 一窩
Say something instead of sitting and brooding only.
說點話不要只是坐在那裡不發一語。

• 考試必考片語：
brood over / about 表示「沉思」。

271. brook [bruk]【brook】n 小河 v 忍受
She would not brook any criticism about her work.
她不容許任何有關她作品的批評。

• 考試必勝小祕訣：
brook多用於否定句。

272. greed [grid]【greed】n 貪心，貪婪
Greed is one of the seven sins for Christian.
貪婪是基督教裡的七大罪刑之一。

• 考試必考片語：
greed for表示「貪得無厭」。

273. green [grin]【green】n 綠色 a 綠色的
You can cross the road when the traffic sign turns to green.
綠燈才能過馬路。

• 考試必考片語：
green about the gills 表示「因為生病，恐懼而臉色發青的」。

274. well-bred [`wɛl`brɛd]【well·bred】a 有教養的
No one will defeat a man who is well-bred.
一個有教養的人是不會被攻擊的。

• 考試必勝小祕訣：
well-bred為複合形容詞，副詞well + 過去分詞bred。

▶ breath 必考關鍵字三分鐘速記圖

請利用三分鐘的時間，把前面所記過的單字做一個全盤的瞭解和記憶。

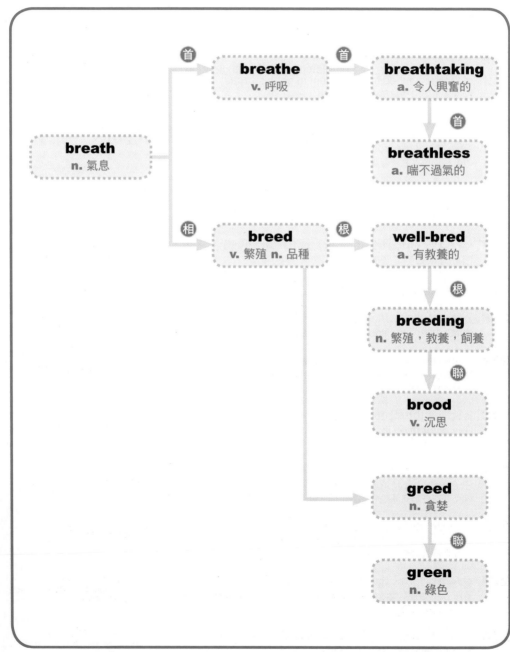

B

必考關鍵字

bridge n 橋

MP3 02-07

🔵TOEFL 🔵IELTS 🔵TOEIC 🔵GEPT ⬆️學測&指考 ㊙公務人員考試

275. abbreviate [əˋbrivɪ‚et]【ab·bre·vi·ate】 **V** 簡化
Generally speaking, "Dr." is abbrevatied from the word, 'doctor.'
一般來說，"Dr." 這個字是由 "doctor" 縮寫而成的。

- 字首：**ab**表示「朝向」，
  字根：**brevi** 表示「簡短」，
  abbreviate朝向簡短，即「簡化」。

🔵🔵🔵🔵⬆️㊙

276. abbreviation [ə‚brivɪˋeʃn]【ab·bre·vi·ation】 **n** 縮寫詞
CEO is the abbreviation of Chief Executive Officer.
CEO是執行首長的縮寫。

- 字首：**tion**表示「狀況，行動」，
  多置於動詞後面，將動詞換成名詞。
  abbreviation 表示縮寫的行動，即「縮寫」。

🔵🔵🔵🔵⬆️㊙

277. bridge [brɪdʒ]【bridge】 **n** 橋
Do not cross your bridges before you come to them.
勿杞人憂天。

- 考試必考片語：
  build bridges表示「溝通」，
  burn one's bridge表示「破釜成舟，自斷後路」。

🔵🔵🔵🔵⬆️㊙

278. brief [brif]【brief】 **a** 簡短的，短暫的
Please make a brief presentation about yourself before the interview. 在面試之前請先做個簡單的自我介紹。

- 考試必考片語：
  in brief表示「簡單地說」，
  hold no brief for表示「不支持」。

🔵🔵🔵🔵⬆️㊙

279. briefcase [ˋbrif‚kes]【brief·case】 **n** 公事包
He left his briefcase in the office when he went on a business trip.
他出差時把公事包遺留在辦公室裡。

- 考試必勝小祕訣：
  a business trip表示「出差」。

🔵🔵🔵🔵⬆️㊙

280. brevity [ˋbrɛvətɪ]【bre·vity】 **n** 短暫，簡短
He made a brevity of comments about the issue.
針對這個議題，他做了個簡短的意見。

- 考試必勝小祕訣：
  the brievity of life表示「人生短暫」。

bridge 必考關鍵字三分鐘速記圖

請利用三分鐘的時間，把前面所記過的單字做一個全盤的瞭解和記憶。

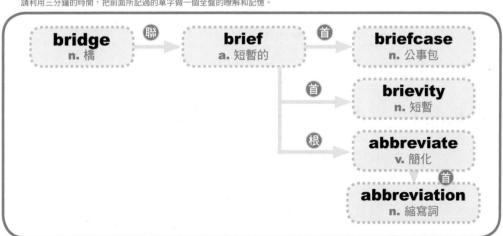

🔵字首、🔵字根、🔵字尾記憶法 | 🔵同義、🔵反義記憶法 | 🔵相似字記憶法 | 🔵聯想記憶法

必考關鍵字

▶ | bright ⓐ 明亮的

🄣TOEFL ❶IELTS ⓣTOEIC ⓖGEPT ⬆學測&指考 ⓐ公務人員考試

▶ 單 字 錦 囊

281. bright [braɪt] 【bright】 ⓐ明亮的，聰明的
She gave me a bright smile as a greeting.
她給了我一個燦爛的笑容表示歡迎。

• 考試必考片語：
look on the bright side表示「對…抱樂觀態度」。

282. brighten [`braɪtn̩] 【bright·en】 ⓥ使變亮，使愉快
The sky brightened after the thundershowers.
雷陣雨後的天空十分明亮。

• 考試必考片語：
bright up表示「使明亮」。

283. brightness [`braɪtnɪs] 【bright·ness】 ⓝ明亮，聰慧
The brightness of the full moon appeared romantic.
明亮的滿月顯得很浪漫。

• 考試必考同義字：
glory表示「燦爛，光榮」。

284. brilliance [`brɪljəns] 【bril·liance】 ⓝ燦爛
The brilliance of the fireworks looks so wonderful.
煙火燦爛光輝看起來很美。

• 考試必勝小祕訣：
brilliance同等於**brilliancy**表示「燦爛」。

285. brilliant [`brɪljənt] 【bril·liant】 ⓐ燦爛的，有才氣的
Susan is a brilliant editor.　蘇珊是一位傑出的編輯。

• 考試必考同義字：
intelligent表示「出色的，才華洋溢的」。

286. brisk [brɪsk] 【brisk】 ⓐ輕快的，活潑的 ⓥ使興旺
Mandy talked in a brisk tone of voice.
蔓蒂以輕快的語調說話。

• 考試必考片語：
brisk up表示「興旺，活躍」。

287. bristle [`brɪsl̩] 【bris·tle】 ⓥ硬挺 ⓝ短而硬的毛髮
The snake bristled up its tail.　這條蛇挺直尾巴。

• 考試必考片語：
bristle with表示「到處都是」。

288. brittle [`brɪtl̩] 【brit·tle】 ⓐ易碎的，冷漠的
Move the brittle vessels with care.
小心搬動那些易碎的器皿。

• 考試必勝小祕訣：
brittle bone disease表示「骨質疏鬆症」。

▶ | bright 必考關鍵字三分鐘速記圖

請利用三分鐘的時間，把前面所記過的單字做一個全盤的瞭解和記憶。

首字首、根字根、尾字尾記憶法 | 同同義、反反義記憶法 | 相相似字記憶法 | 聯聯想記憶法

必考關鍵字

 broad a 寬廣的

TOEFL ⓘIELTS ⓣTOEIC ⒢GEPT ⬆學測&指考 ㊣公務人員考試

單 字 錦 囊

289. abroad [ə`brɔd]【a·broad】**ad** 在國外
Tom decided to go abroad for further study after graduation.
湯姆決定畢業後出國深造。

- 考試必勝小祕訣：
abroad當名詞表示「海外，異國」，多用在**from**之後。

290. board [bord]【board】**n** 長型木板，膳食 **v** 寄宿
Sam built a dog house with several boards.
山姆用幾片木板蓋了間狗屋。

- 考試必勝小祕訣：
Board of Foreign Trade表示「國際貿易局」。

291. breadth [brɛdθ]【breadth】**n** 寬度，幅度
Tom measured the breadth of the bed with an iron ruler.
湯姆用鐵尺測量床的寬度。

- 考試必考片語：
at hair's breadth表示「極短的距離，極少的數量」。

292. broad [brɔd]【broad】**a** 寬廣的
The table is about two feet broad.
那桌子約兩英呎寬。

- 考試必勝小祕訣：
broad bean表示「蠶豆」。

293. broadcast [`brɔd͵kæst]【broad·cast】**n v** 廣播
Dona likes to listen to broadcast programs at night.
多娜喜歡在夜裡收聽廣播節目。

- 考試必勝小祕訣：
outside broadcast = remote broadcast（美）表示「實況轉撥」。

294. broaden [`brɔdn̩]【broad·en】**v** 加寬
The soldiers are broadening the levee.
士兵們正在進行加寬堤防的工程。

- 考試必考同義字：
widen表示「加寬，擴大」。

295. cast [kæst]【cast】**v** 丟，投擲，選派角色
Don't cast the Frisbee at the stray dog.
不要把飛盤丟向流浪狗。

- 考試必考片語：
cast away表示「丟棄」，**cast out**表示「驅逐」。

broad 必考關鍵字三分鐘速記圖

請利用三分鐘的時間，把前面所記過的單字做一個全盤的瞭解和記憶。

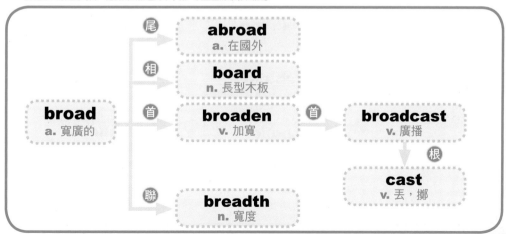

首字首、根字根、尾字尾記憶法 ｜同同義、反反義記憶法 ｜相相似字記憶法 ｜聯聯想記憶法

057

必考關鍵字

> build V 建築

MP3 02-08

托TOEFL ❶IELTS ❶TOEIC ❺GEPT ❶學測&指考 ❺公務人員考試

單 字 錦 囊

296. build [bɪld]【build】V建築，建立
The bridge has been built for a few months.
橋樑已建了好幾個月了。

- 考試必考片語：
  build up表示「增進」。

297. building [`bɪldɪŋ]【build·ing】N建築物
Jack is living in an apartment building nearby.
傑克住在附近的一棟公寓。

- 考試必勝小祕訣：
  build block表示「建築材料」。

298. bulk [bʌlk]【bulk】N大塊，大量；V顯得重要
The bulk of the port workers voted to strike.
大量港口工人投票要罷工。

- 考試必勝小祕訣：
  bulk sale表示「整批零售」。

299. bullet [`bulɪt]【bul·let】N子彈
The hunter killed a deer with a single bullet.
獵人用一顆子彈打死一隻鹿。

- 考試必考片語：
  bite the bullet表示「忍受極大的痛苦」。

300. bulletin [`bulətɪn]【bul·le·tin】N告示牌，新聞快報
The janitor hanged a bulletin board on the wall.
工友吊一塊公告牌在牆上。

- 考試必勝小祕訣：
  bulletin board表示「佈告牌」。

301. rebuild [ri`bɪld]【re·build】V重建
The villagers wanted to rebuild their houses.
村民們想要重建家園。

- 字首：**re**表示「再」，
  rebuild 再次建立，即「重建」。

302. shipbuilding [`ʃɪp͵bɪldɪŋ]【ship·build·ing】N造船業
Taiwan used to be famous for shipbuilding before.
台灣曾經以造船業著名。

- 考試必勝小祕訣：
  shipyard 就是「造船廠」。

> build 必考關鍵字三分鐘速記圖

請利用三分鐘的時間，把前面所記過的單字做一個全盤的瞭解和記憶。

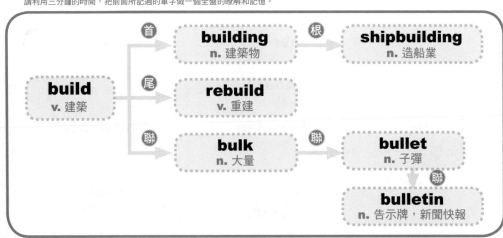

首字首、根字根、尾字尾記憶法｜同同義、反反義記憶法｜相相似字記憶法｜聯聯想記憶法

必考關鍵字

bump ⓥ 碰撞，顛簸

🛈TOEFL ❶IELTS ⓣTOEIC ⓖGEPT ⬆學測&指考 ⓐ公務人員考試

單 字 錦 囊

---

303. bump [bʌmp]【bump】ⓥ 碰撞，顛簸
A motorcycle bumped into a car on the street corner.
摩托車在街角撞到一輛汽車。

• 考試必考片語：
bump into表示「無意中碰撞」。

304. bumper [ˋbʌmpɚ]【bum·per】ⓝ保險槓 ⓐ特大的
The rear bumper of the car got damaged.
汽車的後保險桿損壞了。

• 考試必勝小祕訣：
bumper car表示「遊樂場裡的碰碰車」。

305. dump [dʌmp]【dump】ⓥ傾倒 ⓝ垃圾場，沮喪
There shouldn't be a dump close to a residential district.
住宅區附近不應有垃圾場。

• 考試必考片語：
take / have a dump 表示「上廁所」
（年輕人較口語說法）。

306. lump [lʌmp]【lump】ⓝ小方塊，腫塊 ⓥ勉強容忍
Mrs. Chen found a lump in her left breast.
陳太太在左乳房發現一個腫塊。

• 考試必勝小祕訣：
lump sum 表示「總金額」。

307. plump [plʌmp]【plump】ⓐ豐滿的 ⓥ使豐滿
The little girl has rosy plump cheeks. 那個小女孩的面頰飽滿紅潤。

• 考試必考片語：**plump for sbd / sth**表示「強調經過一番思考後所作的抉擇」。

308. slam [slæm]【slam】ⓥ猛扔
The boss slammed the telephone down with anger.
老闆憤怒地猛扔電話。

• 考試必勝小祕訣：
grand slam表示「棒球滿壘時的全壘打」。

309. slum [slʌm]【slum】ⓝ貧民
The former president was a slum in his childhood.
前總統童年是個貧民。

• 考試必勝小祕訣：
貧民窟另一種說法shanty town亦可。

310. stump [stʌmp]【stump】ⓝ樹狀 ⓥ腳步沉重聲
The farmer sat on a stump taking a break. 農民坐在樹枝上休息。

• 考試必考片語：**take a break**表示「稍作休息，休息片刻」。

311. thump [θʌmp]【thump】ⓥ重擊 ⓝ重擊聲 ⓥ心怦怦跳
Lucy hit the bad guy a thump on the face.
露西從歹徒的臉重重打下去。

• 考試必考混淆字：
thumb表示「拇指」。

---

bump 必考關鍵字三分鐘速記圖

請利用三分鐘的時間，把前面所記過的單字做一個全盤的瞭解和記憶。

必考關鍵字

 butter n 奶油

TOEFL IELTS TOEIC GEPT 學測&指考 公務人員考試

單 字 錦 囊

312. buffet [`bʌfɪt] 【buf·fet】 n 自助餐 v 用力連續打擊
The ship was buffeted by the waves.
船被浪打得左右搖晃。

- 考試必考小祕訣：
  buffet當動詞用時，多以被動形態呈現。

313. bull [bʊl] 【bull】 n 公牛，（股票）看漲
Investors start to increase their stock holdings in bull market.
投資者看準了股票看漲市場開始增加持有的股份。

- 考試必考片語：
  a bull in a china shop表示「笨手笨腳的人」。

314. bully [`bʊlɪ] 【bul·ly】 n 欺凌弱小者 v 威嚇、欺負
That fat boy is a bully at school.
那個胖小子在學校是個特強凌弱的流氓。

- 考試必考片語：
  bully into 表示「威逼，欺負」，
  bully off 表示「曲棍球賽開始」。

315. butter [`bʌtɚ] 【but·ter】 n 奶油 v 塗抹奶油
He eats bread and butter for breakfast every morning.
他每天的早餐都是奶油塗麵包。

- 考試必考片語：
  butter up表示「討好，奉承」。

316. butterfly [`bʌtɚ͵flaɪ] 【but·ter·fly】 n 蝴蝶
"Butterfly effect" is the idea about that one butterfly could have a far-reaching effect on subsequent historic events.
"蝴蝶效應"是指一隻蝴蝶也可以造成爾後重大事件有廣泛的影響作用。

- 考試必考片語：
  have a butterfly in one's stomach表示「情緒緊張」。

317. buzz [bʌz] 【buzz】 n 嗡嗡叫 v 低空掠過
The buzzing fly in the room led Mary to be annoyed.
房間裡嗡嗡叫的蒼蠅惹火了瑪麗。

- 考試必考片語：
  buzz off 表示「走開」（多用於祈使句）。

butter 必考關鍵字三分鐘速記圖

請利用三分鐘的時間，把前面所記過的單字做一個全盤的瞭解和記憶。

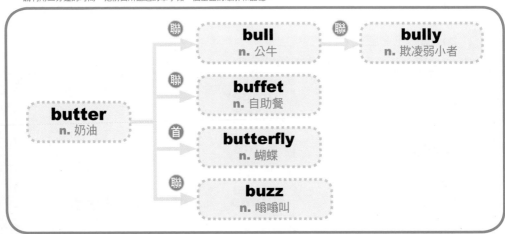

首字首、根字根、尾字尾記憶法 | 同同義、反反義記憶法 | 相相似字記憶法 | 聯聯想記憶法

a 形容詞
ad 副詞
aux 助動詞
conj 連接詞
n 名詞
num 數字
prep 介係詞
pron 代名詞
v 動詞
（美）美式用語
（英）英式用語

首 字首記憶法
根 字根記憶法
尾 字尾記憶法
同 同義字記憶法
反 反義字記憶法
相 相似字記憶法
聯 聯想記憶法

托 TOEFL
Ⓘ IELTS
Ⓣ TOEIC
Ⓖ GEPT
↑ 學測&指考
公 公務人員考試

必考關鍵字

call ⓥ 呼喊，取消

MP3 03-01

🅣TOEFL ⓘIELTS ⓣTOEIC ⒢GEPT ⬆學測&指考 ㊒公務人員考試

単 字 錦 囊

318. call [kɔl] 【call】ⓥ呼喊，取消
The game has been called off because of rain.
這場雨導致比賽被取消。

• 考試必考片語：
call off表示「取消」。

319. challenge [ˋtʃælɪndʒ] 【chal·lenge】ⓝⓥ挑戰
Such tough job rises to my challenge.
如此棘手的工作激起我的挑戰力。

• 考試必考片語：
challenge to 表示「向⋯挑戰」。

320. conference [ˋkɑnfərəns] 【con·fer·ence】ⓝ會議
Could you please book a conference room for the meeting?
可以請你登記一間會議室開會嗎？

• 考試必考片語：
conference on sth表示「討論某事」，**conference with sbd**表示「和⋯某人商討」。

321. council [ˋkaʊnsl̩] 【coun·cil】ⓝ理事會，委員會
He works in the United Nations Security Council.
他任職於聯合國安全理事會。

• 考試必考同義字：
committee表示「委員會」。

322. recall [rɪˋkɔl] 【re·call】ⓥ回想，召回，回憶
He has been recalling to the life he spent in Melbourne.
他一直回想在墨爾本的生活。

• 字首：**re**表示「回，向後」，**recall**向後呼喊，即「回憶」。

323. reconciliation [rɛkənˌsɪlɪˋeʃən] 【rec·on·cil·i·a·tion】ⓝ和解，調解
The purpose of this gathering is to bring the reconciliation between two sides. 這次聚會的目的是希望給雙方帶來和解。

• 考試必考片語：
reconciliation between 表示「和好」。

324. reconcile [ˋrɛkənsaɪl] 【rec·on·cile】ⓥ使協調，使和解
The divorced couple reconciled after a year.
這對離了婚的夫妻一年後又復合了。

• 考試必考片語：
reconcile with表示「協調，使一致」。

325. so-called [ˋsoˋkɔld] 【so-called】ⓐ所謂的
I can not believe that he is so-called a two timer.
我真不敢相信他就是所謂的腳踏兩條船的人。

• 考試必勝小祕訣：
so-called為複合形容詞，含貶意。

call 必考關鍵字三分鐘速記圖

請利用三分鐘的時間，把前面所記過的單字做一個全盤的瞭解和記憶。

⒢字首、根字根、尾字尾記憶法 ｜ 同同義、反反義記憶法 ｜ 相相似字記憶法 ｜ 聯聯想記憶法

C

必考關鍵字

 camp n 營地

⓯TOEFL ❶IELTS ❶TOEIC ❻GEPT ❶學測&指考 ❷公務人員考試

單 字 錦 囊

⓯❶❶❻❶❷

326. camp [kæmp]【camp】n營地 v野營
The family goes camping every summer vacation.
那戶人家每逢暑假都會去露營。

• 考試必考片語：
camp out 表示「露營」，
camp up 表示「誇大不自然」。

⓯❶❶❻❶❷

327. campaign [kæm`pen]【cam·paign】n戰役，宣傳活動
v領導
The candidate of the opposition party was killed during the
election campaign. 反對黨的候選人在競選活動期間被殺了。

• 考試必考片語：
campaign for / against 表示「領
導、參加活動」。

⓯❶❶❻❶❷

328. campus [`kæmpəs]【cam·pus】n校園
The Columbine High School Massacre disclosed the safety
problem in campus. 科倫拜校園槍擊事件揭發出校園安全問題。

• 考試必考片語：
live on campus 表示「住校」。

⓯❶❶❻❶❷

329. champagne [ʃæm`pen]【cham·pagne】n香檳
We took a bottle of champagne while visiting our supervisior.
我們帶了瓶香檳去拜訪主管。

• 考試必勝小祕訣：
champers 英式用法，表示「香檳」。

⓯❶❶❻❶❷

330. champion [`tʃæmpɪən]【cham·pi·on】n冠軍
Federal won Wimbledom 2009 Champion.
費德洛贏得2009年溫布頓（即國際網球賽）冠軍。

• 考試必考同義字：
conqueror 表示「勝利者」。

⓯❶❶❻❶❷

331. chimpanzee [`tʃɪmpæn`zi]【chim·pan·zee】n黑猩猩
A chimpanzee is an African ape with black or brown fur,
which is small and very intelligent.
黑猩猩是指非洲黑色或棕色軟毛的猩猩，通常小且很聰明。

• 考試必考混淆字：
monkey, ape, chimpanzee

▶ **camp** 必考關鍵字三分鐘速記圖

請利用三分鐘的時間，把前面所記過的單字做一個全盤的瞭解和記憶。

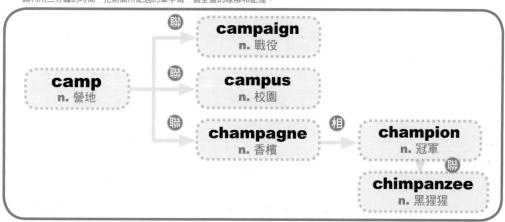

首字首、根字根、尾字尾記憶法｜同同義、反反義記憶法｜相相似字記憶法｜聯聯想記憶法 **063**

必考關鍵字

canal n 運河

| 托TOEFL | I IELTS | T TOEIC | G GEPT | 學測&指考 | 公 公務人員考試 |

單 字 錦 囊

332. canal [kə`næl] 【ca·nal】 n 運河
Canals are artificial channels for water. 運河是指人造水道。

- 考試必勝小祕訣：
canal + ize（動詞字尾）= canalize表示「挖河道」。
托 I T G 學

333. cane [ken] 【cane】 n 手杖、藤和竹的莖
The old lady cannot walk without her cane.
老太太沒有了拐杖就無法行動。

- 考試必考混淆字：
stick 表示「棒狀物」。
托 I T G 學 公

334. candy [`kændɪ] 【can·dy】 n 糖果
That heart-shaped candy with strawberry flavor is my favorite.
草莓口味的心型糖果是我的最愛。

- 考試必勝小祕訣：
sweet 英式用法，表示「糖果」。
托 I T G 學 公

335. cannon [`kænən] 【can·non】 n 大砲
The general ordered his troops to fire the cannons at the target. 上將命令士兵們對準目標發射大炮。

- 考試必勝小祕訣：
cannon fodder 表示「士兵，砲灰」。
托 I T G 學

336. canoe [kə`nu] 【ca·noe】 n 獨木舟
They crossed the river by means of canoe.
他們坐獨木舟過河。

- 考試必勝小祕訣：
kayak 英式用法，表示「小艇」。
托 I T G 學 公

337. canyon [`kænjən] 【can·yon】 n 峽谷
The Grand Canyon is one of the most famous attractions in America. 大峽谷是美國著名景點之一。

- 考試必考混淆字：
valley表示「溪谷，山谷」。
托 I T G 學 公

338. channel [`tʃænḷ] 【chan·nel】 n 溝渠，途徑 V 把…導向
The source of our information came from reliable channels.
資料來源是來自一個可靠的管道。

- 考試必考片語：
channel into 表示「引導，引致」。

canal 必考關鍵字三分鐘速記圖

請利用三分鐘的時間，把前面所記過的單字首一個全盤的瞭解和記憶。

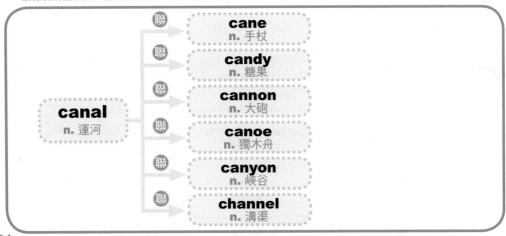

首 字首、根 字根、尾 字尾記憶法 | 同 同義、反 反義記憶法 | 相 相似字記憶法 | 聯 聯想記憶法

capital n 首都

MP3 03-02

托TOEFL 🄘IELTS 🅣TOEIC 🄖GEPT 🡅學測&指考 🄰公務人員考試

單 字 錦 囊

339. cabbage [ˈkæbɪdʒ]【cab·bage】n 捲心菜
Price of cabbage this season reaches a new high record.
這季節的捲心菜價錢創新高紀錄。

- 考試必考混淆字：
  lettuce表示「萵苣」。

340. cape [kep]【cape】n 岬，海角
The experienced hiker fell from the cape unfortunately.
那位經驗豐富的徒步旅行者不幸從海角上墜落。

- 考試必勝小祕訣：
  the Cape of Good Hope表示「好望角」。

341. captain [ˈkæptɪn]【cap·tain】n 船長，隊長
My childhood dream was to be a great captain.
我小時候的夢想是成為一位偉大的船長。

- 字根：**capt**表示「重要的」。

342. capital [ˈkæpətl̩]【cap·i·tal】n 首都，大寫字母
Canberra is the capital of Australia. 坎培拉是澳洲首都。

- 考試必考片語：
  make capital out of 表示「利用…」。

343. capitalism [ˈkæpətl̩ˌɪzəm]【cap·i·tal·ism】n 資本主義
Capitalism is the cause of corruption in communist point.
依共產主義的觀點，資本主義是造成腐敗的原因。

- 考試必勝小祕訣：
  相關字**communism**表示「共產主義」；
  socialism表示「社會主義」。

344. chapter [ˈtʃæptɚ]【chap·ter】n 章節
The teacher asked us to preview Chapter 5 before class next week.
老師要我們在下禮拜上課前先預習第五章。

- 考試必勝小祕訣：
  chapter and verse 表示「確切的消息來源」。

345. precipitate [prɪˈsɪpəˌtet]【pre·cip·i·tate】v 加速促成，突然發生
He was precipitated into bankrupt due to the rising interest.
利息高漲加速促使他破產。

- 字首：**pre**表示「之前」，
  字根：**cipi**表示「拿取」，
  precipitate事先拿取，即「加速促成」。

capital 必考關鍵字三分鐘速記圖

請利用三分鐘的時間，把前面所記過的單字做一個全盤的瞭解和記憶。

首字首、根字根、尾字尾記憶法｜同同義、反反義記憶法｜相相似字記憶法｜聯聯想記憶法

必考關鍵字

car n 汽車

托TOEFL I IELTS T TOEIC G GEPT 學學測&指考 公公務人員考試

單字錦囊

346. car [kɑr]【car】 n 汽車

You can dial this number to consult car renting service.

你可以撥打這支電話去詢問有關汽車租借服務。

• 考試必考同義字：
automobile (美)、**motorcar** (英)，皆表示「汽車」。

347. caravan [ˋkærəˏvæn]【car·a·van】 n 大篷車

The Smith's caravan was stolen while they were heading for a holiday.

史密斯家的大篷車在他們前往度假時被偷了。

• 考試必考片語：
head for表示「前往」。

348. career [kəˋrɪr]【ca·reer】 n 生涯職業

His nearly 35-year political career ended for his bribery scandal.

他將近35年的政治生涯因賄選醜聞而告終。

• 考試必考同義字：
job表示「工作」。
• 考試必勝小祕訣：
a career woman表示「職業婦女」。

349. cargo [ˋkargo]【car·go】 n (船、飛機、車輛裝載的)貨物

The ship with a cargo of coal was sailed from England to France.

一艘滿載煤料的船從英國航行至法國。

• 考試必勝小祕訣：
cargoes or cargos表示複數。

350. carriage [ˋkærɪdʒ]【car·riage】

n（火車）客車車廂，私人馬車

The tall man followed that young lady into the carriage.

那位高挑男子跟隨年輕女子進入火車車廂。

• 考試必考混淆字：
stagecoach表示「驛馬車」。

351. carrier [ˋkærɪɚ]【car·ri·er】 n 信差，運輸公司

He works as a mail carrier in the post office nearby.

他在附近郵局當郵差。

• 考試必勝小祕訣：
carry（運送）+ **er**（人）=**carrier**與運送有關的人，即「信差」。

352. carry [ˋkærɪ]【car·ry】 v 運送，懷有

He gave his seat to that woman who carried a baby in her arms.

他把位置禮讓給手裡抱著小嬰兒的婦女。

• 考試必考片語：
carry on表示「繼續，堅持」。
carry out表示「實踐，完成」。

353. charge [tʃardʒ]【charge】 n 費用，掌管，負責

Who is in charge of this restaurant?

這家餐廳的負責人是誰？

• 考試必考片語：
in charge of表示「負責」。

354. discharge [dɪsˋtʃardʒ]【dis·charge】

v 釋放，解雇，離開，卸貨

The patient was discharged from the hospital with the doctor's approval last week.

病人上禮拜獲得醫生批准離開醫院了。

• 考試必考片語：
discharge from表示「離開」，
discharge into表示「發射槍、砲」。

C

355. jar [dʒɑr] 【jar】 n 罐子 v 使人感到不快

The kid caged the mosquito in a jar and shook it fiercely.

那小孩把蚊子關在一個罐子裡並猛烈地搖晃它。

・考試必考片語：
jar on 表示「發出刺耳聲使人不舒服」。

356. van [væn] 【van】 n 運貨車

It's impossible to transport your furniture without a van.

搬運你的傢俱沒有貨車是不可能的。

・考試必勝小祕訣：
truck 表示「輕型卡車」。

> **car** 必考關鍵字三分鐘速記圖

請利用三分鐘的時間，把前面所記過的單字做一個全盤的瞭解和記憶。

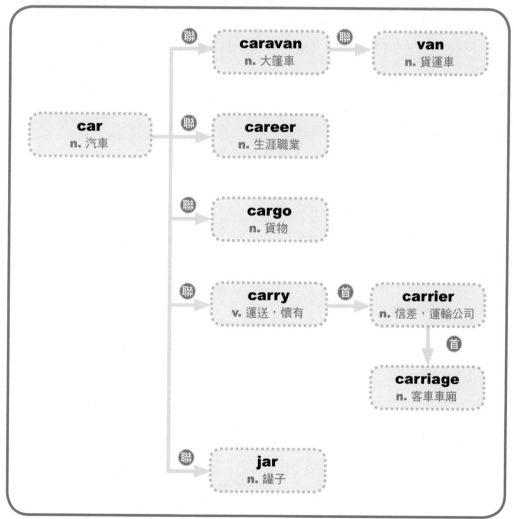

car n. 汽車

聯 → **caravan** n. 大篷車 聯 → **van** n. 貨運車

聯 → **career** n. 生涯職業

聯 → **cargo** n. 貨物

聯 → **carry** v. 運送，懷有 首 → **carrier** n. 信差，運輸公司 首 → **carriage** n. 客車車廂

聯 → **jar** n. 罐子

首 字首、根 字根、尾 字尾記憶法｜同 同義、反 反義記憶法｜相 相似字記憶法｜聯 聯想記憶法

必考關鍵字

case n 事件，情況，案件，大容器

托TOEFL ①IELTS T TOEIC G GEPT 學測&指考 公 公務人員考試

| 單 字 錦 囊 |

357. case [kes]【case】n事件，情況，案件，大容器
It is going to rain, in that case, the outdoor party will be canceled. 快下雨了，照這情況戶外派對將會取消。

- 考試必考片語：**in case**表示「萬一」。

358. casual [ˋkæʒʊəl]【ca·su·al】a隨便的
Students' casual attitude made the teacher annoyed.
學生漫不經心的態度惹惱了老師。

- 考試必考反義字：**formal**表示「正式的」。

359. casualty [ˋkæʒjʊəltɪ]【ca·su·al·ty】n傷亡
There were dozens of casualties in the ship wreck.
這次船難死傷慘重。

- 考試必考片語：**dozens of**表示「許多」。

360. chance [tʃæns]【chance】nv機會，碰巧
It is a fat chance that Mary will nod at his proposal.
瑪莉答應他的求婚機會很小。

- 考試必勝小祕訣：**fat chance**表示「極少可能」。

361. decay [dɪˋke]【de·cay】nv腐爛，衰退
Fluoride toothpastes can help fight tooth decay and prevent the formation of cavities.
含氟牙膏可防止牙齒蛀蝕和預防蛀牙的形成。

- 字首：**de**表示「向下」。

362. occasion [əˋkeʒən]【oc·ca·sion】n場合
She wears that dress only on special occasions.
她只在特別場合穿著那套洋裝。

- 考試必考片語：**on occasion**表示「偶爾，有時」。

363. occasional [əˋkeʒənḷ]【oc·ca·sion·al】a偶然的，臨時的
He is an occasional cook in our restaurant.
他是我們餐廳臨時請來的廚師。

- 考試必考反義字：**customary**表示「慣性的」。

364. opportunity [ˌɑpɚˋtjunətɪ]【op·por·tu·ni·ty】n機會
The company provides lots of job opportunities for young graduates.這家公司提供了許多工作機會給沒經驗的大學畢業生。

- 考試必勝小祕訣：**at every opportunity=as often as possible**表示「盡可能」。

case 必考關鍵字三分鐘速記圖

請利用三分鐘的時間，把前面所記過的單字做一個全盤的瞭解和記憶。

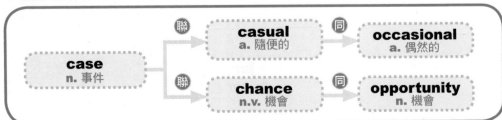

首字首、根字根、尾字尾記憶法 | 同同義、反反義記憶法 | 相相似字記憶法 | 聯聯想記憶法

C

必考關鍵字

 case n 案例

(MP3) 03-03

托TOEFL ❶IELTS ❶TOEIC ⒼGEPT ⬆學測&指考 Ⓩ公務人員考試

| 單 字 錦 囊 |

365. accident [ˈæksədənt]【ac·ci·dent】n 意外事件
He ran into his school teacher by accident.
他意外地遇見他學校老師。

• 考試必考片語：
run into表示「巧遇」。
by accident表示「意外地」。

366. accidental [ˌæksəˈdɛntl]【ac·ci·den·tal】a 意外的
I did not mean to cross the red light. It was totally accidental.
我不是故意要闖紅燈的。那完全是個意外。

• 考試必勝小祕訣：
accidental death表示「意外死亡」。

367. case [kes]【case】n 案例
Adam reported the case to the police. 亞當向警察報案。

• 考試必勝小祕訣：
case study表示「個案研究」。

368. coincide [ˌkoɪnˈsaɪd]【co·in·cide】v 一致
Peace is the only thing on which the interests of world leaders coincide. 和平是唯一一件讓全世界的領袖興趣一致的事。

• 字首：**co**表示「共同，聚首」。

369. coincidence [koˈɪnsɪdəns]【co·in·ci·dence】n 巧合，一致
It is a coincidence we said goodbye at the café and now meet again at the bookstore.
我們在咖啡店道別後又在書店碰到，這是巧合。

• 考試必考片語：
by coincidence=lucky, chance
表示「碰巧，幸運的」。

370. incidence [ˈɪnsədns]【in·ci·dence】n 發生率，影響
There is higher incidence for heavy smokers to suffer from lung cancer. 菸癮重的人得到肺癌的機率比較高。

• 考試必考同義字：
occurrence 表示「發生」。

371. incident [ˈɪnsədnt]【in·ci·dent】n 事件，事變
The team finished the task without further incident.
小組順利地完成任務且沒有發生不尋常的事。

• 考試必考片語：
without incident 表示「沒意外發生」。

372. incidental [ˌɪnsəˈdɛntl]【in·ci·den·tal】a 附帶的
The workers will obtain a profit incidental to regular wages
工人除正常工資，還將獲得附帶利潤。

• 考試必勝小祕訣：
incidental music表示「配樂」。

case 必考關鍵字三分鐘速記圖

請利用三分鐘的時間，把前面所記過的單字做一個全盤的瞭解和記憶。

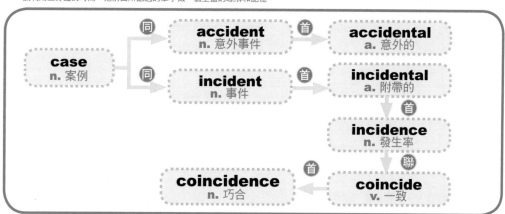

必考關鍵字

 catch **V** 抓住

T TOEFL　**I** IELTS　**T** TOEIC　**G** GEPT　**↑** 學測&指考　**公** 公務人員考試

單 字 錦 囊

---

373. accept [əkˋsɛpt] 【ac·cept】 **V** 接受，承認
My girlfriend accepted my whole-hearted apology and welcomed me back to her life.
我的女友接受了我真誠的道歉，也樂意讓我重新回到她的生活。

• 考試必考片語：
accept sth on faith表示「相信」。

---

374. acceptable [əkˋsɛptəbḷ] 【ac·cep·tance】 **a** 可接受的
Failures due to carelessness are not acceptable.
因大意而造成的失敗是無法被接受的。

• 考試必勝小祕訣：
acceptable 是 accept 的形容詞。

---

375. acceptance [əkˋsɛptəns] 【ac·cep·tance】 **n** 接受，承認
At stages of dying, people experience emotions of denial, anger, bargaining, depression and acceptance.
人們在瀕臨死亡之前常會經歷否定、憤怒、不願、沮喪到釋懷等情緒。

• 考試必考片語：
meet with acceptance表示「受歡迎」。

---

376. catch [kætʃ] 【catch】 **V** 抓住
It takes a lot of courage to catch a ball that is flying towards your face.
要接住直接朝臉飛撲過來的球需要很大的勇氣。

• 考試必考片語：
catch up表示「趕上」，**catch on to**表示「理解」。

---

377. except [ɪkˋsɛpt] 【ex·cept】 **conj** 除…外
He is a perfect man except that he drinks too much.
除了愛喝酒這一點外，他真是個完美的男人。

• 考試必考片語：
except for表示「除了…」。

---

378. exception [ɪkˋsɛpʃən] 【ex·cep·tion·al】 **n** 例外
Most people in the office came down with flu, but Jason is an exception.
大部分的同事都感染上流感，唯獨傑森例外。

• 考試必考片語：
come down with表示「感染」。

---

379. exceptional [ɪkˋsɛpʃənḷ] 【ex·cep·tion·al】 **a** 傑出的
Being a brilliant composer of classical music, Franz Liszt was also known for his exceptional piano skills.
李斯特是一位傑出的古典樂作曲家，同時他也以不凡的鋼琴技巧而聞名。

• 考試必考同義字：
extraordinary表示「非凡的」。

---

380. intercept [ˌɪntɚˋsɛpt] 【in·ter·cept】 **V** 攔截，截住
The defense player dove in an attempt to intercept the flying ball.
守備球員縱身一躍，試圖攔截半空中的球。

• 考試必勝小祕訣：
inter（插入）+ **cept**（抓住）= **intercept**從中抓住，即「攔截」。

---

381. perceive [pɚˋsiv] 【per·ceive】 **V** 感覺，理解
Cutting-edge ideas are sometimes hard for general public to perceive.
前衛的想法有時很難讓一般大眾理解。

• 考試必考同義字：
recognize表示「認可，識別」。

C

382. perception [pɚ`sɛpʃən]【per·cep·tion】 **n**察覺，看法
He provides an interesting perception on dealing with this problem.
有關這個問題，他提出了一個有趣的看法。

• 考試必考片語：
perception of表示「對…的看法」。

383. skeptical [`skɛptɪkl̩]【skep·ti·cal】 **a**懷疑的
Scholars are skeptical about the President's statement on foreign affairs.
學者們對於總統所發表的外交事務聲明存有懷疑。

• 考試必考片語：
be skeptical about / of表示「懷疑」。

384. susceptible [sə`sɛptəbl̩]【sus·cep·ti·ble】 **a**易受影響的
We are susceptible to family bonding conveyed in movies.
電影裡有關家庭親情的元素總能是輕易感動大家。

• 考試必考片語：
be susceptible to表示「易於…」。

> **catch** 必考關鍵字三分鐘速記圖

請利用三分鐘的時間，把前面所記過的單字做一個全盤的瞭解和記憶。

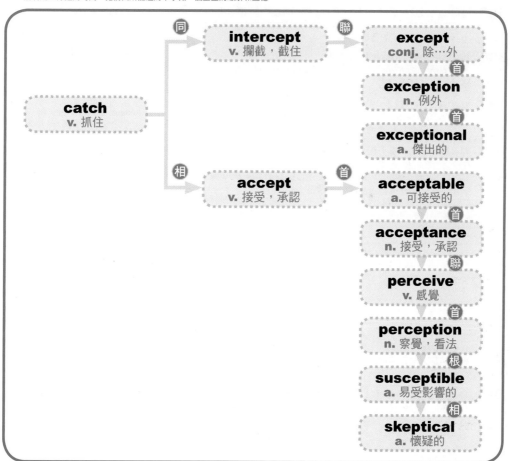

必考關鍵字

cave n 山洞

(MP3) 03-04

托TOEFL | IELTS T TOEIC G GEPT ↑學測&指考 公公務人員考試

單 字 錦 囊
托 | T G ↑ 公

385. cave [kev]【cave】n 洞、山洞 v 挖洞穴
The aboriginals there were cave dwellers before.
那裏的原住民以前曾是洞穴住民。

- 考試必考片語:
  cave in表示「使塌陷」。

托 | T G ↑

386. cavern [ˋkævɚn]【cav·ern】n 大山洞
There are thousands of bats in the dark cavern.
數以千計的蝙蝠在黑暗洞穴裡。

- 考試必考片語:
  thousands of表示「數以千計」。

托 | T G ↑ 公

387. cavity [ˋkævətɪ]【cav·i·ty】n 洞穴
Some rare insects exist in the cavity. 一些罕見昆蟲生存在洞穴裡。

- 考試必勝小祕訣:
  cavity wall表示「空心牆」。

托 | T G ↑

388. concave [ˋkɑnkev]【con·cave】a 凹的
Kim placed a concave mirror at the door.
吉姆在門口放一個凹面鏡。

- 考試必考同義字:
  hollow表示「空的,凹陷的」。

托 | T G ↑ 公

389. excavate [ˋɛkskə͵vet]【ex·ca·vate】v 挖掘,挖空
The soldiers are excavating victims under the ground.
士兵們正挖掘地下的罹難者。

- 字首:**ex**表示「取出」,
  字尾:**ate**表動詞,
  excavate把山洞裡面取出,即「挖空」。

托 | T G ↑ 公

390. pave [pev]【pave】v 鋪路
The road was paved with marbles from Hualien.
道路鋪上花蓮大理石。

- 考試必考片語:
  pave the way for表示「為...鋪路」。

托 | T G ↑ 公

391. pavement [ˋpevmənt]【pave·ment】n 人行道(英)
There are potted plants on both sides of the pavement.
人行道兩邊有盆栽植物。

- 考試必考片語:
  sidewalk 表示「人行道」。

托 | T G ↑ 公

392. underpass [ˋʌndɚ͵pæs]【un·der·pass】
n 人行道,地下通道(美)
Carl found a wallet on the underpass on his way home.
卡爾返家途中在人行道發現一個錢包。

- 考試必考反義字:
  overpass 表示「天橋」。

cave 必考關鍵字三分鐘速記圖

請利用三分鐘的時間,把前面所記過的單字做一個全盤的瞭解和記憶。

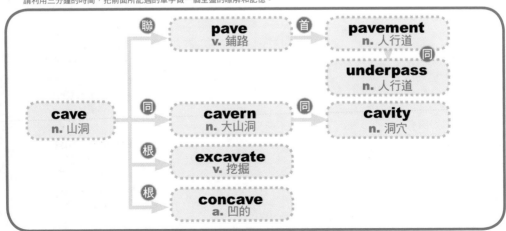

首字首、根字根、尾字尾記憶法 | 同同義、反反義記憶法 | 相相似字記憶法 | 聯聯想記憶法

必考關鍵字

 cent n 分幣

托TOEFL 雅IELTS T TOEIC G GEPT 學測&指考 公公務人員考試

| 單 字 錦 囊 |

393. cent [sɛnt]【cent】n 分，分幣
Flour has advanced twenty cents a pound.
麵粉每磅漲20美分。

• 考試必勝小祕訣：
cent 為美、加等國的貨幣單位。

394. centigrade [ˋsɛntəˌgred]【cen·ti·grade】n 攝氏度
The temperature indoors is 21 degrees centigrade.
室內溫度為21攝氏度。

• 考試必考混淆字：
Fahrenheit 表示「華氏溫度」。

395. centimeter [ˋsɛntəˌmitɚ]【cen·ti·me·ter】n 釐米，公分
The basketball player is 190 centimeters tall.
那位籃球選手190公分高。

• 考試必勝小祕訣：
centi（百）+ **meter**（米）=
centimeter 公分。

396. per [pɚ]【per】prep 每
Leo's starting salary is 20,000 dollars per month.
里奧的起薪為每月2萬元。

• 考試必考同義字：
each, every 表示「每一個」。

397. percent [pɚˋsɛnt]【per·cent】n 百分比
About twenty percent of the farmers there die of cancer.
那裡約百分之二十的農民死於癌症。

• 考試必考片語：
die of 表示「因…而死」。

398. percentage [pɚˋsɛntɪdʒ]【per·cent·age】n 百分比
A large percentage of children there come from single-
parent families.
那裡來自單親家庭的兒童百分比很高。

• 考試必考片語：
no percentage 表示「沒有好處」。

> **cent** 必考關鍵字三分鐘速記圖

請利用三分鐘的時間，把前面所記過的單字做一個全盤的瞭解和記憶。

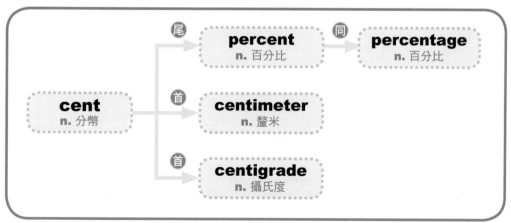

首字首、根字根、尾字尾記憶法｜同同義、反反義記憶法｜相相似字記憶法｜聯聯想記憶法 **073**

必考關鍵字

center n 中心 v 集中

🅣TOEFL ①IELTS ⓣTOEIC ⓖGEPT ⬆學測&指考 🅐公務人員考試

單 字 錦 囊

399. center [`sɛntɚ`]【cen·ter】 n 中心 v 集中
There is a statue in the center of the yard court.
庭院中央有一個雕像。

- 考試必勝小祕訣：
shopping center表示「購物中心」。

400. central [`sɛntrəl`]【cen·tral】 a 中心的，重要的
Do you know the central idea of the paragraph?
你知道這段落的中心思想是什麼？

- 考試必勝小祕訣：
central nervous system表示「中樞神經系統」。

401. collection [kə`lɛkʃən`]【col·lec·tion】 n 收集，聚集
The museum is famous for a great collection of old toys.
這間博物館以豐富的古玩具收藏著名。

- 考試必考片語：
be famous for表示「以…著名，聞名」。

402. concentrate [`kansɛn‚tret`]【con·cen·trate】 v 集中
All the employees concentrate their attention on efficiency.
全體員工集中注意力於效率方面。

- 字首：con表示「共同」。
字根：centr=central表示「中間」；字尾：ate表示動詞，
concentrate共同在中間，即「集中」。

403. concentration [‚kansɛn`treʃən`]【con·cen·tra·tion】 n 集中
There is a concentration of residents beside the riverbank.
居民都集中在河堤旁邊。

- 考試必勝小祕訣：
concentration camp表示「集中營」。

404. eccentric [ɪk`sɛntrɪk`]【ec·cen·tric】 a 古怪的
The murderer is an eccentric gangster.
兇手是一位古怪的幫派份子。

- 考試必勝小祕訣：**eccentric behaviour**表示「怪異的行為」；**eccentric clothes**表示「奇裝異服」。

center 必考關鍵字三分鐘速記圖

請利用三分鐘的時間，把前面所記過的單字做一個全盤的瞭解和記憶。

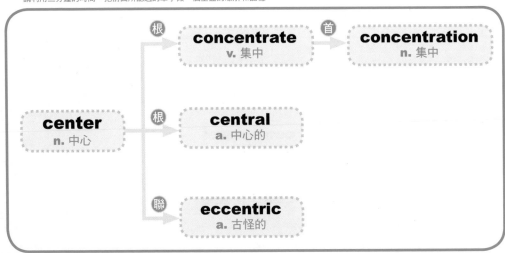

🗿字首、🗿字根、🗿字尾記憶法｜🗿同義、🗿反義記憶法｜🗿相似字記憶法｜🗿聯想記憶法

C

必考關鍵字

 chair n 椅子，主席位置 (MP3) 03-05

TOEFL | IELTS | TOEIC | GEPT | 學測&指考 | 公務人員考試 | 單 字 錦 囊

405. armchair [`ɑrmˌtʃɛr] 【arm·chair】 n 扶手椅
Fred sat in an armchair and took a nap.
弗雷德坐在扶手椅上小睡片刻。

- 考試必考片語：
take a nap 表示「小睡片刻」

406. cathedral [kə`θidrəl] 【ca·the·dral】 n 大教堂
St. Charles Cathedral is located in the north part of the city.
聖查爾斯教堂位於城市北邊。

- 考試必考片語：
be located in 表示「座落於，位於」

407. catholic [`kæθəlɪk] 【cath·o·lic】 a 天主教的
Amy is studying in a catholic college in Taipei.
艾咪就讀於台北一所天主教大學。

- 考試必勝小祕訣：
Catholicism 表示「天主教」

408. chair [tʃɛr] 【chair】 n 椅子，主席位置
There are several chairs for patients to sit on.
有幾張讓病人坐的椅子。

- 考試必勝小祕訣：
chairlift 表示「升降梯」

409. chairman [`tʃɛrmən] 【chair·man】 n 主席，議長
We elected Mr. Chang chairman of the committee.
我們選張先生擔任委員會主席。

- 考試必勝小祕訣：
chairlady 表示「女議長」

410. church [tʃɝtʃ] 【church】 n 教堂
Mike goes to church on Sunday mornings.
麥克每週日上午去教堂。

- 考試必勝小祕訣：
go to church 表示「去教堂做禮拜」

chair 必考關鍵字三分鐘速記圖

請利用三分鐘的時間，把前面所記過的單字做一個全盤的瞭解和記憶。

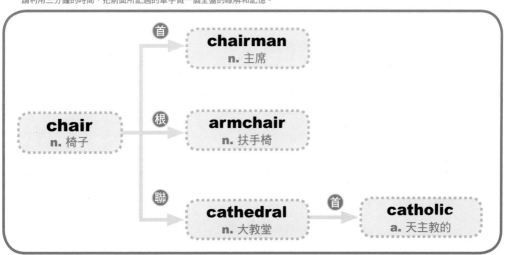

必考關鍵字

> | chalk n 粉筆

🅣TOEFL ❶IELTS 🅣TOEIC 🅖GEPT ⬆學測&指考 🅐公務人員考試

單 字 錦 囊

411. calcium [ˈkælsɪəm]【cal·ci·um】 n 鈣
The aged patient has a calcium deficiency.
那位高齡病人缺鈣。

• 字首:**cal**表示「鈣」。

412. calculate [ˈkælkjəˌlet]【cal·cu·late】 v 估計,計算
The accountant calculated the costs in detail.
會計仔細計算費用。

• 考試必考片語:
in details 表示「仔細地」。

413. calculation [ˌkælkjəˈleʃən]【cal·cu·la·tion】 n 計算
The smart boy is good at calculation.
這位聰明男孩計算方面很優秀。

• 考試必考片語:
be good at 表示「善於,精通於」。

414. calculator [ˈkælkjəˌletɚ]【cal·cu·la·tor】 n 計算器
The students are allowed to use calculators during the test.
學生們可以在考試中使用計算器。

• 考試必考片語:
用來**calculate**的人叫**calculator**。

415. calculus [ˈkælkjələs]【cal·cu·lus】 n 微積分
Alison is taking up calculus this semester.
艾莉森本學期修微積分。

• 考試必考混淆字:
calculus 表示「結石的」。

416. calorie [ˈkælərɪ]【cal·o·rie】 n 卡路里,熱量
The athlete is put on a diet of only 1600 calories a day.
那位運動員一天飲食的熱量只有1600大卡。

• 字首:**calor**表示「熱」。

417. chalk [tʃɔk]【chalk】 n 粉筆
Dave drew a circle with a piece of chalk on the board.
戴夫用一塊粉筆在黑板上畫圓圈。

• 考試必考片語:**chalk out**表示「制定草圖」。

> chalk 必考關鍵字三分鐘速記圖

請利用三分鐘的時間,把前面所記過的單字做一個全盤的瞭解和記憶。

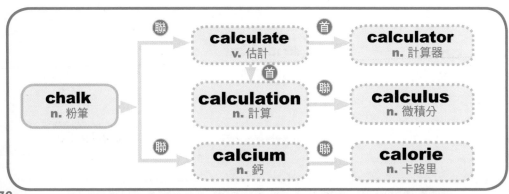

首字首、根字根、尾字尾記憶法 | 同同義、反反義記憶法 | 相相似字記憶法 | 聯聯想記憶法

chief n 首領 a 首要的

托TOEFL I IELTS T TOEIC G GEPT ↑學測&指考 公公務人員考試 | 單 字 錦 囊

418. accomplish [ə`kɑmplɪʃ]【ac·com·plish】v 完成，實現
Peter should have accomplished the task two days ago.
彼得兩天前就該完成任務了。

托 I T G ↑ 公
• 考試必考同義字：
complete表示「完成」。

419. achieve [ə`tʃiv]【achieve】v 完成，達到
Gary is working hard to achieve his goal.
蓋瑞一直努力實現目標。

托 I T G ↑ 公
• 考試必考同義字：
carry out表示「實現」。

420. achievement [ə`tʃivmənt]【achieve·ment】
n 成就，完成
The invention of the cell phone is a great achievement.
手機的發明是個了不起的成就。

托 I T G ↑ 公
• 考試必考同義字：
performance表示「完成」。

421. chef [ʃɛf]【chef】n 廚師
The chef is specialized in Japanese dessert.
廚師專精於日式點心。

托 I T G ↑ 公
• 考試必考片語：
be specialized in表示「擅長…，專精於…」。

422. chief [tʃif]【chief】a 首要的 n 首領
CEO means Chief Executive Officer. 總裁的意思是首席執行長。

托 I T G ↑ 公
• 考試必考片語：
in chief 表示「主要地」。

423. chiefly [`tʃiflɪ]【chief·ly】ad 首要的
The land is chiefly used for farming. 這土地主要用於農業。

托 I T G ↑ 公
• 考試必考同義字：
mainly表示「主要地」。

424. chieftain [`tʃiftɪn]【chief·tain】n 酋長
The chieftain treats his tribe people kindly. 酋長友善地招待族人。

托 I T G ↑ 公
• 考試必考同義字：**ruler**的表示「統治者」，**commander**表示「指揮官」。

425. handkerchief [`hæŋkɚˌtʃɪf]【hand·ker·chief】n 手帕
The sad mother dried tears with her handkerchief.
悲傷的母親用她的手帕拭淚。

托 I T G ↑ 公
• 考試必勝小秘訣：**handkerchief**的複數型為「**handkerchieves**」。

426. mischief [`mɪstʃɪf]【mis·chief】n 惡作劇
What mischief is Jin up to? 金做了什麼惡作劇呢？

托 I T G ↑ 公
• 考試必考片語：
make mischief表示「挑撥離間」。

> **chief** 必考關鍵字三分鐘速記圖

請利用三分鐘的時間，把前面所記過的單字做一個全盤的瞭解和記憶。

首字首、根字根、尾字尾記憶法 ｜ 同同義、反反義記憶法 ｜ 相相似字記憶法 ｜ 聯聯想記憶法

必考關鍵字

circle n 圓，圓周 v 環繞　(MP3) 03-06

托 TOEFL　I IELTS　T TOEIC　G GEPT　↑ 學測&指考　公 公務人員考試

單　字　錦　囊

托-I-T-G-↑

427. circle [ˋsɝkl̩]【cir•cle】 n 圓周，圓圈 v 畫圓圈，環繞
Nancy has dark circles under her eyes.
南西有黑眼圈。

• 考試必考片語：
run circles around sb. 表示「輕易地超越某人」。

托-I-T-G-↑-公

428. circular [ˋsɝkjələ]【cir•cu•lar】 a 圓形的，迴圈的
The workers are to build a circular theater.
工人要建一個圓形劇場。

• 字尾：**ar** 轉名詞為形容詞。

托-I-T-G-↑-公

429. circulate [ˋsɝkjəˌlet]【cir•cu•late】 v 循環
Blood circulates in the body. 血液在體內循環。

托-I-T-G-↑-公

430. circulation [ˌsɝkjəˋleʃən]【cir•cu•la•tion】 n 循環
The blood circulation in Jin's left hand is bad.
金左手血液循環不好。

• 字尾：**ion** 轉動詞為形容詞。
　字尾：**ion** 轉動詞為形容詞。

托-I-T-G-↑

431. circuit [ˋsɝkɪt]【cir•cuit】 n 電路
A short circuit made the air conditioner out of action.
短路使得空調無法運作。

• 考試必考片語：
out of 表示「用光，脫離…狀態」。

托-I-T-G-↑-公

432. circumference [səˋkʌmfərəns]【cir•cum•fer•ence】 n 圓周、周圍
The front pillar has a circumference of 5 feet.
前面支柱周長5英呎。

• 考試必勝小祕訣：
circumference of waist 表示「腰圍」。

托-I-T-G-↑-公

433. circumstance [ˋsɝkəmˌstæns]【cir•cum•stance】 n 環境
Peter is getting used to the new circumstance.
彼得逐漸適應新環境。

• 考試必考片語：
get used to 表示「習慣，適應」。

托-I-T-G-↑-公

434. circus [ˋsɝkəs]【cir•cus】 n 馬戲團
The monkeys are the chief attraction at the circus.
猴子是馬戲團的主要吸睛焦點。

• 考試必勝小祕訣：
big top 也可以表示「馬戲團」。

托-I-T-G-↑-公

435. environment [ɪnˋvaɪrnmənt]【en•vi•ron•ment】 n 環境
We should work hard to prevent the environment from
being polluted. 我們要努力避免環境受污染。

• 考試必考同義字：
surroundings 表示「環境」。

chief 必考關鍵字三分鐘速記圖

請利用三分鐘的時間，把前面所記過的單字做一個全盤的瞭解和記憶。

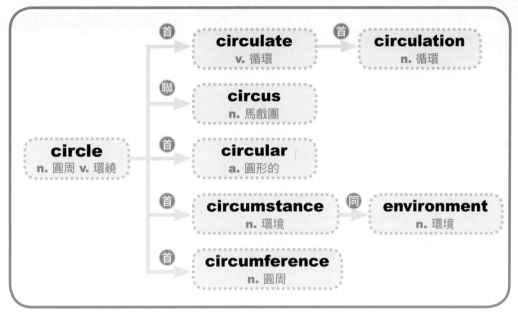

circle n. 圓周 v. 環繞

首 → **circulate** v. 循環 → 首 **circulation** n. 循環

聯 → **circus** n. 馬戲團

首 → **circular** a. 圓形的

首 → **circumstance** n. 環境 → 同 **environment** n. 環境

首 → **circumference** n. 圓周

首字首、根字根、尾字尾記憶法｜同同義、反反義記憶法｜相相似字記憶法｜聯聯想記憶法

字詞大追擊 **spread, circulate, distribute, propagate**
這些動詞均含 "傳播，散播" 之意。

1. spread ⅴ **普通用詞，使用廣泛。指傳播疾病、思想、文化、習慣或謠言等。**
Mom spread a new table-cloth on the table.
媽媽在桌上鋪了一塊新桌布。

2. circulate ⅴ **既指某物在一物體內迴圈流動，又可指在一定範圍內傳播物品、刊物或思想、語言等。**
The heart circulates blood round the body.
心臟使血液在全身流動。

3. distribute ⅴ **指把一定數量的東西分成若干等份進行分發。**
They had distributed the lands among the peasants.
他們把土地分給農民。

4. propagate ⅴ **指自覺地努力推廣，也指宣傳或散佈。**
Missionaries went far afield to propagate their faith.
傳教士到遠方去傳播其信仰。

必考關鍵字

▶ city n 城市

🈦TOEFL ❶IELTS ⓉTOEIC ⒼGEPT ⬆學測&指考 Ⓐ公務人員考試 ── 單字錦囊

436. citizen [ˋsɪtəzn]【cit·i·zen】n 市民
The government should take good care of senior citizens.
政府應好好照顧老人。
- 考試必考同義字：
  sinhabitant（居民）。

437. city [ˋsɪtɪ]【city】n 城市
It's convenient to live in a city.
生活在城市是方便的。
- 考試必勝小祕訣：
  city 也可指全體市民。

438. civil [ˋsɪvḷ]【civ·il】a 公民的
Harry was a civil servant few years ago.
哈里幾年前是一名公務員。
- 考試必勝小祕訣：
  civil right表示「公民權」。

439. civilian [sɪˋvɪljən]【ci·vil·ian】n 平民
Hundreds of civilians were evacuated from the disaster area. 數百名平民從災區撤離。
- 考試必考片語：
  be evacuated from表示「撤離，撤退」。

440. civilization [ˌsɪvḷəˋzeʃən]【civ·i·li·za·tion】n 文明
Egypt civilization is one of the oldest in the world.
埃及文明是世界上最古老文明之一。
- 考試必勝小祕訣：
  concentration camp表示「集中營」。

441. civilize [ˋsɪvḷˌaɪz]【civ·i·lize】v 使文明
The Romans civilized a number of the tribes in northern Europe. 羅馬人使數個北歐部落得到文明。
- 考試必考同義字：
  humanize表示「教化」。

442. inhabitant [ɪnˋhæbətənt]【in·hab·i·tant】
n（某地區的）居民
All the inhabitants voted against the program to build a dump.
所有居民投票反對興建垃圾場計畫。
- 考試必考片語：
  vote against表示「反對」。

▶ city 必考關鍵字三分鐘速記圖

請利用三分鐘的時間，把前面所記過的單字做一個全盤的瞭解和記憶。

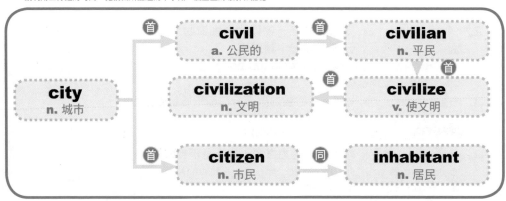

首字首、根字根、尾字尾記憶法 │ 同同義、反反義記憶法 │ 相相似字記憶法 │ 聯聯想記憶法

必考關鍵字

> | claim Ⅴ 要求 ⅠⅠ 聲稱

🔣TOEFL ❶IELTS ⓣTOEIC ⒼGEPT ↑學測&指考 ㊣公務人員考試

單 字 錦 囊

---

443. acclaim [əˈklem] 【ac·claim】 Ⅴ歡呼 ⅠⅠ喝彩
The villagers acclaimed the princess all the way.
村民們一路向公主歡呼。

• 字首：**ac**表示「朝向」。

---

444. announce [əˈnaʊns] 【an·nounce】 Ⅴ宣佈，聲稱
The chairperson announced the result of the vote.
主席宣佈投票結果。

• 字首：**an**表示「朝向」。

---

445. claim [klem] 【claim】 Ⅴ要求 ⅠⅠ聲稱
Jason claimed that the bicycle belonged to him.
傑森稱說自行車是他的。

• 考試必考片語：
at hair's breadth表示「極短的距離，極少的數量」。

---

446. exclaim [ɪksˈklem] 【ex·claim】 Ⅴ呼喊，驚叫
A lucky girl exclaimed with excitement.
一個幸運女孩興奮地叫。

• 考試必考片語：
exclaim against / at / on 表示「大聲喊叫表示抗議」。

---

447. exclamation [ˌɛkskləˈmeʃən] 【ex·cla·ma·tion】 ⅠⅠ呼喊
They kissed and hugged with exclamations of joy.
他們開心歡呼地親吻擁抱。

---

448. proclaim [prəˈklem] 【pro·claim】 Ⅴ宣佈
The government is supposed to proclaim the state of emergency.
政府應該宣佈緊急狀態。

• 考試必考片語：
be supposed to表示「應該」。

---

449. reclaim [rɪˈklem] 【re·claim】 Ⅴ收回，開墾
You have to show the ticket when you reclaim your items.
你要取回物品時，必須出示票證。

• 考試必考片語：
reclaim from表示「收回」。

> | **claim** 必考關鍵字三分鐘速記圖

請利用三分鐘的時間，把前面所記過的單字做一個全盤的瞭解和記憶。

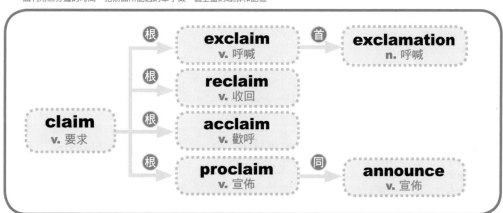

必考關鍵字

 class n 班級，等級

(MP3) 03-07

TOEFL IELTS TOEIC GEPT 學測&指考 公務人員考試

單 字 錦 囊

450. clan [klæn]【clan】n宗氏族，黨派
He's from the Simpson clan.
他是辛普森家族的人。

- 考試必考混淆字：
  clam（蛤蜊）。

451. clap [klæp]【clap】v拍手，鼓掌
The audience clapped the ballet dancers heartily.
觀眾衷心為芭蕾舞舞者鼓掌。

- 考試必勝小祕訣：
  clap-clapped-clapped

452. class [klæs]【class】n班級，等級
My cousin and I are in the same class.
我表弟和我就讀同一班。

- 考試必勝小祕訣：
  first class表示「頭等艙」。

453. classic [ˋklæsɪk]【clas·sic】a第一流的，經典的
Mr. Liu recommended a classic book on linguistics.
劉先生建議一本語言學的經典著作。

- 考試必考同義字：
  excellent表示「優等的，出色的」。

454. classical [ˋklæsɪkḷ]【clas·si·cal】a古典的，古典音樂的
Winnie is crazy about classical music.
維尼對古典音樂為之瘋狂。

- 考試必考片語：
  be crazy about表示「為…瘋狂」。

455. classification [͵klæsəfəˋkeʃn]【clas·si·fi·ca·tion】
n分類
The librarian is familiar with the classification system of the books.
圖書館員熟悉書籍分類系統。

- 考試必考片語：
  be familiar with表示「熟悉的，親近的」。

456. classify [ˋklæsə͵faɪ]【clas·si·fy】v分類
Pears are classified according to quality.
梨子按品質分類。

- 考試必考片語：
  according to 表示「依據」。

457. classmate [ˋklæs͵met]【class·mate】n同班同學
Most of Chad's classmates went to the New Year countdown.
查德的大部分同學有去新年倒數。

- 考試必勝小祕訣：**class**（班級）+
  room（房間）= **classroom** 給班級的房間，即「教室」。

458. classroom [ˋklæs͵rum]【class·room】n教室
Joe stayed in the classroom between classes.
喬下課時間留在教室。

- 考試必勝小祕訣：
  class（班級）+ mate（夥伴）=
  classmate在班級的夥伴，即「同班同學」。

class 必考關鍵字三分鐘速記圖

C

請利用三分鐘的時間，把前面所記過的單字做一個全盤的瞭解和記憶。

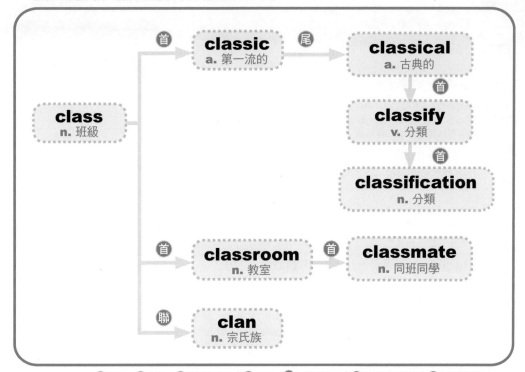

首 字首、根 字根、尾 字尾記憶法｜同 同義、反 反義記憶法｜相 相似字記憶法｜聯 聯想記憶法

字詞 大追擊 **type, class, category**
這些名詞均有 "種，類，類型" 之意。

1. type n. 指客觀界限比較清楚，有相同本質特點的同類事物，或指大致相似的同類事物。

He is a perfect type of pedant.
他是個十足的書呆子典型。

2. class n. 正式用詞，指門類、種類或優劣等級；用於指動植物的分類時，表示 "綱"。

The class were/was interested in his lecture.
班上學生對他的講座都很感興趣。

3. category n. 書面用詞，特指有確切定義的群體。

The strings are a category of musical instruments.
絃樂器是樂器的一種。

必考關鍵字

 close Ⅴ 關閉，結束

㊀TOEFL ❶IELTS ㊀TOEIC ㉝GEPT ↑學測&指考 ㊙公務人員考試

	單 字 錦 囊
	㊀❶㊀㉝↑㊙

459. close [kloz]【close】Ⅴ關閉，結束
Could you please close your umbrella now?
可否請你收起你的雨傘？

* 考試必勝小祕訣：
  close也可以當形容詞，表示「近的，親密的」。

㊀❶㊀㉝

460. closet [ˋklɑzɪt]【clos·et】ⅡＮ壁櫥，儲藏室
There is a closet between the bedroom and the bathroom.
臥室和浴室之間有一個壁櫥。

㊀❶㊀㉝

461. conclude [kənˋklud]【con·clude】Ⅴ結束
The assembly concluded with an excellent performance.
大會以一個精采表現結束。

* 考試必考片語：
  conclude with表示「以…結束」。

㊀❶㊀㉝↑

462. conclusion [kənˋkluʒən]【con·clu·sion】ⅡＮ結論
Don't jump into a conclusion without a second thought.
不要不經思考就遽下結論。

* 考試必考片語：
  in conclusion表示「總之」。

㊀❶㊀㉝↑㊙

463. disclose [dɪsˋkloz]【dis·close】Ⅴ揭露，透露
The thief refused to disclose his personal information.
小偷拒絕透露他的個人資料。

* 字首：**dis**表示「分開，相反」。

㊀❶㊀㉝↑㊙

464. disclosure [dɪsˋkloʒɚ]【dis·clo·sure】ⅡＮ揭露，發現
The unexpected disclosure made the movie star embarrassed.
出乎意料的爆料使那明星很尷尬。

* 考試必考同義字：
  confession 表示「坦承」。

㊀❶㊀㉝↑

465. enclose [ɪnˋkloz]【en·close】Ⅴ放入封套
A photo is enclosed herewith.
隨信附上照片。

㊀❶㊀㉝

466. enclosure [ɪnˋkloʒɚ]【en·clo·sure】ⅡＮ圈起來的地方，附件
Bella received a letter with two enclosures.
貝拉收到一封信，裡頭有兩個附件。

* 字首：**en**表示「放入」。

㊀❶㊀㉝↑㊙

467. exclude [ɪkˋsklud]【ex·clude】Ⅴ拒絕接納，排斥
The club excludes teenagers from membership.
該俱樂部拒收青少年會員。

* 考試必考片語：
  exclude from 表示「把…排除在外」。

㊀❶㊀㉝↑㊙

468. exclusive [ɪkˋsklusɪv]【ex·clu·sive】ａ排外的
The hotel charges 2,000 dollars a day, exclusive of breakfast.
飯店一天收費 2,000元，不包括早餐。

* 字首：**ex**表示「驅逐，離開」。

㊀❶㊀㉝↑㊙

469. include [ɪnˋklud]【in·clude】Ⅴ包含
The festivities included concerts, balls, and parades.
慶祝活動包括音樂會，舞會和遊行。

* 考試必考同義字：
  incompatible表示「矛盾的」。

C

470. inclusive [ɪnˈklusɪv] 【in•clu•sive】 **a** 包含的
The rent is 10,000 dollars per month, inclusive of electricity.
租金每月1萬元，含電費。

• 考試必考片語：
inclusive of 表示「包含」。

471. preclude [prɪˈklud] 【pre•clude】 **v** 防止，阻礙
The bad weather precluded Ruby from attending the party.
惡劣天氣使茹比無法出席派對。

• 考試必考片語：
preclude from 表示「阻礙」。

472. preclusion [prɪˈkluʒən] 【pre•clu•sion】 **n** 妨礙，排出，
防禦
We had better take an positive action of preclusion now.
我們最好採取正向的防禦行動。

> **back** 必考關鍵字三分鐘速記圖

請利用三分鐘的時間，把前面所記過的單字做一個全盤的瞭解和記憶。

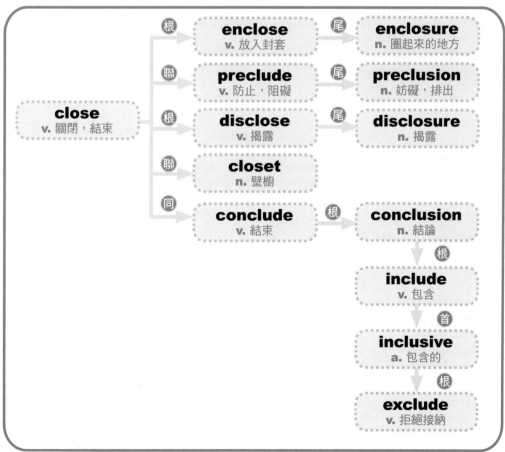

首字首、根字根、尾字尾記憶法 ｜同同義、反反義記憶法 ｜相相似字記憶法 ｜聯聯想記憶法

必考關鍵字

collect v 收集

(MP3) 03-08

託TOEFL ❶IELTS ❶TOEIC ❺GEPT ↑學測&指考 公公務人員考試

單 字 錦 囊
託❶❶❺↑公

473. choose [tʃuz] 【choose】 v 選擇，挑選
The customers may choose from seven popular flavors.
客戶有七種最夯口味可以選擇。

- 考試必考同義字：
select, pick

託❶❶❺↑公

474. collect [kəˋlɛkt] 【col·lect】 v 收集
Leo is interested in collecting action figures.
里奧喜歡收集公仔。

- 考試必考同義字：
assemble, gather

託❶❶❺↑公

475. neglect [nɪgˋlɛkt] 【ne·glect】 v 疏忽
Don't neglect to wash your hands during the flu season.
流感季節時，不要忽視洗手。

- 考試必勝小祕訣：
形容詞是**neglected**表示「忽視的；疏忽的」。

託❶❶❺↑公

476. negligence [ˋnɛglɪdʒəns] 【neg·li·gence】 n 疏忽
The accident was caused by the motorcyclist's negligence.
這起事故起因於機車騎士的疏忽。

- 考試必考同義字：
disregard, delinquency, oversight

託❶❶❺↑公

477. negligible [ˋnɛglɪdʒəbl] 【neg·li·gi·ble】
a 可忽略的，微不足道
None of the factors could be negligible.
沒有一項因素是可以被忽略的。

- 考試必考混淆字：
negotiable表示「可協商的」。

託❶❶❺↑公

478. select [səˋlɛkt] 【se·lect】 v 挑選
The coach selected a team for the final competition.
教練挑選一組隊員參加決賽。

- 考試必考同義字：
pick, choose

託❶❶❺↑公

479. selection [səˋlɛkʃən] 【se·lec·tion】 n 挑選，精選品
It took Jim a long time to make the selection of his new cell phone.
吉姆花了很長的時間選擇新手機。

- 考試必考同義字：
choosing, picking

collect 必考關鍵字三分鐘速記圖

請利用三分鐘的時間，把前面所記過的單字做一個全盤的瞭解和記憶。

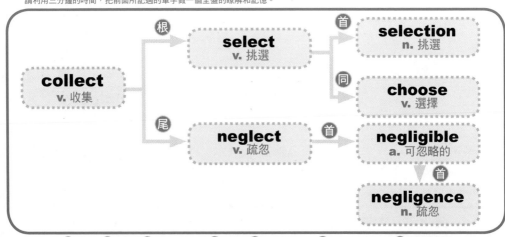

首字首、根字根、尾字尾記憶法 │ 同同義、反反義記憶法 │ 相相似字記憶法 │ 聯聯想記憶法

C

必考關鍵字

collection n 收集

托 TOEFL　I IELTS　T TOEIC　G GEPT　↑ 學測&指考　公 公務人員考試

單 字 錦 囊

480. collection [kəˈlɛkʃən]【col·lec·tion】 n 收集
The museum is famous for its wide collection of old toys.
這間博物館以廣泛的古玩具收藏著名。

- 考試必勝小祕訣：
collection也有「募款」的意思。

481. diligence [ˈdɪlədʒəns]【dil·i·gence】 n 勤奮
The maid has enough diligence to do all the housework.
女僕夠勤奮來做所有的家務。

- 字尾：ence表示「性質」；「狀態」。

482. diligent [ˈdɪlədʒənt]【dil·i·gent】 a 勤奮的
People in Taiwan are mostly kind and diligent.
台灣人民大多是和善勤奮的。

- 考試必考同義字：
energetic, hard-working, industrious

483. industrious [ɪnˈdʌstrɪəs]【in·dus·tri·ous】 a 勤奮的
All the aboriginals are optimistic and industrious.
所有原住民都很樂觀勤奮。

- 考試必考同義字：
diligent, energetic, tireless

484. intellect [ˈɪntḷˌɛkt]【in·tel·lect】 n 智力
We need a leader of intellect to make a comeback.
我們需要一位智慧的領導者來反敗為勝。

- 考試必考同義字：
名詞intellection表示「思考」；「理解」的意思。

485. intellectual [ˌɪntḷˈɛktʃʊəl]【in·tel·lec·tu·al】 a 智力的
Chinese chess is a highly intellectual game.
象棋是一種高度智力的遊戲。

- 考試必考片語：
intellectual property指「智慧財產」。

486. intelligence [ɪnˈtɛlədʒəns]【in·tel·li·gence】 n 智力
The scientist has the intelligence beyond ordinary.
這位科學家智力過人。

- 考試必勝小祕訣：
intelligence quotient=IQ（智商）。

487. intelligent [ˈdɪlədʒənt]【in·tel·li·gent】 a 聰明的
Bill is intelligent enough to answer the question correctly.
比爾夠聰明，能夠正確回答問題。

- 考試必勝小祕訣：
副詞intelligently表示「聰明地」；「明智地」。

488. intelligible [ɪnˈtɛlədʒəabḷ]【in·tel·li·gi·ble】 a 清楚易懂的
We need intelligible expressions about weather forecast.
我們需要清楚易懂的天氣預報。

- 考試必勝小祕訣：
名詞是intelligibility，表示「可理解的事物」。

collection 必考關鍵字三分鐘速記圖

請利用三分鐘的時間，把前面所記過的單字做一個全盤的瞭解和記憶。

必考關鍵字

> | **comfort** n v 安慰

托TOEFL Ⅰ IELTS Ⓣ TOEIC Ⓖ GEPT ⬆學測&指考 公公務人員考試

單 字 錦 囊

托Ⅰ ⓉⒼ⬆公

489. comfort [`kʌmfɚt] 【com·fort】 n v 安慰
The mayor comforted the victim's family.
市長慰問死者家屬。

- 考試必勝小祕訣:
  形容詞是**comfortable**表示「舒適的」。

托Ⅰ ⓉⒼ⬆公

490. comfortable [`kʌmfɚtəbl] 【com·fort·able】 a 舒服的
It's comfortable to sleep in an air-conditioned room.
睡在有空調的房間很舒適。

- 考試必勝小祕訣:
  副詞是**comfortably**表示「舒適地;安逸地」。

托Ⅰ ⓉⒼ⬆公

491. effort [`ɛfɚt] 【ef·fort】 n 努力,成就
Gary is making efforts to pass the driving test.
蓋瑞正努力以求通過駕駛考試。

- 考試必勝小祕訣:
  effortless則是形容「不出力的」;「容易的」。

托Ⅰ Ⓣ⬆公

492. endeavor [ɪn`dɛvɚ] 【en·deav·or】 n 努力
Kyle's endeavors made it possible to get the bill passed.
凱爾的努力使法案有可能通過。

- 考試必考反義字:
  neglect表示「忽略;疏忽」。

托Ⅰ ⓉⒼ⬆公

493. fort [fort] 【fort】 n 堡壘,城堡
Anping Fort was completed by the Dutch in 1634.
安平砲台是荷蘭人於1634年完成的。

- 考試必考同義字:
  fortress, citadel, stronghold

托Ⅰ ⓉⒼ⬆公

494. fortify [`fortə͵faɪ] 【for·ti·fy】 v 增強
The villagers fortified the dam against the landslide.
村民們補強大壩以抵抗土石流。

- 考試必考同義字:
  strengthen, brace

托Ⅰ ⓉⒼ⬆公

495. fortress [`fortrɪs] 【for·tress】 n 堡壘,要塞
The town was a military fortress in history.
歷史上,這小鎮是一個軍事要塞。

- 考試必考同義字:
  fort, citadel

> | **comfort** 必考關鍵字三分鐘速記圖

請利用三分鐘的時間,把前面所記過的單字做一個全盤的瞭解和記憶。

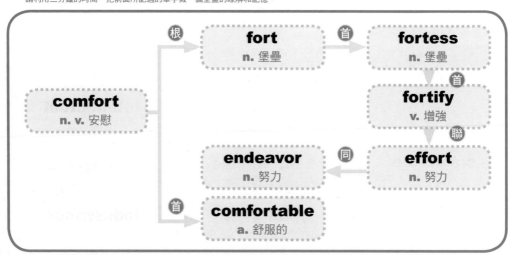

必考關鍵字

common a 普通的

(MP3) 03-09

C

單 字 錦 囊

496. capitalism [`kæpət‚lızəm] 【cap·i·tal·ism】 n 資本主義
Most of the western countries believe in capitalism.
大多數西方國家信奉資本主義。

• 考試必考反義字：
socialism表示「社會主義」。

497. common [`kɑmən] 【com·mon】 a 普通的
A common language is a bridge between different cultures.
通用語言是不同文化間的橋樑。

• 考試必考同義字：
common cold指「感冒」。

498. commonplace [`kɑmən‚ples] 【com·mon·place】
n 司空見慣的事，平凡的事
Nodding off in class is a commonplace for Bob.
上課打瞌睡對鮑伯來說是司空見慣的事。

• 考試必勝小秘訣：
commonplace也可當形容詞「平凡的」；「普通的」。

499. commonwealth [`kɑmən‚wɛlθ] 【com·mon·wealth】
n 全體國民
The new tax policy is beneficial for the entire commonwealth.
新的稅務政策有利於全體國民。

• 考試必勝小秘訣：
Commonwealth of Nations就是「大英國協」。

500. communal [`kɑmjunl] 【com·mu·nal】 a 公共的，公社的
The old house will become a communal meeting hall.
這棟老房子將成為公共的聚集場所。

• 考試必考同義字：
social（社會的）。

501. communism [`kɑmju‚nızəm] 【com·mu·nism】 n 共產主義
Communism is based on Marxism.
共產主義是以馬克思主義為根基。

• 考試必考反義字：
capitalism 表示「資本主義」。

502. communist [`kɑmju‚nıst] 【com·mu·nist】 n 共產主義者
Mr. Lee was a communist during World War II.
李先生在第二次世界大戰期間是一名共產主義者。

• 考試必勝小秘訣：
communist也可當形容詞「共產主義的」。

503. community [kə`mjunətı] 【com·mu·ni·ty】 n 公社，團體
Bella usually works as a volunteer in the community.
貝拉常在社區當志工。

• 考試必勝小秘訣：
community center就是「社區活動中心」。

> **common** 必考關鍵字三分鐘速記圖

請利用三分鐘的時間，把前面所記過的單字做一個全盤的瞭解和記憶。

首字首、根字根、尾字尾記憶法 ┃ 同同義、反反義記憶法 ┃ 相相似字記憶法 ┃ 聯聯想記憶法

必考關鍵字

communicate ⑰ 溝通

⑰TOEFL ❶IELTS ⑪TOEIC ⑥GEPT ↑學測&指考 ㊤公務人員考試

單 字 錦 囊
⑰❶⑪⑥↑㊤

504. communicate [kə`mjunə‚ket]【com·mu·ni·cate】⑰溝通
Some teenagers can't communicate well with their parents.
有些青少年與父母溝通不良。

- 考試必勝小祕訣：
communicate也有「傳播」；「傳染」的意思。

⑰❶⑪⑥↑㊤

505. communication [kə‚mjunə`keʃən]
【com·mu·ni·ca·tion】⑪交流，通訊
The satellite has become an important means of communication.
衛星已成為重要的通信媒介。

- 考試必考同義字：
communications satellite就是「通訊衛星」。

⑰❶⑪⑥↑㊤

506. commute [kə`mjut]【com·mute】⑰通勤
Some people commute between Boanchiao and Taipei by MRT.
有些人搭捷運通勤於板橋台北之間。

- 考試必勝小祕訣：
commuter就是「通勤者」。

⑰❶⑪⑥↑㊤

507. complementary [‚kɑmplə`mɛntərɪ]【com·ple·men·tary】
ⓐ互補的，補充的
Yellow and blue are complementary colors.黃色和藍色是互補色。

- 考試必考同義字：
complemental, completing

⑰❶⑪⑥↑㊤

508. immune [ɪ`mjun]【im·mune】ⓐ免除的，免疫的
The herb can improve the function of the immune system.
這種草藥可增進免疫系統功能。

- 考試必勝小祕訣：
immune system表示「身體的免疫系統」。

⑰❶⑪⑥↑㊤

509. municipal [mju`nɪsəpl]【mu·nic·i·pal】ⓐ市政的
Irene is studying in a municipal junior high school.
艾玲就讀於一所市立國中。

- 考試必考同義字：
civic, urban, metropolitan

⑰❶⑪⑥↑㊤

510. mutual [`mjutʃʊəl]【mu·tu·al】ⓐ互相的
The problem was solved since they made mutual
concessions. 這問題得以解決乃因為他們相互讓步。

- 考試必勝小祕訣：
mutual fund就是「共同資金」。

⑰❶⑪⑥↑㊤

511. telecommunication [‚tɛlɪkə‚mjunə`keʃən]
【tele·com·mu·ni·ca·tion】⑪電訊
We are proud of the advanced telecommunication
development. 我們以先進的電信發展感到自豪。

- 字首：**tele**表示「遠距離」。

communicate 必考關鍵字三分鐘速記圖

請利用三分鐘的時間，把前面所記過的單字做一個全盤的瞭解和記憶。

首字首、根字根、尾字尾記憶法 ┃ 同同義、反反義記憶法 ┃ 相相似字記憶法 ┃ 聯聯想記憶法

C

 connect Ⅴ 連結

🅣TOEFL ❶IELTS 🅣TOEIC 🅖GEPT ⬆學測&指考 🅐公務人員考試　　　單 字 錦 囊

512. annex [ə`nɛks]【an·nex】🅝附件 Ⅴ添加
Another insurance policy should be annexed to the contract.
另一項保單應附加在合約裡。
- 考試必勝小祕訣：
形容詞**annexable**表示「可附加的」。

513. connect [kə`nɛkt]【con·nect】Ⅴ連結
The bridge connects the islet with the town.
這座橋連接小島與城鎮。
- 考試必考片語：
connect with是「連接」或「與…聯繫」的意思。

514. connection [kə`nɛkʃən]【con·nec·tion】🅝連接
There is no distinguishing connection between these two cases.
這兩種情況之間沒有明顯關聯。
- 考試必考同義字：
union, junction, conjunction

515. disconnect [ˌdɪskə`nɛkt]【dis·con·nect】Ⅴ分離，切斷
The technician disconnected the washing machine before fixing it.
技術人員在修理前先將洗衣機切斷電源。
- 字尾：**dis**表示「相反」；「分離」的意思。

516. divorce [də`vors]【di·vorce】Ⅴ分開，離婚
Mr. Wang divorced his wife for his affairs.
王先生因外遇與妻子離婚。
- 考試必勝小祕訣：
名詞是**divorcement**表示「離婚；分離」。

517. interconnect [ˌɪntɚkə`nɛkt]【in·ter·con·nec】Ⅴ相互接連
The Chunnel interconnects the UK and France.
英法隧道連接英國和法國。
- 字首：**inter**表示「互相」；「在…中間」的意思。

connect 必考關鍵字三分鐘速記圖
請利用三分鐘的時間，把前面所記過的單字做一個全盤的瞭解和記憶。

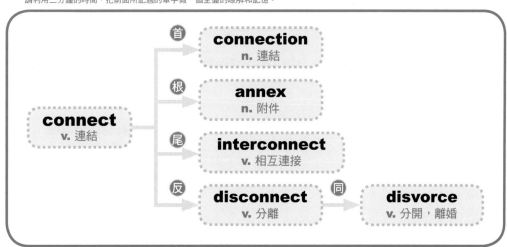

必考關鍵字

construction ⓝ 建築　(MP3) 03-10

托TOEFL　①IELTS　ⓣTOEIC　ⓖGEPT　⬆學測&指考　公公務人員考試

單 字 錦 囊

托-①-ⓣ-ⓖ-⬆

518. construction [kən`strʌkʃən]【con·struc·tion】ⓝ建築
The new station is still under construction.
新車站仍在建設中。

- 考試必勝小祕訣：
形容詞為**constructional**表示「建造的；構造」的。

托-①-ⓣ-ⓖ-公

519. destruction [dɪ`strʌkʃən]【de·struc·tion】ⓐ破壞，毀滅
The mudslide caused serious destruction to the village.
這次土石流致使村莊嚴重破壞。

- 考試必考同義字：
demolition, wrecking

托-①-ⓣ-ⓖ-公

520. destructive [dɪ`strʌktɪv]【de·struc·tive】ⓐ破壞性的
It was the most destructive typhoon for 50 years.
這是50年來最具破壞力的颱風。

- 考試必勝小祕訣：
副詞為**destructively**表示「破壞地」。

托-①-ⓣ-ⓖ-公

521. instruct [ɪn`strʌkt]【in·struct】Ⓥ指導，教導
Sandy's job is to instruct children in swimming.
珊蒂的工作是指導兒童游泳。

- 考試必勝小祕訣：
名詞為**instruction**表示「教導；指示」。

托-①-ⓣ-ⓖ-公

522. instruction [ɪn`strʌkʃən]【in·struc·tion】ⓝ指示
The doctor gave me clear instructions on the way to take the medicine.
醫生明確指示我服藥方法。

- 考試必勝小祕訣：
instruction manual就是「使用手冊」或「操作指南」。

托-①-ⓣ-ⓖ-公-公

523. instructor [ɪn`strʌktɚ]【in·struc·tor】ⓝ指導者
The English instructor graduated from Harvard.
這位英語教師畢業於哈佛大學。

- 考試必考同義字：
adviser, professor, counselor, teacher

construction 必考關鍵字三分鐘速記圖

請利用三分鐘的時間，把前面所記過的單字做一個全盤的瞭解和記憶。

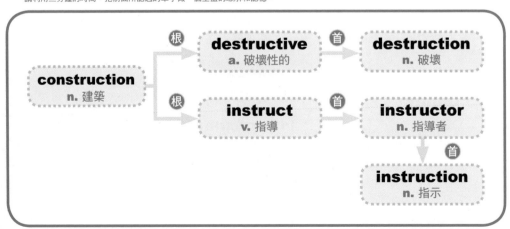

首字首、根字根、尾字尾記憶法 ｜ 同同義、反反義記憶法 ｜ 相相似字記憶法 ｜ 聯聯想記憶法

必考關鍵字

consult Ⅴ 請教，查閱

托 TOEFL　Ⅰ IELTS　Ｔ TOEIC　Ｇ GEPT　↑ 學測&指考　公 公務人員考試

| | 單 字 錦 囊 |

524. advisor [əd`vaɪzɚ]【ad·vi·sor】n 顧問，勸導者
The economist is one of the advisers to the President.
這位經濟學家是總統的顧問之一。

托 Ⅰ Ｔ Ｇ ↑ 公
• 考試必勝小祕訣：
advisor就是負責advise（勸告；建議）的人。

525. counsel [`kaʊnsl]【coun·sel】n 商議
The accused has taken counsel with his lawyer many times.
被告已與他的律師商議多次。

托 Ⅰ Ｔ Ｇ ↑ 公
• 考試必勝小祕訣：
形容詞counselable表示「願意接受忠告或勸告的」。

526. consul [`kansl]【con·sul】n 領事
The man from the US is a consul in Taiwan.
該名來自美國的男子是一位駐台領事。

托 Ⅰ Ｔ Ｇ ↑ 公
• 考試必勝小祕訣：
形容詞consular表示「領事的」。

527. consulate [`kanslɪt]【con·sul·ate】n 領事館
Many refugees went to the consulate for shelter.
許多難民去領事館尋求庇護。

托 Ⅰ Ｔ Ｇ ↑ 公
• 考試必勝小祕訣：
「大使館」是embassy。

528. consult [kən`sʌlt]【con·sult】Ⅴ 請教，查閱
Brian usually consults the online dictionary.
布萊恩經常查線上詞典。

托 Ⅰ Ｔ Ｇ ↑ 公
• 考試必勝小祕訣：
consultancy就是「諮詢公司」或「顧問公司」。

529. consultant [kən`sʌltənt]【con·sul·tant】n 顧問
Mr. Hong is a consultant to students on schoolwork.
洪先生是一名學生學業的顧問。

托 Ⅰ Ｔ Ｇ ↑ 公
• 考試必勝小祕訣：
consultation則是「諮詢」；「會診」的意思。

consult 必考關鍵字三分鐘速記圖

請利用三分鐘的時間，把前面所記過的單字做一個全盤的瞭解和記憶。

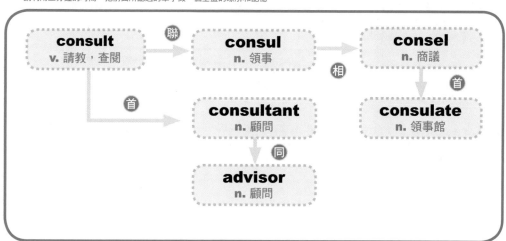

首 字首、根 字根、尾 字尾記憶法｜同 同義、反 反義記憶法｜相 相似字記憶法｜聯 聯想記憶法

必考關鍵字

consume ⓥ 消耗，花費

🅣TOEFL ❶IELTS 🅣TOEIC 🅖GEPT ⬆學測&指考 ㊇公務人員考試

單 字 錦 囊
🅣❶🅣🅖⬆㊇

530. assume [əˋsʌmpʃən]【as•sump•tion】ⓥ假定，設想
I assume that Mr. Shen will take over the company.
我認為沈先生將接管公司。

• 考試必考同義字：
suppose, presume, suspect

🅣❶🅣🅖⬆㊇

531. assumption [əˋsʌmpʃən]【as•sump•tion】ⓝ假定，設想
The whole theory rests on an arbitrary assumption.
整個理論都建立在一個武斷的假設上。

• 考試必勝小祕訣：
形容詞**assumptive**表示「假設的」。

🅣❶🅣🅖⬆㊇

532. consume [kənˋsjum]【con•sume】ⓥ消耗，花費
Wendy consumed most of her free time on the Internet.
溫蒂消耗她大部分空閒時間在網路上。

• 考試必勝小祕訣：
形容詞**consumable**表示「能用盡的」。

🅣❶🅣🅖⬆㊇

533. consumer [kənˋsjumɚ]【con•sum•er】ⓝ消費者
Most consumers are attracted by the advertising campaign.
部分消費者受廣告活動所吸引。

• 考試必考同義字：
user, buyer, purchaser

🅣❶🅣🅖⬆㊇

534. consumption [kənˋsʌmpʃən]【con•sump•tion】ⓝ消耗
There's too great a consumption of betel nuts in Taiwan.
在台灣，檳榔消耗量太大了。

• 考試必考同義字：
expenditure, reduction, depletion, waste

🅣❶🅣🅖⬆㊇

535. customer [ˋkʌstəmɚ]【cus•tom•er】ⓝ顧客，買主
The clerk dealt with the customer's complaint carefully.
店員謹慎處理這位客戶的投訴。

• 考試必考同義字：
customer relationship management就是「客戶關係管理」。

🅣❶🅣🅖⬆㊇

536. presumably [prɪˋzuməblɪ]【pre•sum•ably】ⓐ🅭據推測地
The hurricane will presumably hit the area soon.
颶風大概很快將襲擊這地區。

• 考試必考同義字：
形容詞**presumable**表示「可推測的」。

🅣❶🅣🅖⬆㊇

537. presume [prɪˋzum]【pre•sume】ⓥ假設，推測
We presume Hank will oppose the proposal.
我們推測漢克將反對這項計畫。

• 考試必考同義字：
suppose, assume, surmise

🅣❶🅣🅖⬆㊇

538. resume [rɪˋzjum]【re•sume】ⓥ重新開始
David should have resumed his essay.
大衛早就該重寫他的論文了。

• 考試必勝小祕訣：
resume [ˏrɛzjuˋme] 當名詞指「個人簡歷」。

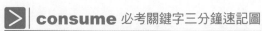 **consume** 必考關鍵字三分鐘速記圖

請利用三分鐘的時間，把前面所記過的單字做一個全盤的瞭解和記憶。

C

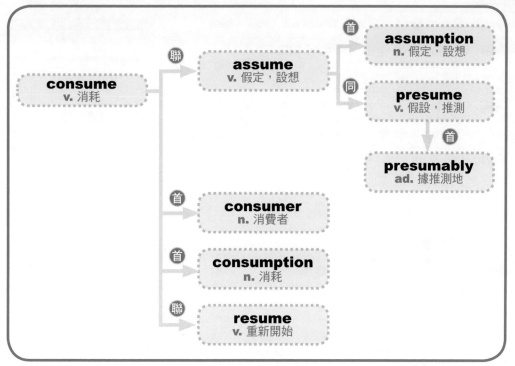

consume
v. 消耗

聯 → **assume**
v. 假定，設想

首 → **assumption**
n. 假定，設想

同 → **presume**
v. 假設，推測

首 → **presumably**
ad. 據推測地

首 → **consumer**
n. 消費者

首 → **consumption**
n. 消耗

聯 → **resume**
v. 重新開始

首 字首、根 字根、尾 字尾記憶法｜同 同義、反 反義記憶法｜相 相似字記憶法｜聯 聯想記憶法

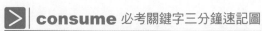 *MEMO*

_____

_____

_____

_____

_____

必考關鍵字

contain ⓥ 包含，包容

(MP3) 03-11

🅣TOEFL　🅘IELTS　🅣TOEIC　🅖GEPT　⬆學測&指考　🅐公務人員考試

單 字 錦 囊
🅣🅘🅣🅖⬆🅐

539. abstain [əb`sten]【ab•stain】ⓥ禁止
The doctor advised Allen to abstain from drinking coffee.
醫生勸艾倫戒掉喝咖啡的習慣。

- 考試必考片語：
abstain from就是「戒絕」；「放棄」的意思。

🅣🅘🅣🅖⬆🅐

540. contain [`sɜtən]【con•tain】ⓥ包含，包容
Potato chips contain a large amount of calories.
洋芋片含有大量卡路里。

- 考試必考同義字：
include, comprise, involve

🅣🅘🅣🅖⬆🅐

541. delay [dɪ`le]【de•lay】ⓥ耽擱，延遲
Joe delayed turning on his final report.
喬遲交他的期末報告。

- 考試必考同義字：
detain, postpone

🅣🅘🅣🅖⬆🅐

542. detain [dɪ`ten]【de•tain】ⓥ耽擱，拘留
The traffic jam detained me for a long while.
交通擁擠耽擱我好多時間。

- 考試必考同義字：
delay, retard

🅣🅘🅣🅖⬆🅐

543. obtain [əb`ten]【ob•tain】ⓥ獲得
The state-owned organization obtained the developing concession.
國營機構取得開發許可。

- 考試必考同義字：
get, acquire, gain

🅣🅘🅣🅖⬆🅐

544. stain [sten]【stain】ⓝ汙點
Jane tried to get the stain off from her skirt.
珍試著把裙子上的汙點除去。

- 考試必勝小祕訣：
形容詞**stainable**表示「可染色的」。

🅣🅘🅣🅖⬆🅐

545. stainless [`stenlɪs]【stain•less】ⓐ沒有汙點
The window frames are made of stainless steel.
這窗框是不鏽鋼製的。

- 考試必勝小祕訣：
stainless steel就是「不鏽鋼」。

🅣🅘🅣🅖⬆🅐

546. sustain [sə`sten]【sus•tain】ⓥ支撐，維持
The main pillars sustain the weight of the roof.
這根大樑支撐著屋頂的重量。

- 考試必考同義字：
Tolerate, Support, bear

C

contain 必考關鍵字三分鐘速記圖

請利用三分鐘的時間，把前面所記過的單字做一個全盤的瞭解和記憶。

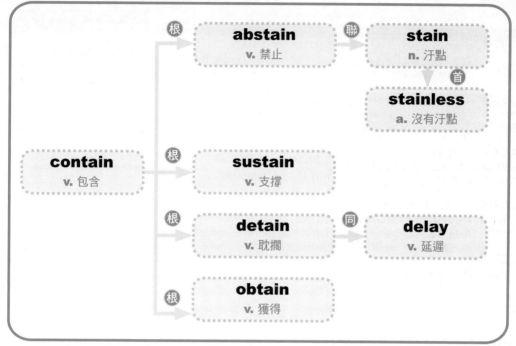

首 字首、根 字根、尾 字尾記憶法｜同 同義、反 反義記憶法｜相 相似字記憶法｜聯 聯想記憶法

字詞大追擊 **acquire, obtain, gain**
這些動詞均含 "獲得、取得、得到" 之意。

1. acquire Ⅴ 強調通過不斷的、持續的努力而獲得某物，也指日積月累地漸漸地獲得。書面語用詞。

The museum has just acquired a famous painting by Pablo Picasso.
該美術館剛剛獲得一幅畢卡索的名畫。

2. obtain Ⅴ 較正式用詞，著重通過巨大努力、要求而得到所需或盼望已久的東西。

He failed to obtain a scholarship.
他沒有獲得獎學金。

3. gain Ⅴ 指經過努力或有意識行動而取得某種成就或獲得某種利益或好處。

The baby had a gain of half a pound.
嬰兒的體重增加了半磅。

必考關鍵字

 container n 容器

托 TOEFL　I IELTS　T TOEIC　G GEPT　↑ 學測&指考　公 公務人員考試

單 字 錦 囊

托 I T G ↑ 公

547. container [kən`tenɚ]【con·tain·er】n 容器
The volume of this wooden container is 500 cubic feet.
該木造容器的容積是500立方英尺。

- 考試必勝小祕訣：
  container ship就是「貨櫃船」。

托 I T G ↑ 公

548. content [kən`tɛnt]【con·tent】n 內容，目錄
Most people are satisfied with the content of the performance. 大部分的人滿意表演內容。

- 考試必勝小祕訣：
  content也有「滿足」的意思（可當形容詞、動詞和名詞）。

托 I T G ↑ 公

549. contented [kən`tɛntɪd]【con·tent·ed】a 滿足的
Being contented is a good way to real happiness.
知足是得到真正快樂的好方法。

- 考試必勝小祕訣：
  副詞**contentedly**表示「滿足地」；「安心地」。

托 I T G ↑ 公

550. continent [`kɑntənənt]【con·ti·nent】n 大陸，洲
Asia is a continent, and Japan is one of the countries in it.
亞洲是個大陸，而日本是它其中的一個國家。

- 考試必勝小祕訣：
  形容詞**continental**表示「洲的；大陸的」。

托 I T G ↑ 公

551. entertain [ˌɛntɚ`ten]【en·ter·tain】v 娛樂，招待
The folk dancing show entertained all the tourists.
民族舞蹈表演娛樂了所有觀光客。

- 考試必考同義字：
  amuse, delight

托 I T G ↑ 公

552. entertainment [ˌɛntɚ`tenmənt]【en·ter·tain·ment】
n 款待，娛樂
Some people spend a lot money on entertainment per month.
有些人每個月花很多錢在娛樂上。

- 考試必考同義字：
  amusement, diversion, distraction, recreation

托 I T G ↑ 公

553. maintain [men`ten]【main·tain】v 維持
The two semiconductor companies are trying to maintain their technical equation.
這兩家半導體公司一直試著維持技術上的平衡。

- 考試必勝小祕訣：
  形容詞**maintainable**表示「可維修的」。

托 I T G ↑ 公

554. maintenance [`mentənəns]【main·te·nance】
v 維持
The maintenance of academic atmosphere is essential to each student.
維持讀書風氣對每位學生是重要的。

- 考試必勝小祕訣：
  maintenance staff就是「維修人員」。

托 I T G ↑ 公

555. pertain [pɚ`ten]【per·tain】v 關於
Iris's statement didn't pertain to the issue.
艾莉絲的陳述和議題不相干。

- 考試必考片語：
  pertain to sth表示「和…有關」。

556. pertinent [`pɝtṇənt]【per·ti·nent】**a** 適當的
It is never pertinent to make that kind of suggestion now.
現在做出那樣建議是不適當的。

托❶ⓉⒼ❶②

• 考試必勝小祕訣：
副詞**pertinently**表示「適切地」。

 container 必考關鍵字三分鐘速記圖

請利用三分鐘的時間，把前面所記過的單字做一個全盤的瞭解和記憶。

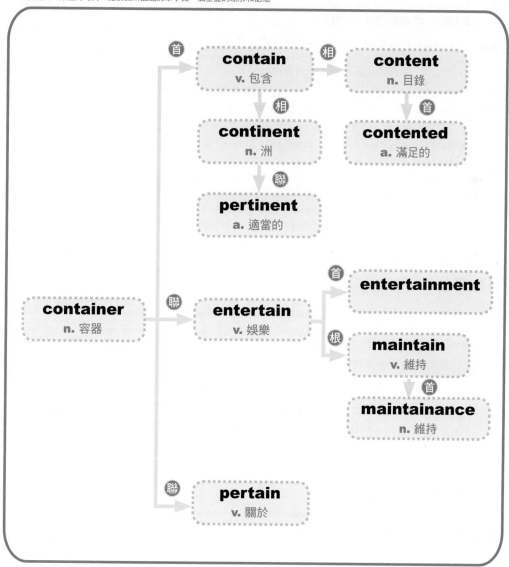

首字首、根字根、尾字尾記憶法｜同同義、反反義記憶法｜相相似字記憶法｜聯聯想記憶法

必考關鍵字

converse v 交談 a 相反的

MP3 03-12

托TOEFL I IELTS T TOEIC G GEPT ↑學測&指考 公公務人員考試

單字錦囊

557. adversary [ˋædvɚ͵sɛrɪ]【ad·ver·sary】n 對手，敵手
The once friendly partners became adversaries in the court.
曾是友好的夥伴現在是法庭上的對手。

• 考試必考同義字：
competition, enemy, foe

558. adverse [ædˋvɝs]【ad·verse】a 不利的，有害的
The rescue team encountered adverse environmental conditions. 救難隊遇到了不利的環境條件。

• 考試必勝小祕訣：
副詞**adversely**表示「敵對地」；「不利地」。

559. advertise [ˋædvɚ͵taɪz]【ad·ver·tise】v 做廣告
To promote the products, the company advertised them on the Internet. 為了推銷產品，公司在網路上登廣告。

• 考試必勝小祕訣：
名詞是**advertisement**表示「廣告；宣傳」。

560. advertisement [͵ædvɚˋtaɪzmənt]【ad·ver·tise·ment】n 廣告
The bra advertisements are highly offensive to single women. 這胸罩廣告嚴重冒犯單身婦女。

• 考試必考同義字：
announcement, commercial

561. converse [kənˋvɝs]【con·verse】v 交談 a 相反的
Jeff conversed for minutes with his friend on the phone.
傑夫和朋友在電話裡談了幾分鐘。

• 考試必勝小祕訣：
名詞**conversation**就是「會話」。

562. diverse [daɪˋvɝs]【di·verse】a 多種多樣的
The art festival includes a series of diverse performances.
藝術節包括一系列的各種表演。

• 考試必考同義字：
various, several

563. diversify [daɪˋvɝsətɪ]【di·ver·si·fy】v 使不同，使多樣化
It's necessary to diversify the range of products.
產品範圍多樣化是必需的。

• 考試必勝小祕訣：
形容詞**diversiform**表示「多樣的」；「各色各樣的」。

564. diversion [daɪˋvɝʒən]【di·ver·sion】n 轉向
The manager made a diversion of funds from the foreign bank. 經理從外國銀行轉移資金。

• 考試必勝小祕訣：
形容詞**diversionary**表示「轉移注意力的」。

565. divert [daɪˋvɝt]【di·vert】v 使轉向
The river was diverted while the dam was being constructed. 興建水壩時，河水改道了。

• 考試必考片語：
divert from表示「使從…分心」。

566. universal [͵junəˋvɝsl̩]【uni·ver·sal】a 普遍的
English is one of the universal languages in the world.
英語是世界上一種普遍的語言。

• 考試必勝小祕訣：
universal也可當名詞「普遍性」。

567. universe [ˋjunə͵vɝs]【uni·verse】n 宇宙
The origin of the universe is still under discussion.
宇宙的起源仍在討論中。

• 考試必勝小祕訣：
universe也可指「全世界」；「全人類」。

568. university [͵junəˋvɝsətɪ]【uni·ver·si·ty】n 大學
Mr. Smith is teaching biology at a private university.
史密斯先生在一所私立大學任教。

• 考試必考同義字：
college

569. versatile [ˋvɝsətḷ]【ver·sa·tile】**a** 多才多藝的
Jay is supposed a versatile music maker.
人們都認為傑是位多才多藝的音樂製作人。

- 考試必考同義字：
  skilled, talented

570. verse [vɝs]【verse】**n** 詩句
There are a few verses from Shakespeare in the writing.
這文章裡有幾句莎士比亞的詩。

- 考試必考同義字：
  poetry, rhyme

571. version [ˋvɝʒən]【ver·sion】**n** 版本，譯本
The French version of the novel will have appeared by this summer. 這小說的法國版在今年夏天前會問世。

- 考試必考同義字：
  translation 是「譯本」；**edition** 是「版本」。

572. versus [ˋvɝsəs]【ver·sus】**prep** 與…相對
The baseball game on TV is Yankee versus Red Sox.
電視上的棒球比賽是洋基與紅襪之戰。

- 考試必考混淆字：
  verse（詩句）

573. vertical [ˋvɝtɪkḷ]【ver·ti·cal】**a** 垂直的
The two vertical lines make a right angle.
兩條垂直線形成直角。

- 考試必考同義字：
  standing, upright

> **converse** 必考關鍵字三分鐘速記圖

請利用三分鐘的時間，把前面所記過的單字做一個全盤的瞭解和記憶。

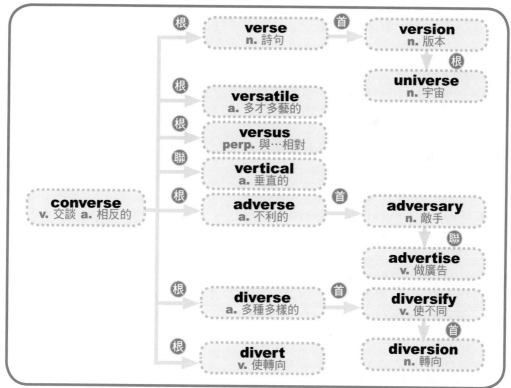

首字首、根字根、尾字尾記憶法｜同同義、反反義記憶法｜相相似字記憶法｜聯聯想記憶法

必考關鍵字

 conversation n 會話，交談

TOEFL ❶IELTS ❶TOEIC ❷GEPT ❶學測&指考 ❷公務人員考試　　　單　字　錦　囊

---

574. anniversary [ˌænəˈvɝsɪrɪ]【an·ni·ver·sa·ry】n 週年紀念日
A golden wedding is the fiftieth anniversary of a marriage.
金婚是指結婚五十週年。

• 考試必勝小祕訣：
相關紀念日的說法，還有**birthday**（生日）；**centenary**（百年紀念）。

---

575. avert [əˈvɝt]【a·vert】v 避免，轉移
We should take immediate action if chaos is to be averted.
如果混亂得以避免，我們應立即採取行動。

• 考試必考同義字：
prevent, prohibit, avoid

---

576. controversial [ˌkɑntrəˈvɝʃəl]【con·tro·ver·sial】a 爭論的
It is controversial whether students have to wear uniforms every day. 學生是否必要每天穿制服是有爭議的。

• 考試必勝小祕訣：
controversialist指「爭論者」。

---

577. controversy [ˈkɑntrəˌvɝsɪ]【con·tro·ver·sy】n 爭論
There was a sharp controversy between Allen and his parents.
艾倫和他父母有一番激烈爭論。

• 考試必考同義字：
dispute, argument, quarrel

---

578. conversation [ˌkɑnvɚˈseʃən]【con·ver·sa·tion】n 會話，交談
The teacher wanted the class to practice English conversation in pairs.
老師要班上兩人一組練習英語會話。

• 考試必勝小祕訣：
形容詞**conversational**表示「會話的」；「健談的」，**in pair**表示「兩人一組」。

---

579. invert [ɪnˈvɝt]【in·vert】v 使倒轉
Don't invert the tape at random.
不要隨意倒轉磁帶。

• 考試必勝小祕訣：
invert也可當名詞「倒置物」；「顛倒物」。

---

580. inverse [ɪnˈvɝs]【in·verse】a 倒轉的
Time is never inverse.
時間永遠不會逆轉。

• 考試必勝小祕訣：
副詞**inversely**表示「相反地」；「倒轉地」。

---

581. reverse [rɪˈvɝs]【re·verse】v 顛倒
Their duty shifts have been reversed for a few days.
他們的值班已顛倒了好幾天。

• 考試必勝小祕訣：
reverse當名詞，表示「相反」的意思。

---

582. traverse [ˈtrævɝs]【tra·verse】v 橫過
The yacht traversed the ocean successfully.
這艘遊艇成功地橫越了海洋。

• 考試必考同義字：
across

---

conversation 必考關鍵字三分鐘速記圖

請利用三分鐘的時間，把前面所記過的單字做一個全盤的瞭解和記憶。

C

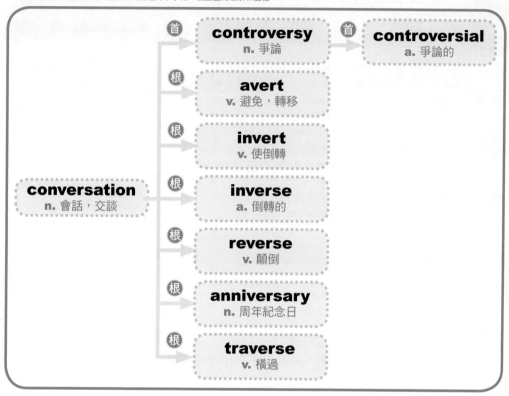

首 字首、根 字根、尾 字尾記憶法 ｜ 同 同義、反 反義記憶法 ｜ 相 相似字記憶法 ｜ 聯 聯想記憶法

> **MEMO**

必考關鍵字

> cook Ⅴ烹調 ⓝ廚師

MP3 03-13

托TOEFL Ⓘ IELTS ⓣ TOEIC Ⓖ GEPT ↑學測&指考 公公務人員考試

單 字 錦 囊

托 Ⓘ ⓣ Ⓖ ↑ 公

583. biscuit [`bɪskɪt]【bis·cuit】ⓝ餅乾
Mrs. Lee usually feeds her dog on beef biscuits.
李太太通常餵她的狗牛肉餅乾。

• 考試必勝小祕訣：
dog biscuit就是「狗餅乾」。

托 Ⓘ ⓣ Ⓖ ↑ 公

584. cook [kʊk]【cook】Ⅴ烹調 ⓝ廚師
It's my turn to cook dinner today.
今天輪到我做晚餐。

• 考試必勝小祕訣：
cookbook就是「食譜」。

托 Ⓘ ⓣ Ⓖ ↑ 公

585. cooker [`kʊkɚ]【cook·er】ⓝ炊具，廚灶
A cook always takes advantage of a variety of cookers.
廚師總會善加利用很各種炊具。

• 考試必考混淆字：
cookie（餅乾）。

托 Ⓘ ⓣ Ⓖ ↑ 公

586. cookery [`kʊkərɪ]【cook·er·y】ⓝ烹調術
The chef is familiar with some exotic cookeries.
主廚熟悉一些異國烹調術。

• 考試必勝小祕訣：
cookery book是「烹飪書」；「食譜」。

托 Ⓘ ⓣ Ⓖ ↑ 公

587. cookie [kʊkɪ]【cook·ie】ⓝ甜餅乾
Could I have your recipe for fortune cookies?
能給我你的幸運餅乾食譜嗎？

• 考試必勝小祕訣：
cookie也可指「傢伙」；「人」。

托 Ⓘ ⓣ Ⓖ ↑ 公

588. hook [hʊk]【hook】Ⅴ ⓝ掛鉤
Amy hung her scarf on the hook.
艾咪把她的圍巾掛在掛鉤上。

• 考試必勝小祕訣：
by hook or by crook表示「不擇手段地」。

托 Ⓘ ⓣ Ⓖ ↑ 公

589. utensil [juˋtɛnsl]【u·ten·sil】ⓝ廚房用具
Chris ordered a set of cooking utensils for his apartment.
克里斯為他的公寓訂購了一套炊具。

• 考試必考同義字：
用來指「器皿」的單字，還有
implement, tool, instrument。

> cook 必考關鍵字三分鐘速記圖

請利用三分鐘的時間，把前面所記過的單字做一個全盤的瞭解和記憶。

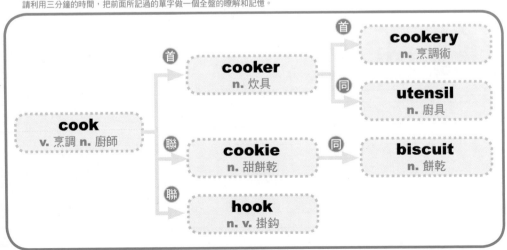

首字首、根字根、尾字尾記憶法 | 同同義、反反義記憶法 | 相相似字記憶法 | 聯聯想記憶法

C

必考關鍵字

corn n 玉米

托TOEFL I IELTS T TOEIC G GEPT 學測&指考 公務人員考試

單字錦囊
托 I T G 學 公

590. corn [kɔrn]【corn】n 玉米
Sandy likes to take corn soup for breakfast.
珊蒂喜歡喝玉米湯當早餐。

• 考試必勝小祕訣：
corn bread就是玉米麵包。

591. grain [gren]【grain】n 穀類
The price of grain is going up next year.
穀類價格明年會上漲。

• 考試必勝小祕訣：
grain也可當動詞「使成粒狀」的意思。

592. granite [ˋɡrænɪt]【gran·ite】n 花崗岩
The lobby floor is paved with granite from Italy.
大廳地板是用義大利花崗岩鋪成的。

• 考試必勝小祕訣：
bite on granite 意指徒勞無功。

593. gravel [ˋɡrævl̩]【grav·el】n 砂礫
The workers looked for gold in a bulk of gravel.
工人們在大量砂礫中尋找黃金。

• 考試必考同義字：
grit就是砂礫或砂岩。

594. gravy [ˋɡrevɪ]【gra·vy】n 肉汁
Mom added the gravy into the hot pot.
媽媽加肉汁到火鍋裡。

• 考試必考同義字：
sauce就是醬汁。

595. popcorn [ˋpɑpˏkɔrn]【pop·corn】n 爆米花
Alice ate up a pack of popcorn when she watched the
movie. 艾莉絲看電影時吃了一包爆米花。

• 考試必勝小祕訣：
a pack of popcorn 表示「一包爆米花」。

corn 必考關鍵字三分鐘速記圖

請利用三分鐘的時間，把前面所記過的單字做一個全盤的瞭解和記憶。

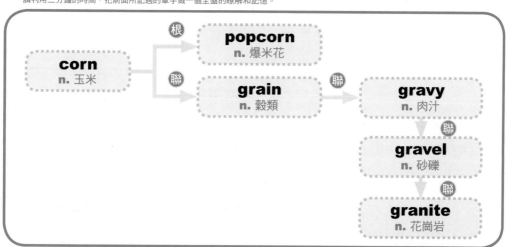

首字首、根字根、尾字尾記憶法 | 同同義、反反義記憶法 | 相相似字記憶法 | 聯聯想記憶法

必考關鍵字

> **corporation** n 公司

托TOEFL ❶IELTS ❶TOEIC ❻GEPT ↑學測&指考 公公務人員考試　　　　　　　單　字　錦　囊
托❶❶❻↑公

596. corporal [ˋkɔrpərəl]【cor·po·ral】n 下士 a 肉體的，個人的
The corporal punishment has been banned for years in Taiwan.
在台灣，體罰已被禁止多年。

• 考試必勝小祕訣：
corporal punishment「體罰」，是一個固定用語。

托❶❶❻↑

597. corporate [ˋkɔrpərɪt]【cor·po·rate】a 社團的，法人的
Only registered corporate body is allowed to raise money publicly.
只有法人機構被准於公開募款。

• 考試必考同義字：
collective, incorporated

托❶❶❻❻↑公

598. corporation [͵kɔrpəˋreʃən]【cor·po·ra·tion】n 公司
The corporation will be taken over by an overseas group.
該公司將由一個海外集團接管。

• 考試必考同義字：
company, business, enterprise

托❶❶❻↑公

599. corps [kɔr]【corps】n 軍隊，兵隊
The old solider served in the marine corps during World War II.
那位老兵曾在第二次世界大戰期間服役於海軍陸戰隊。

• 考試必考同義字：
troop, squadron, detachment

托❶❶❻↑公

600. corpse [kɔrps]【corpse】n 屍體
A female corpse was found on the riverbank.
一具女屍在河岸上被發現。

• 考試必考同義字：
cadaver, stiff, body

托❶❶❻↑公

601. incorporate [ɪnˋkɔrpə͵ret]【in·cor·po·rate】
v 合併，促成公司
The board decided to incorporate the two proposals.
董事會決定將兩個議案合併。

• 考試必考同義字：
integrate, combine

> **corporation** 必考關鍵字三分鐘速記圖

請利用三分鐘的時間，把前面所記過的單字做一個全盤的瞭解和記憶。

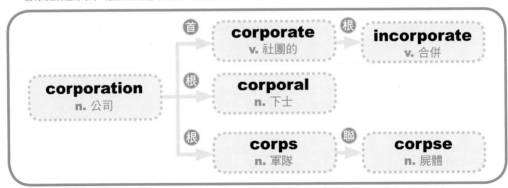

首 **corporate** v. 社團的 → 根 **incorporate** v. 合併

corporation n. 公司

根 **corporal** n. 下士

根 **corps** n. 軍隊 → 聯 **corpse** n. 屍體

首字首、根字根、尾字尾記憶法 | 同同義、反反義記憶法 | 相相似字記憶法 | 聯聯想記憶法

必考關鍵字

 count V 計算 (MP3) 03-14 C

🔤TOEFL ①IELTS ⊤TOEIC ⑥GEPT ↑學測&指考 ⚠公務人員考試 | 單 字 錦 囊
🔤①⊤⑥↑⚠

602. account [əˋkaʊnt]【ac·count】 □帳目
I opened a saving account of US dollar in a foreign bank.
我在外國銀行開一個美元儲蓄帳戶。

・考試必考片語：
on account of（因為;由於）；**take account of**（考慮到;體諒）

🔤①⊤⑥↑⚠

603. accountable [əˋkaʊntəbl]【ac·count·able】
ⓐ對⋯有解釋義務的，應負責任的
It's believed that the local government should be accountable.
普遍相信地方政府應該負責任。

・考試必考同義字：
responsible（需負責任的）

🔤①⊤⑥↑⚠

604. accountant [əˋkaʊntənt]【ac·coun·tant】 □會計師
The accountant gave the company a breakdown of the expenses.　會計師給公司一份支出明細帳。

・考試必考同義字：
comptroller, controller

🔤①⊤↑⚠

605. accounting [əˋkaʊntɪŋ]【ac·count·ing】 □會計學
Sue majored in accounting in college.
蘇大學時主修會計。

・考試必考同義字：
accountancy（會計學）

🔤①⊤⑥↑⚠

606. count [kaʊnt]【count】 V計算
Don't count your chickens before they are hatched.
勿打如意算盤。

・考試必考片語：
count on/upon 表示「依靠、指望」。

🔤①⊤⑥↑⚠

607. counter [ˋkaʊntɚ]【count·er】 □計算器，櫃檯
V反對、反駁 ⓐ反方向的
The book is over there at the counter.
書在那邊櫃臺上。

・考試必考片語：
under the counter 表示「私下地;非法地」。

🔤①⊤⑥↑⚠

608. counteract [ˏkaʊntɚˋækt]【coun·ter·act】 V抵銷
This drug will counteract most of side effects.
這藥物會抵銷大部分副作用。

・考試必考同義字：
neutralize（中和）；**oppose, contradict**（對抗）

🔤①⊤⑥↑⚠

609. counterpart [ˋkaʊntɚˏpart]【coun·ter·part】
□極相像的人（或物）
The two laptops are exact counterparts in model and size.
這兩款筆記型電腦在形狀和尺寸都極相像。

・考試必考同義字：
similitude（相像的人）

🔤①⊤⑥↑⚠

610. discount [ˋdɪskaʊnt]【dis·count】 □折扣
The men's department gives a special discount of 20 percent for cash.　如用現金在男裝部消費得享八折優待。

・考試必考片語：
at a discount 表示「打折扣」。

🔤①⊤⑥↑⚠

611. encounter [ɪnˋkaʊntɚ]【en·coun·ter】 V相遇，遭遇
Jenny encountered her Mr. Right on a rainy night.
珍妮在一個雨夜中遇到她的白馬王子。

・考試必考同義字：
meet, come across

▶| **count** 必考關鍵字三分鐘速記圖

請利用三分鐘的時間,把前面所記過的單字做一個全盤的瞭解和記憶。

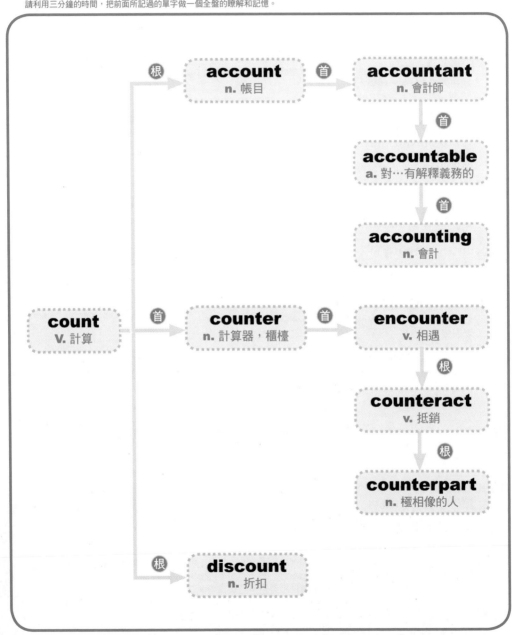

首 字首、根 字根、尾 字尾記憶法 | 同 同義、反 反義記憶法 | 相 相似字記憶法 | 聯 聯想記憶法

C

必考關鍵字

country n 國家

托TOEFL 雅IELTS T TOEIC G GEPT 學學測&指考 公公務人員考試

托雅T

612. **contract** [`kɑntrækt】【con·tract】 n 合約
Either of the parties is obliged to adhere to the contract.
任何一方都有義務遵守合約。

• 考試必考同義字：
agreement, deal

托雅

613. **contradict** [͵kɑntrə`dɪkt】【con·tra·dict】
v 同…矛盾，同…牴觸
The experimental result contradicted the theory.
實驗結果與理論相矛盾。

• 考試必考同義字：
agreement, deal

托雅TG公

614. **contradiction** [͵kɑntrə`dɪkʃən】【con·tra·dic·tion】 n 反駁
Those who are good at communication always tolerate contradiction.
那些善於溝通的人總是容忍反駁。

• 考試必考同義字：
negation, opposition

托雅TG公

615. **contrary** [`kɑntrɛrɪ】【con·trary】 a 對抗的
Poverty and richness are contraries.
貧窮和富有是對抗的。

• 考試必考片語：
by contrast 表示「相比之下」；**in contrast with/to** 表示「與…形成對比；與…相比」。

托雅TG公

616. **contrast** [`kɑn͵træst】【con·trast】 v n 對比，對照
The candidate's opinions contrasted sharply with his actions.　候選人的政見與行為形成鮮明對比。

• 考試必考片語：
except for 表示「除了…」。

托雅TG公

617. **control** [kən`trol】【con·trol】 v n 控制，支配
The situation has gotten out of control.
局勢已經失控。

• 考試必考片語：**in control of/over**（控制著）；**in/under the control of**（在…控制下）；**lose control of**（失去控制）；**take control of**（掌管）；**out of control**（不受控制;失去控制）；**under control**（處於控制之下）

托雅TG公

618. **controversial** [͵kɑntrə`vɝʃəl】【con·tro·ver·sial】
a 爭論的，爭議的
We won't discuss the controversial issue in today's meeting.
今天的會議中，我們將不討論有爭議的問題。

• 考試必考同義字：
unsettled, contended

托TG公

619. **controversy** [`kɑntrə͵vɝsɪ】【con·tro·ver·sy】 n 辯論
The evidence made the fact beyond controversy.
證據使事實無從爭辯。

• 考試必考片語：
beyond controversy 表示「無可爭議的」。

托雅TG公

620. **country** [`kʌntrɪ】【coun·try】 n 國家
There are many developing countries in Asia.
亞洲有許多開發中國家。

• 考試必考同義字：
nation, land, state

托雅TG公

621. **countryside** [`kʌntrɪ͵saɪd】【coun·try·side】 n 農村
My grandparents prefer the quiet countryside to the cities.
我祖父母喜歡安靜的鄉村甚於城市。

• 考試必考同義字：
country, rural area

> **country** 必考關鍵字三分鐘速記圖

請利用三分鐘的時間，把前面所記過的單字做一個全盤的瞭解和記憶。

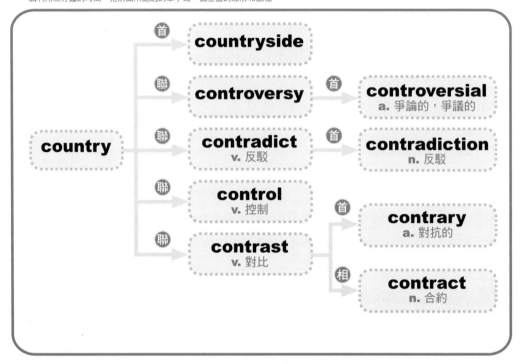

首字首、根字根、尾字尾記憶法｜同同義、反反義記憶法｜相相似字記憶法｜聯聯想記憶法

字詞大追擊 **contradict, deny, oppose**
這些動詞都含 "否定、否認"， "反駁、反對" 之意。

1. contradict Ⅴ 肯定地否認、反對或反駁某事，堅持相反的意見。
The eyewitness contradicted earlier testimony.
目擊者駁斥了先前提出的證詞。

2. deny Ⅴ 普通用詞，尤指否認意見或言論的真實性，尤指否定他人的指控或責難。
He didn't deny the facts. 他不否認事實。

3. oppose Ⅴ 普通的廣泛用詞。指不作爭論或不提出論據而無理由地反對；也指任何溫和、有理由的反對或否定。
I am opposed to going shopping with others.
我被反對與他人一起外出購物。

必考關鍵字

course n 過程

(MP3) 03-15

托TOEFL IELTS TTOEIC GGEPT 學測&指考 公公務人員考試

單 字 錦 囊

托I T G 👆 公

622. currency [ˋkɝənsɪ]【cur·ren·cy】n 流通，貨幣
The counterfeit bank notes have gained wide currency.
偽鈔已經大量流通。

• 考試必考同義字：
money, cash

托I T G 👆 公

623. current [ˋkɝənt]【cur·rent】a 當前的
We should work together to solve the current problems.
我們應共同合作以解決當前問題。

• 考試必考同義字：
prevalent, present

托I T G 👆 公

624. curriculum [kəˋrɪkjələm]【cur·ric·u·lum】
n 學校的全部課程
Students had better study some more things besides the
curriculum.　學生除了學校課程，最好學習多一些的事物。

• 考試必勝小祕訣：
curriculum的複數型為「**curricula,
curriculums**」。

托I T G 👆 公

625. course [kors]【course】n 過程，課程
Several unexpected difficulties arose in the course to
produce the medicine.
幾個意想不到的困難發生在藥物的生產過程。

• 考試必考片語：
in course of 表示「在…過程中」。

托I T G 👆 公

626. discourse [ˋdɪskors]【dis·course】n 演講，談話
I heard Prof. Shin's discourse on English syntax.
我聽了辛教授的英語句法學演講。

• 考試必考同義字：
talk, speech

托I T G 👆 公

627. intercourse [ˋɪntɚkors]【in·ter·course】n 交往
Chinese will be more widely used in international
intercourse some day.
有一天，中文將更廣泛地在國際互動中被使用。

• 考試必考片語：
chalk out表示「制定草圖」。

托I T G 👆 公

628. syllabus [ˋsɪləbəs]【syl·la·bus】n 課程大綱
The teacher handed in his syllabus in the first class.
老師在第一節課發下他的課程大綱。

• 考試必考同義字：
program可指「大綱」；也可指「節目
單」。

 course 必考關鍵字三分鐘速記圖

請利用三分鐘的時間，把前面所記過的單字做一個全盤的瞭解和記憶。

必考關鍵字

cover V 遮蓋，掩飾

托TOEFL ❶IELTS ❶TOEIC ⒼGEPT ⬆學測&指考 ⚇公務人員考試

單 字 錦 囊
托❶❶Ⓖ⬆⚇

629. cover [`kʌvɚ] 【cov·er】 V遮蓋，掩飾
The top of the hill was covered with thick snow.
山頂上覆蓋著厚厚的積雪。

• 考試必考片語：
cover up 表示「蓋住，遮住，裏住」。

托❶❶Ⓖ⬆⚇

630. coverage [`kʌvərɪdʒ] 【cov·er·age】 N覆蓋
The cell phone coverage is almost all around the island.
這手機收訊範圍幾乎涵蓋全島。

• 考試必考同義字：
extent 表示「範圍」。

托❶❶Ⓖ⚇

631. discover [dɪs`kʌvɚ] 【dis·cov·er】 V發現
Columbus discovered America in 1492.
哥倫布於1492年發現美洲大陸。

• 考試必考同義字：
find是「找到，發現」的意思。

托❶❶Ⓖ⬆⚇

632. discovery [dɪs`kʌvərɪ] 【dis·cov·ery】 N發現
Benjamin Franklin's discovery of electricity occurred in 1752.
班傑明·富蘭克林在1752年發現電的存在。

• 考試必考同義字：
detection, finding

托❶❶Ⓖ⬆⚇

633. handkerchief [`hæŋkɚˌtʃɪf] 【hand·ker·chief】 N手帕
The sad mother dried her tears with a handkerchief.
悲傷的母親用手帕拭淚。

• 考試必考同義字：
hanky是較口語的說法。

托❶❶Ⓖ⬆⚇

634. recover [rɪ`kʌvɚ] 【re·cov·er】 V恢復，彌補
The patient will recover from his illness soon.
病人很快就會從病中恢復。

• 考試必考同義字：
recuperate, convalesce

托❶❶Ⓖ⬆⚇

635. recovery [rɪ`kʌvərɪ] 【re·cov·ery】 N恢復
The young man had a rapid recovery from his flu.
這個年輕人迅速從流感中恢復。

• 考試必考同義字：
convalescence, recuperation, revival

托❶❶Ⓖ⬆⚇

636. uncover [ʌn`kʌvɚ] 【un·cov·er】 V揭開，揭露
The police uncovered a plot to suicide bombing.
警方破獲一宗自殺炸彈襲擊的陰謀。

• 考試必考同義字：
reveal, expose, disclose

cover 必考關鍵字三分鐘速記圖

請利用三分鐘的時間，把前面所記過的單字做一個全盤的瞭解和記憶。

首字首、根字根、尾字尾記憶法 ┃ 同同義、反反義記憶法 ┃ 相相似字記憶法 ┃ 聯聯想記憶法

必考關鍵字

 | **crazy** a 瘋狂的

托TOEFL ⓘIELTS TTOEIC GGEPT 學測&指考 公公務人員考試

| 單 字 錦 囊
托ⓘTG公

637. crack [kræk] 【crack】 V 爆裂，猛擊
The chimpanzee can crack a coconut and drink the juice inside.
黑猩猩會打破椰子，喝裡面的果汁。

• 考試必考片語：
crack up 「撞壞、垮掉」。

托ⓘTG公

638. cracker [`krækɚ] 【crack·er】 N 破碎機，薄脆餅乾
Nancy only ate some crackers for lunch today.
南西只吃一些餅乾作午飯。

• 考試必考同義字：
saltine, biscuit

托ⓘTG公

639. crazy [`krezɪ] 【cra·zy】 a 瘋狂的
Kelly was crazy to stay at the computer all night.
凱莉整個夜晚都在電腦前，真是瘋了。

• 考試必考同義字：
insane, mad, lunatic

托ⓘTG公

640. crush [krʌʃ] 【crush】 V 壓碎
The nurse crushed pills to powder.
護士將藥片壓碎成粉末。

• 考試必考同義字：
compress, squeeze, press

托ⓘTG公

641. crust [krʌst] 【crust】 N 麵包皮，外殼
The durian crust is very hard and rough.
榴槤的殼又硬又粗糙。

• 考試必考同義字：
skin, shell, coat

托ⓘTG公

642. discrepancy [dɪ`skrɛpənsɪ] 【dis·crep·an·cy】 N 不一致
There was a discrepancy in the two investigation results.
這兩個調查結果不一致。

• 考試必考同義字：
variance, divergence, disagreement

> | **crazy** 必考關鍵字三分鐘速記圖

請利用三分鐘的時間，把前面所記過的單字做一個全盤的瞭解和記憶。

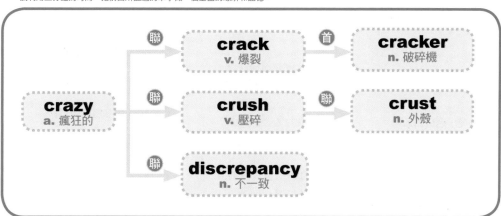

必考關鍵字

credit ⋂ 信用，銀行存款 〔MP3〕03-16

🔢TOEFL ❶IELTS ❶TOEIC ❻GEPT ❶學測&指考 ❷公務人員考試 ┃ 單 字 錦 囊

643. credential [krɪ`dɛnʃəl] 【cre·den·tial】
⋂（常複數）國書、證書
The applicants are requested to present some related credentials.
申請人必須提出一些相關證書。

- 考試必考同義字：
  certificate, document

644. credible [`krɛdəbḷ] 【cred·i·ble】 ⒜ 可信的
Lucy is thought of as a credible partner.
露西被認為是一個可靠的合作夥伴。

- 考試必考同義字：
  believable, conceivable

645. credit [`krɛdɪt] 【cred·it】 ⋂ 信用，銀行存款
Everyone ought to use the credit card carefully.
每個人都應該小心使用信用卡。

- 考試必考片語：
  do credit to（為…帶來榮譽）；**give sb. credit for**（為…讚揚某人）

646. creditor [`krɛdɪtɚ] 【cred·i·tor】 ⋂ 債權人
The creditor of the house is Bank of Taiwan.
房子的債權人是台灣銀行。

- 考試必考同義字：
  lender, loaner

647. credulous [`krɛdʒuləs] 【cred·u·lous】 ⒜ 易受騙的
Children and aged people are the most credulous.
兒童和老年人最易受騙。

- 考試必考同義字：
  undoubting, trusting, gullible

648. incredible [ɪn`krɛdəbḷ] 【in·cred·i·ble】 ⒜ 不可信的
The plot of the film seems to be incredible.
這電影的情節似乎令人難以置信。

- 考試必考同義字：
  unbelievable, doubtful, questionable

credit 必考關鍵字三分鐘速記圖

請利用三分鐘的時間，把前面所記過的單字做一個全盤的瞭解和記憶。

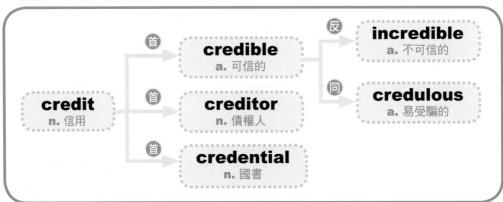

首字首、根字根、尾字尾記憶法 ┃ 同同義、反反義記憶法 ┃ 相相似字記憶法 ┃ 聯聯想記憶法

C

必考關鍵字

culture ⓝ 文化

托TOEFL **I**IELTS **T**TOEIC **G**GEPT **↑**學測&指考 **公**公務人員考試

單 字 錦 囊

649. agriculture [ˋægrɪˏkʌltʃɚ]【ag·ri·cul·ture】ⓝ農業
The local government is developing organic agriculture.
當地政府正在發展有機農業。

托ⒾⓉⒼ↑公
• 考試必考同義字：
farming, cultivation, husbandry

650. colonial [kəˋlonjəl]【co·lo·nial】ⓐ殖民地的
The family had difficult times during the colonial period.
那家族在殖民時期渡過許多艱困時期。

托ⒾⓉⒼ↑公
• 考試必考同義字：
colonizing表示「殖民的」。

651. colonist [ˋkɑlənɪst]【col·o·nist】ⓝ殖民者
Life was hard for the early colonists in Malaysia.
早期馬來西亞殖民者生活很艱苦。

托ⒾⓉⒼ↑公
• 考試必考同義字：
settler就是「殖民者」。

652. colony [ˋkɑlənɪ]【col·o·ny】ⓝ殖民地
Singapore was once a British colony.
新加坡曾經是英國殖民地。

托ⒾⓉⒼ↑公
• 考試必考同義字：
settlement也可以指「殖民地」。

653. cultivate [ˋkʌltəˏvet]【cul·ti·vate】ⓥ耕種
The land damaged by mudslide cannot be cultivated anymore.
土石流破壞的土地無法耕種了。

托ⒾⓉⒼ↑公
• 考試必考同義字：
farm 表示「耕種」；**develop**表示「進化」。

654. culture [ˋkʌltʃɚ]【cul·ture】ⓝ文化
Eastern culture has been molded by Buddhism.
佛教塑造了東方文化。

托ⒾⓉⒼ↑公
• 考試必考同義字：
civilization, cultivation

culture 必考關鍵字三分鐘速記圖

請利用三分鐘的時間，把前面所記過的單字做一個全盤的瞭解和記憶。

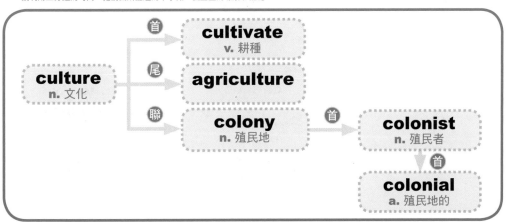

首字首、**根**字根、**尾**字尾記憶法 ｜ **同**同義、反反義記憶法 ｜ **相**相似字記憶法 ｜ **聯**聯想記憶法

必考關鍵字

cure ⅴ 治療

🅣TOEFL ⓘIELTS ⓣTOEIC ⓖGEPT ⬆學測&指考 ⓐ公務人員考試

單 字 錦 囊

655. accuracy [ˋækjərəsɪ]【ac·cu·ra·cy】 ⓝ 正確性
Timeliness and accuracy are supposed to be equally important for reporters.
對記者來說，及時性和準確性應該是同樣重要。

• 考試必考同義字：
exactness, exactitude, precision

656. accurate [ˋækjərɪt]【ac·cu·rate】 ⓐ 精確的
Some of information on the Internet is not accurate.
一些網路訊息是不準確的。

• 考試必考同義字：
precise, exact, correct

657. cure [kjʊr]【cure】 ⓥ 治癒
The cure for the disease is still in the process of experiment.　治癒這種疾病的藥仍然在實驗階段。

• 考試必考同義字：
restore, remedy, heal

658. curiosity [ˌkjʊrɪˋɑsətɪ]【cu·ri·os·i·ty】 ⓝ 好奇心
Curiosity kills the cat.　好奇心殺死貓。

• 考試必考同義字：
out of curiosity 表示「出於好奇」。

659. curious [ˋkjʊrɪəs]【cu·ri·ous】 ⓐ 好奇的
The curious kid asked several questions one after another.
那位好奇的孩子接二連三地問了幾個問題。

• 考試必考片語：
be curious about 表示「對…好奇」。

660. obscure [əbˋskjʊr]【ob·scure】 ⓐ 模糊的
I can't completely understand his obscure expressions.
我不甚理解他含糊的表達。

• 考試必考同義字：
indistinct, blurred, vague

661. secure [sɪˋkjʊr]【se·cure】 ⓐ 安全的
It is not secure to run out of the building as soon as an earthquake happens.
地震一發生就跑出建築物是不安全的。

• 考試必考同義字：
safe, protected, sound

662. security [sɪˋkjʊrətɪ]【se·cu·ri·ty】 ⓝ 安全
The authority concerned will take some new security measures.　有關當局將採取一些新的安全措施。

• 考試必考反義字：
danger, hazard（危險）

> cure 必考關鍵字三分鐘速記圖

請利用三分鐘的時間，把前面所記過的單字做一個全盤的瞭解和記憶。

⸋首字首、⸋根字根、⸋尾字尾記憶法 ▎⸋同義、⸋反義記憶法 ▎⸋相似字記憶法 ▎⸋聯想記憶法

必考關鍵字

correct ⓐ 正確的 ⓥ 糾正 (MP3) 03-17

C

🅣TOEFL 🅘IELTS 🅣TOEIC 🅖GEPT ⬆學測&指考 🅐公務人員考試 ┃ 單 字 錦 囊

663. correct [kəˋrɛkt]【cor·rect】ⓐ正確的 ⓥ糾正
The assistant found all the figures to be correct.
助理發現所有數字都是正確的。

• 考試必考同義字：
accurate, exact, precise

🅣🅘🅣🅖⬆🅐

664. escort [ˋɛskɔrt]【es·cort】ⓝ護衛隊，護衛者
The prime minister's escort totaled tens of people.
行政院長的隨扈總計數十人。

• 考試必考同義字：
bodyguard, defender

🅣🅘🅣🅖⬆🅐

665. reckless [ˋrɛklɪs]【reck·less】ⓐ魯莽的
How reckless a bicyclist the boy is!
騎自行車的男孩好魯莽！

• 考試必考反義字：
careful, cautious 表示「小心的、謹慎的」。

🅣🅘🅣🅖⬆🅐

666. reckon [ˋrɛkən]【reck·on】ⓥ計算
The child is able to reckon the span of the wall.
這孩子能算出牆壁的長度。

• 考試必考片語：
reckon in表示「把...計算在內」；
reckon on 表示「依賴」。

🅣🅘🅣🅖⬆🅐

667. rectangle [rɛkˋtæŋg!]【rect·an·gle】ⓝ長方形
Phil folded a piece of paper into a neat rectangle.
菲爾用一張紙折成一個整齊的矩形。

• 考試必勝小祕訣：
rectangular表示「長方形的」。

🅣🅘🅣🅖⬆🅐

668. rectangular [rɛkˋtæŋgjələ]【rect·an·gu·lar】ⓐ矩形的
The family lived in a small rectangular attic.
這家人住在一個小矩形閣樓。

• 考試必勝小祕訣：
rectangle表示「長方形」。

🅣🅘🅣🅖⬆🅐

669. rectify [ˋrɛktəˌfaɪ]【rec·ti·fy】ⓥ糾正
Millions of people tried to rectify the island's official name to Taiwan. 數以百萬計的人試圖為台灣正名。

• 考試必考同義字：
adjust, correct

▶ **correct** 必考關鍵字三分鐘速記圖

請利用三分鐘的時間，把前面所記過的單字做一個全盤的瞭解和記憶。

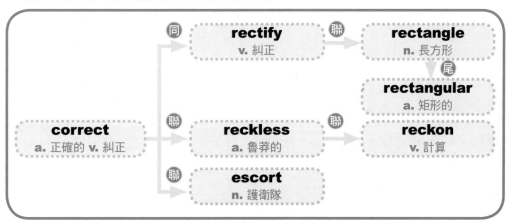

🗂字首、🌱字根、🎋字尾記憶法｜🔵同義、🔴反義記憶法｜🟦相似字記憶法｜🟨聯想記憶法

必考關鍵字

▶ certain ａ 確定的，無疑的

🚹TOEFL ❶IELTS 🅣TOEIC 🄖GEPT ⬆學測&指考 🅰公務人員考試

單 字 錦 囊

670. ascertain [ˌæsəˋten]【as·cer·tain】Ⅴ確定
The police ascertained that the man died before drowning.
警方確定那男人死於溺水前。

- 考試必考同義字：
clear up, find out

671. certain [ˋsɝtən]【cer·tain】ａ確定的，無疑的
Nobody can be certain of the result.
沒有人可以確定結果。

- 考試必考片語：
for certain（肯定地）；**make certain**（確定）

672. certainly [ˋsɝtənlɪ]【cer·tain·ly】ａd必定地
Hard work will certainly bring success.
辛勤工作一定會帶來成功。

- 考試必考同義字：
indeed, surely

673. certificate [səˋtɪfəkɪt]【cer·tif·i·cate】
ｎ（沒有學位的）結業證書
Adam got a certificate at the close ceremony of the camp.
亞當在營隊結業儀式上獲頒證書。

- 考試必考同義字：
document, testimonial, certification

674. certify [ˋsɝtəˏfaɪ]【cer·ti·fy】Ⅴ證明
The detective wanted to certify if you were on spot then.
警探想證明你當時是否在現場。

- 考試必考同義字：
testify to, confirm

675. concert [ˋkɑnsɝt]【con·cert】ｎ音樂會
Roy went to the concert to raise money tonight.
羅依參加了今晚的募款音樂會。

- 考試必考同義字：
performance就是「表演」。

676. concerted [kənˋsɝtɪd]【con·cert·ed】ａ協同的
Teachers and parents should make concerted effort to educate children.　老師和家長要一同努力教育小孩。

- 考試必考片語：
make effort表示「努力」。

677. concerto [kənˋtʃɛrto]【con·cer·to】ｎ協奏曲
The concerto was a masterpiece composed by a late maestro.　這首協奏曲是一位已故大師的傑作。

678. uncertain [ʌnˋsɝtn]【un·cer·tain】ａ不確定的
Kenny was uncertain about the definition of the word.
肯尼不確定對個那詞彙的定義。

- 考試必考片語：
be uncertain of/about表示「對…不能確定」。

679. uncertainty [ʌnˋsɝtn̩tɪ]【un·cer·tain·ty】ｎ不確定
Della was depressed by the uncertainty of employment and income.　黛拉對工作和收入的不確定感到沮喪。

- 考試必考反義字：
certainty（確實，必然）

C

> **certain** 必考關鍵字三分鐘速記圖

請利用三分鐘的時間，把前面所記過的單字做一個全盤的瞭解和記憶。

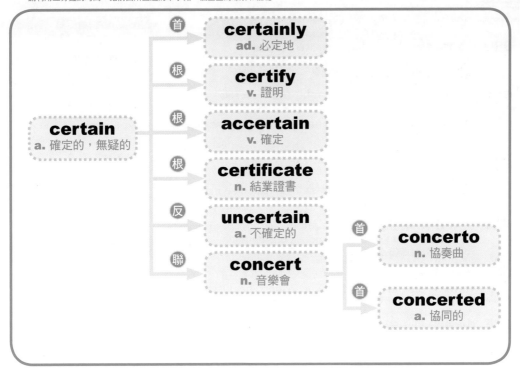

首字首、根字根、尾字尾記憶法｜同同義、反反義記憶法｜相相似字記憶法｜聯聯想記憶法

字詞
大追擊　**certainly, naturally, of course**
這些副詞或片語均有 "肯定地，當然" 之意。

1. certainly ad 強調有把握，深信不疑。

They will certainly succeed.
他們一定會成功。

2. naturally ad 指自然而然，毫無造作或天生如此。

Naturally you will want to discuss it with your wife.
當然，你要與你妻子討論這事。

3. of course ad 指毫無疑問，自然如此。可與**certainly**和**naturally**換用。

Of course, I remember him.
我當然記得他。

必考關鍵字

consider Ⅴ 考慮

ⓉTOEFL ⒤IELTS ⓉTOEIC ⒢GEPT ⬆學測&指考 ⒫公務人員考試

單字錦囊

680. consider [kən`sɪdɚ]【con·sid·er】Ⅴ考慮
We consider the boy a potential athlete.
我們認為那男孩是個有潛力的運動員。

• 考試必勝小祕訣：
consider後面接的動詞需以**Ving**形式出現。

681. considerable [kən`sɪdərəbl]【con·sid·er·able】
ⓐ值得考慮的
It is a considerable project to handle the emergency case.
這是個處理緊急情況上值得考慮的方案。

• 考試必考同義字：
important, significant

682. considerate [kən`sɪdərɪt]【con·sid·er·ate】
ⓐ考慮周到的，體貼的
It's considerate to give your seat to an expected mother.
你讓位給孕婦是體貼的表現。

• 考試必考同義字：
thoughtful, kind

683. consideration [kənsɪdə`reʃən]【con·sid·er·ation】ⓝ體諒
Try to take what I said into serious consideration.
試著認真考慮我說的話。

• 考試必考同義字：
deliberation, thoughtfulness

684. desirable [dɪ`zaɪrəbl]【de·sir·able】ⓐ值得嚮往的
Traveling around the world is supposed to be desirable.
環遊世界應該是值得嚮往的。

• 考試必考反義字：
undesirable, unwanted (令人不快的，討厭的)

685. desire [dɪ`zaɪr]【de·sire】Ⅴⓝ渴望
The poor child desires to eat a chicken leg.
這可憐的孩子渴望吃隻雞腿。

• 考試必考同義字：
wish, crave

686. undesirable [ʌndɪ`zaɪrəbl]【un·de·sir·able】ⓐ不需要的
It's really undesirable for me to get another cell phone.
再買一支手機對我真的是不需要。

• 考試必考同義字：
objectionable, unpleasant

consider 必考關鍵字三分鐘速記圖

請利用三分鐘的時間，把前面所記過的單字做一個全盤的瞭解和記憶。

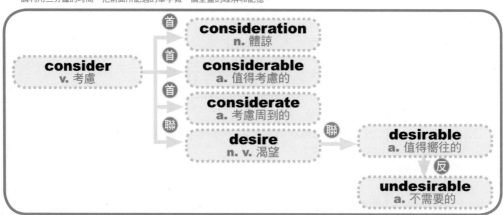

⬆字首、根字根、尾字尾記憶法｜⒤同義、反反義記憶法｜相相似字記憶法｜聯聯想記憶法

a	形容詞
ad	副詞
aux	助動詞
conj	連接詞
n	名詞
num	數字
prep	介係詞
pron	代名詞
v	動詞

（美）美式用語
（英）英式用語

首 字首記憶法	托 TOEFL
根 字根記憶法	I IELTS
尾 字尾記憶法	T TOEIC
同 同義字記憶法	G GEPT
反 反義字記憶法	↑ 學測&指考
相 相似字記憶法	公 公務人員考試
聯 聯想記憶法	

必考關鍵字

demand **v n** 命令

(MP3) 04-01

ⓉTOEFL ❶IELTS ❶TOEIC ⒼGEPT ⬆學測&指考 ⓶公務人員考試

単 字 錦 囊

687. **command** [kə`mænd]【com·mand】**n v** 命令
The police office commanded the gangsters to crouch on the ground.　員警命令幫派份子蹲在地上。

- 考試必考片語：**at（one's） command**（可自由使用（或支配）；**be at sb.'s command**（服從某人）；**have a command of**（掌握）

688. **commander** [kə`mændɚ]【com·mand·er】**n** 司令官
He was still an admirable commander three years ago.
三年前，他還是一位令人欽佩的司令官。

689. **commend** [kə`mɛnd]【com·mend】
n v 要求，需要，讚賞
The principal commended Winnie for her honesty.
校長表揚了薇妮的誠實行為。

- 考試必考片語：**commend itself to sb.**（給某人好印象）。

690. **demand** [dɪ`mænd]【de·mand】**n v** 命令
The officer demanded that all the soldiers start off in ten minutes.
軍官命令所有士兵在十分鐘後出發。

- 考試必考片語：**in demand**（有需要）

691. **recommend** [͵rɛkə`mɛnd]【rec·om·mend】**v** 推薦
Jack was recommended by the classmates to be the class leader.　全班同學一致推選傑克當班長。

692. **recommendation** [͵rɛkəmɛn`deʃən]
【rec·om·men·da·tion】**n** 推薦
I asked my supervisor in the university to write a recommendation letter for me to apply a master course abroad.
我請我的大學教授幫我寫一封推薦信，讓我申請國外的研究所課程。

- 考試必勝小祕訣：**recommendation letter**表示「推薦信」。

demand 必考關鍵字三分鐘速記圖

請利用三分鐘的時間，把前面所記過的單字做一個全盤的瞭解和記憶。

首字首、根字根、尾字尾記憶法 ┃ 同同義、反反義記憶法 ┃ 相相似字記憶法 ┃ 聯聯想記憶法

必考關鍵字

depend ⓥ 依靠

🔠TOEFL ①IELTS 🔠TOEIC ⓖGEPT ⬆學測&指考 ㊙公務人員考試　　　　單 字 錦 囊

693. depend [dɪˋpɛnd]【de·pend】ⓥ依靠
Fred is the last man I can depend upon.
佛列德是我最不信賴的人。
　　　　　　　　　　　　　　　　　　　　　　• 考試必考片語：
　　　　　　　　　　　　　　　　　　　　　　depend on/upon（依靠;信賴）；
　　　　　　　　　　　　　　　　　　　　　　it/that all depends（要看情況而定）
🔠①🔠ⓖ⬆㊙

694. dependence [dɪˋpɛndəns]【de·pen·dence】ⓝ依靠
Mr. Wang gets serious insomnia, he has much dependence on drugs to fall asleep.
王先生有嚴重的失眠問題，所以他必須仰賴藥丸助睡。
🔠①🔠ⓖ⬆㊙

695. dependent [dɪˋpɛndənt]【de·pen·dent】ⓐ依靠的
Children are dependent on their parents for anything.
小孩凡事都依賴父母。
　　　　　　　　　　　　　　　　　　　　　　• 考試必考反義字：
　　　　　　　　　　　　　　　　　　　　　　independent（獨立的）。
🔠①🔠ⓖ⬆㊙

696. independence [ˌɪndɪˋpɛndəns]【in·de·pen·dence】ⓝ獨立
Independence Day = the Forth of July　美國獨立紀念日
🔠①🔠ⓖ⬆㊙

697. independent [ˌɪndɪˋpɛndənt]【in·de·pen·dent】ⓐ獨立的
Singapone became independent from Brith colonialism in 1965.
新加坡在1965年從英國殖民主義統治下獨立出來。
　　　　　　　　　　　　　　　　　　　　　　• 考試必考片語：
　　　　　　　　　　　　　　　　　　　　　　independent of 表示「不受…的支配;
　　　　　　　　　　　　　　　　　　　　　　不依賴…的」。
🔠①🔠ⓖ⬆㊙

698. pending [ˋpɛndɪŋ]【pend·ing】ⓐ懸而未決的，迫近的
ⓟⓡⓔⓟ 在…期間；直到…為止
In order to give her a birthday surprise, we set up everything pending her returen.
為了給她一個生日驚喜，我們在她回來之前把所有東西都準備好。
　　　　　　　　　　　　　　　　　　　　　　• 考試必考片語：
　　　　　　　　　　　　　　　　　　　　　　in order to 表示「為了…」。
🔠①🔠⬆㊙

699. pendulum [ˋpɛndʒələm]【pen·du·lum】
ⓝ鐘擺，搖擺不定的局面
The clock runs out of the battery, so the pendulum stop working.
時鐘的電池耗盡，所以鐘擺停止擺動。
　　　　　　　　　　　　　　　　　　　　　　• 考試必考片語：
　　　　　　　　　　　　　　　　　　　　　　run out of 表示「用完,耗盡」。

⏵ depend 必考關鍵字三分鐘速記圖

請利用三分鐘的時間，把前面所記過的單字做一個全盤的瞭解和記憶。

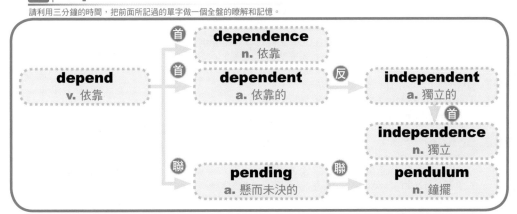

必考關鍵字

 depend Ⅴ 依靠

托TOEFL ❶IELTS ❶TOEIC ❺GEPT ⬆學測&指考 ⚖公務人員考試

	單 字 錦 囊

700. **compensate** [ˋkɑmpənˌset] 【com·pen·sate】Ⅴ補償
Nothing can compensate the old man for the loss of his wife.
任何東西都無法補償那位老先生喪妻之痛。

• 考試必考片語：
compensate sb. for sth. (補償某人某事)

701. **compensation** [ˌkɑmpənˋseʃən] 【com·pen·sa·tion】
ⁿ補償
Ben gave me 1,000 dollars as compensation for my bicycle.
班給我1000元作為我腳踏車的賠償。

• 考試必考同義字：
indemnification, reparation

702. **depend** [dɪˋpɛnd] 【de·pend】Ⅴ依靠
Jason was taught not to depended on others when he was a child.
傑森從小被教導不要太依賴他人。

703. **dispense** [dɪˋspɛns] 【de·pen·dence】Ⅴ分發，施與
The government dispensed food, clothes, and some necessaries to the typhoon victim.
政府把食物、衣服還有一些民生必需品發送颱風受災戶。

• 考試必考同義字：
distribute表示「分配，發給」。

704. **indispensable** [ˌɪndɪsˋpɛnsəbl] 【in·dis·pens·able】
ⁿ不可缺少的
Nowadays, a televison is an indipensable piece of equipment for any family.
現今，電視是任何家庭裡不可缺少的一項設備。

• 考試必考片語：
a piece of equipment表示「一項設備」。

705. **pension** [ˋpɛnʃən] 【pen·sion】ⁿ養老金
The government granted the retired official a pension.
政府同意給那位退休官員一筆養老金。

• 考試必考片語：
pension sb. off (發給某人養老金使其退休)

706. **pensioner** [ˋpɛnʃənɚ] 【pen·sion·er】ⁿ老年人
The benefit for a pensioner is 6,000 dollars per month.
一位老人的津貼是每月6,000元。

• 考試必考同義字：
senior citizen

707. **pond** [pɑnd] 【pond】ⁿ池塘
There is a warning sign set in front of the pond.
池塘前面有個警示牌。

708. **ponder** [ˋpɑndɚ] 【pon·der】Ⅴ仔細考慮
Before answering the complicated mathematical question, Mark pondered for a while.
在解答這題棘手的數學問題前，馬克仔細思考了一會兒。

> **depend** 必考關鍵字三分鐘速記圖

請利用三分鐘的時間，把前面所記過的單字做一個全盤的瞭解和記憶。

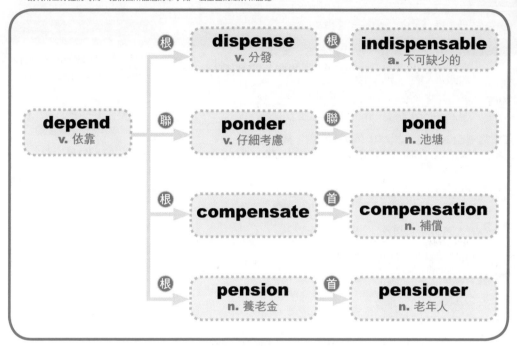

首字首、根字根、尾字尾記憶法 ┃ 同同義、反反義記憶法 ┃ 相相似字記憶法 ┃ 聯聯想記憶法

> | **MEMO**

_____

_____

_____

_____

必考關鍵字

 desert ⓝ 沙漠 ⓥ 拋棄　　ⓂⓅ³ 04-02

🅣TOEFL　Ⓘ IELTS　🅣TOEIC　🅖GEPT　⬆學測&指考　🅐公務人員考試

709. assert [əˈsɜt]【as·sert】ⓥ斷言，聲稱
The politician asserted that the budget was wrong.
這位政治人物斷言預算有誤。

- 考試必勝小祕訣：
  assert是一個強烈的字眼，用來表達堅決的信念。
- **assertion** n. 表示「斷言，主張」

710. desert [ˈdɛzət]【des·ert】ⓝ沙漠 ⓥ拋棄
Please don't desert me! 請不要拋棄我！

- 考試必考混淆字：
  請注意不要拼成**dessert**（甜點）了。

711. dessert [dɪˈzɜt]【des·sert】ⓝ（飯後）甜點
Would you like to have some dessert after dinner?
您晚飯後要來點甜點嗎？

- 考試必考混淆字：
  請注意不要拼成**desert**（沙漠）了。

712. exert [ɪgˈzɜt]【ex·ert】ⓥ盡力
Try not to exert yourself too much. 盡量不要過度費力。

- 考試必勝小祕訣：
  exert是指在工作或運動方面更加努力。

713. exertion [ɪgˈzɜʃən]【ex·er·tion】ⓝ努力揮發
Despite his exertions, the captive could not break free.
雖然他已盡力，這名俘虜還是無法獲得自由

- 考試必勝小祕訣：
  exertions在程度上比efforts更強烈。

714. insert [ɪnˈsɜt]【in·sert】ⓥ插入
John inserted the letter into the envelope.
約翰把信放入信封中。

- 字首：**in**表示「在內」或「進入」。

715. serial [ˈsɪrɪəl]【se·ri·al】ⓐ連續的
The police had been tracking the serial killer for months.
這位員警已經追捕這名連續殺人犯幾個月了。

- 考試必勝小祕訣：
  serial也可用於電視連續劇。

716. series [ˈsɪriz]【se·ries】ⓝ系列
The TV series was extremely popular.
這部電視影集相當受歡迎。

- 考試必勝小祕訣：
  series可用於電影、書籍、廣播或電視節目。

▶ **desert** 必考關鍵字三分鐘速記圖
請利用三分鐘的時間，把前面所記過的單字做一個全盤的瞭解和記憶。

🗝字首🗝字根、🗝字尾記憶法｜🗝同義、🗝反義記憶法｜🗝相似字記憶法｜🗝聯想記憶法

必考關鍵字

despair n 絕望 v 死心

D

托TOEFL　I IELTS　T TOEIC　G GEPT　↑學測&指考　公公務人員考試

單 字 錦 囊

托-I-T-G-↑-公

717. despair [dɪ`spɛr]【de·spair】n 絕望 v 死心
Despair does not help you to solve your problems.
絕望並不能幫你解決問題。

• 考試必勝小祕訣：
despair用來表達深刻的傷心，甚至是具有自我毀滅意味的。

托-I-T-G-↑-公

718. desperate [`dɛspərɪt]【des·per·ate】a 絕望的
The desperate criminal decided to take a hostage.
這名絕望的罪犯決定要挾持人質。

• 考試必勝小祕訣：
desperate通常用於別無選擇的情況。

托-I-T-G-↑-公

719. desperation [ˌdɛspə`reʃən]【des·per·a·tion】n 絕望
In desperation, the soldier threw the grenade at the enemy.
在絕望中，這名士兵將手榴彈投向敵軍。

托-I-T-G-↑-公

720. disperse [dɪ`spɝs]【dis·perse】v 使分散
The funds will be dispersed upon your command.
基金將依照你的調度來分配。

• 考試必勝小祕訣：
disperse通常用於銀行術語。

托-I-T-G-↑-公

721. prosper [`prɑspɚ]【pros·per】v 繁榮，興旺
Live long and prosper.
祝你多福多壽。

• 源自美國電視及電影「星際爭霸戰」，句中**prosper**的用法現在成為prosper最普遍的用法。

托-I-T-G-↑-公

722. prosperous [`prɑspərəs]【pros·per·ous】a 興旺的
If you invest wisely you will be prosperous.
若你能明智地投資，你將是富有的。

• 考試必考同義字：
wealthy；**successful**

despair 必考關鍵字三分鐘速記圖

請利用三分鐘的時間，把前面所記過的單字做一個全盤的瞭解和記憶。

首字首、根字根、尾字尾記憶法 | 同同義、反反義記憶法 | 相相似字記憶法 | 聯聯想記憶法

必考關鍵字

dialogue n 對話

(MP3) 04-03

托TOEFL ❶IELTS ❶TOEIC ⑤GEPT ↑學測&指考 公公務人員考試

單 字 錦 囊
❶❶⑤

723. analog [ˈænələg] 【an·a·log】 n 類似物
An ant colony can be an analog of human society.
螞蟻族群可視為人類社會的類似物。

• 考試必考同義字：
analogy表示「相似，類似」。

托❶❶

724. analogy [əˈnælədʒɪ] 【a·nal·o·gy】 n 類比
We often use animals to create analogies to human behaviour. 我們通常用動物來類比人類行為。

• 考試必勝小祕訣：
當需要描述困難的概念時，**analogy**（類比）的方式是很好用的。

托❶⑤❶

725. biological [ˌbaɪəˈlɑdʒɪkl] 【bi·o·log·i·cal】 a 生物學的
Biological fuels (bio-fuels) are made from organic matter.
生物燃料是用有機物製成的。

• 考試必勝小祕訣：
biological通常縮寫為**bio**

❶❶❶

726. biology [baɪˈɑlədʒɪ] 【bi·ol·o·gy】 n 生物學
Biology was Sally's favourite subject at school.
生物學是莎莉在學校最喜歡的科目。

• 字首：**bio**表示「和生命有關的事物」。

⑤↑公

727. catalog [ˈkætələg] 【cat·a·log】 n 目錄
The report represented a catalog of errors.
這篇報導有很大的錯誤。

• 考試必考片語：
a catalog of errors表示「有大量的問題」。

托❶❶⑤↑

728. catalogue [ˈkætələg] 【cat·a·logue】 n 目錄，登記
v 把…編目，登記
The library catalogue contained the titles of all the books.
圖書館的目錄包含了所有書籍的標題。

❶❶⑤↑公

729. dialogue [ˈdaɪəˌlɔg] 【di·a·logue】 n 對話
The dialogue in the film was wittily written.
這部電影中的對白寫得十分巧妙。

• 考試必勝小祕訣：
dialogue指戲劇或電影中的台詞。

托❶❶⑤↑公

730. eloquent [ˈɛləkwənt] 【el·o·quent】
a 雄辯的，有說服力的
The speaker was extremely eloquent.
這位演說家口才相當流利。

• 考試必勝小祕訣：
eloquent是一個進階單字，形容說話技巧非常流利。

托❶❶↑公

731. geology [dʒɪˈɑlədʒɪ] 【ge·ol·o·gy】 n 地質學
Geology is the study of rocks.
地質學是研究岩石的學問。

• 考試必考混淆字：
geography表示「地理學」。

托❶❶

732. ideology [ˌaɪdɪˈɑlədʒɪ] 【ide·ol·o·gy】
n 思想體系，意識形態
An ideology is often held by many people.
通常一種思想是很多人所擁有的。

• 考試必勝小祕訣：
注意**ideology**和**idea**的相似性。

托❶❶⑤↑公

733. logic [ˈlɑdʒɪk] 【log·ic】 n 邏輯，推理
You need logic to solve this problem.
你需要靠邏輯來解決這個問題。

• 考試必勝小祕訣：
logic特指思考推理的方法。

D

734. logical [ˋlɑdʒɪkḷ]【log·i·cal】 @ 合乎邏輯的
Your answer is not logical.
你的答案不合邏輯。

735. mythology [mɪˋθɑlədʒɪ]【my·thol·o·gy】 ⋒ 神話學，神話
Greek mythology has greatly influenced the western world.
希臘神話對西方世界有很大的影響力。

> • 考試必勝小祕訣：
> **myth**指的是故事或傳說。

736. physiological [ˌfɪzɪəˋlɑdʒɪkḷ]【phys·i·o·log·i·cal】
@ 生理學的
The physiological features of a person are those that can
be seen. 人類的生理特徵是指可以被看見的特徵。

> • 考試必勝小祕訣：
> **physiological**是一個形容生理特徵的進
> 階單字。

> **dialogue** 必考關鍵字三分鐘速記圖
> 請利用三分鐘的時間，把前面所記過的單字做一個全盤的瞭解和記憶。

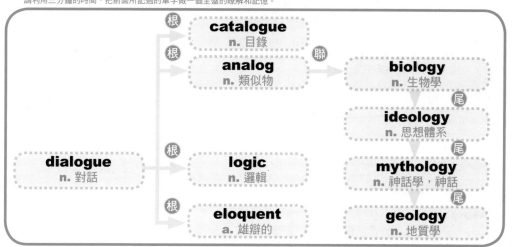

⸶首字首、⸶字根、⸶字尾記憶法｜⸶同義、⸶反義記憶法｜⸶相似字記憶法｜⸶聯想記憶法

> **字詞**
> **大追擊**
> **similarity, resemblance, analogy**
> 這些名詞均含 "相似，類似" 之意。

1. similarity ⋒ 指不同的人或事物在外表、特徵、程度或性質方面有某些相似之處。
Bees and wasps both sting, but they have other similarities too.
蜜蜂和黃蜂都會螫人，但它們還有其他相似之處。

2. resemblance ⋒ 指外觀或性質有相似之處。
The children have a great resemblance to their parents.
孩子們和他們的父母親十分相像。

3. analogy ⋓ 指外表或實質均不相同的事物對比之下的類似之處。
There's no analogy between his position and yours. 他的見解與你的並無相似之處。

必考關鍵字

 dictionary n 字典，辭典　　(MP3) 04-04

托TOEFL　I IELTS　T TOEIC　G GEPT　學測&指考　公公務人員考試

單 字 錦 囊

737. addict [ə`dɪkt]【ad·dict】 V 使沉溺，使上癮
If you smoke cigarettes it is easy to become addicted.
你若抽菸是很容易上癮的。

- 考試必勝小祕訣：
  addict常用於和毒品有關的情況。

738. condition [kən`dɪʃən]【con·di·tion】 n 條件，情形
The conditions of entry into a country are quite strict.
進入一個國家的條件是相當嚴格的。

739. conditional [kən`dɪʃənl]【con·di·tion·al】 a 有條件的
This payment is conditional upon you finishing the work.
這個付款是有條件的，要在你完成工作之後。

- 考試必勝小祕訣：
  conditional通常用在合約裡。

740. contradict [͵kɑntrə`dɪkt]【con·tra·dict】 V 同…矛盾
The teacher told the student not to contradict him.
這位老師告訴這名學生不要反駁他。

- 考試必勝小祕訣：
  to contradict someone表示「反駁某人」，是無禮的行為。

741. contradiction [͵kɑntrə`dɪkʃən]【con·tra·dic·tion】
n 反駁
There is a contradiction in your statement.
有人對你的陳述做反駁。

742. dedicate [`dɛdə͵ket]【ded·i·cate】 V 獻身，以…奉獻
We dedicate this memorial to our dead grandmother.
我們把這座紀念碑獻給死去的祖母。

- 考試必勝小祕訣：
  dedicate常用於對死者的崇敬。

743. delicate [`dɛləkət]【del·i·cate】 a 精巧的
This dried flower is extremely delicate.
這朵乾燥花非常精緻。

744. dictate [`dɪktet]【dic·tate】 V 口述
The manager dictated the memo to his secretary.
經理向他的秘書口述備忘錄。

- 考試必勝小祕訣：
  dictate這個字通常用於商業或教育方面。

745. dictation [dɪk`teʃən]【dic·ta·tion】 n 聽寫
Dictation is no longer very popular in modern schools.
聽寫在現在的學校中已不再流行。

- 考試必勝小祕訣：
  dictation通常用於商用英語。

746. dictator [`dɪk͵tetɚ]【dic·ta·tor】 n 獨裁者
The dictator ordered his troops to leave.
這位獨裁者命令他的軍隊離開。

- 考試必勝小祕訣：
  dictator主要是負面涵義。

747. dictionary [`dɪkʃən͵ɛrɪ]【dic·tio·nary】 n 字典，辭典
This dictionary contains the largest number of words.
這本字典收錄了最大量的單字。

D

748. indicate [ˈɪndə͵ket] 【in·di·cate】 ⓥ指出，表明
The patron indicated his choice to the waiter.
這位老顧客向服務生表明他的選擇。

- 考試必勝小祕訣：
  indicate通常用於要做選擇的情況。

749. indication [͵ɪndəˈkeʃən] 【in·di·ca·tion】
ⓝ指示，徵兆，暗示
All indications point to bad weather this weekend.
所有的徵兆顯示這個週末是壞天氣。

- 考試必勝小祕訣：
  indication常用於標示被解釋的地方，
  例如天氣或金融市場。

750. indicative [ˈɪnˈdɪkətɪv] 【in·dic·a·tive】 ⓐ指示的，可表示的
The stock market is an indicative factor for the economy's
growth.　股市是經濟成長的指標性因素。

751. predict [prɪˈdɪkt] 【pre·dict】 ⓥ預言，預報
Some people believe they can predict events before they
happen.　有些人相信他們能預料事情的發生。

- 字首：**pre**是「在前」的意思。
  字根：**dict**表示「說話，陳述」

752. prediction [prɪˈdɪkʃən] 【pre·dic·tion】 ⓝ預言，預報
Dereck made a prediction about the lottery result.
德瑞克做了一個有關樂透結果的預測。

753. syndicate [ˈsɪndɪkɪt] 【syn·di·cate】 ⓝ企業聯合組織
The lottery syndicate believed they had a higher chance of
winning.　這個彩券聯盟相信他們的彩券有較高的中獎機會。

- 考試必勝小祕訣：
  syndicate是指有相似興趣者組成的團體。

754. syndication [͵sɪndɪˈkeʃən] 【syn·di·ca·tion】
ⓝ企業聯合組織化

> | **dictionary** 必考關鍵字三分鐘速記圖

請利用三分鐘的時間，把前面所記過的單字做一個全盤的瞭解和記憶。

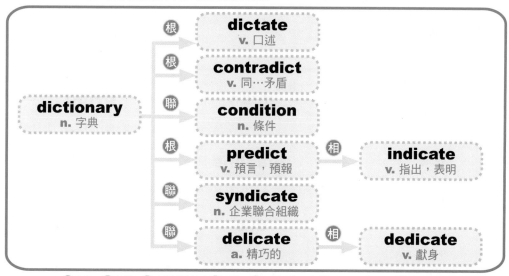

必考關鍵字

die ⅴ 死亡

MP3 04-05

🎓TOEFL　🎓IELTS　🎓TOEIC　🎓GEPT　↑學測&指考　👥公務人員考試

單 字 錦 囊
🎓-🎓-🎓-🎓-↑-👥

755. dead [dɛd] 【dead】 a 死的，無效的
The dead body was of interest to the detective.
這名死者引起了偵探的興趣。

• 考試必考片語：
dead to表示「對…無感覺」的意思。
🎓-🎓-🎓-🎓-↑-👥

756. deadline [ˋdɛdˏlaɪn] 【dead·line】 n 最後期限
I must finish this work before the deadline.
我必須在最後期限之前完成它。

• 考試必勝小祕訣：**deadline**這個字可以這樣聯想想：**dead**是「死的」，**line**是「線」，想像有一條線，超過它你將會死亡。
🎓-🎓-🎓-🎓-↑-👥

757. deadly [ˋdɛdlɪ] 【dead·ly】 a 致命的
Some mushrooms are deadly when eaten.
有些蘑菇食用後會致命的。

• 考試必勝小祕訣：
deadly是**dead**的形容詞。
🎓-🎓-🎓-🎓-↑-👥

758. deaf [dɛf] 【deaf】 a 聾的
The deaf child could not hear his mother shouting.
這個耳聾的孩子聽不見他母親的叫喊。

• 考試必考混淆字：
deaf與**death**在讀音上易產生混淆。
🎓-🎓-🎓-🎓-↑-👥

759. deafen [ˋdɛfn̩] 【deaf·en】 ⅴ 使聾的
David was deafened by the sound of the airplanes.
飛機的聲音使大衛聽不見。

• 考試必考同義字：
make deaf表示「使變聾」的意思。
🎓-🎓-🎓-🎓-↑-👥

760. die [daɪ] 【die】 ⅴ 死亡
The son should not die before the father.
兒子不應該比父親先過世。

• 考試必考片語：
die out表示「逐漸消失；滅絕」。
🎓-🎓-🎓-🎓-↑-👥

761. dye [daɪ] 【dye】 ⅴ 染色 n 染料
Dyeing clothes gives them their bright colours.
染色的衣服給他們明亮的色彩。

• 考試必勝小祕訣：
dyer 表示「染房」或「染匠」。
🎓-🎓-🎓-🎓-↑-👥

762. dying [ˋdaɪɪŋ] 【dy·ing】 a 垂死的
The dying swan could no longer flap its wings.
垂死的天鵝再也無法拍動翅膀。

• 考試必考同義字：
moribund, declining

die 必考關鍵字三分鐘速記圖

請利用三分鐘的時間，把前面所記過的單字做一個全盤的瞭解和記憶。

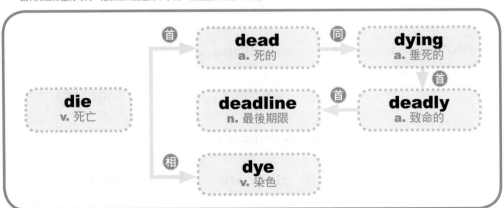

　🔤字首、🔤字根、🔤字尾記憶法｜🔤同義、🔤反義記憶法｜🔤相似字記憶法｜🔤聯想記憶法

必考關鍵字

disguise Ⅴ偽裝

D

🔵TOEFL ⬤IELTS ⬤TOEIC ⬤GEPT ⬆學測&指考 ㊙公務人員考試

<table>
<tr><td></td><td>單 字 錦 囊</td></tr>
</table>

763. crime [kraɪm]【crime】ⁿ罪行 Ⅴ對…定罪
No crime will go unpunished.
沒有犯罪是不需接受處罰的。

> • 考試必考同義字：
> **vice**表示「罪行」，**evil**表示「罪惡」，
> **sin**表示「罪孽」。

764. disguise [dɪsˋgaɪz]【dis·guise】Ⅴⁿ偽裝
The spy chose to wear a disguise when outside.
間諜在外時選擇偽裝。

> • 考試必考小祕訣：
> **disguise**經常出現在偵探小說中。

765. disgust [dɪsˋgʌst]【dis·gust】Ⅴ令人厭惡
Marcus was disgusted with the boy's behaviour.
馬庫斯對這個男孩的行為感到厭惡。

> • 考試必考同義字：
> **sicken, offend, repel, revolt,**
> **nauseate**

766. disgusting [dɪsˋgʌstɪŋ]【dis·gust·ing】
ᵃ令人作噁的，令人厭惡的
The food at that restaurant is just disgusting.
那家餐廳的食物真是令人作噁。

> • 考試必考同義字：
> **nauseating, nauseous,**
> **sickening, fulsome, loathsome**

767. guilt [gɪlt]【guilt】ⁿ罪行
Your guilt is clear in your face.
你的罪行清楚的在你臉上。

> • 考試必考混淆字：
> **gilt** 表示「金色的」，為較易混淆的相似
> 字。

768. guilty [ˋgɪltɪ]【guilt·y】ᵃ有罪的
The criminal was guilty as charged.
這名罪犯被宣判有罪。

> • 考試必考同義字：
> **criminal, blameworthy,**
> **culpable**

---

disguise 必考關鍵字三分鐘速記圖

請利用三分鐘的時間，把前面所記過的單字做一個全盤的瞭解和記憶。

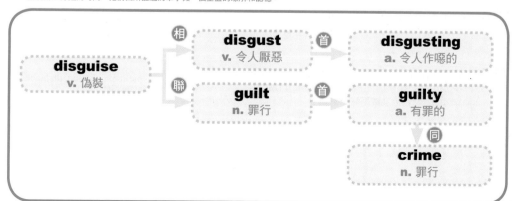

🔵字首、🔵字根、🔵字尾記憶法｜🔵同義、🔵反義記憶法｜🔵相似字記憶法｜🔵聯想記憶法

必考關鍵字

 divide Ⓥ 分開

🅣TOEFL ❶IELTS 🅣TOEIC ⒼGEPT ⬆學測&指考 ㊂公務人員考試

單 字 錦 囊

769. device [dɪ`vaɪs] 【de·vice】 ⋂ 設備
The function of this device is unknown.
這個設備的功能是未知的。

- 考試必考同義字：
instrument, machine, apparatus, implement

770. devise [dɪ`vaɪz] 【de·vise】 Ⓥ 設計
The scientist devised a new way to make energy.
科學家設計了一個新的方式去製造能源。

771. divide [də`vaɪd] 【di·vide】 Ⓥ 分開
Divide and conquer is an ancient stratagem.
分而治之是一個古老的計謀。

- 考試必考片語：
divide and conquer表示「分而治之」，這個片語常用於軍事策略上。

772. dividend [`dɪvə‚dɛnd] 【div·i·dend】 ⋂ 紅利，股息
All the shareholds will receive the dividends at the end of this month. 所有股東將在這個月月底拿到紅利。

- 考試必考片語：
pay dividends表示「產生效益」。

773. equipment [ɪk`sɛpt] 【e·quip·ment】 ⋂ 設備
The equipment needed for this job is too expensive.
這個工作所需的設備實在是太昂貴了。

- 考試必考同義字：
gear, apparatus, contrivances, appointments

774. individual [‚ɪndə`vɪdʒʊəl] 【in·di·vid·u·al】 ⋂ 個人的，獨特的
His writing style is very individual.
他的寫作風格非常獨特。

- 考試必考同義字：
separate, single, personal, special

775. individualize [‚ɪndə`vɪdʒʊəl‚aɪz] 【in·di·vid·u·al·ize】
Ⓥ 使個體化，賦予個性
Jane planned to individualize her room.
珍計畫使她的房間個人化。

- 考試必勝小祕訣：
individualize指創造或設計出個人風格。

776. separate [`sɛpə‚ret] 【sep·a·rate】 Ⓥ 分開，區分
You need to separate right from wrong.
你必須區分對與錯。

- 考試必考同義字：
part, divide, isolate, segregate

777. separation [‚sɛpə`reʃən] 【sep·a·ra·tion】 ⋂ 分開
His parents' separation affected him badly.
他父母的分開對他造成不好的影響。

- 考試必考同義字：
partition, division, disjunction, dissociation

D

778. subdivide [sʌbdɪˋvaɪd]【sub·di·vide】 Ⅴ 細分
The accountant subdivided the figures.
會計師將數目細分。

- 考試必勝小祕訣：
  subdivide這個字通常用於會計或商用英語。

779. subdivision [sʌbdəˋvɪʒən]【sub·di·vi·sion】 N 細分
The subdivision of expenses is clear in this report.
細分的費用在這報告中。

- 字首：**sub**表示「向下，低」
  sub（向下）+ **division**（divide分開）=**subdivision** 向下分開，即「細分」。

  divide 必考關鍵字三分鐘速記圖

請利用三分鐘的時間，把前面所記過的單字做一個全盤的瞭解和記憶。

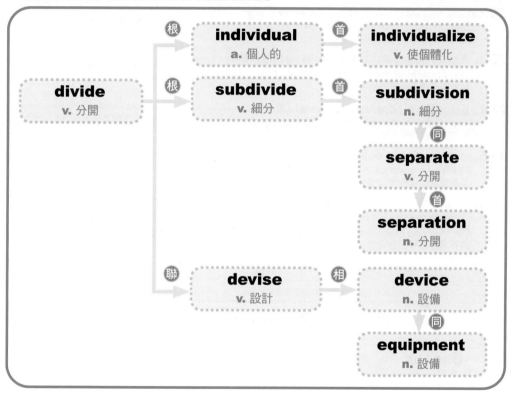

首 字首、根 字根、尾 字尾記憶法｜同 同義、反 反義記憶法｜相 相似字記憶法｜聯 聯想記憶法

doctor n 醫生，博士 MP3 04-06

TOEFL | IELTS | TOEIC | GEPT | 學測&指考 | 公務人員考試

單 字 錦 囊

780. dock [dɑk] 【dock】 n 碼頭
The ship arrived at the dock on time.
船準時到達碼頭。

- 考試必考混淆字：
  deck表示「甲板」。

781. doctor [ˋdɑktɚ] 【doc·tor】 n 醫生，博士
The doctor could find nothing wrong with him.
這個醫生找不出他有什麼問題。

- 考試必考同義字：
  physician, medic

782. doctorate [ˋdɑktərɪt] 【doc·tor·ate】 n 博士學位
She held a doctorate in psychology.
她擁有心理學的博士學位。

- 考試必考混淆字：
  doctor指的是博士。

783. doctrinal [ˋdɑktrɪnḷ] 【doc·trin·al】 a 教義的
The election of a Pope follows a strict doctrinal process.
教宗的選舉遵循著嚴格的教義程式。

- 考試必勝小祕訣：
  doctrinal 是**doctrine**的形容詞。

784. doctrine [ˋdɑktrɪn] 【doc·trine】 n 教條
The doctrine of self-defence is recognised by the courts.
法院認可自我防衛的教條。

- 考試必勝小祕訣：
  doctrine常用於法律或軍事方面。

785. document [ˋdɑkjəmənt] 【doc·u·ment】 n 文件
Please prepare all documents for the meeting.
請準備會議的所有檔案。

- 考試必勝小祕訣：
  document 是比**papers**更加正式的用法。

786. documentary [ˌdɑkjəˋmɛntərɪ]
【doc·u·men·ta·ry】 n 紀錄片
Did you see that documentary about Taiwan?
你看過那部有關台灣的記錄片嗎？

- 考試必勝小祕訣：
  documentary可能是電視節目，有時是電影，主題通常是非小說類的。

doctor 必考關鍵字三分鐘速記圖

請利用三分鐘的時間，把前面所記過的單字做一個全盤的瞭解和記憶。

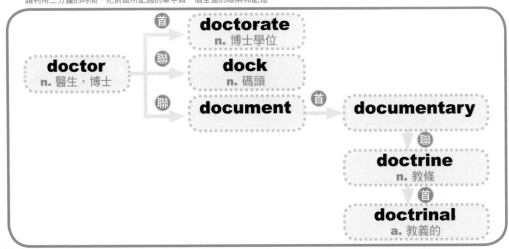

必考關鍵字

draw Ⅴ 拖，拉，畫

托TOEFL ⒤IELTS ⓣTOEIC ⒢GEPT ⬆學測&指考 ⑳公務人員考試

單 字 錦 囊

787. drag [dræg] 【drag】 Ⅴ 拖拉
The dog dragged the bone into its kennel.
狗把骨頭拖回牠的狗屋。

• 考試必考片語：
drag sth out 表示「拖延某事」。

788. dragon [ˋdrægən] 【drag·on】 ⓝ 龍
The dragon breathed fire down onto the castle.
這龍向下對著城堡噴火。

• 考試必勝小祕訣：
在西方國家中，**dragons** 常會跟騎士聯想在一起。

789. draw [drɔ] 【draw】 Ⅴ 拖，拉 ，吸引，畫
He draws people really well.
他很能抓住他人的目光。

• 考試必考片語：
draw your eye(s) 表示「引起你注意」。

790. drawback [ˋdrɔ͵bæk] 【draw·back】 ⓝ 缺點
There are many drawbacks to this plan.
這計劃有許多的缺點。

• 考試必考同義字：
disadvantage, shortcoming, handicap

791. drawer [ˋdrɔɚ] 【draw·er】 ⓝ 抽屜
The drawers under this deck do not open!
書桌底下的抽屜打不開！

• 字尾：**er** 表示「事物」把動詞轉名詞
drawer 可以做抽拉的動作的東西，即「抽屜」。

792. drawing [ˋdrɔɪŋ] 【draw·ing】 ⓝ 素描
Your drawings are very original.
你的素描非常有獨創性。

• 考試必勝小祕訣：
動詞 **draw** 是畫的意思。

793. flaw [flɔ] 【flaw】 ⓝ 裂縫，缺點
Her beauty had no flaws.
她的美麗沒有缺點。

• 考試必考同義字：
crack, defect, fault, weakness, blemish

794. withdraw [wɪðˋdrɔ] 【with·draw】 Ⅴ 收回，撤銷
She chose to withdraw all the money from her account.
她選擇從她的帳戶領回所有的錢。

• 考試必考同義字：
recede, retreat, retire, quit, vacate

795. withdrawal [wɪðˋdrɔl] 【with·draw·al】 ⓝ 收回，撤銷
Excuse me, I wish to make a withdrawal.
不好意思，我要提款。

• 考試必勝小祕訣：
withdrawal 常出現在銀行用語中。

▷ **draw** 必考關鍵字三分鐘速記圖

請利用三分鐘的時間，把前面所記過的單字做一個全盤的瞭解和記憶。

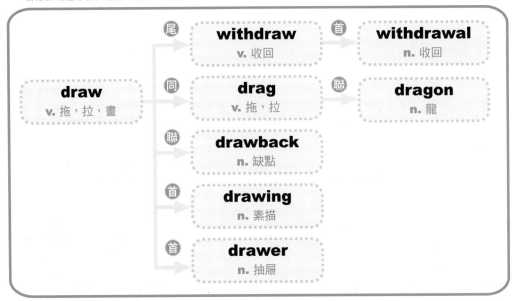

尾 字首、根 字根、尾 字尾記憶法 ｜同 同義、反 反義記憶法 ｜相 相似字記憶法 ｜聯 聯想記憶法

字詞
大追擊

drag, draw, haul 這些動詞都有"拖、拉"之意。

1. drag Ⅴ **指沿斜坡而上或水準方向緩慢地拖或拉十分沉重的人或物。可喻指把人硬拉扯過來。**
He grabbed her and dragged her away.
他抓住她，把她拖走了。

2. draw Ⅴ **指將人或物朝出力者的方向拖，不涉及力的大小，**
Please draw the curtains.
請把窗簾拉上。

3. haul Ⅴ **指用力拖或拉，不涉及方向，多作航海用詞。**
A truck hauled the load away.
一輛卡車將貨拉走。

必考關鍵字

describe V 描寫，敘述 04-07

D

單 字 錦 囊
托-I-T-G-↑-公

796. describe [dɪˋskraɪb]【de·scribe】 V描寫，敘述
The monster was hard to describe.
怪獸是難以描述的。

• 考試必考同義字：
picture, define, characterize

托-I-T-G-↑-公

797. inscription [ɪnˋskrɪpʃən]【in·scrip·tion】 n碑銘，題字
The inscription upon the stone tablet was in an ancient language.
石碑上的碑銘是一種古老的語言。

• 考試必勝小祕訣：
inscription指雕刻文字，通常是古物上的。

托-I-T-G-↑-公

798. manuscript [ˋmænjəˌskrɪpt]【man·u·script】 n手稿
The manuscript was very ancient and fragile.
這份手稿是非常古老易壞的。

• 考試必勝小祕訣：
script是指跟書寫有關的。

托-I-T-G-↑-公

799. postscript [ˋpostˌskrɪpt]【post·script】 n附言
At the end of the letter there was a postscript.
在這封信的結尾有一個附言。

• 考試必勝小祕訣：
通常會用**P.S.**開頭。

托-I-T-G-↑-公

800. prescribe [prɪˋskraɪb]【pre·scri·be】 V開藥方
The doctor prescribed a dose of medicine.
這位醫生開了一劑藥方。

• 考試必勝小祕訣：
prescribe這個字通常用於醫藥方面。

托-I-T-G-↑-公

801. prescription [prɪˋskrɪpʃən]【pre·scrip·tion】 n處方
The doctor wrote the sick girl a prescription.
醫生為這個生病的女孩寫了一張處方。

• 考試必勝小祕訣：
prescription 常用於醫藥方面。

托-I-T-G-↑-公

802. script [skrɪpt]【script】 n手稿，腳本
The actor had memorized the lines in his script.
這位男演員已記住他腳本上的台詞。

• 考試必勝小祕訣：
script這個字多和戲劇相關。

托-I-T-G-↑-公

803. subscribe [səbˋskraɪb]【sub·scribe】 V訂購
I have subscribed to the study magazine.
我訂閱了學習雜誌。

• 考試必勝小祕訣：
subscribe通常指有固定時間的會員制。

托-I-T-G-↑-公

804. subscription [səbˋskrɪpʃən]【sub·scrip·tion】 n訂閱
John bought a one-year subscription to the magazine.
約翰訂閱了一年份的雜誌。

• 考試必勝小祕訣：
subscription也有「捐款」的意思。

托-I-T-G-↑-公

805. transcript [ˋtrænˌskrɪpt]【tran·script】 n抄本，謄本
The transcript of the meeting is now ready to read.
會議的謄本現在準備宣讀。

• 考試必勝小祕訣：
transcript常用於商務英語或警務工作。

▷| doctor 必考關鍵字三分鐘速記圖

請利用三分鐘的時間，把前面所記過的單字做一個全盤的瞭解和記憶。

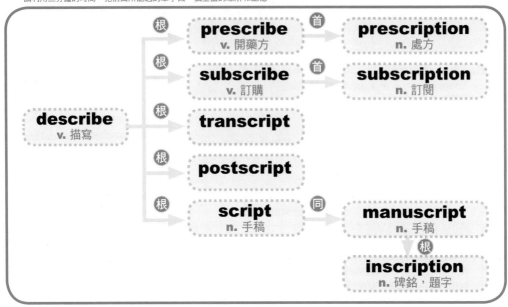

🔠字首、🔠字根、🔠字尾記憶法 | 🔠同義、🔠反義記憶法 | 🔠相似字記憶法 | 🔠聯想記憶法

▷| *MEMO*

_____

_____

_____

_____

_____

_____

必考關鍵字

date n 日期

D

托TOEFL I IELTS T TOEIC G GEPT 學測&指考 公公務人員考試

單字錦囊

806. data [ˋdetə]【da·ta】n 資料
The computer data must be wrong.
電腦的資料一定有錯誤。

• 考試必勝小祕訣：
data這個字通常用於數學和電腦方面。

807. database [ˋdetəˏbes]【da·ta·base】n 資料庫
The database needs to be complete to be useful.
這資料庫需要更完整以便發揮效用。

• 考試必勝小祕訣：
data（資料）+ base（總部）=
database資料的總部，即「資料庫」。

808. date [det]【date】n 日期
What is the date today? 今天的日期是幾號？

• 考試必勝小祕訣：
date也可指「約會」。

809. edit [ˋɛdɪt]【ed·it】v 編輯
I need to edit over one hundred pages of this manuscript.
我需要編輯超過一百頁的手稿。

• 考試必考片語：
edit sth out表示「刪除」。

810. edition [ɪˋdɪʃən]【edi·tion】n 版本
The 1st edition of this book is now priceless.
現在這本書的初版是無價的。

• 考試必考同義字：
volume, version

811. editor [ˋɛdɪtɚ]【ed·i·tor】n 編輯
The editor worked tirelessly to finish editing the book.
這位編輯努力不懈的完成這本書。

• 考試必勝小祕訣：
動詞為edit（編輯）。

812. editorial [ˏɛdəˋtorɪəl]【ed·i·to·ri·al】n 社論 a 編輯的
The editorial in this magazine is very thoughtful. 這本雜誌中的社論極富思想。

• 考試必考同義字：
essay, article, column, commentary

813. tradition [trəˋdɪʃən]【tra·di·tion】n 傳統
The traditions in this country are very strange.
這個國家的傳統非常奇特。

• 考試必考同義字：
custom表示「習俗」。

814. traditional [trəˋdɪʃənḷ]【tra·di·tion·al】a 傳統的
She wore a traditional dress to the wedding.
她穿著傳統的服裝來到婚禮。

• 考試必勝小祕訣：
traditional costume表示「傳統服飾」。

date 必考關鍵字三分鐘速記圖

請利用三分鐘的時間，把前面所記過的單字做一個全盤的瞭解和記憶。

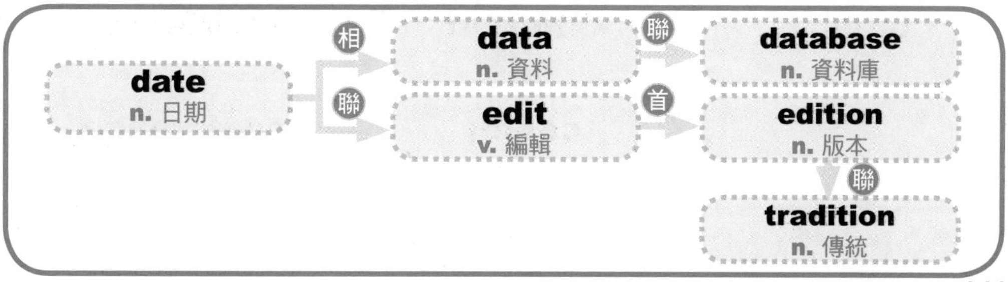

首字首、根字根、尾字尾記憶法｜同同義、反反義記憶法｜相相似字記憶法｜聯聯想記憶法

必考關鍵字

differ v 不一致

MP3 04-08

托TOEFL I IELTS T TOEIC G GEPT 學測&指考 公公務人員考試

單字錦囊

815. confer [kən`fɝ] 【con·fer】 v 商談
Before giving you an answer, I need to confer with my boss. 在給你答案之前，我需要和我的老闆商談。

- 考試必勝小秘訣：confer 是商務英語中較正式的用字。

816. conference [`kɑnfərəns] 【con·fer·ence】 n 會議
They all decided to attend the conference.
他們都決定參加這次的會議。

- 考試必考同義字：meeting, convention, council, session

817. differ [`dɪfɚ] 【dif·fer】 v 不一致
Great minds think alike, fools never differ. 英雄所見略同。

- 考試必考片語：differ from表示「和…不同」。

818. difference [`dɪfərəns] 【dif·fer·ence】 n 差異
The difference between madness and brilliance is only small. 愚蠢與明智之間的差異是小的。

- 考試必勝小秘訣：“The difference between madness and brilliance is only small.” 這是電影中常見的說法。

819. different [`dɪfərənt] 【dif·fer·ent】 a 不同的
Different people have different attitudes. 不同的人有不同的態度。

- 考試必勝小秘訣：副詞是differently。

820. differentiate [ˌdɪfə`rɛnʃɪˌet] 【dif·fer·en·ti·ate】 v 區分
Some people cannot differentiate between right and wrong.
有些人不會區分對錯。

- 考試必勝小秘訣：differentiate 通常用在道德判斷上。

821. indifferent [ɪn`dɪfərənt] 【in·dif·fer·ent】 a 冷漠的
The student was indifferent to the class topic. 這個學生對於課業的話題是冷漠的。

- 考試必勝小秘訣：indifferent表達的是一種冷酷且漠不關心的態度。

822. suffer [`sʌfɚ] 【suf·fer】 v 遭受
He was currently suffering from a cold. 他正因感冒而不舒服。

- 考試必考片語：suffer from表示「受…之苦」。

823. transfer [træns`fɝ] 【trans·fer】 v 轉移
Please transfer the funds as quickly as possible.
請盡快轉移資金。

- 考試必勝小秘訣：transfer常用於銀行用語。

differ 必考關鍵字三分鐘速記圖

請利用三分鐘的時間，把前面所記過的單字做一個全盤的瞭解和記憶。

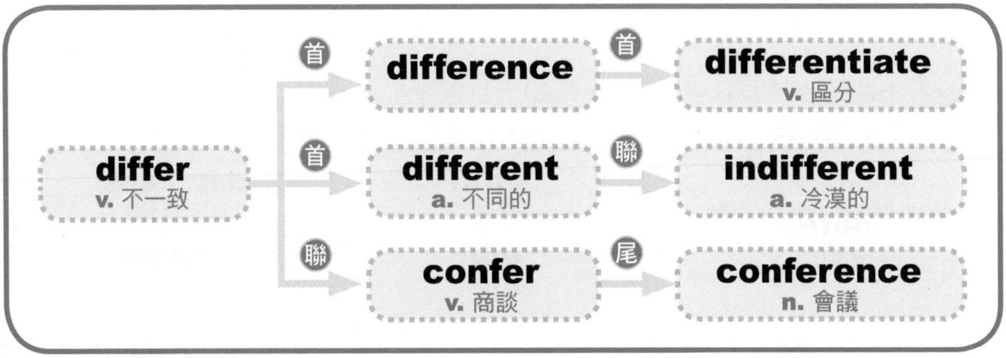

首字首、根字根、尾字尾記憶法 | 同同義、反反義記憶法 | 相相似字記憶法 | 聯聯想記憶法

direct Ⅴ 指示 ⓐ 直接的

托TOEFL Ⅰ IELTS Ⓣ TOEIC Ⓖ GEPT ⬆學測&指考 公公務人員考試

單 字 錦 囊

824. direct [dəˋrɛkt]【di·rect】Ⅴ指示 ⓐ直接的
The policeman directed the traffic through the crossroads.
員警指揮十字路口的交通。

• 考試必勝混淆字：**conduct**表示「引導，指揮」。

825. direction [dəˋrɛkʃən]【di·rec·tion】ⁿ方向
Keep going in the same direction and you will get there.
繼續朝著相同的方向前進，你就能到達那裡。

• 考試必勝小祕訣：**direction**也有「指導」；「指示」的意思。

826. directly [dəˋrɛktlɪ]【di·rect·ly】ⓐⓓ直接地
Please send the check directly to the supplier.
請直接將支票寄給供應商。

• 考試必勝小祕訣：**directly**在這個句子中指的是正確的且不延遲的

827. director [dəˋrɛktɚ]【di·rec·tor】ⁿ主任，導演，指揮
The director had only good words to say about the workers.
這位主管對員工們的評價只有好話。

• 考試必勝小祕訣：**director**就是執行 **"direct"** 的人。給予他人方向，也就是指導他人的人。

828. directory [dəˋrɛktərɪ]【di·rec·to·ry】ⁿ號碼簿，工商名錄
This is a directory of all electricians. 這是所有電工的號碼簿。

• 考試必考同義字：**agenda, catalogue, manual, handbook**

829. indirect [ˏɪndəˋrɛkt]【in·di·rect】ⓐ間接的
Some of her insults are somewhat indirect.
有些對她的侮辱是間接的。

• 字首：**in**表示「否定的意思」。

direct 必考關鍵字三分鐘速記圖

請利用三分鐘的時間，把前面所記過的單字做一個全盤的瞭解和記憶。

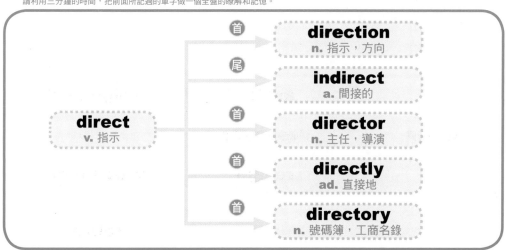

首字首、根字根、尾字尾記憶法｜同同義、反反義記憶法｜相相似字記憶法｜聯聯想記憶法

必考關鍵字

> design v.n. 設計

T TOEFL　I IELTS　T TOEIC　G GEPT　↑ 學測&指考　公 公務人員考試

單 字 錦 囊

830. assign [ə`saɪn]【as·sign】 **v.** 分配
The teacher assigned holiday homework for the students.
老師分配假日作業給學生。

- 考試必勝小祕訣：
assign 這個字常用於教學方面。

831. assignment [ə`saɪnmənt]【as·sign·ment】 **n.** （分派的）任務
The assignment was very difficult to complete.
這項任務非常難以達成。

- 考試必勝小祕訣：
assignment 常用來指學生的作業。

832. design [dɪ`zaɪn]【de·sign】 **v.n.** 設計
I will design a special program just for you.
我將為你設計一個特別的節目。

- 考試必勝小祕訣：
design 加上 **ed** 變形容詞，表示「設計好的」；「故意的」的意思。

833. designate [`dɛzɪɡ،net]【des·ig·nate】 **v.** 指派
The first airplane in the squadron was designated 01.
第一飛機中隊被指派為01。

- 考試必勝小祕訣：
designate 通常用於軍事術語。

834. resign [`rɪ`zaɪn]【re·sign】 **v.** 辭職
I hate this job and wish to resign.
我討厭這個工作而且希望辭職。

- 考試必勝片語：
resign oneself to sth 表示「順從…」的意思。

835. resignation [،rɛzɪɡ`neʃən]【res·ig·na·tion】 **n.** 辭職
It is with regret that I accept your resignation.
我帶著遺憾接受你的辭職。

- 考是必考混淆字：
resignation 與 **retirement**。

836. retire [rɪ`taɪr]【re·tire】 **v.** 退休
He was 65 and planned to retire at the end of the year.
他六十五歲，計劃在年底退休。

- 考試必勝小祕訣：
retirement 是名詞「退休」的意思。

> design 必考關鍵字三分鐘速記圖

請利用三分鐘的時間，把前面所記過的單字做一個全盤的瞭解和記憶。

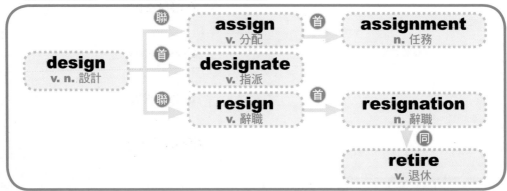

首 字首、根 字根、尾 字尾記憶法｜同 同義、反 反義記憶法｜相 相似字記憶法｜聯 聯想記憶法

a	形容詞
ad	副詞
aux	助動詞
conj	連接詞
n	名詞
num	數字
prep	介係詞
pron	代名詞
v	動詞
	（美）美式用語
	（英）英式用語

首	字首記憶法	托	TOEFL
根	字根記憶法	I	IELTS
尾	字尾記憶法	T	TOEIC
同	同義字記憶法	G	GEPT
反	反義字記憶法	↑	學測&指考
相	相似字記憶法	公	公務人員考試
聯	聯想記憶法		

必考關鍵字

▶ elevate Ⅴ 舉起

(MP3)04-09

🅣TOEFL ⓘIELTS ⓣTOEIC ⓖGEPT ⬆學測&指考 ⓐ公務人員考試

單 字 錦 囊

837. alleviate [ə`livɪˏet]【al·le·vi·ate】 Ⅴ 減輕痛苦
Take this medicine to alleviate your symptoms.
服用這種藥可以減輕你的症狀。

• 考試必勝小祕訣：
alleviate通常用於醫藥方面，有時也可用於財務或商務英語。

838. elevate [`ɛləˏvet]【el·e·vate】 Ⅴ 舉起
The artillery tank elevated its gun barrel.
砲兵坦克舉起其槍管。

• 考試必勝小祕訣：
elevate常指舉起重物。

839. elevation [ˏɛlə`veʃən]【el·e·va·tion】 Ⓝ 上升，高度，高地
The elevation of the slope made it hard to see.
這斜坡的高度使之難以被看見。

• 考試必考同義字：
ascent, height

840. elevator [`ɛləˏvetɚ]【el·e·va·tor】 Ⓝ 電梯
The elevator took a long time to arrive.
電梯花了很長的時間才到達。

• 考試必勝小祕訣：
elevate是動詞「上升」的意思。

841. lever [`lɛvɚ]【le·ver】 Ⓝ 槓桿
Pull the lever to operate the door.
拉那槓桿來開門。

• 考試必勝小祕訣：
lever通常用於機器或工廠。

842. leverage [`lɛvərɪdʒ]【le·ver·age】 Ⓝ 槓桿作用，影響力
He used his leverage to free the hostages.
他用他的影響力釋放了人質。

• 考試必勝小祕訣：
leverage 這個字常用於談判協商。

843. levy [`lɛvɪ]【lev·y】 Ⅴ 徵稅
The government plans to levy a tax on all imports.
政府計劃對所有進口物品徵稅。

• 考試必勝小祕訣：
levy最常用在稅收方面。

844. escalator [ˏɛskə`letɚ]【es·ca·la·tor】 Ⓝ 自動扶梯，電扶梯
I don't like stairs, and prefer the escalator.
我不喜歡樓梯，較喜歡電扶梯。

• 考試必勝小祕訣：
一般的升降電梯則是**elevator**。

845. lifter [`lɪftɚ]【lift·er】 Ⓝ 起重機，電梯
The heavy lifter was an important machine in the warehouse.
重型起重機是倉庫裡很重要的機器。

• 考試必勝小祕訣：
lift就是「舉起」；「抬起」的意思。

846. light [laɪt]【light】 Ⓐ 輕快的，明亮的　Ⓝ 燈，光線
The room was light and airy.
這房間清淨且通風。

• 考試必勝小祕訣：
light也可以形容乾淨的開放空間。

847. slight [slaɪt]【slight】 **a** 輕微的
There is a slight defect in the design.
這個設計上有輕微的**缺陷**。

・考試必勝小祕訣：
slight形容非常微小的，甚至是微不足道的。

E

> **elevate** 必考關鍵字三分鐘速記圖

請利用三分鐘的時間，把前面所記過的單字做一個全盤的瞭解和記憶。

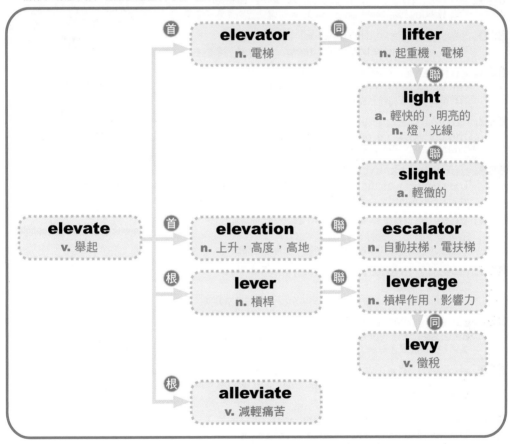

elevate
v. 舉起

首 **elevator**
n. 電梯

同 **lifter**
n. 起重機，電梯

聯 **light**
a. 輕快的，明亮的
n. 燈，光線

聯 **slight**
a. 輕微的

首 **elevation**
n. 上升，高度，高地

聯 **escalator**
n. 自動扶梯，電扶梯

根 **lever**
n. 槓桿

聯 **leverage**
n. 槓桿作用，影響力

同 **levy**
v. 徵稅

根 **alleviate**
v. 減輕痛苦

首 字首、根 字根、尾 字尾記憶法 | 同 同義、反 反義記憶法 | 相 相似字記憶法 | 聯 聯想記憶法

必考關鍵字

event ⋂ 事件

🝂TOEFL ❶IELTS 🝂TOEIC ⒼGEPT ↑學測&指考 ⚙公務人員考試

單 字 錦 囊

848. advent [ˈædvɛnt] 【ad·vent】 ⋂出現
His life was transformed by the advent of his wife.
他的生活因為他老婆的出現而有所改變。

- 考試必勝小祕訣：
Advent大寫表示「基督降臨前的時期」。

849. adventure [ədˈvɛntʃɚ] 【ad·ven·ture】 ⋂冒險
This holiday has been an adventure. 這個假期真是一場冒險。

- 考試必勝小祕訣：
adventure常出現在電影和小說中。

850. avenue [ˈævəˌnju] 【av·e·nue】 ⋂大街，途徑
The avenues were lined with trees. 大街上排列著樹木。

- 考試必勝小祕訣：**avenue**大多指寬敞漂亮的大路，通常是種很多樹的。

851. convene [kənˈvin] 【con·vene】 ⓥ召集
We will convene a meeting of all stakeholders.
我們將為了所有相關利益者召開會議。

- 考試必考同義字：
assemble, gather, meet

852. convenience [kənˈvinjəns] 【con·ve·nience】 ⋂便利
The convenience of living near a train station cannot be overstated. 再怎麼強調住在火車站附近的便利也不為過。

- 考試必勝小祕訣：
convenience store就是便利商店。

853. convent [ˈkɑnvɛnt] 【con·vent】 ⋂女修道院
The convent was the oldest building in the neighborhood.
這座女修院是這附近最古老的建築物。

- 考試必考混淆字：
請注意不要拼成**convert**（轉變；皈依）了。

854. convention [kənˈvɛnʃən] 【con·ven·tion】
⋂大會，習俗，慣例
The convention started on time. 大會準時開始了。

- 考試必考同義字：
meeting, gathering, council

855. conventional [kənˈvɛnʃənḷ] 【con·ven·tion·al】
ⓐ慣例的，陳腐的
His methods are highly conventional. 他的方法非常傳統。

- 考試必考混淆字：
conventionl表示「大會」。

856. event [ɪˈvɛnt] 【event】 ⋂事件
Because of the typhoon, the event was cancelled.
這活動由於颱風而取消了。

- 考試必考片語：
in the event of sth表示「如果某事發生的話」。

857. eventually [ɪˈvɛntʃʊəlɪ] 【even·tu·al·ly】 ⓪最後地
If you keep saving money, eventually you will be rich.
如果你一直存錢，最後你將致富。

- 考試必勝小祕訣：
eventual就是「最後的」的意思。

858. intervene [ˌɪntɚˈvin] 【in·ter·vene】 ⓥ干涉
The man felt he had to intervene in the fight.
那男子覺得他不得不干涉這場紛爭。

- 字首：**inter**表示「在…中間」的意思。

859. invent [ɪnˈvɛnt] 【in·vent】 ⓥ發明，捏造
The student tried to invent some excuse for his absence.
這學生試著捏造一個藉口來解釋他的缺席。

- 考試必勝小祕訣：
invent表示編造，因此也可以指說謊的意思。

860. invention [ɪnˈvɛnʃən] 【in·ven·tion】 ⋂發明
Sadly, the invention did not work as expected.
可悲的是，該發明並未如預期般運作。

- 考試必勝小祕訣：
invention也可指虛構；捏造。

E

861. inventor [ɪnˈvɛntɚ]【in·ven·tor】 n 發明家
The inventor was always having crazy ideas for new inventions. 發明家為了新發明總是有瘋狂的想法。

- 考試必勝小祕訣：
  invent是動詞，表示「發明」的意思。

862. inventory [ˈɪnvənˌtorɪ]【in·ven·to·ry】
n 詳細目錄，存貨清單
The manager took an inventory of the shop stock. 經理拿了一份商店存貨清單。

- 考試必考混淆字：
  invention表示「發明」。

863. prevent [prɪˈvɛnt]【pre·vent】 n 預防
The government took steps to prevent the disease from spreading. 政府採取措施，預防疾病蔓延。

- 考試必考片語：
  prevent from...表示「使⋯不能」；「阻止⋯」的意思。

864. revenue [ˈrɛvəˌnju]【rev·e·nue】 n 國家的稅收，收入
The revenue from retail sales has increased.
零售的稅收有所增加。

- 考試必考同義字：
  income, earnings, profits

865. souvenir [ˈsuvəˌnɪr]【sou·ve·nir】 n 紀念品
When you are abroad, don't forget to buy some souvenirs.
當你在國外時，別忘了買些紀念品。

- 考試必考同義字：
  remembrance, keepsake, memento

866. venture [ˈvɛntʃɚ]【ven·ture】 n 冒險；合資企業
There are many risks to this new venture of ours.
我們新的合資企業有許多風險。

- 考試必勝小祕訣：
  venture是**adventure**的相關用法，較具風險性。

> **event** 必考關鍵字三分鐘速記圖

請利用三分鐘的時間，把前面所記過的單字做一個全盤的瞭解和記憶。

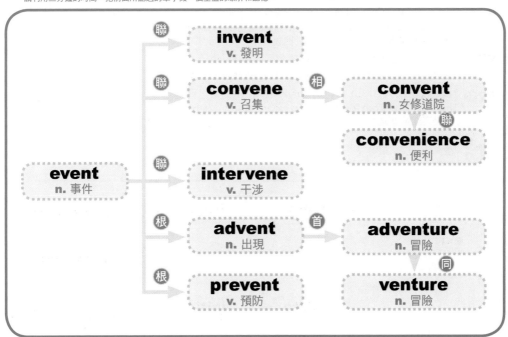

必考關鍵字

 exit n 出口 v 離開　　　(MP3) 05-02

托TOEFL ⒤IELTS ⒯TOEIC ⒢GEPT ⬆學測&指考 公公務人員考試　　│ 單 字 錦 囊 │

867. ambition [æm`bɪʃən]【am·bi·tion】 n雄心，野心
His ambitions knew no bounds. 他的野心是沒有界限的。
• 考試必勝小秘訣：
ambit表示「範圍」；「界線」的意思。

868. ambitious [æm`bɪʃəs]【am·bi·tious】 a雄心勃勃的
The ambitious lieutenant had plans to be captain.
這位野心勃勃的副隊長計劃成為隊長。
• 考試必勝小秘訣：
ambitiously就是「雄心勃勃地」。

869. exit [`ɛksɪt]【exit】 n出口 v離開
Always know where the exits are in a building.
要知道建築物的出口在哪裡。
• 字首：**ex**表示「離開」。

870. initial [ɪ`nɪʃəl]【ini·tial】 a開始的
Initial repots are very positive. 報告的一開始是非常正面的。
• 考試必考同義字：
first, beginning, original, primary

871. initiate [ɪ`nɪʃɪet]【ini·ti·ate】 v開始
In relationships, it is traditional for the man to initiate.
在戀愛關係中，傳統上是由男人開始發展。
• 考試必勝小秘訣：**initiate**這個字通常用於關係中（商務或人際關係）

872. initiative [ɪ`nɪʃɪtɪv]【ini·tia·tive】 n主動性，首創精神
Try to take the initiative in life. 試著掌握生命的主動性。
• 考試必勝小秘訣：
initiator表示「創始者」。

873. perish [`pɛrɪʃ]【per·ish】 v毀滅
Almost all passengers perished in the crash.
這場事故中，幾乎所有乘客都死亡了。
• 考試必勝小秘訣：
perish這個字常用於事故中。

874. transient [`trænʃənt]【tran·sient】 a短暫的
Transient workers are a real problem for the local government.
短期工對於當地政府來說是個現實的問題。
• 字首：**trans**通常具動態性。

875. transit [`trænsɪt]【tran·sit】 n通過，通行，中轉
The transit lounge was very comfortable. 中轉候機廳非常舒適。
• 字首：**trans**表示「橫過」的意思。

876. transition [træn`zɪʃən]【tran·si·tion】 n過度，轉變
The transition from fossil fuels to clean energy will be slow.
將化石燃料轉變成乾淨的能源是緩慢的。
• 考試必勝小秘訣：
transition常用於形容時間或情況上的變遷。

exit 必考關鍵字三分鐘速記圖

請利用三分鐘的時間，把前面所記過的單字做一個全盤的瞭解和記憶。

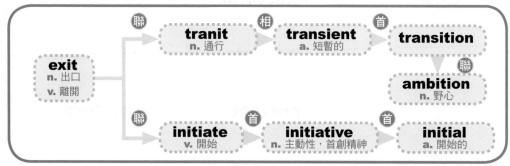

必考關鍵字

engine ⅓ 引擎

🅣TOEFL ❶IELTS 🅣TOEIC 🅖GEPT ⬆學測&指考 公公務人員考試

| 單 字 錦 囊 |

877. engine [ˋɛndʒən] 【en‧gine】 ⅓引擎
The engine had run out of gas.
這引擎沒有油了。

• 考試必勝小秘訣：
engineering指「工程學」。

878. engineer [͵ɛndʒəˋnɪr] 【en‧gi‧neer】 ⅓工程師
The engineer looked over the construction plans.
工程師迅速地看一遍這項建設計畫。

• 考試必勝小秘訣：
操作**engine**（引擎）的人，即指工程師。

879. engineering [͵ɛndʒəˋnɪrɪŋ] 【en‧gi‧neer‧ing】 ⅓工程學
He took an engineering course at university.
他大學時選了工程學。

• 考試必勝小秘訣：
engineering（工程學）就是和**engine**（引擎）有關的學科。

880. ingenious [ɪnˋdʒinjəs] 【in‧ge‧nious】 🄰機靈的，巧妙的
The solution to the problem was most ingenious.
這個解決問題的方法是最巧妙的。

• 考試必勝小秘訣：
genius表示「天賦」；「才華」的意思。

881. ingenuity [͵ɪndʒəˋnuətɪ] 【in‧ge‧nu‧i‧ty】 ⅓機靈
The inventor's ingenuity knew no limits.
這位發明家的聰明才智是無限的。

• 考試必考同義字：
cleverness, wittiness, shrewdness

> engine 必考關鍵字三分鐘速記圖

請利用三分鐘的時間，把前面所記過的單字做一個全盤的瞭解和記憶。

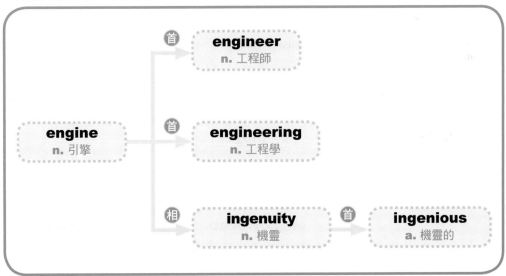

首字首、根字根、尾字尾記憶法｜同同義、反反義記憶法｜相相似字記憶法｜聯聯想記憶法

必考關鍵字

 employ V N 僱用

托TOEFL　I IELTS　T TOEIC　G GEPT　↑學測&指考　公公務人員考試

882. employ [ɪm`plɔɪ]【em·ploy】V N 僱用
This politican is in the employ of the mafia.
這位政治家與黑手黨掛鉤。

- 考試必考片語：
in the employ of表示「和行賄有關的非法關係」。

---

883. employee [ˌɛmplɔɪ`i]【em·ploy·ee】N 雇員
The employee was grateful for the manager's praise.
這名員工很感謝經理的稱讚。

- 字尾：**ee**表示「受動者」。

---

884. employer [ɪm`plɔɪɚ]【em·ploy·er】N 雇主
The employer knew he would have to lay off workers.
雇主知道他將不得不解雇工人。

- 字尾：**er**表示「施動者」。

---

885. employment [ɪm`plɔɪmənt]【em·ploy·ment】N 工作
Employment figures are improving.
就業人數正在改善。

- 考試必考同義字：
work, job, position

---

886. unemployment [ˌʌnɪm`plɔɪmənt]【un·em·ploy·ment】
N 失業
Unemployment is on the rise.
失業率正在攀升。

- 字首：**un**表示「無」；「不」。

---

employ 必考關鍵字三分鐘速記圖
請利用三分鐘的時間，把前面所記過的單字做一個全盤的瞭解和記憶。

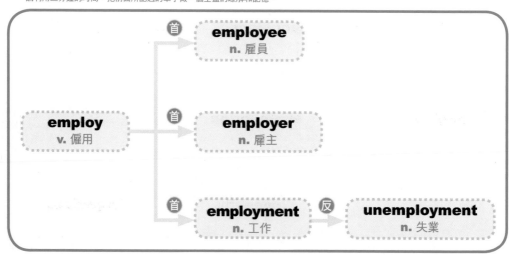

首字首、根字根、尾字尾記憶法｜同同義、反反義記憶法｜相相似字記憶法｜聯聯想記憶法

a	形容詞
ad	副詞
aux	助動詞
conj	連接詞
n	名詞
num	數字
prep	介係詞
pron	代名詞
v	動詞

（美）美式用語
（英）英式用語

首	字首記憶法	托	TOEFL
根	字根記憶法	Ｉ	IELTS
尾	字尾記憶法	Ｔ	TOEIC
同	同義字記憶法	Ｇ	GEPT
反	反義字記憶法	↑	學測&指考
相	相似字記憶法	公	公務人員考試
聯	聯想記憶法		

必考關鍵字

 fact n 事實，真相 MP3 05-03

TOEFL IELTS TOEIC GEPT 學測&指考 公務人員考試

單 字 錦 囊

887. affect [ə`fɛkt]【af•fect】 V 使感動；影響
The weather tends to affect people's moods.
天氣往往影響人們的情緒。
- 考試必考混淆字：
  effect 表示「效果；作用」。

888. affection [ə`fɛkʃən]【af•fec•tion】 n 友情，愛情
His affection for her was growing every day.
他對她的愛情與日俱增。
- 考試必勝小秘訣：
  用來表達溫暖的感情或愛情的較正式用字。

889. affectionate [ə`fɛkʃənɪt]【af•fec•tion•ate】
a 深情的，溫柔的
The affectionate cat licked it's master's hand.
這溫柔的貓舐了主人的手。
- 考試必勝小秘訣：
  通常用來形容家裡養的寵物。

890. defect [dɪ`fɛkt]【de•fect】 n 過失，缺點
If there are defects in the construction then the building will not be safe.
如果在建造上有瑕疵，那麼這棟建築物將不安全。
- 考試必勝小秘訣：
  defect 通常指設計上的，建築或工程方面的瑕疵。

891. deficiency [dɪ`fɪʃənsɪ]【de•fi•cien•cy】 n 不足
If you have a deficiency in your diet, you will get ill.
如果你的飲食不足，你將會生病。
- 考試必考同義字：
  shortage 表示「短缺，不足」。

892. deficit [`dɛfɪsɪt]【def•i•cit】 n 赤字，不足
The budget deficit needs to be filled.
預算不足需要填補。
- 考試必勝小秘訣：
  deficit 為財經用語。

893. effect [ɪ`fɛkt]【ef•fect】 n 效果，作用
The effects of war are long lasting and terrible.
戰爭的影響是持久且可怕的。
- 考試必考混淆字：
  affect 表示「使感動；影響」。

894. effective [ɪ`fɛktɪv]【ef•fec•tive】 a 有效的
The weapon was not effective against the alien ship.
這武器無法有效對抗外國人的船。
- 考試必考反義字：
  ineffective（無效的）

895. efficiency [ɪ`fɪʃənsɪ]【ef•fi•cien•cy】 n 效率，功效
Efficiency is essential to good business.
效率是好生意所必要的。
- 考試必考片語：
  be essential to 表示「必要的，基本的」。

896. efficient [ɪ`fɪʃənt]【ef•fi•cient】 a 有效率的
Try to be efficient in your work.
盡量在工作上有效率。
- 考試必勝小秘訣：
  efficiently 為副詞「有效率地」。

897. fact [fækt]【fact】 n 事實，真相
Most people believe that the earth's rotation around the sun is a fact.
大多數人認為，地球自轉並繞著太陽，是個事實。
- 考試必勝小秘訣：
  fact 是毫無爭議性的。

898. faction [`fækʃən]【fac•tion】 n 派系
The warring factions find it hard to agree.
敵對的派系認為這很難同意。
- 考試必考混淆字：
  fact（事實）。

899. factor [ˈfæktɚ] 【fac•tor】 n 因素
There are many factors in this decision.
這個抉擇有許多的因素。
• 考試必勝小秘訣：
factor和**fact**一樣，是指真實的事物。

900. factory [ˈfæktərɪ] 【fac•to•ry】 n 工廠
The factory was closed for the holiday.
那工廠因假期而休工。
• 考試必考混淆字：
factor表示「因素；要素」。

901. function [ˈfʌŋkʃən] 【func•tion】 n 功能，職責
This worker's function is a little uncertain.
這工人的職責有些不確定。
• 考試必勝小秘訣：
function也可以當動詞，表示「起作用」。

902. infect [ɪnˈfɛkt] 【in•fect】 v 傳染
The sick man infected five others with his fever.
這個病人將他的發燒傳染給五個人。
• 考試必勝小秘訣：
infect 用於醫療用語。

903. infection [ɪnˈfɛkʃən] 【in•fec•tion】 n 傳染
The infection spread more rapidly than expected.
傳染的蔓延速度超過預期。
• 考試必考同義字：
contagion

904. infectious [ɪnˈfɛkʃəs] 【in•fec•tious】 a 傳染的
HIV is a highly infectious disease.
愛滋病毒是一種感染力很強的疾病。
• 考試必考同義字：
contagious, epidemic

905. insufficient [ˌɪnsəˈfɪʃənt] 【in•suf•fi•cient】 a 不足的
We have insufficient time to complete this task.
我們的時間不足以完成這項任務。
• 考試必考同義字：
deficient（不足的）

906. manufacture [ˌmænjəˈfæktʃɚ] 【man•u•fac•ture】
v 製造，加工
We will manufacture the parts to order.
我們將製造一部分提供訂貨。
• 考試必勝小秘訣：
manufactory就是「製造廠」。

907. manufacturer [ˌmænjəˈfæktʃərɚ] 【man•u•fac•tur•er】
n 製造商，加工廠
The manufacturer tried to lower his costs.
這名製造商試圖降低他的成本。
• 考試必勝小秘訣：
manufacture表示「製造；加工」的意思。

908. perfect [ˈpɝfɪkt] 【per•fect】 a 完美的
This evening the weather is perfect.
今晚的天氣是完美的。
• 考試必考同義字：
intact, flawless, excellent

909. perfection [pɚˈfɛkʃən] 【per•fec•tion】 n 完美
Perfection is to be aspired to.
完美是被希望的。
• 考試必考同義字：
flawlessness表示「無裂縫的，完美的」。

910. perfectly [ˈpɝfɪktlɪ] 【per•fect•ly】 a 完美地
This problem is perfectly easy to understand.
這個問題非常容易理解。
• 考試必考反義字：
imperfectly 表示「不完美地」。

911. suffice [səˈfaɪs] 【suf•fice】 v 足夠，滿足
Suffice to say, we didn't see each other again.
足以說，我們再也沒有見過彼此了。
• 考試必考片語：
suffice to say就是'it is enough to say'。

912. sufficient [səˈfɪʃənt] 【suf•fi•cient】 a 充足的
The funds in your account are not sufficient for this transaction.
帳戶餘額不足以進行這項交易。
• 考試必考同義字：
enough表示「足夠的」；**plenty**表示「大量的」。

F

▶ | fact 必考關鍵字三分鐘速記圖

請利用三分鐘的時間，把前面所記過的單字做一個全盤的瞭解和記憶。

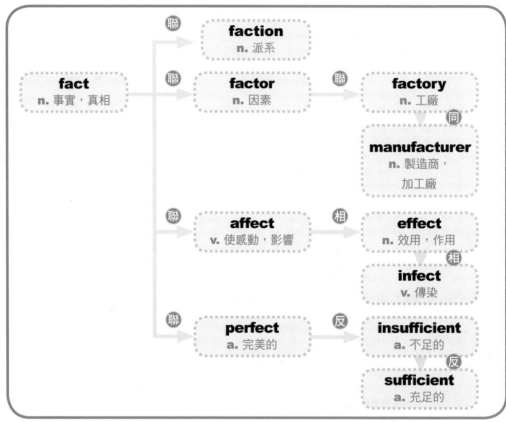

首字首、根字根、尾字尾記憶法｜同同義、反反義記憶法｜相相似字記憶法｜聯聯想記憶法

字詞大追擊　　affect，influence，impress 這些動詞均含 "影響" 之意。

1. affect v 作主語通常是物而不是人，指一物對另一物產生的消極影響。
The climate affected his health.　氣候影響了他的健康。

2. influence v 特指在思想、性格、行為等方面所產生的潛移默化的影響，也可指自然力的影響。
I don't want to influence you. You must decide for yourself.
我不想影響你。你必須自行決定。

3. impress v 強調影響既深刻又持久。
My father impressed on me the value of hard work.
我父親讓我銘記艱苦勞動的價值。

必考關鍵字

famous a 著名的

(MP3) 06-01

F

(托TOEFL　(I)IELTS　(T)TOEIC　(G)GEPT　(學)學測&指考　(公)公務人員考試

單 字 錦 囊
托-I-T-G-介-公

913. fable [`febl̩]【fa·ble】 n 寓言
The children loved to listen to old fables.
孩子們喜歡聽古老的寓言故事。

• 考試必勝小秘訣：
fable除了有預言的意思之外，有時也解釋為謊言。

托-I-T-G-介-公

914. fabulous [`fæbjələs]【fab·u·lous】 a 驚人的，難以置信的
That is a fabulous costume you are wearing!
你穿著的是件驚人的服裝！

• 考試必考同義字：
amazing, unbelievable

托-I-T-G-介-公

915. fairy [`fɛrɪ]【fairy】 n 仙女，小妖精
The fairy led the little girl into the forest.
仙女帶領小女孩進入森林裡。

• 考試必考同義字：
pixie表示「小精靈」。

托-I-T-G-介-公

916. fame [fem]【fame】 n 名聲
The actor's fame was international. 這演員的名氣是國際性的。

• 考試必考同義字：
raputation表示「名譽」。

托-I-T-G-介-公

917. famous [`feməs]【fa·mous】 a 著名的
This restaurant is famous for its noodles.
這家餐廳是以它的麵著名。

• 考試必考片語：
famous for sth（以某事物而聞名）。

托-I-T-G-介-公

918. fatal [`fetl̩]【fa·tal】 a 致命的
The fatal accident on the motorway killed many people.
高速公路上的致命意外死了許多的人。

• 考試必考同義字：
deadly表示「致命的」。

托-I-T-G-介-公

919. fate [fet]【fate】 n 命運
Half of everything is fate. 一切的一半都是運氣。

• 考試必考片語：
as sure as fate表示「命中註定」。

托-I-T-G-介-公

920. infamous [`ɪnfəməs]【in·fa·mous】 a 聲名狼藉的
This city is infamous for its crime rate.
這城市因為它的犯罪率而名聲狼藉。

• 考試必考同義字：
notorious表示「惡名昭彰的」。

托-I-T-G-介-公

921. infancy [`ɪnfənsɪ]【in·fan·cy】 n 嬰兒期
In my infancy I had a great deal of toys.
在嬰兒期的時候，我有許多玩具。

• 考試必考片語：
in one's infancy 表示「在初期，在早期階段」。

托-I-T-G-介-公

922. infant [`ɪnfənt]【in·fant】 n 嬰兒
The infant wailed for its mother. 嬰兒對他的母親哀嚎著。

• 考試必考同義字：
baby表示「嬰兒」。

famous 必考關鍵字三分鐘速記圖

請利用三分鐘的時間，把前面所記過的單字做一個全盤的瞭解和記憶。

	反 →	**infamous** a. 名聲狼籍的	聯 →	**infant** n. 嬰兒
famous a. 著名的 →	根 →	**fame** n. 名聲	聯 →	**fate** n. 命運
	相 →	**fabulous** a. 驚人的	聯 →	**fairy** n. 仙女

(首)字首、(根)字根、(尾)字尾記憶法｜(同)同義、(反)反義記憶法｜(相)相似字記憶法｜(聯)聯想記憶法

157

必考關鍵字

> faith n 信念

托TOEFL I IELTS T TOEIC G GEPT 學測&指考 公務人員考試

單 字 錦 囊

923. confide [kən`faɪd] 【con·fide】 V 吐露
I found her easy to confide in. 我發現她輕易吐露真相。
- 考試必考片語：
confide sth in sb 表示「向某人吐露某事」。

924. confidence [`kɑnfədəns] 【con·fi·dence】 n 信心
Your confidence is misplaced. 你的信心是不適當的。
- 考試必勝小秘訣：
be in sb.'s confidence 表示「受到某人信任」。

925. confident [`kɑnfədənt] 【con·fi·dent】 a 自信的
I am confident that you will profit from your investment.
我有信心你將從你的投資獲利。
- 考試必考片語：
be confident of 表示「確信」。

926. confidential [ˌkɑnfə`dɛnʃəl] 【con·fi·den·tial】 a 秘密的
The information in this report must remain confidential.
這報告中的資料必須保密。
- 考試必考同義字：
secret 表示「秘密的」。

927. defiance [dɪ`faɪəns] 【de·fi·ance】 n 違抗
His defiance would cost him dearly. 他的違抗將使他損失慘重。
- 考試必考片語：
in defiance of 表示「無視、違抗」。

928. defy [dɪ`faɪ] 【de·fy】 V 不服從，藐視
The company results defied expectations
公司營運成果使人失望。
- 考試必考同義字：
resist, refuse

929. faith [feθ] 【faith】 n 信念
Have faith in yourself and those around you.
要對自己和周圍的人有信心。
- 考試必考片語：
keep faith 表示「守信」。

930. faithful [`feθfəl] 【faith·ful】 a 忠誠的
The husband was always faithful to his wife.
丈夫總是對他的妻子忠誠。
- 考試必考同義字：
true, loyal 表示「真實的，忠誠的」。

> faith 必考關鍵字三分鐘速記圖

請利用三分鐘的時間，把前面所記過的單字做一個全盤的瞭解和記憶。

首字首、根字根、尾字尾記憶法 | 同同義、反反義記憶法 | 相相似字記憶法 | 聯聯想記憶法

必考關鍵字

 fine a 美好的，晴朗的　　　MP3 06-02

托TOEFL　I IELTS　T TOEIC　G GEPT　學測&指考　公公務人員考試

| 單　字　錦　囊 |

931. confiscate [`kɑnfɪsˌket]【con‧fis‧cate】 V 沒收
The police confiscated the criminal's property.
警方沒收了這罪犯的財產。

- 考試必考同義字：
seize, take 表示「捉住，拿取」。

932. define [dɪ`faɪn]【de‧fine】 V 定義，解釋
Can you define the problem in just a few words?
你可以簡短地解釋這個問題嗎？

- 考試必考同義字：
explain, describe 表示「解釋，描述」。師。

933. definition [ˌdɛfə`nɪʃən]【def‧i‧ni‧tion】 n 定義，解釋
The definitions in the dictionary are very clear.
字典裡的字義非常清楚。

- 考試必考同義字：
explanation 表示「解釋，說明」。

934. definite [`dɛfənɪt]【def‧i‧nite】 a 確切的，確定的
Can you give me a definite answer?
你可以給我一個確定的答案嗎？

- 考試必考同義字：
precise, exact 表示「精確的，準確的」。

935. definitely [`dɛfənɪtlɪ]【def‧i‧nite‧ly】 ad 確切地
It is definitely worth you seeing this film.
這部片絕對是值得你看。

- 考試必考同義字：
surely, indeed 表示「確實」。

936. finance [faɪ`næns]【fi‧nance】 n 財政
The Ministry of finance controls the country's budget.
財政部掌控國家預算。

- 考試必勝小秘訣：
finance 可當動詞使用，表示「供資金給」。

937. financial [faɪ`nænʃəl]【fi‧nan‧cial】 a 財政的
The financial crisis had reduced his earnings.
金融危機減少了他的收入。

- 考試必考片語：
in financial difficulties 表示「處於財政困難中」。

938. fine [faɪn]【fine】 a 美好的，晴朗的
It is a very fine and breezy day.
今天是個美好且微風輕拂的日子！

- 考試必勝小秘訣：
fine 當動詞使用時，表示「處…以罰金」。

939. fiscal [`fɪskl̩]【fis‧cal】 a 財政的
The fiscal year had ended.
財政年度已經結束。

- 考試必考同義字：
financial（財政的）

940. indefinite [ɪn`dɛfənɪt]【in‧def‧i‧nite】 a 不確定的
Dave will be away for an indefinite amount of time.
德夫將會離開，時間多長還不確定。

- 字首 in 表示「非」的意思。

941. refine [rɪ`faɪn]【re‧fine】 V 精練，琢磨
You need to refine your dissertation.
你需要修正你的論文。

- 考試必考同義字：
improve, purify 表示「改善，精鍊」。

942. refinery [rɪ`faɪnərɪ]【re‧fin‧ery】 n 精煉廠
The refinery was working night and day.
這精煉廠正在日夜不停運作中。

- 考試必勝小秘訣：
refinery 的複數型為 **refineries**。

> **fine** 必考關鍵字三分鐘速記圖

請利用三分鐘的時間，把前面所記過的單字做一個全盤的瞭解和記憶。

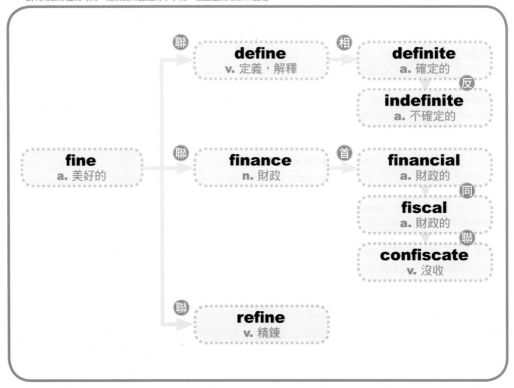

首 字首、**根** 字根、**尾** 字尾記憶法 | **同** 同義、**反** 反義記憶法 | **相** 相似字記憶法 | **聯** 聯想記憶法

**字詞
大追擊**　**explicit, definite, specific**
這些形容詞均含 "明確的" 之意。

1. explicit a **指清楚明白，毫不含糊其辭，因而無任何理解困難。**
The doctor gave me explicit instructions on when and how to take the medicine.
醫生給我詳細的藥方指示，告訴我該何時服藥以及如何服藥。

2. definite a **指對所提到的事的範圍及其細節毫無疑問，含有明確和確定界限的意味。**
She made no definite answer. 　她沒有作確定的回答。

3. specific a **強調內容明確，毫不抽象、籠統。**
There is no specific remedy for the malady. 　沒有醫治這種病的特效藥。

必考關鍵字

finish n v 完成

托TOEFL　IELTS　TOEIC　GEPT　學測&指考　公務人員考試

單字錦囊

943. confine [kən`faɪn]【con•fine】v 限制
The prisoner was confined to his cell for bad behaviour.
這囚犯因為他的惡劣行為而被關進牢裡。
- 考試必考同義字：
enclose, restain, imprison

944. final [`faɪnḷ]【fi•nal】a 最後的
The final question in an exam is often the hardest.
考試的最後一題通常都是最難的。
- 考試必考反義字：
first表示「第一」，**initial**表示「最初的，開始的」。

945. finally [`faɪnḷɪ]【fi•nal•ly】ad 最後地
He finally found the courage to ask her out.
他最後找到約她出去的勇氣。
- 考試必考同義字：
eventually表示「最後地」

946. finish [`fɪnɪʃ]【fin•ish】n v 完成
I must finish this work tonight.
我今晚必須完成這個工作。
- 考試必考同義字：
complete表示「完成」。

947. finite [`faɪnaɪt]【fi•nite】a 有限的
It is now believed that the universe is finite.
現在的人們認為，宇宙是有限的。
- 考試必考同義字：
bounded, limited表示「受限制的，限制的」。

948. infinite [`ɪnfənɪt]【in•fi•nite】a 無限的
Do teach me with your infinite wisdom.
請以你無限的智慧教導我。
- 考試必考同義字：
limitless, boundless

949. infinity [ɪn`fɪnətɪ]【in•fin•i•ty】n 無限
You cannot have a higher number than infinity.
沒有比無限更大的數字了。
- 考試必考同義字：
unlimitedness（無限）

F

finish 必考關鍵字三分鐘速記圖

請利用三分鐘的時間，把前面所記過的單字做一個全盤的瞭解和記憶。

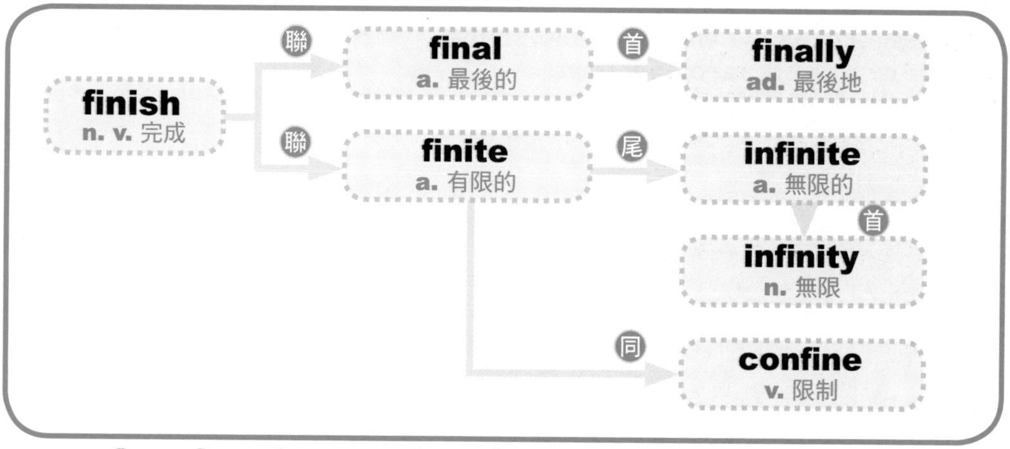

首字首、根字根、尾字尾記憶法｜同同義、反反義記憶法｜相相似字記憶法｜聯聯想記憶法

必考關鍵字

 firm ⓐ 堅固的，結實的，堅信的 🎧 06-03

🔵TOEFL ❶IELTS ❶TOEIC ⓖGEPT ⬆學測&指考 ❖公務人員考試

單 字 錦 囊

950. affirm [ə`fɜm]【af•firm】Ⓥ確信，斷言，堅稱
He affirmed his innocence in this matter.
他堅稱自己在這個事件中是清白的。

• 考試必勝小秘訣：
af（朝向）＋firm（堅定）＝affirm朝向堅定的方向，即「確信」

951. affirmative [ə`fɜmətɪv]【af•fir•ma•tive】ⓐ肯定的
"I will" is an affirmative answer.
"我願意" 是肯定的回答。

• 考試必考反義字：
negative表示「否定的」。

952. confirm [kən`fɜm]【con•firm】Ⓥ證實，確認
Can I confirm our reservation for this evening?
我能確認我們今晚的預約嗎？

• 考試必考同義字：
prove表示「證實」。

953. farm [fɑrm]【farm】Ⓝ農場
The farm had many animals.
農場有許多動物。

• 考試必勝小秘訣：
farm當動詞有「耕作」的意思。

954. farmer [`fɑrmɚ]【farm•er】Ⓝ農民，農夫
The farmer used his shotgun to scare away the dogs.
那農夫用散彈槍嚇跑了那些狗。

• 考試必考同義字：
peasant表示「農夫，鄉下人」。

955. firm [fɜm]【firm】ⓐ堅固的，結實的，堅信的
His young body was firm and muscular.
他年輕的身體結實且充滿肌肉的。

• 考試必考同義字：
solid表示「結實的」，strong表示「強壯的」。

956. pharmacist [`fɑrməsɪst]【phar•ma•cist】Ⓝ藥劑師
The pharmacist carefully measured the drugs.
藥劑師仔細衡量藥物。

• 考試必考同義字：
druggist表示「藥商，藥劑師」。

957. pharmacy [`fɑrməsɪ]【phar•ma•cy】Ⓝ藥房
The pharmacy was open all hours.
這藥房全天候不打烊。

• 考試必考同義字：
drugstore表示「藥局，藥房」。

F

> | firm 必考關鍵字三分鐘速記圖

請利用三分鐘的時間，把前面所記過的單字做一個全盤的瞭解和記憶。

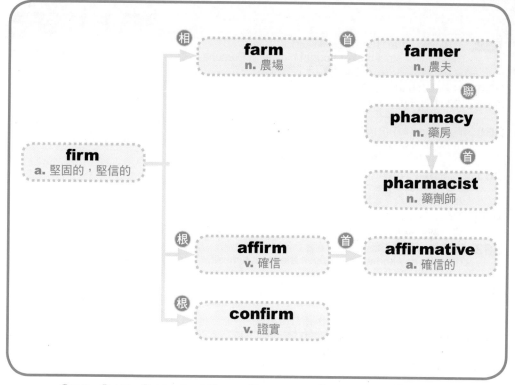

首 字首、根 字根、尾 字尾記憶法 | 同 同義、反 反義記憶法 | 相 相似字記憶法 | 聯 聯想記憶法

字詞大追擊 **assert, affirm, allege**
這些動詞均含有 "斷言、聲稱" 之意。

1. assert ⓥ **主觀意味強，指自認為某事就是如此，而不管事實如何。**
She asserted her innocence.
她宣稱她是清白的。

2. affirm ⓥ **側重在作出斷言時表現出的堅定與不可動搖的態度。**
He affirmed his loyalty to his country.
他聲言忠於自己的國家。

3. allege ⓥ **多指無真憑實據，不提供證據的斷言或宣稱。**
She was late for the meeting and alleged that her watch was wrong.
她開會遲到了，理由是手錶壞了。

必考關鍵字
 flood Ⅴ 淹沒 ⓝ 洪水

ⓣTOEFL　ⓘIELTS　ⓣTOEIC　ⓖGEPT　↑學測&指考　公公務人員考試

單 字 錦 囊

958. affluent [ˋæfluənt]【af•flu•ent】ⓐ富裕的
The affluent stockbroker bought himself a Porsche.
這位富裕的股票經紀人給自己買了一部保時捷。

• 考試必考同義字：
wealthy, rich表示「富有的，有錢的」。

959. flood [flʌd]【flood】Ⅴ淹沒 ⓝ洪水
The village by the river was flooded.
位在河邊的村莊被洪水淹沒。

• 考試必考片語：
flood into 表示「大量湧入」。

960. flu [flu]【flu】ⓝ流感
The school was closed due to an outbreak of flu.
這間學校因為流感爆發而關閉停課。

• 考試必勝小秘訣：
flu是**influenza**的縮寫。

961. fluent [ˋfluənt]【flu•ent】ⓐ流利的，流暢的
The professor was fluent in many languages.
這位教授精通許多語言。

• 考試必考同義字：
smooth表示「流暢的」。

962. fluid [ˋfluɪd]【flu•id】ⓝ流體，液體
The fluid had escaped from the tank. 液體從油箱中流出。

• 考試必勝小秘訣：**fluid**也是形容詞，解釋為「流動的」、「流體的」。

963. flush [flʌʃ]【flush】Ⅴⓝ（臉）發紅，以水沖洗
The little boy knew how to flush the toilet himself.
小男孩知道如何自己沖馬桶。

• 考試必考同義字：
blush表示「臉紅」。

964. flute [flut]【flute】ⓝ長笛，橫笛
My father knows how to play the flute. 我父親知道如何吹奏長笛。

• 考試必勝小秘訣：
直笛英文為**recorder**。

965. influence [ˋɪnfluəns]【flu】Ⅴⓝ影響
The writer's influence has been far-reaching.
這位作家的影響力是深遠的。

• 考試必考片語：
under the influence表示「酒醉」。

966. influential [͵ɪnfluˋɛnʃəl]【in•flu•en•tial】ⓐ有影響的
The influential film director attended the film festival.
這位有影響力的導演參加了電影節。

• 考試必考同義字：
uninfluential表示「無影響力的」。

> **flood** 必考關鍵字三分鐘速記圖

請利用三分鐘的時間，把前面所記過的單字做一個全盤的瞭解和記憶。

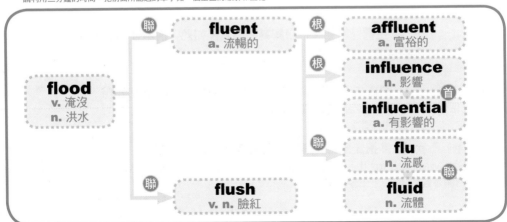

首字首、根字根、尾字尾記憶法｜同同義、反反義記憶法｜相相似字記憶法｜聯聯想記憶法

必考關鍵字

flower n 花 v 開花

托TOEFL ❶IELTS ❶TOEIC ❻GEPT ❶學測&指考 ❻公務人員考試

單 字 錦 囊

967. broccoli [ˋbrɑkəlɪ]【broc•co•li】n 綠色花椰菜
Broccoli is bitter but good for your stomach.
花椰菜味道雖苦，但對你的胃很好。

• 考試必勝小秘訣：
cauliflower是白色花椰菜。

968. cauliflower [ˋkɔləˏflaʊə]【cau•li•flow•er】n（白色）花椰菜
Cauliflower tastes good with cheese.
花椰菜跟起士一起吃很美味。

• 考試必勝小秘訣：
綠花椰菜為**broccoli**。

969. flour [flaʊr]【flour】n 麵粉
Flour is an essential ingredient in bread.
麵粉是麵包裡的重要成分。

• 考試必勝小秘訣：
flour作為動詞使用時，有「把…磨成粉」的意思。

970. flourish [ˋflɝɪʃ]【flour•ish】v 茂盛，揮舞，炫耀
The swordsman flourished his weapon.
這劍客用力揮舞他武器。

• 考試必勝小秘訣：
炫耀的另一個常用片語為**show off**。

971. flower [ˋflaʊə]【flow•er】n 花 v 開花，成熟
He sent her flowers for Valentine's Day.
他在情人節的時候送她花。

• 考試必考片語：
in flower 表示「盛開」。

972. foil [fɔɪl]【foil】v 箔金屬片，箔紙
He used foil to cover the hot dish.
他用箔紙覆蓋熱菜餚。

• 考試必勝小秘訣：
錫箔紙為**tin foil**

973. foliage [ˋfolɪɪdʒ]【fo•liage】n 葉子的總稱
The tree foliage in the garden was overgrown.
庭院裡的樹葉子生長茂盛。

• 考試必考同義字：
leaf表示「葉子」，複數為「**leaves**」。

flower 必考關鍵字三分鐘速記圖

請利用三分鐘的時間，把前面所記過的單字做一個全盤的瞭解和記憶。

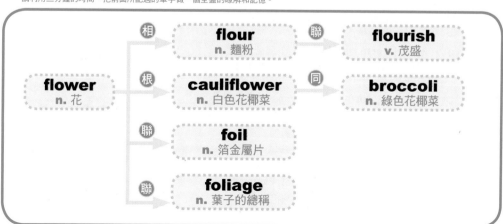

必考關鍵字

form ⋈ 形式，表格 ⋎ 形成

🄣TOEFL ❶IELTS 🅣TOEIC 🄖GEPT ⬆學測&指考 🅐公務人員考試

單 字 錦 囊

---

974. conform [kən`fɔrm]【con·form】 ⋎ 遵守
If you don't want to cause trouble, it is better to conform to the rules. 如果你不想惹麻煩的話，你最好遵守規定。

- 考試必考片語：
conform to 表示「遵照、遵守」。

975. deform [dɪ`fɔrm]【de·form】 ⋎ 使變形，使醜陋
The heat had caused the plastic to deform. 熱使塑膠變形。

- 字首：**de**表示「分開」、「否定」。

976. deformation [ˌdifɔr`meʃən]【de·for·ma·tion】
⋈ 毀壞，變形，變醜
The earthquake had caused some deformation in the door-frame. 這次地震使得許多大門變形。

- 考試必考同義字：
distortion表示「扭曲，變形」。

977. foam [fom]【foam】 ⋈ 泡沫
The bathtub was full of foam. 浴缸裡充滿了泡沫。

- 考試必考同義字：
bubble, lather, froth

978. form [fɔrm]【form】 ⋈ 形式，表格 ⋎ 形成
The form of the sculpture was that of a horse.
這雕塑的形狀是一匹馬。

- 考試必勝小秘訣：
fill in the form 表示「填寫表格」。

979. formal [`fɔrml̩]【for·mal】 ⓐ 正式的
The formal dinner was well-attended.
正式的晚宴有許多人參加。

- 考試必考反義字：
informal, casual表示「不正式的，隨性的」。

980. format [`fɔrmæt]【for·mat】 ⋈ 設計，格式
The computer disk was not in the correct format.
電腦磁碟格式不正確。

- 考試必勝小秘訣：
format當動詞使用意思為「格式化」。

981. formation [fɔr`meʃən]【for·ma·tion】 ⋈ 形成
The military formations marched down the street.
軍隊在大街編隊進行。

- 考試必考同義字：
establishment, construction表示「建立，建造」。

982. formidable [`fɔrmɪdəbḷ]【for·mi·da·ble】
ⓐ 可怕的，難以克服的
He accomplished that formidable task.
他完成那項艱鉅的任務。

- 考試必考同義字：
difficult, frightening表示「困難的，可怕的」。

983. formula [`fɔrmjələ]【for·mu·la】 ⋈ 公式
The formula must not fall into enemy hands.
公式不能落入敵人的手中。

- 考試必勝小秘訣：
chemical formula 表示「化學式」。

984. formulate [`fɔrmjəˌlet]【for·mu·late】 ⋎ 規劃
I need to formulate a new plan. 我需要規劃一份新計畫。

- 考試必勝小秘訣：
formulate是**formula**的動詞型態。

985. inform [ɪn`fɔrm]【in·form】 ⋎ 通知
I will inform her of the change in rent.
我將會通知她租金改變了。

- 考試必考片語：
inform sb. of sth 表示「通知某人某事」。

986. information [ˌɪnfɚ`meʃən]【in·for·ma·tion】 ⋈ 信息
The information I need is in that computer.
我所需的信息在電腦裡。

- 考試必考混淆字：
formation, deformation, information

987. reform [rɪ`fɔrm] 【re·form】 ☑ 改革
We need to reform health care system in this country.
我們必須改革國內醫療照顧體系。

• 考試必考混淆字：
deform, inform, reform

988. transform [træns`fɔrm] 【trans·form】 ☑ 改變
The robot transformed into a car.
機器人變形成汽車。

• 考試必勝小秘訣：
大受歡迎的電影變形金剛**Transformer**
就是從**transform**變化而來。

989. uniform [`junə͵fɔrm] 【uni·form】 ☑ 制服 ☑ 全部相同
All the children at school must wear a uniform.
學校裡所有的孩子都必須穿著制服。

• 考試必勝小秘訣：
注意**uniform**當名詞單數使用時，冠詞需
加**a**。

F

> **form** 必考關鍵字三分鐘速記圖

請利用三分鐘的時間，把前面所記過的單字做一個全盤的瞭解和記憶。

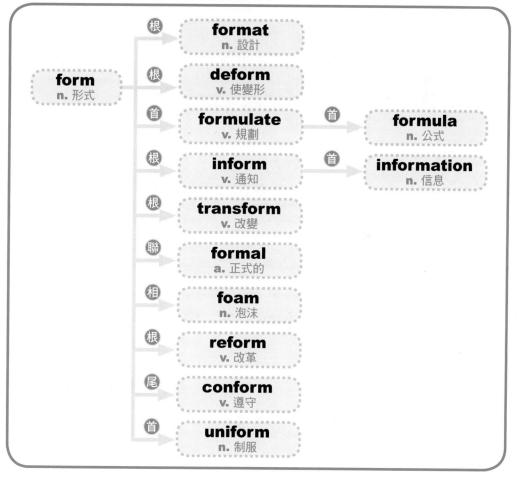

| 首字首、根字根、尾字尾記憶法 | 同同義、反反義記憶法 | 相相似字記憶法 | 聯聯想記憶法

必考關鍵字

> **found** Ⅴ 創建

(MP3) 06-04

🅣TOEFL ❶IELTS 🅣TOEIC 🅖GEPT ⬆學測&指考 🅐公務人員考試

單 字 錦 囊

990. found [faʊnd]【found】Ⅴ創建
Theories should be founded on facts.
理論需 建立 在事實的基礎上。

- 考試必勝小秘訣：
動詞**find**（發現）的過去式也是**found.**

991. foundation [faʊnˋdeʃən]【foun‧da‧tion】
ⁿ建立，基礎；基金會
The charitable foundation did a lot of good work.
這個慈善 基金會做了許多善事。

- 考試必考同義字：
establishment, base

992. fund [fʌnd]【fund】ⁿ基金，資金
The trust fund was nearly empty.
信託 基金快要空了。

- 考試必勝小秘訣：
募款是**raise funds**。

993. fundamental [͵fʌndəˋmɛntl̩]【fun‧da‧men‧tal】
ⁿ基礎的，根本的
The fundamental problem here is the quality of the products. 根本的問題在於產品的質量。

- 考試必勝小秘訣：
fundamental和**fund**（基金）並沒有關係。

994. hound [haʊnd]【hound】ⁿ獵犬
The hound chased the fox into the forest.
獵犬把狐狸追進森林裡。

- 考試必考同義字：
beagle表示「小獵犬」。

995. profound [prəˋfaʊnd]【pro‧found】ⁿ深刻的，深奧的
I find your words extremely profound.
我覺得你的話很 深奧。

- 考試必考反義字：
shallow表示「淺薄的」。

> | **found** 必考關鍵字三分鐘速記圖

請利用三分鐘的時間，把前面所記過的單字做一個全盤的瞭解和記憶。

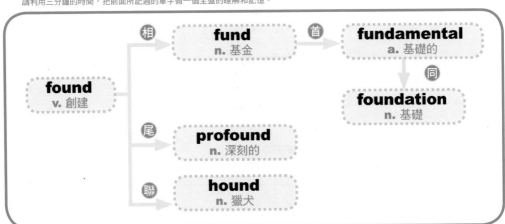

🗐字首、🗐字根、🗐字尾記憶法 ┃ 🗐同義、🗐反義記憶法 ┃ 🗐相似字記憶法 ┃ 🗐聯想記憶法

必考關鍵字

 fraction n 小部分

單 字 錦 囊

996. fiction [ˋfɪkʃən]【fic•tion】n 小說，捏造
Fiction is a kind of writing that is not based on fact.
小說是一種不具事實的寫作手法。

• 考試必考反義字：
non-fiction表示「非小說類散文文學」。

997. fraction [ˋfrækʃən]【frac•tion】n 小部份
The summer vacation is almost over, but Peter only did a fraction of his homework.
暑假快結束了，但彼得只完成一小部分的家庭作業。

• 考試必考片語：
in a fraction of a second 表示「轉瞬間」。

998. fragile [ˋfrædʒəl]【frag•ile】a 易碎的
The fragile glass cup smashed on the floor.
這個易碎的玻璃杯在地上摔碎了。

• 考試必考同義字：
delicate, slight, breakable

999. fragment [ˋfrægmənt]【frag•ment】n 碎片
Only fragments were left of the ancient vase.
那古老的花瓶只留下了一些碎片。

• 考試必考同義字：
piece, segment, fraction

1000. fragrance [ˋfregrəns]【fra•grance】n 芬芳，香氣
The fragrance from her perfume was intoxicating.
她香水的香氣是醉人的。

• 考試必勝小秘訣：
fragrance是一個描述氣味的進階用字，通常用來形容香水。

1001. fragrant [ˋfregrənt]【fra•grant】a 芬芳的
The fragrant spices in the sauce made the dish delicious.
醬料中芳香的香料讓菜餚十分可口。

• 考試必勝小秘訣：
fragrant通常用於烹飪。

1002. frail [frel]【frail】a 身體虛弱的
The grandmother was frail and unable to move quickly.
年老體弱的祖母無法快速移動。

• 考試必勝小秘訣：
frail 常用於形容老年人。

1003. friction [ˋfrɪkʃən]【fric•tion】n 摩擦，摩擦力，不和
The friction on the airplane wings created heat.
機翼上的摩擦產生了熱。

• 考試必考同義字：
rubbing ; conflict

fraction 必考關鍵字三分鐘速記圖

請利用三分鐘的時間，把前面所記過的單字做一個全盤的瞭解和記憶。

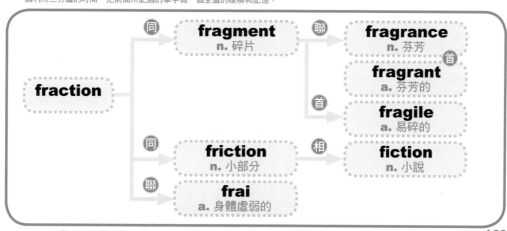

a 形容詞
ad 副詞
aux 助動詞
conj 連接詞
n 名詞
num 數字
prep 介係詞
pron 代名詞
v 動詞
（美）美式用語
（英）英式用語

首 字首記憶法
根 字根記憶法
尾 字尾記憶法
同 同義字記憶法
反 反義字記憶法
相 相似字記憶法
聯 聯想記憶法

托 TOEFL
I IELTS
T TOEIC
G GEPT
↑ 學測&指考
公 公務人員考試

必考關鍵字

 garden n 花園，菜園 (MP3) 07-01

🟠TOEFL ❶IELTS 🅣TOEIC 🄶GEPT ⬆學測&指考 🄰公務人員考試

單 字 錦 囊
❶🅣

1004. court [kort]【court】n 法院，庭院
The building's central court was always in shadow.
這建築物的中庭一直處於陰影之下。

- 考試必考同義字：
tribunal表示「法庭」。

❶🅣🄰

1005. courteous [ˋkɝtjəs]【cour·te·ous】a 有禮貌的
He is always very courteous to older people.
他對長者總是非常有禮。

- 考試必考片語：
be courteous to / toward表示「對…有禮貌」。

❶🅣⬆

1006. courtesy [ˋkɝtəsɪ]【cour·te·sy】n 謙恭
A gentleman acts with courtesy around ladies.
紳士在女仕們身旁是謙恭有禮的。

- 考試必考同義字：
mannerliness, politeness, politesse, civility

🟠❶🅣🄶⬆🄰

1007. courtyard [ˋkort͵jɑrd]【court·yard】n 院子
The castle's courtyard was large and square.
這座城堡的庭院又大又方正。

- 考試必考小祕訣：
courtyard 在古代建築物和城堡中較為常見。

🟠❶🅣🄶⬆🄰

1008. garden [ˋgɑrdn̩]【gar·den】n 花園，菜園
Everything in the garden was beautiful. 花園裡的一切都很美麗。

- 考試必考片語：
lead sb. up the garden path表示「將某人引入歧途」。

🟠🅣⬆

1009. gardener [ˋgɑrdənɚ]【gar·den·er】n 園丁
The gardener worked hard tending the flowers.
園丁辛勤地照料這些花。

- 考試必考小祕訣：
負責管理**garden**（花園）的人，就是園丁。

🟠❶🅣🄶⬆🄰

1010. garlic [ˋgɑrlɪk]【gar·lic】n 大蒜
Garlic is traditionally deadly to vampires.
傳說中大蒜是讓吸血鬼死亡的方法。

- 考試必勝小祕訣：
garlicky是形容「有大蒜味的」。

🟠❶🅣🄶⬆🄰

1011. kindergarten [ˋkɪndɚ͵gɑrtn̩]【kin·der·gar·ten】n 幼稚園
At kindergarten the children sang many songs.
幼稚園的孩子唱許多歌。

- 考試必勝小祕訣：
kindergarten可聯想為「孩子們的花園」。

🟠❶

1012. orchard [ˋɔrtʃɚd]【or·chard】n 果園
The orchard often produced lots of fruit.
這座果園常常出產許多水果。

- 考試必考同義字：
grove表示「樹叢，小果園」。

❶🅣🄶⬆🄰

1013. yard [jɑrd]【yard】n 院子
You can play basketball in the yard but not in the house.
你可以在院子裡打籃球，但不是在屋子裡。

- 考試必勝小祕訣：
yard比**courtyard**來得小。

garden 必考關鍵字三分鐘速記圖

請利用三分鐘的時間，把前面所記過的單字做一個全盤的瞭解和記憶。

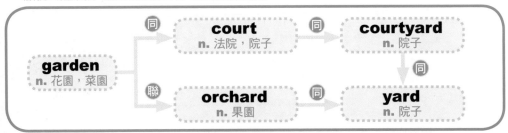

首字首、根字根、尾字尾記憶法 | 同同義、反反義記憶法 | 相相似字記憶法 | 聯聯想記憶法

必考關鍵字

gene n 基因

旡TOEFL I IELTS T TOEIC G GEPT ↑學測&指考 公公務人員考試

| 單 字 錦 囊 |

1014. gender [ˋdʒɛndɚ]【gen•der】n 性別
The gender of some animals is hard to determine.
有些動物的性別很難判定。

• 考試必勝小祕訣：
gender是**gene**的相關用語，用來形容生物的類型。

1015. gene [dʒin]【gene】n 基因
His facial features spoke of good family genes.
他的臉部特徵展現了良好的家族基因。

• 考試必勝小祕訣：
gene是生物方面的用語。

1016. genetic [dʒəˋnɛtɪk]【ge•net•ic】a 遺傳的
The genetic code of the alien was quite different to humans.
外星人的遺傳密碼跟人類完全不一樣。

• 考試必考片語：
genetic code指「基因碼」；「遺傳密碼」。

1017. genius [ˋdʒinjəs]【ge•nius】n 天才
A genius like you should have no problems doing this exam.
像你這樣的天才面對這次考試應該沒問題。

• 考試必考同義字：
intelligence, inspiration, talent

1018. gentle [ˋdʒɛntl̩]【gen•tle】a 溫和的
The gorilla was as gentle as a lamb.
這隻大猩猩和小羊一般溫馴。

• 考試必考同義字：
tender, mild, kind

1019. gentleman [ˋdʒɛntl̩mən]【gen•tle•man】n 紳士
You call yourself a gentleman? 你說你是個紳士？

• 考試必勝小祕訣：
一個**gentle**（溫和）的**man**（男子），就是紳士。

1020. gently [ˋdʒɛntlɪ]【gent•ly】ad 輕輕地，溫柔地
Go gently with yourself. 對自己溫和一點。

• 考試必勝小祕訣：
"Go gently with yourself."這句話表示做事不要太過度，可用於工作、吃飯或玩樂。

1021. genuine [ˋdʒɛnjuɪn]【gen•u•ine】a 真誠的，非偽造的
This antique is the genuine article. 這古董不是偽造的。

• 考試必勝小祕訣：
genuine article代表真實的事物。

gene 必考關鍵字三分鐘速記圖

請利用三分鐘的時間，把前面所記過的單字做一個全盤的瞭解和記憶。

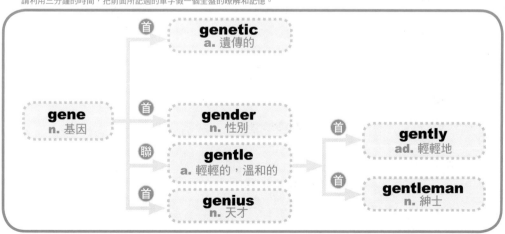

首字首、根字根、尾字尾記憶法 | 同同義、反反義記憶法 | 相相似字記憶法 | 聯聯想記憶法

必考關鍵字

go v 離開

MP3 07-02

托TOEFL　I IELTS　T TOEIC　G GEPT　學測&指考　公公務人員考試

單字錦囊

1022. foregoing [fɔr`goɪŋ]【fore•go•ing】a 在前面的
The foregoing market figures were good.
前期的股價是好的。

• 考試必考同義字：
preceding 表示「先前的」。

1023. gang [gæŋ]【gang】n 一群
Want to be in my gang? 想加入我這一群嗎？

• 考試必考片語：
gang up 表示「聯合起來對抗某人」。

1024. gangster [`gæŋstɚ]【gang•ster】n 歹徒
The gangster revealed his tommy gun.
強盜發現他的湯米槍。

• 考試必考同義字：
mobster, racketeer, mafioso

1025. go [go]【go】v 離開，去
I will go there next weekend. 我下個週末會去。

• 考試必考同義字：
leave, depart

1026. negotiate [nɪ`goʃɪ͵et]【ne•go•ti•ate】v 談判，協商
We do not negotiate with terrorists.
我們不與恐怖分子談判。

• 考試必考同義字：
arrange, settle, mediate, intervene

1027. undergo [ʌndɚ`go]【un•der•go】v 經歷，接受
She plans to undergo surgery in the fall.
她打算在秋季時接受手術。

• 考試必考同義字：
experience, meet, have, encounter

go 必考關鍵字三分鐘速記圖

請利用三分鐘的時間，把前面所記過的單字做一個全盤的瞭解和記憶。

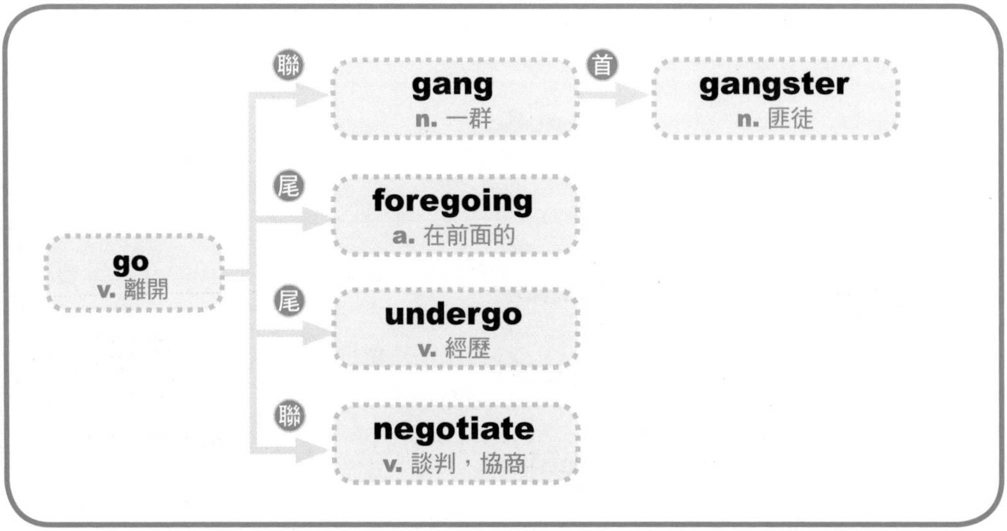

必考關鍵字

 grade n 等級，年級

托TOEFL ⅠIELTS TTOEIC GGEPT ↑學測&指考 公公務人員考試

單 字 錦 囊

1028. grade [gred]【grade】n 等級，年級，成績
Trying as he might, the student couldn't get a decent grade. 盡其所能的嘗試，這位學生還是得不到好成績。

托 Ⅰ T G ↑

• 考試必考片語：
make the grade就是「達到標準」的意思。

1029. graduate [`grædʒuɪet]【grad·u·ate】v 畢業
I will graduate from university next week. 我下週將從大學畢業。

托 Ⅰ T G ↑

• 考試必勝小祕訣：
graduate也可以當名詞「畢業生」的意思。

G

1030. ingredient [ɪn`gridɪənt]【in·gre·di·ent】
n 成份，要素，原料
The ingredients for this recipe are all here.
食譜裡所需的原料都在這裡了。

托 Ⅰ T G ↑ 公

• 考試必考同義字：
part, element, factor, component

1031. postgraduate [post`grædʒuɪt]【post·grad·u·ate】
v 研究生
The postgraduate visited the library often.
這研究生時常去圖書館。

托 Ⅰ T G ↑ 公

• 字首：**post**表示「在後」的意思。

1032. undergraduate [ˌʌndɚ`grædʒuɪt]【un·der·grad·u·ate】
v 大學生
The undergraduate was tired of writing essays.
這大學生厭倦了寫論文。

托 Ⅰ T G ↑ 公

• 考試必考同義字：
graduate（大學生，大學肄業生）

grade 必考關鍵字三分鐘速記圖

請利用三分鐘的時間，把前面所記過的單字做一個全盤的瞭解和記憶。

首 → **graduate**
v. 畢業

首 → **undergraduate**
n. 大學生

grade
n. 等級，年級

聯 → **ingredient**
n. 成份

首 → **postgraduate**
n. 研究生

首字首、根字根、尾字尾記憶法｜同同義、反反義記憶法｜相相似字記憶法｜聯聯想記憶法

字詞 大追擊

class, degree, grade
這些名詞均有 "級、等級" 之意。

1. class n 含義廣泛，指人或物按優劣劃分的等級，也指學校中的年級或班級。
Are you in the third-year class? 你是讀三年級嗎？

2. degree n 指程度、範圍不同，社會地位的高低。也可指形容詞或副詞的級。
Our teacher has a high degree of responsibility. 我們老師有高度的責任感。

3. grade n 指按地位或優劣劃分的等級，既可指人又可指物。
These are second-grade grapes. 這些是次級葡萄。

必考關鍵字

grasp ☑ 抓住

🅣TOEFL ❶IELTS 🅣TOEIC 🅖GEPT ❶學測&指考 🅐公務人員考試

單 字 錦 囊
🅣❶🅣🅖❶🅐

1033. clasp [klæsp]【clasp】☑ 扣住
The academic clasped his hands behind his back.
這位教授在他背後緊握著雙手。

- 考試必勝小祕訣：
clasp常用於手部動作，緊握雙手表示深思的意思。

🅣❶🅣🅖❶🅐

1034. crab [kræb]【crab】n 螃蟹
They walked along the beach collecting small crabs.
他們沿著海灘，邊走邊撿拾小螃蟹。

- 考試必勝小祕訣：
crab也可以當動詞「捉螃蟹」。

🅣❶🅣🅖❶🅐

1035. grab [græb]【grab】☑ 抓取
Grab a sandwich, we need to go! 抓個三明治，我們得走了！

- 考試必勝小祕訣：**grab**可表示無禮的行為（類似snatch「奪取」的用法），但在本句中只是一種非正式說法，表示「快速拿取」的意思。

🅣❶🅣🅖❶🅐

1036. grasp [græsp]【grasp】☑ 抓住
I just couldn't grasp the solution to the math problem.
我無法掌握解決數學問題的方法。

- 考試必考片語：
grasp at sth是表示「抓住…的機會」。

🅣❶🅣🅖❶🅐

1037. grip [grɪp]【grip】☑ 緊握
Get a grip! You need to be focused. 集中注意力！你需要專心。

- 考試必考片語：
get a grip是一句俚語，表示集中精力控制自己的思想和情緒。

🅣❶🅣🅖❶🅐

1038. grope [grop]【grope】☑ 摸索
The pervert groped the woman in the street.
那個變態在街上觸摸女人。

- 考試必勝小祕訣：
grope是一個負面用字，通常用於身體上的侵犯。

> **grasp** 必考關鍵字三分鐘速記圖

請利用三分鐘的時間，把前面所記過的單字做一個全盤的瞭解和記憶。

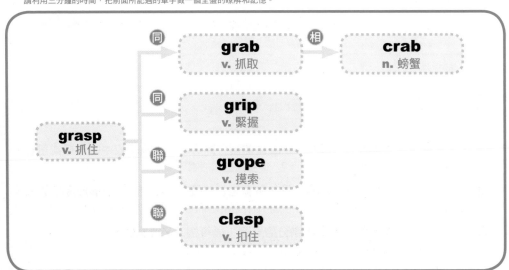

🗂字首、🗂字根、🗂字尾記憶法 | 同同義、反反義記憶法 | 相相似字記憶法 | 聯聯想記憶法

必考關鍵字

grave ⓐ 嚴重的，莊重的 (MP3) 07-03

托TOEFL ⒤IELTS ⓉTOEIC ⒢GEPT ↑學測&指考 Ⓩ公務人員考試

<table>
<tr><td>

1039. aggravate [`ægrə͵vet] 【ag•gra•vate】 ▣加重，激怒
Try not to aggravate that dog – it looks dangerous!
盡量不要激怒那隻狗－可能會有危險！
</td><td>

單 字 錦 囊 托⒤ⓉⒼ↑Ⓩ
• 考試必考反義字：
mitigate表示「減輕；使緩和」。
</td></tr>
<tr><td>

1040. engrave [ɪn`grev] 【en•grave】 ▣雕刻
The artisan engraved his signature into the metal.
這名工匠將他的簽名雕刻在金屬上。
</td><td>

托⒤ⓉⒼ↑Ⓩ
• 考試必勝小祕訣：
engraver指「雕刻匠」。
</td></tr>
<tr><td>

1041. grave [grev] 【grave】 ⓐ嚴重的，莊重的
The situation was indeed very grave. 這種情況的確非常嚴重。
</td><td>

托⒤ⓉⒼ↑Ⓩ
• 考試必勝小祕訣：
grave還有另一個意思，是指「墓穴」或「埋葬之處」。
</td></tr>
<tr><td>

1042. gravity [`grævətɪ] 【grav•ity】 �🅽重力，地心引力
Gravity is what keeps us from floating away.
因為有重力，我們才不會飄浮不定。
</td><td>

托⒤ⓉⒼ↑Ⓩ
• 考試必勝小祕訣：
gravity是物理方面的用語。
</td></tr>
<tr><td>

1043. grief [grif] 【grief】 🅽悲痛
The whole family was consumed in grief.
整個家庭都處於悲痛之中。
</td><td>

托⒤ⓉⒼ↑Ⓩ
• 考試必勝小祕訣：
動詞是**grieve**表示「使悲傷；苦惱」。
</td></tr>
<tr><td>

1044. grieve [griv] 【grieve】 ▣感到悲痛
Do not grieve for those who die naturally in old age.
不要為了那些在老年自然死亡的人們感到悲傷。
</td><td>

托⒤ⓉⒼ↑Ⓩ
• 考試必考混淆字：
grave表示「嚴重的，莊重的」。
</td></tr>
<tr><td>

1045. retrieve [rɪ`triv] 【re•trieve】 ▣重新得到
The hound retrieved the pheasant for the huntsman.
這隻獵犬為獵人取得了野雞。
</td><td></td></tr>
</table>

grave 必考關鍵字三分鐘速記圖

請利用三分鐘的時間，把前面所記過的單字做一個全盤的瞭解和記憶。

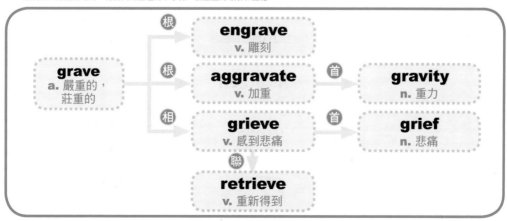

必考關鍵字

green a 綠色的 n 綠色

🅣TOEFL 🅘IELTS 🅣TOEIC 🅖GEPT ⬆學測&指考 🅐公務人員考試

單 字 錦 囊
🅣🅘🅣🅖⬆

1046. evergreen [ˈɛvɚˌgri] 【ev•er•green】 a 常綠的
Evergreen trees never lose their leaves. 常綠樹從來不落葉

- 考試必勝小祕訣：
evergreen = always + green，就是常保青綠的意思。
🅣🅘🅣🅖⬆🅐

1047. grass [græs] 【grass】 n 草
Cows like to chew green grass all day long.
乳牛喜歡整天嚼食青草。

- 考試必考片語：
put sb out to grass表示「將某人解雇」。
🅣🅘🅣🅖⬆🅐

1048. green [grin] 【green】 a 綠色的；n 綠色
The green pastures in the mountains were a delight in summer.
山林中的綠色牧場是夏季的一種樂趣。

- 考試必考片語：
give the green light to sth表示「允許某人做某事」或「允許某事發生」。
🅣🅘🅣🅖⬆🅐

1049. greenhouse [ˈgrinˌhaʊs] 【green•house】 n 溫室
The greenhouse made growing certain vegetables easier.
溫室使得種植某些蔬菜更加容易了。

- 考試必考同義字：
hothouse, plant nursery
🅣🅘🅣🅖⬆🅐

1050. grow [gro] 【grow】 v 生長，成長
He tried to grow plants on his windowsill.
他試著在窗台上種些植物。

- 考試必考片語：
grow up表示人逐漸長大，或表示城市逐漸發展。
🅣🅘🅣🅖⬆🅐

1051. grown-up [ˈgronˈʌp] 【grown–up】 n 成年人
Grown-ups like us need to be responsible.
我們成年人是需要負責任的。

- 考試必勝小祕訣：
grown-up也可以當形容詞，表示「成熟的」；「成人的」。
🅣🅘🅣🅖⬆🅐

1052. growth [groθ] 【growth】 n 生長，成長
The growth of the internet has raised many concerns.
隨著網路的發達，許多問題也浮現了。

- 考試必考同義字：
enlargement, expansion, development, progress

---

green 必考關鍵字三分鐘速記圖

請利用三分鐘的時間，把前面所記過的單字做一個全盤的瞭解和記憶。

首字首、根字根、尾字尾記憶法 | 同同義、反反義記憶法 | 相相似字記憶法 | 聯聯想記憶法

必考關鍵字

 guard ☑ 守衛，保護

🔵TOEFL ①IELTS ①TOEIC ⑥GEPT ①學測&指考 ⚠公務人員考試

單 字 錦 囊

1053. disregard [ˌdɪsrɪˋgɑrd]【dis•re•gard】☑ ⓝ 不理，漠視
He had disregarded the rules and now had to pay the price.
他無視這些規則，而現在不得不付出代價。

- 考試必勝小祕訣：
  disregard不但表示「沒有注意」，也表示「不在乎」。

G

1054. garrison [ˋgærɪsn̩]【gar•ri•son】ⓝ 守衛部隊
The town's garrison was not able to defeat the pirates.
該鎮的守衛隊無法打敗海盜。

- 考試必勝小祕訣：
  garrison常用於軍事英語。

1055. guarantee [ˌgærənˋti]【guar•an•tee】☑擔保；ⓝ 保證書
I can guarantee you excellent results when you take this medicine.
我可以保證你服用此藥後將有很棒的效果。

- 考試必勝小祕訣：
  guarantee常用於商務英語。

1056. guard [grænd]【guard】☑守衛，保護
Guard against bad habits. 防範壞習慣。

- 考試必考片語：
  be on your guard表示對詭計或危險情境保持提防。

1057. guardian [ˋgɑrdɪən]【guard•ian】ⓝ監護人，守護者
The guardians of the treasure were men with the heads of eagles.
寶藏的守護者是那些帶有老鷹頭像的男人。

- 考試必考片語：
  a guardian angel表示「某人或某地的守護神」。

1058. regard [rɪˋgɑrd]【re•gard】☑看作，注視
He regarded her through thick spectacles.
他透過厚厚的鏡片凝視著她。

- 考試必考片語：
  in/with regard to就是**in connection with**，表示「關於」的意思。

1059. regarding [rɪˋgɑrdɪŋ]【re•gard•ing】
prep關於，考慮到
Regarding this memo, I think we need a meeting.
關於此備忘錄，我想我們需要開一次會議。

- 考試必勝小祕訣：
  regarding表示「關於…」，常用於展開一段對話。

1060. regardless [rɪˋgɑrdlɪs]【re•gard•less】ⓐ不管,沒注意
Regardless of how you feel, life goes on.
不管你感受如何，生活就是這樣。

- 字尾：**less**表示「無」；「沒有」。

1061. safeguard [ˋsefˌgɑrd]【safe•guard】☑保護
Safeguard your valuables at all times.
不論何時請保管好你的貴重物品。

- 考試必勝小祕訣：
  做好**safe**（安全）的**guard**（防衛），即「防護措施」。

▶ guard 必考關鍵字三分鐘速記圖

請利用三分鐘的時間，把前面所記過的單字做一個全盤的瞭解和記憶。

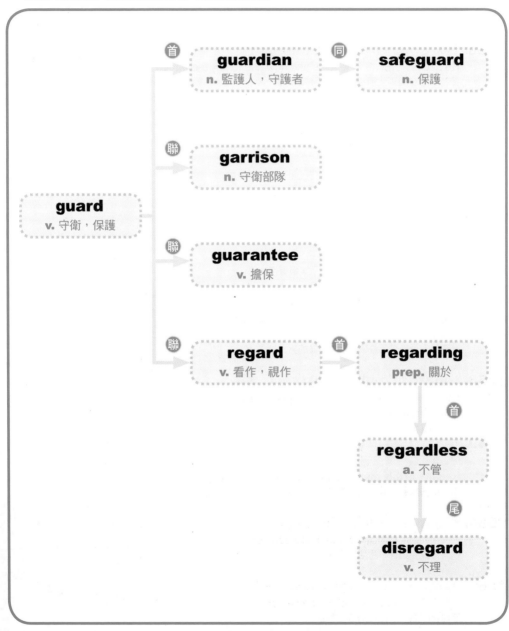

首字首、根字根、尾字尾記憶法 | 同同義、反反義記憶法 | 相相似字記憶法 | 聯聯想記憶法

a 形容詞
ad 副詞
aux 助動詞
conj 連接詞
n 名詞
num 數字
prep 介係詞
pron 代名詞
v 動詞
（美）美式用語
（英）英式用語

首 字首記憶法
根 字根記憶法
尾 字尾記憶法
同 同義字記憶法
反 反義字記憶法
相 相似字記憶法
聯 聯想記憶法

托 TOEFL
I IELTS
T TOEIC
G GEPT
↑ 學測&指考
公 公務人員考試

必考關鍵字

 habit n 習慣 (MP3) 08-01

TOEFL IELTS TOEIC GEPT 學測&指考 公務人員考試

單 字 錦 囊

1062. exhibit [ɪgˋzɪbɪt] 【ex‧hib‧it】 V展出；n展示會，陳列
The exhibit was a popular addition to a museum.
這次博物館的展覽很受歡迎。

- 考試必勝小祕訣：
exhibit通常用於博物館或文化中心，也可用於科學或商務會議。

1063. exhibition [ˌɛksəˋbɪʃən] 【ex‧hi‧bi‧tion】 n展覽，展覽會
The exhibition would run for five days.
此展覽為期五天。

- 考試必考片語：
make an exhibition of oneself就是「出洋相」的意思。

1064. habit [ˋhæbɪt] 【hab‧it】 n習慣
Smoking is a bad habit that will kill you one day.
吸菸是一項會令你致死的壞習慣。

- 考試必考同義字：
custom, practice

1065. habitual [həˋbɪtʃʊəl] 【ha‧bit‧u‧al】 a習慣的
His habitual routine was to shave upon waking.
他的習慣是起床後刮鬍子。

- 考試必勝小祕訣：
habitual是habit（習慣）的形容詞。

1066. inhabit [ɪnˋhæbɪt] 【in‧hab‧it】 V居住於
The squatter tried to inhabit the house illegally.
這位新的定居者試圖非法入住。

- 考試必考同義字：
live, dwell, occupy, reside

1067. inhabitant [ɪnˋhæbətənt] 【in‧hab‧i‧tant】 n居民
The inhabitants of the forest were magical creatures.
這座森林的居民是有魔法的動物。

- 考試必勝小祕訣：
inhabitant這個字可指人或動物。

1068. inhibit [ɪnˋhæbɪt] 【in‧hib‧it】 V禁止
The injury had inhibited the flow of blood to the brain.
受傷使得供給大腦的血液流動被抑制了。

- 考試必考同義字：
restrain, repress, suppress, constrain

1069. prohibit [prəˋhɪbɪt] 【pro‧hib‧it】 V阻止
You are prohibited from entering that field.
此區域是禁止你進入的。

- 考試必考同義字：
forbid, ban, disallow

1070. rehabilitate [ˌrihəˋbɪləˌtet] 【re‧ha‧bil‧i‧tate】 V使康復
The clinic tried to rehabilitate the pop star.
這間診所試圖使這名歌星康復。

- 考試必考同義字：
renew, mend

> | **habit** 必考關鍵字三分鐘速記圖

請利用三分鐘的時間，把前面所記過的單字做一個全盤的瞭解和記憶。

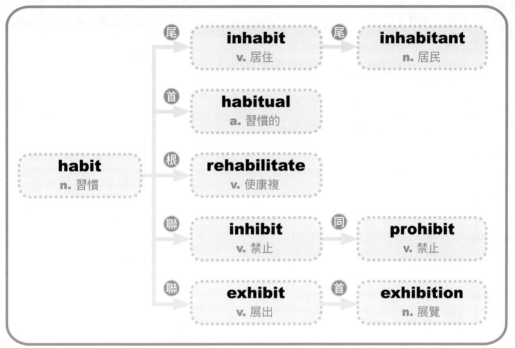

尾字首、根字根、尾字尾記憶法｜同同義、反反義記憶法｜相相似字記憶法｜聯聯想記憶法

字詞
大追擊　**customary, habitual, conventional**
這些形容詞均有"通常的、慣常的"之意。

1. customary a 指特定的個人或群體的平常習慣，或習俗性的行為。
He arrived with his customary promptness.
他像平常那樣準時到達。

2. habitual a 指按個人習慣反復發生的事情。側重經常性、習慣性。
Habitual tardiness is irritating to the teachers.
學生習慣性的遲到常令教師惱火。

3. conventional a 語氣強，指遵守已成習慣的事情，強調符合慣例，由人
們普遍認可。
"Good morning" is a conventional greeting.
"早安"是慣用的招呼語。

必考關鍵字

happen v 碰巧，發生

托TOEFL IELTS TOEIC GEPT 學測&指考 公務人員考試

單字錦囊

1071. happen [ˋhæpən]【hap•pen】v 碰巧，發生
This couldn't have happened to a nicer person.
不可能有更好的人了。

• 考試必考同義字：
occur, take place

1072. happening [ˋhæpənɪŋ]【hap•pen•ing】n 事件
The strange happenings near Area 51 were the source of many rumors. 許多謠言說51區附近發生了奇怪的事。

• 考試必勝小祕訣：
happening通常指詭祕或不確定的事情。

1073. happiness [ˋhæpɪnɪs]【hap•pi•ness】n 快樂
Money can't buy happiness. 金錢無法買到快樂。

• 字尾：**ness**表示「性質」或「狀態」。

1074. happy [ˋhæpɪ]【hap•py】a 快樂的
I am happy that you liked the present. 我很高興你喜歡這禮物。

• 考試必考同義字：
cheerful, glad, delighted, joyful

1075. mishap [ˋmɪsˏhæp]【mis•hap】n 不幸
He had a little mishap with his computer.
他的電腦有些小麻煩。

• 考試必考同義字：
misfortune, difficulty, distress, hardship, trouble

1076. perhaps [pɚˋhæps]【per•haps】a 或許
You would perhaps like another drink?
你或許會喜歡另一種飲料？

• 考試必考同義字：
possibly, maybe

1077. unhappy [ʌnˋhæpɪ]【un•hap•py】a 不快樂
The unhappy child cried for its mother.
那個不開心的孩子對著媽媽哭泣。

• 字首：**un**表示「不」；「無」；「相反」。

happen 必考關鍵字三分鐘速記圖

請利用三分鐘的時間，把前面所記過的單字做一個全盤的瞭解和記憶。

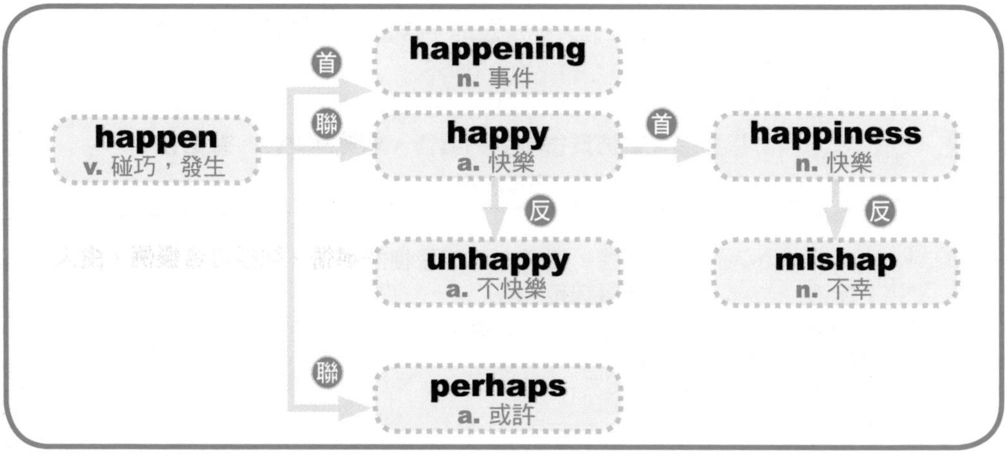

首字首、根字根、尾字尾記憶法｜同同義、反反義記憶法｜相相似字記憶法｜聯聯想記憶法

必考關鍵字

heart n 心，心臟

(MP3) 08-02

托TOEFL **I**IELTS **T**TOEIC **G**GEPT **學**學測&指考 **公**公務人員考試

單 字 錦 囊

1078. accord [əˋkɔrd] 【ac·cord】 **n** **a** 一致
So, we have an accord?
所以，我們是一致的囉？

• 考試必考片語：
of one's own accord 表示「某人是出於自願的」

1079. accordance [əˋkɔrdəns] 【ac·cor·dance】 **a** 一致，和諧
In accordance with his final wishes, our dead uncle's belongings shall be divided amongst us all.
根據舅舅的遺願，他的遺產將均分給我們。

• 考試必考片語：
in accordance with 就是「與⋯⋯一致」的意思。

1080. according to [əˋkɔrdɪŋ tə] 【according to】 **prep** 根據
According to my records, your attendance has been poor.
根據我的紀錄，你的出席率很差。

• 考試必考片語：
according to 是一個經常用到的片語。

1081. accordingly [əˋkɔrdɪŋlɪ] 【ac·cord·ing·ly】 **ad** 相應地
She was only nine years old and he spoke to her accordingly. 她才九歲大，因此他用相應的語氣對她說話。

• 考試必考同義字：
correspondingly, compatibly

1082. core [kor] 【core】 **n** 核心，果心
Her bitter words stung him to the core.
她尖刻的言語刺痛了他的心。

• 考試必考片語：
to the core 是「徹底」的意思。

1083. cordial [ˋkɔrdʒəl] 【cor·dial】 **a** 熱忱的
She gave her ex-boyfriend a cordial greeting.
她給了她的前男友一個熱忱的問候。

• 考試必勝小祕訣：
名詞 **cordiality** 是「誠摯」的意思。

1084. courage [ˋkɜɪdʒ] 【cour·age】 **n** 勇氣
I don't have the courage to tell her how I feel.
我沒有勇氣告訴她我的感覺。

• 考試必考同義字：
bravery, boldness, valor

1085. discord [ˋdɪskɔrd] 【dis·cord】 **n** 不和
There is discord amongst the soldiers, my Lord.
陛下，在士兵中有些不和。

• 字首：**dis** 是表示「相反」；「否定」的意思。

1086. discourage [dɪsˋkɜɪdʒ] 【dis·cour·age】 **V** 使沮喪
Don't discourage young people from their dreams.
不要阻止年輕人的夢想。

• 字首：**dis** 表示「相反」；「分離」的意思。

1087. encourage [ɪnˋkɜɪdʒ] 【en·cour·age】 **V** 鼓勵
I would encourage you to find a new job as soon as you can. 我會鼓勵你盡快找到一份新工作。

• 字首：**en** 表示「使成為」的意思。

1088. heart [hɑrt] 【heart】 **n** 心，心臟
He is a naughty boy but he has a good heart.
他是個頑皮的男孩，但是他有個好心腸。

• 考試必勝小祕訣：
在這個句子中，**heart** 是指人格特質。

1089. heartily [ˋhɑrtɪlɪ] 【heart·i·ly】 **a** 熱忱地，盡情地
The sailor burped heartily after finishing his ale.
這個士兵喝完酒後痛快地打嗝。

• 考試必考同義字：
completely, devotedly, ardently

1090. hearty [ˋhɑrtɪ] 【hearty】 a 衷心的，豐富的
The climbers ate a hearty breakfast before ascending.
登山客在行前吃了一頓豐盛的早餐。

• 考試必考同義字：
genuine, sincere, authentic

1091. record [ˋrɛkɚd] 【re·cord】 n 紀錄，唱片
There is no record of these events.
這些事件沒有紀錄。

• 考試必勝小祕訣：
record也可當動詞「記載」；「記錄」。

1092. recorder [rɪˋkɔrdɚ] 【re·cord·er】 n 錄音機
The tape recorder had 5 messages.
錄音機裡有五個訊息。

• 考試必勝小祕訣：
用來record（記錄）的機器，就是錄音機。

> **heart** 必考關鍵字三分鐘速記圖

請利用三分鐘的時間，把前面所記過的單字做一個全盤的瞭解和記憶。

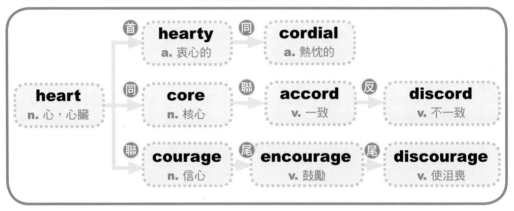

首字首根字根尾字尾記憶法 | 同同義、反反義記憶法 | 相相似字記憶法 | 聯聯想記憶法

字詞大追擊 **friendly, kind, cordial** 這些形容詞均含 "友好的，親切的" 之意。

1. friendly a 指舉止像朋友一樣，往往懷著滿腔熱情，樂意助人。
He's not very friendly towards newcomers.
他對新來的人不太友好。

2. kind a 指考慮周到，體諒他人，樂於助人。
It's very kind of you to tell me the truth.
你真好，告訴我這真相。

3. cordial a 較正式用詞，指親切熱誠，情意真摯。
The hostess gave us a cordial greeting.
女主人熱忱地歡迎我們。

必考關鍵字

hestitate Ⅴ 躊躇，猶豫

托TOEFL **Ⅰ**IELTS **Ⓣ**TOEIC **Ⓖ**GEPT **↑**學測&指考 **公**公務人員考試

單 字 錦 囊

1093. adhere [əd`hɪr]【ad•here】Ⅴ堅持，黏著
The gecko was able to adhere to the wall using its toes.
壁虎能用牠的腳趾依附在牆上不掉落。

- 考試必考片語：
adhere to表示「擁護」；「支持」。

1094. adhesive [əd`hisɪv]【ad•he•sive】n黏合劑 a有黏性的
The adhesive in the glue pot was a little dry.
在膠鍋的黏著劑有點乾燥。

- 考試必勝小祕訣：
副詞adhesively是表示「依附地」；「膠著地」。

1095. coherent [ko`hɪrənt]【co•her•ent】a連貫的，（口才）
條理清楚的
His accent is barely coherent.
他的口音是勉強清楚的。

- 考試必考同義字：
adherent, conglutinate

1096. cohesive [ko`hisɪv]【co•he•sive】a黏性的，有結合力的
We need to find a cohesive solution to this problem. 對於
這個問題我們需要找到共識。

- 考試必考同義字：
coherent

1097. hesitate [`hɛzə.tet]【hes•i•tate】Ⅴ躊躇，猶豫
Don't hesitate to let me know if you want the position. 如
果你想要這份工作，不要猶豫讓我知道。

- 考試必考同義字：
flounder, waver, vacillate

1098. hesitation [.hɛzə`teʃən]【hes•i•ta•tion】n躊躇
His hesitation was understandable since he was nervous
about proposing to his girlfriend.
他的躊躇是可以理解的，因他正要向女朋友求婚而感到緊張。

- 考試必考同義字：
suspicion, funk

1099. inherent [ɪn`hɪrənt]【in•her•ent】
a固有的，與生俱來的
There is an inherent flaw in your argument.
你的論點有一個先天的缺陷。

- 考試必考同義字：
internal, natural, existing

 hestitate 必考關鍵字三分鐘速記圖

請利用三分鐘的時間，把前面所記過的單字做一個全盤的瞭解和記憶。

必考關鍵字

history n 歷史

(MP3) 08-03

托TOEFL　I IELTS　T TOEIC　G GEPT　↑學測&指考　公公務人員考試

單 字 錦 囊

1100. historic [hɪsˋtɔrɪk]【his·tor·ic】a 歷史上著名的，有歷史記載的

The transition of power in Hong Kong was a historic event.
香港的權力移交是個歷史事件。

- 考試必勝小祕訣：
historic這個字常用在政治方面。

1101. historical [hɪsˋtɔrɪkl]【his·tor·i·cal】a 歷史上的
Historical research is a laborious task.
歷史研究是項艱苦的任務。

- 考試必勝小祕訣：
historical是**history**（歷史）的形容詞形。

1102. history [ˋhɪstərɪ]【his·to·ry】n 歷史
The history of China is truly fascinating.
中國的歷史的確令人著迷。

- 考試必考片語：
make history就是「名垂史冊」的意思。

1103. ivory [ˋaɪvərɪ]【ivo·ry】n 象牙
The ivory trade is now largely illegal in order to protect elephants.
為了保護大象，象牙貿易現在是違法的。

- 考試必勝小祕訣：
the ivory tower即指「象牙塔」。

1104. story [ˋstorɪ]【sto·ry】n 故事，樓層
The mother liked to read her children a bed-time story.
這位母親喜歡為孩子講床邊故事。

- 考試必考片語：
to cut a long story short表示「長話短說」的意思。

---

history必考關鍵字三分鐘速記圖

請利用三分鐘的時間，把前面所記過的單字做一個全盤的瞭解和記憶。

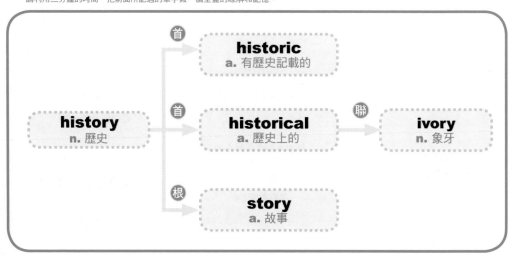

首字首、根字根、尾字尾記憶法 | 同同義、反反義記憶法 | 相相似字記憶法 | 聯聯想記憶法

必考關鍵字

honor n 榮譽

托TOEFL Ⅰ IELTS Ⓣ TOEIC Ⓖ GEPT ↑ 學測&指考 ㊂ 公務人員考試

單 字 錦 囊

1105. dishonor [dɪsˋɑnɚ] 【dis‧hon‧or】 n 不名譽
You have brought dishonor upon your family.
你帶給你的家人恥辱。

托Ⓘ ⓉⒼ↑㊂
• 字首：**dis**是表示「相反」；「分離」的意思。

1106. honest [ˋɑnɪst] 【hon‧est】 a 誠實的
Honest men are hard to find these days.
最近很難找到誠實的男人了。

托Ⓘ ⓉⒼ↑㊂
• 考試必考同義字：
fair, upright, truthful, frank

1107. honesty [ˋɑnɪstɪ] 【hon‧es‧ty】 n 正直，誠實
Honesty is the best policy. 誠實為上上策。

托Ⓘ ⓉⒼ↑㊂
• 考試必考片語："**Honesty is the best policy.**"是一句常用俚語，表示說實話是最好的選擇。

1108. horror [ˋhɔrɚ] 【hor‧ror】 n 恐怖
I don't like horror movies. 我不喜歡恐怖電影。

Ⓘ ⓉⒼ↑㊂
• 考試必考混淆字：
honor表示「榮譽」。

1109. honorable [ˋɑnərəbl] 【hon‧or‧able】 a 光榮的，正直的
His intentions for my daughter are honorable.
他追求我女兒的意圖是正直的。

托Ⓘ ⓉⒼ↑㊂
• 字尾：**able**表示「有…特性的」。

1110. horrible [ˋhɔrəbl] 【hor‧ri‧ble】 a 可怕的
The horrible monster opened its fang-filled maw.
這隻可怕的怪獸張開獠牙大口。

托Ⓘ ⓉⒼ↑㊂
• 考試必考同義字：
frightful, terrible

1111. horrific [hɔˋrɪfɪk] 【hor‧rif‧ic】 a 可怕的
The horrific accident was all over the news.
所有新聞都是這則可怕的事故。

Ⓘ Ⓣ
• 考試必考同義字：
horrible
表示「可怕的」。

1112. honor [ˋɑnɚ] 【ho‧hor】 n 榮譽，榮耀
His success brought great honor to his family.
他的成功替他的家庭帶來無比的榮耀。

托Ⓘ ⓉⒼ↑㊂
• 考試必考同義字：

1113. horrify [ˋhɔrəˏfaɪ] 【hor‧ri‧fy】 v 使震驚
Danielle was horrified when she saw her bank balance.
當丹妮爾看見她銀行存款餘額時很震驚。

托Ⓘ ⓉⒼ↑㊂
• 考試必考同義字：
frighten, shock, terrify

honor 必考關鍵字三分鐘速記圖

請利用三分鐘的時間，把前面所記過的單字做一個全盤的瞭解和記憶。

必考關鍵字

host n 主人

TOEFL IELTS TOEIC GEPT 學測&指考 公務人員考試

| 單 字 錦 囊 |

1114. ghost [gost]【ghost】n 鬼，幽靈
There are many ghosts in the graveyard. 墓地裡有許多鬼魂。

• 考試必考片語：
give up the ghost就是「死」的意思。

1115. guest [gɛst]【guest】n 客人，顧客
You are my guest and anything you need, just let me know. 你是我的客人，需要什麼盡量跟我說。

• 考試必考同義字：
visitor, company

1116. hospital [ˋhɑspɪtl]【ge•net•ic】n 醫院
Granny needs to go to hospital today. 奶奶今天必須到醫院。

• 考試必勝小祕訣：
「去醫院」是 "go to hospital"，
"hospital"前面不用加"the"。

1117. hospitality [ˌhɑspɪˋtælətɪ]【hos•pi•tal•i•ty】n 好客，慇勤
Thank you for your hospitality. 感謝你的好客。

• 考試必考混淆字：
hospital表示「醫院」。

1118. host [host]【host】n 主人，許多
There are a host of reasons why we shouldn't date.
我們無法約會有許多的因素。

• 考試必考同義字：
tender, mild, kind

1119. hostess [ˋhostɪs]【host•ess】n 女主人
The hostess of the party was dressed in red.
派對女主人穿著紅衣。

• 字尾：**ess** 表示女性。

1120. hotel [hoˋtɛl]【ho•tel】n 旅館
The hotel lobby was always very busy. 旅館大廳總是非常忙碌。

• 考試必考同義字：
inn, tavern

1121. motel [moˋtɛl]【mo•tel】n 汽車旅館
The neon motel sign was broken. 汽車旅館的霓虹招牌被打破了。

• 考試必勝小祕訣：
motor（汽車）+**hotel**（旅館）
=**motel**即「汽車旅館」。

host 必考關鍵字三分鐘速記圖

請利用三分鐘的時間，把前面所記過的單字做一個全盤的瞭解和記憶。

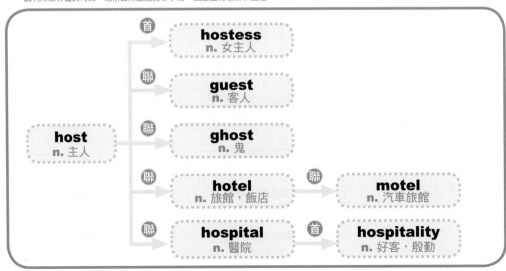

首字首、根字根、尾字尾記憶法 │同同義、反反義記憶法│相相似字記憶法│聯聯想記憶法

必考關鍵字

 house n 房子　　　 MP3 08-04

托TOEFL　ⒾIELTS　ⓉTOEIC　ⒼGEPT　⚑學測&指考　公公務人員考試

	單 字 錦 囊

1122. greenhouse [`grin,haus】【green•house】 n 溫室
Greenhouse gases cause global warming.
溫室效應使得全球暖化。

• 考試必考同義字：
hothouse, plant nursery

1123. house [haus】【house】 n 房子
The house on the prairie was old and isolated.
草原上的房子又舊又孤單。

• 考試必考片語：
on the house就是「免費」的意思。

1124. household [`haus,hold】【house•hold】 n 家庭
The whole household normally has dinner together.
全家通常都會一起共進晚餐。

• 考試必勝小祕訣：
household是指住在同一間屋子裡的所
有人，不一定是家庭成員。

1125. housewife [`haus,waif】【house•wife】 n 家庭主婦
She enjoys the life of a housewife. 她享受家庭主婦的生活。

• 考試必勝小祕訣：
house（家）+ **wife**（妻子），即「家
庭主婦」。

1126. housework [`haus,wɜk】【house•work】 n 家務，勞動
It's best to do your housework before you play.
在你去玩之前最好做完你的家事。

• 考試必勝小祕訣：
house（家）+ **work**（工作），即指家
務事。

1127. housing [`hauzɪŋ】【housing】 n 住屋，（總稱）房屋
The housing committee tried to decide who to give
houses to. 住戶委員會，試圖決定該給誰住房。

• 考試必考同義字：
habitation, residence

1128. husband [hʌzbənd】【hus•band】 n 丈夫
Your husband is a very handsome man.
你的丈夫是個很帥的男人。

• 考試必考反義字：
wife表示「妻子」。

1129. spouse [spauz】【spouse】 n 配偶
My spouse will come with me to visit my parents.
我的配偶將和我一起拜訪我的父母。

• 考試必勝小祕訣：
spouse可指男性或女性。

1130. warehouse [`wɛr,haus】【ware•house】 n 倉庫
The warehouse was full of empty boxes. 這間倉庫堆滿了空箱子。

• 考試必考同義字：
storehouse表示「倉庫」。

H

house 必考關鍵字三分鐘速記圖

請利用三分鐘的時間，把前面所記過的單字做一個全盤的瞭解和記憶。

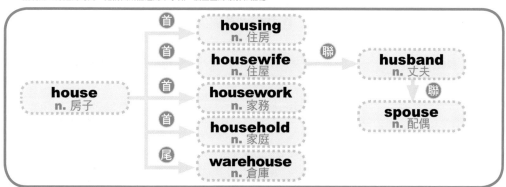

首字首、根字根、尾字尾記憶法 ｜ 同同義、反反義記憶法 ｜ 相相似字記憶法 ｜ 聯聯想記憶法

必考關鍵字

human a 人類的 n 人類

⑰TOEFL ❶IELTS ❶TOEIC ⑥GEPT ⬆學測&指考 ⚠公務人員考試

單 字 錦 囊

1131. human [ˋhjumən]【hu‧man】 a 人類的；n 人類
Human beings have become the dominant species on earth.
人類已成為地球上具支配地位的種族。

- 考試必勝小祕訣：
human也可以當形容詞「人類的」。

1132. humanity [hjuˋmænətɪ]【hu‧man‧i‧ty】 n 人類
Humanity has prevailed throughout the ages.
人類已經戰勝幾個世紀了。

- 考試必勝小祕訣：
humanity也可指「人性」或「人文學科」。

1133. humble [ˋhʌmbl̩]【hum‧ble】 a 謙虛的，卑微的
She originally came from humble beginnings. 她出身貧寒。

- 考試必考片語：**humble beginnings**
表示「貧窮的出身」。

1134. humid [ˋhjumɪd]【hu‧mid】 a 潮濕的
Taipei is very hot and humid in the summer.
台北在夏天又熱又潮濕。

- 考試必考同義字：
moist, wet, damp

1135. humidity [hjuˋmɪdətɪ]【hu‧mid‧i‧ty】 n 潮溼
The humidity in Singapore can be unbearable.
新加坡的濕度令人難以忍受。

- 考試必考同義字：
moisture, damp

1136. humor [ˋhjumɚ]【hu‧mo】 n 幽默
His sense of humor is a little odd. 他的幽默感有點奇特。

- 考試必考片語：
sense of humor就是「幽默感」。

1137. humorous [ˋhjumərəs]【hu‧mor‧ous】 a 幽默的
The humorous comments landed him in trouble.
那些幽默的言論讓他遇到了麻煩。

- 考試必考同義字：
amusing, funny

1138. rumor [ˋrumɚ]【ru‧mor】 n 謠言
There is a rumor going around that they are engaged.
有謠言說這事他們牽涉其中。

- 考試必考混淆字：
humor表示「幽默」。

1139. tumor [ˋtjumɚ]【ru‧mor】 n 瘤
She has a tumor and may not have long to live.
她長了腫瘤而且活不久了。

- 考試必考同義字：
knob表示「瘤」。

▷ human 必考關鍵字三分鐘速記圖

請利用三分鐘的時間，把前面所記過的單字做一個全盤的瞭解和記憶。

首字首、根字根、尾字尾記憶法 ┃ 同同義、反反義記憶法 ┃ 相相似字記憶法 ┃ 聯聯想記憶法

a	形容詞
ad	副詞
aux	助動詞
conj	連接詞
n	名詞
num	數字
prep	介係詞
pron	代名詞
v	動詞

（美）美式用語
（英）英式用語

首	字首記憶法	托	TOEFL
根	字根記憶法	I	IELTS
尾	字尾記憶法	T	TOEIC
同	同義字記憶法	G	GEPT
反	反義字記憶法	↑	學測&指考
相	相似字記憶法	公	公務人員考試
聯	聯想記憶法		

必考關鍵字

> | industry n 產業，工業

09-01

托TOEFL 雅IELTS 多TOEIC 全GEPT 學測&指考 公公務人員考試

單 字 錦 囊

1140. destroy [dɪ`strɔɪ]【de·stroy】 Ⅴ 毀壞，破壞
The battleship fired missiles to destroy the enemy planes.
戰艦發射導彈催毀敵機。

- 考試必考反義字：
construct, build, establish表示
「建造之意」

1141. industrial [ɪn`dʌstrɪəl]【in·dus·tri·al】 a 工業的
The industrial figures recently have not been good.
最近的工業指數不理想。

- 考試必勝小祕訣：
industrial是industry的形容詞形。

1142. industrialize [ɪn`dʌstrɪəlˏaɪz]【in·dus·tri·al·ize】
Ⅴ 使工業化
As time has gone on, more and more countries have become
industrialized. 隨著時間的流逝，許多國家都已經開始工業化了。

- 考試必勝小祕訣：
industrialization是名詞「工業化」的
意思。

1143. industrious [ɪn`dʌstrɪəs]【in·dus·tri·ous】 a 勤勉的
Asian people are extremely industrious.亞洲人民非常勤勞。

- 考試必考同義字：
diligent, hard-working

1144. industry [`ɪndəstrɪ]【in·dus·try】 n 產業，工業
The financial industry has suffered heavy losses.
金融業遭受了重大的損失。

- 考試必考同義字：
trade, business

1145. instrument [`ɪnstrəmənt]【in·stru·ment】 n 器械，工具
The orchestra is made up of many different instruments.
交響樂團是由不同的樂器所組成。

- 考試必考同義字：
tool, implement

1146. instrumental [ˏɪnstrə`mɛntḷ]【in·stru·men·tal】
a 有幫助的
The baseball player's injury was instrumental in his downfall.
這位棒球員的沒落主要是因為受傷。

- 考試必勝小祕訣：
instrumental在此指最主要的原因。

> | industry 必考關鍵字三分鐘速記圖

請利用三分鐘的時間，把前面所記過的單字做一個全盤的瞭解和記憶。

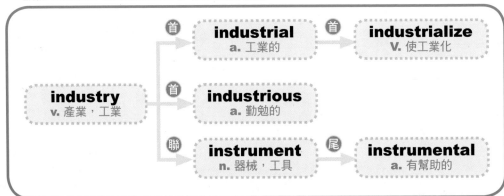

首字首、根字根、尾字尾記憶法 | 同同義、反反義記憶法 | 相相似字記憶法 | 聯聯想記憶法

必考關鍵字

idea ⋂ 想法，意見

單 字 錦 囊

托-❶-Ⓣ-Ⓖ-⬆-⧀

1147. idea [aɪ`diə]【idea】⋂ 想法，意見
The idea that you can make money for doing nothing is absurd.
你以為可以不做事就賺錢的是荒謬的。

• 考試必考同義字：
notion, thought, concept

托-❶-Ⓣ-Ⓖ-⬆

1148. ideal [aɪ`diəl]【ide•al】⒜ 理想的
The ideal way to live is to be kind to others.
最理想的生活方式就是體貼待人。

• 考試必考同義字：
perfect, model

托-❶-Ⓣ-Ⓖ-⬆-⧀

1149. idealism [aɪ`diə‚lɪzm]【ide•al•ism】⋂ 理想主義
Idealism is fine, but it can lead you to disappointment.
理想主義雖然好，但它也可能使你失望。

• 字尾：**ism**是表示「主義」或「學說」。

托-❶-Ⓣ-Ⓖ-⬆-⧀

1150. idealist [aɪ`diəlɪst]【ide•al•ist】⋂ 理想主義者
The idealist saw only the good things in the world.
理想主義者只看這世上的好事。

• 考試必勝小祕訣：
idealist就是持有**ideal**（理想）的人。

托-❶-Ⓣ-Ⓖ-⬆-⧀

1151. ideology [‚aɪdɪ`alədʒɪ]【ide•ol•o•gy】⋂ 思想體系
Different people hold different ideologies.
不同的人有不同的思想。

• 考試必勝小祕訣：
形容詞為**ideological**。

托-❶-Ⓣ-Ⓖ-⬆

1152. idol [`aɪdl]【idol】⋂ 偶像
She is my idol and I want to be like her.
她是我的偶像，我想變得跟她一樣。

• 考試必考同義字：
hero是指「英雄」。

---

idea 必考關鍵字三分鐘速記圖

請利用三分鐘的時間，把前面所記過的單字做一個全盤的瞭解和記憶。

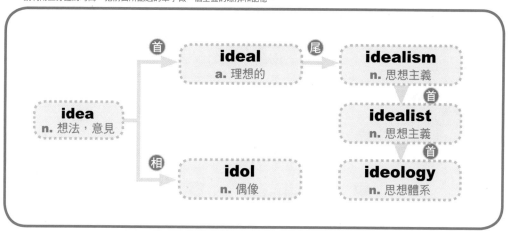

首字首、根字根、尾字尾記憶法｜同同義、反反義記憶法｜相相似字記憶法｜聯聯想記憶法

必考關鍵字

imagine ▼ 想像，料想

🔴TOEFL 🔵IELTS 🔴TOEIC 🟢GEPT 🔼學測&指考 🔘公務人員考試

單 字 錦 囊

1153. image [ˋɪmɪdʒ] 【im‧age】 n 圖形，印象
The image of her smile was hard to forget. 她的笑容令人難忘。

- 考試必勝小祕訣：**image**可以指腦海中的、紙張上的，或是螢幕上的肖像。

1154. imaginary [ˋɪmædʒəˏnɛrɪ] 【imag‧i‧nary】 a 想像的
At night, the child was afraid of imaginary monsters.
在晚上，小孩害怕那些想像的怪獸。

- 考試必考同義字：**fanciful, fantastic, unreal**

1155. imagination [Lˏmædʒəˋneʃən] 【imag‧i‧na‧tion】 n 想像，想像力
Your imagination is truly hyperactive. 你的想像力真的很豐富。

- 考試必考同義字：**fantasy, conceit**

1156. imaginative [ɪˋmædʒəˏnetɪv] 【imag‧i‧na‧tive】 a 富有想像力的
The novelist's imaginative prose won her an award.
小說家那富有想像力的文章為她贏得了獎項。

- 考試必勝小祕訣：**imaginative**是**imagination**（想像力）的形容詞形。

1157. imagine [ɪˋmædʒɪn] 【imag‧ine】 ▼想像，料想
Imagine a world without crime. 想像一個沒有犯罪的世界。

- 考試必考同義字：**envision, fancy, conceive**

1158. imitate [ˋɪməˏtet] 【im‧i‧tate】 ▼模仿，仿造
The child liked to imitate his father.
這個孩子喜歡模仿他的父親。

- 考試必考同義字：**follow, copy**

1159. imitation [Lˏməˋteʃən] 【im‧i‧ta‧tion】 n 模仿
Imitation is the sincerest form of flattery. 模仿是最真誠的奉承。

- 考試必勝小祕訣：這句俚語的意思是說，模仿別人也是一種奉承。

---

imagine 必考關鍵字三分鐘速記圖

請利用三分鐘的時間，把前面所記過的單字做一個全盤的瞭解和記憶。

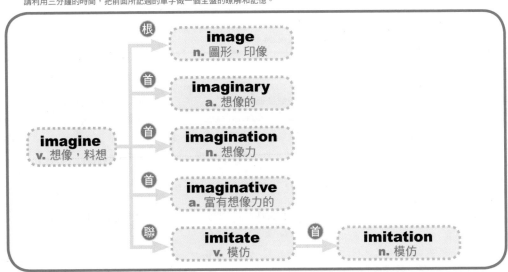

首字首、根字根、尾字尾記憶法 | 同同義、反反義記憶法 | 相相似字記憶法 | 聯聯想記憶法

必考關鍵字

increase n v 增加，增大 (MP3)09-02

TTOEFL **I**IELTS **T**TOEIC **G**GEPT **⬆**學測&指考 **公**公務人員考試

1160. concrete [ˋkɑnkrit]【con·crete】**a** 具體的；**n** 混凝土
Concrete is essential to foundations.
混凝土是地基的主要材料。

> • 考試必考同義字：
> **cement** 表示「水泥」。

1161. create [kriˋet]【cre·ate】**v** 創造
Don't create problems where there aren't any.
不要製造任何麻煩。

> • 考試必考同義字：
> **make, form, invent**

1162. creation [kriˋeʃən]【cre·a·tion】**n** 創造，創立
The creation of the United Nations has led to greater cooperation. 聯合國的建立促成了更好的合作。

> • 考試必勝小祕訣：
> **creation** 是 **create** 的名詞形。

1163. creative [kriˋetɪv]【cre·a·tive】**a** 創造的
The artist liked to be creative.
藝術家喜歡有創意。

> • 考試必考同義字：
> **inventive, imaginative**

1164. creature [ˋkritʃɚ]【crea·ture】**n** 人，動物
The creatures of the deep sea are strange to behold.
深海的生物有著奇怪的外型。

> • 考試必考同義字：
> **being, living thing**

1165. decrease [dɪˋkris]【de·crease】**n** **v** 減少
As the stock-market fell, the value of his shares decreased.
隨著股市下跌，他手上的股票價值也減低了。

> • 字尾：**de** 表示「減少」；「降低」的意思。

1166. increase [ɪnˋkris]【in·crease】**n** **v** 增加，增大
I am looking to increase my salary.
我希望我的工資增加。

> • 考試必考同義字：
> **enlarge, extend, expand**

1167. increasingly [ɪnˋkrisɪŋlɪ]【in·creas·ing·ly】
ad 越來越多地
The mother became increasingly irate with the naughty child.
這個母親對這頑皮的孩子越來越憤怒了。

> • 考試必勝小祕訣：
> **increasingly** 是 **increase**（增加）的副詞。

1168. recreation [ˏrɛkriˋeʃən]【rec·re·a·tion】**n** 消遣，娛樂
Sunday is a day for recreation.
星期天是娛樂的日子。

> • 考試必考同義字：
> **amusement, entertainment**

▶ increase 必考關鍵字三分鐘速記圖

請利用三分鐘的時間，把前面所記過的單字做一個全盤的瞭解和記憶。

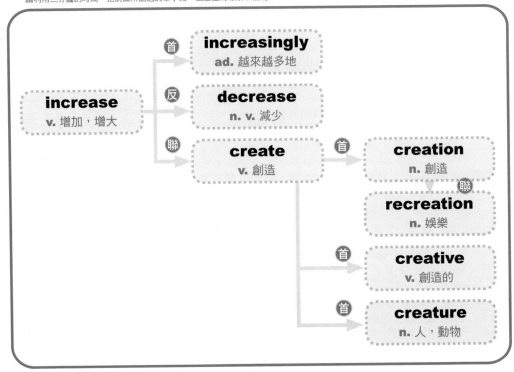

首字首、根字根、尾字尾記憶法 | 同同義、反反義記憶法 | 相相似字記憶法 | 聯聯想記憶法

字詞大追擊 **decrease, diminish, reduce**
這些動詞的共同含義是"減少，變少"。

1. decrease Ⅴ 指逐漸地、不斷地減少。
Car sales are decreasing.
汽車銷售量下跌。

2. diminish Ⅴ 特指大小數量和重要性的不斷減小，強調減小的部分。
Our water supply has diminished as a result of the drought.
由於旱災我們的水貯備減少了。

3. reduce Ⅴ 含義廣。指數量、程度的降低或減少。
It is easy to reduce weight if you watch your diet.
你如果注意飲食，減輕重量並不難。

必考關鍵字

interior a 內在的

⊕TOEFL ❶IELTS ⓉTOEIC ⒼGEPT ⬆學測&指考 ㊆公務人員考試

單 字 錦 囊

1169. interim [ˋɪntərɪm]【in•ter•im】a 暫時的
The interim statement came on time. 這臨時聲明是準時的。

• 字首：**inter**表示「互相」；「在…中間」的意思。

1170. interior [ɪnˋtɪrɪɚ]【in•te•ri•or】a 內在的
The interior design was extremely well planned.
這項室內設計計劃得極好。

• 考試必考同義字：
inside, inner, middle

1171. internal [ɪnˋtɝnl]【in•ter•nal】a 內部的
His internal organs were not damaged in the car crash.
在這場車禍中他的內臟沒有受傷。

• 考試必考同義字：
inner, inside, interior

1172. interpret [ɪnˋtɝprɪt]【in•ter•pret】v 解釋，說明
Please interpret my words carefully. 請詳細解釋我說的話。

• 考試必勝小祕訣：**interpret**可表示「說明」或「理解」。

1173. interpretation [ɪnˌtɝprɪˋteʃən]【in•ter•pre•ta•tion】
n 解釋，說明
My interpretation of the film was different to hers.
我對這部電影的解釋與她的不同。

• 考試必考同義字：
understanding, commentary

1174. interpreter [ɪnˋtɝprɪtɚ]【in•ter•pret•er】n 口譯人員
The interpreter listened carefully to the ambassador's words.
口譯人員仔細聆聽大使說的話。

• 考試必勝小祕訣：
interpreter就是**interpret**（翻譯；解釋）的人。

1175. intrinsic [ɪnˋtrɪnsɪk]【in•trin•sic】a 內在的
There is an intrinsic value to gold. 黃金有內在價值。

• 考試必考同義字：
original, constitutional

interior 必考關鍵字三分鐘速記圖

請利用三分鐘的時間，把前面所記過的單字做一個全盤的瞭解和記憶。

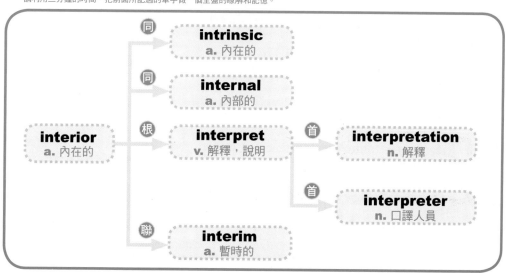

首字首、根字根、尾字尾記憶法｜同同義、反反義記憶法｜相相似字記憶法｜聯聯想記憶法　**199**

必考關鍵字

 introduce Ⅴ 引進，介紹

🅣TOEFL ❶IELTS 🅣TOEIC 🅖GEPT ⬆學測&指考 公公務人員考試

單 字 錦 囊

1176. conducive [kən`djusɪv] 【con·du·cive】 a有益的
Heavy drinking is not conducive to your health.
過量飲酒將對你的健康不利。

• 考試必勝小祕訣：
conducive是"good for"的正式說法。

1177. conductivity [͵kɑndʌk`tɪvətɪ] 【con·duc·tiv·i·ty】 n傳導性
The conductivity of different materials varies.
不同材料有不同的傳導性。

• 考試必勝小祕訣：
conductivity常用於電工或物理方面。

1178. conduct [kən`dʌkt] 【con·duct】 Ⅴ指揮，引導
Please conduct me to someone in authority.
請為我引見權威人士。

• 考試必考同義字：
lead, guide。

1179. conductor [kən`dʌktɚ] 【con·duc·tor】 n樂隊指揮
The conductor silenced the orchestra.
指揮家使整個管弦樂隊沉默下來。

• 考試必勝小祕訣：
conductor是負責conduct（引導；指揮）的人

1180. deduce [dɪ`djus] 【de·duce】 Ⅴ推斷，演繹
The detective was able to deduce the identity of the criminal.
這名偵探能夠推斷出罪犯的身分。

• 考試必考反義字：
induce表示「導致；歸納」

1181. deduct [dɪ`dʌkt] 【de·duct】 Ⅴ扣除，減去
Do not deduct too much from one event.
不要從一個事件中扣除太多。

• 考試必考同義字：
subtract, remove, withdraw, discount

1182. educate [`ɛdʒə͵ket] 【ed·u·cate】 Ⅴ教育
My desire is both to educate and to entertain.
我希望能寓教於樂。

• 考試必考同義字：
train, guide

1183. education [͵ɛdʒʊ`keʃn] 【ed·u·ca·tion】 n教育
Education is essential for a child's development.
教育是孩子成長的基本元素。

• 考試必勝小祕訣：
動詞是**educate**（教育）。

1184. induce [ɪn`djus] 【in·duce】 Ⅴ導致
The hospital decided to induce an early birth.
醫院決定要催生。

• 考試必考反義字：
deduce表示「推斷；演繹」。

1185. induction [ɪn`dʌkʃn] 【in·duc·tion】 n（電磁）感應，徵招
The forced induction of soldiers into the army must stop.
必須停止軍隊強迫徵兵。

1186. introduce [͵ɪntrə`djus] 【in·tro·duce】 Ⅴ引進，介紹
Allow me to introduce my friend.
容我介紹我的朋友。

• 考試必勝小祕訣：
present表示「介紹，引見」。

1187. semiconductor [͵sɛmɪkən`dʌktɚ] 【semi·con·duc·tor】
n半導體
Semiconductors are essential to the computer business.
半導體是電腦產業中不可或缺的元素。

• 考試必勝小祕訣：
semi是表示「半」。

▶ | **introduce** 必考關鍵字三分鐘速記圖

請利用三分鐘的時間，把前面所記過的單字做一個全盤的瞭解和記憶。

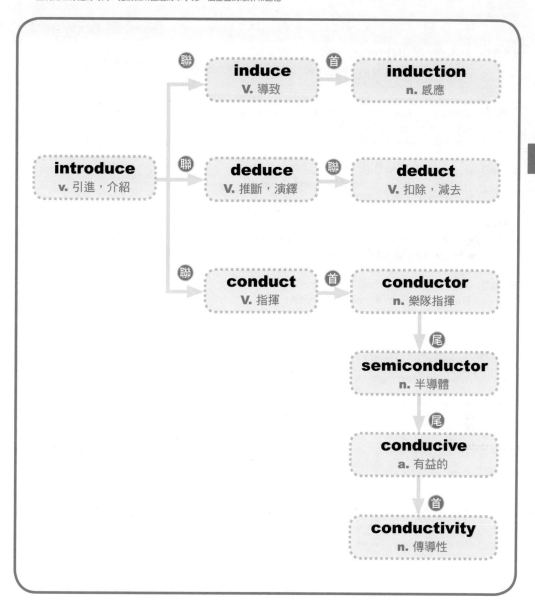

首字首、根字根、尾字尾記憶法 | 同同義、反反義記憶法 | 相相似字記憶法 | 聯聯想記憶法

必考關鍵字

> | invade Ⅴ 入侵，侵犯　MP3 09-03

托TOEFL ❶IELTS ❶TOEIC ❻GEPT ⬆學測&指考 ❷公務人員考試　┃ 單 字 錦 囊

1188. evade [ɪˋved] 【evade】 Ⅴ 迴避，逃避
Some irresponsible people try to evade paying taxes.
一些不負責任的人試圖逃稅。

- 考試必考同義字：
avoid, escape

1189. evasion [ɪˋveʒən] 【eva‧sion】 ⑪ 迴避，逃避
Tax-evasion is illegal in any countries.
在任何國家逃稅都是非法的。

- 考試必考同義字：
desertion

1190. invade [ɪnˋved] 【in‧vade】 Ⅴ 侵犯，侵入
The English army invaded Scotland at dawn.
英國軍隊在黎明時入侵蘇格蘭。

- 考試必考同義字：
intrude, overrun

1191. invasion [ɪnˋveʒən] 【in‧va‧sion】 ⑪ 入侵
The alien invasion involved huge warmachines.
外星人用巨大的戰爭武器入侵了。

- 考試必考同義字：
irruption, aggression, attack

1192. wade [wed] 【wade】 Ⅴ 涉水而行
They waded into the sea for a swim.
他們涉水到海裡游泳。

- 考試必考片語：
wade into sth 表示「未經仔細思考就投入某項困難情境中」。

> | invade 必考關鍵字三分鐘速記圖

請利用三分鐘的時間，把前面所記過的單字做一個全盤的瞭解和記憶。

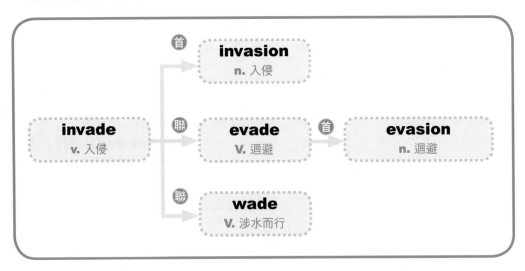

首字首、根字根、尾字尾記憶法 ┃ 同同義、反反義記憶法 ┃ 相相似字記憶法 ┃ 聯聯想記憶法

必考關鍵字

> island n 島嶼

托TOEFL ❶IELTS ❶TOEIC ❻GEPT ↑學測&指考 公公務人員考試

1193. aisle [aɪl] 【aisle】 n 通道，（教堂的）側廊
The bride's father walked her down the aisle.
新娘的父親帶她走過走廊。

• 考試必勝小祕訣：
表示通道、走道的單字，還有
passageway, corridor

托 ❶ ❶ ❻ ↑ 公

1194. insulate [ˋɪnsəˏlet] 【in·su·late】 v 使絕緣，隔離
The man was insulated from the real world.
這個男人與真實世界隔絕了。

• 考試必勝小祕訣：
isolate, separate

托 ❶ ❶ ❻ ↑ 公

1195. insulator [ˋɪnsəˏletɚ] 【in·su·la·tor】 n 絕緣體
Wool is a good insulator.
羊毛是良好的絕緣體。

• 考試必考片語：
conductor（導體）

托 ❶ ❶ ❻ ↑ 公

1196. island [ˋaɪlənd] 【is·land】 n 島嶼
The island was full of cannibals.
這島上充滿了食人族。

• 考試必考同義字：
注意**island**中的"**s**"不發音

托 ❶ ❶ ❻ ↑ 公

1197. isle [aɪl] 【isle】 n 小島
The isle was a beautiful place to visit when on holiday.
這座美麗的小島適合度假。

• 考試必考同義字：
island

托 ❶ ❶ ❻ ↑ 公

1198. isolate [ˋaɪsḷˏet] 【iso·late】 v 使隔離
The prisoner was isolated for bad behavior?
這名囚犯因為行為不良而被隔離？

• 考試必勝小祕訣：
separate, segregate

托 ❶ ❶ ❻ ↑ 公

1199. peninsula [pəˋnɪnsələ] 【pen·in·su·la】 n 半島
The peninsula was known for its sandy beaches.
這座半島以沙灘聞名。

• 考試必勝小祕訣：
表示半島、岬角的單字，還有
chersonese, cape, foreland

> island 必考關鍵字三分鐘速記圖

請利用三分鐘的時間，把前面所記過的單字做一個全盤的瞭解和記憶。

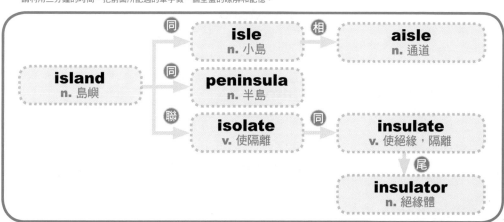

首字首、根字根、尾字尾記憶法 ┃ 同同義、反反義記憶法 ┃ 相相似字記憶法 ┃ 聯聯想記憶法

必考關鍵字

> | iron n 鐵

托TOEFL 雅IELTS 多TOEIC 字GEPT 學學測&指考 公公務人員考試

| 單 字 錦 囊 |
| 托·雅·多·學·公 |

1200. iron [`aɪən`] 【iron】 n 鐵
Iron is a common metal but is very strong.
鐵是種常見的金屬，但它非常堅固。

• 考試必勝小祕訣：
iron作為可數名詞時，表示「熨斗」的意思。

托·雅·多·學·公

1201. ironically [aɪ`rɑnɪkḷɪ`] 【iron·i·cal·ly】 ad 諷刺地
"The weather is nice today", the man noted ironically as he looked at the falling rain.
「今天天氣不錯」，這男人看著落下的雨，諷刺地說。

• 考試必考同義字：
sarcastically

托·雅·多·學·公

1202. ironsmith [`aɪənˌsmɪθ`] 【i·ron·smith】 n 鐵匠
The ironsmith hammered the sword upon his anvil.
鐵匠在鐵砧上敲他的劍。

• 考試必考同義字：
blacksmith

托·雅·多·學·公

1203. ironware [`aɪənˌwɛr`] 【iron·ware】 n 鐵器
The kitchen was full of ironware.
廚房裡全是鐵器。

• 考試必考同義字：
hardware

托·雅·多·學·公

1204. irony [`aɪrənɪ`] 【iro·ny】 n 諷刺
Irony means saying one thing but meaning another.
諷刺的意思是，說的是一件事，但卻有另一種意思。

• 考試必勝小祕訣：
要注意**irony**並非**iron**的形容詞，二者之間並無關係。

> | iron 必考關鍵字三分鐘速記圖

請利用三分鐘的時間，把前面所記過的單字做一個全盤的瞭解和記憶。

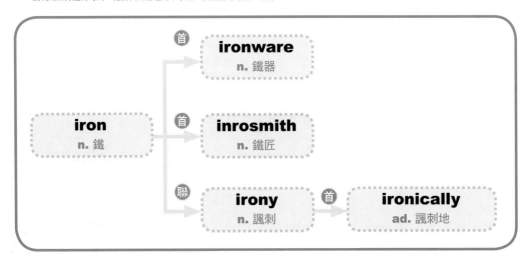

首字首、根字根、尾字尾記憶法 | 同同義、反反義記憶法 | 相相似字記憶法 | 聯聯想記憶法

必考關鍵字

ignore ⅴ 不理，忽略

🔢TOEFL ⓘIELTS ⓣTOEIC ⓖGEPT ⬆學測&指考 ⚠公務人員考試　　　　單　字　錦　囊

1205. acquaint [əˋkwent]【ac·quaint】 ⅴ 認識，熟悉
When you're in a new country, try to acquaint yourself with your surroundings.
當你在一個新國家的時候，試著了解新環境。
• 考試必考片語：
acquaint oneself with 表示「知悉」。

1206. acquaintance [əˋkwentəns]【ac·quain·tance】
ⓝ相識者，熟悉
It was at Mary's birthday party that I made the acquaintance of John.
我是在瑪莉的生日派對上認識約翰。
• 考試必勝小祕訣：
make the acquaintance of sb. 表示「結識某人」。

1207. cognitive [ˋkɑgnətɪv]【cog·ni·tive】 ⓐ認知的
A child's cognitive ability is determined by it's age.
兒童的認知能力取決於年齡。
• 考試必勝小祕訣：
cognitive的名詞為**cognition**。

1208. diagnose [ˋdaɪəgnoz]【di·ag·nose】 ⅴ診斷
My father was diagnosed with lung cancer.
我父親被診斷出罹患肺癌。
• 考試必考片語：
be diagnosed with/as 表示「被診斷出…」

1209. diagnosis [ˌdaɪəgˋnosɪs]【di·ag·no·sis】
ⓝ診斷，診斷書
The diagnosis was not good.
診斷結果並不好。
• 考試必勝小祕訣：
osis表示「狀態，變化」或病名的名詞字尾。

1210. ignorance [ˋɪgnərəns]【ig·no·rance】 ⓝ無知，愚昧
Ignorance is no excuse. 無知絕非藉口。
• 考試必考反義字：
knowledge表示「知道」。

1211. ignorant [ˋɪgnərənt]【ig·no·rant】 ⓐ無知的
He was an ignorant man and foolish.
他既無知且愚蠢。
• 考試必勝小祕訣：
be ignorant of/about sth 表示「不知道的」

1212. ignore [ɪgˋnor]【ig·nore】 ⅴ不理，忽略
Don't ignore the warning signs on the roads.
不要不理會路上的警語。
• 考試必考同義字：
disregard, overlook, neglect

1213. recognition [ˌrɛkəgˋnɪʃən]【rec·og·ni·tion】
ⓝ認出，表彰
In recognition of your great valor, we present you with this medal.
為了表彰你的偉大英勇，我們頒發這面金牌給你。
• 考試必勝小祕訣：
in recognition of 表示「褒獎、表揚」。

1214. recognize [ˋrɛkəgˌnaɪz]【rec·og·nize】
ⅴ認出，診斷
You will recogize me because I will be wearing a red shirt.
你會認出我，因為我會穿一件紅色襯衫。
• 考試必考同義字：
acknowledge（認出），**realize**（承認）。

▶ ignore 必考關鍵字三分鐘速記圖

請利用三分鐘的時間，把前面所記過的單字做一個全盤的瞭解和記憶。

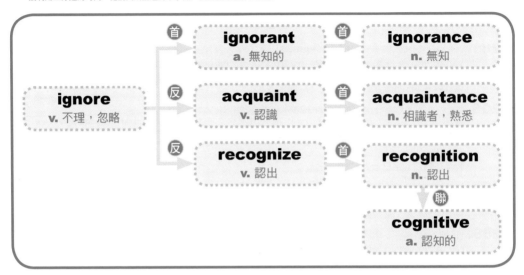

首 字首、根 字根、尾 字尾記憶法 │ 同 同義、反 反義記憶法 │ 相 相似字記憶法 │ 聯 聯想記憶法

字詞大追擊

omit, neglect, overlook, ignore
這些動詞均有 "疏忽，忽略" 或 "忘記" 之意。

1. omit ☑ 指有意或無意地忘記做某事，也指刪去被視作不重要、不合意的東西。

He omitted reading the second page.
他忘了讀第二頁。

2. neglect ☑ 側重指有意的忽略或忽視，也可指粗心與疏忽。

He was so busy that he neglected his health.
他忙得連身體健康都無法顧及。

3. overlook ☑ 指因匆忙而疏忽或視而不見。

He overlooked a spelling error on the first page.
他沒有看出第一頁中有個拼寫錯誤。

4. ignore ☑ 通常指有意不顧，或不理顯而易見的事物。

His letters were ignored.
他的信無人理會。

a 形容詞
ad 副詞
aux 助動詞
conj 連接詞
n 名詞
num 數字
prep 介係詞
pron 代名詞
v 動詞
（美）美式用語
（英）英式用語

首 字首記憶法
根 字根記憶法
尾 字尾記憶法
同 同義字記憶法
反 反義字記憶法
相 相似字記憶法
聯 聯想記憶法

托 TOEFL
I IELTS
T TOEIC
G GEPT
↑ 學測&指考
公 公務人員考試

必考關鍵字

▶ | joke n 笑話

MP3 10-01

托TOEFL ❶IELTS T TOEIC G GEPT ⬆學測&指考 公公務人員考試

單 字 錦 囊

1215. giggle [ˈgɪgḷ] 【gig•gle】 n 咯咯的笑
She giggled when the young man winked at her.
當那年輕男子對她眨眼時，她咯咯的笑了。

• 考試必勝小祕訣：
laugh, chuckle, titter

1216. jeopardize [ˈdʒɛpɚˌdaɪz] 【jeop•ar•dize】 v 危及
Don't jeopardize your future by committing criminal acts.
不要因為你犯下罪行而損及你的未來。

• 考試必勝小祕訣：
endanger 表示「使遭到危險」。

1217. jewel [ˈdʒuəl] 【jew•el】 n 寶石
The jewels in the treasure chest included rubies, sapphires and diamonds.
藏寶箱裡的寶石包括了紅寶石、藍寶石以及鑽石。

• 考試必考片語：
gem 表示「寶石」。

1218. jewelry [ˈdʒuəlrɪ] 【jew•el•ry】 n 寶石的總稱
Her jewelry was too expensive to wear outside.
她的寶石太過昂貴而不能穿戴到外面去。

• 考試必考同義字：
jewel, gem

1219. joke [dʒok] 【joke】 n 笑話
He liked to tell funny jokes at parties.
他喜歡在派對上說笑話。

• 考試必考同義字：
make a joke 表示「開玩笑」

1220. juggle [ˈdʒʌgḷ] 【jug•gle】 v 玩雜耍
The circus performer could juggle seven balls at one time.
馬戲團表演者可以用7個球玩雜耍。

• 考試必勝小祕訣：
juggle with 表示「耍弄、玩弄」

▶ | joke 必考關鍵字三分鐘速記圖

請利用三分鐘的時間，把前面所記過的單字做一個全盤的瞭解和記憶。

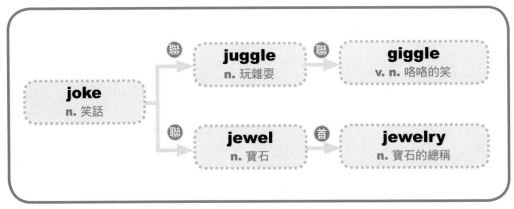

首 字首、根 字根、尾 字尾記憶法 ┃ 同 同義、反 反義記憶法 ┃ 相 相似字記憶法 ┃ 聯 聯想記憶法

必考關鍵字

> **joy** n 歡欣，喜悅

托TOEFL IELTS TOEIC GEPT 學測&指考 公公務人員考試

| 單 字 錦 囊 |

1221. annoy [əˋnɔɪ]【an•noy】v 使煩惱，生氣
I was annoyed by her attitude to her work.
我對她的工作態度感到很憤怒。

• 考試必考片語：
be annoyed by/at/with sth 表示「對某事感到生氣」。

1222. enjoy [ɪnˋdʒɔɪ]【en•joy】v 喜愛，享受
Enjoy your holidays-you deserve a break!
享受您的假期－您值得小憩休息一下！

• 考試必勝小祕訣：
enjoy 後如要連接動詞時不需加to，但動詞須加**ing**。

1223. enjoyment [ɪnˋdʒɔɪmənt]【en•joy•ment】n 喜愛
In this hotel, the enjoyment of your stay is of paramount importance to us. 在此飯店裡，您住宿的快樂是我們最重要的事。

• 考試必考同義字：
delight, pleasure, joy

1224. jolly [ˋdʒɑlɪ]【jol•ly】a 高興的，快活的
The jolly old man loved to drink.
那快樂的老男人喜歡喝酒。

• 考試必考同義字：
cheerful, joyful, pleasant

1225. joy [dʒɔɪ]【joy】n 歡心，喜悅
It is with great joy that we join this man and this woman in holy matrimony. 我們很高興能參加他們神聖的婚禮。

• 考試必考反義字：
sorrow, grief

1226. rejoice [rɪˋdʒɔɪs]【re•joice】v 高興
Rejoice , the Lord is our savior! 歡欣，上帝是我們的救星！

• 考試必考片語：
rejoice at / over sth 表示「為某事感到高興」

> **joy** 必考關鍵字三分鐘速記圖

請利用三分鐘的時間，把前面所記過的單字做一個全盤的瞭解和記憶。

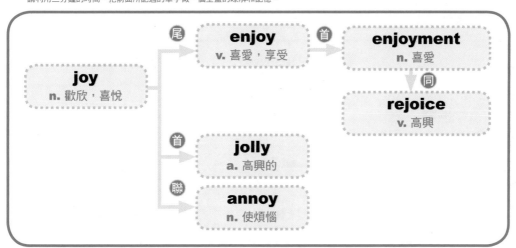

首字首、根字根、尾字尾記憶法｜同同義、反反義記憶法｜相相似字記憶法｜聯聯想記憶法

必考關鍵字

just a 公正的，公平的，恰當的

TOEFL · IELTS · TOEIC · GEPT · 學測&指考 · 公務人員考試

單字錦囊

1227. adjust [ə`dʒʌst] 【ad·just】 V 調節
Don't adjust your television sets.
不要調整你電視機的設定。

· 考試必考片語：
adjust to 表示「使自己適應於」。

1228. juror [`dʒurə] 【ju·ror】 n 陪審員
The juror was tired from deliberating. 陪審員疲於審議。

· 考試必考同義字：
juryman, jurywoman

1229. jury [`dʒurɪ] 【ju·ry】 n 陪審團
The jury found him innocent of all charges.
陪審團發現他在他所有指控中都是無辜的。

· 考試必考小祕訣
單一個陪審員稱為**juror**。

1230. just [dʒʌst] 【just】 a 公正的，公平的，恰當的
The violence he exhibited while defending his family was just.
他為了保護家人而表現出的暴力是恰當的。

· 考試必考同義字：
righteous, fair, proper

1231. justice [`dʒʌstɪs] 【jus·tice】 n 公正，正義
Justice is essential to a society. 正義對一個社會是不可或缺的。

· 考試必考片語：
do justice 表示「公平地對待，公平地評判」。

1232. justify [`dʒʌstə͵faɪ] 【jus·ti·fy】 V 證明…是正常的
How can you justify your actions? 你怎麼能證明你的行動？

· 考試必考同義字：
warrant表示「向…保證」。

1233. justification [͵dʒʌstəfə`keʃən] 【jus·ti·fi·ca·tion】
n 正當理由，辯護
There can be no justification for murder.
這個謀殺沒有任何理由。

· 考試必考同義字：
explication表示「解釋」。

1234. unjust [ʌn`dʒʌst] 【un·just】 a 不公平的
It was felt that the verdict was unjust. 這個判決是不公平的。

· 字首：**un**表示「否定」的意思。

just 必考關鍵字三分鐘速記圖

請利用三分鐘的時間，把前面所記過的單字做一個全盤的瞭解和記憶。

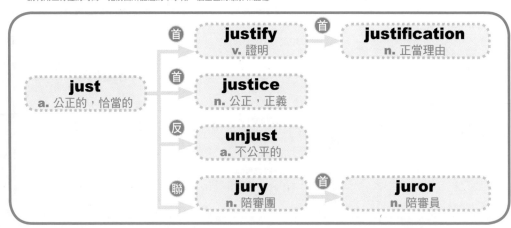

首字首、根字根、尾字尾記憶法｜同同義、反反義記憶法｜相相似字記憶法｜聯聯想記憶法

必考關鍵字

judge Ⅴ 判斷，審判

托TOEFL ⅠIELTS ⓉTOEIC ⒼGEPT ⬆學測&指考 ㊤公務人員考試

	單 字 錦 囊
	托-Ⅰ-Ⓣ-Ⓖ-⬆-㊤

1235. budget [`bʌdʒɪt] 【bud‧get】 Ⅴ ⴖ 預算
The budget for this project is only small.
預算中的這一項目算是小的。

- 考試必考同義字：
balance the budget 表示「平衡預算」。

托-Ⅰ-Ⓣ-Ⓖ-⬆-㊤

1236. judge [dʒʌdʒ] 【judge】 Ⅴ 判斷，審判
The judge pronounced his sentence of death.
法官宣判他死刑。

- 考試必考片語：
judge by/from sth 表示「根據某事物作出判斷」。

托-Ⅰ-Ⓣ-Ⓖ-⬆-㊤

1237. judgement [`dʒʌdʒmənt] 【judg‧ment】 ⴖ 看法，審判
The judgement was read out at noon.
中午宣讀了判決書。

- 考試必考小祕訣：
許多動詞字尾加上ment後，就變成名詞。例：**development**（發展），**improvement**（改善），**appointment**（約會）。

托-Ⅰ-Ⓣ-Ⓖ-⬆-㊤

1238. judicial [dʒu`dɪʃəl] 【ju‧di‧cial】 ⓐ 司法的
The judicial process can be long and expensive.
司法程序是既冗長且昂貴的。

- 考試必考同義字：
juridic

托-Ⅰ-Ⓣ-Ⓖ-⬆-㊤

1239. prejudice [`prɛdʒədɪs] 【prej‧u‧dice】 ⴖ 偏見
Some people show prejudice in their views.
有些人表現出了他們的偏見。

- 字首：**pre** 表示「在…之前」。

▷ judge 必考關鍵字三分鐘速記圖

請利用三分鐘的時間，把前面所記過的單字做一個全盤的瞭解和記憶。

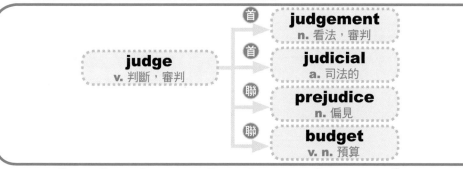

首字首、根字根、尾字尾記憶法 | 同同義、反反義記憶法 | 相相似字記憶法 | 聯聯想記憶法

字詞大追擊

prejudice, bias
這兩個名詞均有 "偏見，成見" 之意。

1. prejudice ⴖ 側重指在缺乏理由或證據之前就形成懷疑的、有惡感的偏見。

He holds no prejudice. 他不抱偏見。

2. bias ⴖ 指因個人的好惡或偏見，對人或物作出的不正確、或好或壞的判斷或意見。

She has a strong musical bias. 她對音樂有強烈的愛好。

J

211

a	形容詞
ad	副詞
aux	助動詞
conj	連接詞
n	名詞
num	數字
prep	介係詞
pron	代名詞
v	動詞

（美）美式用語
（英）英式用語

首	字首記憶法	托	TOEFL
根	字根記憶法	I	IELTS
尾	字尾記憶法	T	TOEIC
同	同義字記憶法	G	GEPT
反	反義字記憶法	↑	學測&指考
相	相似字記憶法	公	公務人員考試
聯	聯想記憶法		

必考關鍵字

know v 知道，瞭解

(MP3) 11-01

托TOEFL　I IELTS　T TOEIC　G GEPT　↑學測&指考　公公務人員考試

━━━━━━━━━━━━━━━━━━━━

單字錦囊
托 I T O ↑ 公

1240. acknowledge [əkˋnɑlɪdʒ]【ac‧knowl‧edge】
　　 v 承認，就…表示謝忱
　　I would like to acknowledge all the people who helped me get this award.
　　我要感謝所有幫助我得到這個獎的人。

• 考試必考同義字：
recognize

托 I T G ↑ 公

1241. can [kæn]【can】 v 能
　　I can balance a ball on my nose.
　　我能把球平衡地放在我的鼻子上。

• 考試必勝小祕訣：
can也可當名詞，表示「罐頭」。

托 I T G ↑ 公

1242. cunning [ˋkʌnɪŋ]【cun‧ning】 a 狡猾的
　　The fox is more cunning than the hound.
　　狐狸比獵犬更狡猾。

• 考試必考同義字：
clever, sly

托 I T G ↑ 公

1243. know [no]【know】 v 知道，瞭解
　　Do you know how to get to the city?
　　你知道如何到那城市嗎？

• 考試必考同義字：
understand, comprehend

托 I T G ↑ 公

1244. knowledge [ˋnɑlɪdʒ]【knowl‧edge】 n 知識，學問
　　This knowledge is forbidden.
　　這種知識是被禁止的。

• 考試必考片語：
bring to sb.'s knowledge 表示「使某人知道」。

托 I T G ↑ 公

1245. unknown [ʌnˋnon]【un‧known】 a 無名的
　　The cause of the movie star's death is still unknown.
　　這個電影明星的死因不明。

• 考試必考同義字：
unfamiliar, strange

托 I T G ↑ 公

1246. well-known [ˋwɛlˋnon]【well–known】 a 著名的
　　It is a well-known fact that dogs are more obedient than cats.
　　一個眾所皆知的事，就是狗比貓更聽話。

• 考試必考同義字：
be known for（因…而被人所知）；
be known as（作為…被人所知）。

know 必考關鍵字三分鐘速記圖

請利用三分鐘的時間，把前面所記過的單字做一個全盤的瞭解和記憶。

首字首、根字根、尾字尾記憶法｜同同義、反反義記憶法｜相相似字記憶法｜聯聯想記憶法

a	形容詞
ad	副詞
aux	助動詞
conj	連接詞
n	名詞
num	數字
prep	介係詞
pron	代名詞
v	動詞
	（美）美式用語
	（英）英式用語

首	字首記憶法	托	TOEFL
根	字根記憶法	I	IELTS
尾	字尾記憶法	T	TOEIC
同	同義字記憶法	G	GEPT
反	反義字記憶法	↑	學測&指考
相	相似字記憶法	公	公務人員考試
聯	聯想記憶法		

必考關鍵字

labor Ⅴ Ⅱ 勞動，工作

(MP3) 12-01

托TOEFL | IELTS | TTOEIC | GGEPT | ↑學測&指考 | 公公務人員考試

單 字 錦 囊

1247. elaborate [ɪˋlæbərɪt]【elab·o·rate】
a 精緻的 Ⅴ 詳細說明
Would you care to elaborate on your point?
你是否介意說明你的論點？

• 考試必勝小祕訣：
elaborate on/upon sth 表示「詳細
說明某事物」。

1248. lab=laboratory [læb]【lab】Ⅱ實驗室
I'm just going down to the lab to check on the results.
我只是來實驗室檢驗結果。

• 考試必勝小祕訣：
lab是**laboratory**的簡寫。

1249. label [ˋlebḷ]【la·bel】Ⅱ標籤
The label on the jar was not correct.
罐子上的標籤是不正確的。

• 考試必考片語：
label也是動詞，解釋為「貼標籤於」；
「把…歸類為」。

1250. labor [ˋlebɚ]【la·bor】Ⅱ勞動，工作 Ⅴ勞動
He labored night and day to finish building the wall.
他日夜不停工作，完成這道牆。。

• 考試必考同義字：
labor understh 表示「為某事物而苦
惱」。

1251. laboratory [ˋlæbrəˌtorɪ]【lab·o·ra·to·ry】Ⅱ實驗室
The laboratory was full of bottles containing strange chemicals.
實驗室充滿了許多裝有奇怪化學物質的瓶子。

• 考試必考同義字：
be full of表示「充滿…」。

> **labor** 必考關鍵字三分鐘速記圖

請利用三分鐘的時間，把前面所記過的單字做一個全盤的瞭解和記憶。

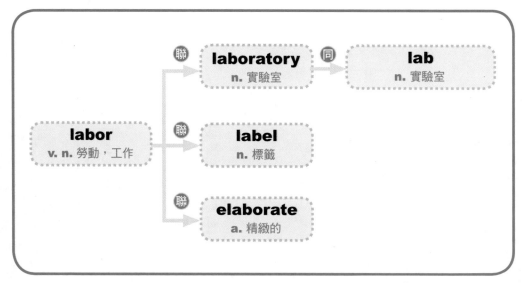

首字首、根字根、尾字尾記憶法 | 同同義、反反義記憶法 | 相相似字記憶法 | 聯聯想記憶法

必考關鍵字

late ⓐ 晚的，遲的

ⓉTOEFL ⒤IELTS ⓉTOEIC ⒼGEPT ♠學測&指考 ☺公務人員考試　　　單 字 錦 囊

1252. atlas [ˋætləs]【at‧las】ⓝ地圖
An atlas contains maps of all the countries in the world.
地圖集裡包括了世界上所有的國家的地圖。
- 考試必考同義字：
Atlas（大寫）是希臘神話中以肩頂天的巨神。

1253. elastic [ɪˋlæstɪk]【elas‧tic】ⓐ彈性的
The elastic band holding his trousers up had broken.
他褲子的鬆緊帶斷掉了。
- 考試必考片語：
flexible表示「有彈性的」。

1254. everlasting [͵ɛvɚˋlæstɪŋ]【ev‧er‧last‧ing】ⓐ持久的
I couldn't stand his everlasting complaints.
我無法忍受他不斷的報怨。
- 考試必考同義字：
permanent, eternal

1255. last [læst]【last】ⓐ最晚的，最後 ⓥ持續
That is the last cookie in the jar.
這是罐子裡的最後一片餅乾了。
- 考試必考同義字：
at last 表示「最後；終於」。

1256. late [let]【late】ⓐ晚的
Whatever happens, try not to be late.
不管發生什麼，盡量別遲到。
- 考試必考同義字：
of late（最近以來）；**till late**（直到深夜）

1257. lately [ˋletlɪ]【late‧ly】ⓐⓓ最近不久的
I haven't seen you around lately.
我最近沒有看見你。
- 考試必考同義字：
lately大多使用在現在完成式或過去完成式的句子中。

1258. latter [ˋlætɚ]【lat‧ter】ⓐ後者的 ⓝ後者
The opposite of former is latter.
前者的相反是後者。
- 考試必考同義字：
late, later, latter

1259. later [ˋletɚ]【later】ⓐ後來的
With any luck, I will see you later.
運氣好的話，我們回頭見吧！
- 考試必考同義字：
earlier（較早的、早先的）

late 必考關鍵字三分鐘速記圖

請利用三分鐘的時間，把前面所記過的單字做一個全盤的瞭解和記憶。

首字首、根字根、尾字尾記憶法｜同同義、反反義記憶法｜相相似字記憶法｜聯聯想記憶法

必考關鍵字

laundry n 洗衣店

托TOEFL ❶IELTS T TOEIC GGEPT ↑學測&指考 公公務人員考試

單 字 錦 囊

1260. dilute [daɪ`lut]【di·lute】n 稀釋
If you add too much milk you will dilute the tea.
如果你加太多牛奶就會把茶沖淡了。

• 考試必考片語：
dilute A with B（以**B**沖淡**A**）

1261. dilution [daɪ`ljuʃən]【di·lu·tion】v 稀釋
To achieve the correct dilution, add more water.
要正確的稀釋，是加更多水。

• 考試必考反義字：
concentration 表示「濃縮」

1262. laundry [`lɔndrɪ]【laun·dry】n 洗衣店，送洗的衣服
He needed to do his laundry urgently.
他迫切的需要洗衣服。

• 考試必考片語：
do the laundry（洗衣服）。

1263. lavish [`lævɪʃ]【lav·ish】a 浪費的，極為豐富的
That is a very lavish gift!
這是個很豐富的禮物！

• 考試必考片語：
lavish on/upon（慷慨地施予；濫施）

1264. pollute [pə`lut]【pol·lute】v 弄髒，汙染
Don't pollute the sea by throwing litter into it.
不要丟垃圾進去汙染海洋。

• 考試必考同義字：
contaminate（玷污，弄髒）

1265. pollution [pə`luʃən]【pol·lu·tion】n 汙染
The pollution in big cities can be horrendous.
大城市的汙染很可怕。

• 考試必勝小祕訣：
contamination（玷污，弄髒）

laundry 必考關鍵字三分鐘速記圖

請利用三分鐘的時間，把前面所記過的單字做一個全盤的瞭解和記憶。

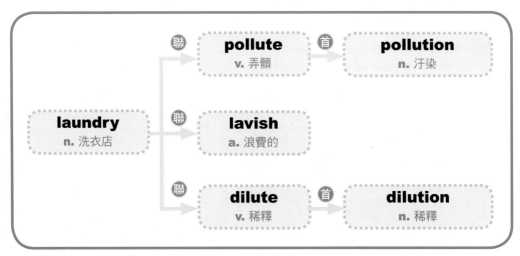

首字首、根字根、尾字尾記憶法 ┃ 同同義、反反義記憶法 ┃ 相相似字記憶法 ┃ 聯聯想記憶法

必考關鍵字

lead Ⓥ 領導，指導

(MP3) 12-02

Ⓣ TOEFL　Ⓘ IELTS　Ⓣ TOEIC　Ⓖ GEPT　⬆ 學測&指考　Ⓟ 公務人員考試

單 字 錦 囊

1266. lead [lid]【lead】Ⓥ 領導，指導
I prefer to lead rather than follow.
我喜歡領導，而不是跟隨。

・考試必考同義字：
lead to（通到；導致）。

1267. leader [ˋlidɚ]【lead•er】Ⓝ 領導者
The leader told his men what to do next.
領導者告訴他的人下一步怎麼做。

・考試必考同義字：
chief, head, principal

1268. leadership [ˋlidɚˌʃɪp]【lead•er•ship】Ⓝ 領導
Leadership is an essential part of management.
領導是管理中不可或缺的。

・考試必考同義字：
guidance, supervision

1269. leading [ˋlidɪŋ]【lead•ing】ⓐ 主要的，帶領的
The leading edge of an aircraft's wing is the front edge.
機翼的前緣是指前部的邊緣。

・考試必考同義字：
chief, cardinal

1270. load [lod]【load】Ⓥ 裝載
They loaded the truck with fireworks.
卡車上裝載的是煙火。

・考試必考片語：
load A with B（將B裝載到A）

1271. loaf [lof]【loaf】Ⓥ 遊蕩
He loafed away the whole morning.
他把整個早上都閒混掉了。

・考試必考片語：
loaf away（消磨、虛度時間）

1272. mislead [mɪsˋlid]【mis•lead】Ⓥ 誤入歧途
Don't be misled by people who give you poor advice.
不要被給你差勁建議的人給帶壞。

・考試必勝小祕訣：
mislead為不規則變化動詞，其三態為：
mislead, misled, misled

1273. unload [ʌnˋlod]【un•load】Ⓥ 卸貨
We need to unload the ship before dawn.
我們需要在黎明之前卸船上的貨。

・考試必考反義字：
load指「裝載」。

lead 必考關鍵字三分鐘速記圖

請利用三分鐘的時間，把前面所記過的單字做一個全盤的瞭解和記憶。

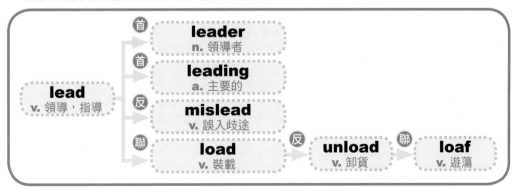

首 字首、根 字根、尾 字尾記憶法｜同 同義、反 反義記憶法｜相 相似字記憶法｜聯 聯想記憶法

219

必考關鍵字

 league n 同盟

托TOEFL ❶IELTS ❶TOEIC ❻GEPT ⬆學測&指考 ⓐ公務人員考試

單字錦囊

1274. alliance [ə`laɪəns] 【al‧li‧ance】 n 結盟
The alliance between the two countries will be beneficial for both.
兩國之間的結盟將對雙方都有益。

- 考試必考同義字：
alliance, alignment

1275. allied [ə`laɪd] 【al‧lied】 a 聯合的，結盟的
The allied nations worked closely together.
結盟的國家密切地合作。

- 考試必考同義字：
confederate, federated, associated

1276. alloy [`ælɔɪ] 【al‧loy】 n 合金
Some alloys are stronger than their component metals.
有些合金比其單獨成分的金屬要堅固。

- 考試必考同義字：
compound metal

1277. ally [ə`laɪ] 【al‧ly】 n 同盟國
We need more allies in order to win the war.
為了戰勝，我們需要有更多的同盟國。

- 考試必考同義字：
partner, associate, friend

1278. league [lig] 【league】 n 同盟
He is in league with the enemy and cannot be trusted.
他和敵人的同盟，不可信任。

- 考試必考片語：
in league with（與…聯合；與…勾結）

1279. liability [͵laɪə`bɪlətɪ] 【li‧a‧bil‧i‧ty】 n 責任
We can accept no liability for any theft.
我們可以不承擔所有的竊盜責任。

- 考試必考同義字：
obligation（責任）

1280. liable [`laɪəbl] 【li‧a‧ble】 a 有責任的
This company cannot be held liable for damage to the product.
這家公司不能因為產品損壞而被法律追究責任。

1281. obligation [͵ɑblə`geʃən] 【ob‧li‧ga‧tion】 n 義務，責任
You are under no obligation to purchase. 你沒有義務購買。

- 考試必考片語：
lay sb under obligation（使某人承擔義務）

1282. oblige [ə`blaɪdʒ] 【oblige】 v 迫使
I am obliged to tell you that you have been betrayed.
我不得不告訴你，你已經被背叛了。

- 考試必考同義字：
necessitate, require, demand

1283. religion [rɪ`lɪdʒən] 【re‧li‧gion】 n 宗教
Some people believe religion causes problems, others believe it is a form of salvation.
有些人相信宗教製造問題，其他人則相信它是某種程度的救贖。

- 考試必考同義字：
faith, theology

1284. religious [rɪ`lɪdʒəs] 【re‧li‧gious】 a 宗教的
Your religious views differ from mine.
你的宗教觀點和我的不一樣。

- 考試必考反義字：
secular（世俗的，非宗教的）

1285. rely [rɪ`laɪ] 【re‧ly】 v 依靠
Don't rely on others to make decisions for you.
不要依賴別人為你做決定。

- 考試必考同義字：
rely on（依賴，依靠；信任）

> **league** 必考關鍵字三分鐘速記圖

請利用三分鐘的時間，把前面所記過的單字做一個全盤的瞭解和記憶。

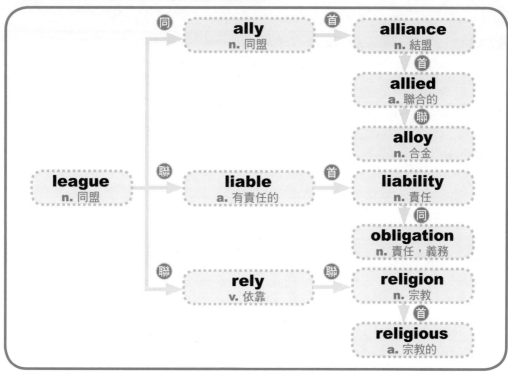

首字首、根字根、尾字尾記憶法｜同同義、反反義記憶法｜相相似字記憶法｜聯聯想記憶法

字詞大追擊 compel, force, oblige
這些動詞均含"迫使"之意。

1. compel ⓥ 指在法律、權力、力量或行動等的驅使下被迫而為。
They often compelled us to work twelve or fourteen hours a day.
他們常常強迫我們每天工作十二或十四小時。

2. force ⓥ 指用個人意志、權力、權威或暴力等，迫使他人改變看法或做本不願做的事。
We forced our way in. 我們擠了進去。

3. oblige ⓥ 指由於生理上或道德上的需要，促使某人做某事，也指有權威的人或機構迫使某人做某事，還可指在特定情況下被迫作出的反應。

The scandal obliged the minister to resign. 這一醜聞迫使部長辭職。

a	形容詞
ad	副詞
aux	助動詞
conj	連接詞
n	名詞
num	數字
prep	介係詞
pron	代名詞
v	動詞

（美）美式用語
（英）英式用語

首	字首記憶法	托	TOEFL
根	字根記憶法	I	IELTS
尾	字尾記憶法	T	TOEIC
同	同義字記憶法	G	GEPT
反	反義字記憶法	↑	學測&指考
相	相似字記憶法	公	公務人員考試
聯	聯想記憶法		

必考關鍵字

 man n 男人　　　MP3 13-01

🔴TOEFL ⓘIELTS ⓣTOEIC ⒼGEPT ⬆學測&指考 ㊙公務人員考試　　　　單 字 錦 囊

1286. chairman [ˋtʃɛrmən] 【chair·man】 n 主席
The chairman took his seat and waited for silence.
主席坐了下來，等待大家安靜下來。

• 考試必考同義字：
chairperson, president

1287. fireman [ˋfaɪrmən] 【fire·man】 n 消防隊員
Being a fireman is a dangerous job.
消防隊員是種危險的職業。

• 考試必考同義字：
fire fighter, fire extinguisher

1288. fisherman [ˋfɪʃɚmən] 【fish·er·man】 n 漁夫
The fishermen risk their lives to bring us a catch of fish.
漁夫冒著生命危險為我們抓魚。

• 考試必考同義字：
fisher

1289. layman [ˋlemən] 【lay·man】 n 外行人
A laymen such as you cannot understand the religion's inner workings.
像你這樣的外行人無法了解宗教的內部運作。

• 考試必考同義字：
ioutlier

1290. gentleman [ˋdʒɛntḷmən] 【gen·tle·man】 n 紳士
A gentleman should never descend to rudeness.
一位紳士不應粗魯。

• 考試必考反義字：
lady（淑女）

1291. man [mæn] 【man】 n 男人
Mark is an honest man; he never lies.
馬克是個誠實的人，他從不說謊。

• 考試必考片語：
man of his word（守信用的人）；
man of iron（意志堅強的人）；
as one man（一致地）

1292. manly [ˋmænlɪ] 【man·ly】 a 有男子氣概的
He was very manly and attracted women easily.
他很有男子氣概且很受女性歡迎。

• 考試必考反義字：
womanly, unmanly

1293. policeman [pəˋlismən] 【po·lice·man】 n 員警
The policeman was off-duty and wore casual clothes.
員警已經下班且穿著日常服裝。

• 考試必勝小祕訣：
policeman是指單一個警察；而**the police**是所有警察的總稱。

1294. postman [ˋpostmən] 【post·man】 n 郵差
Postmen are traditionally afraid of being chased by dogs.
郵差一般來說都怕被狗追。

• 考試必考同義字：
mailman, mail carrier

1295. salesman [ˋselzmən] 【sales·man】 n 銷售員
Salesmen often have to exert pressure on their clients to make a sale.
推銷員常必須向顧客施加壓力，才能銷售成功。

• 考試必考同義字：
clerk, seller

1296. sportsman [ˋsportsmən] 【sports·man】 n 運動員
Sportsmen lead very active lives.
運動員過著非常積極的生活。

• 考試必考同義字：
athlete, player

1297. woman [ˋwʊmən] 【wom·an】 n 成年女人
Women have now achived equality with men in most areas.
現在大部分地區都已落實男女平等。

• 考試必考同義字：
female, lady

1298. workman [ˋwɝkmən] 【work·man】 n 工人
Workmen are often stereotyped as being uncouth.
工人往往被認為是粗魯的。

• 考試必考同義字：
worker（工人）

man 必考關鍵字三分鐘速記圖

請利用三分鐘的時間,把前面所記過的單字做一個全盤的瞭解和記憶。

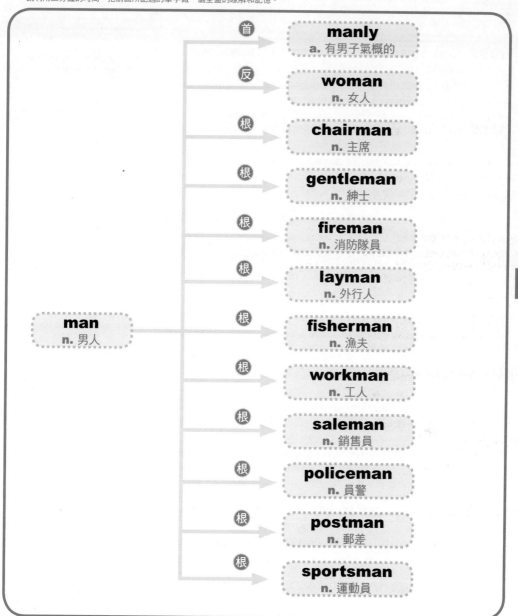

首 **manly**
a. 有男子氣概的

反 **woman**
n. 女人

根 **chairman**
n. 主席

根 **gentleman**
n. 紳士

根 **fireman**
n. 消防隊員

根 **layman**
n. 外行人

man
n. 男人

根 **fisherman**
n. 漁夫

根 **workman**
n. 工人

根 **saleman**
n. 銷售員

根 **policeman**
n. 員警

根 **postman**
n. 郵差

根 **sportsman**
n. 運動員

M

首字首、根字根、尾字尾記憶法 | 同同義、反反義記憶法 | 相相似字記憶法 | 聯聯想記憶法

必考關鍵字

 | **manage** Ⅴ 管理

TTOEFL **I**IELTS **T**TOEIC **G**GEPT **↑**學測&指考 **公**公務人員考試

1299. management [`mænɪdʒmənt] 【man•age•ment】
Ⅲ 管理

The management wish to double your bonus this year.
管理部門希望你們今年的獎金增加一倍。

• 考試必勝小祕訣：
management可以作為集合名詞，指一群管理人，故可用複數動詞。

1300. manager [`mænɪdʒɚ] 【man•ag•er】
Ⅲ 經理人，負責人，監督人

The factory manager needed a holiday.
經理需要一個假期。

• 考試必考同義字：
administrator, supervisor

1301. manage [`mænɪdʒ] 【man•age】 Ⅴ 管理
Employees are normally managed by their boss.
雇員通常都是由他們的老闆來管理。

• 考試必考片語：
manage with（用…設法應付過去）；
manage without（沒有…而仍設法應付過去）

1302. manifest [`mænə͵fɛst] 【man•i•fest】 ⓐ 明顯的
There has been a manifest lack of discipline aboard ship.
船上的紀律明顯缺乏。

• 考試必考同義字：
apparent, clear, obvious

1303. manipulate [mə`nɪpjə͵let] 【ma•nip•u•late】 Ⅴ 操縱
The magician sought to manipulate the people around him.
魔術師設法操縱週遭的人。

• 考試必勝小祕訣：
manipulate含有否定的涵義。

1304. manner [`mænɚ] 【man•ner】
Ⅲ 方式，方法；舉止；禮貌，規矩

Her manners were impeccable.
她的舉止無可挑剔。

• 考試必考片語：
all manner of（各種各樣的）；**in a manner**（在某種程度上）

1305. manual [`mænjuəl] 【man•u•al】 ⓐ 手工的，用手操作的
I prefer manual cars to automatic ones.
我喜歡手排車甚過自排的。

• 考試必考反義字：
automatic表示「自動的」

1306. manufacture [͵mænjə`fæktʃɚ] 【man•u•fac•ture】
Ⅴ 製造

Can you manufacture it before the week is out?
你能在這星期結束前製造嗎？

• 考試必考同義字：
fabricate, produce

1307. manufacturer [͵mænjə`fæktʃɚ] 【man•u•fac•tur•er】
Ⅲ 製造商
The manufacturer has some supply problems.
製造商有些供應上的問題。

• 考試必考同義字：
producer就是「生產者」；「製造商」。

manage 必考關鍵字三分鐘速記圖

請利用三分鐘的時間，把前面所記過的單字做一個全盤的瞭解和記憶。

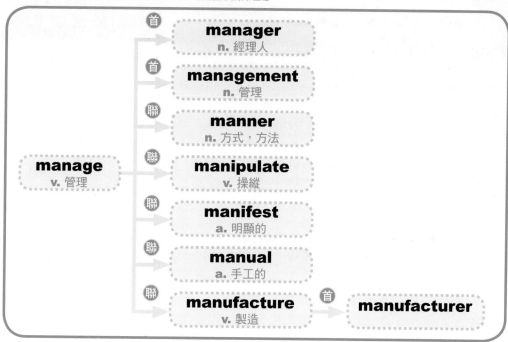

首字首、**根**字根、**尾**字尾記憶法 | **同**同義、**反**反義記憶法 | **相**相似字記憶法 | **聯**聯想記憶法

字詞大追擊

manner, method, way, mode
這些名詞均含 "方法、方式" 之意。

1. manner n 多指行動的特殊方式或獨特的方法。

We walked in a leisurely manner, looking in all the windows.
我們以緩慢的步伐走著，看遍所有的櫥窗。

2. method n 指有系統、有條理地辦事或解決問題的方法。

A new training method was introduced. 一種新的訓練方法已被引進。

3. way n 普通用詞，可指一般的方法，有時也指個人的方法或方式，也可指特殊的方式或方法。

Their plan is recommendable in many ways.
他們的計畫在許多方面都是可取的。

4. mode n 書面用詞，常指因個人愛好或傳統習俗等因素而遵循的方法。

Riding on a donkey is a slow mode of travel.
騎驢子旅行是一種緩慢的旅行方式。

必考關鍵字

 marine a 海洋的　　MP3 13-02

托TOEFL　❶IELTS　❶TOEIC　⑥GEPT　↑學測&指考　公公務人員考試

單 字 錦 囊

1308. harsh [hɑrʃ]【harsh】a 嚴酷的
The teacher's harsh manner upset the students.
老師嚴酷的手段使學生心煩不已。

• 考試必考同義字：
stern, tough

1309. marine [məˋrin]【ma•rine】a 海洋的
A marine biologist is one who studies marine life.
海洋生物學家研究海底生物。

• 字首：**mar** 表示「海的」。

1310. marshal [ˋmɑrʃəl]【mar•shal】n 元帥，高級將領
The marshal urged the crowd not to hurry.
元帥呼籲眾人不要心急。

• 考試必勝小祕訣：
marshal當動詞有「編列（部隊），統帥（軍隊）」的意思。

1311. sub [sʌb]【sub】n 潛水艇
The subs on the bench waited for their turn.
候補人員在長凳上等待他們上場的機會。

• 考試必勝小祕訣：
sub還可以當「後補人員」解釋。

1312. submarine [ˋsʌbməˏrin]【sub•ma•rine】n 潛艇
The submarine submerged below the surface.
潛艇潛到水面以下。

• 字首：**sub** 有「在…之下」的意思。

> **marine** 必考關鍵字三分鐘速記圖

請利用三分鐘的時間，把前面所記過的單字做一個全盤的瞭解和記憶。

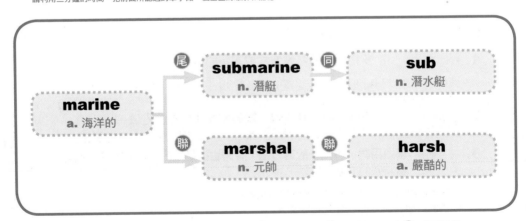

首字首、根字根、尾字尾記憶法 ｜ 同同義、反反義記憶法 ｜ 相相似字記憶法 ｜ 聯聯想記憶法

必考關鍵字

 market n 市場

托TOEFL ❶IELTS ❶TOEIC ❻GEPT ⬆學測&指考 ⚠公務人員考試

1313. commerce [`kɑmɝs] 【com·merce】 n 商業 Commerce makes up a large proportion of a country's GDP. 商業佔了國內生展總值很大的一部分。	托❶❶❻⬆⚠ • 考試必勝小祕訣： **GDP = gross domestic product** （國內生產總值）
1314. commercial [kə`mɝʃəl] 【com·mer·cial】 a 商業的 Commercial activities have been down in recent months. 商業活動已在最近幾個月展開。	托❶❶❻⬆⚠ • 考試必勝小祕訣： **commercial** 可當名詞，表示「電視商業廣告」。
1315. market [`mɑrkɪt] 【mar·ket】 n 市場 The market was closed after lunchtime. 市場在午餐時間後就關閉了。	托❶❶❻⬆⚠ • 考試必考片語： **in the market**（想買的）；**on the market**（出售的）
1316. merchandise [`mɝtʃənˌdaɪz] 【mer·chan·dise】 n 商品，買賣 The film merchandise can make more money than the film itself. 電影商品比電影本身更賺錢。	托❶❶❻⬆⚠ • 考試必考同義字： **goods, wares, commodity, product**
1317. merchant [`mɝtʃənt] 【mer·chant】 n 商人 The Merchant of Venice is one of famous Shakespeare's plays. 《威尼斯商人》是莎士比亞著名劇本之一。	托❶❶❻⬆⚠ • 考試必考同義字： **salesman, dealer, businessman**
1318. merciful [`mɝsɪfəl] 【mer·ci·ful】 a 仁慈的 The merciful ruler granted a reprieve. 仁慈的統治者給予緩刑。	托❶❶❻⬆⚠ • 考試必考反義字： **unmerciful, merciless**（無情的、殘酷的）
1319. mercy [`mɝsɪ] 【mer·cy】 n 仁慈，憐憫 Without their tent, they were at the mercy of the elements. 沒有了帳篷，他們受到大自然的擺佈。	托❶❶❻⬆⚠ • 考試必考片語： **at the mercy of**（受…所支配；任…處置；在…掌握中）
1320. supermarket [`supɝˌmɑrkɪt] 【su·per·mar·ket】 n 超級市場 The supermarket stocked all the latest brands. 超市擺著最新的品牌。	托❶❶❻⬆⚠ • 字首： **super** 表示「超過、超出」。

M

market 必考關鍵字三分鐘速記圖

請利用三分鐘的時間，把前面所記過的單字做一個全盤的瞭解和記憶。

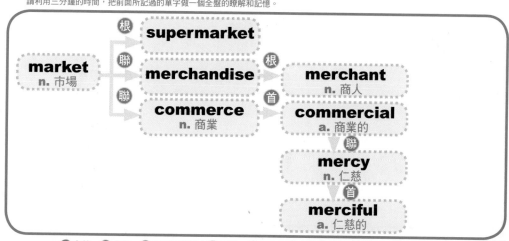

必考關鍵字

match n 相配的人 v 和…相配

托TOEFL I IELTS T TOEIC G GEPT 學測&指考 公公務人員考試

單 字 錦 囊

1321. classmate [ˋklæsˌmet]【class•mate】n 同班同學
We were classmates at university.
我們是大學同學。

- 考試必考同義字：
schoolmate, schoolfellow

1322. inmate [ˋInmet]【in•mate】n 囚犯，精神病院住院者
The assylum's inmates raved at night.
精神病院裡的病人在夜裡狂吼。

- 考試必考同義字：
convict, inpatient

1323. match [mætʃ]【match】n 相配的人 v 和…相配
The couple seemed to be a good match.
這兩個似乎很相配。

- 考試必考片語：
meet one's match（遇到敵手）

1324. matchless [ˋmætʃlIs]【match•less】a 無敵的
The sportsman's matchless prowess on the sports field made him very popular.
這位運動員在體壇的實力所向無敵，令他大受歡迎。

- 考試必考同義字：
incomparable, unparalleled

1325. mate [met]【mate】n 夥伴
Some animals keep their mates for life.
有些動物一生和同一伴侶在一起。

- 考試必考片語：
go mates with（成為…的伙伴）

1326. roommate [ˋrumˌmet]【room•mate】n 室友
Alex doesn't know how to deal with his nightmare roommate.
艾力克斯不知道該如何和他的恐怖室友相處。

- 考試必考同義字：
roomie

match 必考關鍵字三分鐘速記圖

請利用三分鐘的時間，把前面所記過的單字做一個全盤的瞭解和記憶。

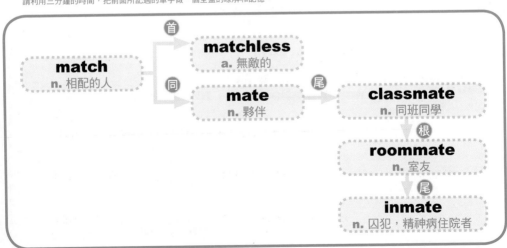

首字首、根字根、尾字尾記憶法 | 同同義、反反義記憶法 | 相相似字記憶法 | 聯聯想記憶法

必考關鍵字

 meter n 米　🅜🅟🄼🄿 13-03

🅣TOEFL 🅘IELTS 🅣TOEIC 🄖GEPT 🡱學測&指考 🅏公務人員考試　　　單 字 錦 囊

1327. **centimeter** [ˋsɛntəˏmitɚ]【cen·ti·me·ter】 n 釐米，公分
A typical ruler is 30 cm long. 傳統的尺是30公分長。
　　　　　　　• 字首**centi** 有「百分之一」的意思。

1328. **diameter** [daɪˋæmətɚ]【di·am·e·ter】 n 直徑
The diameter of the pool was eight meters. 泳池的直徑為八米。
　　　　　　　• 字首：**dia**-有「橫過，通過」的意思。

1329. **geometry** [dʒɪˋɑmətrɪ]【ge·om·e·try】 n 幾何學
The geometry of the room was a little strange.
房間的形狀有點奇怪。
　　　　　　　• 字首：**geo**-是「地」的意思，而字尾 **-metry**表示「方法」、「度量數」。

1330. **kilometer** [ˋkɪləˏmitɚ]【ki·lo·me·ter】 n 公里
It is many kilometers to reach the next town.
到達下一個小鎮還要好幾公里。
　　　　　　　• 字首：**ikilo**表示「千」的意思。

1331. **meter** [ˋmitɚ]【me·ter】 n 米，公尺
He is 1 meter 80 tall. 他身高1米8。
　　　　　　　• 考試必勝小祕訣： **meter**是長度單位名詞。

1332. **millimeter** [ˋmɪləˏmitɚ]【mil·li·me·ter】 n 毫米
One millimeter is one tenth of a centimeter.
一毫米的十分之一是一釐米。
　　　　　　　• 考試必考混淆字： **meter, millimeter, centimetre, kilometre, diameter, parameter**

1333. **parameter** [pəˋræmətɚ]【pa·ram·e·ter】 n 參數，界限
The building was built within the parameters of the budget. 這座建築的興建沒有超過預算限制。
　　　　　　　• 字首：**para**有多重涵義，像是「在旁」、「並行」等等。

1334. **symmetry** [ˋsɪmɪtrɪ]【sym·me·try】 n 對稱
The painting's symmetry was very pleasing.
這幅畫的對稱性很高。
　　　　　　　• 考試必考反義字： **asymmetry**（不對稱）

1335. **thermal** [ˋθɝml]【ther·mal】 a 熱量的，保暖的
It was cold so granddad wore a thermal vest.
因為很冷，爺爺穿了保暖的背心。
　　　　　　　• 考試必考同義字： **thermic, hot**

1336. **thermometer** [θɚˋmɑmətɚ]【ther·mom·e·ter】
n 溫度計
His mother used a thermometer to check his temperature.
他母親用溫度計來測量他的溫度。
　　　　　　　• 字首：**therm**-表示「熱、熱電」的意思。

M

 meter 必考關鍵字三分鐘速記圖
請利用三分鐘的時間，把前面所記過的單字做一個全盤的瞭解和記憶。

🄖字首、🄱字根、🄱字尾記憶法 | 🄸同義、🄰反義記憶法 | 🄰相似字記憶法 | 🄻聯想記憶法

必考關鍵字

 message n 信息，訊息

TOEFL ❶IELTS ❷TOEIC ❸GEPT ❹學測&指考 ❺公務人員考試

單 字 錦 囊

1337. compromise [ˈkɑmprəˌmaɪz]【com·pro·mise】
v n 妥協
In this matter, there can be no compromise.
在這個問題上不能有任何妥協。

• 考試必考片語：
compromise with sb. on/over
sth（與某人就某事達成妥協）

1338. massage [məˈsɑʒ]【mas·sage】v n 按摩
Massage is believed to stimulate the muscles.
大家相信按摩是用來刺激肌肉的。

• 考試必考混淆字：
message, massage

1339. mess [mɛs]【mess】n 混亂狀態
Your room is a mess and needs tidying.
你的房間很亂需要整理。

• 考試必考片語：
mess up（弄髒；弄糟）；mess
with（惹；粗暴對待）

1340. message [ˈmɛsɪdʒ]【mes·sage】n 信息，訊息
I have a message from the King.
我有一個來自國王的消息。

• 考試必考同義字：
word, communication, note

1341. messenger [ˈmɛsṇdʒɚ]【mes·sen·ger】n 使者
The confidential documents were delivered by a assigned
messenger.
機密文件由指定的信差來傳遞。

• 考試必考同義字：
courier, mail carrier, delivery
man

1342. missile [ˈmɪsḷ]【mis·sile】n 飛彈
The interceptor launched a missile at the enemy aircraft.
攔截機向敵機發射了一枚飛彈。

• 考試必考同義字：
rocket, projectile

1343. mission [ˈmɪʃən]【mis·sion】n 使命
The prime minister had a special mission for the agent.
總理有一項特別任務要交給特務。

• 考試必考同義字：
assignment, task

1344. missionary [ˈmɪʃənˌɛrɪ]【mis·sion·ary】n 傳教士
The missionary arrived in the village at dusk.
傳教士於黃昏的時候抵達該村落。

• 考試必考同義字：
missioner（傳教士）

1345. premise [ˈprɛmɪs]【prem·ise】n 前提，經營場地
That trading company is looking for larger premises.
那間貿易公司正在尋找較大的經營場所。

• 考試必考混淆字：
promise是「諾言」。

1346. promise [ˈprɑmɪs]【prom·ise】v n 答應，允諾
Promise me we will get married in the autumn.
答應我，我們在秋季的時候結婚。

• 考試必考同義字：
assure, pledge

1347. promising [ˈprɑmɪsɪŋ]【promising】
a 有希望的，有前途的，大有可為的
The results of the trials look very promising.
判決結果看起來非常有希望。

• 考試必考同義字：
hopeful, probable

1348. transmission [trænsˈmɪʃən]【trans·mis·sion】
n 傳送，傳播，傳達
There was a problem with the SNG van's transmission.
SNG轉播車的傳輸有問題。

• 考試必考同義字：
transmittance, communication

1349. transmit [træns`mɪt]【trans•mit】**Ⅴ 傳輸**
The government transmitted the message on the emergency channel.
政府在緊急管道傳送信息。

• 字首：**trans-**表示「超越」、「越過」、「在另一邊」的意思。

1350. transmitter [træns`mɪtɚ]【trans•mit•ter】
Ⅴ 傳送者，傳播者
The satellites transmitter was damaged and could not transmit.
衛星發射器損壞了，無法傳輸。

• 考試必考同義字：
sender, communicator

> **message** 必考關鍵字三分鐘速記圖

請利用三分鐘的時間，把前面所記過的單字做一個全盤的瞭解和記憶。

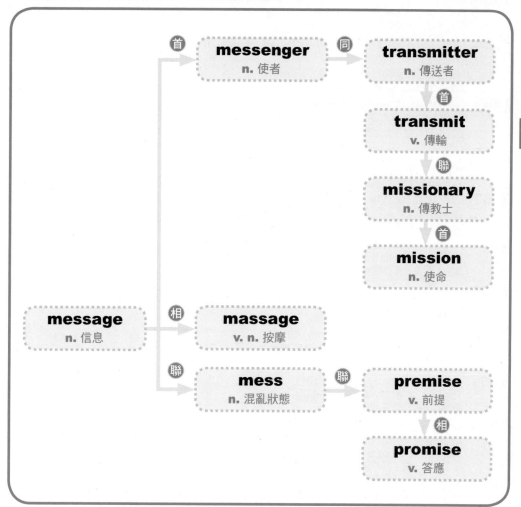

首字首、根字根、尾字尾記憶法 │ 同同義、反反義記憶法 │ 相相似字記憶法 │ 聯聯想記憶法

必考關鍵字

 middle n a 中間的　　　MP3 13-04

TOEFL　IELTS　TOEIC　GEPT　學測&指考　公務人員考試　　　單　字　錦　囊

1351. **amid** [ə`mɪd]【amid】**prep** 在…中
The insurgents were concealed amid the crowd.
叛亂份子正隱藏在人群之中。

- 考試必勝小祕訣：
  amid也可拼為**amidst**。

1352. **immediate** [ɪ`midɪɪt]【im·me·di·ate】**adj** 立即的，直接的
The drug had no immediate effects.
這種藥物沒有直接影響。

- 考試必考同義字：
  quick, prompt, straightaway

1353. **immediately** [ɪ`midɪɪtlɪ]【im·me·di·ate·ly】**a** 立即地
You need to see the principal immediately.
你必需馬上去見校長。

- 考試必考混淆字：
  intermediate, immediately

1354. **intermediate** [ͺɪntɚ`midɪət]【in·ter·me·di·ate】
a 中間的
His English level is only intermediate.
他的英文程度只能算中等的。

- 考試必考同義字：
  medium, average, moderate

1355. **mediate** [`midͺɛt]【me·di·ate】**v** 調節
Perhaps you could mediate between the various parties.
也許你可以在各方之間協調。

- 考試必考同義字：
  arbitrate, intercede

1356. **medieval** [ͺmɪdɪ`ivḷ]【me·di·e·val】**a** 中世紀的
The medieval castle was perched upon a hill.
中古世紀的城堡坐落在山丘上。

- 考試必考同義字：
  ancient, antique

1357. **meditate** [`midͺɛt]【med·i·tate】**v** 考慮
You should meditate on the problems before you act.
在你行動之前應該先仔細考慮一下。

- 考試必考混淆字：
  meditate, mediate

1358. **meditation** [midɪ`eʃən]【med·i·ta·tion】**n** 沉思，冥想
The guru did his meditation every day on the veranda.
這位大師每天都在陽台冥想。

- 考試必考同義字：
  speculation（推測）

1359. **medium** [`midɪəm]【me·di·um】**n** 媒介物，工具
The psychic acted as a medium to the spirt world.
靈媒擔任通往靈界的媒介。

- 考試必勝小祕訣：
  mass media大眾傳媒

1360. **midday** [`mɪdͺde]【mid·day】**n** 正午
The midday sun was unbearably hot.
正午的陽光熱的令人無法忍受。

- 字首：**mid-**有「中間」的意思。

1361. **middle** [`mɪdḷ]【mid·dle】**n a** 中間的
The middle of the lake was quite deep.
湖的中間是非常深的。

- 考試必考片語：
  in the middle of nowhere（在偏遠的地方）

1362. **midnight** [`mɪdͺnaɪt]【mid·night】**n** 午夜
At the stroke of midnight, Cinderella's carriage transformed into a pumpkin.
午夜鐘聲一響，灰姑娘的馬車就變成了南瓜。

- 考試必考反義字：
  midday（正午）

1363. **pyramid** [`pɪrəmɪd]【pyr·a·mid】**n** 金字塔
The Pyramids in Egypt are one of the wonders of the world.
埃及金字塔是個世界奇觀之一。

- 考試必勝小祕訣：
  Pyramid做金字塔解釋時，開頭字母**P**需大寫。

middle 必考關鍵字三分鐘速記圖

請利用三分鐘的時間，把前面所記過的單字做一個全盤的瞭解和記憶。

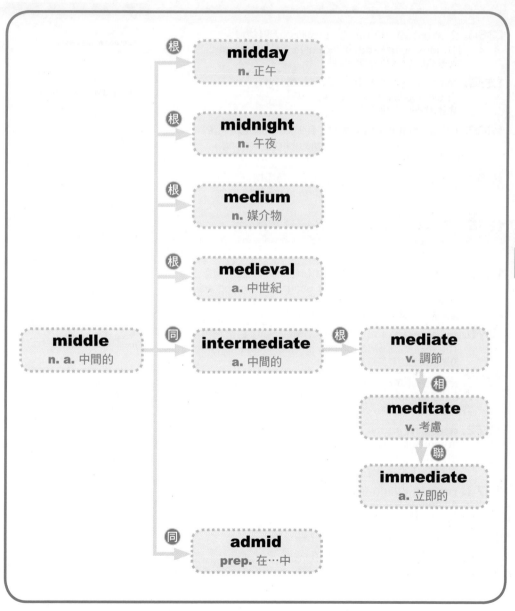

M

首字首、根字根、尾字尾記憶法｜同同義、反反義記憶法｜相相似字記憶法｜聯聯想記憶法

必考關鍵字

 minute n 分鐘

單 字 錦 囊

1364. diminish [də`mɪnɪʃ]【di•min•ish】v 使減少
Her lack of makeup did not diminish her beauty.
她沒有化妝也不減損她的美麗。

• 考試必考同義字：
decrease, lessen

托 I T G ↑ 公

1365. menu [`mɛnju]【menu】n 菜單
Would you like to see a menu?
你想要看看菜單嗎？

• 考試必考同義字：
bill of fare

托 I

1366. miniature [`mɪnɪətʃɚ]【min•i•a•ture】a 小型的
The lady drew a miniature pistol from her bag.
那女士從她的包包中拿出小型手槍。

• 考試必考同義字：
small, tiny

托 I T G ↑ 公

1367. minibus [`mɪnɪˌbʌs]【mini•bus】n 小型公車
The minibus carried the children to school.
小巴士將孩子們送到學校。

• 字首：**mini-** 表示「小」的意思。

托 I T G ↑ 公

1368. minimal [`mɪnɪml]【min•i•mal】a 最小的
The superhero lifted the truck with only minimal effort.
超人用很小的力氣舉起卡車。

• 考試必考反義字：
maximal（最大的）

托 I T G ↑ 公

1369. minimize [`mɪnəˌmaɪz]【min•i•mize】v 減到最少
Try to minimize your water usage by keeping waste to a minimum.
盡量將用水量減至最低並避免浪費。

• 考試必考反義字：
maximize（增加到最大值）

托 I T G ↑ 公

1370. minimum [`mɪnəməm]【min•i•mum】n 最低限度
The minimum order on this product is one hundred units.
訂購該產品的最低限度是一百件。

• 考試必考反義字：
maximum（最大值、最大限度）

托 I T G ↑ 公

1371. minor [`maɪnɚ]【mi•nor】a 較小的
Bella suffered only minor injuries in that accident.
貝拉在那次意外中只受到小傷。

• 考試必考反義字：
major（較大的、較多的）

托 I T G ↑ 公

1372. minority [maɪ`nɔrətɪ]【mi•nor•i•ty】n 少數
If you hold extreme views, you are likely to be in the minority.
如果你持有極端的看法，你將會是少數。

• 考試必考片語：
in a/the minority（處於少數的）

托 I T G ↑ 公

1373. minus [`maɪnəs]【mi•nus】prep 減去
A hundred minus ninety leaves ten.
100減90剩10。

• 考試必考反義字：
plus（加）

托 I T G ↑ 公

1374. minute [`mɪnɪt]【min•ute】n 分鐘
I'll be there in a minute.
我一分鐘就會到。

• 考試必考片語：
in a minute（立即）

minute 必考關鍵字三分鐘速記圖

請利用三分鐘的時間，把前面所記過的單字做一個全盤的瞭解和記憶。

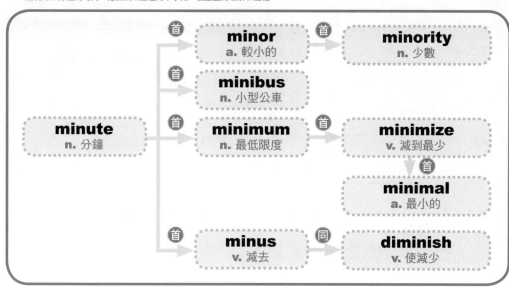

首字首、根字根、尾字尾記憶法 ｜ 同同義、反反義記憶法 ｜ 相相似字記憶法 ｜ 聯聯想記憶法

M

字詞大追擊

marginal, minor, negligible, minimal
這些形容詞均含"不重要的，次要的"之意。

1. marginal a **指處於邊緣，幅度、範圍小，故價值或重要性不大。**
There has been a marginal improvement in the firm's sales.
公司的銷售額略有增長。

2. minor a **多指與別的比較後顯得不重要，或指較少、較小。**
Computer Science is his minor subject.
電腦是他的副修科目。

3. negligible a **指數量小，不重要，微不足道或可忽略不計。**
His knowledge of geography is negligible.
他的地理知識少得可憐。

4. minimal a **指最少、最低或最小。**
Fortunately, the storm only did minimal damage to the farmer's crops.
很幸運地，暴風雨只使農民的莊稼受到輕微的損害。

必考關鍵字

 minister n 部長，牧師　(MP3)13-05

托TOEFL　I IELTS　T TOEIC　G GEPT　↑學測&指考　公公務人員考試

單字錦囊
托 I T G ↑ 公

1375. administer [əd`mɪnəstə] 【ad•min•is•ter】
V 管理；N 擔任管理者
The firm has been administered well by the present president.
該公司受到現任總裁良好的管理。

• 考試必考同義字：
administrate, manage

托 I T G ↑

1376. administrate [əd`mɪnə͵stret] 【ad•min•is•trate】
V 管理
Can you administrate effectively?
你能有效地管理嗎？

• 考試必考同義字：
administer（管理）

托 I T G ↑ 公

1377. administration [əd͵mɪnə`streʃən] 【ad•min•is•tra•tion】 N 管理
I do not have much experience in administration.
我沒有太多管理經驗。

• 考試必考同義字：
management（管理）

托 I T G ↑ 公

1378. minister [`mɪnɪstə] 【min•is•ter】 N 部長，牧師
The church minister stepped up to the podium.
教堂牧師走上頒獎台。

• 考試必考同義字：
clergyman, pastor

托 I T G ↑ 公

1379. ministry [mɪnɪstrɪ] 【min•is•try】 N 政府部門
The Ministry of Agriculture was responsible for the cost of food. 農業部門負責食品的費用。

• 考試必勝小祕訣：
Ministry用於表示政府部門或內閣時，**M**通常需大寫。

> **minister** 必考關鍵字三分鐘速記圖

請利用三分鐘的時間，把前面所記過的單字做一個全盤的瞭解和記憶。

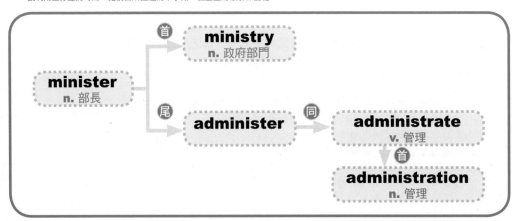

首 字首、根 字根、尾 字尾記憶法｜同 同義、反 反義記憶法｜相 相似字記憶法｜聯 聯想記憶法

必考關鍵字

model n 模型，模特兒

托TOEFL ❶IELTS ❶TOEIC ❻GEPT ⬆學測&指考 ㊙公務人員考試

單 字 錦 囊

1380. accommodate [əˋkɑməˏdet]【ac•com•mo•date】
v 供應，提供…膳宿
We would appreciate it if you could accommodate us.
如果你能留我們住一夜，我們會很感謝妳。

• 考試必考同義字：
oblige, lodge

1381. accommodation [əˏkɑməˋdeʃən]
【ac•com•mo•da•tion】 **n** 適應，住宿
Have you get any accommodation?
你們有住的地方嗎？

• 考試必考同義字：
adjustment, modification

1382. commodity [kəˋmɑdətɪ]【com•mod•i•ty】 **n** 日用品
Commodity prices have been falling recently.
物價最近一直在下跌。

• 考試必考同義字：
product, ware

1383. mode [mod]【mode】 **n** 方式
They took a long time to decide upon their mode of travel.
他們花了很長的時間才決定了他們的旅行模式。

• 考試必考同義字：
way, method, style, form

1384. model [ˋmɑdḷ]【mod•el】 **n** 模型，模特兒
The model walked slowly down the catwalk as the cameras flashed.
模特兒在照相機閃光中，沿著伸展台慢慢地走。

• 考試必考片語：
model oneself on（模仿；以…為榜樣）

1385. moderate [ˋmɑdərɪt]【mod•er•ate】 **a** 溫和的；**v** 使溫和
Please moderate your language around ladies.
在女仕的身邊時，言語請溫和些。

• 考試必考反義字：
immoderate（無限制的，過份的）

1386. modern [ˋmɑdən]【mod•ern】 **a** 現代的
Modern cars are far more fuel efficient than older ones.
現代的汽車比舊的更加省油。

• 考試必考同義字：
contemporary, up-to-date

1387. modernization [ˏmɑdənəˋzeʃən]【mod•ern•i•za•tion】
n 現代化
The modernization of buildings needs to have regard to their history. 現代化的建築需要考慮到他們的歷史。

• 考試必勝小祕訣：
modernization = modernisation

1388. modest [ˋmɑdɪst]【mod•est】 **a** 適度的，謙虛的
He is a modest man and never boasts of his achievements.
他是個謙虛而不炫耀成就的人。

• 考試必考反義字：
immodest, arrogant（傲慢的）

1389. modesty [ˋmɑdɪstɪ]【mod•es•ty】 **n** 謙虛
Modestry is an admirable quality.
謙虛是令人敬佩的素質。

• 考試必考反義字：
arrogance（傲慢）

1390. modification [ˏmɑdəfəˋkeʃən]【mod•i•fi•ca•tion】
n 修改
Your house needs some modification, and it will be perfect. 只要一些修改，你的房子就會很完美了。

• 考試必考同義字：
adjustment, alteration

1391. modify [ˋmɑdəˏfaɪ]【mod•i•fy】 **v** 修改
Please modify the plans by next Thursday.
請在下週四前修改計畫。

• 考試必考同義字：
change, vary, adjust

M

1392. mold [mod] 【mold】 n 模子，模型，鑄模；黴菌
Mold can grow in any dark, moist environment.
黴菌能生長在黑暗潮濕的環境裡。

· 考試必考同義字：
shape, model

1393. module [`modʒul] 【mod•ule】 n 組件
I have installed a number of new modules on my computer. 我在我的電腦上安裝了新的組件。

· 考試必考同義字：
device（儀器）

▶ **model** 必考關鍵字三分鐘速記圖

請利用三分鐘的時間，把前面所記過的單字做一個全盤的瞭解和記憶。

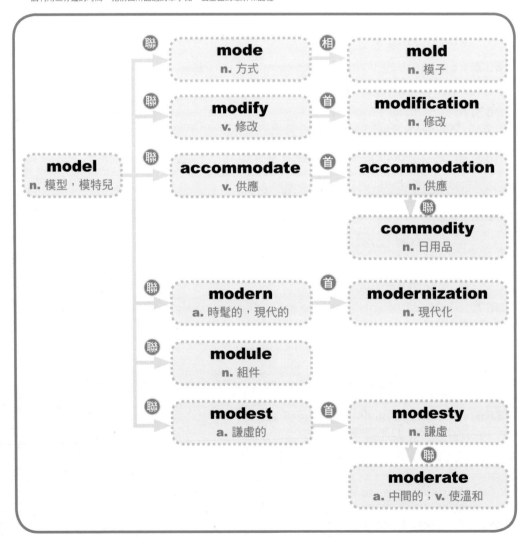

首字首、根字根、尾字尾記憶法 | 同同義、反反義記憶法 | 相相似字記憶法 | 聯聯想記憶法

必考關鍵字

> | **monarch** n 君主

® TOEFL ❶ IELTS ⓣ TOEIC Ⓖ GEPT ⬆學測&指考 Ⓐ公務人員考試

單 字 錦 囊

1394. aristocrat [æˈrɪstəˌkræt] 【aris•to•crat】n貴族
The aristocrat powdered his forehead.
貴族把粉抹在額頭上。

• 考試必考同義字：
nobleman, gentleman

1395. bureaucracy [bjuˈrɑkrəsɪ] 【bu•reau•cra•cy】n官僚政治
The bureaucracy needs reducing in size.
官僚政治規格需要縮減。

• 考試必考同義字：
government是指政府；政體。

1396. democracy [dɪˈmɑkrəsɪ] 【de•moc•ra•cy】n民主
Democracy is one form of governance.
民主是治理的方法之一。

• 考試必考反義字：
autocracy（獨裁政治）

1397. democrat [ˈdɛməˌkræt] 【dem•o•crat】n民主主義者
The democrats believed in an equal voice for all.
民主人士認為人人享有平等的發言權。

• 考試必勝小祕訣：
Democrat是指美國民主黨黨員。

1398. democratic [ˌdɛməˈkrætɪk] 【dem•o•crat•ic】a民主的
The democratic elections went ahead as planned.
這場民主的選舉照計畫舉行了。

• 考試必勝小祕訣：
democratic是**democracy**（民主）
的形容詞形。

1399. hierarchy [ˈhaɪəˌrɑrkɪ] 【hi•er•ar•chy】n等級制度
In the government hierarchy, presidents ranks above vice-president.
在政府的層級中，總統的層級比副總統高。

• 考試必考同義字：
hierarch即「掌權者」。

1400. monarch [ˈmɑnəˌk] 【mon•arch】n君主
The monarch ascended to his throne.
國王登上了王位。

• 考試必考同義字：
sovereign（君主，國王）

1401. monarchy [ˈmɑnəˌkɪ] 【mon•ar•chy】n君主政體
The monarchy in England remains to this day.
英國至今仍是君主體制。

• 考試必考反義字：
republic（共和政體）

1402. monk [mʌŋk] 【monk】n修道士，和尚
The monks prayed silently together.
修士們一起安靜的祈禱。

• 考試必考混淆字：
注意不要和**monkey**（猴子）搞混了。

1403. monologue [ˈmɑnḷˌɔg] 【mono•logue】n獨白
The actor had thoroughly prepared his monologue.
這個男演員已經徹底準備好他的獨白。

• 考試必勝小祕訣：
monologue這個字常用於戲劇中，但也可以指自言自語。

1404. monopoly [məˈnɑpḷɪ] 【mo•nop•o•ly】
n壟斷，獨占權，專利權
This company has a monopoly in producing electricity.
這公司壟斷了電力生產的市場。

• 考試必考同義字：
control; trademark

1405. monotonous [məˈnɑtənəs] 【mo•not•o•nous】
a單調的
The monotonous work gave him a headache.
單調的工作令他頭痛。

• 字首：**mono**表示「單一」的意思。

M

▶ | monarch 必考關鍵字三分鐘速記圖

請利用三分鐘的時間，把前面所記過的單字做一個全盤的瞭解和記憶。

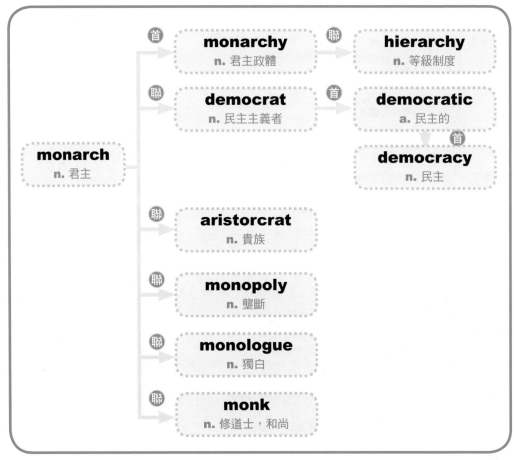

首字首、**根**字根、**尾**字尾記憶法 | **同**同義、**反**反義記憶法 | **相**相似字記憶法 | **聯**聯想記憶法

必考關鍵字

 move n 移動 (MP3) 13-06

托TOEFL I IELTS T TOEIC G GEPT 學測&指考 公務人員考試 | 單 字 錦 囊

1406. automatic [ˌɔtəˋmætɪk] 【au·to·mat·ic】 a 自動的
The automatic car was easy to drive.
自動車很容易駕駛。

• 字首：**auto = self**，**automatic car** 是會自動換檔的車。

1407. automation [ˌɔtəˋmeʃən] 【au·to·ma·tion】 n 自動化(技術)
The automation of the factory process made production easier.
工廠的自動化流程使產品製造更加容易。

• 考試必考小祕訣：
動詞是**automate**「使…自動化」的意思。

1408. automobile [ˋɔtəməˌbil] 【au·to·mo·bile】 n 汽車
The automobile was a pivotal invention.
汽車是個關鍵的發明。

• 考試必考小祕訣：
automobile也可當形容詞「汽車的」。

1409. commotion [kəˋmoʃən] 【com·mo·tion 】 n 驅動，暴亂
There was a commotion outside.
外面有暴動。

• 考試必考同義字：
confusion, disturbance

1410. emotion [ɪˋmoʃən] 【emo·tion】 n 情感
Some people prefer to keep their emotions inside.
有些人喜歡隱藏自己的感情。

• 考試必考同義字：
feeling, affection

1411. emotional [ɪˋmoʃənl] 【emo·tion·al】 a 感情上的
It was an emotional moment for everyone.
對每一個人來說，這是個激勵人心的時刻。

• 考試必考同義字：
emotive, affective

1412. locomotive [ˌlokəˋmotɪv] 【lo·co·mo·tive】
n 機車，火車頭
The locomotive pulled a train several kilometres long.
這部火車頭拉著一輛總長好幾公里的火車。

• 考試必考混淆字：
locomotion是表示「移動」；「旅行」的意思。

1413. mob [mɑb] 【mob】 n 暴民
The rioting mob smashed many windows.
暴民砸破了很多窗戶。

• 考試必考小祕訣：
mob也可當動詞，表示「圍攻」或「群眾滋事」。

1414. mobile [ˋmobɪl] 【mo·bile】 a 可移動的，流動的
The terrorists were mobile and hard to find.
恐怖份子流動的行蹤很難找到。

• 考試必考同義字：
movable, changeable, fluid

1415. mobilize [ˋmoblˌaɪz] 【mo·bi·lize】 v 動員，調動
We need to mobilize the troops.
我們需要動員部隊。

• 考試必考同義字：
assemble表示集合；召集。

1416. motel [moˋtɛl] 【room·mate】 n 汽車旅館
He stayed in a motel when he visited his friends.
當他去拜訪他朋友時，他住在一間汽車旅館裡。

• 考試必考同義字：
hotel（旅館，飯店）；**inn**（小旅館，客棧）。

1417. motion [ˋmoʃən] 【mo·tion】 n （物體的）運動
The motion of a boat at sea makes some people sick.
小船的擺動讓船上的人不舒服。

• 考試必考同義字：
put/set sth in motion是指啟動某物。

1418. motivate [ˋmotəˌvet] 【mo·ti·vate】 v 刺激
What can we do to motivate the students?
我們可以做些什麼來激勵學生？

• 考試必考小祕訣：
motivate這個字常用於教育或運動方面。

M

1419. motive [ˋmotɪv] 【mo·tive】 **n** 動機
This murder appeared to have no motive.
這宗謀殺案找不到動機。

- 考試必勝小祕訣：
motive這個字常和犯罪連在一起。

1420. motor [ˋmotɚ] 【mo·tor】 **n** 發動機
The vehicle's motor was out of oil.
這輛車的馬達沒有汽油了。

- 考試必考同義字：
engine

1421. motorcycle [ˋmotɚˏsaɪk!] 【ge·om·e·try】 **n** 摩托車
Motorcycles are far less safe than cars.
摩托車的安全遠不及汽車。

- 考試必勝小祕訣：
騎摩托車的人，則是**motorcyclist**。

1422. motorway [ˋmotɚˏwe] 【mo·tor·way】 **n** 高速公路
The sports car hurtled along the motorway.
跑車沿著高速公路奔馳著。

- 考試必勝小祕訣：
motor（汽車）**+ way**（道路），指高速公路。

1423. move [muv] 【move】 **v** **n** 移動
The tortoise moved slowly across the room.
這隻烏龜緩慢的穿過房間。

- 考試必考混淆字：
movie（電影）。

1424. movement [ˋmuvmənt] 【mov·ie】 **n** 移動
The movement of the train helped him to sleep.
火車的震動使他睡著了。

- 考試必考同義字：
motion, action

1425. movie [ˋmuvɪ] 【move·ment】 **n** 電影
Would you like to see a movie this weekend?
這個週末你想看電影嗎？

- 考試必勝小祕訣：
movie就是會移動的影像，注意這個字和**movement**（移動）的關聯性。

1426. promote [prəˋmot] 【pro·mote】 **v** 促進，推銷
The author promoted his latest book in a bookstore.
這位作者在書店推銷他最新的書。

- 考試必考同義字：
advertise, publicize兩字都有「促銷、宣傳」的意思。

1427. remote [rɪˋmot] 【re·mote】 **a** 偏遠的
The hermit preferred to live in a remote location.
這位隱士較喜歡住在偏遠的地方。

- 考試必考同義字：
far, distant, secluded, isolated

1428. removal [rɪˋmuv!] 【re·mov·al】 **n** 除去，移動
The removal of the furniture took some hours.
搬動家具花了幾小時的時間。

- 考試必勝小祕訣：
removal是**remove**的名詞，表示正在搬動的狀態。

1429. remove [rɪˋmuv] 【re·move】 **v** 移開，消除
The thief removed the jewel from the case.
小偷拿走了盒子裡的珠寶。

- 考試必考反義字：
replace（把…放回）

| **move** 必考關鍵字三分鐘速記圖

請利用三分鐘的時間，把前面所記過的單字做一個全盤的瞭解和記憶。

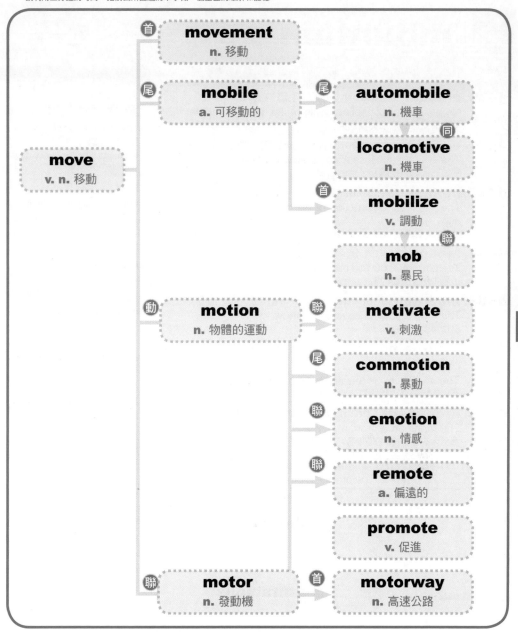

M

首 字首、根 字根、尾 字尾記憶法｜同 同義、反 反義記憶法｜相 相似字記憶法｜聯 聯想記憶法

必考關鍵字

> | mountain n 山

MP3 13-07

托TOEFL ❶IELTS T TOEIC G GEPT ⬆學測&指考 公公務人員考試

單 字 錦 囊

1430. amount [əˋmaʊnt]【amount】n 數量
No amount of consoling could make her feel happier.
再多的安慰也無法使她快樂。

- 考試必考片語：
any amount of指「大量」。

1431. eminent [ˋɛmənənt]【em·i·nent】a 顯赫的，聞名的
The eminent professor adjusted his glasses.
那位有名的教授調整了他的眼鏡。

- 考試必勝小祕訣：
eminent是用來表示**respected**（尊敬）或 **famous**（出名的）的進階用字。

1432. imminent [ˋɪmənənt]【im·mi·nent】a 即將來臨的
The imminent destruction of his house caused the man to act.
房子即將損毀，促使了這名男子的行動。

- 考試必考同義字：
forthcoming, approaching, nearing

1433. mount [maʊnt]【mount】v 登山，爬上，上馬
The cowboy mounted his horse.
這個牛仔登上他的馬。

- 考試必考同義字：
rise, ascend, climb, board

1434. mountain [ˋmaʊntṇ]【moun·tain】n 山
The mountain was covered in snow.
白雪覆蓋了整座山。

- 考試必考片語：
make a mountain out of a molehill就是「小題大作」的意思。

1435. mountainous [ˋmaʊntənəs]【moun·tain·ous】a 多山的
The mountainous terrain made movement difficult.
多山的地勢使運輸困難。

- 考試必勝小祕訣：
mountainous是**mountain**的形容詞。

1436. prominent [ˋprɑmənənt]【prom·i·nent】a 顯著的
The man had a prominent nose.
那男人有著顯眼的高鼻子。

- 考試必勝小祕訣：
prominent通常用於描述臉部特徵。

> | mountain 必考關鍵字三分鐘速記圖

請利用三分鐘的時間，把前面所記過的單字做一個全盤的瞭解和記憶。

```
                      首  → mount   聯 → amount
                            v. 登山        n. 數量

mountain  →   首  → mountainous
n. 山

                      聯  → imminent  聯 → eminent
                            a. 即將來臨的     a. 顯赫的
```

首字首、根字根、尾字尾記憶法 │ 同同義、反反義記憶法 │ 相相似字記憶法 │ 聯聯想記憶法

必考關鍵字

mother n 母親

托TOEFL ❶IELTS ❶TOEIC ❻GEPT ↑學測&指考 ❷公務人員考試

單 字 錦 囊
托❶❶❻↑❷

1437. material [mə`tɪrɪəl]【ma·te·ri·al】 a 物質的；n 材料
The jacket's material was smooth to touch.
這件夾克的材質摸起來很滑。

• 考試必考同義字：
substance, fabric, matter皆有
「物質」；「原料」的意思。

托❶❶❻↑❷

1438. materialism [mə`tɪrɪəˌlɪzəm]【ma·te·ri·al·ism】
n 唯物主義
His materialism knew no bounds. 他的唯物主義沒有界限。

• 考試必勝小祕訣：
materialism有負面含義。

托❶❶❻↑❷

1439. maternal [mə`tɝnl]【ma·ter·nal】 a 母親的
As she got older, her maternal instincts became stronger.
當她年紀漸長，母性的本能也愈來愈強。

• 考試必考混淆字：
material（物質的）。

托❶❶❻↑❷

1440. matter [`mætɚ]【mat·ter】 n 物質，事件
This matter does not concern you. 此事於與你無關。

• 考試必考片語：
as a matter of fact就是「事實上」。

托❶❶❻↑❷

1441. metro [`mɛtro]【met·ro】 n 地鐵
He preferred to travel upon the metro to save time.
他傾向搭地鐵旅行以節省時間。

• 考試必考同義字：
underground, subway

托❶❶❻↑❷

1442. metropolitan [ˌmɛtrə`pɑlətn]【met·ro·pol·i·tan】
a 大都市的
I want to visit the Metropolitan Museum of Art.
我想去參觀大都會美術館。

• 考試必考同義字：
city, civic, urban

托❶❶❻↑❷

1443. mother [`mʌðɚ]【moth·er】 n 母親
My mother likes to cook for the family.
我母親喜歡為家人下廚。

• 考試必勝小祕訣：
mother也可以當動詞，表示「生下」或
「像母親一般的照料」。

mother 必考關鍵字三分鐘速記圖

請利用三分鐘的時間，把前面所記過的單字做一個全盤的瞭解和記憶。

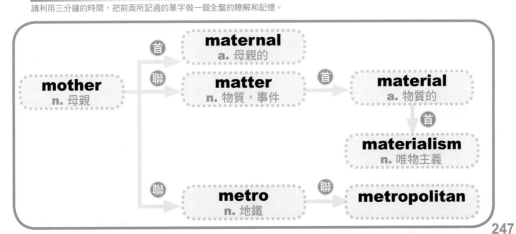

首字首、根字根、尾字尾記憶法｜同同義、反反義記憶法｜相相似字記憶法｜聯聯想記憶法

必考關鍵字

mouth n 嘴，口

托TOEFL I IELTS T TOEIC G GEPT ↑學測&指考 公公務人員考試

單 字 錦 囊
托 I T G ↑ 公

1444. moustache [məs`tæʃ] 【moustache】 n 鬍子
His face was defined by a large moustache.
他是個大鬍子。

- 考試必勝小祕訣：
鬍子的說法還有 **beard**（山羊鬍）；
sideburns（鬢腳）。

托 I T G ↑

1445. mouth [mauθ] 【mouth】 n 嘴，口
Her mouth was full-lipped and sensual.
她的嘴既豐滿又性感。

- 考試必考片語：
keep one's mouth shut就是「保持
沉默」的意思。

托 I T G ↑

1446. mouthful [`mauθfəl] 【mouth·ful】 n 一口
He took a mouthful of the sandwich and chewed it.
他吃一口三明治。

- 字尾：**ful**表示「充滿…的」或「有…性質
的」。

托 I T G ↑ 公

1447. mumble [`mʌmbl] 【mum·ble】 v 含糊的說
The old man mumbled in his sleep.
這老人在睡眠中喃喃自語。

- 考試必勝小祕訣：
mumble是一個擬聲字。

托 I T G ↑

1448. murmur [`mɝmɚ] 【mur·mur】 v n 小聲的說
Her lover murmured sweet nothings in her ear.
她的情人在她耳邊低語呢喃著。

- 考試必勝同義字：
mutter, whisper

I T G ↑ 公

1449. mute [mjut] 【mute】 a 無聲的
He pressed mute on the remote control.
他按下遙控器上的靜音鍵。

- 考試必勝小祕訣：
mute可以用來形容人，或形容影音系統
的靜音功能。

托 I T G ↑ 公

1450. mutter [`mʌtɚ] 【mut·ter】 v n 輕聲低語
He muttered under his breath.
他低聲抱怨著。

- 考試必勝同義字：
**mumble, complain, grumble,
murmur, whisper**

托 I T G ↑

1451. mutton [`mʌtn] 【mut·ton】 n 羊肉
Mutton is tougher to chew than lamb. 羊肉比小羊肉更難嚼。

- 考試必勝小祕訣：
mutton chop就是「羊排」。

> mouth 必考關鍵字三分鐘速記圖

請利用三分鐘的時間，把前面所記過的單字做一個全盤的瞭解和記憶。

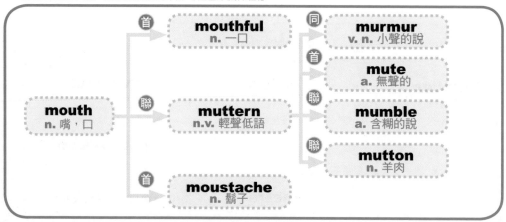

首字首、根字根、尾字尾記憶法 | 同同義、反反義記憶法 | 相相似字記憶法 | 聯聯想記憶法

必考關鍵字

 music n 音樂 MP3 13-08

托TOEFL ❶IELTS ❶TOEIC ❻GEPT ⬆學測&指考 公公務人員考試

單 字 錦 囊

1452. amuse [əˈmjuz]【amuse】 v 使愉快
Your jokes amuse me, I must admit.
我必須承認，你的笑話使我愉快。

• 考試必考同義字：
divert, entertain, delight

1453. amusement [əˈmjuzmənt]【amuse•ment】
n 娛樂，消遣
He often sing for his own amusement.
他常常唱歌自娛。

• 考試必考片語：
amusement park就是「遊樂園」。

1454. museum [mjuˈzɪəm]【mu•se•um】 n 博物館
The museum was full of old things.
這間博物館充滿了古董。

• 考試必考同義字：
mobster, racketeer, mafioso

1455. music [ˈmjuzɪk]【mu•sic】 n 音樂
He preferred classical music to rock.
他喜愛古典樂勝過搖滾樂。

•考試必考片語：
face the music指「勇敢地面對困難」。

1456. musical [ˈmjuzɪkl̩]【mu•si•cal】 a 音樂的
Her family was highly musical.
她們家非常熱愛音樂。

• 考試必勝小祕訣：
musical是**music**的形容詞形。

1457. musician [mjuˈzɪʃən]【mu•si•cian】 n 音樂家
The musician prepared to play.
這位音樂家準備演奏。

• 考試必勝小祕訣：
字尾**-ician**表示「…（專）家」。

music 必考關鍵字三分鐘速記圖

請利用三分鐘的時間，把前面所記過的單字做一個全盤的瞭解和記憶。

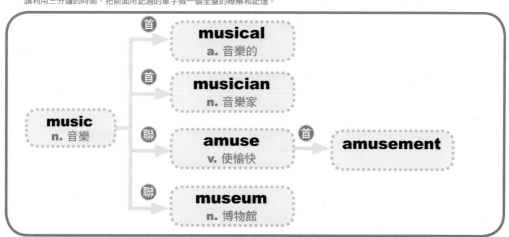

首字首、根字根、尾字尾記憶法 | 同同義、反反義記憶法 | 相相似字記憶法 | 聯聯想記憶法

必考關鍵字

mystery n 神秘

托TOEFL ❶IELTS ❶TOEIC ⑥GEPT ⬆學測&指考 ⑧公務人員考試

單 字 錦 囊

1458. mysterious [mɪsˋtɪrɪəs]【mys•te•ri•ous】a 神祕的
The mysterious island was just ahead.
那神祕的小島就在前方。

- 考試必勝小祕訣：
mysterious是**mystery**的形容詞形。

1459. mystery [ˋmɪstərɪ]【mys•tery】n 神秘
Who stole the painting was a complete mystery.
誰偷走了這幅畫至今仍是未解之謎。

- 考試必考同義字：
puzzle, riddle, secret皆有表示「謎」或「秘密」之意。

1460. mystic [ˋmɪstɪk]【mys•tic】a 神祕主義，神祕的
The magician's knew many mystic spells.
魔法師知道許多神祕的魔法。

- 考試必考同義字：
abstruse, enigmatic, magician

1461. mystical [ˋmɪstɪk!]【mys•ti•cal】a 神祕的
The mystical seer could see the future.
神祕的預言家可以看見未來。

- 考試必考同義字：
mysterious, supernatural, enigmatic

1462. myth [mɪθ]【myth】n 神話
There are many myths originating from Greece.
有許多來自希臘的神話。

- 考試必勝小祕訣：
myth也可以指虛構的人或事物。

1463. mythology [mɪˋθɑlədʒɪ]【my•thol•o•gy】n 神話學
I am a student of ancient mythology.
我是古代神話的研究生。

- 考試必勝小祕訣：
mythologist就是「神話學家」。

---

mystery 必考關鍵字三分鐘速記圖

請利用三分鐘的時間，把前面所記過的單字做一個全盤的瞭解和記憶。

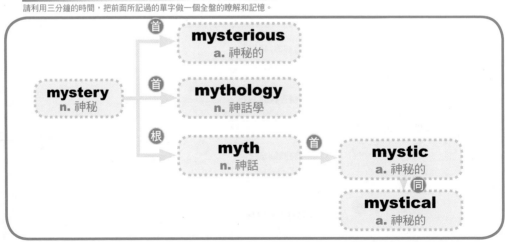

a 形容詞
ad 副詞
aux 助動詞
conj 連接詞
n 名詞
num 數字
prep 介係詞
pron 代名詞
v 動詞
（美）美式用語
（英）英式用語

首 字首記憶法
根 字根記憶法
尾 字尾記憶法
同 同義字記憶法
反 反義字記憶法
相 相似字記憶法
聯 聯想記憶法

托 TOEFL
Ⓘ IELTS
Ⓣ TOEIC
Ⓖ GEPT
⬆ 學測&指考
公 公務人員考試

必考關鍵字

> | nation n 國家

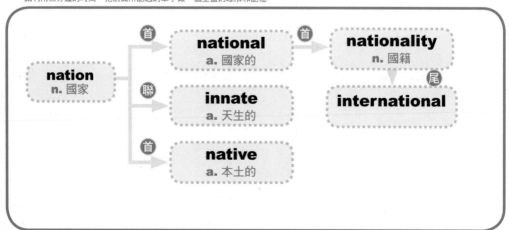 MP3 14-01

托TOEFL　ⒾIELTS　ⓉTOEIC　ⒼGEPT　⬆學測&指考　公公務人員考試

單 字 錦 囊

1464. innate [`ɪn`et]【in·nate】a天生的
He had an innate sense of right and wrong.
他有判斷是非的先天能力。

托ⒾⓉⒼ⬆
• 考試必考反義字:
acquired（習得的；養成的）

1465. international [ˌɪntɚ`næʃən!]【in·ter·na·tion·al】
a國際的
The international convention met on Friday.
上周五召開了國際會議。

托ⒾⓉⒼ⬆公
• 字首:**inter**表示「在…之間」。在
nations（各國）之間的，就是「國際的」。

1466. nation [`neʃən]【na·tion】n國家，民族
The nation mourns the loss of its leader.
全國為了失去領袖而哀悼。

托ⒾⓉⒼ⬆公
• 考試必考小祕訣:
nation可以指國家或全國國民。

1467. national [`næʃən!]【na·tion·al】a國家的，民族的
The crowd roared with national pride.
群眾高呼著民族意識。

托ⒾⓉⒼ⬆公
• 考試必考同義字:
leave, depart

1468. nationality [ˌnæʃə`nælətɪ]【na·tion·al·i·ty】n國籍
Her nationality was not clear from her appearance.
從外表看不出她的國籍。

托ⒾⓉⒼ⬆公
• 考試必勝小祕訣:
nationality也可指「民族性」。

1469. native [`netɪv]【na·tive】a本土的
The native people liked to catch fish.
本地人喜歡抓魚。

托ⒾⓉⒼ⬆公
• 考試必考反義字:
foreign, alien（外國的）

> | nation 必考關鍵字三分鐘速記圖

請利用三分鐘的時間，把前面所記過的單字做一個全盤的瞭解和記憶。

```
          首 ➜  national      首 ➜  nationality
                a. 國家的             n. 國籍

nation    聯 ➜  innate        尾
n. 國家           a. 天生的       international

          首 ➜  native
                a. 本土的
```

首字首、根字根、尾字尾記憶法｜同同義、反反義記憶法｜相相似字記憶法｜聯聯想記憶法

必考關鍵字

nature n 大自然

托TOEFL I IELTS T TOEIC G GEPT ↑學測&指考 公公務人員考試

| 單 字 錦 囊 |

1470. naïve [nɑˋiv]【na•ive】a 天真的
How could you be so naïve?
你怎麼能這麼天真？

- 考試必勝小祕訣：
副詞是**naively**，指「天真爛漫地」。

1471. natural [ˋnætʃərəl]【nat•u•ral】a 天然的
This medicine is a natural way to heal your disease.
這藥是以天然的方式來治病。

- 考試必勝小祕訣：
natural也可當名詞，指「自然的事情」。

1472. naturally [ˋnætʃərəlɪ]【nat•u•ral•ly】ad 天然地
She chose to have the birth naturally.
她選擇自然生產。

- 考試必勝小祕訣：
naturally是**natural**的副詞形。

1473. nature [ˋnetʃɚ]【na•ture】n 大自然
I like to go on holiday in wild places where I can commute
with nature.
我假日的時候喜歡到野外親近大自然。

- 考試必勝小祕訣：
nature也可指「天性」；「本性」。

1474. renaissance [rəˋnesns]【re•nais•sance】n 復興
The Renaissance was a period of great learning.
文藝復興時期是個學問淵博的時期。

- 考試必勝小祕訣：
re = again, naissance = birth。
Renaissance就是藝術和科學的重生時期。

N

nature 必考關鍵字三分鐘速記圖

請利用三分鐘的時間，把前面所記過的單字做一個全盤的瞭解和記憶。

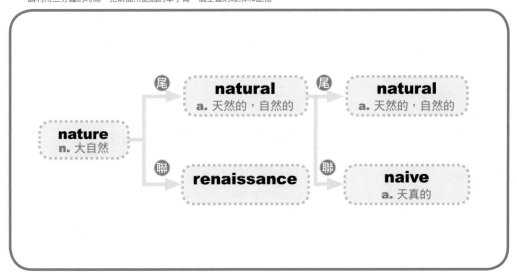

首字首、根字根、尾字尾記憶法｜同同義、反反義記憶法｜相相似字記憶法｜聯聯想記憶法

必考關鍵字

navy n 海軍

TOEFL IELTS TOEIC GEPT 學測&指考 公務人員考試

	單 字 錦 囊

1475. naval [`nevl]【na·val】a 海軍的
The naval commander ordered the ship to leave.
海軍指揮官下令船艦離開。

• 考試必勝小祕訣：
名詞是**navy**（海軍）。

1476. navigate [`nævə͵get]【nav·i·gate】V 航行
They navigated their way between the reefs.
他們在礁石之間航行。

• 考試必考同義字：
sail, steer, cruise

1477. navigation [͵nævə`geʃən]【nav·i·ga·tion】n 航海學，航行
Navigation in the fog was not easy.
在大霧中航行很不容易。

• 考試必勝小祕訣：
形容詞是**navigational**（航行的）。

1478. navigator [`nævə͵getɚ]【nav·i·ga·tor】n 航海家
The navigator turned on the sonar.
這名航海家打開聲納。

• 考試必勝小祕訣：
navigator就是負責**navigates**（操縱；航行）的人。

1479. navy [`nevɪ]【na·vy】n 海軍
The navy protected the coastline from attacks.
海軍保護海岸線遠離攻擊。

• 考試必考片語：
navy blue就是「深藍色」。

navy 必考關鍵字三分鐘速記圖

請利用三分鐘的時間，把前面所記過的單字做一個全盤的瞭解和記憶。

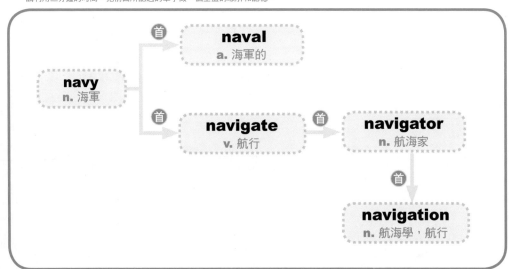

首字首、根字根、尾字尾記憶法｜同同義、反反義記憶法｜相相似字記憶法｜聯聯想記憶法

必考關鍵字

near a 近的

托TOEFL　I IELTS　T TOEIC　G GEPT　↑學測&指考　公公務人員考試

單 字 錦 囊

1480. near [nɪr] 【near】 a近的
The near tree had been damaged in the storm.
附近的樹都被暴風雨給損傷了。

• 考試必考同義字：
close, imminent

托·I·T·G·↑·公

1481. nearby [`nɪrˌbaɪ] 【near•by】 a附近的
The nearby town was famous for its history.
這附近的城鎮因其歷史而著名。

• 考試必考同義字：
surrounding, contiguous

托·I·T·G·↑·公

1482. nearly [`nɪrlɪ] 【near•ly】 ad幾乎
It is nearly time to go.
差不多該走了

• 考試必勝小祕訣：
nearly是**near**的副詞形。

托·I·T·G·↑·公

1483. neighbor [`nebɚ] 【neigh•bor】 n鄰居
We try to be good neighbors to each other.
我們試著當彼此的好鄰居。

• 考試必勝小祕訣：
形容詞是**neighboring**（鄰近的）。

托·I·T·G·↑·公

1484. neighborhood [`nebɚˌhʊd] 【neigh•bor•hood】 n鄰近地區
The people in our neighbourhood are very friendly.
我們這附近的人們非常友善。

• 字尾：**hood**表示「狀態」或「性質」。

N

near 必考關鍵字三分鐘速記圖

請利用三分鐘的時間，把前面所記過的單字做一個全盤的瞭解和記憶。

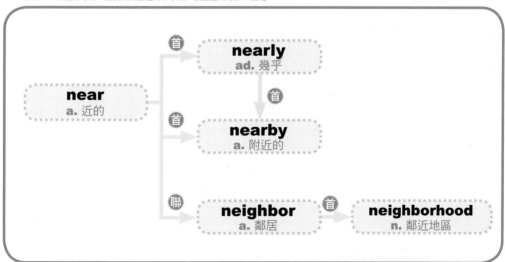

首字首、根字根、尾字尾記憶法 ｜同同義、反反義記憶法 ｜相相似字記憶法 ｜聯聯想記憶法

必考關鍵字

> necessary a 必要的 14-02

托TOEFL ❶IELTS ❸TOEIC ❻GEPT ❶學測&指考 ❷公務人員考試

單 字 錦 囊

1485. necessarily [ˋnɛsəsɛrɪlɪ] 【nec•es•sar•i•ly】 **ad** 必要地
Investing money is not necessarily the best idea.
投資不一定是最好的主意。

• 考試必勝小祕訣：
necessarily是necessary的副詞形。necessary。

1486. necessary [ˋnɛsəsɛrɪ] 【nec•es•sary】 **a** 必要的
Keeping the doors locked is a necessary precaution.
鎖門是一項必要的預防措施。

• 考試必考同義字：
required, compulsory, needed, imperative

1487. necessitate [nɪˋsɛsəˌtet] 【ne•ces•si•tate】
v 使成為必須
The typhoon has necessitated an evacuation.
颱風使得必須撤離。

• 考試必考同義字：
require, oblige。

1488. necessity [nəˋsɛsətɪ] 【ne•ces•si•ty】 **n** 必需品
Due to the shortage of necessity, we had to flee the village.
因為民生必需品短缺，我們不得不撤離村民。

• 考試必勝小祕訣：
有句俗諺說 **"Necessity is the mother of invention."** 意思是當你真正需要做某事時，就能設法達成它。

> necessary 必考關鍵字三分鐘速記圖

請利用三分鐘的時間，把前面所記過的單字做一個全盤的瞭解和記憶。

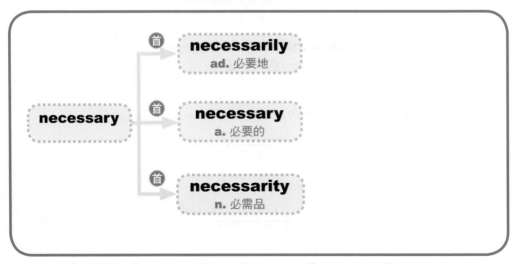

首字首根字根尾字尾記憶法 | 同同義、反反義記憶法 | 相相似字記憶法 | 聯聯想記憶法

必考關鍵字

new a 新的

⑪TOEFL ❶IELTS ⓣTOEIC ⑥GEPT ⬆學測&指考 ⑳公務人員考試

單 字 錦 囊

1489. innovation [ˌɪnəˋveʃən]【in·no·va·tion】 n 創新
Innovation is key to good business. 創新是生意興隆的關鍵。

• 考試必考同義字：
novelty, formation, coinage

1490. innovative [ˋɪnoˌvetɪv]【in·no·va·tive】 a 創新的
His innovative approach earned him an award.
他創新的做法使他贏得了一個獎項。

• 考試必勝小祕訣：
innovative是**innovate**的形容詞形。

1491. new [nju]【new】 a 新的
We had a new idea recently.
我們最近有個新點子。

• 考試必考反義字：
old, antique（老舊的；古老的）

1492. news [njuz]【news】 n 新聞
The crisis has been all over the news.
這場危機已經上了全部的新聞。

• 考試必考片語：
"No news is good news."這句話是
說「沒有消息就是好消息」。

1493. newscaster [ˋnjuzˌkæstɚ]【news·cast·er】 n 新聞播音員
The newscaster checked her makeup before going live.
在開始直播前，這位新聞播報員先檢查她的妝。

• 考試必勝小祕訣：
newscaster就是播報**news**（新聞）
的人。

1494. newspaper [ˋnjuzˌpepɚ]【news·pa·per】 n 報紙
The newspaper was full of bad news. 報紙裡充滿了壞消息。

• 考試必勝小祕訣：記載**news**（新聞）的
paper（紙），就是報紙。

1495. newsreel [ˋnjuzˌril]【news·reel】 n 新聞影片
The newsreel is an old form of news broadcast.
新聞影片是一種舊的新聞播報型態。

• 考試必勝小祕訣：
現在較不常使用**newsreel**這個字。

1496. novel [ˋnɑvl̩]【nov·el】 a 新穎的；n 小說
The novel was very popular with young children.
這本小說廣受小朋友的喜愛。

• 考試必考同義字：
forbid, ban, disallow

1497. novelty [ˋnɑvl̩tɪ]【nov·el·ty】 n 新奇
The novelty of the new haircut was now wearing off.
這新奇的髮型現在已經退流行了。

• 考試必考同義字：
**uniqueness, difference,
specialty**

1498. renovate [ˋrɛnəˌvet]【ren·o·vate】 v 修復，改善
They planned to renovate the old house.
他們計畫修復這個老房子。

• 字首：**re**表示「重新」；「再」的意思。

 new 必考關鍵字三分鐘速記圖

請利用三分鐘的時間，把前面所記過的單字做一個全盤的瞭解和記憶。

必考關鍵字

> nurse n 護士

	單 字 錦 囊

1499. malnutrition [ˌmælnjuˋtrɪʃən]【mal‧nu‧tri‧tion】n營養不良
Malnutrition is common in the Third World countries.
營養不良在第三世界的國家很常見。

• 字首：**mal**表示「壞的」，壞的nutrition（營養）即指營養不良。

1500. nourish [ˋnɝɪʃ]【nour‧ish】V養育，滋養，懷抱
He nourished dreams of going abroad.
他一直懷著出國的夢想。

• 考試必勝小祕訣：
nourish + dreams表示持續懷抱著夢想。

1501. nurse [nɝs]【nurse】n護士；V護理
The nurse tended to the patient.
護士照料病人。

• 考試必考片語：
nurse後面常常接 "tended to"。

1502. nursery [ˋnɝsərɪ]【nu‧tri‧tion】n幼兒室
The nursery was open in the morning.
托兒所早上開始營業。

• 考試必考同義字：
baby's room, children's room, playroom

1503. nutrition [njuˋtrɪʃən]【nu‧tri‧tion】n營養
Make sure there is enough nutrition in your diet.
確保你的飲食有足夠的營養。

• 考試必考同義字：
nourishment是指食物、營養品。

1504. nurture [ˋnɝtʃɚ]【nur‧ture】V n養育，培育
You need to nurture your children as they grow up.
你必須養育你的孩子們長大。

• 考試必勝小祕訣：
rear, foster, train, raise

> nurse 必考關鍵字三分鐘速記圖

請利用三分鐘的時間，把前面所記過的單字做一個全盤的瞭解和記憶。

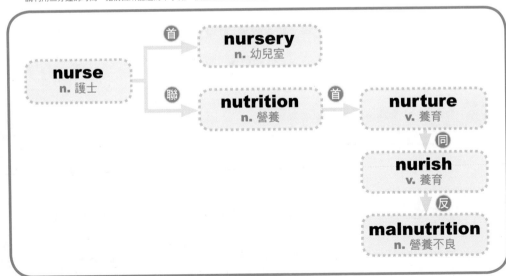

首字首、根字根、尾字尾記憶法 | 同同義、反反義記憶法 | 相相似字記憶法 | 聯聯想記憶法

a	形容詞
ad	副詞
aux	助動詞
conj	連接詞
n	名詞
num	數字
prep	介係詞
pron	代名詞
v	動詞
（美）	美式用語
（英）	英式用語

首 字首記憶法
根 字根記憶法
尾 字尾記憶法
同 同義字記憶法
反 反義字記憶法
相 相似字記憶法
聯 聯想記憶法

托 TOEFL
I IELTS
T TOEIC
G GEPT
↑ 學測&指考
公 公務人員考試

必考關鍵字

object n 物體

MP3 15-01

⊕TOEFL ❶IELTS ⓣTOEIC ⒼGEPT ⬆學測&指考 Ⓐ公務人員考試

1505. inject [ɪnˋdʒɛkt]【in‧ject】 **v** 注射
The doctor injected the patient with morphine.
醫生為這個病人注射了嗎啡。

- 考試必考片語：
  fill, insert皆有「射入」；「注入」之意。

1506. injection [ɪnˋdʒɛkʃən]【in‧jec‧tion】 **n** 注射
The injection of drugs is often done into the buttocks.
毒品通常是注射在臀部。

- 考試必考片語：
  injection是**inject**的名詞形。

1507. object [ˋɑbdʒɪkt]【ob‧ject】 **n** 物體，目標
The car was an object of desire. 汽車是渴望的目標。

- 考試必考片語：**object of desire**表示某物是大家都想要的。

1508. objection [əbˋdʒɛkʃən]【ob‧jec‧tion】 **n** 反對
I have no objection to your leaving. 我不反對你離開。

- 考試必考混淆字：
  objective（客觀的）

1509. objective [əbˋdʒɛktɪv]【ob‧jec‧tive】 **a** 客觀的
It is hard to remain objective sometimes. 有時很難保持客觀。

- 考試必考片語：
  subjective（主觀的）

1510. project [prəˋdʒɛkt]【proj‧ect】 **n** 計劃
The project was going according to the plan.
這項計畫正如期進行。

- 考試必勝小秘訣：
  project也可以當動詞「企劃」；「計劃」的意思。

1511. projector [prəˋdʒɛktɚ]【pro‧jec‧tor】 **n** 投影機，放映機
The projector cast an image onto the wall.
投影機將影像投射在牆上。

- 考試必考同義字：
  projectionist則指「電影放映師」。

1512. subject [ˋsʌbdʒɪkt]【sub‧ject】 **n** 主題
The subject of the talk was about recycling.
這次談的主題和資源回收有關。

- 考試必考同義字：
  change the subject就是「改變話題」。

1513. subjective [səbˋdʒɛktɪv]【sub‧jec‧tive】 **a** 主觀的
Your opinion is entirely subjective. 你的意見完全是主觀的。

- 考試必考反義字：
  objective（客觀的）

> object 必考關鍵字三分鐘速記圖

請利用三分鐘的時間，把前面所記過的單字做一個全盤的瞭解和記憶。

首字首、根字根、尾字尾記憶法 ┃ 同同義、反反義記憶法 ┃ 相相似字記憶法 ┃ 聯聯想記憶法

必考關鍵字

observe Ⅴ 注意，觀察

托TOEFL　ⅠIELTS　ⓉTOEIC　ⒼGEPT　介學測&指考　公公務人員考試

	單 字 錦 囊
	托ⅠⓉⒼ介公

1514. conservation [ˌkɑnsɚˋveʃən] 【con‧ser‧va‧tion】
Ⓝ 保存
Energy conservation is a growing industry sector.
能源節約是一種蓬勃發展的行業。

• 考試必考同義字：
preservation, preserving, saving, reservation

托ⅠⓉⒼ介公

1515. conservative [kənˋsɚvətɪv] 【con‧ser‧va‧tive】Ⓐ保守的
He was a careful person and conservative in his views.
他是個在意見上保守謹慎的人。

• 考試必勝小祕訣：
Conservative（保守黨）是英國的政黨名。

托ⅠⓉⒼ介公

1516. conserve [kənˋsɚv] 【con‧serve】Ⅴ保存
Conserving earth's resources is essential for the future.
保護地球資源是未來的基本之道。

• 考試必考同義字：
preserve, save, keep

托ⅠⓉⒼ介公

1517. observation [ˌɑbzɚˋveʃən] 【ob‧ser‧va‧tion】Ⓝ觀察
Observation is necessary when learning a new profession.
學習新技能時，觀察是必要的。

• 考試必勝小祕訣：
observation是**observe**的名詞形。

托ⅠⓉⒼ介公

1518. observe [əbˋzɚv] 【ob‧serve】Ⅴ注意，觀察
Observe the prisoner carefully.
注意監視這名囚犯。

• 考試必考同義字：
see, note, examine

托ⅠⓉⒼ介公

1519. observer [əbˋzɚvɚ] 【ob‧serv‧er】Ⓝ觀察者
The observers took notes silently.
這位觀察者安靜地記下筆記。

• 考試必勝小祕訣：
observe（觀察）的人，就是觀察者。

O

observe 必考關鍵字三分鐘速記圖

請利用三分鐘的時間，把前面所記過的單字做一個全盤的瞭解和記憶。

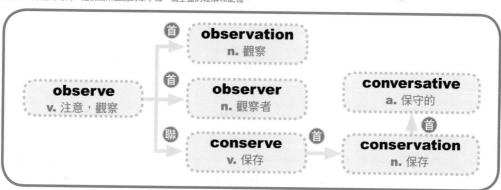

首字首、根字根、尾字尾記憶法 ｜ 同同義、反反義記憶法 ｜ 相相似字記憶法 ｜ 聯聯想記憶法

必考關鍵字

offer v 提供

TOEFL · IELTS · TOEIC · GEPT · 學測&指考 · 公務人員考試

單字錦囊

1520. fertile [`fɝtl]【fer·tile】a 肥沃的
The fertile earth was ripe for farming.
這片肥沃的土壤已經可供農耕了。

- 考試必勝小祕訣：
  fertile可形容土地，也可用來形容女人。

1521. fertilizer [`fɝtl͵aɪzɚ]【fer·til·iz·er】n 促進發展者
The machine spread the ferilizer upon the field.
這部機器的發展者將它的領域推得很廣。

- 考試必勝小祕訣：
  ferilizer也有「肥料」的意思。

1522. infer [ɪn`fɝ]【in·fer】v 推斷
From his facial expression it was possible to infer his mood.
可以從他的表情去推斷他的心情。

- 考試必勝小祕訣：
  infer是表達guess（猜測）的進階用字。

1523. inference [`ɪnfərəns]【in·fer·ence】n 推論
The student hadn't studied but answered the exam questions by inference.
這學生沒有讀過這個，只好用推論回答考題了。

- 考試必勝小祕訣：
  inferential是形容詞「推理的」；「推論的」。

1524. offer [`ɔfɚ]【of·fer】v 提供
I would like to offer you a job.
我願意提供一份工作給你。

- 考試必勝小祕訣：
  offer a job是最常見的用法。

1525. refer [rɪ`fɝ]【re·fer】v 提及，提交
The doctor referred him to a specialist.
這位醫生把他轉給專科醫生。

- 考試必考片語：
  refer to可指「提到，談論」或「參考，參照」。

1526. reference [`rɛfərəns]【ref·er·ence】n 提及，涉及；介紹信
Your references are all glowing.
你的推薦函都非常有力。

- 考試必勝小祕訣：
  reference book就是參考用的工具書。

offer 必考關鍵字三分鐘速記圖

請利用三分鐘的時間，把前面所記過的單字做一個全盤的瞭解和記憶。

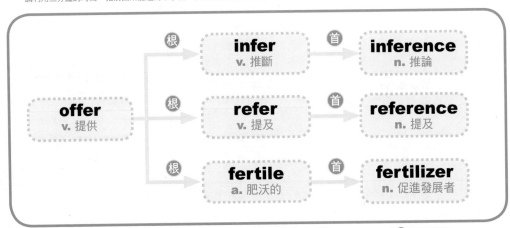

首字首、根字根、尾字尾記憶法｜同同義、反反義記憶法｜相相似字記憶法｜聯聯想記憶法

必考關鍵字

oil n 油，石油，汽油

(MP3) 15-02

托TOEFL ❶IELTS ❶TOEIC ⓖGEPT ↑學測&指考 公公務人員考試

單 字 錦 囊

托❶❶ⓖ↑公

1527. gasoline [`ɡæsəˌlin] 【gas•o•line】 n 石油
The car needed gasoline urgently.
這輛汽車急需汽油。

• 考試必勝小祕訣：
gasoline通常簡稱為**gas**。

托❶❶ⓖ↑公

1528. kerosene [`kɛrəˌsin] 【ker•o•sene】 n 煤油
Kerosene, like gasoline, is a fuel.
煤油，就像汽油一樣，是種燃料。

• 考試必勝小祕訣：
kerosene是個不可數名詞。

托❶❶ⓖ↑公

1529. oil [ɔɪl] 【oil】 n 油，石油，汽油
The oil from the tanker spread and polluted the sea.
這艘油輪的油擴散出來並污染了海洋。

• 考試必考片語：
pour oil on troubled waters是「平息風波」的意思。

托❶❶ⓖ↑公

1530. petrol [`pɛtrəl] 【pet•rol】 n 汽油
The petrol station was just down the road.
加油站就在路上。

• 考試必考同義字：
gas就是「汽油」。

托❶❶ⓖ↑公

1531. petroleum [pə`trolɪəm] 【pe•tro•leum】 n 石油
The petroleum was leaking from the pump.
石油從泵中洩露了出來。

• 考試必勝小祕訣：
petroleum也可稱為**petrol**。

托❶❶ⓖ↑公

1532. pneumonia [njuˈmonjə] 【pneu•mo•nia】 n 肺炎
The old lady had caught pneuomonia and needed medical aid.
這位老太太感染了肺炎，急需醫療救助。

• 考試必勝小祕訣：
pneumonia是個醫學名詞。

 oil 必考關鍵字三分鐘速記圖

請利用三分鐘的時間，把前面所記過的單字做一個全盤的瞭解和記憶。

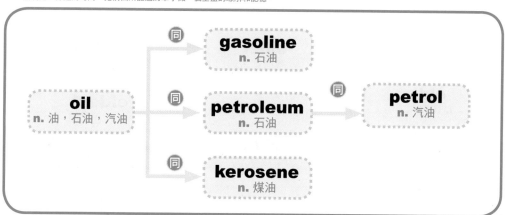

首字首、根字根、尾字尾記憶法 ┃ 同同義、反反義記憶法 ┃ 相相似字記憶法 ┃ 聯聯想記憶法

必考關鍵字

> old ⓐ 年老的

托TOEFL ❶IELTS ⓣTOEIC ⓖGEPT ⬆學測&指考 ⓐ公務人員考試

━━━━ 單 字 錦 囊 ━━━━

1533. adolescence [ˌædlˈɛsn̩s] 【ad•o•les•cence】 ⓝ青春期
During adolescence children go through many changes.
兒童在青春期會經歷許多變化。

托❶ⓣⓖ⬆ⓐ
• 考試必考同義字：
youth, teens, teenage

1534. adolescent [ˌædlˈɛsn̩t] 【ad•o•les•cent】 ⓐ青春期的
ⓝ青少年
His adolescent behaviour irritated his family.
他那幼稚的行為惹怒了他的家人。

托❶ⓣⓖ⬆ⓐ
• 考試必勝小祕訣：
adolescent是**adolescence**的形容詞形。

1535. adult [əˈdʌlt] 【adult】 ⓝ成年人
The adults were eager for the children to go to bed.
大人希望孩子們快點上床睡覺。

托❶ⓣⓖ⬆ⓐ
• 考試必勝小祕訣：
adult也可當形容詞「成熟的」；「成年的」。

1536. elder [ˈɛldɚ] 【el•der】 ⓐ年齡較大的
The elder gentleman had a cane for walking.
這位老紳士靠著手杖走路。。

托❶ⓣⓖ⬆ⓐ
• 考試必勝小祕訣：
elder是**old**的進階說法。

1537. elderly [ˈɛldɚlɪ] 【el•der•ly】 ⓐ年長的
The elderly ladies watched TV as they did their knitting.
那些老女士一邊看電視一邊編織。

托❶ⓣⓖ⬆ⓐ
• 考試必勝小祕訣：
elderly也可形容「老式的」；「過時的」。

1538. eldest [ˈɛldɪst] 【el•dest】 ⓐ最年長的
The eldest son in the family traditionally gave the speech.
長子在傳統中是家庭的發言者。

托❶ⓣⓖ⬆ⓐ
• 考試必勝小祕訣：
長子是**eldest son**，長女是**eldest daughter**。

1539. old [old] 【old】 ⓐ年老的
The old man liked to tell stories of the past.
這老人喜歡講過去的故事。

• 考試必考反義字：
young（年輕的）

> old 必考關鍵字三分鐘速記圖

請利用三分鐘的時間，把前面所記過的單字做一個全盤的瞭解和記憶。

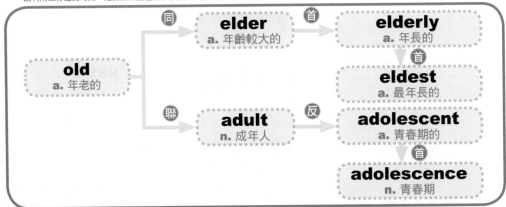

首字首、根字根、尾字尾記憶法｜同同義、反反義記憶法｜相相似字記憶法｜聯聯想記憶法

必考關鍵字

> **one** num 一個

托TOEFL I IELTS TTOEIC G GEPT ↑學測&指考 公公務人員考試

單 字 錦 囊

1540. alone [ə`lon]【alone】a 單獨的
Helen was alone in the old house and frightened.
海倫獨自在那棟老房子裡且感到害怕。

* 考試必考同義字：
isolated, lonely, solitary

1541. lonely [`lonlɪ]【lone‧ly】a 單獨的，孤單的
The old man was very lonely. 那老人非常孤單。

* 考試必考混淆字：
lonely, alone

1542. none [nʌn]【none】pron 一個也沒有
She enjoyed arguing, but he wanted none of it.
她樂在辯論，但他一點也不喜歡。

* 考試必勝小祕訣：
to want none of something = not
like something（不喜歡某事物）。

1543. nonsense [`nɑnsɛns]【non‧sense】n 胡說，胡鬧
I have had enough of your nonsense. 我已經受夠了你的胡鬧。

* 考試必勝小祕訣：
nonsense在此指不良的行為。

1544. nonetheless [ˌnʌnðə`lɛs]【none‧the‧less】
a 儘管如此
She nonetheless accepted his invitation to go to the ball.
儘管如此，她還是接受了球賽的邀請。

* 考試必考同義字：
yet

1545. once [wʌns]【once】ad 一次
He shot the wolf once and then twice.
他對那匹狼開了一次又一次的槍。

* 考試必考片語：
once in a while是「有時」的意思。

1546. one [wʌn]【one】num 一個
After one day, Simon decided he wanted to leave.
一天之後，賽門決定離開。

* 考試必考片語：
one by one就是「一個一個地」。

1547. only [`onlɪ]【on‧ly】a 唯一的
He was the only boy who didn't run away.
他是唯一沒有跑掉的小男孩。

1548. onion [`ʌnjən]【on‧ion】n 洋蔥
The onion made him cry when he cut it.
當他切洋蔥時，洋蔥使他流眼淚。

* 考試必考同義字：
onion ring就是「洋蔥圈」。

> **one** 必考關鍵字三分鐘速記圖

請利用三分鐘的時間，把前面所記過的單字做一個全盤的瞭解和記憶。

反 **none**
pron. 一個也沒有

首 **nonsense**
n. 胡說

one
num. 一個

根 **lonely**
a. 孤單的

同 **alone**
a. 單獨的

根 **only**
a. 唯一的

根 **once**
ad. 一次

首字首、根字根、尾字尾記憶法 ｜ 同同義、反反義記憶法 ｜ 相相似字記憶法 ｜ 聯聯想記憶法　　**265**

必考關鍵字

operate ⓥ 運轉，經營

(MP3) 15-03

ⓣTOEFL　ⓘIELTS　ⓣTOEIC　ⓖGEPT　⬆學測&指考　⓪公務人員考試

	單　字　錦　囊

1549. **cooperate** [koˋɑpəˌret]【co·op·er·ate】ⓥ 合作
Please cooperate with your sister. 請與你的妹妹合作。

• 考試必勝小祕訣：
名詞是**cooperation**（合作）。

1550. **cooperative** [koˋɑpəˌretɪv]【co·op·er·a·tive】ⓐ 合作的
He tried to be cooperative despite the fact that he didn't like his fellow worker.
他雖然不喜歡他的同事，但還是試著與他合作。

• 考試必勝小祕訣：
cooperative也可當名詞「合作社」或「合作商店」。

1551. **opera** [ˋɑpərə]【op·era】ⓝ 歌劇
The opera was very exciting but hard to understand.
這齣歌劇非常精采，但是很難理解。

• 考試必勝小祕訣：
opera house就是「歌劇院」。

1552. **operate** [ˋɑpəˌret]【op·er·ate】ⓥ 運轉
We need to operate as soon as possible.
我們需要盡快營運。

• 考試必勝小祕訣：
名詞是**operation**（操作）。

1553. **operation** [ˌɑpəˋreʃən]【op·er·a·tion】ⓝ 操作，運轉，活動
The operation went according to the plan.
這項活動依照計畫進行。

• 考試必勝小祕訣：
operation常用於醫藥或軍事方面。

1554. **operational** [ˌɑpəˋreʃənḷ]【op·er·a·tion·al】
ⓐ 操作上的，經營上的
Operational costs have risen this year.
今年的經營成本上升了。

• 考試必勝小祕訣：
operational是**operation**的形容詞形。

1555. **operator** [ˋɑpəˌretə]【op·er·a·tor】ⓝ 操作員
The machine operator was highly skilled.
這位機器操作員技術相當老練。

• 考試必勝小祕訣：
operator是**operate**（操作）的人。

operate 必考關鍵字三分鐘速記圖

請利用三分鐘的時間，把前面所記過的單字做一個全盤的瞭解和記憶。

首字首、根字根、尾字尾記憶法 ┃ 同同義、反反義記憶法 ┃ 相相似字記憶法 ┃ 聯聯想記憶法

必考關鍵字

 optimistic a 樂觀的

🔠TOEFL ❶IELTS 🆃TOEIC 🅶GEPT ⬆學測&指考 🅰公務人員考試　　　　　單 字 錦 囊

1556. optimism [`ɑptəmɪzəm]【op•ti•mism】 n 樂觀主義
His optimism proved to be justified.
他的樂觀是有道理的。

• 考試必勝小祕訣：
optimism是**optimistic**的名詞。

1557. optimist [`ɑptəmɪst]【op•ti•mist】 n 樂天主義者，樂天者
He is an optimist and always thinks the best will happen.
他是個樂天主義者，他認為好事一定會發生。

• 考試必勝小祕訣：
optimist是**optimistic**（樂觀）的人。

1558. optimistic [ˌɑptə`mɪstɪk]【op•ti•mis•tic】 a 樂觀的
She was optimistic about the future. 她對未來是樂觀的。

• 考試必考片語：
optimistic後面常接**about**。

1559. optimize [`ɑptəˌmaɪz]【op•ti•mize】 v 使最優化
Try to optimize your working habits.
試著使你的工作習慣達到最好。

• 考試必勝小祕訣：
optimization是名詞「最優化」。

1560. optimum [`ɑptəməm]【op•ti•mum】 n 最適宜的
The business has now achieved optimum efficiency.
這間企業現已達成最佳效率。

• 考試必考片語：
optimum也可當形容詞「最理想的」。

1561. pessimistic [ˌpɛsə`mɪstɪk]【pes•si•mis•tic】 a 悲觀的
I am pessimistic about my chances of winning the lottery.
對於贏得樂透的機會，我是悲觀的。

• 考試必考反義字：
optimistic

O

optimistic 必考關鍵字三分鐘速記圖

請利用三分鐘的時間，把前面所記過的單字做一個全盤的瞭解和記憶。

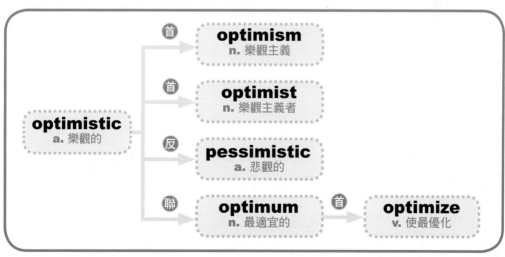

🟠字首、🟠字根、🟠字尾記憶法 │ 🟠同義、反反義記憶法 │ 🟠相相似字記憶法 │ 🟠聯聯想記憶法　　**267**

必考關鍵字

 order v 命令 n 順序

🔵TOEFL ⭕IELTS 🔵TOEIC 🟢GEPT ⬆學測&指考 🟣公務人員考試

1562. coordinate [koˋɔrdn̩et]【co‧or‧di‧nate】v 調節
The military was able to coordinate the whole operation from their base.
軍隊可以從基地協調整個行動。

1563. extraordinary [ɪkˋstrɔrdn̩‿ɛrɪ]【ex‧traor‧di‧nary】
a 非常的，突出的
She was an extraordinary girl: bright, beautiful and gifted.
她是個很特別的女孩：光采、美麗又有天賦。

1564. order [ˋɔrdɚ]【or‧der】v 命令
The captain ordered the retreat. 船長下令撤退。

1565. orderly [ˋɔrdɚlɪ]【[or‧der‧ly】a 有次序地
The students waited for class in an orderly line.
學生有次序的排隊等著上課。

1566. ordinary [ˋɔrdn̩‿ɛrɪ]【or‧di‧nary】a 平常的
The fact that he had survived proved that he was no ordinary man.
事實上，他的存活已經證明他不是平凡人。

1567. subordinate [səˋbɔrdn̩ɪt]【sub‧or‧di‧nate】
a 下級的；n 下屬，下級
His subordinate rushed to follow his commands.
他的下屬送達他的命令。

單 字 錦 囊
🔵⭕🟢⬆🟣

- 考試必勝小祕訣：
coordinate 也可以當形容詞「同等重要的」或名詞「同等的人」。

🔵⭕🟢⬆🟣

- 字首：
extra表示「超出」；「在…之外」。

🔵⭕🟢⬆🟣

- 考試必勝小祕訣：
order也可當名詞「命令」；「秩序」。

🔵⭕🟢⬆🟣

- 考試必勝小祕訣：
orderly也可當名詞「勤務員」。

🔵⭕🟢⬆🟣

- 考試必勝同義字：
out of the ordinary是指「不平常的」。

🔵⭕🟢⬆🟣

- 考試必勝同義字：
dependent, secondary, inferior

order 必考關鍵字三分鐘速記圖

請利用三分鐘的時間，把前面所記過的單字做一個全盤的瞭解和記憶。

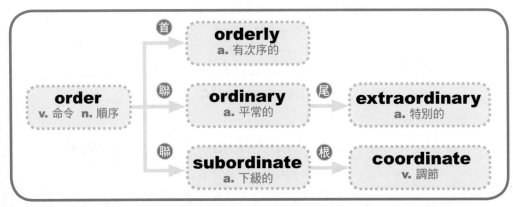

首字首、根字根、尾字尾記憶法 │同同義、反反義記憶法 │相相似字記憶法 │聯聯想記憶法

必考關鍵字

origin n 起源

(MP3) 15-04

托TOEFL I IELTS T TOEIC G GEPT 學測&指考 公 公務人員考試

單 字 錦 囊
托I T G 學 公

1568. abortion [ə`bɔrʃən] 【abor·tion】 ▽ 流產，墮胎
Abortion is still a highly controversial topic.
墮胎仍是個極具爭議性的話題。

- 考試必勝小祕訣：
abort表示停止某事。

托I T G 學 公

1569. orient [`orɪənt] 【ori·ent】 n 東方，亞洲；▽ 使熟悉狀況
Many western visitors wish to visit the countries of the orient.
許多西方的遊客喜歡造訪東方的國家。

- 考試必考同義字：
the East, Asia

托I T G 學 公

1570. oriental [ˌorɪ`ɛntl] 【grave】 a 東方的
Oriental women are very beautiful. 東方女性非常美麗。

- 考試必考反義字：
occidental（西方的）。

托I T G 學 公

1571. orientation [ˌorɪɛn`teʃən] 【ori·en·ta·tion】 n 方向
The orientation of the satellite made it difficult to steer.
衛星定位使人難以操控。

- 考試必考同義字：
direction

托I T G 學 公

1572. origin [`ɔrədʒɪn] 【or·i·gin】 n 起源
The origin of man is believed to lie in the animal kingdom.
人類的起源被認為存在在動物界之中。

- 考試必考同義字：
beginning, start

托I T G 學 公

1573. original [ə`rɪdʒənl] 【orig·i·nal】 a 起初的
This was the original painting and it was worth a fortune.
這是原始的畫作，它價值非凡。

- 考試必考同義字：
primary, primordial, incipient, prime

托I T G 學 公

1574. originate [ə`rɪdʒəˌnet] 【o·rig·nate】 ▽ 起源
My family originate from Scotland.
我的家人來自蘇格蘭。

- 考試必勝小祕訣：
originate是 "come from" 的進階說法。

origin 必考關鍵字三分鐘速記圖

請利用三分鐘的時間，把前面所記過的單字做一個全盤的瞭解和記憶。

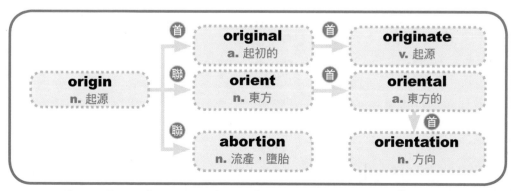

必考關鍵字

▶ **ornament** n 裝飾物

托TOEFL ❶IELTS T TOEIC G GEPT ↑學測&指考 公公務人員考試

單 字 錦 囊

托 ❶ T G ↑ 公

1575. adorn [ə`dɔrn] 【adorn】 ☑ 裝飾
The native women's heads were adorned with feathers.
土著婦女的頭上裝飾著羽毛。

• 考試必考同義字：
decorate

托 ❶ T G ↑ 公

1576. adornment [ə`dɔrnmənt] 【adorn•ment】 n 裝飾
The adornments on the door of the house were somewhat garish.
這房子的門飾有點刺眼。

• 考試必勝小祕訣：
動詞是 **adorn**（裝飾）。

托 ❶ T G ↑ 公

1577. ornament [`ɔrnəmənt] 【or•na•ment】 n 裝飾物
The ornaments on the shelf were all very delicate.
架上的飾品都非常精美。

• 考試必考同義字：
decoration, adornment, embellishment

托 ❶ T G ↑ 公

1578. ornate [ɔr`net] 【or•nate】 a 裝飾的
The ornate armour was worn by the Shogun.
將軍戴著裝飾華麗的盔甲。

• 考試必考同義字：
fussy, flamboyant, fancy

▶ **ornament** 必考關鍵字三分鐘速記圖

請利用三分鐘的時間，把前面所記過的單字做一個全盤的瞭解和記憶。

首字首、根字根、尾字尾記憶法 ｜ 同同義、反反義記憶法 ｜ 相相似字記憶法 ｜ 聯聯想記憶法

必考關鍵字

owe ⓥ 欠

🅣TOEFL ⓘIELTS 🅣TOEIC 🅖GEPT ⬆學測&指考 🅐公務人員考試

單 字 錦 囊

1579. owe [o]【owe】ⓥ欠
I owe him money, and I need to repay it soon.
我欠他錢，而且我希望盡快還清。

🅣ⓘ🅣🅖⬆🅐
• 考試必勝小祕訣：
owe可指欠錢或人情。

1580. owing [ˋoɪŋ]【owing】ⓐ欠著的
Please give me the money owing before Tuesday.
請在週二前將欠的錢給我。

🅣ⓘ🅣🅖⬆🅐
• 考試必勝小祕訣：
owing是**owe**的形容詞形。

1581. own [on]【own】ⓐ自己的；ⓥ擁有
My views are my own, and you don't need to agree.
這是我自己的意見，你不必同意。

🅣ⓘ🅣🅖⬆🅐
• 考試必考片語：
of one's own就是「屬於自己的」。

1582. owner [ˋonɚ]【own·er】ⓝ所有人
The owner was selling the house at a discount.
屋主將打折出售房屋。

🅣ⓘ🅣🅖⬆🅐
• 考試必勝小祕訣：
own（擁有）的人，就是**owner**（持有者）。

1583. ownership [ˋonɚˌʃɪp]【own·er·ship】ⓝ所有權
Ownership is sacred in the eyes of the law.
在法律面前，所有權是不得侵犯的。

🅣ⓘ🅣🅖⬆🅐
• 考試必勝小祕訣：
這句話表示法律會保障所有者的權利。

O

owe 必考關鍵字三分鐘速記圖

請利用三分鐘的時間，把前面所記過的單字做一個全盤的瞭解和記憶。

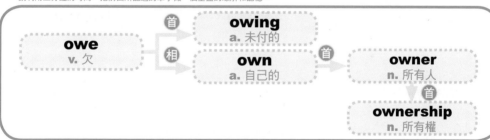

🦶字首、⒆字根、🦵字尾記憶法 ｜ 同同義、⑤反義記憶法 ｜ 相相似字記憶法 ｜ 聯聯想記憶法

必考關鍵字

 oxygen n 氧

TTOEFL **I**IELTS **T**TOEIC **G**GEPT **↑**學測&指考 **公**公務人員考試

1584. dioxide [daɪˋɑksaɪd]【di•ox•ide】n 二氧化物
Carbon dioxide is required for plants to exist.
二氧化碳是植物生存所需的。

• 考試必勝小祕訣：
dioxide可視為**oxygen**的反義字，人類呼出**dioxide**植物卻需要它。

1585. monoxide [manˋɑksaɪd]【mon•ox•ide】n 一氧化物
Carbon monoxide is the cause of many deaths.
一氧化碳造成很多人死亡。

• 字首：
mono表示「一」；「單一」。

1586. oxide [ˋɑksaɪd]【ox•ide】n 氧化物
An oxide is a compound of oxygen.
氧化物是一種氧的混合物。

• 考試必勝小祕訣：
oxidative是形容詞「氧化的」。

1587. oxygen [ˋɑksədʒən]【ox•y•gen】n 氧
Oxygen is necessary for life.
氧氣是生命中不可或缺的。

• 考試必勝小祕訣：
oxygen mask就是「氧氣面罩」。

oxygen 必考關鍵字三分鐘速記圖

請利用三分鐘的時間，把前面所記過的單字做一個全盤的瞭解和記憶。

首字首、**根**字根、**尾**字尾記憶法 | **同**同義、**反**反義記憶法 | **相**相似字記憶法 | **聯**聯想記憶法

a 形容詞
ad 副詞
aux 助動詞
conj 連接詞
n 名詞
num 數字
prep 介係詞
pron 代名詞
v 動詞
（美）美式用語
（英）英式用語

首 字首記憶法
根 字根記憶法
尾 字尾記憶法
同 同義字記憶法
反 反義字記憶法
相 相似字記憶法
聯 聯想記憶法

托 TOEFL
I IELTS
T TOEIC
G GEPT
↑ 學測&指考
公 公務人員考試

必考關鍵字

present a 在場的 n 目前 16-01

℡TOEFL ❶IELTS ℡TOEIC ⒼGEPT ↑學測&指考 ㊣公務人員考試

單字錦囊

1588. absence [ˈæbsn̩s]【ab‧sence】 n 缺席
Ken's absence of mind in class made the teacher mad.
肯上課心不在焉讓老師發怒。

・考試必考片語：
absence of mind就是「心不在焉」。

1589. absent [ˈæbsn̩t]【ab‧sent】 a 缺席的
The absent student concerned the teacher.
老師關注到了缺席的學生。

・字首：
ab表示「偏離」；「離開」。

1590. presence [ˈprɛzn̩s]【pres‧ence】 n 到場
The presence of the headmaster made the students behave. 校長的現身使學生遵守規矩。

・考試必考同義字：
attendance, being, existence

1591. presentation [ˌprizɛnˈteʃən]【pre‧sen‧ta‧tion】
n 贈送，呈獻
The company presentation was a great success.
這次公司簡報非常成功。

・考試必考同義字：：
performance

1592. present [ˈprɛznt]【pres‧ent】 a 在場的；n 目前，現在
The present problem needs to be resolved.
目前的問題需要解決。

・考試必考片語：
at present就是now「目前」；「現在」。

1593. presently [ˈprɛzntlɪ]【pres‧ent‧ly】 ad 目前
I will attend to your problems presently.
我馬上會參與你的問題。

・考試必考同義字：
shortly, soon, directly

1594. represent [ˌrɛprɪˈzɛnt]【rep‧re‧sent】 v 代表，象徵
This crisis represents a grave threat to the nation.
這場危機代表國家受到嚴重威脅。

・考試必考片語：
represent to就是「向…指出」。

1595. representation [ˌrɛprɪzɛnˈteʃən]【rep‧re‧sen‧ta‧tion】
n 代表，陳述
Your representation of events differs from mine.
你對事件的陳述與我的不同。

・考試必考片語：
make representations就是「提出抗議」。

1596. representative [ˌrɛprɪˈzɛntətɪv]【rep‧re‧sen‧ta‧tive】
a 代表性的
This essay is not representative of your true ability.
本文並不代表你的真實能力。

・考試必考小祕訣：
representative是**representation**的形容詞形。

present 必考關鍵字三分鐘速記圖

請利用三分鐘的時間，把前面所記過的單字做一個全盤的瞭解和記憶。

🈶字首、🈚字根、🈡字尾記憶法 | 🈢同義、🈯反義記憶法 | 🈝相似字記憶法 | 🈴聯想記憶法

必考關鍵字

 production n 生產

單 字 錦 囊

1597. by-product [`baɪˌprɑdəkt]【by-prod·uct】n副產品
A by-product of cow-farming is methane.
牧牛業的副產品是甲烷。

托I T G ↑ 公

- 考試必勝小祕訣：
by-product可指有用的或無用的副產品。

1598. produce [prə`djus]【pro·duce】v製造，生產
China produces huge amounts of rice every year.
中國每年生產大量的米。

托I T G ↑ 公

- 考試必勝小祕訣：
produce是**product**的動詞形。

1599. product [`prɑdəkt]【prod·uct】n產品
The products were approved by the board of directors.
該產品已獲得董事會的同意。

托I T G ↑ 公

- 考試必考同義字：
production, creation, goods

1600. production [prə`dʌkʃən]【pro·duc·tion】n生產
Production went ahead as planned.
生產如計劃中的超前了。

托I T G ↑ 公

- 考試必考同義字：
producing, manufacture, fabrication

1601. productive [prə`dʌktɪv]【pro·duc·tive】a多產的
I feel I've had a very productive day.
我覺得我今天非常有成效。

托I T G ↑ 公

- 考試必勝小祕訣：
a productive day= a good day where lots was done（完成很多事情的一天）。

1602. productivity [ˌprodʌk`tɪvətɪ]【pro·duc·tiv·i·ty】n生產力
Productivity in the factory has risen since February.
工廠的生產力自從二月就開始上升。

托I T G ↑ 公

- 考試必勝小祕訣：
形容詞是**productive**（多產的）。

1603. reproduce [ˌriprə`djus]【re·pro·duce】v繁殖，複製
Reproducing the experiment proved difficult.
複製這項實驗是困難的。

托I T G ↑ 公

- 考試必勝小祕訣：
reproduce通常用於科學或藝術方面。

P

---

 production 必考關鍵字三分鐘速記圖

請利用三分鐘的時間，把前面所記過的單字做一個全盤的瞭解和記憶。

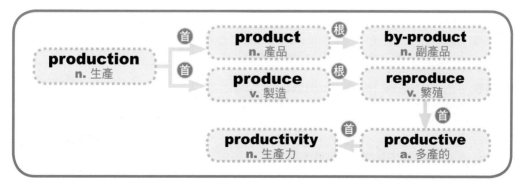

首字首、根字根、尾字尾記憶法 | 同同義、反反義記憶法 | 相相似字記憶法 | 聯聯想記憶法　　**275**

必考關鍵字

 part n 部分 v 離開，告別

托TOEFL 雅IELTS 多TOEIC G GEPT ↑學測&指考 公公務人員考試　　　　單　字　錦　囊

1604. apart [əˋpɑrt]【apart】a 分離的
She stood apart from the other girls in terms of her beauty. 她的美貌在其他女孩中脫穎而出。
- 考試必勝小祕訣：
  stand apart = stand out。

1605. apartment [əˋpɑrtmənt]【apart·ment】n 公寓
His new apartment was splendid. 他的新公寓非常金碧輝煌。
- 考試必勝小祕訣：
  apartment building指公寓大樓。

1606. compartment [kəmˋpɑrtmənt]【com·part·ment】n 劃分，隔間
The train compartment was spacious. 這火車車廂很寬敞。
- 考試必勝小祕訣：
  compartment在此指火車上的小隔間。

1607. counterpart [ˋkauntɚ͵pɑrt]【coun·ter·part】n 對應的人或物，極相像的人或物
His counterparts in the intelligence service believed he was wrong. 他的情報部門認為他是錯的。
- 考試必勝小祕訣：
  是**coworkers**（同事）的進階說法。

1608. depart [dɪˋpɑrt]【de·part】v 離開，出發
It is time for us to depart. 現在是我們離開的時候了。
- 考試必勝小祕訣：
  depart是**go**或**leave**較正式的說法。

1609. department [dɪˋpɑrtmənt]【de·part·ment】n 政府，部門
The department was performing worse than others. 那個部門的表現不如其他部門。
- 考試必勝同義字：
  division, section, branch

1610. departure [dɪˋpɑrtʃɚ]【de·par·ture】n 離開
His departure from the firm caused a commotion. 他的離開在公司引起了騷動。
- 考試必勝小祕訣：
  departure + from為常見用法。

1611. impart [ɪmˋpɑrt]【im·part】v 告知
Allow me to impart my knowledge to you. 請允許我將我的知識傳授予你。
- 考試必勝小祕訣：
  impart + knowledge是常見的用法。

1612. part [pɑrt]【part】n 部分 v 分開
Part of the painting was missing. 部分的畫作遺失了。
- 考試必勝片語：
  for the most part表示「大多數情況下」。

1613. partner [ˋpɑrtnɚ]【part·ner】n 搭擋，合夥人
My partner in the business knows how to sell. 我的合夥人知道如何銷售。
- 考試必勝同義字：
  companion, mate, collaborator

1614. participant [parˋtɪsəpənt]【par·tic·i·pant】n 參與者
The participants stepped up to the starting line. 參賽者走向起跑線。
- 考試必勝小祕訣：
  participant 這個字通常用於運動競賽中。

1615. participate [parˋtɪsə͵pet]【par·tic·i·pate】v 參與
You need to qualify to participate. 你需要符合參加的資格。
- 考試必勝小祕訣：
  participant 這個字通常用於運動競賽中。

1616. particle [ˋpɑrtɪkl]【par·ti·cle】n 微粒，粒子
The particles in the water were visible under the microscope. 在顯微鏡下可以看見水中的粒子。
- 考試必勝同義字：
  mote, mite, speck

1617. **particular** [pəˋtɪkjələ] 【par·tic·u·lar】 **a** 特定的，特殊的
This particular dog is a pedigree. 這種特殊的狗是純種的。
- 考試必考同義字：
  special, unusual, different

1618. **particularly** [pəˋtɪkjələlɪ] 【par·tic·u·lar·ly】 **ad** 特別地
I am particularly fond of this kind of chocolate.
我特別喜歡這種巧克力。
- 考試必勝小祕訣：
  particularly fond 為常見用法。

1619. **peculiar** [pɪˋkjuljə] 【pe·cu·liar】 **a** 獨特的，古怪的
His peculiar habits made it hard to make friends.
他古怪的生活習慣很難交到朋友。
- 考試必勝小祕訣：
  peculiar habit 為常見用法。

1620. **peculiarity** [pɪ͵kjulɪˋærətɪ] 【pe·cu·liar·i·ty】 **n** 獨特，特點
There are many peculiarities to this crime.
這場犯案有許多疑點。
- 考試必勝小祕訣：
  peculiarity 是 **peculiar** 的名詞形。

1621. **portion** [ˋporʃən] 【por·tion】 **n** 一部分
A portion of our proceeds goes to charity.
我們一部分的收益將用於慈善機構。
- 考試必考同義字：
  part, division, section

1622. **proportion** [prəˋporʃən] 【pro·por·tion】 **n** 比例
The proportion of males to females was roughly equal.
男女的比例大致相等。
- 考試必考同義字：
  ratio, balance

1623. **proportional** [prəˋporʃən!] 【pro·por·tion·al】 **a** 成比例的
Proportional representation is a kind of democratic system.
比例代表是一種民主制度。
- 考試必勝小祕訣：
  proportional 是 **proportion** 的形容詞形

> **part** 必考關鍵字三分鐘速記圖

請利用三分鐘的時間，把前面所記過的單字做一個全盤的瞭解和記憶。

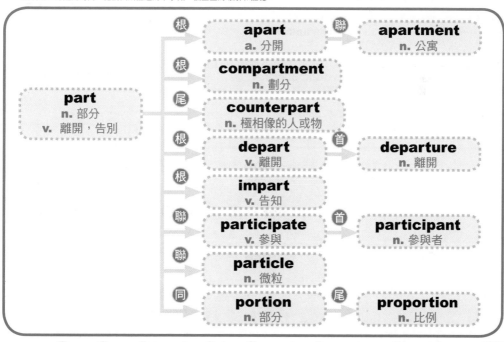

P

首字首、根字根、尾字尾記憶法 ｜ 同同義、反反義記憶法 ｜ 相相似字記憶法 ｜ 聯聯想記憶法　　　**277**

必考關鍵字

pain n 痛苦

(MP3) 16-03

托TOEFL　IELTS　TOEIC　GEPT　↑學測&指考　公公務人員考試

單 字 錦 囊
托 I

1624. pail [pel]【pail】 n提桶，一桶的量
The pail of milk tipped over. 那桶牛奶翻倒了。

- 考試必勝小祕訣：
pailful是指「滿桶」；「一桶量」。

托 I T G ↑

1625. pain [pen]【pain】 n痛苦
The pain in his stomach was nearly unbearable.
他的胃痛幾乎讓他無法忍受。

- 考試必考同義字：
suffering, hurt, discomfort

托 I T G ↑

1626. painful [`penfəl]【pain·ful】 a痛苦的
It was painful but he needed to tell her how he felt.
雖然這很痛苦，但他還是得對她說自己的感受。

- 考試必勝小祕訣：
painful可以指身體或情緒方面的痛苦

托 I T G ↑ 公

1627. painstaking [penz͵tekɪŋ]【pains·tak·ing】 a辛苦的
His painstaking efforts earned him a medal.
他的勤勉為他贏得了獎牌。

- 考試必勝小祕訣：
painstaking也可以當名詞「勤勉」；「刻苦」。

托 I T G ↑ 公

1628. penal [`pinl̩]【pe·nal】 a刑罰的
The penal code in the country was very strict.
這個國家的刑罰非常嚴苛的。

- 考試必勝小祕訣：
penal = to do with punishment
（和懲罰相關的）。

托 I T G ↑ 公

1629. penalize [`pinl͵aɪz]【pe·nal·ize】 v對…處刑,對…不公平
The sportsman was heavily penalized for using drugs.
這個運動員因為使用禁藥而被嚴重處罰。

- 考試必考同義字：
punish, discipline, chastise, castigate

托 I T G ↑ 公

1630. penalty [`pɛnl̩tɪ]【pen·al·ty】 n罰款
The penalties for drink driving are harsh.
酒後駕駛的處罰是嚴厲的。

- 考試必勝小祕訣：
punishment, penalty

托 I T G ↑ 公

1631. punish [`pʌnɪʃ]【pun·ish】 v處罰
Do we need to punish them further?
我們需要再處罰他們嗎？

- 考試必考同義字：
discipline, chastise, castigatecastigate

托 I T G ↑ 公

1632. punishment [`pʌnɪʃmənt]【pun·ish·ment】 n懲罰
I feel this punishment is disproportional.
我覺得這項懲罰是不成比例的。

- 考試必勝小祕訣：
punishment disportional為常見用法。

pain 必考關鍵字三分鐘速記圖

請利用三分鐘的時間，把前面所記過的單字做一個全盤的瞭解和記憶。

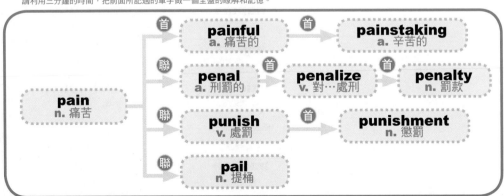

首字首、根字根、尾字尾記憶法｜同同義、反反義記憶法｜相相似字記憶法｜聯聯想記憶法

必考關鍵字

pair ⓝ 一對，一雙

單 字 錦 囊

1633. comparable [`kɑmpərəbḷ]【com·pa·ra·ble】
ⓐ可比較的
The value of one pound is comparable to two dollars.
一磅的價值相當於兩美元。

• 考試必考同義字：
corresponding, proportional, similar

1634. comparative [kəm`pærətɪv]【com·par·a·tive】
ⓐ相比較的
The comparative value of commodities changes constantly.
商品的比較值不停地改變。

• 考試必考同義字：
relative, comparable

1635. compare [kəm`pɛr]【com·pare】ⓥ比較
Compare this deal with this cheaper one.
將這項交易與較便宜的那項比較一下。

• 考試必考片語：
compared with就是「與⋯比較」的意思。

1636. comparison [kəm`pærəsṇ]【com·par·i·son】ⓝ比較
This comparison is hardly appropriate. 這樣比較不合適。

• 考試必考同義字：
contrast, confronting

1637. impair [ɪm`pɛr]【im·pair】ⓥ削弱
His vision was impaired without his glasses.
他沒戴眼鏡的話視力會變弱。

• 考試必勝小祕訣：
vision impair為常見用法。

1638. pair [pɛr]【pair】ⓝ一對，一雙
The pair of doves were deeply in love.那對鴿子深深相愛著。

• 考試必考混淆字：
pail（桶）

1639. peer [pɪr]【peer】ⓝ同等地位的人
His peers were far from impressed by his silly behaviour.
他同事對他的愚蠢行為完全沒印象。

• 考試必勝小祕訣：
peer是**friend**和**colleague**的進階用字。

P

 pair 必考關鍵字三分鐘速記圖

請利用三分鐘的時間，把前面所記過的單字做一個全盤的瞭解和記憶。

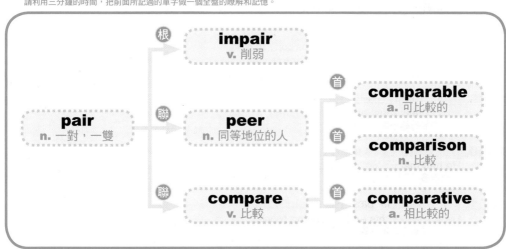

必考關鍵字

 pass Ⓥ 通過 ⒨⒫ 16-04

🔠TOEFL ❶IELTS 🔠TOEIC ⒢GEPT ⬆學測&指考 ⚠公務人員考試

單 字 錦 囊

1640. bypass [`baɪ͵pæs]【by·pass】Ⓝ旁道；Ⓥ繞過
They were in a hurry so they decided to bypass to avoid the town centre.
他們在趕時間，所以他們決定繞道避開市中心。

• 考試必勝小祕訣：
bypass surgery是指醫學上的「繞道手術」。

1641. compass [`kʌmpəs]【com·pass】Ⓝ指南針
The compass always pointed north. 指南針總是指向北方。

• 考試必勝小祕訣：
compass也可當動詞「圖謀」；「計劃」。

1642. overpass [͵ovɚ`pæs]【over·pass】Ⓥ勝過；Ⓝ天橋
The overpass stretched across the road.
這座陸橋穿越了馬路。

• 考試必勝小祕訣：
over = above; pass = road

1643. pace [pes]【pace】Ⓝ一步，步速
The pace of change has been extraordinary.
變化的步調非常快速。

• 考試必勝小祕訣：
pace change為常見用法。

1644. pass [pæs]【pass】Ⓥ通過
Very well, you may pass. 很好，你通過了。

• 考試必考片語：
pass away就是「死亡」；「去世」。

1645. passage [`pæsɪdʒ]【pas·sage】Ⓝ通路，通過
The passage under the mountains was perilous.
這座山的通道是危險的。

• 考試必勝小祕訣：
passage就是「通路」（**a way to pass**）。

1646. passenger [`pæsn̩dʒɚ]【pas·sen·ger】Ⓝ乘客
The passengers dragged their luggage towards the plane. 乘客們將行李拖向飛機。

• 考試必考同義字：
tourist, sightseer, traveler

1647. passerby [`pæsɚ`baɪ]【pass·er·by】Ⓝ行人，過路客
The passersby marvelled at the kung fu demonstration.
路人對功夫表演感到驚奇。

• 考試必勝小祕訣：
passerby的複數是**passersby**。

1648. passport [`pæs͵port]【pass·port】Ⓝ護照
He needed his passport in order to travel.
為了去旅行，他需要護照。

• 考試必勝小祕訣：
有**passport**才能**pass**（通行）。

1649. past [pæst]【past】ⓐ過去的
Past crimes must not go unpunished.
過去的罪行絕不能不受懲罰。

• 考試必考同義字：
ended, former, previous

1650. pastime [`pæs͵taɪm]【pas·time】Ⓝ消遣
He had many pastimes, including gambling.
他有很多娛樂，包括賭博。

• 考試必考同義字：
recreation, amusement, enjoyment

1651. surpass [sɚ`pæs]【sur·pass】Ⓥ超過
He surpassed his earlier running record.
他超越了自己之前的跑步紀錄。

• 字首：
sur表示「超級」；「額外的」。

pass 必考關鍵字三分鐘速記圖

請利用三分鐘的時間,把前面所記過的單字做一個全盤的瞭解和記憶。

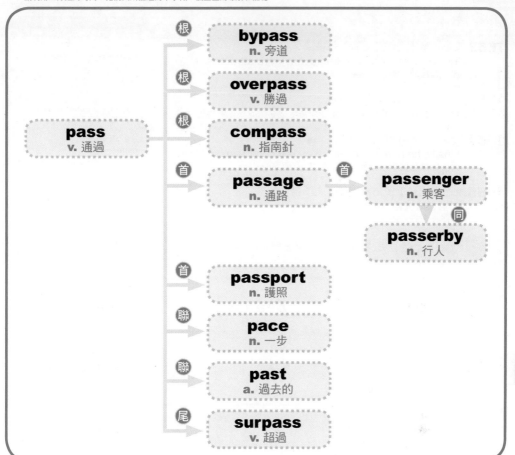

首 字首、根 字根、尾 字尾記憶法 | 同 同義、反 反義記憶法 | 相 相似字記憶法 | 聯 聯想記憶法

必考關鍵字

peace n 和平

托TOEFL I IELTS T TOEIC G GEPT ↑學測&指考 公公務人員考試

	單字錦囊
1652. beam [bim]【beam】n 橫梁 The wooden beams in the tavern were attractive. 這間客棧的木頭橫樑很吸引人。	托 I • 考試必考混淆字： **bean**（豆子）
1653. bean [bin]【bean】n 豆 He liked to eat beans for dinner. 他喜歡吃豆子當晚餐。	↑ 公 • 考試必考片語： **not have a bean=have no money**（身無分文）。
1654. peace [pis]【peace】n 和平 Finally, he had found peace by living in the mountains. 最後他住在山中，找到了寧靜的生活。	G 公 • 考試必考混淆字： **pace**（一步）
1655. peanut [\`piˏnʌt]【pea·nut】n 花生 The parrot loved to eat peanuts. 鸚鵡喜歡吃花生。	T G ↑ • 考試必勝小祕訣： **peanut butter**就是「花生醬」。

peace 必考關鍵字三分鐘速記圖

請利用三分鐘的時間，把前面所記過的單字做一個全盤的瞭解和記憶。

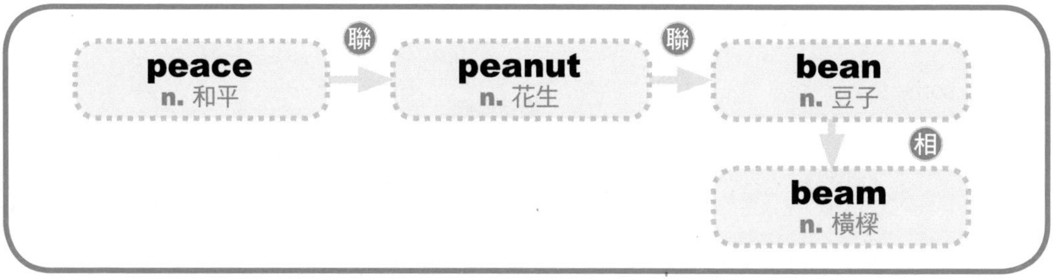

首字首、根字根、尾字尾記憶法｜同同義、反反義記憶法｜相相似字記憶法｜聯聯想記憶法

必考關鍵字

patient a 有耐心的 n 病人 MP3 16-04

托TOEFL | IELTS | TTOEIC | GGEPT | ↑學測&指考 | 公公務人員考試

單 字 錦 囊

1656. compassion [kəm`pæʃən]【com·pas·sion】 n 同情
The monk's compassion knew no bounds.
這位僧侶有無限的同情心。

- 考試必勝小祕訣：
compassion knew no bounds為常見的用法。

1657. compatible [kəm`pætəbl]【com·pat·i·ble】
a 一致的，相容的
After two years of marriage they found that they were not compatible. 經過兩年的婚姻，他們發現彼此並不適合。

- 考試必勝小祕訣：
compatible這個字通常用來形容人際關係。

1658. impatient [ɪm`peʃənt]【im·pa·tient】a 不耐煩的
The teacher was very impatient with his students.
這位老師對他的學生非常不耐煩。

- 字首：**im**在此表示「不」；「無」；「非」。

1659. passion [`pæʃən]【pas·sion】 n 熱情
He had a passion for ice cream. 他熱愛冰淇淋。

- 考試必勝小祕訣：
passion for為常見用法。

1660. passionate [`pæʃənɪt]【pas·sion·ate】a 充滿激情的
They had a passionate relationship and were always kissing in public. 他們之間充滿激情，總是在公開場合裡親吻。

- 考試必勝小祕訣：
副詞**passionately**表示「熱情地」；「激昂地」。

1661. passive [`pæsɪv]【pas·sive】a 消極的
She was rather passive and preferred to wait for men to come to her. 她很被動，她寧願等待男人上門。

- 考試必考反義字：
active（積極的）

1662. patience [`peʃəns]【pa·tience】 n 忍耐
Have patience! You won't need to wait long.
忍耐點！你不需要等待太久。

- 考試必勝小祕訣：
patience是**patient**的名詞形。

P

1663. patient [`peʃənt]【pa·tient】a 有耐心的；n 病人
Be patient, and all your dreams will become true.
要有耐心，你所有的夢想將會成真。

- 考試必考片語：
patient with指「對…有耐心」。

▷ patient 必考關鍵字三分鐘速記圖

請利用三分鐘的時間，把前面所記過的單字做一個全盤的瞭解和記憶。

```
                  相 → passion        首 → passionate
                       n. 熱情              n. 充滿激情的

patient                                尾 → compassion
a. 有耐心的                                   n. 同情
n. 病人
                  反 → impatient      聯 → passive
                       a. 不耐煩的           a. 消極的

                  首 → patience
                       n. 忍耐
```

首字首、根字根、尾字尾記憶法 | 同同義、反反義記憶法 | 相相似字記憶法 | 聯聯想記憶法

必考關鍵字

physical 🄰 身體的，物質的 16-05

🅃TOEFL ❶IELTS 🅃TOEIC 🄶GEPT ⬆學測&指考 ㊤公務人員考試

單 字 錦 囊

1664. physical [ˋfɪzɪkḷ] 【phys·i·cal】 🄰 身體的，物質的
His physical appearance was rather unimpressive.
他的身體外貌相當不起眼。

• 考試必勝小祕訣：
physical appearance為常見的用法。

1665. physically [ˋfɪzɪkḷɪ] 【phys·i·cal·ly】 🄰🄳實際上，身體上
She was not physically able to lift the furniture by herself.
她體力上無法自己抬起這個傢俱。

• 考試必考反義字：
mentally（心智上）

1666. physician [fɪˋzɪʃən] 【phy·si·cian】 🄽內科醫生
The physician examined the King's pulse.
這位醫生檢查了國王的脈搏。

• 考試必考混清字：
physicist（物理學家）

1667. physics [ˋfɪzɪks] 【phy·sical】 🄽物理
Physics is taught by Professor Smith.
物理學是由史密斯教授授課。

• 考試必勝小祕訣：
chemistry是化學。

1668. physicist [ˋfɪzɪsɪst] 【phys·i·cist】 🄽物理學家
The physicist checked the equations.
這位物理學家檢查了方程式。

• 考試必勝小祕訣：
physicist是研讀**physics**（物理學）的人。

1669. physiological [ˌfɪzɪəˋlɑdʒɪkḷ] 【phys·i·o·log·i·cal】
🄰生理的
The physiological changes are beyond our control.
生理上的變化是我們無法控制的。

• 考試必勝小祕訣：
副詞**physiologically**表示「生理上地」或「生理學方面地」。

1670. physiology [ˌfɪzɪˋɑlədʒɪ] 【phys·i·ol·o·gy】 🄽生理學
Physiology is concerned with the physical attributes of organisms. 生理學是指有機體的生物特徵。

• 考試必考混清字：
psychology（心理學）

physical 必考關鍵字三分鐘速記圖

請利用三分鐘的時間，把前面所記過的單字做一個全盤的瞭解和記憶。

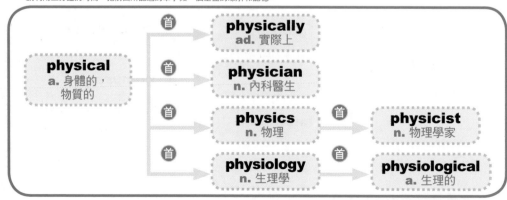

首字首、根字根、尾字尾記憶法 ｜ 同同義、反反義記憶法 ｜ 相相似字記憶法 ｜ 聯聯想記憶法

必考關鍵字

 philosophy n 哲學

托TOEFL I IELTS T TOEIC G GEPT ↑學測&指考 公公務人員考試

單 字 錦 囊
托I T G ↑公

1671. philosopher [fəˋlɑsəfɚ]【phi·los·o·pher】n 哲學家
Plato was a Greek philosopher. 柏拉圖是一位希臘哲學家。
• 考試必勝小祕訣：
philosopher是研讀**philosophy**（哲學）的人。

托I T G ↑公

1672. philosophy [fəˋlɑsəfɪ]【phi·los·o·phy】n 哲學
Philosophy requires a lot of heavy thinking.
哲學需要大量的沉思。
• 考試必勝小祕訣：
形容詞**philosophical**表示「哲學的」。

托I T G ↑公

1673. sophist [ˋsɑfɪst]【soph·ist】n 詭辯家
The sophist never lost an argument.
這位辯士從未輸過任何一場辯論。
• 考試必勝小祕訣：
名詞**sophism**是「詭辯」的意思。

托I T G ↑公

1674. sophistic [səˋfɪstɪk]【so·phis·tic】a 強詞奪理的
His sophistic comments irritated the professor.
他的強詞奪理激怒了教授。
• 考試必考混淆字：
sophisticated（老練的）

托I T G ↑公

1675. sophisticate [səˋfɪstɪ͵ket]【so·phis·ti·cate】v 懂事故
The professor sophisticated his explanation until it was impossible to understand. 這位教授將他的解釋複雜化，讓人無法理解。
• 考試必勝小祕訣：
名詞**sophistication**指「老練」；「有教養」。

托I T G ↑公

1676. sophisticated [səˋfɪstɪ͵ketɪd]【so·phis·ti·cat·ed】
a 老練的，世故的，有經驗的
She was a sophisticated lady and loved theatre and art exhibitions. 她是一位經驗老練的女士，喜愛戲劇和藝術展覽。
• 考試必考反義字：
unsophisticated（不世故的；純真的）

托I T G ↑公

1677. sophomore [ˋsɑf͵mor]【soph·o·more】n 大二學生
The sophomore was looking forward to his third year.
這個大二學生在期待著他的第三個年頭。
• 考試必勝小祕訣：
sophomore可指高中或大學二年級的學生。

P

 philosophy 必考關鍵字三分鐘速記圖

請利用三分鐘的時間，把前面所記過的單字做一個全盤的瞭解和記憶。

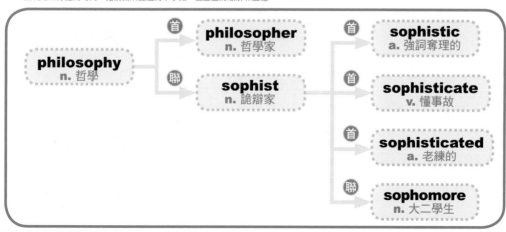

必考關鍵字

place v 安排，放置 n 位置

🅣TOEFL　🅘IELTS　🅣TOEIC　🅖GEPT　⬆學測&指考　🅐公務人員考試

單 字 錦 囊

1678. commonplace [ˋkɑmənˌples]【com·mon·place】
n 尋常的事　a 平凡的
Smoking is commonplace amongst the young.
年輕人吸煙很平常。

🅣🅘🅣🅖⬆🅐
· 考試必勝小祕訣：
commonplace amongst為常見用法。

1679. displace [disˋples]【dis·place】v 取代；使離鄉背景
Many people were displaced from their homes by the typhoon. 許多人因颱風被迫離開家園。

🅣🅘🅣🅖⬆🅐
· 字首：
dis表示「相反」；「分離」的意思。

1680. displacement [disˋplesmənt]【dis·place·ment】
n 取代，離鄉背景
The displacement of families in the earthquake is a tragedy. 在地震中流離失所的家庭是一個悲劇。

🅣🅘🅣🅖⬆🅐
· 考試必勝小祕訣：
displaced person指「難民」。

1681. fireplace [ˋfairˌples]【fire·place】n 壁爐
The fireplace was huge and ornate. 這座壁爐巨大又華麗。

🅣🅘🅣🅖⬆🅐
· 考試必勝小祕訣：
有**fire**（火）的**place**（地方），就是**fireplace**（壁爐）。

1682. place [ples]【place】v 安排　n 放置地方
He placed the coffee cup carefully on the table.
他把咖啡杯小心地放在桌上。

🅣🅘🅣🅖⬆🅐
· 考試必考片語：
all over the place就是「到處」的意思。

1683. replace [riˋples]【re·place】v 代替
William is a man that is hard to replace.
威廉是一個難以取代的人才。

🅣🅘🅣🅖⬆🅐
· 字首：
re 表示「再」；「重新」的意思。

1684. replacement [riˋplesmənt]【re·place·ment】n 代替
The replacement arrived later that day.
替代者在當天稍晚抵達。

🅣🅘🅣🅖⬆🅐
· 考試必勝小祕訣：
replacement可指用於替代的人或物。

> **place** 必考關鍵字三分鐘速記圖

請利用三分鐘的時間，把前面所記過的單字做一個全盤的瞭解和記憶。

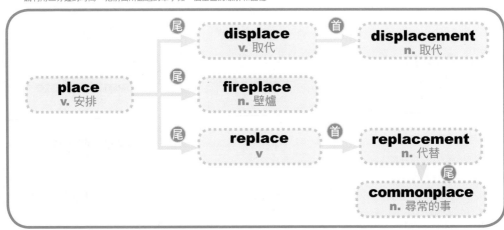

🅯字首、🅰根字根、🅱字尾記憶法 │ 🅸同義、🅵反義記憶法 │ 🅰相似字記憶法 │ 🅻聯想記憶法

必考關鍵字

 plain a 簡單的，清楚的　(MP3) 16-06

托TOEFL ❶IELTS ❶TOEIC ❻GEPT ⬆學測&指考 ㊇公務人員考試

	單 字 錦 囊

1685. aeroplane [ˈɛrəˌplen]【aero·plane】n 飛機
The aeroplane taxied to the runway. 飛機降落在跑道上。

托❶❶❻⬆㊇
• 考試必勝小祕訣：
aeroplane是英式說法。

1686. airplane [ˈɛrˌplen]【air·plane】n 飛機
The airplane gained altitude slowly. 飛機緩慢的升起。

托❶❶❻⬆㊇
• 考試必考同義字：
plane表示「飛機」

1687. explain [ɪkˈsplen]【ex·plain】v 解釋
Allow me to explain the problem. 請允許我解釋這個問題。

托❶❶❻⬆㊇
• 考試必考片語：
explain sth away就是「對某事進行辯解」的意思。

1688. explanation [ˌɛkspləˈneʃən]【ex·pla·na·tion】n 解釋
No explanation was given for the lights in the sky.
空中那些燈光是無所解釋的。

托❶❶❻⬆㊇
• 考試必勝小祕訣：
explanation given是常見的用法。

1689. piano [pɪˈæno]【pi·a·no】n 鋼琴
The piano teacher was pleased with his progress.
鋼琴教師對他的進步感到很高興。

托❶❶❻⬆㊇
• 考試必勝小祕訣：
pianist就是「鋼琴家」。

1690. plain [plen]【plain】a 簡單的，清楚的
It is plain to me that you need help.
對我來說很清楚，你需要幫忙。

托❶❶❻⬆㊇
• 考試必考反義字：
plain to me就是**clear to me**。

1691. plane [plen]【plane】n 飛機，平面
The plane landed gently upon the airstrip.
飛機慢慢的降落在跑道上。

托❶❶❻⬆㊇
• 考試必勝小祕訣：
plane是**airplane**較簡短的說法。

1692. porcelain [ˈpɔrslɪn]【por·ce·lain】n 陶瓷
The porcelain vase tipped over and broke.
這個陶瓷花瓶翻倒且打破了。

托❶❶❻⬆㊇
• 考試必考同義字：
china（陶瓷，瓷器）

P

plain 必考關鍵字三分鐘速記圖

請利用三分鐘的時間，把前面所記過的單字做一個全盤的瞭解和記憶。

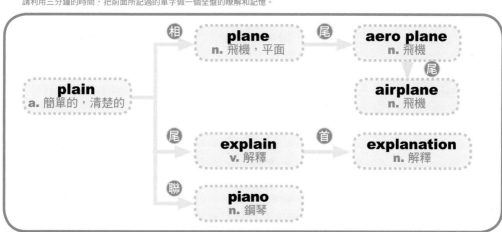

首字首、根字根、尾字尾記憶法 ｜ 同同義、反反義記憶法 ｜ 相相似字記憶法 ｜ 聯聯想記憶法

必考關鍵字

please ☑ 使高興，請

Ⓣ TOEFL Ⓘ IELTS Ⓣ TOEIC Ⓖ GEPT Ⓤ 學測&指考 Ⓐ 公務人員考試

單 字 錦 囊

1693. complacent [kəm`plesn̩t]【com·pla·cent】
ⓐ 自滿的，得意的
His complacent attitude led to bad grades.
他的自滿態度導致成績不好。

• 考試必考同義字：
contented, self-satisfied

1694. displease [dɪs`pliz]【dis·please】☑ 使不高興
The student's bad behavior displeased his parents.
那學生的不良行為惹怒了他的父母。

• 考試必考小祕訣：
字首dis-有「不」、「分離」、「脫離」的意思。

1695. plea [pli]【plea】ⓝ 懇求，辯護
The judge heard his plea at noon. 法官在中午聽取了他的辯護。

• 考試必考同義字：
appeal, request

1696. plead [plid]【plead】☑ 懇求，辯解；認罪
The defendant pleaded not guilty to the charges.
這名被告對指控不認罪。

• 考試必考小祕訣：
plead常用於法律方面。

1697. pleasant [`plɛzənt]【pleas·ant】ⓐ 令人愉快的
They enjoyed a pleasant trip to the country.
他們在那個國家享受了愉快的旅程。

• 考試必考小祕訣：
pleasant trip為常見的用法。

1698. please [pliz]【please】☑ 使高興
Please feel free to smoke outside. 在外面可隨意抽菸。

• 考試必考小祕訣：
形容詞**pleased**表示「高興的」；「滿意的」。

1699. pleasure [`plɛʒɚ]【plea·sure】ⓝ 高興，滿足
It is my pleasure to be of assistance. 能幫得上忙是我的榮幸。

• 考試必考小祕訣：
my pleasure是常見的禮貌性用法。

1700. pledge [plɛdʒ]【pledge】☑ ⓝ 保證，許諾
I pledge my allegiance to you. 我保證忠於你。

• 考試必考同義字：
promise（承諾）

▶ please 必考關鍵字三分鐘速記圖

請利用三分鐘的時間，把前面所記過的單字做一個全盤的瞭解和記憶。

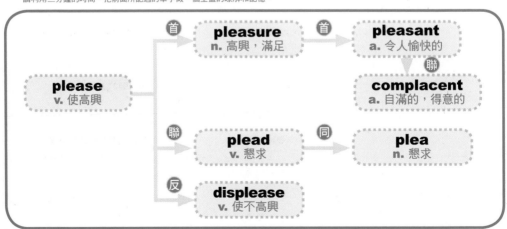

首字首、根字根、尾字尾記憶法 ┃ 同同義、反反義記憶法 ┃ 相相似字記憶法 ┃ 聯聯想記憶法

必考關鍵字

> **plenty** n 豐富，大量

托TOEFL　I IELTS　T TOEIC　G GEPT　↑學測&指考　公公務人員考試

單 字 錦 囊

1701. accomplish [ə`kɑmplɪʃ]【ac·com·plish】v 完成
There is nothing you can't accomplish if you try.
如果你嘗試，沒有無法完成的事。

托I T G ↑公
• 考試必考同義字：
 realize, complete

1702. completion [kəm`pliʃən]【com·ple·tion】n 完成
The new building was nearing completion.
新的大樓已接近完工。

托I T G ↑公
• 考試必考片語：
 on completion（結束時）

1703. compliment [`kɑmpləmənt]【com·pli·ment】
v n 稱讚，恭維
She really appreciated his compliments. 她非常讚賞他的恭維。

托I T G ↑
• 考試必考片語：
 compliment on（讚揚）

1704. comply [kəm`plaɪ]【com·ply】v 答應，順從
Do you promise to comply with the rules? 你承諾將遵守規則嗎？

托I T G ↑公
• 考試必考片語：
 comply with（遵守）

1705. plentiful [`plɛntɪfəl]【plen·ti·ful】a 豐富的，充足的
There has been a plentiful supply of food. 糧食供給很充足。

托I T G ↑
• 考試必考同義字：
 abundant, enough, sufficient

1706. plenty [`plɛntɪ]【plen·ty】n 豐富，大量
There was plenty of food for everyone. 有很多食物夠大家吃。

托I T G ↑公
• 考試必考片語：
 plenty of（很多、大量）

1707. plug [plʌg]【plug】n 插頭，塞子
The kitchen sink plug had been lost. 廚房水槽的塞子不見了。

托I T G ↑
• 考試必考片語：
 plug in（插上…的插頭以接通電源）

1708. plus [plʌs]【plus】prep n 加，另有
This successful businessman had wealth plus fame.
這位成功的商人有錢又有名。

托I T G ↑
• 考試必考反義字：
 minus（減去）

1709. surplus [`sɝpləs]【sur·plus】a 多餘的
There was a surplus of corn this year. 今年的玉米有多餘的。

托I T G ↑公
• 考試必考同義字：
 excess, extra

P

> **plenty** 必考關鍵字三分鐘速記圖

請利用三分鐘的時間，把前面所記過的單字做一個全盤的瞭解和記憶。

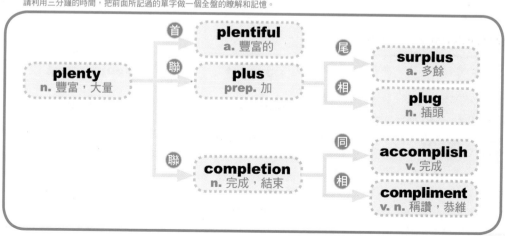

首字首、根字根、尾字尾記憶法 │ 同同義、反反義記憶法 │ 相相似字記憶法 │ 聯聯想記憶法　　**289**

必考關鍵字

> **point** n 點，尖端；v 指出 16-07

🔵TOEFL ⚪IELTS 🔵TOEIC ⚫GEPT ⬆學測&指考 🔵公務人員考試

▰▰▰ 單 字 錦 囊 ▰▰▰

1710. appoint [ə`pɔɪnt]【ap·point】v 指定，委任
The king appointed a new advisor. 國王任命了一個新的顧問。

• 考試必考同義字：
constitude, nominate, choose

1711. appointment [ə`pɔɪntmənt]【ap·point·ment】
n （尤指正式的）約會
Your appointment with the doctor is in five minutes.
你和醫生的預約是在5分鐘之後。

• 考試必考片語：
make an appointment with sb.
（與某人約會）

1712. disappoint [ˌdɪsə`pɔɪnt]【dis·ap·point】v 使失望
Try not to disappoint me this time. 這次不要使我失望。

• 考試必考片語：
be disappointed with（對…失望）

1713. disappointment [ˌdɪsə`pɔɪntmənt]
【dis·ap·point·ment】n 失望
Disappointment should not deter you. 你不應被失望給阻撓。

• 考試必考片語：
to sb.'s disappointment（使某人
失望的是）

1714. point [pɔɪnt]【point】n 點，尖端；v 指出
I can see your point, but I still disagree.
我可以了解你的觀點，但我仍然不同意。

• 考試必考片語：**come/get to the
point**（談到要點；直截了當地說）；**off
the point**（不切題、離題）；**to the
point**（中肯、扼要、切中要點）

1715. punch [pʌntʃ]【punch】v 猛擊
The school bully punched his victim hard.
校園惡霸狠狠揍了受害者。

• 考試必考同義字：
hit, beat

1716. punctual [`pʌŋktʃʊəl]【punc·tu·al】a 準時的
Please be punctual for your interview. 請準時到您的會議。

• 考試必考反義字：
unpunctual（不準時的）

1717. standpoint [`stænd.pɔɪnt]【stand·point】n 立場
From my standpoint, this looks very unfair.
從我的角度來看，這個看起來非常不公平的。

1718. viewpoint [`vju.pɔɪnt]【view·point】n 觀點
Your viewpoint is distorted by your own bias.
你的偏見的觀點扭曲了。

• 考試必考片語：
**from one's standpoint/
viewpoint**（從某人觀點來看）

> **point** 必考關鍵字三分鐘速記圖

請利用三分鐘的時間，把前面所記過的單字做一個全盤的瞭解和記憶。

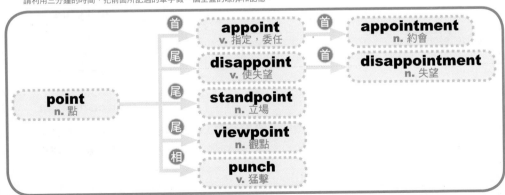

🔵字首、🔵字根、🔵字尾記憶法 | 🔵同義、反反義記憶法 | 🔵相似字記憶法 | 🔵聯想記憶法

必考關鍵字

political a 政治的

托 TOEFL　I IELTS　T TOEIC　G GEPT　↑ 學測&指考　公 公務人員考試

單 字 錦 囊

托I T G ↑ 公

1719. cosmopolitan [ˌkɑzməˋpɑlətn̩]【cos·mo·pol·i·tan】
a 世界性的，國際性的
New York is a cosmopolitan city. 紐約是個國際大城。

• 考試必考同義字：
international, global

托I T G ↑ 公

1720. metropolitan [ˌmɛtrəˋpɑlətn̩]【met·ro·pol·i·tan】
a 大都市的
New York and London have a metropolitan character.
紐約和倫敦有一個大都市的特點。

• 考試必勝小祕訣：
metropolis為名詞，表示「大都市」的意思。

托I T G ↑ 公

1721. politician [ˌpɑləˋtɪʃən]【pol·i·ti·cian】n 政治家
The politician liked to be seen in public.
政治家喜歡在公開場合露面。

• 考試必勝小祕訣：
英文中的**politician**與中文的政客意義不完全相同，並無負面之意。

托I T G ↑ 公

1722. political [pəˋlɪtɪkl̩]【po·lit·i·cal】a 政治的
Her political views are well known.
她的政治觀點是眾所周知的。

• 考試必考反義字：
nonpolitical（非政治性的）

托I T G ↑ 公

1723. politics [ˋpɑlətɪks]【pol·i·tics】n 政治
Politics should not come between good friends.
好朋友之間不應該有政治。

• 考試必考同義字：
political science

 political 必考關鍵字三分鐘速記圖

請利用三分鐘的時間，把前面所記過的單字做一個全盤的瞭解和記憶。

P

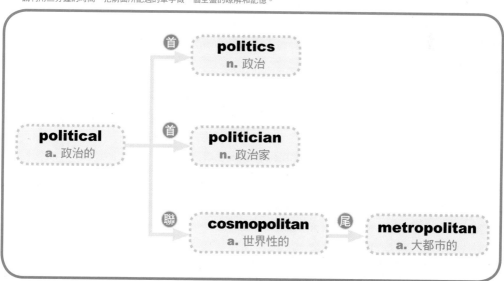

首 字首、根 字根、尾 字尾記憶法｜同 同義、反 反義記憶法｜相 相似字記憶法｜聯 聯想記憶法　**291**

必考關鍵字

 position n 位置，見解　　MP3 16-08

TTOEFL　**I**IELTS　**T**TOEIC　**G**GEPT　**學測&指考**　**公務人員考試**

| 單 字 錦 囊 |

1724. abolish [ə`bɑlɪʃ]【abol•ish】 **V** 廢除
We plan to abolish this law. 我們計劃廢除這項法律。

• 考試必考反義字：
establish（建立）、**found**（創辦）、**launch**（開辦）

1725. police [pə`lis]【po•lice】 **n** 員警
The robber had run away before the police arrived at the crime scene. 警方到達犯罪現場前，搶匪早已逃走。

• 考試必考同義字：
constabulary

1726. policeman [pə`lismən]【po•lice•man】 **n** 員警
The policeman adjusted his cap. 警察調整了帽子。

• 考試必勝小秘訣：**policeman**是指單一個警察；而**the police**是所有警察的總稱。

1727. policy [`pɑləsɪ]【pol•i•cy】 **n** 政策
Honesty is the best policy. 誠實為上策。

• 考試必考同義字：
plan, program

1728. polish [`pɑlɪʃ]【pol•ish】 **V** 磨光，使優美
He polished the knife until it shone. 他把刀子磨到發亮。

• 考試必考片語：
polish up（潤色、改善、改進）

1729. polite [pə`laɪt]【po•lite】 **a** 有禮貌的
He was a polite man and never used rude words.
他是一個有禮貌的人，從來沒有說粗話。

• 考試必考反義字：
impolite, rude（無禮的，粗魯的）

1730. component [kəm`ponənt]【com•po•nent】 **n** 成分，零件
These components were difficult to assemble.
這些零件很難組裝。

• 考試必考同義字：
constituent, element, part

1731. compose [kəm`poz]【com•pose】 **V** 組成
The music was compose by Mozart.
這音樂是由莫札特譜寫的。

• 考試必考片語：
be composed of（由…組成）

1732. composite [kəm`pɑzɪt]【com•pos•ite】 **a** 混合的
The composite bow was used by the Mongols.
蒙古人使用的是複合弓。

• 考試必考同義字：
synthesized, combined

1733. composition [ˌkɑmpə`zɪʃn]【com•po•si•tion】
n 寫作，構成
Beethoven's composition was a masterpiece.
貝多芬的創作是一個傑作。

• 考試必考同義字：
writing（寫作）；**combination**（混合物）

1734. compound [`kɑmpaʊnd]【com•pound】 **n** 化合物
Water is a compound of oxygen and hydrogen.
水是氧和氫的化合物。

• 考試必考同義字：
combination, mixture

1735. decompose [ˌdikəm`poz]【de•com•pose】 **V** 分解
The body was already decomposing. 屍體已經腐爛。

• 考試必考同義字：
break down, decay

1736. deposit [dɪ`pɑzɪt]【de•pos•it】 **n** 存款
She desposited her money in the bank. 她把存款放在銀行裡。

• 考試必考反義字：
withdraw（提款）

1737. deposition [ˌdɛpə`zɪʃn]【de•po•si•tion】
n 罷免，沉澱；作證
The witness has to make a deposition in the court .
證人須在法院宣誓作證。

• 考試必考同義字：
dethronement（廢王位）

1738. disposal [dɪ`spozl̩] 【dis·pos·al】 n 處理，解決
The disposal of domestic waste is a serious issue.
處置家庭廢棄物是一個嚴肅的議題。

• 考試必考片語：
at sb.'s disposal（供某人使用；供某人支配）

1739. dispose [dɪ`spoz] 【dis·pose】 n 配置，處理
Please dispose of the evidence quickly.
請迅速處理證據。

• 考試必考片語：
dispose of（解決，處理）

1740. disposition [ˌdɪspə`zɪʃən] 【dis·po·si·tion】
n 排列，佈置，性情
Michael has a very friendly disposition. 麥可性情友善。

• 考試必考片語：
at sb.'s disposition（隨某人支配）

1741. exponent [ɪk`sponənt] 【ex·po·nent】
n 宣導者，提議者
He is a strong exponent of religion.
他是一個強有力的宗教解說者。

• 考試必考同義字：
interpreter

1742. expose [ɪk`spoz] 【ex·pose】 v 暴露
Her skin was exposed to the night air.
他讓皮膚接觸夜晚的空氣。

• 考試必考同義字：
disclose, display, uncover

1743. exposition [ˌɛkspə`zɪʃən] 【ex·po·si·tion】
n 展覽會，說明
His exposition was rather lengthy. 他的論述相當漫長。

• 考試必考同義字：
explanation, clarification, interpretation

1744. exposure [ɪk`spoʒɚ] 【ex·po·sure】 n 暴露
Exposure to the sun's rays can cause cancer.
暴露在陽光的照射會導致癌症。

• 考試必考同義字：
disclosure, revelation

1745. impose [ɪm`poz] 【im·pose】 v 把…強加給
Don't impose your views upon me.
不要將你的意見強加給我。

• 考試必考同義字：
levy

1746. oppose [ə`poz] 【op·pose】 v 反對
I am opposed to any change in the law. 我反對任何改變法律。

• 考試必考反義字：
agree（同意），**support**（支持）

1747. opposite [`ɑpəzɪt] 【op·po·site】 a 對立的
Opposites attract. 異性相吸。

• 考試必考同義字：
contrary

1748. opponent [ə`ponənt] 【op·po·nent】 n 對手
Your opponents are many and their number is growing.
你的對手很多，而且他們的人數正在增加。

• 考試必考反義字：
ally（同盟者，夥伴）

1749. pasture [`pæstʃɚ] 【pas·ture】 n 牧場
The cows liked to graze in green pastures.
乳牛喜歡放牧在綠色的牧場。

• 考試必考同義字：
grassland, meadow。

1750. position [pə`zɪʃən] 【po·si·tion】 n 位置，見解
Your position is untenable. 你現在的位置是站不住腳的。

• 考試必考片語：
in position（在適當的位置）；**out of position**（不在適當的位置）。

1751. positive [`pɑzətɪv] 【pos·i·tive】 a 積極的
Positive thinking is essential to success.
正面思維是成功不可或缺的。

• 考試必考反義字：
negative（負面的，消極的）

1752. postpone [post`pon] 【post·pone】 v 推遲，延期
We have had to postpone the wedding.
我們不得不把婚禮延期。

字首：**post-**有「後」、「在後」的意思。

P

1753. posture [ˋpastʃɚ]【pos•ture】n 姿勢
The ballet dancer's posture was excellent.
那芭蕾舞演員的態勢良好。

• 考試必考同義字：
position, pose

1754. proposal [prəˋpozl̩]【pro•pos•al】n 計劃，建議；求婚
The board has decided to accept your proposal.
董事會已決定接受你的提議。

• 考試必考同義字：
plan, suggestion, project

1755. propose [prəˋpoz]【pro•pose】v 計劃；求婚
After the perfect dinner, Tony proposed to his girlfriend.
在享用美好的晚餐後，東尼向他的女友求婚。

• 考試必考片語：
propose to（向…求婚）

1756. proposition [ˌprapəˋzɪʃən]【prop•o•si•tion】
n 建議，觀點
Your proposition is acceptable to us.您的建議是可以接受的。

• 考試必考同義字：
proposal, suggestion, presentation

1757. purpose [ˋpɝpəs]【pur•pose】n 目的
What's that man's purpose in doing that?
那人做那件事的意圖是什麼？

• 考試必考片語：
on purpose（故意，有目的地）

1758. suppose [səˋpoz]【sup•pose】v 猜想
I suppose you could work more hours. 我想你可以工作更久。

• 考試必考同義字：
assume, believe

position 必考關鍵字三分鐘速記圖

請利用三分鐘的時間，把前面所記過的單字做一個全盤的瞭解和記憶。

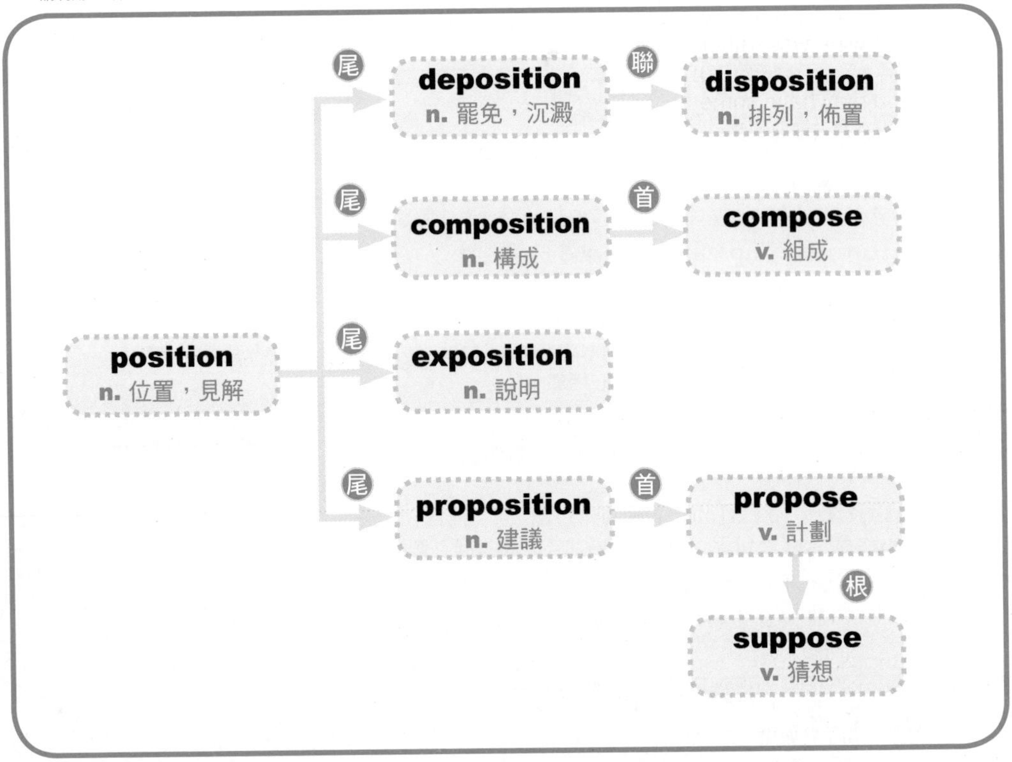

必考關鍵字

possible a 可能的

(MP3) 16-09

托TOEFL I IELTS T TOEIC G GEPT 學測&指考 公公務人員考試

單 字 錦 囊

1759. impossible [ɪm`pɑsəbl̩]【im·pos·si·ble】
a 不可能，無法令人忍受的
I am finding this child quite impossible.
我發現這個孩子很讓人受不了。

• 考試必考反義字：
possible（可能的）

1760. possess [pə`zɛs]【pos·sess】v 擁有
You possess many of the qualities we are looking for.
你擁有許多我們尋求的素質。

• 考試必考同義字：
own, have, hold

1761. possible [`pɑsəbl̩]【pos·si·ble】a 可能的
Is it possible for you to finish this week?
你是否有可能這個星期完成？

• 考試必考片語：
as...as possible（儘可能；愈⋯愈好）；**if possible**（如有可能）

1762. possibility [ˌpɑsə`bɪlətɪ]【pos·si·bil·i·ty】n 可能性
There is the possibility that my mother will visit.
我的母親有可能會拜訪。

• 考試必考反義字：
impossibility（不可能性，不可能的事）

1763. possibly [`pɑsəblɪ]【pos·si·bly】ad 可能，也許
We can possibly see you early next week.
我們也許可以在下星期初看到你。

• 考試必考同義字：
probably, perhaps, maybe

1764. possession [pə`zɛʃən]【pos·ses·sion】n 擁有，財產
He was jailed for possession of drugs. 他因藏有毒品而入獄。

• 考試必考片語：
in possession of（擁有）

1765. potent [`potn̩t]【po·tent】a 有權勢的，有效力的
The wine was rather potent. 這葡萄酒相當濃烈。

• 考試必考同義字：
powerful, strong, mighty

1766. potential [pə`tɛnʃəl]【po·ten·tial】a 潛在的
You may have some potential problems with that task.
你對任務可能有一些潛在的問題。

• 考試必考同義字：
possible, promising, conceivable

P

> possible 必考關鍵字三分鐘速記圖

請利用三分鐘的時間，把前面所記過的單字做一個全盤的瞭解和記憶。

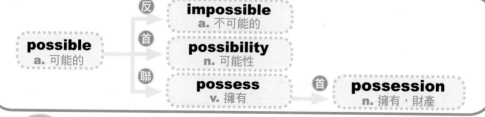

首字首、根字根、尾字尾記憶法｜同同義、反反義記憶法｜相相似字記憶法｜聯聯想記憶法

字詞大追擊　latent, potential 這兩個形容詞均含"潛在的"之意。

1. latent a 指存在但看不見的現象或潛在的性質。
He was infected with a latent infection. 他被感染了一種潛伏性的傳染病。

2. potential a 強調潛在的可能性或能力。
The dispute has scared away potential investors. 這一爭端嚇走了潛在的投資者。

必考關鍵字

> practice n 練習

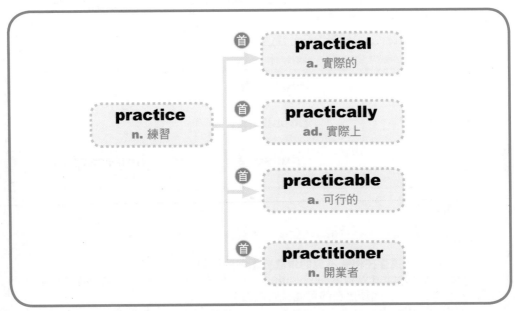

托TOEFL　I IELTS　T TOEIC　G GEPT　學測&指考　公公務人員考試

單 字 錦 囊
托 I T G 公

1767. practicable [`præktɪkəbl̩]【prac•ti•ca•ble】a 可行的
He had a practicable solution to the problem.
他有一個切實可行，可解決問題的辦法。

• 考試必考同義字：
feasible

托 I T G 公

1768. practical [`præktɪkl̩]【prac•ti•cal】a 實際的
That dress is lovely but not very practical.
這衣服很可愛，但不實用。

• 考試必考同義字：
functional, efficient

托 I T G 公

1769. practically [`præktɪkl̩ɪ]【prac•ti•cal•ly】
ad實際上，幾乎
It was practically dawn by the time they arrived.
他們到達的時候幾乎已經黎明了。

• 考試必考同義字：
almost, about, nearly

托 I T G 公

1770. practice [`præktɪs]【prac•tice】n 練習
With enough practice, I am sure you will succeed.
只要有足夠的練習，我相信你會成功。

• 考試必考勝小祕訣：
Practice makes perfect.（熟能生巧。）

托 I T G 公

1771. practitioner [præk`tɪʃənɚ]【prac•ti•tion•er】n 開業者
He is practitioner of martial arts. 他是一位武術業者。

• 考試必考同義字：
practician

> practice 必考關鍵字三分鐘速記圖

請利用三分鐘的時間，把前面所記過的單字做一個全盤的瞭解和記憶。

首
practical
a. 實際的

practice
n. 練習

首
practically
ad. 實際上

首
practicable
a. 可行的

首
practitioner
n. 開業者

首字首、根字根、尾字尾記憶法｜同同義、反反義記憶法｜相相似字記憶法｜聯聯想記憶法

必考關鍵字

▶ pray ⓥ 祈禱

🅣TOEFL 🅘IELTS 🅣TOEIC 🅖GEPT ⬆學測&指考 🅐公務人員考試

單 字 錦 囊
🅣🅘🅣🅖⬆🅐

1772. pray [pre] 【pray】 ⓥ祈禱
I promise to pray for you every night.
我保證每晚都為你祈禱。

- 考試必考片語：
pray for（為…祈禱、祈禱上帝賜給…、乞求）

🅣🅘🅣🅖⬆

1773. prayer [prɛr] 【prayer】 ⓝ祈禱，禱文
He knelt down and said his prayer. 他跪下祈禱。

- 考試必考同義字：
invocation, supplication

🅣🅘🅣🅖⬆

1774. preach [pritʃ] 【preach】 ⓥ佈道，講道
I don't like to be preached to. 我不喜歡被人傳教。

- 考試必考片語：
preach at sb.（對某人嘮叨）

🅣🅘🅣🅖⬆🅐

1775. prestige [prɛsˋtiʒ] 【pres•tige】 ⓝ威望
My prestige as a magician is all that matters to me.
作為一個魔術師的名望對我來說很重要。

- 考試必考同義字：
reputation

🅣🅘🅣🅖⬆🅐

1776. prey [pre] 【prey】 ⓝ犧牲品，犧牲者，獵物
The lion stalked its prey. 獅子在跟蹤獵物。

- 考試必考片語：
prey on（捕食）

🅣🅘🅣🅖⬆🅐

1777. priest [prist] 【priest】 ⓝ牧師
The priest offered prayers for the dying.
牧師為將死之人祈禱。

- 考試必考同義字：
clergyman, churchman

▶ pray 必考關鍵字三分鐘速記圖

請利用三分鐘的時間，把前面所記過的單字做一個全盤的瞭解和記憶。

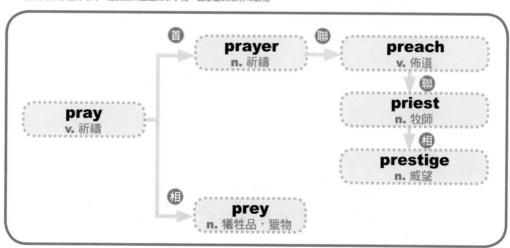

🔾字首、🔾字根、🔾字尾記憶法｜🔾同義、🔾反義記憶法｜🔾相似字記憶法｜🔾聯想記憶法

P

必考關鍵字

 power n 權力

TOEFL | IELTS | TOEIC | GEPT | 學測&指考 | 公務人員考試

單 字 錦 囊

1778. gunpowder [ˋgʌnˌpaudɚ] 【gun‧pow‧der】 n 火藥
The barrel of gunpowder exploded below the ship's deck.
戰艦的甲板下的火藥桶爆炸了。

• 考試必考同義字：
explosive

1779. horsepower [ˋhɔrsˌpauɚ] 【horse‧pow‧er】 n 馬力
A vehicle's horsepower is a measure of its speed.
車輛的馬力是其速度的衡量單位。

• 考試必勝小祕訣：
horsepower為功率單位，可簡寫為**hp**。

1780. powder [ˋpaudɚ] 【pow‧der】 n 粉末
She went to the restroom to put some powder on her nose.
她到洗手間去補些粉在鼻子上。

• 考試必考混淆字：
power, powder

1781. power [ˋpauɚ] 【pow‧er】 n 權力
Power and fame can be dangerously attractive.
權力和名利有危險的吸引力。

• 考試必考片語：
come into power（開始執政；當權）

1782. powerful [ˋpauɚfəl] 【pow‧er‧ful】 a 強大的
The powerful wrestler stepped into the ring.
那位強大的摔跤選手踏進拳擊場。

• 考試必考反義字：
powerless, weak（軟弱的）

power 必考關鍵字三分鐘速記圖

請利用三分鐘的時間，把前面所記過的單字做一個全盤的瞭解和記憶。

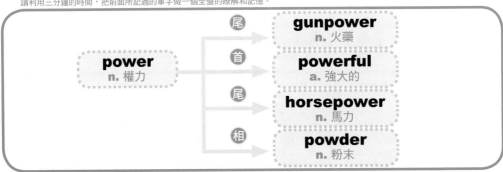

首字首、根字根、尾字尾記憶法 | 同同義、反反義記憶法 | 相相似字記憶法 | 聯聯想記憶法

字詞大追擊 energy, force, power, might 這些名詞均有 "力" 之意。

1. energy n 用於人時，指工作時煥發出的精力或幹勁。
They are working with energy. 他們正在幹勁十足地工作。

2. force n 特指克服障礙，推動人或物朝所要求的方向運動或能產生明顯效應的力量。
A U.N. peacekeeping force was sent to that country.
一支聯合國維持和平部隊被派往該國。

3. power n 指一切力量或能力等。
The president has the power to veto bills. 總統有權否決議案。

4. might n 多指巨大或超人的力量。
We fear the military might of the enemy. 我們懼怕敵人強大的軍事力量。

必考關鍵字

 press Ⓥ 壓，按，擠 (MP3) 16-10

⊕TOEFL ❶IELTS ⓣTOEIC ⒼGEPT ⬆學測&指考 ⚠公務人員考試 　　　單字錦囊

1783. compress [kəm`prɛs] 【com·press】Ⓥ壓緊
We compressed the files before emailing.
我們壓縮文件發送電子郵件。

- 考試必考同義字：
constrict, contract, compact

1784. depress [dɪ`prɛs] 【de·press】Ⓥ使沮喪
The poor weather depressed him somewhat.
惡劣的天氣使他有點沮喪。

- 考試必考同義字：
sadden, deject, discourage

1785. depression [dɪ`prɛʃən] 【de·pres·sion】
Ⓝ沮喪，憂鬱症
She was suffering from depression and needed medication.
她患有憂鬱症，需要藥物治療。

- 考試必考反義字：
elation（興高采烈；洋洋得意）

1786. express [ɪk`sprɛs] 【ex·press】Ⓥ表達
How can I express my true feelings to her?
我該怎麼對她表達我心中真實情感呢？

- 考試必考片語：
express oneself（表達自己的思想或觀點）

1787. expression [ɪk`sprɛʃən] 【ex·pres·sion】Ⓝ措辭，表達
His facial expression was laughable.他的表情很好笑。

- 考試必考片語：
facial expression（表情）；
beyond/past expression（無法表達；無法形容）

1788. impress [ɪm`prɛs] 【im·press】
Ⓥ使銘記，給…極深的印象
The elephant impressed the small child.
大象使小孩子留下深刻的印象。

- 考試必考片語：
impress on (upon) sb. sth（使某人銘記某事）

1789. impression [ɪm`prɛʃən] 【im·pres·sion】Ⓝ印象
You made quite an impression on the crowd.
你給人很深的印象。

- 考試必考片語：
make an impression on sb.（給某人留下印象）

1790. impressive [ɪm`prɛsɪv] 【im·pres·sive】Ⓐ給人印象深刻的
Your performance in the exams was impressive.
你的考試表現令人印象深刻。

- 考試必考反義字：
unimpressive（令人印象不深的）

1791. oppress [ə`prɛs] 【op·press】Ⓥ壓迫
Don't oppress those who are weaker than you.
不要欺負弱小。

- 考試必考同義字：
persecute, suppress, crush

1792. press [prɛs] 【press】Ⓥ壓，按，擠
He pressed the flower between sheets of paper.
他把花置於紙張之間壓平。

- 考試必考片語：
be pressed for sth（缺少某事物）；
press for sth（迫切需要某事物）

1793. repression [rɪ`prɛʃən] 【re·pres·sion】Ⓝ鎮壓
The repression of black people is less of a problem these days.現代少有鎮壓黑人的問題。

- 考試必考同義字：
constrain, suppression

1794. suppress [sə`prɛs] 【sup·press】Ⓥ鎮壓
Don't suppress your emotions.不要壓抑你的情緒。

- 考試必勝小祕訣：
suppress a smile/yawn為常用語，表示「忍住不笑/不打哈欠」。

P

▶ press 必考關鍵字三分鐘速記圖

請利用三分鐘的時間，把前面所記過的單字做一個全盤的瞭解和記憶。

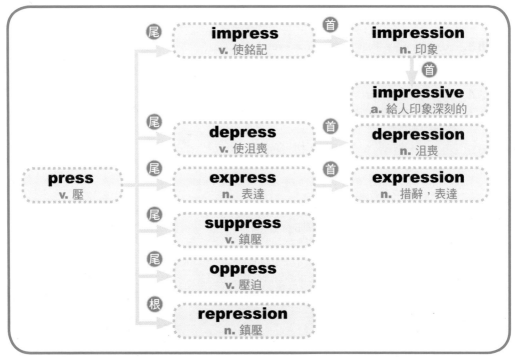

首 字首、根 字根、尾 字尾記憶法 | 同 同義、反 反義記憶法 | 相 相似字記憶法 | 聯 聯想記憶法

字詞
大追擊　oppress, suppress
這兩個動詞均有"壓迫，鎮壓"之意。

1. oppress　v 指用武力或權力等壓迫、壓制別人。
She was oppressed by many troubles.
許多麻煩使她心情沉重。

2. suppress　v 通常指通過強力，迅速有力地制止某事，或用意志控制
自己的感情。
The revolt was suppressed in a couple of days.
叛亂在幾天之內就被鎮壓下去了。

必考關鍵字

> prime ⓐ 最初的

🅣TOEFL ❶IELTS ⓉTOEIC ⒼGEPT ↑學測&指考 ⒶⒸ公務人員考試

<table>
<tr><td>單 字 錦 囊</td></tr>
</table>

1795. primary [ˋpraɪˌmɛrɪ] 【pri•ma•ry】 ⓐ 首要的
My primary concern is for the safety of the hostages.
我主要關注的是人質安全。

- 考試必考反義字：
secondary（次要的）

1796. primarily [praɪˋmɛrəlɪ] 【pri•mar•i•ly】 ⓐ🅓 首先，主要地
I am primarily a doctor for children. 我主要是醫治小孩。

- 考試必考同義字：
chiefly, mainly, principally

1797. premier [ˋprimɪɚ] 【pre•mier】 ⓝ 總理
The Premier meets Japan delegations. 總理會見日本代表團。

- 考試必考同義字：
prime minister

1798. prime [praɪm] 【prime】 ⓐ 最初的，原始的；主要的；最好的
The prime cut of beef was tender and juicy.
這塊上等牛肉又嫩又多汁。

- 考試必考同義字：
premier; primary; supreme

1799. primitive [ˋprɪmətɪv] 【prim•i•tive】 ⓐ 原始的
Living conditions in the tribe are still quite primitive.
這部落的生活條件仍然很原始。

- 考試必考同義字：
uncivilized, simple

1800. proton [ˋprotɑn] 【pro•ton】 ⓝ 質子
A proton is a positively charged particle.
質子是一種帶正電荷的粒子。

- 考試必考同義字：
molecule

> prime 必考關鍵字三分鐘速記圖

請利用三分鐘的時間，把前面所記過的單字做一個全盤的瞭解和記憶。

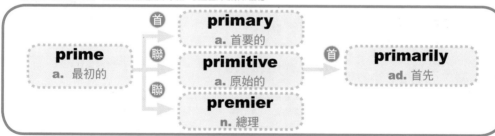

P

🗝字首、🗝字根、🗝字尾記憶法 ｜ 🗝同義、🗝反義記憶法 ｜ 🗝相似字記憶法 ｜ 🗝聯想記憶法

字詞
大追擊 elementary, elemental, primary
這些形容詞均含有 "基本的" 之意。

1. elementary ⓐ 指屬於事物的初步或起始階段。
He is a self-educated man. He didn't finish even elementary school.
他是一個自學成材的人。他連小學也未讀完。

2. elemental ⓐ 強調屬於事物的基礎或本質。
The elemental mathematics is very easy. 初等數學很簡單。

3. primary ⓐ 與作 "初步的，初級" 的elementary換用。
A primary cause of Tom's failure is his laziness. 懶惰是湯姆失敗的主要因之一。

必考關鍵字

> prince ⋒ 王子

⒯TOEFL ⒤IELTS ⒯TOEIC ⒢GEPT ⬆學測&指考 Ⓐ公務人員考試

	單 字 錦 囊

1801. prince [prɪns] 【prince】⋒王子
The prince kissed the sleeping princess. 王子親了睡著的公主。
• 考試必考反義字：
princess（公主）

1802. princess [ˋprɪnsɪs] 【prin‧cess】⋒公主
The princess was exceptionally beautiful. 公主特別的美麗。
• 字尾：
ess表示女性名詞。

1803. principal [ˋprɪnsəpl] 【prin‧ci‧pal】ⓐ主要的 ⋒校長
My principal concern is the weather. 我主要關注的是天氣。
• 考試必考混淆字：
principal, principle

1804. principle [ˋprɪnsəpl] 【prin‧ci‧ple】⋒原則
Please take this seriously. It's a matter of principle.
請認真看待這件事。這是原則問題。
• 考試必考片語：
in principle（原則上）；**on principle**（根據原則）

1805. prior [ˋpraɪə] 【pri‧or】ⓐ優先的
He had a prior engagement and could not attend.
他先有約，無法前來參加。
• 考試必考同義字：
earlier, previous, former

1806. priority [praɪˋɔrətɪ] 【pri‧or‧i‧ty】⋒優先
Our key priority is to increase sales.
我們的主要重點是增加銷售額。
• 考試必考同義字：
precedence, antecedence

> prince 必考關鍵字三分鐘速記圖

請利用三分鐘的時間，把前面所記過的單字做一個全盤的瞭解和記憶。

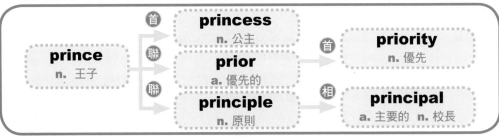

首字首、根字根、尾字尾記憶法｜同同義、反反義記憶法｜相相似字記憶法｜聯聯想記憶法

**字詞
大追擊** chief, principal, main 這些形容詞均含有"首要的，主要的"之意。

1. chief ⓐ **表同類中職位最高，權力最大；指物時，表同類中最重要，價值最高。**
Don was appointed chief engineer of the project.
唐被委任為該項工程的總工程師。

2. principal ⓐ **用於人時，指地位優於其他人；用於物時，指該物在大小、重要
性等方面優於他物。**
Our principal problem is lack of time 我們的主要問題就是缺少時間。

3. main ⓐ **通常只用於物。指在一定範圍內，某物的重要性、體積或力量等超過
其他物。**
She noted down the main points of the speech. 她把演說的重點記了下來。

必考關鍵字

prison ⋯ n 監獄

(MP3) 16-11

🛈TOEFL ❶IELTS 🛈TOEIC 🅖GEPT ⭡學測&指考 ㊆公務人員考試

單 字 錦 囊

🛈❶🛈🅖⭡㊆

1807. comprehend [ˌkɑmprɪˋhɛnd]【com·pre·hend】
ⓥ理解
It was hard to comprehend the extent of the damage.
這損害的程度是很難理解的。

• 考試必考同義字：
understand, realize, know

🛈❶🛈🅖⭡㊆

1808. comprehension
[ˌkɑmprɪˋhɛnʃən]【com·pre·hen·sion】 ⓝ理解
His listening comprehension was poor. 他的聽力理解很差。

• 考試必考片語：
beyond sb.'s comprehension
（超越某人的理解）

🛈❶🛈🅖⭡㊆

1809. comprehensive
[ˌkɑmprɪˋhɛnsɪv]【com·pre·hen·sive】ⓐ廣泛的，綜合的
The comprehensive plan covers all possibilities.
綜合計劃涵蓋了所有的可能性。

• 考試必考同義字：
complete, general, broad, wide

🛈❶🛈🅖⭡㊆

1810. comprise [kəmˋpraɪz]【com·prise】
ⓥ包含，由⋯組成
This machine comprises three parts. 本機器由三部分組成。

• 考試必考同義字：
include, contain, consist of

🛈❶🛈🅖⭡㊆

1811. entrepreneur [ˌɑntrəprəˋnɝ]【en·tre·pre·neur】
ⓝ企業家
Entrepreneurs are great innovators.
企業家都是偉大的創新者。

• 考試必考同義字：
businessman, capitalist

🛈❶🛈🅖⭡㊆

1812. enterprise [ˋɛntɚˌpraɪz]【en·ter·prise】 ⓝ企業
This enterprise will be highly beneficial.
這個企業將會非常賺錢。

• 考試必考同義字：
company, corporation, business

🛈❶🛈🅖⭡㊆

1813. imprison [ɪmˋprɪzn̩]【im·pris·on】ⓥ監禁，限制
He was imprisoned despite being innocent.
儘管他是無辜的，他還是被監禁了。

• 考試必考反義字：
free, liberate（釋放、解放）

🛈❶🛈🅖⭡㊆

1814. prison [ˋprɪzn̩]【pris·on】ⓝ監獄
The prison was in a desolate area. 監獄是在荒涼的地區。

• 考試必考同義字：
jail

🛈❶🛈🅖⭡㊆

1815. prisoner [ˋprɪznɚ]【pris·on·er】ⓝ囚犯
The prisoners played football every day. 囚犯每天踢足球。

• 考試必考片語：
take/make sb. prisoner（俘虜某人）

🛈❶🛈🅖⭡㊆

1816. prize [praɪz]【prize】ⓝ獎品，補貨物
The prize was a huge golden cup.
獎品是一個巨大的金色獎杯。

• 考試必考同義字：
reward, award

🛈❶🛈🅖⭡㊆

1817. surprise [səˋpraɪz]【sur·prise】ⓝ驚訝
The birthday present was a big surprise.
生日禮物是一個巨大的驚喜。

• 考試必考同義字：
startle, astonish, amaze

🛈❶🛈🅖⭡㊆

1818. surprising [səˋpraɪzɪŋ]【surprising】ⓐ令人驚奇的
The change in weather was surprising.
天氣的變化令人吃驚。

• 考試必考同義字：
amazing, astonishing

P

▶ prison 必考關鍵字三分鐘速記圖

請利用三分鐘的時間，把前面所記過的單字做一個全盤的瞭解和記憶。

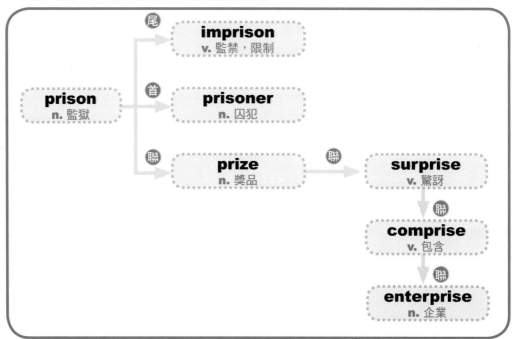

首 字首、根 字根、尾 字尾記憶法 | 同 同義、反 反義記憶法 | 相 相似字記憶法 | 聯 聯想記憶法

字詞
大追擊　learn, comprehend, understand
這些動詞都含"懂，知道，明瞭"之意。

1. learn Ⅴ **通常指通過他人而獲得消息或情況，側重從不知到知的變化過程。**

He has learned that dishonesty does not pay.
他已經認識到不誠實是沒有好報的。

2. comprehend Ⅴ **特指熟悉瞭解的過程。**

The child couldn't comprehend the text.　這孩子不理解該課文的含義。

3. understand Ⅴ **指對事物已有徹底的認識，不僅知其性質、含義和細節，而且瞭解其內外的關係。**

He understands about diplomatic etiquette.
他熟知外交禮節。

必考關鍵字

program n 節目

🔵TOEFL ❶IELTS ❶TOEIC ❻GEPT ⬆學測&指考 ⚫公務人員考試　　單 字 錦 囊

1819. diagram [ˈdaɪəˌɡræm] 【di·a·gram】 n 圖表
The diagram showed how to make the model.
這圖示顯示如何製作模型。
- 字尾：**gram**有「書寫、畫成之物」的意思。

1820. gram [ɡræm] 【gram】 n 克
After a week of digging he had found only a few grams of gold. 經過一個星期的挖掘，他只有發現幾克的黃金。
- 考試必勝小祕訣：**kilogram**通常縮寫為**kg.**，而**gram**則縮寫為**g.**。

1821. kilogram [ˈkɪləˌɡræm] 【ki·lo·gram】 n 千克，公斤
The large book weighed several kilograms.大書重達數公斤。
- 字首：**kilo**表示「千」。

1822. program [ˈproɡræm] 【pro·gram】 n 節目
The TV program was growing in popularity.
這個電視節目越來越受歡迎。
- 考試必考同義字：**performance, TV show**

1823. telegram [ˈtɛləˌɡræm] 【tele·gram】 n 電報
The girl is expecting a telegram. 女孩正在等一封電報。
- 字首：**tele**有「遠處、遠距離」的意思。

1824. telegraph [ˈtɛləˌɡræf] 【tele·graph】 n 電報，電信
I'll inform you via telegraph. 我會以電報通知你。
- 考試必考同義字：**telegram**

program 必考關鍵字三分鐘速記圖

請利用三分鐘的時間，把前面所記過的單字做一個全盤的瞭解和記憶。

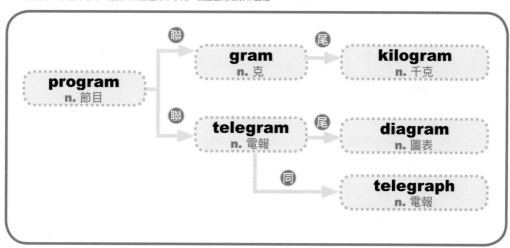

（首）字首、（根）字根、（尾）字尾記憶法｜（同）同義、（反）反義記憶法｜（相）相似字記憶法｜（聯）聯想記憶法

必考關鍵字

photograph ⓝ 照片

(MP3) 16-12

ⓣ TOEFL　❶ IELTS　ⓣ TOEIC　ⓖ GEPT　✦ 學測&指考　公 公務人員考試

單 字 錦 囊

ⓣ❶ⓣⓖ✦公

1825. autobiography
[ˌɔtəbaɪˋɑgrəfɪ]【au‧to‧bi‧og‧ra‧phy】ⓝ自傳
The film star's autobiography was colorful.
影星的自傳是豐富多彩的。

- 字首：**auto**表示「自己的」、「自動的」。

ⓣ❶ⓣⓖ✦

1826. biography [baɪˋɑgrəfɪ]【bi‧og‧ra‧phy】ⓝ傳記
His biography revealed many secrets.
他的傳記揭示了許多秘密。

- 字首：**bio**表示「生命、生物」。

ⓣ❶ⓣⓖ✦

1827. geography [dʒiˋɑgrəfɪ]【ge‧og‧ra‧phy】ⓝ地理學
Geography was always his weakness at school.
地理是他的弱科。

- 字首：**geo**表示「土地」、「地球」。

ⓣ❶ⓣ

1828. graph [græf]【graph】ⓝ圖表
He showed the directors a graph of the sales figures.
他展示圖表上的銷售數字。

- 考試必考同義字：
diagram, chart, plot

ⓣ❶ⓣⓖ✦公

1829. graphic [ˋgræfɪk]【graph‧ic】ⓐ圖解的
The graphic violence in the film was censored.
這部電影裡的暴力畫面受到審查。

- 考試必考同義字：
pictorial, vivid

ⓣ❶ⓣⓖ✦公

1830. paragraph [ˋpærəˌgræf]【par‧a‧graph】ⓝ段落
Paragraphs are an essential part of good writing.
文章段落是好文章一個重要的部分。

- 考試必考同義字：
passage, text

ⓣ❶ⓣⓖ✦公

1831. photo [ˋfoto]【pho‧to】ⓝ照片
They enjoyed looking through the photo album.
他們喜歡看相簿。

- 考試必考同義字：
photograph, picture

ⓣ❶ⓣⓖ✦公

1832. photograph [ˋfotoˌgræf]【pho‧to‧graph】ⓝ照片
Would you mind taking a photograph of us?
你介意我們照相嗎？

- 考試必考片語：
take a photograph/picture（照相）

ⓣ❶ⓣⓖ✦公

1833. photographic [ˌfotəˋgræfɪk]【pho‧to‧graph‧ic】
ⓐ照相的
The photographic film reacted to light. 相片膠卷曝光了。

- 考試必考混淆字：
photograph, photography, photographer, photographic

ⓣ❶ⓣⓖ✦公

1834. photography [fəˋtɑgrəfɪ]【pho‧tog‧ra‧phy】
ⓝ攝影術
Many people do photography as a hobby.
許多人把攝影當業餘愛好。

- 考試必勝小祕訣：
photographer（攝影師）

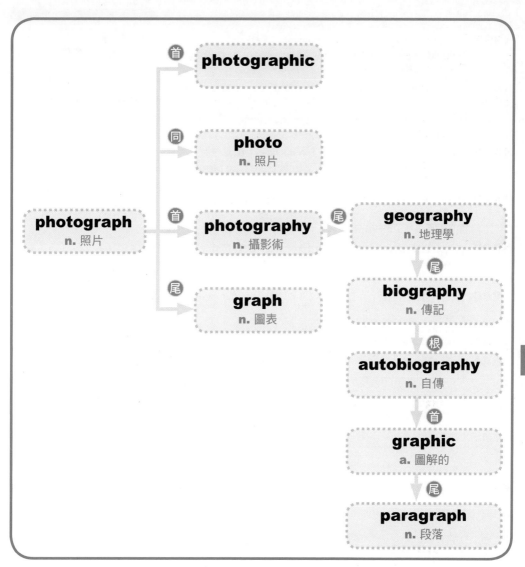

photograph 必考關鍵字三分鐘速記圖

請利用三分鐘的時間，把前面所記過的單字做一個全盤的瞭解和記憶。

首 字首、根 字根、尾 字尾記憶法｜同 同義、反 反義記憶法｜相 相似字記憶法｜聯 聯想記憶法

必考關鍵字

pronounce Ⅴ 發音，宣佈

托TOEFL **Ⅰ**IELTS **T**TOEIC **G**GEPT **↑**學測&指考 **公**公務人員考試

單 字 錦 囊

1835. announce [ə`naʊns]【an•nounce】Ⅴ宣佈
I would like to announce our engagement to be married.
我宣佈我們要結婚了。

• 考試必考同義字：
pronounce, enounce

1836. announcement [ə`naʊnsmənt]【an•nounce•ment】
Ⅱ通知
The announcement was heard by everyone.
每一個人都聽到了通知。

• 考試必考同義字：
proclamation, statement

1837. announcer [ə`naʊnsɚ]【an•nounc•er】Ⅱ播音員
The announcer appeared on TV before the next program.
該播音員出現在電視之前的另一個節目。

• 考試必考同義字：
newscaster, broadcaster

1838. denounce [dɪ`naʊns]【de•nounce】Ⅴ公開指責，告發
The cheat was denounced by his peers.
他的同學揭露了他的作弊。

• 考試必考同義字：
blame, censure, accuse

1839. pronounce [prə`naʊns]【pro•nounce】Ⅴ發音，宣佈
Now I pronounce you man and wife.
現在，我宣佈你們成為丈夫和妻子。

• 考試必考同義字：
articulate（發音）；**enouce**（宣佈）

1840. pronunciation [prə͵nʌnsɪ`eʃən]【pro•nun•ci•a•tion】
Ⅱ發音
The pronunciation of 'egregious' is tricky.
'egregious' 的發音不好唸。

• 考試必考同義字：
articulation, enunciation

1841. renounce [rɪ`naʊns]【re•nounce】Ⅴ正式放棄
He renounced his previous vows.他放棄了他以前的誓言。

• 考試必考混淆字：
pronounce, announce, denounce, renounce

> **pronounce** 必考關鍵字三分鐘速記圖

請利用三分鐘的時間，把前面所記過的單字做一個全盤的瞭解和記憶。

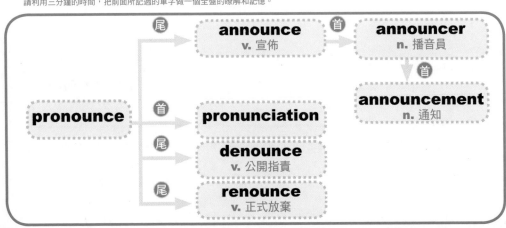

首字首、根字根、尾字尾記憶法｜同同義、反反義記憶法｜相相似字記憶法｜聯聯想記憶法

必考關鍵字

protect v 保護

(MP3) 16-13

托TOEFL ❶IELTS ❶TOEIC ⓖGEPT ⬆學測&指考 ㊺公務人員考試

單字錦囊

1842. detect [dɪˋtɛkt]【de•tec】v 察覺
I detect anger in your voice. 我察覺到你聲音裡的怒氣。

• 考試必考同義字：
discover, recognize

1843. detective [dɪˋtɛktɪv]【de•tec•tive】n 偵探 a 偵探的
The detective considered the case. 偵探思考這案件。

• 考試必考同義字：
detective novel（偵探、懸疑小說）

1844. detector [dɪˋtɛktɚ]【de•tec•tor】n 偵探器
The movement detector suddenly bleeped.
運動探測器突然失靈。

• 考試必考同義字：
sensor

1845. protect [prəˋtɛkt]【pro•tect】v 保護
The mother protected her children at all times.
母親任何時候都在保護她的孩子們。

• 考試必考片語：
protect from/against（使免受）

1846. protection [prəˋtɛkʃən]【pro•tec•tion】n 保護
The protection of minors is essential.
保護未成年人是至關重要的。

• 考試必考同義字：
defence, guard

1847. protective [prəˋtɛktɪv]【pro•tec•tive】
a 保護的，防護的
His protective clothing prevened any injury.
他的防護服能保護任何的傷害。

• 考試必勝小祕訣：
protective device 防護裝置、安全裝置。

1848. protein [ˋprotiin]【pro•tein】n 蛋白質
Protein is essential for muscle growth.
蛋白質是肌肉生長必不可少的。

• 考試必勝小祕訣：
have a high protein content 含有高蛋白。

P

> protect 必考關鍵字三分鐘速記圖

請利用三分鐘的時間，把前面所記過的單字做一個全盤的瞭解和記憶。

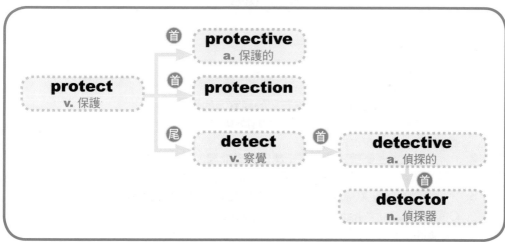

首字首、根字根、尾字尾記憶法｜同同義、反反義記憶法｜相相似字記憶法｜聯聯想記憶法

必考關鍵字

prove Ⅴ 證明，證實

Ⓣ TOEFL　Ⓘ IELTS　Ⓣ TOEIC　Ⓖ GEPT　↑學測&指考　公公務人員考試

單 字 錦 囊

1849. approval [ə`pruvl]【ap•prov•al】ⁿ贊成
This contract needs your approval. 這份合約需要您的同意。

* 考試必考反義字：
disapproval（不贊成、不批准）

1850. approve [ə`pruv]【ap•prove】Ⅴ贊成
The patent was approved by the board.
該專利經董事會批准。

* 考試必考片語：
approve of（贊成）

1851. improve [pruv]【prove】Ⅴ改進
I hope we can improve upon our earlier design.
我希望我們能夠改進我們先前設計。

* 考試必考片語：
improve on（改進；超過）

1852. improvement [ɪm`pruvmənt]【im•prove•ment】ⁿ進步
Your improvement has been excellent. 你的進步一直很棒。

* 考試必考同義字：
enhancement, refinement

1853. proof [pruf]【proof】ⁿ證據
We need proof before we go to the police.
我們去報警之前，我們需要證據。

* 考試必考同義字：
evidence

1854. prove [pruv]【prove】Ⅴ證明，證實
Can you prove what you are saying is true?
你能證明你說的話是正確的？

* 考試必考同義字：
verify, justify

prove 必考關鍵字三分鐘速記圖

請利用三分鐘的時間，把前面所記過的單字做一個全盤的瞭解和記憶。

字詞
大追擊

首字首、根字根、尾字尾記憶法｜同同義、反反義記憶法｜相相似字記憶法｜聯聯想記憶法

approve, confirm, sanction 這些動詞均有 "批准" 之意。

1. approve Ⅴ **普通用詞，常指正式的或官方的批准。**
The professor does not approve the government's foreign policy.
那位教授不贊成政府的外交政策。

2. confirm Ⅴ **強調按法律程式提請確認或批准。**
The queen confirmed the treaty. 女王批准了此項條約。

3. sanction Ⅴ **語氣最強，多指官方的同意或批准，是書面用詞。**
Official sanction has not yet been given.
尚未獲得正式批准。

必考關鍵字

> | port n 港口

單 字 錦 囊

1855. airport [ˈɛrˌport] 【air·port】 n 飛機場
The airport was full of hurrying people.
機場充滿了匆忙的人。

• 考試必考同義字：
airfield, aerodrome

1856. deport [dɪˈport] 【de·port】 v 把⋯驅逐出去
We will deport anyone found with drugs.
我們將驅逐任何被發現藏有毒品的人。

• 考試必考同義字：
exile, banish

1857. export [ɪksˈport] 【ex·port】 v n 出口
We hope exports will improve. 我們希望出口會有所改善。

• 字首：**ex**有「由內向外」的意思

1858. import [ɪmˈport] 【im·port】 v n 進口
We import more than we export at present.
目前我們的進口超過出口。

• 考試必考反義字：
export（出口）

1859. importance [ɪmˈpɔrtn̩s] 【im·por·tance】 n 重要
I cannot overstate your importance to the firm.
我不能誇大你對公司的重要性。

• 考試必考片語：
attach importance to（重視）

1860. important [ɪmˈpɔrtn̩t] 【im·por·tant】 a 重要的
I feel it is vitally important that children go to school.
我覺得孩子上學是極其重要的。

• 考試必考同義字：
essential, necessary

1861. opportunity [ˌɑpəˈtjunətɪ] 【op·por·tu·ni·ty】 n 機會
This new development presents us with an opportunity.
這一新的發展為我們提供了一個機會。

• 考試必考同義字：
chance, occasion

1862. passport [ˈpæsˌport] 【pass·port】 n 護照
His passport expired a long time ago. 他的護照早已過期。

• 考試必勝小祕訣：
passport護照過期可用動詞**expire**

1863. porch [portʃ] 【porch】 n 門廊
The porch was decorated with flowers. 門廊裝飾著鮮花。

• 考試必考同義字：
veranda

1864. port [port] 【port】 n 港口
The ship entered the port around noon.
船舶中午12時左右進入港口。

• 考試必考同義字：
harbor, dock, wharf, pier

1865. torch [tɔrtʃ] 【torch】 n 火把
The policeman shone the torch into the shadows.
警察拿火炬照亮陰影。

• 考試必考同義字：
light

P

▷ port 必考關鍵字三分鐘速記圖

請利用三分鐘的時間，把前面所記過的單字做一個全盤的瞭解和記憶。

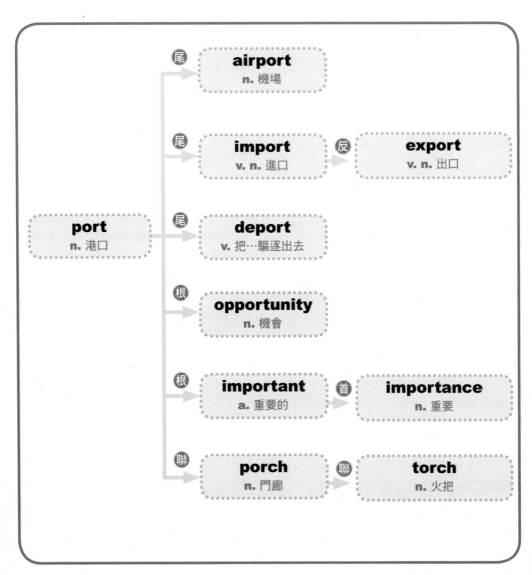

首 字首、**根** 字根、**尾** 字尾記憶法｜**同** 同義、**反** 反義記憶法｜**相** 相似字記憶法｜**聯** 聯想記憶法

a 形容詞
ad 副詞
aux 助動詞
conj 連接詞
n 名詞
num 數字
prep 介係詞
pron 代名詞
v 動詞
（美）美式用語
（英）英式用語

首 字首記憶法
根 字根記憶法
尾 字尾記憶法
同 同義字記憶法
反 反義字記憶法
相 相似字記憶法
聯 聯想記憶法

托 TOEFL
I IELTS
T TOEIC
G GEPT
↑ 學測&指考
公 公務人員考試

必考關鍵字

quality n 品質

(MP3) 17-01

🔸TOEFL ❶IELTS ❶TOEIC ❻GEPT ⬆學測&指考 ㊸公務人員考試

單 字 錦 囊
🔸❶❶❻⬆㊸

1866. qualification [ˌkwɑləfəˋkeʃən] 【qual•i•fi•ca•tion】
n 品質，資格
This qualification will help you to get an excellent job.
這個資格會幫助你找到好的工作。

• 考試必考同義字：
competency, fitness
🔸❶❶❻⬆

1867. qualify [ˋkwɑləˌfaɪ] 【qual•i•fy】 ☑有資格
To qualify, you must race a lap under a certain time limit.
要取得資格，你必須在時間限制內領先一圈。

• 考試必考同義字：
disqualify（使不合格、取消…資格）
🔸❶❶⬆㊸

1868. qualitative [ˋkwɑləˌtetɪv] 【qual•i•ta•tive】
a 質的，定性的
They needed to do qualitative research on the population.
他們需要做人口的定性研究。

• 考試必考反義字：
quantitative（量的）
🔸❶❶❻⬆㊸

1869. quality [ˋkwɑlətɪ] 【qual•i•ty】 n 品質
The quality of your work has suffered recently.
你工作品質最近欠佳。

• 考試必考同義字：
characteristic, nature

quality 必考關鍵字三分鐘速記圖

請利用三分鐘的時間，把前面所記過的單字做一個全盤的瞭解和記憶。

首字首、根字根、尾字尾記憶法 │ 同同義、反反義記憶法 │ 相相似字記憶法 │ 聯聯想記憶法

必考關鍵字

 question n 問題

🔠TOEFL ❶IELTS 🔟TOEIC 🄶GEPT ⬆學測&指考 🄯公務人員考試

單字錦囊

1870. query [ˋkwɪrɪ]【que·ry】n 懷疑
You can address your query to the receptionist.
您可以查詢接待員來解決您的疑問。

• 考試必考同義字:
question, doubt

1871. quest [kwɛst]【quest】n 尋求，探索
The knight set out upon his quest. 騎士闡述他的追求。

• 考試必考片語:
in quest of（探尋）

1872. question [ˋkwɛstʃən]【ques·tion】n 問題
I have a question for you. 我有一個問題想問你。

• 考試必考片語:
beyond/without/past question（毫無疑問）；**out of the question**（不可能的）

1873. questionable [ˋkwɛstʃənəbl]【ques·tion·able】
a 可疑的　The wisdom of this decision is questionable.
這決定是可疑的。

• 考試必考同義字:
doubtful, uncertain, dubious

1874. questionnaire [͵kwɛstʃənˋɛr]【ques·tion·naire】
n 問卷，調查表　The participants filled in the questionnaire.
參與者填寫了問卷調查。

• 考試必考同義字:
poll, examination

1875. quiz [kwɪz]【quiz】n 測驗
There will be a quiz in English on Saturdays.
星期六有一個英文測驗。

• 考試必考同義字:
test, examination

1876. request [rɪˋkwɛst]【re·quest】v n 請求，要求
I have a request of the chef. 我對廚師有一個請求。

• 考試必考片語:
at sb.'s request（應某人要求）；**by request**（應要求）

1877. require [rɪˋkwaɪr]【re·quire】v 需要，要求
I require some help with my homework.
我在功課上需要一些幫助。

• 考試必考同義字:
demand, need

1878. requirement [rɪˋkwaɪrmənt]【re·quire·ment】n 要求
Does the design meet your requirements?
設計是否滿足您的要求？

• 考試必考同義字:
demand, need

Q

 question 必考關鍵字三分鐘速記圖

請利用三分鐘的時間，把前面所記過的單字做一個全盤的瞭解和記憶。

首字首、根字根、尾字尾記憶法 | 同同義、反反義記憶法 | 相相似字記憶法 | 聯聯想記憶法

必考關鍵字

▶ **quiet** ⓐ 安靜的

🔠TOEFL ❶IELTS ❶TOEIC ⒼGEPT ↑學測&指考 ⑳公務人員考試

單 字 錦 囊
🔠❶❶Ⓖ↑

1879. acquit [əˋkwɪt]【ac·quit】Ⓥ宣判無罪
We hope the judge will acquit you.
我們希望法官將你無罪釋放。

- 考試必考片語：
acquit sb. of the crime（宣告某人無罪）
🔠❶❶Ⓖ↑⑳

1880. diet [ˋdaɪət]【di·et】Ⓥ節食，飲食
His diet was full of junk food. 他的飲食充滿了垃圾食品。

- 考試必考片語：
go/be on a diet（節食）
🔠❶❶Ⓖ↑

1881. mosquito [məsˋkito]【mos·qui·to】Ⓝ蚊子
The mosquito landed on his arm. 蚊子落在他的手臂上。

- 考試必考小祕訣：
mosquito的複數是**mosquitoes**
🔠❶❶Ⓖ

1882. quiet [ˋkwaɪət]【qui·et】ⓐ安靜的
Please be quiet, I am trying to think! 安靜，我正在想辦法！

- 考試必考同義字：
still, silent
❶❶Ⓖ

1883. quit [kwɪt]【quit】Ⓥ辭職，停止，放棄
You can't quit now, you are almost finished!
你現在不能放棄，你快完成了！

- 考試必考小勝祕訣：
quit + Ving表示停止或放棄做某件事情
🔠❶❶↑⑳

1884. quite [kwaɪt]【quite】ⓐⒹ完全，徹底
He was quite happy with his salary. 他非常滿意他的工資。

- 考試必考混淆字：
quiet, quite

▶ **quiet** 必考關鍵字三分鐘速記圖

請利用三分鐘的時間，把前面所記過的單字做一個全盤的瞭解和記憶。

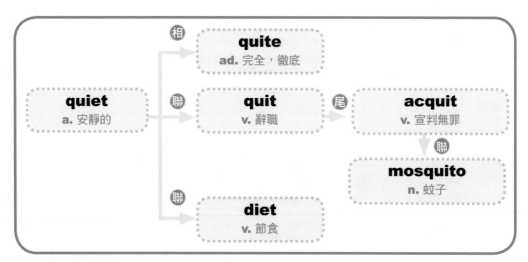

首字首、根字根、尾字尾記憶法｜同同義、反反義記憶法｜相相似字記憶法｜聯聯想記憶法

a 形容詞
ad 副詞
aux 助動詞
conj 連接詞
n 名詞
num 數字
prep 介係詞
pron 代名詞
v 動詞
（美）美式用語
（英）英式用語

首 字首記憶法
根 字根記憶法
尾 字尾記憶法
同 同義字記憶法
反 反義字記憶法
相 相似字記憶法
聯 聯想記憶法

托 TOEFL
I IELTS
T TOEIC
G GEPT
↑ 學測&指考
公 公務人員考試

必考關鍵字

 | # reserve ⅴ 保存，預訂

托TOEFL ❶IELTS ❶TOEIC ❺GEPT ↑學測&指考 公公務人員考試

單　字　錦　囊

1885. preservation [ˌprɛzɚˋveʃən]【pres•er•va•tion】
ⓝ保存
The preservation of ancient artefacts is our top priority.
保護古文物是我們的首要任務。

托 ❶ ❶ ❺ ↑ 公
・考試必考同義字：
conservation, maintenance

1886. preserve [prɪˋzɝv]【pre•serve】ⓥ保護，保藏
We will try to preserve the ruins. 我們將努力維護古蹟。

托 ❶ ❶ ❺ ↑ 公
・考試必考同義字：
keep, maintain, conserve

1887. reservation [ˌrɛzɚˋveʃən]【res•er•va•tion】
ⓝ保留，訂位
Your reservation is made, sir. 您已預訂了，先生。

托 ❶ ❶ ❺ ↑ 公
・考試必考片語：
with reservation(s)（有保留地）；
without reservation（無保留地）

1888. reserve [rɪˋzɝv]【re•serve】ⓥ保存，預訂
Please reserve me a seat tonight. 今晚請為我預留座位。

托 ❶ ❶ ❺ ↑ 公
・考試必考片語：
in reserve（備用的）；**without reserve**（毫無保留地）

1889. reservoir [ˋrɛzɚˌvɔr]【res•er•voir】ⓝ蓄水庫
The reservoir was almost full. 水庫幾乎爆滿了。

托 ❶ ❶ ❺ ↑ 公
・考試必考同義字：
repository, container

> | **reserve** 必考關鍵字三分鐘速記圖

請利用三分鐘的時間，把前面所記過的單字做一個全盤的瞭解和記憶。

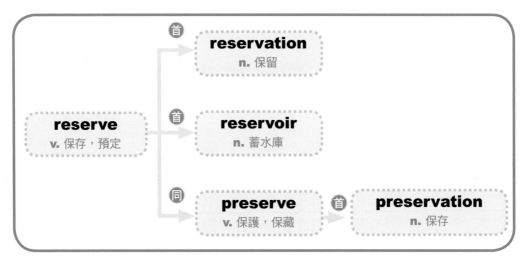

首字首、根字根、尾字尾記憶法 ｜ 同同義、反反義記憶法 ｜ 相相似字記憶法 ｜ 聯聯想記憶法

必考關鍵字

race 🔲 種族，比賽

🔴TOEFL ①IELTS ①TOEIC ⑥GEPT ↑學測&指考 ㊙公務人員考試

	單 字 錦 囊

1890. race [res]【race】🔲種族
Granting people employment based on race is illegal.
依照種族授予人民職業是非法的。

• 考試必考同義字：
people, folk

1891. racial [`reʃəl]【ra·cial】🄰種族的
Racial prejudice is still common. 種族偏見仍然是常見的。

• 考試必考同義字：
ethnic（種族的）

1892. racialism [`reʃəl.ɪzəm]【ra·cial·ism】
🔲種族主義
The government should take steps to fight racialism in the
society. 政府應採取措施對抗社會上的種族主義。

• 考試必考同義字：
racism（種族主義）

1893. racialist [`reʃəlɪst]【ra·cial·ist】🔲種族主義者
The racialist was rude to people who were different.
種族主義者無禮對待不同種的人。

• 考試必考同義字：
racist（種族主義者）

1894. racism [`resɪzəm]【rac·ism】🔲種族主義，種族歧視
Racism will not be tolerated. 種族主義不會被容忍。

• 考試必考同義字：
fascism, discrimination

race 必考關鍵字三分鐘速記圖

請利用三分鐘的時間，把前面所記過的單字做一個全盤的瞭解和記憶。

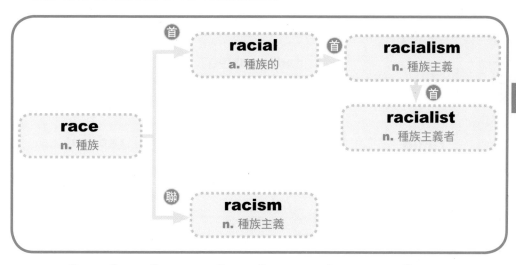

> 首字首、根字根、尾字尾記憶法 ｜ 同同義、反反義記憶法 ｜ 相相似字記憶法 ｜ 聯聯想記憶法

R

必考關鍵字

radio n 收音機

托TOEFL ❶IELTS ❶TOEIC ❸GEPT ❶學測&指考 ❷公務人員考試

單 字 錦 囊
❶❶❶❶❷

1895. radiant [`redjənt]【ra·di·ant】a 光芒萬射的
The bride looked radiant on the day of her wedding.
新娘在她婚禮那天看上去容光煥發。

• 考試必考同義字：
glowing表示「熱情的，鮮豔的」

托❶❶❶❶

1896. radiate [`redLet]【ra·di·ate】v 輻射，散發
The blast from the bomb radiated ouwards.
這次爆炸的炸彈導致輻射外洩 。

• 考試必考片語：
radiate from表示「由中心散發出來的」。

托❶❶❶❶❶

1897. radio [`redLo]【ra·dio】n 收音機，無線電
The radio needed tuning. 無線電需要調整。

• 考試必勝小祕訣：
tune在此例句當動詞，表示「調整，調音」。

托❶❶❶❶❷

1898. radioactive [ˌredɪoˋæktɪv]【ra·dio·ac·tive】a 放射的
Radioactive material needs to be handled carefully.
放射性物質需要小心處理。

• 考試必勝小祕訣：
radio（無線電）**+active**（活躍的）=
radioactive活躍的無線電，即「放射性的」。

托❶❶❶❶❷

1899. radium [`redɪəm]【ra·di·um】n 鐳
Radium is highly radioactive. 鐳是高放射性的。

托❶❶❶❶❷

1900. radius [`redɪəs]【ra·di·us】n 半徑，周圍
The radius of a circle is linked to its circumference.
半徑是指一個圓圈的一半長。

radio 必考關鍵字三分鐘速記圖

請利用三分鐘的時間，把前面所記過的單字做一個全盤的瞭解和記憶。

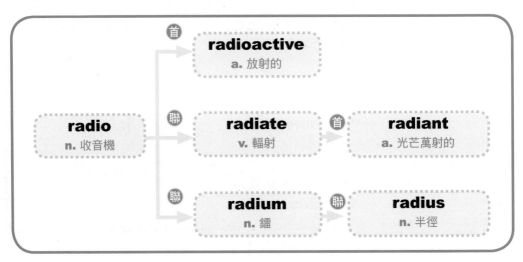

首字首、根字根、尾字尾記憶法 | 同同義、反反義記憶法 | 相相似字記憶法 | 聯聯想記憶法

必考關鍵字

raise Ⅴ 舉起，提高

🅣TOEFL 🅘IELTS 🅣TOEIC 🅖GEPT 🔼學測&指考 🅐公務人員考試

| | 單 字 錦 囊 |

1901. arise [əˈraɪz]【arise】Ⅴ上升，產生
Arise everyone please! 大家請起立！

- 考試必勝小祕訣：
arise較**stand up**來得正式。

1902. arouse [əˈrauz]【arouse】Ⅴ喚起，使奮發
She aroused him with her erotic dance.
她用熱情的舞蹈挑逗他。

- 考試必考同義字：
stimulate表示「激勵，使興奮」。

1903. raise [rez]【raise】Ⅴ舉起，提高
I will raise my stake. 我會提高我的股份。

- 考試必勝小祕訣：
raise stake賭博常用語，表示「加賭注」。

1904. rouse [rauz]【rouse】Ⅴ喚起
He needed rousing from his deep slumber.
他需要從他沉睡中被喚醒。

- 考試必勝小祕訣：
rouse sleep/slumber表示「從睡夢中喚醒」。

1905. trousers [ˈtrauzɚz]【trou‧sers】ｎ褲子
The trousers were rather loose. 這件褲子相當寬鬆。

- 考試必考同義字：
pants表示「寬鬆長褲」，**jeans**表示「牛仔褲」。

1906. rise [raɪz]【rise】Ⅴ ｎ升起
We have seen a rise in immigrants. 我們看到了移民的崛起。

- 考試必勝小祕訣：
rise, rose, risen

1907. uprising [ˈʌpˌraɪzɪŋ]【up‧ris‧ing】ｎ起義
The uprising needed containing. 起義需要控制。

- 考試必勝小祕訣：
contain uprising常用語，表示「遏制起義」。

raise 必考關鍵字三分鐘速記圖

請利用三分鐘的時間，把前面所記過的單字做一個全盤的瞭解和記憶。

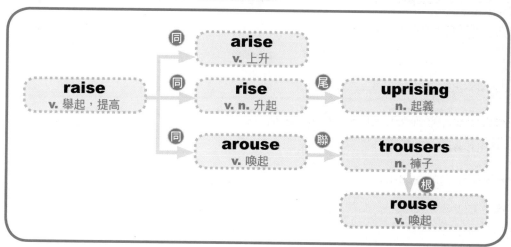

🗿首字首、🗿根字根、🗿尾字尾記憶法 | 🗿同義、🗿反反義記憶法 | 🗿相似字記憶法 | 🗿聯聯想記憶法

必考關鍵字

 | range 🄝 一系列，等級　　　MP3 18-02

🅣TOEFL 🅘IELTS 🅣TOEIC 🅖GEPT ⬆學測&指考 🅟公務人員考試　　　單　字　錦　囊

1908. arrange [əˋrendʒ] 【ar·range】 🅥安排
I will arrange for you to meet her. 我會為你安排見她。

· 考試必考片語：
arrange for表示「作準備」。
🅣-🅘-🅣-⬆

1909. arrangement [əˋrendʒmənt] 【ar·range·ment】 🄝安排
I hope you will honor our arrangement.
我希望你們能尊重我們的安排。

· 考試必勝小祕訣：
arrangement也可以表示「同意」。
🅣-🅘-🅣-🅖-🅟

1910. range [rendʒ] 【range】 🄝一系列，等級
The aircraft's range was only small. 飛機只有小的範圍。

· 考試必勝小祕訣：
🅣-🅘-🅣-🅖-🅟

1911. ranger [ˋrendʒɚ] 【rang·er】 🄝國家公園管理員
The ranger checked his rifle. 國家公園保護員檢查他的槍。

· 考試必勝小祕訣：
ranger可以表示「巡警隊員」（美）或「王室護林官」（英）。
🅣-🅘-🅣-🅖-⬆-🅟

1912. rank [ræŋk] 【rank】 🄝職銜
His rank is higher than mine. 他的職銜高於我。

· 考試必勝小祕訣：
rank軍事常用字。

▷ **range** 必考關鍵字三分鐘速記圖

請利用三分鐘的時間，把前面所記過的單字做一個全盤的瞭解和記憶。

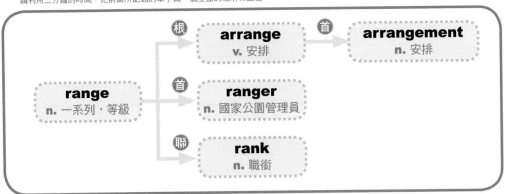

🄖字首、🄱字根、🄴字尾記憶法 ｜ 🄼同義、反反義記憶法 ｜ 🄰相似字記憶法 ｜ 🄻聯想記憶法

必考關鍵字

rapid ⓐ 快速的

托TOEFL ❶IELTS ❶TOEIC ⒼGEPT ↑學測&指考 Ⓩ公務人員考試

單 字 錦 囊

托❶❶Ⓖ↑Ⓩ

1913. rape [rep]【rape】Ⓥ Ⓝ 強姦
Rape is one of the ugliest of crimes. 強姦是最醜陋的罪行。

- 考試必考混淆字：與 **rap music**（饒舌音樂）中的 **rap** 在讀音與拼字上極為相似。

托❶❶Ⓖ↑Ⓩ

1914. rapid [`ræpɪd]【rap·id】ⓐ快速的
The rapid increase in stray cats caused certain problems.
迅速增加的流浪貓造成了一些的問題。

- 考試必考同義字：
hasty 表示「倉促的，急忙的」。

托❶❶Ⓖ↑Ⓩ

1915. rapidity [rə`pɪdətɪ]【ra·pid·i·ty】Ⓝ迅速
The rapidity of the cheetah is hard to believe.
獵豹的快速是令人難以相信的。

托❶❶Ⓖ↑Ⓩ

1916. rapture [`ræptʃɚ]【rap·ture】Ⓝ著迷，狂喜
He listened with rapture to the orchestra.
他如痴如醉地聽著管弦樂的演奏。

- 考試必勝小秘訣：
rapture 用來表示極度開心、喜悅的事。

rapid 必考關鍵字三分鐘速記圖

請利用三分鐘的時間，把前面所記過的單字做一個全盤的瞭解和記憶。

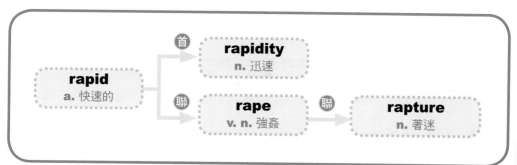

首字首、根字根、尾字尾記憶法｜同同義、反反義記憶法｜相相似字記憶法｜聯聯想記憶法

R

必考關鍵字

real a 真實的

托TOEFL I IELTS T TOEIC G GEPT ↑學測&指考 公公務人員考試

單 字 錦 囊

托-I-T-G-↑-公

1917. real [`riəl] 【re·al】a真實的
The real problem with the job was his boss.
工作上真正的問題是他的老闆。

• 考試必考同義字:
actual表示「實際的」。

托-I-T-G-↑-公

1918. reality [ri`ælətɪ] 【re·al·i·ty】n真實
The reality of the situation was much worse.
真實情況是更糟。

• 考試必勝小秘訣:
reality of the situation 常用語,表示「真實情況」。

托-I-T-G-↑-公

1919. realistic [rɪə`lɪstɪk] 【re·al·is·tic】a現實的,逼真的
That film really wasn't very realistic, was it?
電影不是很真實的,是不是?

• 考試必考反義字:
idealistic表示「理想的,空想的」。

托-I-T-G-↑-公

1920. realization [ˌrɪələ`zeʃən] 【re·al·i·za·tion】
n實現,領悟,認識
The realization that he was a werewolf shocked him to
the core. 他很震驚領悟到他是狼人。

托-I-T-G-↑-公

1921. realize [`rɪəˌlaɪz] 【re·al·ize】v實現,瞭解
I didn't realize how big you have grown!
我都沒有意識到你長這麼大了!

• 考試必考片語:
realize on表示「變賣」。

托-I-T-G-↑-公

1922. really [`rɪəlɪ] 【re·al·ly】ad真實地
You really like him don't you? 你真的喜歡他,不是嗎?

托-I-T-G-↑-公

1923. rear [rɪr] 【rear】n後面 a後面的 v培養,樹立
The rear of the vehicle was damaged in the crash.
後面的車輛被這車禍給損壞了。

• 考試必考同義字:
back表示「後面的」。

real 必考關鍵字三分鐘速記圖

請利用三分鐘的時間,把前面所記過的單字做一個全盤的瞭解和記憶。

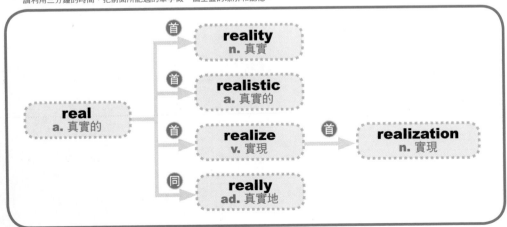

首字首、根字根、尾字尾記憶法 | 同同義、反反義記憶法 | 相相似字記憶法 | 聯聯想記憶法

必考關鍵字

reason n 理由

托TOEFL I IELTS T TOEIC G GEPT ↑學測&指考 公公務人員考試

單 字 錦 囊

1924. rate [ret]【rate】n 比率 v 評估
The rate of exchange is not very good now.
匯率不是現在很好。

托I T G ↑公
• 考試必勝小秘訣：
rate表示「地方稅」（英）。

1925. ratify [`rætə͵faɪ]【rat•i•fy】v 正式批准
The senate will ratify the bill next week.
美國參議院將在下週批准該法案。

托I T G ↑公
• 考試必勝小秘訣：
ratify常用於政治用語。

1926. rating [`retɪŋ]【rating】n 等級
Our ratings have fallen recently. 我們最近的評級下降了。

托I T G ↑公
• 考試必勝小秘訣：
rating常用於電視節目用語。

1927. ratio [`reʃo]【ra•tio】n 比率
The ratio of men to women in the club is about 2:1.
在俱樂部的男女比例，是2:1。

托I T G ↑公
• 考試必考同義字：
proportion表示「比例」。

1928. ration [`ræʃən]【ra•tion】n 配給量
During the war people were given rations.
戰爭期間人民被給予口糧。

托I T G ↑公
• 考試必考片語：
ration out表示「按照定量配給」。

1929. rational [`ræʃənḷ]【ra•tio•nal】a 理性的
Her behavior is not rational at times. 她有時的行為不理性。

托I T G ↑公
• 考試必考反義字：
irrational表示「不理性的」。

1930. reason [`rizn̩]【rea•son】n 理由
For what reason do you hate her so much?
什麼原因讓你這麼恨她呢？

托I T G ↑公
• 考試必考同義字：
excuse表示「藉口，理由」。

1931. reasonable [`riznəbḷ]【rea•son•able】a 有理的
That is not a reasonable request. 這不是一個合理的要求。

托I T G ↑公
• 考試必勝小秘訣：
reasonable request常用語，表示
「合理的要求」。

reason 必考關鍵字三分鐘速記圖

請利用三分鐘的時間，把前面所記過的單字做一個全盤的瞭解和記憶。

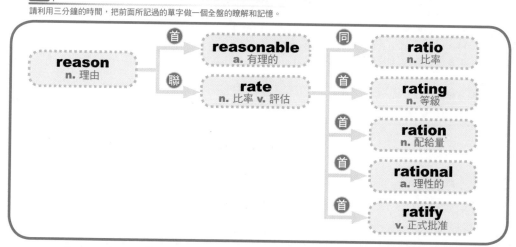

R

首字首、根字根、尾字尾記憶法 | 同同義、反反義記憶法 | 相相似字記憶法 | 聯聯想記憶法

字詞
大追擊　**rational, reasonable, sensible**
這些形容詞均有"明智的，合情合理的"之意。

1. rational a 指有理性的，有思維推理能力，而不是憑感覺衝動從事。
Panic destroys rational thought.
驚慌摧毀理性思考。

2. reasonable a 一般著重推理的能力，往往用來表示合乎情理、公正或務
實。
Our mother was always very reasonable.
我們的母親總是非常通情達理。

3. sensible a 一般指合乎常情、切合實際的行為與思想，特指明白事理。
The seriously wounded soldier was speechless but still sensible.
那個受了重傷的士兵不能說話但仍有知覺。

必考關鍵字

 reflect ⓥ 反映，思考　(MP3)18-03

托TOEFL ❶IELTS ⓣTOEIC ⓖGEPT ⬆學測&指考 ⚠公務人員考試　　　單 字 錦 囊

1932. flexible [`flɛksəbl]【flex·i·ble】a 易彎曲的
I can be flexible about this arrangement.
我可以靈活安排。

・考試必考同義字：
flexile表示「柔軟的」。

1933. reflect [rɪ`flɛkt]【re·flect】ⓥ反映，反省
The cat's eyes reflected the light. 貓的眼睛反映了光。

・考試必考片語：
reflect on / upon / over表示「反省
，深思」。

1934. reflection [rɪ`flɛkʃən]【re·flec·tion】n 倒影，反射
Her reflection in the mirror was blurred.
她在鏡中的反射是模糊的。

▷ **reflect** 必考關鍵字三分鐘速記圖

請利用三分鐘的時間，把前面所記過的單字做一個全盤的瞭解和記憶。

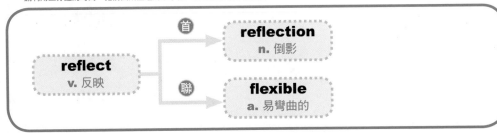

　首字首、根字根、尾字尾記憶法｜同同義、反反義記憶法｜相相似字記憶法｜聯聯想記憶法

必考關鍵字

 refuse ⓥ 拒絕

�托TOEFL ❶IELTS ㊀TOEIC ㉠GEPT ⬆學測&指考 ㊒公務人員考試

| | 單 字 錦 囊 |

1935. confuse [kən`fjuz]【con•fuse】ⓥ混淆，使困惑
Don't confuse love with lust.
不要混淆了愛與慾望。

• 考試必考片語：
confuse with表示「混淆」。

1936. diffuse [dɪ`fjuz]【dif•fuse】ⓥ散播；ⓐ冗長的
The best way to avoid a blow up is to diffuse the argument before it escalates.
避免分手最好的方法就是，在爭執還沒變得更嚴重之前，就先讓對方發洩。

• 考試必考片語：
blow up表示「分手」。

1937. fuse [fjuz]【fuse】ⓥ融化
The two pieces of metal had become fused together.
這兩片金屬已融合。

• 考試必考片語：
fuse with表示「融合」。

1938. refusal [rɪ`fjuzḷ]【re•fus•al】ⓥ拒絕
Your refusal to help was very selfish.
你拒絕幫助，這是非常自私的。

• 考試必考同義字：
rejection表示「拒絕，刪除」。

1939. refuse [rɪ`fjuz]【re•fuse】ⓥⓣ拒絕
It is impossible to refuse you.
拒絕你是不可能的。

• 考試必考同義字：
deny（拒絕給予）。

1940. refute [rɪ`fjut]【re•fute】ⓥ反駁
The board refutes all claims of negligence.
委員會駁斥所有疏忽的索賠。

• 考試必勝小秘訣：
refute為法律常用詞，較正式。

R

refuse 必考關鍵字三分鐘速記圖

請利用三分鐘的時間，把前面所記過的單字做一個全盤的瞭解和記憶。

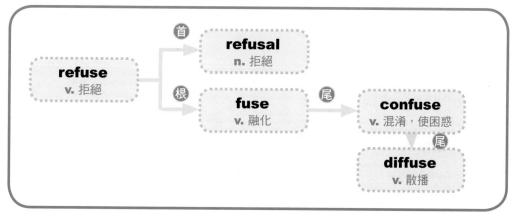

㊀字首、㊴字根、㊦字尾記憶法 ┃ ㊌同義、㊫反義記憶法 ┃ ㊳相似字記憶法 ┃ ㊦聯想記憶法

327

必考關鍵字

 regular a 規則的

托TOEFL ❶IELTS ❶TOEIC ⑤GEPT ↑學測&指考 ❷公務人員考試

單字錦囊

1941. arrogant [`ærəgənt] 【ar·ro·gant】a 傲慢的
Her face had an arrogant look about it.
她的臉上充滿傲慢。
• 考試必考同義字:
proud表示「驕傲的,自負的」。

1942. irregular [ɪ`rɛgjələ] 【ir·reg·u·lar】a 不規則的
His heartbeat was worringly irregular. 他心律不整。
• 考試必考混淆字:
distorted表示「歪曲的」。

1943. irregularity [ɪrɛgjə`lærətɪ] 【ir·reg·u·lar·i·ty】n 不規則
There are some irregularities in your report.
在您的報告中有一些違規行為。
• 考試必考小秘訣:
irregularity為政治常用語。

1944. realm [rɛlm] 【realm】n 王國
He is Lord of the entire realm.
他是整個王國的主宰。
• 考試必考同義字:
territory表示「領土,領域」。

1945. regime [rɪ`ʒim] 【re·gime】n 政治制度,政權
The regime was friendly to outside investment.
該政權對外來投資持友善態度。

1946. regiment [`rɛdʒəmənt] 【reg·i·ment】
n 團,大量 v 把…編成團
The regiment was going to war. 兵團要參加戰爭。

1947. reign [ren] 【reign】n 君主的統治
The King had reigned for many years. 國王在位多年。
• 考試必考同義字:**govern, regime, throne**

1948. regular [`rɛgjələ] 【reg·u·lar】a 規則的
Can I have my regular table please?
我可以坐老(規則性)位置嗎?
• 考試必勝小秘訣:
region renowned 表示「著名的地區」。

1949. regular [`rɛgjələ] 【reg·u·lar】a 規則的
Can I have my regular table please?
我可以坐老(規則性)位置嗎?
• 考試必勝小秘訣:
regualr table餐廳常用用語,表示「每次來都做固定的位置」。

1950. regularity [rɛgjə`lærətɪ] 【reg·u·lar·i·ty】n 規則
He comes to this coffee shop with great regularity.
他很常來這個咖啡館。
• 考試必勝小秘訣:
with great regularity表示「經常」,即「**often**」。

1951. regulate [`rɛgjəlet] 【reg·u·late】v 管理調整
We need to regulate foreign workers.
我們需要監管外國工人。
• 考試必考同義字:
manage表示「管理」。

1952. regulation [rɛgjə`leʃən] 【reg·u·la·tion】n 規則
The regulations state that you must be at least 18.
該條例規定,您必須年滿18歲。
• 考試必勝小秘訣:
regularity較**rule**(規定)正式用法。

1953. sovereign [`savrɪn] 【sov·er·eign】n 君主
The sovereign lived in a huge palace.
君主生活在一個巨大的宮殿。
• 考試必考同義字:
monarch表示「君主」。

▶ **regular** 必考關鍵字三分鐘速記圖

請利用三分鐘的時間，把前面所記過的單字做一個全盤的瞭解和記憶。

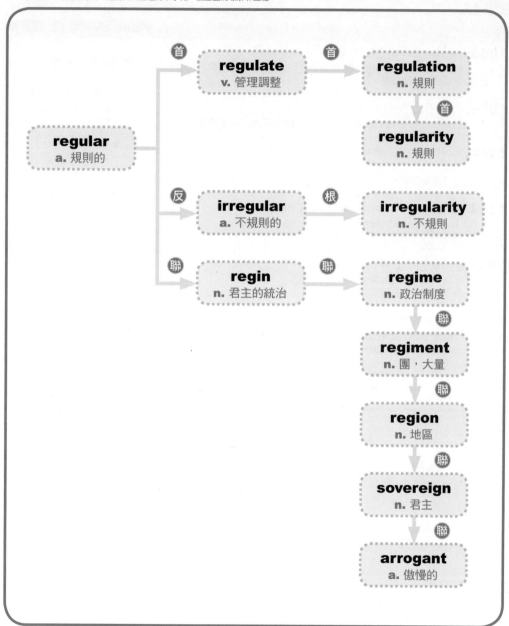

regular
a. 規則的

regulate
v. 管理調整

regulation
n. 規則

regularity
n. 規則

irregular
a. 不規則的

irregularity
n. 不規則

regin
n. 君主的統治

regime
n. 政治制度

regiment
n. 團，大量

region
n. 地區

sovereign
n. 君主

arrogant
a. 傲慢的

R

首字首、根字根、尾字尾記憶法 | 同同義、反反義記憶法 | 相相似字記憶法 | 聯聯想記憶法

必考關鍵字

rule ⓝ 規則

(MP3) 18-04

🅣TOEFL 🅘IELTS 🅣TOEIC 🅖GEPT ⬆學測&指考 Ⓐ公務人員考試

單　字　錦　囊
🅣🅘🅣🅖⬆Ⓐ

1954. mule [mjul]【mule】ⓝ 驢子
He was as stubborn as a mule.
他像驢子一樣頑固。

• 考試必勝小秘訣：
mule常來用比喻頑固不通的人。

🅣🅘🅣🅖⬆Ⓐ

1955. rail [rel]【rail】ⓝ 欄杆，鐵路
The house is enclose with rails. 這間房子被欄杆包圍著。

🅣🅘🅣🅖⬆Ⓐ

1956. railroad [ˋrelˏrod]【rail•road】ⓝ 鐵路
The railroad was finished ahead of schedule.
鐵路提前完成。

• 考試必勝小秘訣：
raidroad為複合字。

🅣🅘🅣🅖⬆Ⓐ

1957. railway [ˋrelˏwe]【rail•way】ⓝ 鐵路
The railway stretched right across the country.
這條鐵路伸展到全國各地。

🅣🅘🅣🅖⬆Ⓐ

1958. rule [rul]【rule】ⓝ 規則
Rules were made to be broken.
規則是用來被打破的。

• 考試必勝小秘訣：
此例句暗指人們總是在犯法，違規。

🅣🅘🅣🅖⬆Ⓐ

1959. ruler [ˋrulɚ]【rul•er】ⓝ 統治者，尺
The ruler commanded the soldiers to fire.
統治者指揮士兵射擊。

• 考試必考同義字：
sovereign表示「元首」。

rule 必考關鍵字三分鐘速記圖

請利用三分鐘的時間，把前面所記過的單字做一個全盤的瞭解和記憶。

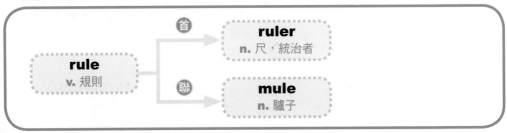

首字首、根字根、尾字尾記憶法 ｜ 同同義、反反義記憶法 ｜ 相相似字記憶法 ｜ 聯聯想記憶法

必考關鍵字

relation ⓝ 關係

🅣TOEFL ⓘIELTS ⓣTOEIC ⓖGEPT ⬆學測&指考 Ⓐ公務人員考試

單 字 錦 囊

1960. correlate [ˋkɔrəˏlet]【cor•re•late】Ⓥ使相互關聯
The figures here do not appear to correlate.
這裡的數字似乎沒有關聯。

* 考試必用小秘訣：
correlate為統計學常用詞彙。

1961. relate [rɪˋlet]【re•late】Ⓥ有關聯，相處
I can relate to her. 我跟她相處得很好。

* 考試必考片語：
relate to 表示「相處和睦，友好」。

1962. relation [rɪˋleʃən]【re•la•tion】ⓝ關係
Our relations with Libya have much improved of late.
最近我們與利比亞關係已大大改善。

* 考試必勝小秘訣：
relation強調國家與國家之間的關係。

1963. relationship [rɪˋleʃənˋʃɪp]【re•la•tion•ship】ⓝ關係
Our relationship is improving of late.
最近我們之間的關係正在改善。

1964. relative [ˋrɛlətɪv]【rel•a•tive】ⓝ親屬 ⓐ有關聯的
The relatives had brought gifts. 親屬帶來了禮物。

1965. relativity [ˏrɛləˋtɪvətɪ]【rel•a•tiv•i•ty】ⓝ相對性
All human beings have a relativity of knowledge.
人類有相對性的知識。

* 考試必考片語：
relationship with / between表示「和…有關係」。

1966. translate [trænsˋlet]【trans•late】Ⓥ翻譯
Please translate this document for me.
請替我翻譯這個文件。

* 考試必考片語：
relative to表示「和…有關係，成比例」。

1967. translation [trænsˋleʃən]【trans•la•tion】ⓝ翻譯
Please provide a translation of the meeting.
請在會議提供翻譯。

* 字首：**trans = across**表示「穿過」。

relation 必考關鍵字三分鐘速記圖

請利用三分鐘的時間，把前面所記過的單字做一個全盤的瞭解和記憶。

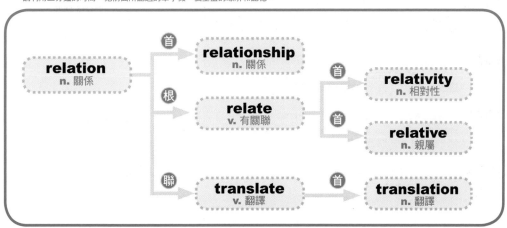

R

必考關鍵字

 repeat v n 重複

托TOEFL I IELTS T TOEIC G GEPT 學測&指考 公 公務人員考試

單字錦囊

1968. appetite [ˈæpəˌtaɪt] 【ap·pe·tite】 n 食慾，慾望
I have no appetite this evening.
我晚上沒有食慾。

• 考試必考片語：
appetite for表示「愛好，喜好」。

1969. compete [kəmˈpit] 【com·pete】 v 比賽、競爭
I like to compete in sports events.
我喜歡體育賽事的競爭。

• 考試必考片語：
compete with表示「媲美」。

1970. competence [ˈkɑmpətəns] 【com·pe·tence】 n 能力
Her competence is somewhat in doubt.
她的能力被懷疑。

• 考試必考同義字：
ability表示「能力，專門技能」。

1971. competent [ˈkɑmpətənt] 【com·pe·tent】 n 有能力的
He is highly competent at his job.
他非常勝任他的工作。

• 考考試必考同義字：
able（有能力的）。

1972. competition [ˌkɑmpəˈtɪʃən] 【com·pe·ti·tion】 n 競爭
The competition was held at the end of the school term.
比賽在學期結束時舉行。

• 考試必考同義字：
tournament表示「錦標賽」。

1973. competitive [kəmˈpɛtətɪv] 【com·pet·i·tive】 a 競爭的
Our firm has a competitive advantage.
我們確定具有競爭優勢。

• 考試必勝小秘訣：
competitive auction表示「競價拍賣」。

1974. perpetual [pəˈpɛtʃʊəl] 【per·pet·u·al】 a 永久的
Perpetual motion is impossible to achieve.
永生是不可能實現的。

• 考試必勝小秘訣：
perpetual motion常用語，表示「永生」。

1975. petition [pəˈtɪʃən] 【pe·ti·tion】 n 請願
The petition was signed by over a hundred people.
超過100人簽了請願書。

• 考試必考片語：
petition for表示「請願」。

1976. repeat [rɪˈpit] 【re·peat】 v n 重複
Repeat after me, 'I will not do this again.'
跟我重複說，「我不會再這樣做。」

• 字首：**re = again**表示「再」。

1977. repeatedly [rɪˈpitɪdlɪ] 【re·peat·ed·ly】 ad 重複地
He asked her repeatedly to stop what she was doing.
他一再阻止她，問她在做什麼。

• 考試必考同義字：
frequently, over and over表示「連續地」。

1978. repent [rɪˈpɛnt] 【re·pent】 v 後悔，悔悟
Repent or die!
懺悔或死亡！

• 考試必勝小秘訣：
repent為宗教慣用字。

1979. repetition [ˌrɛpɪˈtɪʃən]【rep•e•ti•tion】**n** 重複，反複
The repetition of the annoying sound drove him mad.
令人討厭的聲音不停重複，使他瘋了。

• 考試必考片語：
drive sb. mad 表示「使人發瘋」。

> **repeat** 必考關鍵字三分鐘速記圖
請利用三分鐘的時間，把前面所記過的單字做一個全盤的瞭解和記憶。

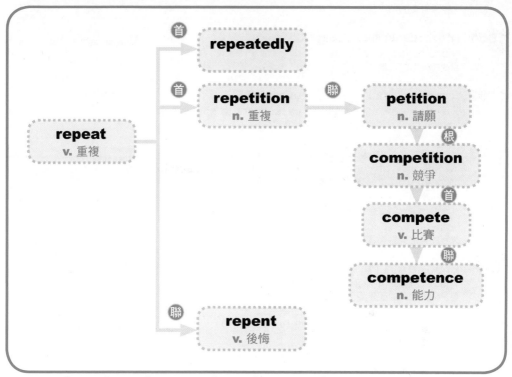

首 字首、根 字根、尾 字尾記憶法｜同 同義、反 反義記憶法｜相 相似字記憶法｜聯 聯想記憶法

必考關鍵字

respect V n 尊重

🅜🅟 18-05

單 字 錦 囊

1980. aspect [ˋæspɛkt]【as‧pect】n 方面
You should learn to look things in bright aspect.
你要學著看開點。

• 考試必勝小秘訣：
aspect在用法上比**part**較為高等。

1981. inspect [ɪnˋspɛkt]【in‧spect】V 詳細檢查
I need to inspect your car.
我要檢查你的汽車。

• 考試必勝小秘訣：
inspect為政府官員常用語。

1982. inspector [ɪnˋspɛktɚ]【in‧spec‧tor】n 檢查員
The inspector asked all the passengers to show their tickets. 查票員要求所有乘客把車票拿出來。

• 字根：**spec**表示「看」。

1983. irrespective [ͺɪrɪˋspɛktɪv]【ir‧re‧spec‧tive】a 與…無關的
Irrespective of your previous misgivings, we need to proceed. 無論之前多麼的懷疑，我們還是要繼續進行。

• 考試必考片語：
irrespective of表示「不論，與…無關的」。

1984. perspective [pɚˋspɛktɪv]【per‧spec‧tive】n 觀點
From my perspective, this is just wrong.
從我的角度來看，這是錯誤的。

• 考試必勝小秘訣：
from one's perspective 是普遍用語，和 **in my view**意思一樣。

1985. prospect [ˋprɑspɛkt]【pros‧pect】n 前景，預期
The prospect of more work filled him with dread.
更多即將來到的工作使他充滿恐懼。

• 考試必勝小秘訣：
prospect for是一個動詞片語，表示「勘探，尋找」。

1986. prospective [prəˋspɛktɪv]【pro‧spec‧tive】a 期望的，預期的
The prospective buyer surveyed the house.
未來的買方來調查房子。

• 考試必勝小秘訣：
prospective buyer是常見的用法。

1987. respect [rɪˋspɛkt]【re‧spect】V n 尊重
Please respect the views of others. 請尊重他人的意見。

• 考試必考同義字：
adore表示「崇拜，尊敬」。

1988. respectable [rɪˋspɛktəbḷ]【re‧spect‧able】a 值得尊敬的
He was known to be a respectable gentleman.
大家都知道他是一個受人尊敬的紳士。

• 考試必考混淆字：
respectable, respectful

1989. respectful [rɪˋspɛktfəl]【re‧spect‧ful】a 恭敬的，尊敬人的
The child is respectful toward his parents.
那孩子對雙親很尊敬。

• 考試必勝小秘訣：
respectful是**respect**的形容詞形。

1990. respective [rɪˋspɛktɪv] 【re·spec·tive】 **a** 分別的，各自的
Their respective parents often had dinner together.
他們各自的父母經常一起吃飯。

• 考試必考同義字：
individual

1991. respectively [rɪˋspɛktɪvlɪ] 【re·spec·tive·ly】 **a** 各自地
German and French courses are held in Berlin and Paris respectively.
德語和法語課程分別設在柏林和巴黎。

• 考試必勝小祕訣：
respectively 是 **respective** 的副詞形。

1992. retrospect [ˋrɛtrəˏspɛkt] 【ret·ro·spect】 **n** 回顧
In retrospect, we could have done better.
回想起來，我們可以做得更好。

• 考試必考片語：
in retrospect (回顧)

1993. spectacle [ˋspɛktəkl̩] 【spec·ta·cle】 **n** 景象，壯觀；眼鏡
His spectacles kept falling off.
他的眼鏡不斷脫落。

• 考試必考片語：
make a spectacle of oneself (出洋相)

1994. spectacular [spɛkˋtækjələ] 【spec·tac·u·lar】 **a** 壯觀的
The spectacular fireworks delighted the crowd.
壯觀的煙火使群眾高興。

• 考試必勝小祕訣：
副詞 **spectacularly** 指「壯觀地」。

1995. spectator [spɛkˋtetə] 【spec·ta·tor】 **n** 觀眾
The spectators were amazed by what they saw.
觀眾對他們所看到的東西感到驚訝。

• 考試必考同義字：
watcher, viewer

1996. spectrum [ˋspɛktrəm] 【spec·trum】 **n** 光譜
Human being can only see a small spectrum of light.
人只能看到光譜中的一個小部分。

• 考試必勝小祕訣：
solar spectrum 就是太陽光譜。

1997. suspect [səˋspɛkt] 【sus·pect】 **v** 懷疑
I suspect him of some crime. 我懷疑他的一些犯罪行為。

• 考試必勝小祕訣：
suspected 有嫌疑的。

1998. suspicion [səˋspɪʃən] 【sus·pi·cion】 **n** 懷疑
His suspicions were confirmed by the video tape.
他的懷疑被錄像帶證實了。

• 考試考同義字：
suspecting, doubtful

R

1999. suspicious [səˋspɪʃəs] 【sus·pi·cious】 **a** 懷疑的
The suspicious man kept his face hidden.
行跡可疑的男子把他的臉隱藏起來。

• 考試必勝小祕訣：
suspicious 是 **suspicion** 的形容詞形。

▶ respect 必考關鍵字三分鐘速記圖

請利用三分鐘的時間，把前面所記過的單字做一個全盤的瞭解和記憶。

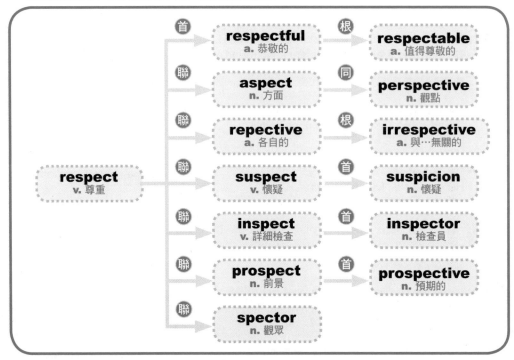

首 字首、**根** 字根、**尾** 字尾記憶法 | **同** 同義、**反** 反義記憶法 | **相** 相似字記憶法 | **聯** 聯想記憶法

字詞 大追擊 **expectation, outlook, prospect**
這些名詞都有 "期望，指望" 之意。

1. expectation n 指期待某事發生或假設某事能發生，多含揣想的意味。
The reward fell short of our expectations.
獎勵不符我們的希望。

2. outlook n 多指根據徵兆或分析對要發生的事情的願望或預料。
As prices have dropped lower and lower, the outlook looks black for many companies in the city.
當價格一再下跌，對市內許多公司來說前景大為不妙。

3. prospect n 與outlook的含義相近，但側重對成功、利潤和舒適生活等方面的期待。
The prospects for this year's wine harvest are poor. 今年的葡萄酒產量前景不佳。

必考關鍵字

 revolution n 革命　 18-06

托TOEFL　I IELTS　T TOEIC　G GEPT　↑學測&指考　公公務人員考試

單 字 錦 囊

托 I T G ↑ 公

2000. evolve [ɪ`vɑlv] 【evolve】 V 發展，進化
Human beings have evolved from monkeys.
人類是從猴子進化來的。

• 考試必考同義字：
develop, grow

托 I T G ↑ 公

2001. revolution [͵rɛvə`luʃən] 【rev•o•lu•tion】 n 革命
The revolution was celebrated every year.
每年都慶祝革命。

• 考試必考同義字：
revolt（反抗）

托 I T G ↑ 公

2002. revolutionary [͵rɛvə`luʃən͵ɛrɪ] 【rev•o•lu•tion•ary】
a 革命的
The revolutionary idea caught the buyer's attention.
這革命性的想法引起了買家的注意。

• 考試必勝小秘訣：
revolutionary是**revolution**的形容詞形。

托 I T G ↑ 公

2003. revolve [rɪ`vɑlv] 【re•volve】 V 旋轉
The earth revolves around the sun.
地球圍繞著太陽轉。

• 考試必考片語：
revolve around就是「以…為中心」。

托 I T G ↑ 公

2004. revolt [rɪ`volt] 【re•volt】 V 反抗
His revolt cost him his life.
他反抗的代價是他的生命。

• 考試必考同義字：
rebel, mutiny

> **revolution** 必考關鍵字三分鐘速記圖

請利用三分鐘的時間，把前面所記過的單字做一個全盤的瞭解和記憶。

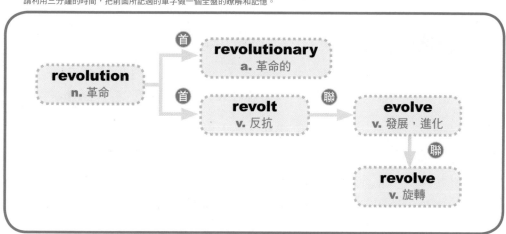

首字首、根字根、尾字尾記憶法 | 同同義、反反義記憶法 | 相相似字記憶法 | 聯聯想記憶法

R

必考關鍵字

 ride Ⓥ Ⓝ 騎

🅣TOEFL ❶IELTS ⓣTOEIC ⒼGEPT ↥學測&指考 ㊫公務人員考試

單 字 錦 囊
🅣-❶-ⓣ-Ⓖ-↥-㊫

2005. bribe [braɪb] 【bribe】 Ⓥ 賄賂
The mafia boss bribed the judge to acquit him.
這個黑手黨老大賄賂法官，希望能無罪釋放他。

• 考試必考混淆字：
  bride（新娘）

🅣-❶-ⓣ-↥-㊫

2006. bride [braɪd] 【bride】 Ⓝ 新娘
The bride threw her flowers over her shoulders.
新娘把花丟往肩後。

• 考試必考反義字：
  bridegroom（新郎）

🅣-❶-ⓣ-Ⓖ-↥-㊫

2007. override [ˌovɚˋraɪd] 【over•ride】 Ⓥ 推翻，撤銷
His orders were overridden.
他的命令被推翻了。

• 考試必勝小秘訣：
  形容詞**overriding**表示「最主要的」；
  「壓倒一切的」。

🅣-❶-ⓣ-Ⓖ-↥-㊫

2008. ride [raɪd] 【ride】 Ⓥ Ⓝ 騎
I like your horse, may I have a ride?
我喜歡你的馬，我可以騎嗎？

• 考試必考同義字：
  sit on表示「騎士」。

🅣-❶-ⓣ-Ⓖ-↥-㊫

2009. rider [ˋraɪdɚ] 【rid•er】 Ⓝ 騎手，騎士
The rider rode up to the castle wall.
這位騎手騎馬到了城牆。

• 考試必勝小秘訣：
  rider是ride（騎馬）的人。

> **ride** 必考關鍵字三分鐘速記圖

請利用三分鐘的時間，把前面所記過的單字做一個全盤的瞭解和記憶。

首字首、根字根、尾字尾記憶法｜同同義、反反義記憶法｜相相似字記憶法｜聯聯想記憶法

必考關鍵字

 river n 江，河

托TOEFL 雅IELTS 多TOEIC 英GEPT 學學測&指考 公公務人員考試

單 字 錦 囊

托雅多英學公

2010. arrival [əˋraɪvl̩]【ar·riv·al】n 到達
Your arrival has been much anticipated.
您的到來是相當令人期待的。

- 考試必考反義字：
departure（離開）

托雅多英學公

2011. arrive [əˋraɪv]【ar·rive】v 到達
We will likely arrive just after sunset.
我們可能會在日落後到達。

- 考試必考片語：
arrive at sth指對某事達成協議。

托雅多英學公

2012. derivative [dəˋrɪvətɪv]【de·riv·a·tive】n 衍生物
The novelist's books are rather derivative.
這位小說家的作品只是衍生物。

- 考試必考小秘訣：
derivative通常用於書和電影，表示竊取他人的創意。

托雅多英學公

2013. derive [dɪˋraɪv]【de·rive】v 起源，取得
I derived great pleasure from shopping.
我透過逛街獲得極大的樂趣。

- 考試必考小秘訣：
derive pleasure為常見的用法。

托雅多英學公

2014. rival [ˋraɪvl̩]【ri·val】n 競爭者
Our rivals are afraid that we will win.
我們的對手害怕我們將獲勝。

- 考試必考反義字：
ally（同盟者）

托雅多英學公

2015. rivalry [ˋraɪvl̩rɪ]【ri·val·ry】n 競爭
Their rivalry knew no bounds.
他們的競爭是沒有界限的。

- 考試必勝小秘訣：
"Their rivalry knew no bounds."是一個常見的表達方式，表示為達目的不擇手段。

托雅多英學公

2016. river [ˋrɪvɚ]【riv·er】n 江，河
The river had burst its banks.
這條河衝毀了河岸。

- 考試必考片語：
river bank就是「河岸」。

> **river** 必考關鍵字三分鐘速記圖

請利用三分鐘的時間，把前面所記過的單字做一個全盤的瞭解和記憶。

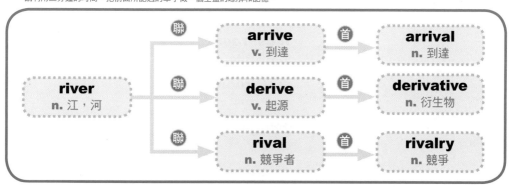

首字首、根字根、尾字尾記憶法 | 同同義、反反義記憶法 | 相相似字記憶法 | 聯聯想記憶法

R

必考關鍵字

room ⋒ 房間

 18-06

🅣TOEFL 🅘IELTS 🅣TOEIC 🅖GEPT ⬆學測&指考 🅐公務人員考試 | 單字錦囊

2017. bathroom [`bæθ͵rum] 【bath•room】⋒ 浴室
The bathroom was awash with water. 這間浴室充斥著水。
- 考試必勝小秘訣：
用來bath（洗澡）的room（房間）就是浴室。

2018. classroom [`klæs͵rum] 【class•room】⋒ 教室
The classroom was brand new. 這間教室是全新的。
- 考試必勝小秘訣：
用於class（上課）的room（房間），就是教室。

2019. living-room [`lɪvɪŋ͵rum] 【living room】⋒ 客廳
The living-room was comfortably furnished.
這客廳的傢俱配置是舒適的。
- 考試必勝小秘訣：
dining room則是餐廳。

2020. mushroom [`mʌʃrum] 【mush•room】⋒ 磨菇
The mushrooms in the forest were dangerous to eat.
森林裡的磨菇是危險的食物。
- 考試必考同義字：
toadstool, champignon

2021. room [rum] 【room】⋒ 房間
I'd like a room with a view. 我要一個有風景的房間。
- 考試必考同義字：
chamber, cornpartment

2022. zip [zɪp] 【zip】⋒ 拉鍊，活力
The zip on the dress was broken. 這件衣服的拉鍊壞了。
- 考試必勝小秘訣：
zip是一個擬聲字。

2023. zoom [zum] 【zoom】🅥 使急速上升，把（畫面）推近（或拉遠）
The photographer zoomed in on the lion.
攝影師將獅子的畫面拉近。
- 考試必考片語：
zoom in表示用變焦距鏡頭使景物放大。

room 必考關鍵字三分鐘速記圖

請利用三分鐘的時間，把前面所記過的單字做一個全盤的瞭解和記憶。

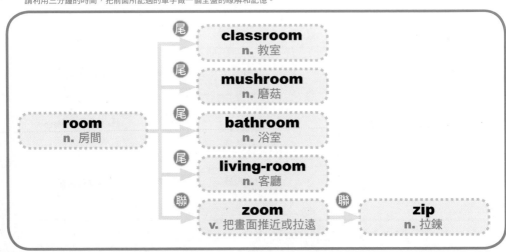

🗂字首、根字根、尾字尾記憶法 | 同同義、反反義記憶法 | 相相似字記憶法 | 聯聯想記憶法

a	形容詞
ad	副詞
aux	助動詞
conj	連接詞
n	名詞
num	數字
prep	介係詞
pron	代名詞
v	動詞
（美）	美式用語
（英）	英式用語

首	字首記憶法	托	TOEFL
根	字根記憶法	I	IELTS
尾	字尾記憶法	T	TOEIC
同	同義字記憶法	G	GEPT
反	反義字記憶法	↑	學測&指考
相	相似字記憶法	公	公務人員考試
聯	聯想記憶法		

必考關鍵字

 structure n 結構 🎧 19-01

🅣TOEFL ❶IELTS 🅣TOEIC 🅖GEPT ⬆學測&指考 🅐公務人員考試

單 字 錦 囊
🅣❶🅣🅖⬆🅐

2024. infrastructure [ɪnfrə͵strʌktʃɚ]【in•fra•struc•ture】
n基礎結構
The infrastructure really needs updating.
這項基礎設施真的需要更新。

• 考試必考同義字：
substructure

🅣❶🅣🅖⬆🅐

2025. obstruct [əb`strʌkt]【ob•struct】 Ⅴ阻塞，阻止
To obstruct justice is a felony.
妨礙司法是一項重罪。

• 考試必勝小秘訣：
obstruct justice是常見的用法。

🅣❶🅣🅖⬆🅐

2026. obstruction [əb`strʌkʃən]【ob•struc•tion】 n阻塞
In sport an obstruction is a foul.
體育運動中的阻擋是一種犯規。

• 考試必考同義字：
obstacle, impediment, hindrance

🅣❶🅣🅖⬆🅐

2027. structural [`strʌktʃərəl]【struc•tur•al】 a結構的
The structural defects caused the building to fall.
在結構上的缺陷造成的建築物下降。

• 考試必考同義字：
constructive表「結構的」或「建設性」的。

🅣❶🅣🅖⬆🅐

2028. structure [`strʌktʃɚ]【struc•ture】 n結構
The purpose of the alien structures was uncertain.
這個外星物體的意圖是不明確的。

• 考試必勝小秘訣：
structure也可當動詞「構造」；「組織」的意思。

structure 必考關鍵字三分鐘速記圖

請利用三分鐘的時間，把前面所記過的單字做一個全盤的瞭解和記憶。

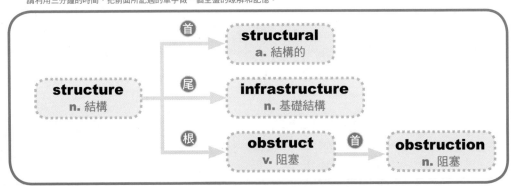

首字首、根字根、尾字尾記憶法 ┃同同義、反反義記憶法 ┃相相似字記憶法 ┃聯聯想記憶法

必考關鍵字

sure a 確信的

托TOEFL I IELTS T TOEIC G GEPT ↑學測&指考 公公務人員考試

單 字 錦 囊

2029. assurance [ə`ʃʊrəns] 【as•sur•ance】 n 保證，信心
He gave me his assurance that the children were safe.
他向我保證孩子們的安全。

托 I T G ↑
• 考試必考片語：
shake sb.'s assurance（動搖某人的信心）

2030. assure [ə`ʃʊr] 【as•sure】 v 確保
Let me assure you that the information is reliable.
我向你們保證，這消息是可靠的。

托 I T G ↑
• 考試必勝小秘訣：
Let me assure you為常用法，表示「讓我向你保證」。

2031. ensure [ɪn`ʃʊr] 【en•sure】 v 保證，確保
I will attempt to ensure her safety. 我將努力保證她的安全。

托 I T G ↑
• 考試必勝小秘訣：
ensure one's safety為常見的用法。

2032. insurance [ɪn`ʃʊrəns] 【in•sur•ance】 n 保險
The insurance company reviewed its policies.
保險公司審查其政策。

托 I T G ↑ 公
• 考試必勝小秘訣：
life insurance就是人壽保險

2033. insure [ɪn`ʃʊr] 【in•sure】 v 保險
We need to insure our new car. 我們必須替我們的新車保險。

托 I T G ↑ 公
• 考試必勝小秘訣：
insure against是一習慣用語，表示「投保…險」。

2034. reassurance [ˌriə`ʃʊrəns] 【re•as•sur•ance】 n 安心，保證
No reassurance could comfort her. 沒有保證能安慰她。

托 I T G ↑
• 考試必考片語：
give reassurance to sb.（使某人放心）

2035. reassure [ˌriə`ʃʊr] 【re•as•sure】 v 使放心
He was reassured by her kind words.
他因為她的好話而放心了。

托 I T G ↑ 公
• 考試必勝小秘訣：
Let me reassure you (that) 為常見用法，表示「讓我向你保證」。

2036. sure [ʃʊr] 【sure】 a 確信的
Are you sure about this? 您確定嗎？

• 考試必考片語：**be/feel sure of oneself**（有自信）；**for sure**（確切地）；**make sure**（查明；設法確保，確定）

 sure 必考關鍵字三分鐘速記圖

請利用三分鐘的時間，把前面所記過的單字做一個全盤的瞭解和記憶。

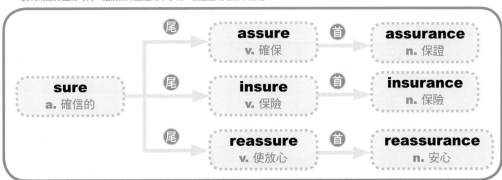

首字首、根字根、尾字尾記憶法｜同同義、反反義記憶法｜相相似字記憶法｜聯聯想記憶法

必考關鍵字

spend v 花費

托TOEFL I IELTS T TOEIC G GEPT ↑學測&指考 公公務人員考試

單字錦囊

2037. expend [ɪk`spɛnd]【ex•pend】v 支出
He had expended too much effort climbing the mountain.
他已花費太多精力去攀登高山。

• 考試必考片語：
expand on/upon sth（詳述某事）

2038. expenditure [ɪk`spɛndɪtʃɚ]【ex•pen•di•ture】n 支出
Our expenditure overseas is rising.
我們的海外開支正在上升。

• 考試必勝小秘訣：
expenditure是**expend**的名詞形。

2039. expense [ɪk`spɛns]【ex•pense】n 開支，費用
The expense was too high and needed reducing.
費用太高了，需要降低。

• 考試必考片語：
at sb.'s expense（由某人出錢）；
at the expense of（由…支付費用；以…為代價）

2040. expensive [ɪk`spɛnsɪv]【ex•pen•sive】a 昂貴的
This fur coat is expensive!
這是件昂貴的毛皮大衣！

• 考試必勝小秘訣：
expensive是**expense**的形容詞形。

2041. spend [spɛnd]【spend】v 花費
If you spend all your time online you will get fat.
如果你花所有的時間上網的話，你會發胖。

• 考試必勝小秘訣：
spend可指花費時間或金錢。

spend 必考關鍵字三分鐘速記圖

請利用三分鐘的時間，把前面所記過的單字做一個全盤的瞭解和記憶。

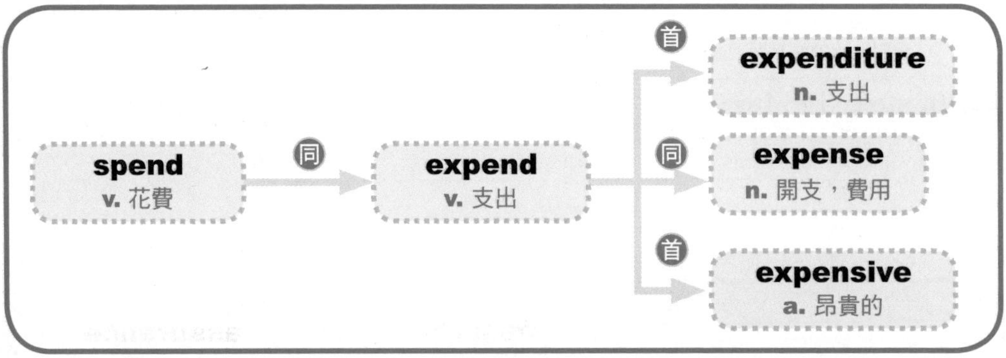

首字首、根字根、尾字尾記憶法｜同同義、反反義記憶法｜相相似字記憶法｜聯聯想記憶法

必考關鍵字

supply ⓥ 供應 ⓝ 供應物 MP3 19-02

ⓉTOEFL ❶IELTS ⓉTOEIC ⓖGEPT ⬆學測&指考 ⓐ公務人員考試

單 字 錦 囊

2042. ample [ˋæmpl]【am·ple】ⓐ充足的
Her ample bosoms attracted many glances.
她那豐滿的乳房引來不少目光。

- 考試必勝小秘訣：
ample female body parts or time為常見用法。

2043. amplifier [ˋæmpləˌfaɪr]【am·pli·fi·er】ⓝ放大器，擴音器
The amplifier squawked loudly.
這個擴音器大聲地嘎嘎作響。

- 考試必勝小秘訣：
amplifier就是用來**amplify**（擴音）的機器。

2044. amplify [ˋæmpləˌfaɪ]【am·pli·fy】ⓥ放大
The speaker system amplified his voice.
音響系統放大他的聲音。

- 考試必考同義字：
increase, enlarge

2045. supplement [ˋsʌpləmənt]【sup·ple·ment】ⓝ補給品
He took a number of supplements with every meal.
他每一頓吃一些補充品。

- 考試必勝小秘訣：
這裡是指**vitamin supplements**（維生素補給品）。

2046. supplementary [ˌsʌpləˋmɛntərɪ]【sup·ple·men·ta·ry】
ⓐ增補的，補充的
The supplementary information does not have to be read.
這補充資料不需要看。

- 考試必勝小秘訣：
supplementary是**supplement**的形容詞形。

2047. supply [səˋplaɪ]【sup·ply】ⓥ供應 ⓝ供應物
Our supply of water is drying up!
我們的供水快枯竭了！

- 考試必考片語：
in short supply（供應不足，缺乏的）

---

 supply 必考關鍵字三分鐘速記圖

請利用三分鐘的時間，把前面所記過的單字做一個全盤的瞭解和記憶。

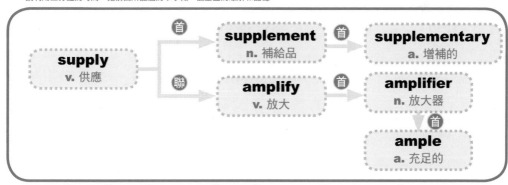

首字首、根字根、尾字尾記憶法 ｜ 同同義、反反義記憶法 ｜ 相相似字記憶法 ｜ 聯聯想記憶法

S

必考關鍵字

 sport n 運動

托TOEFL ❶IELTS ❶TOEIC ❶GEPT ❶學測&指考 ❶公務人員考試

單 字 錦 囊

2048. sport [sport]【sport】n 運動
I love to watch sport, but not play it.
我喜歡看體育賽事，但不參加。

* 考試必考片語：
make sport of（開…的玩笑）

2049. sportsman [`sportsmən]【sports•man】n 運動員
The sportsman gave the crowd a thumbs-up.
運動員向觀眾豎起了大拇指。

* 考試必勝小秘訣：
sportsman就是從事sport（運動）的人。

2050. support [sə`port]【sup•port】v n 支持
I gave her my full support.
我完全支持她。

* 考試必勝小秘訣：
full support為常見用法。

2051. transport [træns`port]【trans•port】v 運輸；使心醉忘我
We wish to transport a shipment of cheese.
我們希望運載起士。

* 考試必勝小秘訣：
be transported with joy是欣喜若狂；**be transported with grief**是悲不自勝的意思。

2052. transportation [ˌtrænspɚ`teʃən]【trans•por•ta•tion】n 交通運輸
Your transportation is ready.
您的運輸工具已經準備好了。

* 考試必勝小秘訣：
transportation是交通工具car, taxi等字較正式的說法。

sport 必考關鍵字三分鐘速記圖

請利用三分鐘的時間，把前面所記過的單字做一個全盤的瞭解和記憶。

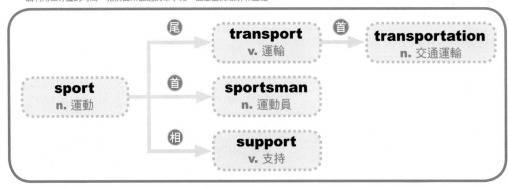

首字首、根字根、尾字尾記憶法 ┃ 同同義、反反義記憶法 ┃ 相相似字記憶法 ┃ 聯聯想記憶法

必考關鍵字

> **special** ⓐ 特殊的

🔵TOEFL ⓘIELTS ⓣTOEIC ⒼGEPT ↑學測&指考 ⓒ公務人員考試

2053. **conspicuous** [kən'spɪkjʊəs] 【con·spic·u·ous】 ⓐ顯著的
You were conspicuous by your absence.
你的缺席很引人注目。

• 考試必考同義字：
noticeable, distinct, obvious

2054. **especially** [ə'spɛʃəlɪ] 【es·pe·cial·ly】 ⓐ特殊地
We are especially good at playing football.
我們尤其擅長踢足球。

• 考試必考同義字：
especially, particularly

2055. **special** ['spɛʃəl] 【spe·cial】 ⓐ特殊的
The special dessert was brought to the table.
特別甜品上桌了。

• 考試必考同義字：
unusual, particular,
extraordinary

2056. **specialist** ['spɛʃəlɪst] 【spe·cial·ist】 ⓝ專家
The specialist looked at the footballer's knee.
專家看了看足球員的膝蓋。

• 考試必勝小秘訣：
a specialist in … (某方面的專家)

2057. **specialize** ['spɛʃəˌlaɪz] 【spe·cial·ize】 ⓥ專門研究
We specialize in health care for the elderly.
我們專門研究老年人保健。

• 考試必考片語：
specialize in (專攻、專門從事)

2058. **specific** [spɪ'sɪfɪk] 【spe·cif·ic】 ⓐ特定的
Be specific in your description. 請您具體說明。

• 考試必考同義字：
definite, precise, particular

2059. **specifically** [spɪ'sɪfɪklɪ] 【spe·cif·i·cal·ly】 ⓐ特定地
What specifically seems to be the problem?
這個問題具體是什麼？

• 考試必考反義字：
general (一般的、普遍的)

2060. **specialty** ['spɛʃəltɪ] 【spe·cial·ty】 ⓝ特產，特製品
This chicken is a speciality of ours. 這種雞是我們的特產。

• 考試必勝小秘訣：
specialty是**special**的名詞形。

2061. **specification** [ˌspɛsəfə'keʃən] 【spec·i·fi·ca·tion】
ⓝ詳述、說明書；規格
The specifications were up to standard. 規格達到標準。

• 考試必考同義字：
specs, description

2062. **specify** ['spɛsəˌfaɪ] 【spec·i·fy】 ⓥ明確說明，詳列
Please specify any disabilities on the form.
請明確說明這表格中的限制。

• 考試必考片語：
specify by (用…說明)。

2063. **specimen** ['spɛsəmən] 【spec·i·men】 ⓝ標本，樣品
The specimens needed to be kept on ice.
標本需要保持在低溫。

• 考試必考同義字：
sample (樣本)。

2064. **speculate** ['spɛkjəˌlet] 【spec·u·late】 ⓥ思索，投機
If you speculate in property you will make a big profit.
如果你靠房地產投機，你將有很大的利潤。

• 考試必考片語：
speculate on/upon/about sth.
(思索、沉思某事物)

S

2065. spice [spaɪs]【spice】 n 香料
The spices in the pudding made it delicious.
布丁中的香料使它非常美味。

• 考試必勝小秘訣：
spice 可當動詞，表示「加香料」；「使增添趣味」的意思。

2066. spicy [`spaɪsɪ]【spicy】 a 辛辣的，加有香料的
The spicy curry made him sweat.
這種辛辣的咖哩使他汗如雨下。

• 考試必考同義字：
piquant, hot

> **special** 必考關鍵字三分鐘速記圖

請利用三分鐘的時間，把前面所記過的單字做一個全盤的瞭解和記憶。

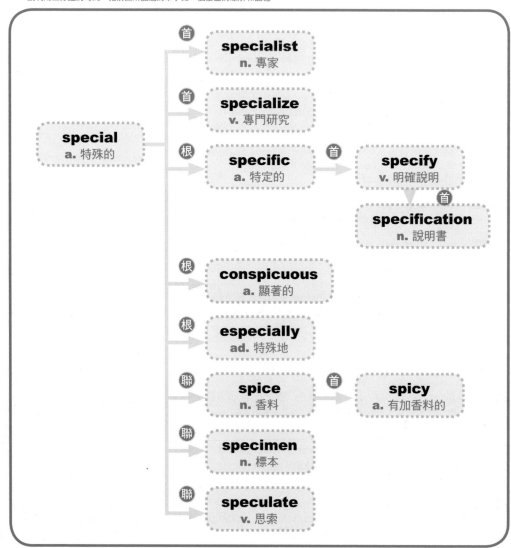

| special a. 特殊的 | 首 specialist n. 專家 |
| 首 specialize v. 專門研究 |
| 根 specific a. 特定的 → 首 specify v. 明確說明 → 首 specification n. 說明書 |
| 根 conspicuous a. 顯著的 |
| 根 especially ad. 特殊地 |
| 聯 spice n. 香料 → 首 spicy a. 有加香料的 |
| 聯 specimen n. 標本 |
| 聯 speculate v. 思索 |

首字首、根字根、尾字尾記憶法 | 同同義、反反義記憶法 | 相相似字記憶法 | 聯聯想記憶法

simple a 簡單的 MP3 19-03

托TOEFL I IELTS T TOEIC G GEPT 學測&指考 公公務人員考試

單 字 錦 囊

托 I T G 公

2067. assemble [əˋsɛmbḷ] 【as•sem•ble】 V 集合
We intend to assemble a team of specialists.
我們打算成立一個專案小組。

• 考試必勝小秘訣：
assemble team為常見的用法。

托 I T G 公

2068. assembly [əˋsɛmblɪ] 【as•sem•bly】 N 集合，裝配
The assembly plant ran night and day.
裝配廠白天和黑夜不停工作。

• 考試必考同義字：
gathering, assemblage

托 I T G 公

2069. resemblance [rɪˋzɛmbləns] 【re•sem•blance】 N 相似
The twins' resemblance was uncanny.
這對雙胞胎的相似之處是不可思議。

• 考試必勝小秘訣：
resemblance是**resemble**的名詞形。

托 I T G 公

2070. resemble [rɪˋzɛmbḷ] 【re•sem•ble】 V 類似，像
You really do resemble your uncle!
你真像你的舅舅！

• 考試必考同義字：
be similar to, be like, appear like

托 I T G 公

2071. simple [ˋsɪmpḷ] 【sim•ple】 a 簡單的
You lead such a simple life.
你過著這樣一個簡單的生活。

• 考試必勝小秘訣：
simple life為常見的用法。

托 I T G 公

2072. simplicity [sɪmˋplɪsətɪ] 【sim•plic•i•ty】 N 簡單
Simplicity is a thing to be desired in life.
簡單是一個理想的生活。

• 考試必考反義字：
complexity（複雜）

托 I T G 公

2073. simplify [ˋsɪmpləˏfaɪ] 【sim•pli•fy】 V 簡化
Try to simplify the math problem before solving it.
試著在解答這數學題前先簡化它。

• 考試必考反義字：
complicate（使複雜化）

托 I T G 公

2074. simply [ˋsɪmplɪ] 【sim•ply】 ad 簡單地，僅僅
This is simply not acceptable. 這是完全不能接受的。

• 考試必考同義字：
merely, only, plainly

 simple 必考關鍵字三分鐘速記圖

請利用三分鐘的時間，把前面所記過的單字做一個全盤的瞭解和記憶。

S

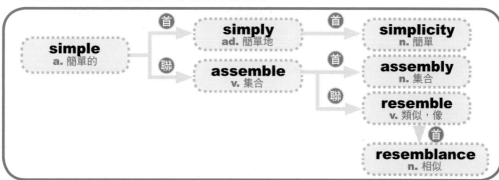

首字首、根字根、尾字尾記憶法｜同同義、反反義記憶法｜相相似字記憶法｜聯聯想記憶法

必考關鍵字

save V 挽救，保留，儲蓄

🔴TOEFL ⒤IELTS ⓣTOEIC ⒢GEPT ⬆學測&指考 ㊫公務人員考試

單 字 錦 囊

2075. salute [sə`lut]【sa•lute】Ⅴ敬禮
The soldiers saluted the flag.
士兵向國旗行禮。

• 考試必考片語：
salute the flag（向國旗致敬）

2076. salvage [`sælvɪdʒ]【sal•vage】Ⅴ Ⅱ 營救
The salvage team arrived on the wreck.
救援小組抵達了沉船。

• 考試必考同義字：
rescue, save

2077. salvation [sæl`veʃən]【sal•va•tion】Ⅱ救濟，拯救
The Lord is our salvation!
上帝是我們的救世主！

• 考試必勝小秘訣：
salvation通常用於宗教方面。

2078. savage [`sævɪdʒ]【sav•age】ⓐ野蠻的
The savage beast roared in its cage.
野蠻的野獸在籠子咆哮。

• 考試必勝小秘訣：
savage通常用來形容動物。

2079. save [sev]【save】Ⅴ挽救，保留，儲蓄
SOS means save our souls.
SOS意思是救救我們！

• 考試必考片語：
save up（存錢）

2080. saving [`sevɪŋ]【sav•ing】Ⅱ節省，存錢
Your savings are there to help you in old age.
你的儲蓄是為了老年生活。

• 考試必考片語：
Saving is getting.（節約等於增加收入。）

save 必考關鍵字三分鐘速記圖

請利用三分鐘的時間，把前面所記過的單字做一個全盤的瞭解和記憶。

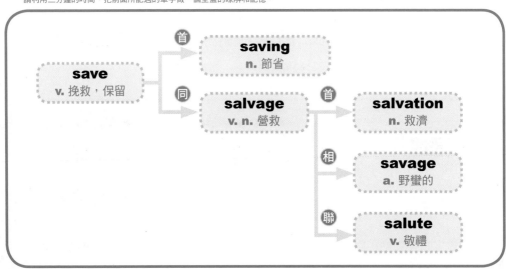

首字首、根字根、尾字尾記憶法｜同同義、反反義記憶法｜相相似字記憶法｜聯聯想記憶法

必考關鍵字

ampere n 安培

托TOEFL ❶IELTS ❶TOEIC ⒼGEPT ⬆學測&指考 Ⓟ公務人員考試

單 字 錦 囊

2081. ampere [æmˋpɪr] 【am•pere】n安培
The ampere is a measure of electrical current.
安培是用來衡量電流。

• 考試必勝小祕訣：
ampere為計算電流強度的單位。

2082. diesel [ˋdizl̩] 【die•sel】n柴油引擎
The diesel engine could pull a huge freight train.
柴油發動機可以拉動一個巨大的貨運列車。

• 考試必勝小祕訣：
diesel oil 為柴油。

2083. kilowatt [ˋkɪloͺwɑt] 【kilo•watt】n千瓦
How many kilowatts did we use this month?
這個月我們使用多少千瓦？

• 字首：**kilo**表示「千」的意思。

2084. sandwich [ˋsændwɪtʃ] 【sand•wich】n三明治
The glutton had eaten all the sandwiches.
這個貪吃的人吃了所有的三明治。

• 考試必勝小祕訣：
sandwich的複數為**sandwiches**。

2085. volt [volt] 【volt】n伏特
The computer lead can take a maximum of 250 volts.
電腦最高可用250伏特。

• 考試必勝小祕訣：
volt為電壓單位。

2086. voltage [ˋvoltɪdʒ] 【volt•age】n電壓
The voltage in this electrical socket is dangerous.
這個電器插座的電壓是很危險的。

• 考試必勝小祕訣：
voltage regulator是穩壓器。

2087. watt [wɑt] 【watt】n瓦特
The 50 watt bulbs were all out of stock.
50瓦特的電燈泡都沒貨了。

• 考試必勝小祕訣：
watt為電力單位。

ampere 必考關鍵字三分鐘速記圖

請利用三分鐘的時間，把前面所記過的單字做一個全盤的瞭解和記憶。

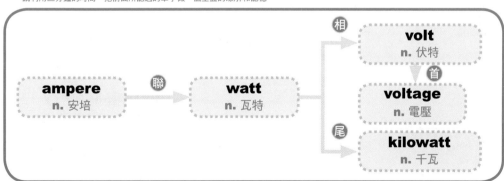

首字首、根字根、尾字尾記憶法 ｜同同義、反反義記憶法 ｜相相似字記憶法 ｜聯聯想記憶法

必考關鍵字

satisfy Ⅴ 滿足

MP3 19-04

⊕TOEFL ❶IELTS ❶TOEIC ⑥GEPT ✦學測&指考 ⚌公務人員考試

單 字 錦 囊

2088. asset [`æsɛt] 【as·set】 n 資產
He had many assets to his name. 他名下有很多的資產。

• 考試必考小秘訣：
asset + to his name 表示是「在他名下的資產」。

2089. dissatisfy [dɪs`sætɪsˏfaɪ] 【dis·sat·is·fy】 Ⅴ 使感覺不滿
He was dissatisfied with the poor service.
他是不滿意那差勁的服務。

• 字首：**dis** 表示「相反」；「分離」。

2090. sad [sæd] 【sad】 a 憂愁的
I felt sad that she had to go. 我為她的離開感到悲傷。

• 考試必考片語：
sad to say（不幸的是）

2091. satire [`sætaɪr] 【sat·ire】 n 諷刺作品；諷刺文學
The satires by Juvenal are funny plays.
Juvenal的諷刺作品是有趣的戲劇。

• 考試必考小秘訣：
satire 通常用於戲劇方面。

2092. satisfaction [ˏsætɪs`fækʃən] 【sat·is·fac·tion】 n 滿足
We guarantee absolute satisfaction. 我們保證絕對滿意。

• 考試必考小秘訣：
with satisfaction（滿意地）

2093. satisfactory [ˏsætɪs`fæktərɪ] 【sat·is·fac·to·ry】
a 令人滿意的
Is everything satisfactory? 一切都滿意嗎？

• 考試必考反義字：
unsatisfactory（令人不滿的）

2094. satisfy [`sætɪsˏfaɪ] 【sat·is·fy】 Ⅴ 滿足
It took a lot of food to satisfy his hunger.
他吃了大量的食物來滿足他的飢餓。

• 考試必考片語：
be satisfied with（對…感到滿意）

2095. saturate [`sætʃəˏret] 【sat·u·rate】 Ⅴ 使飽和，浸透，滲透
The rain saturated the area with water. 雨水使地區充滿了水。

• 考試必考同義字：
soak（浸泡）

2096. unsatisfactory [ˏʌnsætɪs`fæktərɪ]
【un·sat·is·fac·to·ry】 a 令人不滿意的
His work has been rather unsatisfactory lately.
最近他的工作一直令人不滿意。

• 考試必考同義字：
dissatisfactory（不合意的）

satisfy 必考關鍵字三分鐘速記圖

請利用三分鐘的時間，把前面所記過的單字做一個全盤的瞭解和記憶。

📖字首、根字根、尾字尾記憶法 ｜同同義、反反義記憶法 ｜相相似字記憶法 ｜聯聯想記憶法

必考關鍵字

science n 科學

TOEFL　IELTS　TOEIC　GEPT　學測&指考　公務人員考試

| 單 字 錦 囊 |

2097. conscience [ˋkanʃəns]【con•science】n 良心
Have you no conscience? 你有沒有良心？

• 考試必考片語：
have no conscience（沒有良心）

2098. conscientious [͵kanʃɪˋɛnʃəs]【con•sci•en•tious】
a 本著良心的
Be conscientious in your work. 認真的工作。

• 考試必考混淆字：
conscience（良心）

2099. conscious [ˋkanʃəs]【con•scious】
a 有知覺的，神智清醒的
Grandma may become conscious tomorrow.
外婆明天可能恢復清醒。

• 考試必考反義字：
unconscious（意識不清的）

2100. consciousness [ˋkanʃəsnɪs]【con•scious•ness】
n 知覺
He regained consciousness suddenly. 他突然恢復了知覺。

• 考試必勝小秘訣：
regain/lose consciousness為常見法。

2101. science [ˋsaɪəns]【sci•ence】n 科學
Science is the study of the world around us.
科學是研究我們周圍的世界。

• 考試必考片語：
have sth down to a science（對某事非常嫻熟）

2102. scientific [͵saɪənˋtɪfɪk]【sci•en•tif•ic】a 科學的
The scientific study revealed interesting results.
科學研究揭示有趣的結果。

• 考試必勝小秘訣：
scientific是**science**的形容詞。

 science 必考關鍵字三分鐘速記圖

請利用三分鐘的時間，把前面所記過的單字做一個全盤的瞭解和記憶。

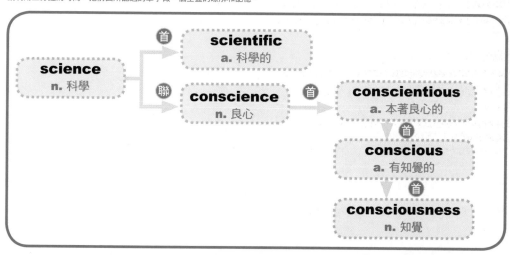

首字首、根字根、尾字尾記憶法｜同同義、反反義記憶法｜相相似字記憶法｜聯聯想記憶法

353

必考關鍵字

scrape ｎ ｖ 刮，擦

托TOEFL Ｉ IELTS Ｔ TOEIC Ｇ GEPT ↑學測&指考 公公務人員考試

單 字 錦 囊

2103. scrap [skræp]【scrap】ｎ碎片
The dog liked to eat scraps on the floor.
狗喜歡吃地板上的碎屑。

- 考試必考同義字：
fleck, flake

2104. scrape [skrep]【scrape】ｎ ｖ刮，擦
The little boy had a scrape on his knee.
小男孩刮傷了他的膝蓋。

- 考試必勝小秘訣：
scrape是個擬聲字。

2105. scrub [skrʌb]【scrub】ｖ用力擦洗
Scrub that floor, Cinderella!
仙度瑞拉，去刷洗地板！

- 考試必勝小秘訣：
scrub是個擬聲字。

2106. scrutiny [`skrutn̩ɪ]【scru•ti•ny】ｎ詳細檢查
The workers were under the scrutiny of the manager.
工人在經理的監督之下。

- 考試必勝小秘訣：
under scrutiny為常見用法。

2107. sharp [ʃɑrp]【sharp】ａ尖銳的
Be careful with that sharp knife.
小心尖刀。

- 考試必考片語：
look sharp（注意，趕快）

2108. skyscraper [`skaɪˌskrepɚ]【sky•scrap•er】ｎ摩天大樓
The skyscraper was a hundred stories tall.
摩天大樓有100層樓高。

- 考試必勝小秘訣：
摩天大樓**scrapes**（劃破了）**the sky**
（天空）

scrape 必考關鍵字三分鐘速記圖

請利用三分鐘的時間，把前面所記過的單字做一個全盤的瞭解和記憶。

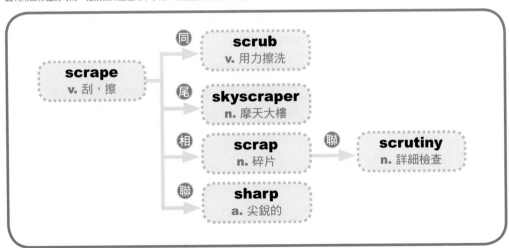

首字首、根字根、尾字尾記憶法｜同同義、反反義記憶法｜相相似字記憶法｜聯聯想記憶法

必考關鍵字

school n 學校

MP3 19-05

托TOEFL I IELTS T TOEIC G GEPT ↑學測&指考 公公務人員考試

單字錦囊

2109. schedule [ˋskɛdʒʊl] 【sched•ule】 n 計劃表
We are on schedule to finish.
我們應可如期完成。

• 考試必考片語：
on schedule（按照預定時間）

2110. scholar [ˋskɑlɚ] 【schol•ar】 n 學者
The scholar was always studying.
學者總是在學習。

• 考試必勝小秘訣：
scholar也可指「獲得獎學金者」。

2111. scholarship [ˋskɑlɚ͵ʃɪp] 【schol•ar•ship】 n 獎學金
I received a scholarship for my hard work.
我因為努力用功而獲得獎學金。

• 考試必勝小秘訣：
scholarship也有「學術成就」的意思。

2112. school [skul] 【school】 n 學校
The school closed around 4pm.
學校下午4時左右關閉。

• 考試必考片語：
of the old school（老派的）

2113. schooling [ˋskulɪŋ] 【school•ing】 n 學校教育
His schooling began at the age of three.
他從3歲開始接受學校教育。

• 考試必考同義字：
education, tuition

school 必考關鍵字三分鐘速記圖

請利用三分鐘的時間，把前面所記過的單字做一個全盤的瞭解和記憶。

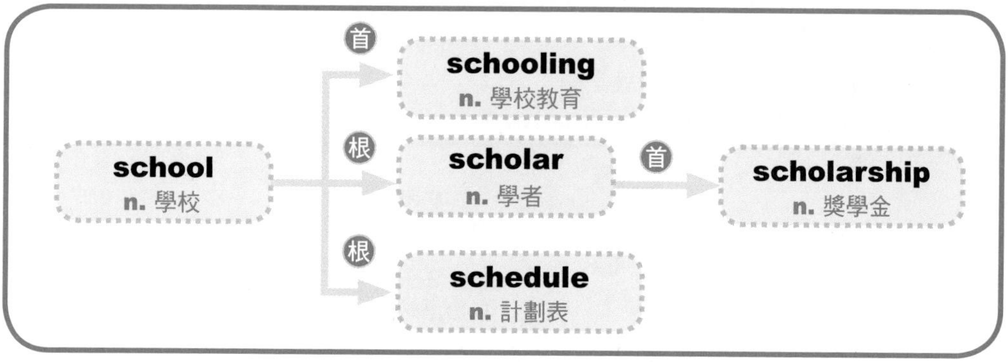

首字首、根字根、尾字尾記憶法 | 同同義、反反義記憶法 | 相相似字記憶法 | 聯聯想記憶法

必考關鍵字

sea n 海洋

托TOEFL　I IELTS　T TOEIC　G GEPT　學測&指考　公 公務人員考試

　　　　　　　　　　　　　　　　　　　　　　　　　　　　　單 字 錦 囊

2114. overseas [ˋovɚˋsiz]【over·seas】a 在海外的
Overseas students need to pay more than domestic students.
海外學生需要支付比國內學生多的學費。

• 考試考反義字：
domestic（國內的）

2115. sea [si]【sea】n 海洋
The sea was calm after the storm.
風暴後，海面平靜了。

• 考試必考片語：
at sea（在大海上；茫然）；**by sea**（由海路）

2116. seal [sil]【seal】n 海豹，印章
The abbot marked the letter with his seal.
這位修院院長用他的印章標記這封信。

• 考試必勝小秘訣：
seal這個字有兩個完全不同的涵義，可指「圖章」；「印章」，或指「海豹」。

2117. seaman [ˋsimən]【sea·man】n 水手
The seaman looked at the sky and shook his head.
船員望著天空，搖搖頭。

• 考試必勝小秘訣：
複數為**seamen**。

2118. seaport [ˋsiˌport]【sea·port】n 海港
The seaport was full of freight ships.
海港充滿了貨運船隻。

• 考試必勝小秘訣：
也可直接用**port**這個字。

2119. seaside [ˋsiˌsaɪd]【sea·side】a 海濱的
The seaside resort was crowded in summer.
海濱的度假勝在夏季總是擁擠的。

• 考試必勝小秘訣：
sea（海）+ **side**（旁邊），形容「海邊的」。

sea 必考關鍵字三分鐘速記圖

請利用三分鐘的時間，把前面所記過的單字做一個全盤的瞭解和記憶。

首字首、根字根、尾字尾記憶法│同同義、反反義記憶法│相相似字記憶法│聯聯想記憶法

必考關鍵字

 second num 第二

 19-05

🅣TOEFL ❶IELTS 🅣TOEIC 🅖GEPT ✿學測&指考 ㊂公務人員考試 ┃ 單 字 錦 囊

2120. consecutive [kən`sɛkjutɪv] 【con·sec·u·tive】 a 連續的
You have been late for three consecutive days.
你已連續三天遲到了。

・考試必考同義字：
sequent

2121. consequence [`kɑnsəˏkwɛns] 【con·se·quence】 n 結果
She's quite willing to accept the consequences.
她完全願意接受這結果。

・考試必考片語：
take the consequences（承擔後果）；**in consequence of**（由於）

2122. consequent [`kɑnsəˏkwɛnt] 【con·se·quent】
a 做為結果的
Their consequent actions were not justified.
他們行動的結果並非正當的。

・考試必考片語：
be consequent on（因…的結果而起的；隨…發生的）

2123. consequently [`kɑnsəˏkwɛntlɪ] 【con·se·quent·ly】
ad 因此
Consequently, we have decided to boycott the conference.
因此，我們決定抵制這次會議。

・考試必考同義字：
therefore, accordingly

2124. ensure [ɪn`ʃur] 【en·sure】 v 保證
Please ensure your seatbelts are fastened.
請確保您的安全帶已繫上。

・考試必考同義字：
assure, guarantee, make certain

2125. persecute [`pɝsɪˏkjut] 【per·se·cute】 v 迫害；為難
The adolescent felt his parents were persecuting him.
這名少年覺得他的父母令他為難。

・考試必考同義字：
oppress, burden

2126. prosecute [`prɑsɪˏkjut] 【pros·e·cute】 v 起訴
We are deciding whether to prosecute or not.
我們正在決定是否起訴。

・考試必勝小秘訣：
prosecutor是檢察官。

2127. purse [pɝs] 【purse】 n 錢包
The lady found that her purse had been stolen!
這位女士發現她的錢包被偷了！

・考試必勝小秘訣：
A light purse makes a heavy heart.是一句習慣用語，意思是「為人無錢心事重」。

2128. pursue [pɚ`su] 【pur·sue】 v 追趕
We will pursue this matter to the full extent of the law.
我們會以最大限度的法律繼續推進此事。

・考試必考片語：
pursue after（追趕）

2129. second [`sɛkənd] 【sec·ond】 a 第二的
This is the second day of the holiday.
這是第二天的假期。

・考試必考片語：
second to none（不比任何人差）

2130. secondary [`sɛkənˏdɛrɪ] 【sec·ond·ary】 a 次要的
The secondary guns on the warhip opened fire.
戰艦的副砲開火了。

・考試必考反義字：
primary（首要的）

2131. sequence [`sikwəns] 【se·quence】 n 順序
The witness described the events of that day in sequence.
目擊者按先後次序描述了那一天發生的種種事件。

・考試必勝小秘訣：
sequence of events為常見用法。

S

357

2132. subsequent [ˈsʌbsɪˌkwɛnt]【sub•se•quent】
ⓐ後來的，隨後的
Our subsequent conversation must remain confidential.
我們隨後的談話必須保持其機密性。

• 考試必考反義字：
antecedent（在前的、在先的）

2133. sue [su]【sue】 ⓥ 控告
We have decided to sue for damages.
我們已決定起訴要求賠償損失。

• 考試必勝小秘訣：
sue for damages為常見用法。

> **second** 必考關鍵字三分鐘速記圖

請利用三分鐘的時間，把前面所記過的單字做一個全盤的瞭解和記憶。

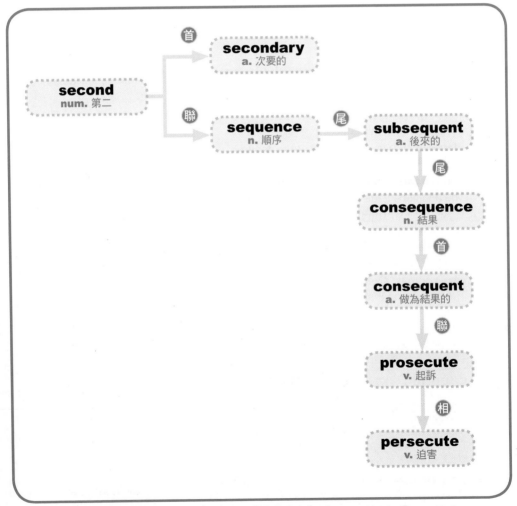

首字首、根字根、尾字尾記憶法 | 同同義、反反義記憶法 | 相相似字記憶法 | 聯聯想記憶法

必考關鍵字

▷ | secret n 秘密

19-06

托TOEFL IIELTS TTOEIC GGEPT 學測&指考 公公務人員考試

	單 字 錦 囊

2134. concern [kən`sɝn]【con·cern】**V** 使關心，涉及
Your protests do not concern me.
你的抗議活動與我無關。

托-I-T-G-↑
• 考試必考片語：
concern oneself with/about/over（關心）；**as/so far as...be concerned**（就…而言）；**have no concern with**（與…無關）

2135. concerning [kən`sɝnɪŋ]【con·cern·ing】**prep** 關於
Concerning Paul, I have some matters to raise.
關於保羅，我有一些問題要提出。

托-I-T-G-↑-公
• 考試必勝小秘訣：
concerning通常用於展開話題。

2136. decree [dɪ`kri]【de·cree】**n** 法令 **V** 頒布法令
The councillor read the King's decree.
會議宣讀了國王的命令。

托-I-T-G-↑-公
• 考試必考同義字：
law, order

2137. discern [dɪ`zɝn]【dis·cern】**V** 察覺，辨明
Can you discern the meaning in this phrase?
你能看出這句話的含義嗎？

托-I-T-G
• 考試必勝小秘訣：
discern是**understand**的進階用字。

2138. discrete [dɪ`skrit]【dis·crete】**a** 分離的，不連接的
This painting consists of lots of discrete spots of color.
這幅畫是由許多互不相連的色點組成的。

托-I-T-G-↑
• 考試必考混淆字：
discrete（分離的），**discreet**（謹慎的）

2139. screen [skrin]【screen】**n** 螢幕
The film was projected onto a white screen.
電影投射到白色螢幕上。

托-I-T-G-↑
• 考試必勝小秘訣：
screen out是一個動詞片語，表示「遮擋」。

2140. secret [`sikrɪt]【se·cret】**n** 秘密 **a** 秘密的
Do not reveal this secret to anyone.
不要透露這秘密給任何人。

托-I-T-G-↑
• 考試必勝小秘訣：
reveal secret為常見用法。

2141. secretary [`sɛkrə͵tɛrɪ]【sec·re·tary】**n** 秘書
The secretary always wore a smart dress to work.
秘書總是穿著看起來很聰明的服裝工作。

托-I-T-G-↑-公
• 考試必考同義字：
assistant, helper

▷ | secret 必考關鍵字三分鐘速記圖

請利用三分鐘的時間，把前面所記過的單字做一個全盤的瞭解和記憶。

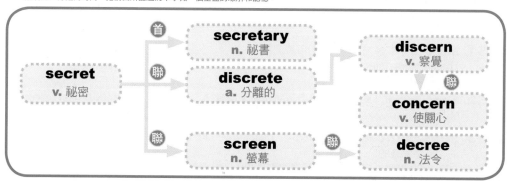

首字首、根字根、尾字尾記憶法 | 同同義、反反義記憶法 | 相相似字記憶法 | 聯聯想記憶法

359

S

必考關鍵字

sense n 感覺

TOEFL **IELTS** **TOEIC** **GEPT** **學測&指考** **公務人員考試**

單 字 錦 囊

2142. commonsense [`kɑmən`sɛns]【com·mon·sense】**n**
常識的
It is commonsense to carry an umbrella in rainy days.
雨天帶傘是一般常識。

- 考試必勝小秘訣：
common sense 是名詞「常識」。

2143. consensus [kən`sɛnsəs]【con·sen·sus】**n** 一致同意
We have reached a consensus finally.
我們最後已經達成了共識。

- 考試必勝小秘訣：
字首con-有「一起」、「完全」的意思。

2144. nonsense [`nɑnsɛns]【non·sense】**n** 胡說、愚蠢的舉動
Don't talk nonsense!
不要胡說八道！

- 考試必勝小秘訣：
nonsense在此指愚蠢的事物。

2145. nuisance [`njusn̩s]【nui·sance】**n** 討厭的人或物
The mosquitoes were a nuisance.
蚊子是一種騷擾。

- 考試必考同義字：
annoyance, displeasure

2146. sense [sɛns]【sense】**n** 感覺
Human beings have five senses.
人類有五感。

- 考試必考片語：
make sense（有意義）

2147. sensation [sɛn`seʃən]【sen·sa·tion】**n** 感覺、知覺；
轟動、激動
The scandal about the famous actor became a sensation.
有關那知名演員的醜聞引起轟動。

- 考試必勝小秘訣：
three days' sensation就是「一時轟動」的意思。

2148. sensible [`sɛnsəbl̩]【sen·si·ble】**a** 明智的
Please be sensible in public.
在公開場合裡要明智。

- 考試必考同義字：
wise, intelligent

2149. sensitive [`sɛnsətɪv]【sen·si·tive】**a** 敏感的
He was a sensitive boy and often cried.
他是一個敏感的男孩，而且常常哭。

- 考試必勝小秘訣：
sensitive是sense的形容詞形。

2150. sensitivity [ˌsɛnsə`tɪvətɪ]【sen·si·tiv·i·ty】**n** 敏感
You have shown great sensitivity in this matter.
你對這件事太敏感了。

- 考試必考同義字：
sensitiveness, sensibility

2151. sensor [`sɛnsɚ]【sen·sor】**n** 感測器
The sensors detected an intruder.
感測器檢測到入侵者。

- 考試必勝小秘訣：
sensor就是a device that senses（用來檢測的儀器）

2152. sentiment [`sɛntəmənt]【sen·ti·ment】**n** 感情
My sentiments exactly. 深表同感。

- 考試必勝小秘訣："My sentiments exactly."是常見的說法，等於"I feel the same."。

2153. sentimental [ˌsɛntə`mɛntl̩]【sen·ti·men·tal】**a** 感傷
的、多愁善感的
The sentimental old man liked to recall the past.
多愁善感的老人喜歡回憶過去。

- 考試必勝小秘訣：
sentimental是sentiment的形容詞形。

sense 必考關鍵字三分鐘速記圖

請利用三分鐘的時間，把前面所記過的單字做一個全盤的瞭解和記憶。

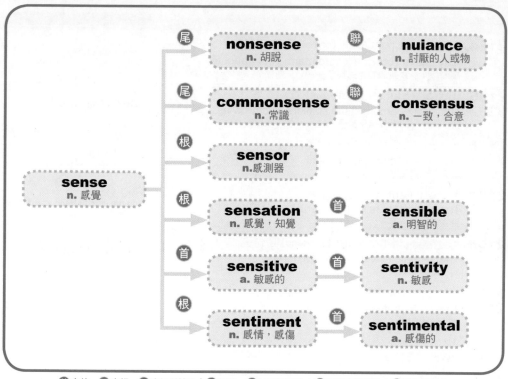

首字首、根字根、尾字尾記憶法｜同同義、反反義記憶法｜相相似字記憶法｜聯聯想記憶法

必考關鍵字

> | sentence n句子 v判決　 19-07

托TOEFL ❶IELTS ❶TOEIC ⓖGEPT ⬆學測&指考 ⚇公務人員考試

單 字 錦 囊
托❶❶ⓖ⬆⚇

2154. consent [kən`sɛnt] 【con·sent】 V n同意
May I have your consent to marry your daughter.
請問您同意我娶您的女兒嗎？

> • 考試必考片語：
> **consent to**（同意）
>
> 托❶❶ⓖ⬆⚇

2155. dissent [dɪ`sɛnt] 【dis·sent】 V n不同意
The dissent amongst the soldiers was growing.
持不同意見的士兵越來越多。

> • 考試必考片語：
> **dissent from**（與…意見不一）
>
> 托❶❶ⓖ⬆⚇

2156. resent [rɪ`zɛnt] 【re·sent】 V怨恨
I resent this cruel punishment.
本人怨恨這種殘酷的懲罰。

> • 考試必勝小秘訣：
> **resent Ving**。
>
> 托❶❶ⓖ⬆⚇

2157. scent [sɛnt] 【scent】 n氣味
The hounds were on the scent.
獵犬掌握了線索。

> • 考試必考片語：
> **on the scent/off the scent**（掌握
> /失去線索）
>
> 托❶❶ⓖ⬆⚇

2158. sentence [`sɛntəns] 【sen·tenc】 n句子 V判決
The sentences were a little too long.
句子是有點太長。

> • 考試必考片語：
> **sentence of death**（死刑）
>
> 托❶❶ⓖ⬆⚇

2159. sentry [`sɛntrɪ] 【sen·try】 n哨兵
The sentry patrolled the fence.
哨兵巡視圍欄。

> • 考試必考片語：
> **go on sentry/come off sentry** 上
> /下崗

> | sentence 必考關鍵字三分鐘速記圖

請利用三分鐘的時間，把前面所記過的單字做一個全盤的瞭解和記憶。

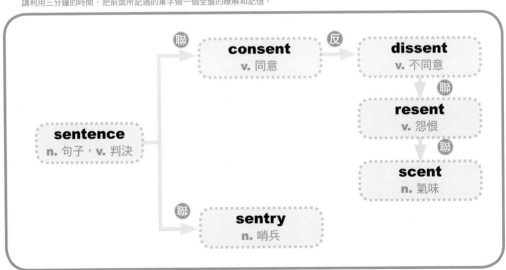

首字首、根字根、尾字尾記憶法｜同同義、反反義記憶法｜相相似字記憶法｜聯聯想記憶法

必考關鍵字

 serve v 服務

🔴TOEFL ⭕IELTS 🔵TOEIC ⚫GEPT ⬆學測&指考 🔺公務人員考試　　　　單 字 錦 囊

2160. deserve [dɪˋzɝv]【de‧serve】v 值得
You deserve better than this.
你應該得到比這更好的。

* 考試必考同義字：
merit, qualify

2161. dessert [dɪˋzɝt]【des‧sert】n 甜點
After lunch, we had chocolate cake for dessert.
午餐後，我們吃巧克力蛋糕作為甜點。

* 考試必考混淆字：
dessert, desert

2162. sergeant [ˋsɑrdʒənt]【ser‧geant】n 中士，警官
The sergeant barked an order at his men.
警長咆哮的命令他的手下。

* 考試必勝小秘訣：
sergeant的縮寫是**Sergt.**。

2163. servant [ˋsɝvənt]【ser‧vant】n 僕人，傭人
The servants brought in pitchers of water.
這位僕人替投手帶來了水。

* 考試必勝小秘訣：
公僕是**civil servant**。

2164. serve [sɝv]【serve】v 服務
Serve your country, and not yourself.
為國不為己。

* 考試必考片語：
serve as（作為、用作）

2165. service [ˋsɝvɪs]【ser‧vice】n 服務
Your service to your country is much appreciated.
您為國效勞受到高度讚賞。

* 考試必勝小秘訣：
service為**serve**的動詞。

serve 必考關鍵字三分鐘速記圖

請利用三分鐘的時間，把前面所記過的單字做一個全盤的瞭解和記憶。

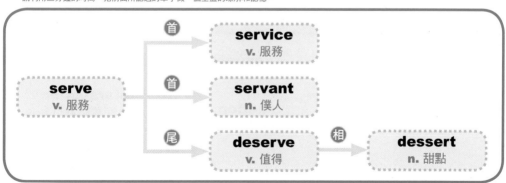

🔵字首、🔴字根、🔺字尾記憶法｜🟢同義、反反義記憶法｜🟠相似字記憶法｜🟣聯想記憶法

S

必考關鍵字

> | **sex** n 性別

🅣TOEFL ❶IELTS ⓣTOEIC ⒼGEPT ⬆學測&指考 Ⓐ公務人員考試

單 字 錦 囊
🅣-❶-ⓣ-Ⓖ⬆Ⓐ

2166. insect [ˋɪnsɛkt]【in‧sect】 n 昆蟲
The forest was full of strange insects. 森林充滿了奇怪的昆蟲。

• 考試必考同義字：
bug

🅣-❶ⓣ-Ⓖ-⬆-Ⓐ

2167. intersection [͵ɪntɚˋsɛkʃən]【in‧ter‧sec‧tion】 n 道路交叉路口
The intersection was always busy at this time of day.
十字路口總是在一天的這個時候很繁忙。

• 考試必勝小秘訣：
字首inter-表示「在…之間」的意思。

🅣-❶-ⓣ-Ⓖ-⬆

2168. section [ˋsɛkʃən]【sec‧tion】 n 部份，部門
Some sections in society dislike change.
社會的有些部分不喜歡改變。

• 考試必勝小秘訣：
rsection也可當動詞「把…分段（或分組）」的意思。

🅣-❶-ⓣ-Ⓖ-⬆-Ⓐ

2169. sector [ˋsɛktɚ]【sec‧tor】 n 扇形；分區；部門
Sector 6 is showing signs of enemy activity, sir.
第6分區顯示有敵人活動，長官。

• 考試必考同義字：
part, piece, segment

🅣-❶-ⓣ-Ⓖ-⬆-Ⓐ

2170. segment [ˋsɛgmənt]【seg‧ment】 n 部分，斷片 v 分割
She ate a segment of the orange. 她吃了部分的柳橙。

• 考試必考同義字：
portion, section

🅣-❶-ⓣ-Ⓖ⬆

2171. sex [sɛks]【sex】 n 性別
What sex is your kitty？ 你的貓是什麼性別？

• 考試必考同義字：
gender

🅣-❶-ⓣ-Ⓖ-⬆-Ⓐ

2172. sexual [ˋsɛkʃʊəl]【sex‧u‧al】 a 性別的，性慾的
Rabbits are known to be very sexual animals.
兔子已知是非常好色的動物。

• 考試必勝小秘訣：
sexual是**sex**的形容詞。

> | **sex** 必考關鍵字三分鐘速記圖

請利用三分鐘的時間，把前面所記過的單字做一個全盤的瞭解和記憶。

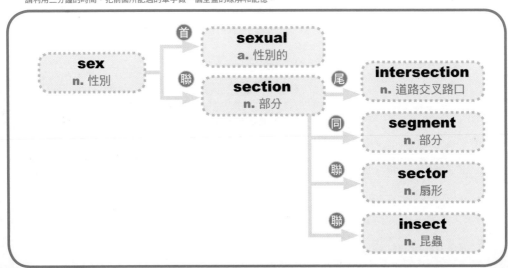

🗂首字首、根字根、尾字尾記憶法 ｜ 同同義、反反義記憶法 ｜ 相相似字記憶法 ｜ 聯聯想記憶法

必考關鍵字

shade n 樹蔭

托TOEFL ⒤IELTS ⓣTOEIC ⒢GEPT ⬆學測&指考 ⒜公務人員考試

單 字 錦 囊
托⒤ⓣⒼ⬆⒜

2173. meadow [ˋmɛdo]【mead•ow】n 草地
In the meadow sat a beautiful maiden.
草地上坐著一個美麗的姑娘。

• 考試必考同義字：
grassland, field

托⒤ⓣⒼ⬆⒜

2174. shade [ʃed]【shade】n 樹蔭，陰涼處
In the shade it was possible to relax.
在陰涼處可以放鬆。

• 考試必考片語：
throw/put into the shade（使相形見絀）

托⒤ⓣⒼ⬆⒜

2175. shadow [ˋʃædo]【shad•ow】n 影子
The shadows grew longer.
影子逐漸變長了。

• 考試必考片語：
be afraid of one's own shadow（非常膽怯）

托⒤ⓣⒼ⬆⒜

2176. shady [ˋʃedɪ]【shady】a 陰暗的，隱蔽的
It was nice and shady beneath the tree.
樹底下多蔭且舒適。

• 考試必勝小秘訣：
shady是**shade**的形容詞。

托⒤ⓣⒼ⬆⒜

2177. shed [ʃɛd]【shed】n 屋棚 v 散發，流出
The garden shed was full of tools.
花園小棚子裡放滿了工具。

• 考試必考片語：
shed tears（流淚）

> **shade** 必考關鍵字三分鐘速記圖

請利用三分鐘的時間，把前面所記過的單字做一個全盤的瞭解和記憶。

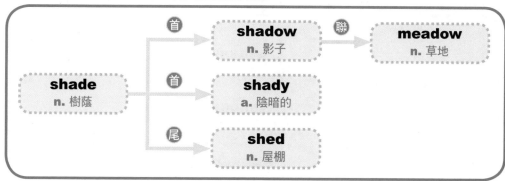

⒡字首、⒢字根、⒥字尾記憶法｜⒤同義、⒡反義記憶法｜⒣相似字記憶法｜⒧聯想記憶法

S

必考關鍵字

shame n 羞恥

MP3 19-08

托TOEFL **I**IELTS **T**TOEIC **G**GEPT **↑**學測&指考 **公**公務人員考試

單 字 錦 囊

2178. ashamed [ə`ʃemd]【a•shamed】**a**羞愧的
I am ashamed to say that we cannot attend this evening.
我要慚愧地說，今天晚上我們不能參加了。

• 考試必勝小秘訣：
I am ashamed to say...為常見用法。

2179. shame [ʃem]【shame】**n**羞恥
That man has no shame.
那個人不知羞恥。

• 考試必考片語：
put to shame（使蒙羞）

2180. sham [ʃæm]【sham】**a**虛假的 **n**欺騙，騙局
This horse race is a sham!
這賽馬是一個騙局！

• 考試必考同義字：
fraud, fake

2181. shameful [`ʃemfəl]【shame•ful】**a**可恥的
Her actions have been absolutely shameful.
她的行動是絕對可恥的。

• 考試必考同義字：
disgraceful, scandalous

2182. shameless [`ʃemlɪs]【shame•less】**n**無恥
His shameless insults hurt his parents deeply.
他的無恥侮辱害身傷害他的父母。

• 考試必考混淆字：
shameful, shameless

shame 必考關鍵字三分鐘速記圖

請利用三分鐘的時間，把前面所記過的單字做一個全盤的瞭解和記憶。

首字首、**根**字根、**尾**字尾記憶法 | **同**同義、**反**反義記憶法 | **相**相似字記憶法 | **聯**聯想記憶法

必考關鍵字

ship n 船舶

托TOEFL 雅IELTS 多TOEIC 學GEPT 考學測&指考 公公務人員考試

單 字 錦 囊

2183. equip [ɪˋkwɪp]【e•quip】V 裝備
We will equip you with everything you need.
我們將提供你需要的一切裝備。

> • 考試必考片語：
> **be equipped with**（裝備、安裝）

2184. equipment [ɪˋkwɪpmənt]【equip•ment】n 裝備、配備
He checked the equipment carefully.
他仔細檢查了設備。

> • 考試必考同義字：
> **apparatus, gear**

2185. ship [ʃɪp]【ship】n 船舶
The ship sailed from the port at sunrise.
港口的船舶於日出時航行。

> • 考試必考同義字：
> **boat, vessel**

2186. shipment [ˋʃɪpmənt]【ship•ment】n 裝運
This shipment of livestock must arrive tomorrow.
這批牲畜貨物必須明天抵達。

> • 考試必考同義字：
> **cargo, freight**

2187. shipyard [ˋʃɪpˌjɑrd]【ship•yard】n 造船廠
The shipyard was under-staffed.
造船廠正在缺人手。

> • 考試必勝小秘訣：
> 通常**yard**都是小的，但**shipyard**可以
> 是很大的。

> ## ship 必考關鍵字三分鐘速記圖
> 請利用三分鐘的時間，把前面所記過的單字做一個全盤的瞭解和記憶。

首字首、根字根、尾字尾記憶法 ｜ 同同義、反反義記憶法 ｜ 相相似字記憶法 ｜ 聯聯想記憶法

S

必考關鍵字

 shoot Ⅴ 射擊

ⓉTOEFL ⒤IELTS ⓉTOEIC ⒢GEPT ⬆學測&指考 ⚠公務人員考試

單 字 錦 囊

2188. outskirts [ˈaʊtˌskɜts] 【out‧skirts】 n 週邊地區
The slum was on the outskirts of the city.
貧民窟是在城市的郊區。

- 考試必考同義字：
suburbs, edges

2189. shirt [ʃɜt] 【shirt】 n 襯衫
David was wearing a blue shirt today.
大衛今天穿藍色襯衫。

2190. shoot [ʃut] 【shoot】 Ⅴ 射擊
Don't shoot! We are not your enemy!
不要開槍！我們不是你們的敵人！

- 考試必考片語：
shoot down（擊落）

2191. shortage [ˈʃɔrtɪdʒ] 【short‧age】 n 不足
There is no shortage of water here.
這裡沒有缺水。

- 考試必考同義字：
lack, deficiency

2192. shortcoming [ˈʃɔrtˌkʌmɪŋ] 【short‧com‧ing】
n 短處，缺點
Your shortcomings are well-known.
你的缺點是眾所周知的。

- 考試必勝小秘訣：
shortcoming常用複數形式。

2193. shorthand [ˈʃɔrtˌhænd] 【short‧hand】 n 速記法，速記
His shorthand was hard to read.
他的速記難以閱讀。

- 考試必考同義字：
stenography, tachygraphy

2194. shortly [ˈʃɔrtlɪ] 【short‧ly】 ad 立刻
We will have dinner shortly.
我們的晚餐即將開始。

- 考試必勝小秘訣：
shortly為**short**的副詞。

2195. shot [ʃɑt] 【shot】 n 射擊
He fires shot after shot at the target.
他對著目標一槍一槍地發射。

- 考試必考片語：
like a shot（立刻、飛快地）

2196. shut [ʃʌt] 【shut】 Ⅴ 關，禁閉
Please shut that door behind you.
請關閉你身後的這道門。

- 考試必考片語：
shut down（停工）；**shut off**（關掉）；**shut up**（使住口）

2197. shutter [ˈʃʌtɚ] 【shut‧ter】 n 百葉窗
The shutters on he windows were closed.
窗戶上的百葉窗關上了。

- 考試必考混淆字：
shuttle, shutter

2198. shuttle [ˈʃʌtl] 【shut‧tle】 n 梭子，短程穿梭運行的車輛(或火車、飛機等)
The shuttle left earth en route to Mars.
太空梭離開地球飛往火星。

- 考試必勝小秘訣：
shuttle bus是接駁車。

2199. skirt [skɜt] 【skirt】 n 裙子
Julia liked to wear red skirts to work.
茱莉亞喜歡穿紅色的裙子上班。

- 考試必勝小秘訣：
skirt也可當動詞「避開」的意思。

shoot 必考關鍵字三分鐘速記圖

請利用三分鐘的時間,把前面所記過的單字做一個全盤的瞭解和記憶。

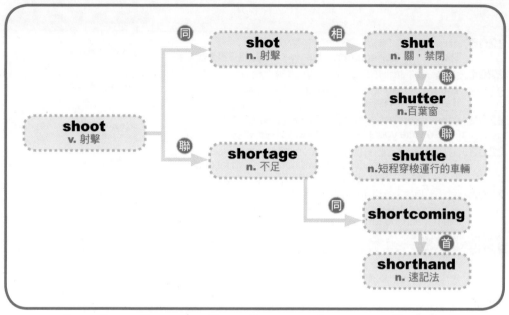

首 字首、根 字根、尾 字尾記憶法 | 同 同義、反 反義記憶法 | 相 相似字記憶法 | 聯 聯想記憶法

必考關鍵字

sign n 記號，符號

(MP3) 19-09

① TOEFL ① IELTS ① TOEIC ⑥ GEPT ① 學測&指考 ② 公務人員考試

單 字 錦 囊

2200. sign [saɪn]【sign】n 記號，符號
The sign to Beijing points this way. 指標指這邊是往北京。

• 考試必考同字義：
mark表示「標記」。

2201. signal [ˋsɪgn̩l]【sig‧nal】v n 信號
The man used a red flag to give the signal.
該名男子用紅旗發送信號。

• 考試必考片語：
sign for表示「簽收」。

2202. signature [ˋsɪgnətʃɚ]【sig‧na‧ture】n 簽名
Please write your signature here. 請在此簽字。

• 考試必考小秘訣：
signature file表示「簽名檔」，常用於e-mail中。

2203. significance [sɪgˋnɪfəkəns]【sig‧nif‧i‧cance】n 重要
The significance of this event will not be known for some time.
過了一段時間之後就沒有人知道這件事情的重要性了。

• 考試必考同字義：
importance表示「重要性」。

2204. significant [sɪgˋnɪfəkənt]【sig‧nif‧i‧cant】a 重要的
Significant developments in the computer market include the internet and the touchscreen. 電腦市場的重大的發展包含網路和觸碰式螢幕。

• 考試必考同字義：
important表示「重要的」。

2205. signify [ˋsɪgnəˌfaɪ]【sig‧ni‧fy】v 表明，示意
A rose is a flower but can also signify love.
玫瑰是花，但也意味著愛。

• 考試必勝小秘訣：
signify當動詞表示「重要」，常用於否定句或疑問句。

> **sign** 必考關鍵字三分鐘速記圖

請利用三分鐘的時間，把前面所記過的單字做一個全盤的瞭解和記憶。

同　**signal**
　　　n. 信號

sign
n. 記號，符號

首　**signature**
　　　n. 簽名

首 字首、根 字根、尾 字尾記憶法 | 同 同義、反 反義記憶法 | 相 相似字記憶法 | 聯 聯想記憶法

字詞
大追擊

symbol, badge, sign, signal
這些名詞均含 "標誌、象徵、符號" 之意。

1. symbol n 指作象徵或表達某種深邃意蘊的特殊事物。
The Cross is the symbol of Christianity 十字架是基督教的象徵。

2. badge n 一般指金屬證章或寫有姓名的帶狀標誌物。
Chains are a badge of slavery. 鎖鏈是奴役的標誌。

3. sign n 普通用詞，指人們公認事物的記號，也可指某種情況的徵兆。
The sign says "Parking Forbidden". 告示牌上寫著"禁止停車"

4. signal n 指為某一目的而有意發出的信號。
The train must stop when the signal's red. 信號機是紅色時，火車必須停駛。

必考關鍵字

simple ⓐ 簡單的

托TOEFL ❶IELTS ❶TOEIC ❻GEPT ⬆學測&指考 ⒜公務人員考試 | 單 字 錦 囊

2206. complex [`kɑmplɛks]【com‧plex】ⓐ複雜的
His complex mind was working on the problem.
他在思考複雜的工作問題。

• 考試必勝小祕訣：
complex 為數學科慣用詞彙，例：
complex plane表示「複數平面」。

2207. complexity [kəm`plɛksətɪ]【com‧plex‧i‧ty】
ⓝ複雜性，錯綜性
The complexity of the quantum physics is beyond most people. 量子物理學的複雜性是超越大多數人。

• 考試必勝小祕訣：
complexity常用於數學，物理學。

2208. complicate [`kɑmpləˏket]【com‧pli‧cate】ⓥ使複雜化
Try not to complicate matters further.
盡量不要使問題更加複雜。

2209. complicated [`kɑmpləˏketɪd]【com‧pli‧cat‧ed】
ⓐ複雜的
The complicated math problem gave the student a headache.
複雜的**數學問題**使學生頭痛。

• 考試必考片語：
as soon as possible表示「盡快」。

2210. complication [ˏkɑmplə`keʃən]【com‧pli‧ca‧tion】
ⓝ複雜，混亂
You have to reduce the further complication of this matter.
你應該減少事情的複雜性。

2211. reply [rɪ`plaɪ]【re‧ply】ⓥ ⓝ答覆
Please reply as soon as possible. 請盡快回覆。

• 考試必考片語：
as soon as possible表示「盡快」。

2212. simple [`sɪmpl̩]【sim‧ple】ⓐ簡單的
This is not a simple matter.
這不是一件簡單的事。

• 考試必考混淆字：
symbol表示「象徵」，兩個字在讀音上極為相似，容易搞混。

S

simple 必考關鍵字三分鐘速記圖

請利用三分鐘的時間，把前面所記過的單字做一個全盤的瞭解和記憶。

simple
a. 簡單的
→ 反 →
complex
a. 複雜的

→ 首 →
complexity
n. 複雜性

⸤首⸥字首、⸤根⸥字根、⸤尾⸥字尾記憶法 ｜ ⸤同⸥同義、⸤反⸥反義記憶法 ｜ ⸤相⸥相似字記憶法 ｜ ⸤聯⸥聯想記憶法

必考關鍵字

> sing ⓥ 唱歌

🅣TOEFL ❶IELTS 🅣TOEIC ⒼGEPT ⬆學測&指考 Ⓐ公務人員考試

2213. accent [ˈæksɛnt]【ac·cent】ⓝ口音，重音符號
His accent was hard to place. 他的口音讓人難分辨他是哪裡人。

- 考試必考片語：
accent on表示「強調」。

2214. chant [tʃænt]【chant】ⓝ聖歌；ⓥ歌頌，吟詠
The monks chanted their evening prayers.
僧侶歌頌晚禱文。

- 考試必勝小秘訣：
Gregorian chant表示「格里高里聖詠」，為中世紀教皇格里高里一世採用，經常無伴奏。

2215. charm [tʃɑrm]【charm】ⓝ魅力，護身符
The charms around her neck protected her from vampires.
她脖子上的護身符替她抵擋了吸血鬼侵害。

- 考試必勝小秘訣：
charm school表示「教授美姿美儀的學校」。

2216. charming [ˈtʃɑrmɪŋ]【charm·ing】ⓐ迷人的
The charming gentleman opened the door for her.
迷人的紳士替她開門。

- 考試必考反義字：
charmless表示「沒有吸引力的，無魅力的」。

2217. enchant [ɪnˈtʃænt]【en·chant】ⓥ施魔法
He was enchanted by her smile.　他被她的微笑給迷住了。

- 考試必考片語：
enchant by / with表示「使陶醉，使入迷」。

2218. incentive [ɪnˈsɛntɪv]【in·cen·tive】ⓝ刺激
Due to the economic despression, people have no incentive to go shopping.　因為經濟不景氣，人們失去了逛街購物的動力。

- 考試必考片語：
incentive to表示「刺激，動機」。

2219. sing [sɪŋ]【sing】ⓥ唱歌
Let's all sing together now! 讓我們都一起唱吧！

- 考試必考片語：
sing out表示「大聲喊出」。
- 考試必勝小秘訣：
sing-sang-sung

2220. song [sɔŋ]【song】ⓝ歌曲
The song had reached no.1 in the charts.
這首歌已經成為第一名。

> sing 必考關鍵字三分鐘速記圖

請利用三分鐘的時間，把前面所記過的單字做一個全盤的瞭解和記憶。

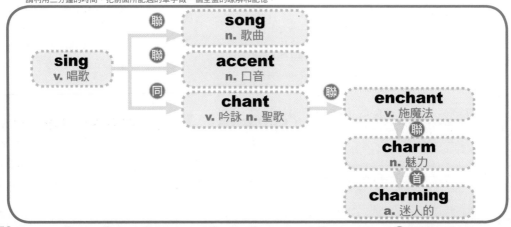

首字首、根字根、尾字尾記憶法 | 同同義、反反義記憶法 | 相相似字記憶法 | 聯聯想記憶法

必考關鍵字

session n 會議

MP3 19-10

單 字 錦 囊

2221. assess [ə`sɛs]【as•sess】**v** 評估
We need to assess the sales figures for this year.
我們需要評估今年的銷售數字。

• 考試必考混淆字：
access表示「接近」，讀音與拼字上都極為相似。

2222. obsession [əb`sɛʃən]【ob•ses•sion】**n** 迷住，困惑
David has kind of sick obsession with suicide.
大衛有種不健康的念頭，老想著要自殺。

• 考試必考片語：
obsession with表示「擺脫不了的情感」。

2223. possess [pə`zɛs]【pos•sess】**v** 擁有
Do you possess the stamina to finish the course?
你有毅力完成這個課程嗎？

• 考試必考片語：
be possessed of表示「擁有」。

2224. possession [pə`zɛʃən]【pos•ses•sion】**n** 擁有，所有物
Your possessions will be delivered tomorrow
您的物品明天將交付。

2225. preside [prɪ`zaɪd]【[pre•side】**v** 主持
The invigilator presided over the exams.
監考官主持考試。

• 考試必考片語：
preside at / over表示「主持」。

2226. president [`prɛzədənt]【pres•i•dent】**n** 總統
The president spoke to the assembled crowd.
總統向聚集的群眾發表演說。

2227. reside [rɪ`zaɪd]【re•side】**v** 居住
The Jones Family resided in the suburbs.
瓊斯家庭居住在郊區。

• 考試必勝小秘訣：
reside為較正式的用法。

2228. residence [`rɛzədəns]【res•i•dence】**n** 住處
The family residence was a beautiful old building.
家庭住處是一個美麗的老建築。

• 考試必考語首：
in residence表示「住校的」；**take up residence**表示「居住於」。

2229. resident [`rɛzədənt]【res•i•dent】**n** 居民
The residents protested against the new highway.
居民抗議新的公路。

• 考試必勝小秘訣：
resident physician表示「住院實習醫生」。

2230. residential [ˌrɛzə`dɛnʃəl]【es•i•den•tial】**adj** 住宅的
The residential committee meets on Tuesday.
住宅委員會週二舉行會議。

2231. session [`sɛʃən]【ses•sion】**n** 會議
The therapy session had come to an end.
治療會議已經結束。

• 考試必勝小秘訣：
jam session表示「爵士音樂的即興演奏會」。

2232. sit [sɪt]【sit】**v** 坐 **v** 使坐
Sit on my knee and I will tell you a story.
坐在我的膝蓋上，我告訴你一個故事。

• 考試必勝小秘訣：
sit at the stern表示「掌權」。

S

▶ session 必考關鍵字三分鐘速記圖

請利用三分鐘的時間，把前面所記過的單字做一個全盤的瞭解和記憶。

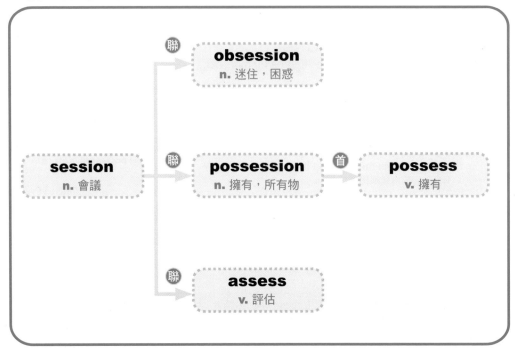

首 字首 根 字根 尾 字尾記憶法 ｜ 同 同義、反 反義記憶法 ｜ 相 相似字記憶法 ｜ 聯 聯想記憶法

字詞 大追擊　**citizen, resident, native**
這些名詞均含有 "居民，公民" 之意。

1. citizen n. 指擁有某國國籍或有某地區合法身份的人，即公民。
The United States gives its citizens certain rights.
美國給予它的公民某些權利。

2. resident n. 多指長期居住或暫時居住的民民，有時也指旅居者。

The residents of the town are proud of its new library.
該鎮的居民都為鎮上新建的圖書館感到自豪。

3. native n. 指土生土長的本地居民。

He has been away from his native Poland for three years.
他離開故土波蘭已有三年了。

必考關鍵字

set Ⓥ 放置

�托TOEFL **Ⓘ**IELTS **Ⓣ**TOEIC **Ⓖ**GEPT **⇧**學測&指考 **㊕**公務人員考試

單 字 錦 囊
�托-Ⓘ-Ⓣ-Ⓖ-⇧-㊕

2233. offset [ˋɔfˌsɛt]【off•set】Ⓥ補償，抵銷
Additional income will offset the losses.
額外的收入將抵銷損失。

- 考試必勝小秘訣：
offset為會計學常用語。

�托-Ⓘ-Ⓣ-Ⓖ-⇧-㊕

2234. outset [ˋautˌsɛt]【out•set】Ⓝ開始
From the outset Matthew and Helen liked each other.
從一開始，馬修和海倫就喜歡上了對方。

- 考試必勝小秘訣：
from the outset表示「一開始」。

�托-Ⓘ-Ⓣ-Ⓖ-⇧-㊕

2235. set [sɛt]【set】Ⓥ放置
After setting down everything, we took a rest for a while.
所有東西都放置好之後，我們稍作片刻休息。

- 考試必考片語：
set about表示「開始」；**set off**表示「出發」。

�托-Ⓘ-Ⓣ-Ⓖ-⇧-㊕

2236. setback [ˋsɛtˌbæk]【set•back】Ⓝ倒退，挫折
These setbacks will not deter us. 這些挫折不會阻止我們。

- 考試必考同義字：
disappointment表示「失望，沮喪」。

�托-Ⓘ-Ⓣ-Ⓖ-⇧-㊕

2237. setting [ˋsɛtɪŋ]【setting】Ⓝ安裝，環境，背景
The novels setting was colonial Africa.
小說的背景是在非洲殖民地。

�托-Ⓘ-Ⓣ-Ⓖ-⇧-㊕

2238. settle [ˋsɛtl̩]【set•tle】Ⓥ解決，安排，支付
Can we settle the bill please? 我們可以付錢了嗎？

- 考試必勝小秘訣：
settle為餐廳或飯店常用語。

�托-Ⓘ-Ⓣ-Ⓖ-⇧-㊕

2239. settlement [ˋsɛtl̩mənt]【set•tle•ment】Ⓝ解決、安排
The legal settlement was satisfactory to all.
用法律解決是令人滿意的。

- 考試必勝小秘訣：
settlement常用於法律事件。

�托-Ⓘ-Ⓣ-Ⓖ-⇧-㊕

2240. upset [ʌpˋsɛt]【up•set】Ⓥ使心煩意亂
Huge presseure from my work makes me have a upset stomach. 工作上的壓力大到讓我感到胃痛。

- 考試必考片語：
upset about / at / over表示「為⋯感到心煩的」。

set 必考關鍵字三分鐘速記圖

請利用三分鐘的時間，把前面所記過的單字做一個全盤的瞭解和記憶。

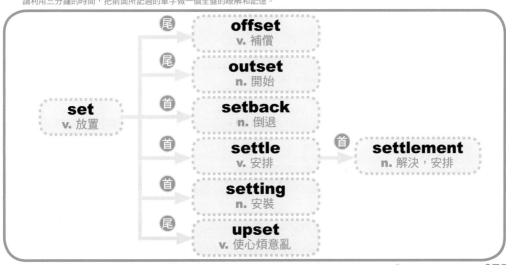

S

㊀字首、㊀字根、㊀字尾記憶法 | ㊀同義、㊀反義記憶法 | ㊀相似字記憶法 | ㊀聯想記憶法

必考關鍵字

> society n 社會

(MP3) 19-11

(托)TOEFL (I)IELTS (T)TOEIC (G)GEPT (↑)學測&指考 (公)公務人員考試

單 字 錦 囊
(托)(I)(T)(G)(↑)(公)

2241. associate [ə`soʃɪet]【as•so•ci•ate】 **V** 使結合，使有關係
He did not want to associate himself with the fraudster.
他不想跟那個騙子扯上關係。

* 考試必勝小秘訣：**associate with**表示「與…有關係」。

2242. association [ə,sosɪ`eʃən]【as•so•ci•a•tion】 **n** 協會、聯盟
The association for children's rights was holding a charity dinner. 協會替兒童權利舉行了慈善晚宴。

* 考試必勝小秘訣：**association football**表示「英式足球」。

(托)(I)(T)(G)(↑)(公)

2243. soccer [`sakɚ]【soc•cer】 **n** 足球
Soccer is very popular in England. 足球在英國非常受歡迎。

* 考試必勝小秘訣：**soccer**表示「足球」（美）；football表示「足球」（英）

(I)(T)(G)(↑)

2244. sociable [`soʃəbl]【so•cia•ble】 **a** 好交際的
He was a sociable guy and liked to hang out with friends.
他是一個好交際的人，喜歡與朋友聚會。

* 考試必勝片語：**hang out with sb.**表示「與某人出遊」。

(托)(I)(T)(G)(↑)(公)

2245. social [`soʃəl]【so•cial】 **a** 社會的、喜歡交際的
The social club meets on weekends. 社交俱樂部在週末開會。

* 考試必勝小秘訣：**social climber**表示「攀爬富貴的人，想加入上流社會的人」。

(I)(T)(G)(↑)(公)

2246. socialism [`soʃəlɪzəm]【so•cial•ism】 **n** 社會主義
Socialism is an ideology that believes in an equal society.
社會主義是一種認為會有一個平等的社會的思想。

* 考試必勝反義字：**captialism**表示「資本主義」。

(托)(I)(T)(G)(↑)(公)

2247. socialist [`soʃəlɪst]【so•cial•ist】 **n** 社會主義者
The socialist party gained five seats. 社會黨獲得5個席位。

* 考試必勝小秘訣：**socialist**為政治常用語。

(托)(I)(T)(G)(↑)(公)

2248. society [sə`saɪətɪ]【so•ci•e•ty】 **n** 社會，社團
The society dinner is next Thursday.
社團聚餐是在下週四。

(托)(I)(T)(G)(↑)(公)

2249. sociology [,sosɪ`alədʒɪ]【so•ci•ol•o•gy】 **n** 社會學
The sociology teacher was a beautiful young woman.
社會學教師是一個美麗的年輕女子。

* 字尾：**logy**表示「學術、學科」。

> society 必考關鍵字三分鐘速記圖

請利用三分鐘的時間，把前面所記過的單字做一個全盤的瞭解和記憶。

(首)字首、(根)字根、(尾)字尾記憶法 | (同)同義、(反)反義記憶法 | (相)相似字記憶法 | (聯)聯想記憶法

必考關鍵字

snake **n** 蛇

托TOEFL **I**IELTS **T**TOEIC **G**GEPT **↑**學測&指考 **公**公務人員考試

	單 字 錦 囊
	托I T G↑公

2250. naked [ˈnekɪd] 【na‧ked】 **a** 裸體的
The naked woman rose from the lake.
赤裸裸的女性浮出湖面。

• 考試必勝小秘訣：
naked ape表示「人類」。

托I T G↑公

2251. snail [snel] 【snail】 **n** 蝸牛
The snail inched along the ground. 蝸牛沿地面爬行。

• 考試必勝小秘訣：
snail pace蝸牛的速度，即「動作極度緩慢」。

托I T G↑公

2252. snake [snek] 【snake】 **n** 蛇
The snake was charmed by the pipe music.
蛇受管音樂的控制。

• 考試必勝小秘訣：
snake也可以當作「狡猾的人」解釋。

托I T G↑公

2253. sneak [snik] 【sneak】 **v** 偷偷地做，狡猾地逃避
He tried to sneak cigarettes into prison.
他試圖偷帶香菸進監獄。

• 考試必考同義字：
slink, prowl, lurk, creep

托I T G↑公

2254. spiral [ˈspaɪrəl] 【spi‧ral】 **n** 螺旋型的東西 **v** 盤旋
Our business seems to be on a downward spiral.
我們的業績似乎以螺旋式下滑。

• 考試必考同義字：
常用語**downward spiral**表示「如盤旋狀下滑」。

必考關鍵字

atmosphere **n** 大氣層

托TOEFL **I**IELTS **T**TOEIC **G**GEPT **↑**學測&指考 **公**公務人員考試

	單 字 錦 囊
	托I T G↑公

2255. atmosphere [ˈætməsˌfɪr] 【at‧mo‧sphere】 **n** 大氣層，氣氛
The atmosphere in this room is not friendly.
這個房間裡的氣氛並不友善。

• 字首：**atmo**表示「空氣」
hemisphere一半的球體，即「半球」。

托I T G↑公

2256. hemisphere [ˈhɛməsˌfɪr] 【hemi‧sphere】 **n** 半球
A hemisphere is half a sphere. 半球是指球的一半。

• 字首：**hemi**表示「一半」
atmosphere有空氣的星球，即「大氣層」。

托I T G↑公

2257. sphere [sfɪr] 【sphere】 **n** 球體，星球
The earth is not a perfect sphere. 地球不是一個完美的球體。

• 考試必勝小秘訣：
sphere of influence表示「勢力範圍」。

S

 atmosphere 必考關鍵字三分鐘速記圖

請利用三分鐘的時間，把前面所記過的單字做一個全盤的瞭解和記憶。

atmosphere n. 大氣層	尾 →	**hemisphere** n. 半球	尾 →	**sphere** n. 球體

首字首**根**字根**尾**字尾記憶法 ｜ **同**同義、**反**反義記憶法 ｜ **相**相似字記憶法 ｜ **聯**聯想記憶法

必考關鍵字

 spirit n 精神　　(MP3) 19-12

托TOEFL　I IELTS　T TOEIC　G GEPT　↑學測&指考　公公務人員考試

單 字 錦 囊

2258. aspiration [͵æspəˋreʃən]【as·pi·ra·tion】n 抱負，渴望達到的目的
Her aspirations need to be encouraged.
她的願望必須得到鼓勵。

• 考試必考片語：
aspiration for表示「有…的志向」。

2259. aspire [əˋspaɪr]【as·pire】v 渴望，嚮往
I aspire to be CEO one day. 我希望有天能成為公司總裁。

• 考試必考片語：
aspire to表示「渴求，渴望」。

2260. conspiracy [kənˋspɪrəsɪ]【con·spir·a·cy】n 共謀，陰謀集團
Conspiracy theorists are people who believe in aliens and government cover-ups.
陰謀論的人相信，外國人和政府隱瞞了事實。

• 考試必勝小秘訣：
conspiracy theory表示「陰謀論」。

2261. conspire [kənˋspaɪr]【con·spire】v 共謀
The underlings conspired against their boss.
部下共謀對他們的老闆抵制。

• 考試必考片語：
aspire against表示「共謀反對」
conspire with表示「與…勾結」。

2262. expire [ɪkˋspaɪr]【ex·pire】v 期滿
The pensioner expired the day before yesterday.
養卹金領取前天期滿了。

• 考試必勝小秘訣：
expiration date表示「到期日」，常見於商標包裝上，用來標明使用期限。

2263. inspiration [͵ɪnspəˋreʃən]【in·spi·ra·tion】n 靈感，鼓舞人心的人（或事物）
Her father was her inspiration. 她的父親是鼓舞她的人。

2264. inspire [ɪnˋspaɪr]【in·spire】v 鼓舞
You inspired me to become a police officer.
因為你的鼓勵讓我成為一名警官。

2265. ritual [ˋrɪtʃʊəl]【rit·u·al】n 儀式
The ritual began at dawn. 儀式黎明時開始。

• 考試必勝小秘訣：
ritual為宗教常用語。

2266. spirit [ˋspɪrɪt]【spir·it】n 精神，靈魂
The ghostly spirit beckoned to her. 可怕的鬼魂招呼她。

2267. spiritual [ˋspɪrɪtʃʊəl]【spir·i·tu·al】a 精神上的、神聖的
Our spiritual upbringing has made us religious.
我們的宗教使我們的精神成長了。

spirit 必考關鍵字三分鐘速記圖
請利用三分鐘的時間，把前面所記過的單字做一個全盤的瞭解和記憶。

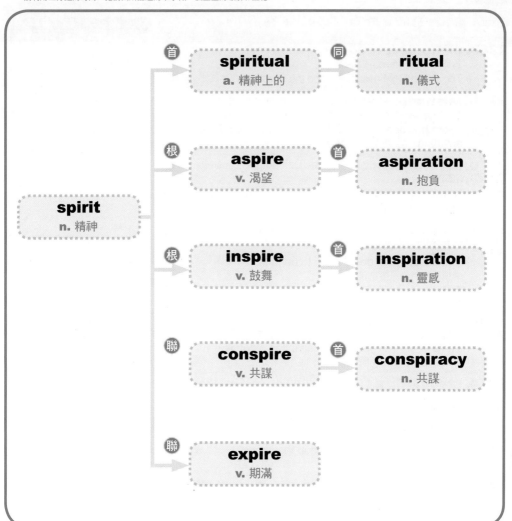

首字首根字根尾字尾記憶法 | 同同義、反反義記憶法 | 相相似字記憶法 | 聯聯想記憶法

S

必考關鍵字

 stand Ⅴ 站立，忍受

🅣TOEFL 🅘IELTS 🅣TOEIC 🅖GEPT 🔼學測&指考 🅐公務人員考試

　　　　　　　　　　　　　　　　　　　　　　　　　單 字 錦 囊

2268. misunderstand [ˌmɪsʌndɚˈstænd]
【mis·un·der·stand】Ⅴ 誤解
The student had misunderstood the question. 學生誤解了問題。

2269. misunderstanding [ˈmɪsʌndɚˈstændɪŋ]
【mis·un·der·stand·ing】🅝 誤解
There has been a misunderstanding, I didn't order anything. 誤會囉，我沒有點東西。

• 字尾：mis表示「錯的，不好的」。

2270. notwithstanding [ˌnɑtwɪθˈstændɪŋ]【not·with·stand·ing】
prep 儘管
Notwithstanding the advocate's words, he was found guilty. 不管他怎麼辯護，他還是被認定有罪。

• 考試必考同義字：
gdespite表示「儘管」。

2271. outstanding [ˈaʊtˈstændɪŋ]【out·stand·ing】
🅐 傑出的，未償還的
The outstanding debts need to be paid.
未償清的債務需要支付。

• 考試必勝小秘訣：
outstanding debt表示「債務」。

2272. stand [stænd]【stand】Ⅴ 站立，忍受(常用於否定句或疑問句)
I stood when the Queen entered. 當女王進入時，我站了起來。

2273. standard [ˈstændɚd]【stan·dard】🅝 標準 🅐 標準的
The standard of your work has fallen recently.
你最近的工作水準下降。

2274. standardize [ˈstændɚdˌaɪz]【stan·dard·ize】Ⅴ 使標準化
We need to standardize our procedures.
我們要規範我們的程序。

• 考試必勝小秘訣：
double standard表示「雙重標準」。**bog standard**，表示「中等的」。

2275. standpoint [ˈstændˌpɔɪnt]【stand·point】🅝 立場
From my standpoint, you are in the wrong.
我的角度看，你是錯誤的。

2276. understand [ˌʌndɚˈstænd]【un·der·stand】Ⅴ 理解
Please understand that we cannot give refunds.
請您理解，我們不能退款。

• 考試必勝小秘訣：
from my standpoint一般口語話，表示「依我看」。

2277. understanding [ˌʌndɚˈstændɪŋ]【un·der·stand·ing】🅝 理解力
According to my understanding, we are not liable
據我了解，我們不需承擔責任。

• 考試必考片語：
give sbd to understand sth.表示「被告知某事是真的」

2278. withstand [wɪθˈstænd]【with·stand】Ⅴ 抵抗
The tank's armor could not withstand the powerful explosions. 坦克的裝甲無法承受強大的爆炸。

• 考試必勝小秘訣：
withstand vibration表示「耐震度」。

stand 必考關鍵字三分鐘速記圖

請利用三分鐘的時間，把前面所記過的單字做一個全盤的瞭解和記憶。

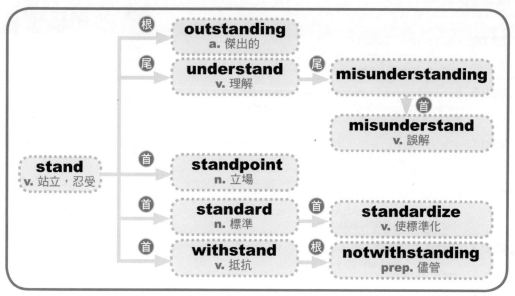

🈩字首、🈹字根、🈺字尾記憶法｜🔄同義、🔁反義記憶法｜🆚相似字記憶法｜🔗聯想記憶法

字詞大追擊

famous, noted, outstanding, notable
這些形容詞均含有 "著名的，知名的" 之意。

1. famous ⓐ 是普通用詞，指傳播很廣，引起人們注意的人或事物。
Byron became famous overnight.　拜倫驟然之間名揚四海。

2. noted ⓐ 多指因成績卓著而備受注意的專家或權威及其著作，有時含貶義。
It's a noted place for its pine tree and springs.
這是一個以松樹和泉水著稱的地方。

3. outstanding ⓐ 特指因素質優良，功績卓著而超過同類的人或物，強調 "突出"。
She is an outstanding actress.　她是一個傑出的演員。

4. notable ⓐ 用於指事件時，特指其重要、值得注意；用於指人時，與 famous同義，但語氣較弱。
The difference contrast is notable.　差別對比是顯著的。

S

必考關鍵字

 state n 情況 (MP3) 19-13

🇹TOEFL 🇮IELTS 🇹TOEIC 🇬GEPT ⬆學測&指考 ㊙公務人員考試

單 字 錦 囊

2279. state [stet]【state】 n 情況，狀況
The state will continue to endure.
在情況的這種情形將繼續下去。

• 考試必勝小秘訣：
state也可以當「國家」解釋，常大寫。例：the United States表示「美國」。

2280. statement [ˋstetmənt]【state‧ment】 n 陳述，聲名
He wrote down his statement for the police.
他寫下了他的陳述給警方。

• 考試必勝小秘訣：
state為警方或法律相關事件常用詞彙。

2281. statesman [ˋstetsmən]【states‧man】 n 政治家
The statesman knew how to give a speech.
政治家知道如何發表演說。

• 考試必勝小秘訣：
state (國家) + man (人) = statesman為國家說話的人，即「政治家」。

2282. static [ˋstætɪk]【stat‧ic】 a 靜態的 n 靜電
He received a static shock from the carpet!
他被地毯所產生的靜電給嚇到了。

• 考試必勝小秘訣：
static electricity表示「靜電」。

2283. station [ˋsteʃən]【sta‧tion】 n 車站，駐地，身份
You have acted above your station.
你應該表現出身份水準之上。

• 考試必勝小秘訣：
train station表示「火車站」。

2284. stationary [ˋsteʃənˏɛrɪ]【sta‧tion‧ary】 a 靜止的
The stationary airplane was testing its engines.
那靜止的飛機是在測試其引擎。

• 考試必考同義字：
steedy表示「穩定的，可靠的」。

2285. stationery [ˋsteʃənˏrɪ]【sta‧tio‧nery】 n 文具
I want to buy some stationery. 我想買一些文具。

• 考試必考混淆字：
stationary與stationery。

2286. statistic [stəˋtɪstɪk]【sta‧tis‧tic】 a 統計的
The statistics show a sharp decline in sales.
統計顯示銷售額急劇下降。

• 考試必考混淆字：
statistic與static。

2287. statistical [stəˋtɪstɪkl̩]【sta‧tis‧ti‧cal】 a 統計學的
Statistical analysis reveals a number of concerns.
統計分析揭示了一些令人關切的問題。

• 考試必勝小秘訣：
statistical analysis常用語，表示「統計分析」。

2288. statue [ˋstætʃʊt]【stat‧ue】 n 雕像
The statue depicted a famous hero.
該雕像描述了一個著名的英雄。

• 考試必勝小秘訣：
the Statue of Liberty表示「自由女神」。

2289. statutory [ˋstætʃuˏtorɪ]【stat‧u‧to‧ry】 a 法定的
Statutory rape means having sex with an underage person.
法定的強姦罪 是指未成年人發生性關係。

• 考試必勝小秘訣：
statutory rape常用語，表示「法定強姦罪」。

▶ **state** 必考關鍵字三分鐘速記圖

請利用三分鐘的時間，把前面所記過的單字做一個全盤的瞭解和記憶。

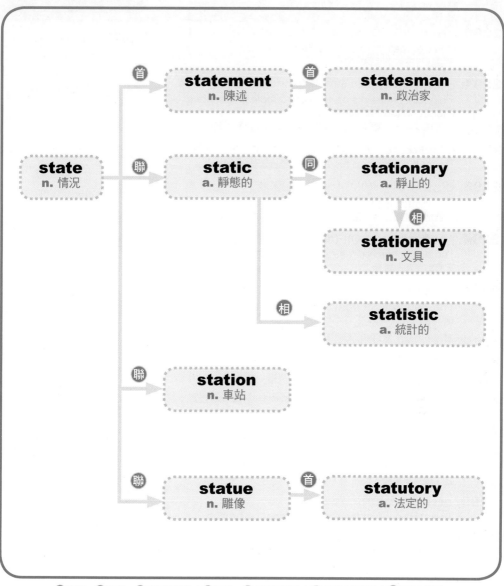

S

⸨首⸩字首、⸨根⸩字根、⸨尾⸩字尾記憶法｜⸨同⸩同義、⸨反⸩反義記憶法｜⸨相⸩相似字記憶法｜⸨聯⸩聯想記憶法

必考關鍵字

strict a 嚴厲的

TOEFL IELTS TOEIC GEPT 學測&指考 公務人員考試

| 單 字 錦 囊 |

2290. constrain [kən`stren] 【con·strain】 ☑ 強迫，約束
Don't let reality constrain your ambitions.
不要讓現實約束了你的野心。

• 考試必考片語:
strain from表示「壓抑，抑制」。

2291. constraint [kən`strent] 【con·straint】 ☑ 強迫，約束
Fininacial contraints on the new couple limited their budget on the honeymoon.
由於經濟限制，使得新婚夫婦必須控制蜜月旅行的預算。

• 考試必考片語:
under constraint表示「受控制，被約束」。

2292. constrict [kən`strɪkt] 【con·strict】 ☑ 壓縮，束緊
The belt constricted his belly. 皮帶縮緊他的小腹。

• 考試必考同義字:
compress表示「壓縮」。

2293. district [`dɪstrɪkt] 【dis·trict】 ☑ 區域
This district is the wealthiest in Washington.
這個地區是華盛頓最富有的。

• 考試必勝小秘訣:
red-light district表示「風化區」。

2294. restrain [rɪ`stren] 【re·strain】 ☑ 抑制，管束
The police officers restrained the suspect.
警官監禁犯罪嫌疑人。

• 字根:
strain表示「拉，綁」。

2295. restraint [rɪ`strent] 【re·straint】 ☑ 抑制，管束
The naughty student made teacher's anger beyond restraint.
那頑皮的學生使得老師怒不可抑。

• 考試必考同義字:
place sbd under restraint表示「限制行為，使失去自由」。

2296. restrict [rɪ`strɪkt] 【re·strict】 ☑ 約束，限制
The tie was restricting his breathing. 領帶使他呼吸受限制。

• 考試必考片語:
restrict to表示「控制，禁止」。

2297. restriction [rɪ`strɪkʃən] 【re·stric·tion】 ☑ 限制規定，約束
There are restrictions on the weight of your luggage.
行李有重量限制。

• 考試必勝小秘訣:
speed restriction表示「車速限制」。

2298. strain [stren] 【strain】 ☑ ☑ 拉緊，扭傷
It was a strain on his shoulders to lift the heavy boxes.
為了提那箱重物，他扭傷了肩膀。

• 考試必考片語:
at full strain表示「全力以赴」。

2299. strict a 嚴厲的，絕對的
The strict rules of the college cannot be broken.
大學的嚴格規定不能違反。

• 考試必勝小秘訣:
in a strict sense表示「簡言之」。

> **strict** 必考關鍵字三分鐘速記圖

請利用三分鐘的時間，把前面所記過的單字做一個全盤的瞭解和記憶。

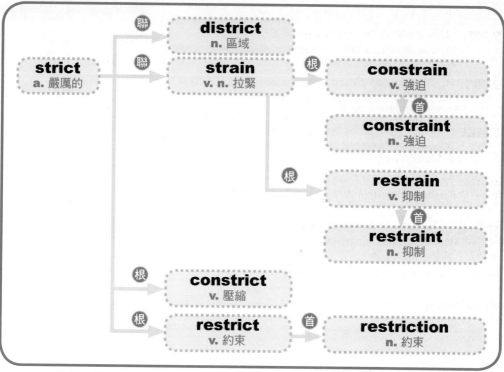

首字首、根字根、尾字尾記憶法 | 同同義、反反義記憶法 | 相相似字記憶法 | 聯聯想記憶法

字詞大追擊 **rigid, strict, rigorous**
這些形容詞均含 "刻板的，嚴格的" 之意。

1. rigid a 指沒有靈活性、機動性。
The support for the tent is rigid. 帳篷的支柱很堅固。

2. strict a 指在行為規則上要求嚴格。
He is very strict with his students. 他對學生非常嚴格。

3. rigorous a 特指嚴格到毫不寬容的地步。
He made a rigorous study of the plants in the area.
他對該地的植物進行了縝密的研究。

S

必考關鍵字

submerge Ⅴ 淹沒

(MP3) 19-14

🇹TOEFL ❶IELTS 🇹TOEIC 🇬GEPT ⬆學測&指考 🅰公務人員考試

單 字 錦 囊

2300. emerge [ɪ`mɝdʒ]【emerge】Ⅴ顯現，擺脫
We will emerge from this recession stronger than ever.
我們將可以擺脫這前所未有的窘境。

• 考試必考片語：
emerge from表示「擺脫，嶄露」。

2301. emergency [ɪ`mɝdʒənsɪ]【emer•gen•cy】🇳緊急情況
The emergency required a swift response.
這緊急狀況需要作出立即回應。

• 考試必考片語：
emergency room表示「急診室」。

2302. immerse [ɪ`mɝs]【im•merse】Ⅴ使浸沒，埋首於
The student immersed himself in his books.
學生把自己沉浸在書籍之中。

• 考試必考片語：
immerse in表示「沉浸，使深陷於」。

2303. merge [mɝdʒ]【merge】Ⅴ使合併，使融化
The two companies were merged together.
這兩家公司被合併了。

• 考試必勝小秘訣：
名詞為merger表示「合併的過程」。

2304. submerge [səb`mɝdʒ]【sub•merge】Ⅴ淹沒
The submarine submerged beneath the sea.
潛艇沉沒在大海裡。

• 字首：sub表示「在底下，下面」。

submerge 必考關鍵字三分鐘速記圖

請利用三分鐘的時間，把前面所記過的單字做一個全盤的瞭解和記憶。

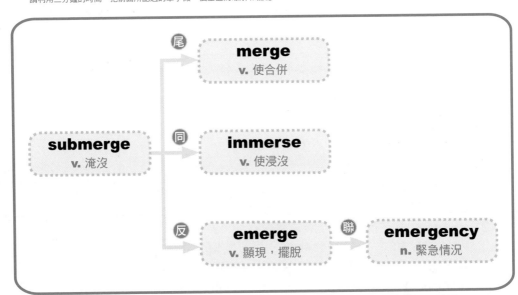

首字首、根字根、尾字尾記憶法 | 同同義、反反義記憶法 | 相相似字記憶法 | 聯聯想記憶法

必考關鍵字

▶ succeed ⊽ 成功

⊞TOEFL ❶IELTS ❶TOEIC ⓖGEPT ⬆學測&指考 ㊙公務人員考試

單字錦囊
⊞❶❶ⓖ⬆㊙

2305. access [ˋæksɛs]【ac•cess】⊽ ⋂接近，進入
Access is denied. 登入被拒絕了。

• 考試必勝小秘訣：
access為電腦常用語。

⊞❶❶ⓖ⬆㊙

2306. accessory [ækˋsɛsərɪ]【ac•ces•so•ry】⋂附件，共謀
The girl liked to shop for accessories.
這名女孩喜歡購買配件。

• 考試必勝小秘訣：
accessory常用來形容女子的配件。

⊞❶❶ⓖ⬆㊙

2307. ancestor [ˋænsɛstə]【an•ces•tor】⋂祖先
We must honor our ancestors. 我們必須尊敬我們的祖先。

• 考試必考反義字：
descendent表示「後裔，子孫」。

⊞❶❶ⓖ⬆㊙

2308. ancestry [ˋænsɛstrɪ]【an•ces•try】⋂（總稱）祖先，血統
His ancestry remained a mystery. 他的身世仍是一個謎。

⊞❶❶ⓖ⬆㊙

2309. cease [sis]【[cease]】⊽ ⋂停止
Cease your pathetic complaints. 停止你那可憐的投訴。

• 考試必勝小秘訣：
cease的口氣態度比**stop**還強烈。

⊞❶❶ⓖ⬆㊙

2310. concede [kənˋsid]【con•cede】⊽勉強承認，讓步
Alright, I concede defeat. 好吧，我承認失敗。

• 考試必考片語：
concede a goal / point表示「失敗，失分」。

⊞❶❶ⓖ⬆㊙

2311. concession [kənˋsɛʃən]【con•ces•sion】⋂讓步
There is a concession for students and pensioners.
這是給學生和老人的優惠。

• 考試必勝小秘訣：
concession常用於車票票種，表示「優待票」。

⊞❶❶❶⬆㊙

2312. exceed [ɪkˋsid]【ex•ceed】⊽超過
You have exceeded all our expectations.
你已經超出我們所有的期望。

• 考試必考同義字：
excel表示「勝過」。

⊞❶❶ⓖ⬆㊙

2313. exceedingly [ɪkˋsidɪŋlɪ]【ex•ceed•ingly】ⓐⒹ非常地，極度地
These are exceedingly good cakes. 這些都是非常好的利益。

• 考試必考同義字：
extremely表示「非常，不得了」。

⊞❶❶ⓖ⬆㊙

2314. excess [ɪkˋsɛs]【ex•cess】⋂過量
You need to pay the excess baggage fee.
您需要支付超重行李費。

• 考試必勝小秘訣：
excess常用於保險或旅遊合約內容。

❶❶ⓖ⬆㊙

2315. excessive [ɪkˋsɛsɪv]【ex•ces•sive】ⓐ過多的
Excessive drinking is dangerous for your health.
過度飲酒有害健康。

• 考試必考片語：
be dangerous for表示「危險的，有害的」。

⊞❶❶ⓖ⬆㊙

2316. inaccessible [ͺɪnækˋsɛsəbḷ]【in•ac•ces•si•ble】ⓐ無法接近的
The mountains were inaccessible by car.
這山區車輛無法進入。

• 考試必考同義字：
out-of-the-way表示「無法通行」。

❶❶ⓖ⬆㊙

2317. precede [prɪˋsid]【pre•cede】⊽優於、（順序、位置或時間上）處在⋯之前
Lightning normally precedes thunder.
通常先閃電後打雷。

• 字首：**pre**表示「之前，先前」
• 字根：**cede**表示「去」，precede先前去的，即「處在⋯之前，優於」。

S

2318. precedent [ˋprɛsədənt] 【pre‧ce‧dent】 n 先例
There is no precedent for this ruling.
這項裁決沒有先例。

- 考試必勝小秘訣：
  precedent 為法律事件、法庭常用語。

2319. preceding [priˋsidɪŋ] 【pre‧ced‧ing】 a 先前的
The preceding paragraph needs editing.
前面段落需要審訂。

- 考試必考同義字：
  previous 表示「先前的」。

2320. procedure [prəˋsidʒɚ] 【pro‧ce‧dure】 n 程序，常規
You need to follow procedure. 您需要遵循程序。

- 考試必考同義字：
  process 表示「過程」。

2321. proceed [prəˋsid] 【pro‧ceed】 v 前進
Proceed to exit 7. 前進到七號出口。

- 考試必考片語：
  proceed from 表示「從…出發」。

2322. proceedings [prəˋsidɪŋz] 【pro‧ceed‧ing‧s】 n 訴訟，會議記錄
Please begin the proceedings. 請開始訴訟程序。.

- 考試必考同義字：
  commentary 表示「評論」。

2323. process [ˋprɑsɛs] 【pro‧cess】 n 過程
The process was long and complicated.
這個過程冗長又複雜。

- 考試必考片語：
  in the process of 表示「在…過程中」。

2324. procession [prəˋsɛʃən] 【pro‧ces‧sion】 n 隊伍
The procession arrived at the temple. 遊行隊伍到達廟宇。

- 考試必考片語：
  arrive at 表示「到達」。

2325. succeed [səkˋsid] 【suc‧ceed】 v 成功
To succeed in life you must be brave.
你必須勇敢才有成功人生。

- 考試必考片語：
  succeed in 表示「成功，順利完成」。

2326. success [səkˋsɛs] 【suc‧cess】 a 成功
Your success at work has earned you much recognition.
您在工作中的成功贏得了很多的認可。

2327. successful [səkˋsɛsfəl] 【suc‧cess‧fu】 a 成功的
The successful businessman liked to show off his wealth.
那位成功的商人喜歡炫耀自己的財富。

- 考試必考片語：
  show off 表示「炫耀，賣弄」。

2328. successive [səkˋsɛsɪv] 【suc‧ces‧sive】 a 連續的
With each successive year he grew stronger
幾年下來他變得更強壯了。

- 考試必考同義字：
  without a break 表示「無間斷」。

2329. successor [səkˋsɛsɚ] 【suc‧ces‧sor】 n 繼任者
I hope your successor will be more successful than you.
我希望你的繼任者將比你更成功。

- 考試必勝小秘訣：
  successor state 表示「殖民地」。

▶ succeed 必考關鍵字三分鐘速記圖

請利用三分鐘的時間，把前面所記過的單字做一個全盤的瞭解和記憶。

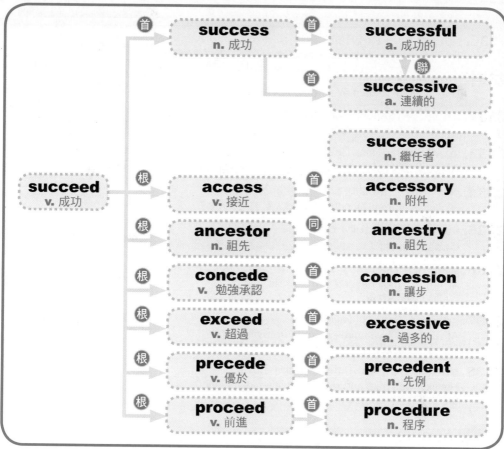

首字首、根字根、尾字尾記憶法｜同同義、反反義記憶法｜相相似字記憶法｜聯聯想記憶法

S

字詞 大追擊 **confess, recognize, concede**
這些動詞均含 "承認" 之意。

1. confess Ⅴ 語氣較強，著重承認自己意識到的錯誤或罪行，含坦白懺悔的意味。
He refused to confess. 他拒絕招供。

2. recognize Ⅴ 作 "承認" 解時，系書面用詞，主要指合法的或外交上的承認，也指公認。 I recognize hime immediately. 我立刻認出了他。

3. concede Ⅴ 指在事實與證據面前勉強或不得不承認。
Each side wishes to concede only what can be conceded without loss of face. 每一方都只肯承認不會造成丟臉的事。

必考關鍵字

sun n 太陽

(MP3) 19-15

ⓉTOEFL ⒤IELTS ⓉTOEIC ⒼGEPT ⬆學測&指考 Ⓖ公務人員考試

2330. solar [ˋsolɚ] 【so•lar】 a 太陽能
The solar eclipse lasted only minutes. 日食只持續了幾分鐘。

- 考試必勝小秘訣:
  solar battery表示「太陽能電池」。

2331. sun [sʌn] 【sun】 n 太陽
The sun rose at 6am every day. 每天早上6點太陽升起來。

- 考試必勝小秘訣:
  sun lounge表示「日光浴」。

2332. Sunday [ˋsʌnde] 【Sun•day】 n 星期天
Sunday was a day of rest. 星期天是休息的日子。

- 考試必勝小秘訣:
  sun driver表示「新手駕駛」。

2333. sunflower [ˋsʌnˏflauɚ] 【sun•flow•er】 n 太陽花,向日葵
The sunflowers made an excellent gift. 向日葵是一個很好的禮物。

- 考試必勝小秘訣:
  sun (太陽) + flower (花) = sunflower太陽的花,即「向日葵」。

2334. sunlight [ˋsʌnˏlaɪt] 【sun•light】 n 陽光,日光
Sunlight streamed though the windows. 日光穿透窗子。

- 考試必勝小秘訣:
  sun (太陽) + light (光線) = sunlight太陽的光線,即「陽光,日光」。

2335. sunny [ˋsʌnɪ] 【sun•ny】 a 陽光的,活潑的
It was a beautiful sunny day. 這是一個美麗的晴天。

- 考試必考同義字:
  bright表示「明亮的」。

2336. sunrise [ˋsʌnˏraɪz] 【sun•rise】 n 日出
At sunrise, they headed into the hills.
日出時,他們前往山上。

- 考試必勝小秘訣:
  sunrise industry表示「新興工業」。

2337. sunset [ˋsʌnˏsɛt] 【sun•set】 n 日落
At sunset, the vampire emerged from his coffin.
日落時,吸血鬼從他的棺木出現。

- 考試必勝小秘訣:
  sunset industry表示「沒落的工業」。

2338. sunshine [ˋsʌnˏʃaɪn] 【sun•shine】 n 日光
His skin was pale and rather sensitive to sunshine.
他皮膚蒼白且對陽光較敏感。

- 考試必考片語:
  be sensitive to表示「全力以赴」。

---

sun 必考關鍵字三分鐘速記圖

請利用三分鐘的時間,把前面所記過的單字做一個全盤的瞭解和記憶。

首字首、根字根、尾字尾記憶法 | 同同義、反反義記憶法 | 相相似字記憶法 | 聯聯想記憶法

必考關鍵字

suggest v 建議

托TOEFL **I**IELTS **T**TOEIC **G**GEPT **↑**學測&指考 **公**公務人員考試

2339. digest [daɪˋdʒɛst] 【di•gest】 **V** 消化
If you keep eating like wolves and tigers, you can't digest everything well.
如果你持續這樣狼吞虎嚥的吃東西，你將無法消化。

• 考試必勝小秘訣：
eat like wolves and tigers表示「狼吞虎嚥」。

2340. exaggerate [ɪgˋzædʒəˌret] 【ex•ag•ger•ate】 **V** 誇大
He tended to exaggerate his achievements.
他很愛誇大自己的成就。

• 考試必考同義字：
aggrandize表示「誇大，吹捧」。

2341. gesture [ˋdʒɛstʃɚ] 【ges•ture】 **n** 姿勢，信號
I do not understand what you are trying to say with your gestures.
我不明白你想用手勢表達什麼。

• 考試必考同義字：
signal表示「信號」。

2342. register [ˋrɛdʒɪstɚ] 【reg•is•ter】 **V** **n** 註冊，登記
You need to register to vote. 你必須登記投票。

• 考試必勝小秘訣：
cash register表示「收銀機」。

2343. suggest [səˋdʒɛst] 【sug•gest】 **V** 建議、暗示
I suggest you go and see the new exhibition.
我建議你去看看新的展覽。

• 考試必考同義字：
recommend表示「建議」。

2344. suggestion [səˋdʒɛstʃən] 【sug•ges•tion】 **n** 建議
Get a haircut is my suggestion. 我建議去理髮。

• 考試必考同義字：
make suggestion表示「建議」。

suggest 必考關鍵字三分鐘速記圖

請利用三分鐘的時間，把前面所記過的單字做一個全盤的瞭解和記憶。

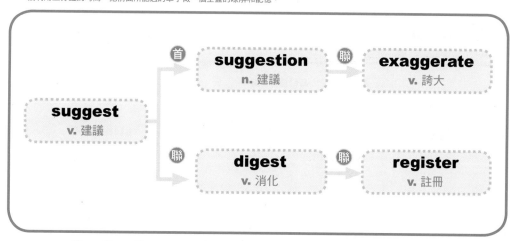

S

首字首根字根尾字尾記憶法 ┃ 同同義、反反義記憶法 ┃ 相相似字記憶法 ┃ 聯聯想記憶法

必考關鍵字

super a 極度的

MP3 19-16

托TOEFL ⒤IELTS ⒯TOEIC ⒢GEPT ↑學測&指考 公公務人員考試

單 字 錦 囊
托⒤⒯⒢↑公

2345. **sum** [sʌm] 【sum】 n 總數 v 總計
He is the sum of all our troubles. 他是我們所有的麻煩。

- 考試必考片語：
  in sum表示「簡言之」；**sum up**表示「總結」。
  托⒤⒯⒢↑公

2346. **summarize** [`sʌmə,raɪz] 【sum‧ma‧rize】 v 總結
To summarize, we need to do better.
總之，我們必須做得更好。

- 考試必勝小秘訣：
  summarize也可寫作**summarise**（英）。
  托⒤⒯⒢↑公

2347. **summary** [`sʌmərɪ] 【sum‧ma‧ry】 n 概要，摘要
The summary was concise and well-written.
這摘要精心簡潔。

托⒤⒯⒢↑公

2348. **summit** [`sʌmɪt] 【sum‧mit】 n 峰頂，最高級會議
The summit of the mountain was clouded in fog.
在山頂被被籠罩在大霧中。

- 考試必勝小秘訣：
  a summit meeting表示「首腦會議」。
  托⒤⒯⒢↑公

2349. **super** [`supə] 【su‧per】 a 極度的
That is an absolutely super idea! 這絕對是一個超級主意！

- 考試必勝小秘訣：
  Super Bowl表示「美國橄欖球超級盃大賽」。
  托⒤⒯⒢↑公

2350. **superb** [su`pɝb] 【su‧perb】 a 極好的，華麗的
You have done a superb piece of work.
你已經做了出色的作品。

- 考試必考同義字：
  wonderful表示「精采的」。
  托⒤⒯⒢↑公

2351. **superior** [sə`pɪrɪə] 【su‧pe‧ri‧or】 a 上級的，處於高處的
This computer is far superior to that one.
這台電腦上遠遠優於那台。

- 考試必考片語：
  be superior to表示「優於」。
  托⒤⒯⒢↑公

2352. **superiority** [sə,pɪrɪ`ɔrətɪ] 【su‧pe‧ri‧or‧i‧ty】 n 優越
His superiority on the sports field is undeniable.
他在體育上的優勢是不可否認的。

- 考試必勝小秘訣：
  superiority complex表示「優越感」。
  托⒤⒯⒢↑公

2353. **supreme** [sə`prim] 【su‧preme】 a 最高的，極度的
The exam was the supreme test of his ability.
這考試是對他的能力的極度考驗。

- 考試必勝小秘訣：
  Supreme Being表示「上帝」。

> **super** 必考關鍵字三分鐘速記圖

請利用三分鐘的時間，把前面所記過的單字做一個全盤的瞭解和記憶。

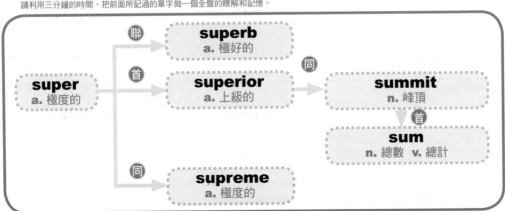

首字首、根字根、尾字尾記憶法｜同同義、反反義記憶法｜相相似字記憶法｜聯聯想記憶法

必考關鍵字

> survive ⑰ 倖存，從…中逃生

托TOEFL ❶IELTS ❶TOEIC ❻GEPT ⬆學測&指考 ⒶΑ公務人員考試　　　　　　單　字　錦　囊

2354. revive [rɪ`vaɪv]【re•vive】⑰ 使甦醒
He tried to revive her but she was not breathing.
他試圖使她甦醒，但她沒有呼吸。
　　　　• 考試必考同義字：
　　　　refresh表示「提神，使清新」。

2355. survival [sə`vaɪvl]【sur•viv•al】⑪ 倖存
Survival is the ultimate goal of all living things.
萬物的最終目標在於生存。
　　　　• 考試必勝小祕訣：
　　　　survival of the fittest表示「適者生存」。

2356. survive [sə`vaɪv]【sur•vi•ve】
⑰ 倖存，殘留，從…中逃生
We must fight to survive. 我們必須努力才能生存。
　　　　• 考試必考片語：
　　　　survive on表示「殘留」。

2357. survivor [sə`vaɪvə]【sur•vi•vor】⑪ 倖存者
The survivors were grateful for their rescue.
倖存者感謝他們的救援。
　　　　• 考試必勝小祕訣：
　　　　survivor syndrome表示「倖存者症候群徵」。

2358. vital [`vaɪtl]【vi•tal】⒜ 極其重要的，生命的
Susan made a vital error on her job.
蘇珊在工作上犯了一個致命的錯誤。
　　　　• 考試必勝小祕訣：
　　　　vital capacity表示「肺活量」。

2359. vitamin [`vaɪtəmɪn]【vi•ta•min】⑪ 維生素
You need more vitamins in your diet.
你的飲食需要更多的維生素。

2360. vivid [`vɪvɪd]【viv•id】⒜ 鮮豔的，活潑的，生動的
The vivid art display brightened the room.
鮮明的藝術陳列照亮了房間。
　　　　• 考試必考同義字：
　　　　splendid表示「有光彩的，燦爛的」。

> survive 必考關鍵字三分鐘速記圖

請利用三分鐘的時間，把前面所記過的單字做一個全盤的瞭解和記憶。

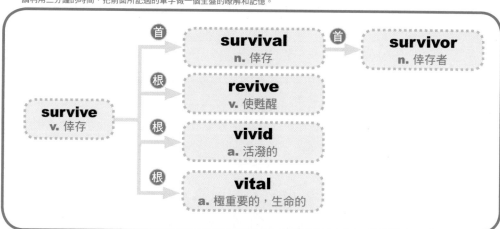

S

首字首、根字根、尾字尾記憶法│同同義、反反義記憶法│相相似字記憶法│聯聯想記憶法　　**393**

字詞 大追擊 vivid, lively, pictorial, picturesque
這些形容詞均有 "生動的" 之意。

1. vivid ⓐ 特指有強烈的實際感或逼真感,使人富於想像或留下深刻的印象。
The actresses were wearing vivid historical costumes.
女演員們穿著鮮豔的古裝。

2. lively ⓐ 可與**vivid**可通用。
She may be 80, but she's still lively.
她也許有八十歲了,但仍精力充沛。

3. pictorial ⓐ 強調產生或製造生動的效果。
They had insisted on a full pictorial coverage of the events.
他們堅持要用圖片來報導這些事件。

4. picturesque ⓐ 既指景色、人物等猶如圖畫般美麗,又可指文藝作品的風格絢麗多彩,尤指一種原始粗獷的美。
He painted the picturesque fishing village in the bay.
他畫了海灣裏一個風景如畫的漁村。

> | **MEMO**

a. 形容詞
ad. 副詞
aux. 助動詞
conj. 連接詞
n. 名詞
num. 數字
prep. 介係詞
pron. 代名詞
v. 動詞
（美）美式用語
（英）英式用語

首 字首記憶法
根 字根記憶法
尾 字尾記憶法
同 同義字記憶法
反 反義字記憶法
相 相似字記憶法
聯 聯想記憶法

托 TOEFL
I IELTS
T TOEIC
G GEPT
↑ 學測&指考
公 公務人員考試

必考關鍵字

table ⋒ 桌子

(MP3) 20-01

ⓉTOEFL ⒤IELTS ⓉTOEIC ⒼGEPT ⬆學測&指考 ⑳公務人員考試

單 字 錦 囊

2361. cable [ˋkebl̩]【ca‧ble】⋒電纜
The workmen checked the cable.
工人檢查了電纜。

• 考試必勝小秘訣：
cable car表示「纜車」。

2362. staple [ˋstepl̩]【sta‧ple】⋒訂書針；主要產品
Rice is a staple of asian diets.
亞洲飲食的主食是米飯。

• 考試必勝小秘訣：
stapler表示「釘書機」。

2363. table [ˋtebl̩]【ta‧ble】⋒桌子
The family sat down around the table.
家人圍著桌子坐下來。

• 考試必考片語：
under the table表示「酒醉；私下」。

2364. tablecloth [ˋtebl̩͵klɔθ]【ta‧ble‧cloth】⋒桌布
The tablecloth needed washing.
桌布需要清洗。

• 考試必勝小秘訣：
table(桌子)+**cloth**(衣料)=
tablecloth桌子的衣服，即「桌布」。

2365. tablet [ˋtæblɪt]【tab‧let】⋒藥片，刻寫板
The tablet pc is a relatively new invention.
平版電腦是一個較新的發明。

• 考試必勝小秘訣：
a sleeping tablet表示「安眠藥」。

2366. taboo [təˋbu]【ta‧boo】⋒禁忌
Smoking indoors is increasingly a taboo.
室內吸煙漸漸地成為一種禁忌。

• 考試必考混淆字：
tattoo表示「刺青」。

---

table 必考關鍵字三分鐘速記圖

請利用三分鐘的時間，把前面所記過的單字做一個全盤的瞭解和記憶。

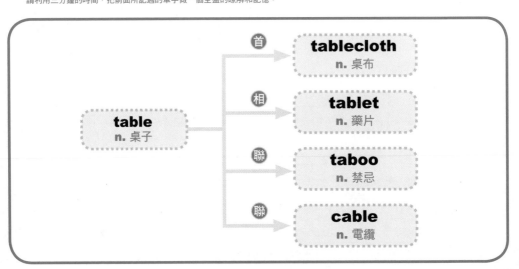

首 **tablecloth** n. 桌布

相 **tablet** n. 藥片

table n. 桌子

聯 **taboo** n. 禁忌

聯 **cable** n. 電纜

⸙首字首、㉒字根、㉒字尾記憶法 | ⑳同義、㉒反義記憶法 | ㉒相似字記憶法 | ㉒聯想記憶法

必考關鍵字

take Ⓥ 取得

托TOEFL **I**IELTS **T**TOEIC **G**GEPT **↑**學測&指考 **公**公務人員考試

單 字 錦 囊

2367. attach [ə`tætʃ]【at·tach】Ⓥ繫上，附屬
He attached the poster to the wall. 他貼了張海報在牆上。

- 考試必考片語：
attach yourself to sth/sb.表示「參與，參加」。

2368. detach [dɪ`tætʃ]【de·tach】Ⓥ拆卸
He detached all the posters. 他把所有海報都拆下來。

- 字首 **de**表示「使離開」。

2369. mistake [mɪ`stek]【mis·take】Ⓝ錯誤 Ⓥ弄錯
You need to correct your mistakes. 您需要更正您的錯誤。

- 考試必考片語：
by mistake表示「錯誤地」。

2370. overtake [ˌovɚ`tek]【over·take】Ⓥ趕上，突然侵襲
The car overtook the lorry on the motorway.
汽車在高速公路上超過一輛卡車。

- 考試必勝小秘訣：
overtake-overtook-overtaken

2371. tack [tæk]【tack】Ⓝ大頭釘，方針
It was time to change tack. 是時候該改弦易轍了。

- 考試必考片語：
tack on表示「使悲傷；苦惱」。

2372. tackle [`tækḷ]【tack·le】Ⓥ處理，著手對付
The rugby player tackled his opponent. 橄欖球運動員解決對手。

- 考試必勝小秘訣：
tackle為體育界常用語。

2373. take [tek]【take】Ⓥ取得
Take responsibility for your actions. 為自己的行為負責任。

- 考試必考片語：
take responsibility表示「負責任」。

2374. token [`tokən]【to·ken】Ⓝ象徵
Take this necklace as a token of my affection.
這條項鍊象徵我的感情。

- 考試必考片語：
in token of表示「作為…標誌」。

2375. undertake [ˌʌndɚ`tek]【un·der·take】Ⓥ承擔
I will undertake this work for you. 我將替你承擔這份工作。

- 考試必勝小秘訣：
undertake-undertook-undertaken

take 必考關鍵字三分鐘速記圖

請利用三分鐘的時間，把前面所記過的單字做一個全盤的瞭解和記憶。

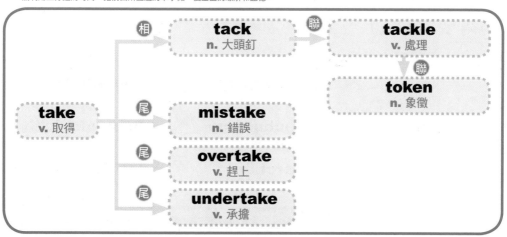

首字首、**根**字根、**尾**字尾記憶法｜**同**同義、**反**反義記憶法｜**相**相似字記憶法｜**聯**聯想記憶法

397

必考關鍵字

technical ⓐ 技術的

(MP3) 20-02

ⓣ TOEFL　ⓘ IELTS　ⓣ TOEIC　ⓖ GEPT　⬆ 學測&指考　公 公務人員考試

━━━━━ 單 字 錦 囊 ━━━━━

2376. architect [ˋɑrkəˌtɛkt]【ar•chi•tect】ⓝ 建築師
The architect rushed to finish the plans.
建築師倉促地完成計劃。

> • 考試必考片語：
> **rush to / into** 表示「倉促從事」。

2377. architecture [ˋɑrkəˌtɛktʃɚ]【ar•chi•tec•ture】ⓝ 建築學
Architecture is one of my favorite subjects.
建築學是我最喜歡的科目之一。

2378. technical [ˋtɛknɪkl̩]【tech•ni•cal】
ⓐ 技術的，工業的，科技的
The technical data looks correct. 科技數據看起來正確無誤。

> • 考試必勝小秘訣：
> **technical college** 表示「工學院」（英）。

2379. technician [tɛkˋnɪʃən]【tech•ni•cian】ⓝ 技術員
The technician finished the inspection. 技術員完成了檢查。

> • 考試必考同義字：
> **mechanic** 表示「機械工，技工」。

2380. technique [tɛkˋnik]【tech•nique】ⓝ 技術，工藝
Your technique is very good. 您的技術非常好。

> • 考試必考同義字：
> **method** 表示「方法，作法」。

2381. technological [tɛknəˋlɑdʒɪkl̩]【[tech•no•log•i•cal】
ⓐ 科技的
Technological achievements have risen in the modern age.
現今科技蓬勃發展。

2382. technology [tɛkˋnɑlədʒɪ]【[tech•nol•o•gy】ⓝ 工藝學，術語
Technology has advanced greatly in the last three hundred years.
在過去三百年工業技術大大的進步。

> • 考試必勝小秘訣：
> **high technology** 表示「高科技，尖端科技」。

> ## technical 必考關鍵字三分鐘速記圖
>
> 請利用三分鐘的時間，把前面所記過的單字做一個全盤的瞭解和記憶。

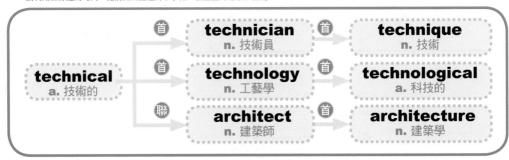

首 字首、根 字根、尾 字尾記憶法 | 同 同義、反 反義記憶法 | 相 相似字記憶法 | 聯 聯想記憶法

telephone n 電話

TOEFL IELTS TOEIC GEPT 學測&指考 公務人員考試

單 字 錦 囊

2383. microphone [ˋmaɪkrəˌfon]【mi·cro·phone】n 麥克風
He spoke into the microphone. 他對著麥克風說話。

• 字根：**phon**表示「聲音」。

2384. phone [fon]【phone】n 電話
The phone is down at the moment. 此刻電話壞掉了。

• 考試必勝小秘訣：
phone booth表示「電話亭」。

2385. prophecy [ˋprɑfəsɪ]【proph·e·cy】n 預言
The prophecy foretold a terrible disaster.
預言預告了一個可怕的災難。

• 考試必考同義字：
prediction表示「預言」。

2386. prophet [ˋprɑfɪt]【proph·et】n 預言者
The prophet foretold the coming of a savior.
先知預言未來的救世主。

• 考試必勝小秘訣：
the Prophet表示「伊斯蘭教創立人穆罕默德」。

2387. symphony [ˋsɪmfənɪ]【sym·pho·ny】n 交響樂
The symphony was performed beautifully by the orchestra.
管弦樂隊完美演奏一首交響曲。

• 考試必勝小秘訣：
symphony orchestra表示「交響樂團」。

2388. telecommunications [ˌtɛlɪkəˌmjunəˋkeʃəns]
【tele·com·mu·ni·ca·tions】n 通信
The telecommunications industry has seen rapid change.
電信業已有迅速的變化。

• 考試必勝小秘訣：
telecommunications也可以寫作**telecoms**。

2389. telegram [ˋtɛləˌɡræm]【tele·gram】n 電報
The telegram didn't say much. 電報沒有多說什麼。

• 字根：**tele**表示「距離遠的」。

2390. telephone [ˋtɛləˌfon]【tele·phone】n 電話
I bought a new telephone recently.
我最近買了新的電話。

• 考試必勝小秘訣：
telephone exchange表示「電信局」。

2391. telescope [ˋtɛləˌskop]【tele·scope】n 望遠鏡
The telescope allows us to see the stars.
這架望遠鏡可以讓我們看見星星。

• 考試必勝小秘訣：
radio telescope表示「電波望遠鏡」。

2392. televise [ˋtɛləˌvaɪz]【tele·vise】v 電視播放
The announcement was televised in the evening.
晚上電視播報著這項宣佈。

2393. television [ˋtɛləˌvɪʒən]【tele·vi·sion】n 電視
Jake turned on the television. 傑克打開了電視。

▶ telephone 必考關鍵字三分鐘速記圖

請利用三分鐘的時間，把前面所記過的單字做一個全盤的瞭解和記憶。

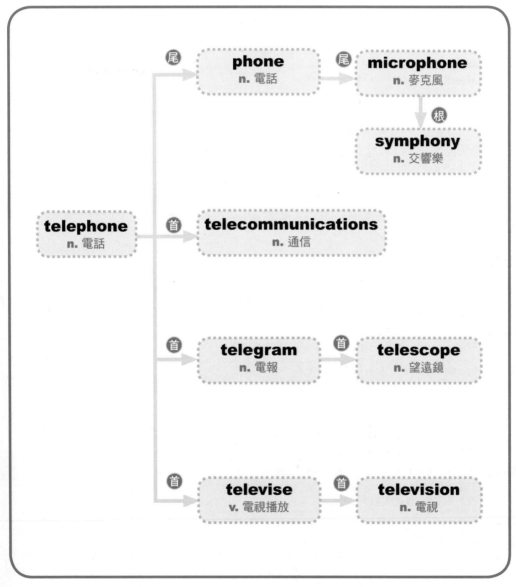

首 字首、根 字根、尾 字尾記憶法｜同 同義、反 反義記憶法｜相 相似字記憶法｜聯 聯想記憶法

必考關鍵字

tent ⓝ 帳篷

 20-03

托TOEFL ⓘIELTS ⓣTOEIC ⓖGEPT ⬆學測&指考 ㊤公務人員考試

單 字 錦 囊

2394. contend [kən`tɛnd]【con·tend】ⓥ爭奪
The two teams looking forward to contending with each other. 兩支球隊期待著與對方競爭。

* 考試必考片語：
contend with是「對付」的意思。

2395. contention [kən`tɛnʃən]【con·ten·tion】ⓝ論點
It is my contention that you are wrong, sir.
我認為你錯了，先生。

* 考試必考同義字：
dispute, debate, argument

2396. intend [ɪn`tɛnd]【in·tend】ⓥ打算，想要
We intend to get married. 我們打算結婚。

* 考試必考小秘訣：
intended可指「訂婚對象」。

2397. intent [ɪn`tɛnt]【in·tent】ⓝ意圖 ⓐ熱切的
His intents are not known. 他意圖不軌。

* 考試必勝小秘訣：
inten是**intention**的縮寫。

2398. intense [ɪn`tɛns]【in·tense】ⓐ緊張的
Playing the computer game was an intense experience.
玩電腦遊戲是一個緊張的體驗。

* 考試必勝小秘訣：
副詞**intensely**表示「緊張地」。

2399. intention [ɪn`tɛnʃən]【in·ten·tion】ⓝ意圖、目的
My intention is to go to university later. 我打算晚一點再上大學。

* 考試必考同義字：
purpose, goal, aim

2400. intensity [ɪn`tɛnsətɪ]【in·ten·si·ty】ⓝ強烈
The intensity of his gaze was disconcerting.
他強烈的目光令人不安。

* 考試必勝小秘訣：
intensity gaze常見用法。

2401. intensify [ɪn`tɛnsə͵faɪ]【in·ten·si·fy】ⓥ使增強
The laser intensified as the power increased.
隨著電力增加，雷射逐漸增強。

* 考試必考同義字：
名詞**intension**表示「增強」；「加劇」的意思。

2402. intensive [ɪn`tɛnsɪv]【in·ten·sive】ⓐ加強的
The actor underwent intensive training. 演員進行強化訓練。

* 考試必勝小秘訣：
intensive training表示「加強訓練」。

2403. pretend [prɪ`tɛnd]【pre·tend】ⓥ假裝
I can't pretend anymore. 我不能再假裝了。

* 考試必勝小秘訣：
形容詞為**pretended**「假裝的」。

2404. pretentious [prɪ`tɛnʃəs]【pre·ten·tious】ⓐ自負的
His pretentious boasting really irritates me.
他狂妄的吹噓真的激怒了我。

* 考試必勝小秘訣：
pretentious也可解釋為「矯飾的」；「做作的」。

2405. superintendent [͵supərɪn`tɛndənt]【su·per·in·ten·dent】
ⓝ主管 The superintendent gave the order. 總監已下命令。

* 考試必考同義字：
supervisor, manager, director

2406. tent [tɛnt]【tent】ⓝ帳篷
The soldiers put up the tents before it got dark.
軍人們在天黑前搭起帳篷。

2407. tense [tɛns]【tense】ⓐ緊張的
He felt tense before the interview. 他在面試之前感到緊張。

* 考試必勝小秘訣：
tense也可指動詞的時態。

2408. tend [tɛnd]【tend】ⓥ傾向，易於
I tend to put on weight in winter. 我在冬天體重容易增加。

* 考試必勝小秘訣：
tend to就是「有…的傾向」。

T

2409. tension [ˋtɛnʃən] 【ten‧sion】 🅝 緊張
The man is suffering from nervous tension.
這個男人正遭受神經緊張之苦。

• 考試必考同義字：
anxiety, uneasiness

2410. tentative [ˋtɛntətɪv] 【ten‧ta‧tive】 🅐 試探性的；暫時性的
I have made tentative plans to take a trip to Kenting in
May. 我暫定五月去墾丁旅遊。

• 考試必考反義字：
definitive（決定性的）。

2411. trend [trɛnd] 【trend】 🅝 趨勢
Fashion trends are always changing.
時裝潮流總是不斷變化的。

• 考試必考混淆字：
tend（傾向）。

2412. tendency [ˋtɛndənsɪ] 【ten‧den‧cy】 🅝 趨向
He has a tendency to exaggerate things.
他很容易把事情誇大。

• 考試必考同義字：
inclination（傾向）。

2413. tender [ˋtɛndɚ] 【ten‧der】 🅐 溫柔的
He was very tender when touching her.他溫柔的觸碰她。

• 考試必考同義字：
soft, gentle

> **tent** 必考關鍵字三分鐘速記圖

請利用三分鐘的時間，把前面所記過的單字做一個全盤的瞭解和記憶。

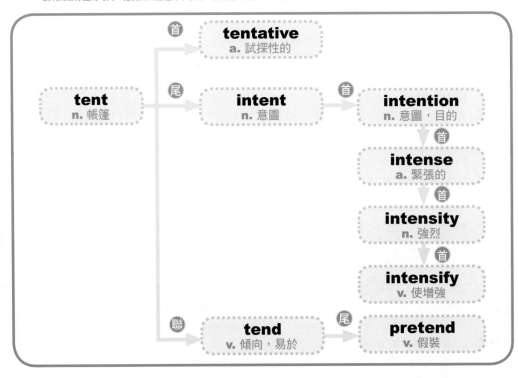

首字首、根字根、尾字尾記憶法｜同同義、反反義記憶法｜相相似字記憶法｜聯聯想記憶法

必考關鍵字

> terrible ⓐ 可怕的 (MP3) 20-04

⊕TOEFL ❶IELTS ❶TOEIC ⒼGEPT ⬆學測&指考 ㊙公務人員考試

單 字 錦 囊

2414. error [ˈɛrɚ]【er•ror】n錯誤，過失
All people are liable to error.
孰人無過（失）。

• 考試必勝小秘訣：
trial and error表示「不斷摸索」。

2415. terror [ˈtɛrɚ]【ter•ror】n恐怖
The terror in his voice was plain to hear.
他聲音中的恐懼是很明顯的。

• 考試必勝小秘訣：
terror是**terrify**的名詞形。

2416. terrible [ˈtɛrəbl̩]【ter•ri•ble】ⓐ可怕的，令人敬畏的
The accident was a terrible tragedy.
這起事故是一場可怕的悲劇。

• 考試必勝小秘訣：
terrible tragedy為常見用法。

2417. terrify [ˈtɛrəˌfaɪ]【ter•ri•fy】v使驚嚇
Spiders absolutely terrified her.
她很怕蜘蛛。

• 考試必考同義字：
frighten, horrify

2418. terrific [təˈrɪfɪk]【ter•rif•ic】ⓐ可怕的，極好的
He had a terrific day at the seaside.
他在海邊過了非常棒的一天。

• 考試必考片語：
terrific在口語中表示「非常好的」；
「了不起的」。

2419. terrorist [ˈtɛrɚˌrɪst]【ter•ror•ist】n恐怖分子
The terrorists were stopped before the bomb went off.
恐怖分子在炸彈爆炸之前被阻止了。

• 考試必考同義字：
terrorist就是引起**terror**（恐怖）的
人。

> terrible 必考關鍵字三分鐘速記圖

請利用三分鐘的時間，把前面所記過的單字做一個全盤的瞭解和記憶。

字首、根字根、尾字尾記憶法｜同同義、反反義記憶法｜相相似字記憶法｜聯聯想記憶法

403

必考關鍵字

> text n 正文，課文

托TOEFL IIELTS TTOEIC GGEPT 學測&指考 公公務人員考試

單 字 錦 囊
托I T G 上公

2420. context [ˋkɑntɛkst]【con·text】n 上下文，（事情的）來龍去脈
His words had been taken out of context.
他的話被斷章取義。

· 考試必考同義字：
connection就是「連接」；「關聯」

托I T G上公

2421. issue [ˋɪʃjʊ]【is·sue】v 發給；流出 n 爭論
The policemen were issued with riot gear.
這位警察被配給防暴裝備。

· 考試必考小秘訣：
issue也有「發行」；「出版」的意思；
issuer則是「發行人」。

托I T G 上公

2422. subtle [ˋsʌtl]【sub·tle】a 精細的
The magician's subtle charms could not be detected.
這位魔術師的巧妙魔法無法被識破。

· 考試必考小秘訣：
名詞**subtlety**表示「精細」；「微妙」。

托I T G上公

2423. text [tɛkst]【text】n 正文，課文
The student read the text carefully.
這位學生仔細地閱讀課文。

· 考試必考小秘訣：
textbook就是「教科書」。

托I T G 上公

2424. textbook [ˋtɛkst͵bʊk]【text·book】n 課本、教科書
The teacher closed the textbook.
老師闔上了課本。

· 考試必考小秘訣：
text edition指教科書的版本。

托I T 上公

2425. textile [ˋtɛkstaɪl]【tex·tile】n 紡織品
The textile factory was a successful business.
這家紡織工廠是一個成功的企業。

· 考試必考同義字：
material, fabric

托I T G上公

2426. texture [ˋtɛkstʃɚ]【tex·ture】n 結構，質地
The texture of her skin was silky smooth.
她的皮膚構造像絲一般光滑。

· 考試必考同義字：
structure, construction

托I T 上公

2427. tissue [ˋtɪʃʊ]【tis·sue】n 衛生紙，薄織物
He offered her a tissue.
他給了她一張面紙。

· 考試必考小秘訣：
衛生紙也可說是**tissue paper**。

> text 必考關鍵字三分鐘速記圖

請利用三分鐘的時間，把前面所記過的單字做一個全盤的瞭解和記憶。

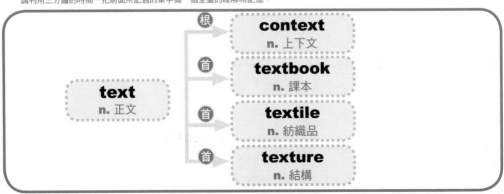

根 **context** n. 上下文

首 **textbook** n. 課本

text n. 正文

首 **textile** n. 紡織品

首 **texture** n. 結構

首字首、根字根、尾字尾記憶法｜同同義、反反義記憶法｜相相似字記憶法｜聯聯想記憶法

必考關鍵字

> **three** num 三

託TOEFL ●IELTS ⊤TOEIC ⏀GEPT ↑學測&指考 ⚖公務人員考試

2428. three [θri] 【three】 num 三
Three strikes and you are out!　三振出局！

- 考試必考混淆字：
tree（樹）

2429. thirteen [ˋθɝtin] 【thir‧teen】 num 十三
Thirteen is a number that is considered unlucky.
13被認為是個不吉利的數字。

- 考試必勝小秘訣：
thirteenth表示「第十三的」。

2430. thirty [ˋθɝtɪ] 【thir‧ty】 num 三十
We need thirty students to make a class.
我們一班需要三十個學生。

- 考試必勝小秘訣：
thirtieth表示「第三十的」。

2431. third [θɝd] 【third】 num 第三
That is the third time he has happened. 這是他第三次發生了。

- 考試必勝小秘訣：
third也可表示「三分之一」。

2432. triangle [ˋtraɪæŋgl̩] 【tri‧an‧gle】 n 三角形
A triangle has three sides.　一個三角形有三個邊。

- 考試必勝小秘訣：
tri = three

2433. thirdly [ˋθɝdlɪ] 【third‧ly】 ad 第三
Thirdly, we need to improve productivity.
第三，我們需要提高生產力。

- 考試必考混淆字：
thirty（三十）

2434. triangular [traɪˋæŋgjələ] 【tri‧an‧gu‧lar】 a 三角形的
The triangular shape of the room made it hard to furnish.
這個三角形的房間很難佈置。

- 考試必勝小秘訣：
triangular是**triangle**的形容詞形。

2435. trifle [ˋtraɪfl̩] 【tri‧fle】 n 瑣事
I am not concerned with such trifles.　我不擔心這種小事。

- 考試必勝小秘訣：
trifle＝small matters

2436. triple [ˋtrɪpl̩] 【tri‧ple】 a 三倍的
Our investment is now triple its original value.
我們現在的投資是原來價值的三倍。

- 考試必考同義字：
treble, threefold

2437. trivial [ˋtrɪvɪəl] 【triv‧i‧al】 a 不重要的
The trivial argument did not interest him.
他對平凡的論點不感興趣。

- 考試必勝小秘訣：
trivial是**trifle**的形容詞形。

> **three** 必考關鍵字三分鐘速記圖

請利用三分鐘的時間，把前面所記過的單字做一個全盤的瞭解和記憶。

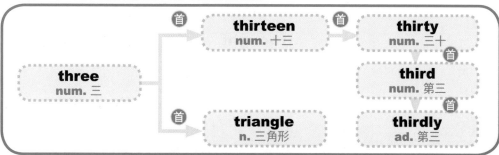

首字首、根字根、尾字尾記憶法｜同同義、反反義記憶法｜相相似字記憶法｜聯聯想記憶法　**405**

必考關鍵字

think v n 思考

(MP3) 20-05

托TOEFL ❶IELTS ❶TOEIC ❺GEPT ⬆學測&指考 公公務人員考試

單 字 錦 囊
托❶❶❺⬆公

2438. think [θɪŋk]【think】n v 思考
Think carefully about your actions.
仔細考慮你的行動。

• 考試必考同義字：
consider, muse

托❶❶❺⬆公

2439. thinker [ˋθɪŋkɚ]【think•er】n 思考者
He was a deep thinker.
他是一個深沉的思想家。

• 考試必勝小祕訣：
deep thinker = someone who thinks a lot or deeply

托❶❶❺⬆公

2440. thinking [ˋθɪŋkɪŋ]【thinking】a 思考的，有理性的 n 想法
I have to do some thinking before going.
在去之前我得先思考一下。

• 考試必勝小祕訣：
thinking是think的形容詞形。

托❶❶❺⬆公

2441. thought [θɔt]【thought】n 想法
I haven't given it a second thought.
我不會再考慮這件事。

• 考試必勝小祕訣：
"I haven't given it a second thought."也可以說"I don't think about it any more."。

托❶❶❺⬆公

2442. thoughtless [ˋθɔtlɪs]【thought•less】a 粗心大意的
Her thoughtless comments caused great upset.
她未經思考的評論引起了極大的不愉快。

• 考試必勝小祕訣：
字尾：**less**表示「無」；「沒有」。

托❶❶❺⬆公

2443. thoughtful [ˋθɔtfəl]【thought•ful】a 沉思的
His thoughtful actions pleased his mother.
他深思熟慮的行動使他的母親感到高興。

• 考試必勝小祕訣：
字尾：**ful**表示「充滿…的」。

think 必考關鍵字三分鐘速記圖

請利用三分鐘的時間，把前面所記過的單字做一個全盤的瞭解和記憶。

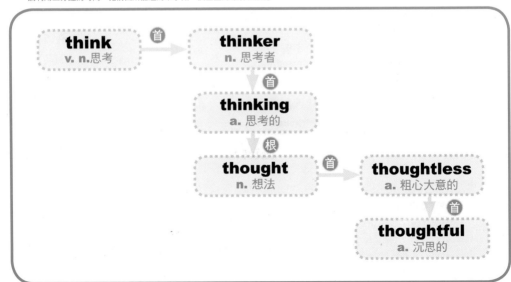

首字首、根字根、尾字尾記憶法 | 同同義、反反義記憶法 | 相相似字記憶法 | 聯聯想記憶法

必考關鍵字

> through prep 穿過 ad 徹底

托TOEFL 雅IELTS 多TOEIC 全GEPT 學學測&指考 公公務人員考試

單 字 錦 囊

2444. overthrow [͵ovɚˋθro]【over•throw】**V** 推翻
The insurgents planned to overthrow the government.
叛亂者策劃推翻政府。

• 考試必勝小秘訣：
overthrow用於棒球術語中，指「過高的傳球」。

2445. thorough [ˋθɝo]【thor•ough】**a** 徹底的
His work was very thorough.
他的工作非常完善。

• 考試必考同義字：
complete, intensive

2446. thrill [θrɪl]【thrill】**n** 興奮
She felt a thrill when she got there.
她一到那裡就很興奮。

• 考試必勝小秘訣：
thrill也可當動詞「使興奮」；「使毛骨悚然」的意思。

2447. through [θru]【through】**prep** 穿過 **ad** 徹底
They made their way through the mountains.
他們找路穿越這座山。

• 考試必考混淆字：
though（雖然；儘管）。

2448. throughout [θruˋaʊt]【through•out】**prep** 遍及，到處
The museum has been repainted throughout.
這間博物館已全面重新粉刷。

• 考試必考同義字：
all over就是「到處」；「渾身」的意思。

2449 throw [θro]【throw】**V** 丟，扔
Don't throw your life away.
不要虛擲你的生命。

• 考試必勝小秘訣：
"Don't throw your life away." =
"Don't waste your life."

> through 必考關鍵字三分鐘速記圖

請利用三分鐘的時間，把前面所記過的單字做一個全盤的瞭解和記憶。

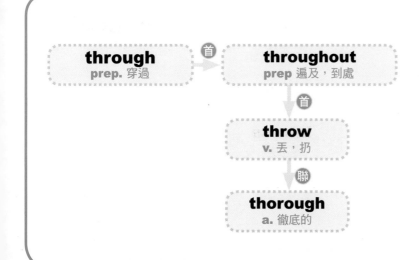

through
prep. 穿過

首

throughout
prep 遍及，到處

首

throw
v. 丟，扔

聯

thorough
a. 徹底的

T

首字首、根字根、尾字尾記憶法｜同同義、反反義記憶法｜相相似字記憶法｜聯聯想記憶法

必考關鍵字

thrust v 用力推；刺

托TOEFL I IELTS T TOEIC G GEPT 學測&指考 公公務人員考試

	單字錦囊
2450. thrust [θrʌst]【thrust】v 用力推，刺 He thrust his sword into the dragon's belly. 他把劍刺入龍的肚子。	• 考試必考混淆字： **trust**（信任；信賴）
2451. intrude [ɪn`trud]【in•trude】v 打擾 Don't intrude into my house. 不要闖入我家。	• 考試必考同義字： **obtrude, interfere**
2452. threat [θrɛt]【threat】n 威脅 The level of the threat had risen. 威脅的等級增加了。	• 考試必勝小祕訣： 動詞**threaten**是「威脅」；「恐嚇」的意思。
2453. threaten [`θrɛtn̩]【threat•en】v 威脅 If you threaten my family you will regret it. 如果你威脅我的家人，你會後悔的。	• 考試必考同義字： **warn, caution**表示「警告」的意思。

thrust 必考關鍵字三分鐘速記圖

請利用三分鐘的時間，把前面所記過的單字做一個全盤的瞭解和記憶。

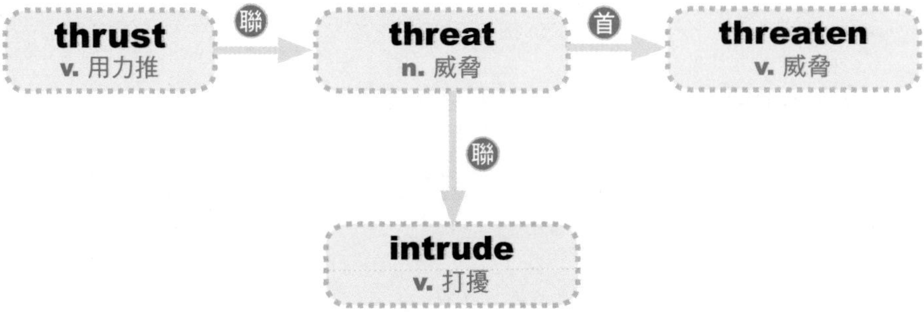

首字首、根字根、尾字尾記憶法｜同同義、反反義記憶法｜相相似字記憶法｜聯聯想記憶法

必考關鍵字

> | time ⋒ 時間

(MP3) 20-06

🔈TOEFL ❶IELTS 🔵TOEIC 🟢GEPT ⬆學測&指考 🅰公務人員考試

單 字 錦 囊

2454. contemporary [kənˈtɛmpəˌrɛrɪ]【con·tem·po·rary】
ⓐ同時代的
The exhibition of contemporary art was well-attended.
這個當代藝術展人氣很旺。

- 考試必勝小祕訣：
動詞**contemporize**表示「使同時發生」。

2455. lifetime [ˈlaɪfˌtaɪm]【life·time】 ⋒一生
He received a lifetime achievement award from the film academy.
他獲得了電影學院頒發的終身成就獎。

- 考試必勝小祕訣：
lifetime也可當形容詞「一生的」；「終身的」。

2456. meantime [ˈminˌtaɪm]【mean·time】 ⓐⓝ其間，同時
In the meantime, would you do something for me?
在此期間，你能為我做些事嗎？

- 考試必勝小祕訣：
in the meantime為常用語。

2457. overtime [ˈovɚˌtaɪm]【over·time】 ⋒加班
He got paid double for overtime.
他得到兩倍的加班費。

- 考試必考混淆字：
overtire（使過度勞累）。

2458. pastime [ˈpæsˌtaɪm]【pas·time】 ⋒消遣
He enjoyed a number of pastimes.
他享受多樣消遣。

- 考試必勝小祕訣：
pastime是**hobbies**的另一種說法。

2459. sometime [ˈsʌmˌtaɪm]【some·time】 ⓐⓓ 在某一時刻
Have a think sometime about your future.
有時要想想你的未來。

- 考試必考同義字：
someday, one day, somewhen

2460. sometimes [ˈsʌmˌtaɪmz]【tsome·times】 ⓐⓓ 有時
You sometimes need to do things you don't enjoy.
有時你需要做的事情你是不喜歡的。

- 考試必考同義字：
occasionally, once in a while

2461. tempo [ˈtɛmpo]【tem·po】 ⋒速度
The tempo of the music was a little off.
這音樂的速度有點慢。

- 考試必考同義字：
rhythm表示「節奏」；「律動」。

2462. temporary [ˈtɛmpəˌrɛrɪ]【tem·po·rary】ⓐ暫時的
The temporary arrangements were satisfactory.
這臨時的安排是令人滿意的。

- 考試必勝小祕訣：
名詞**temporariness**表示「暫時性」；「臨時性」。

2463. time [taɪm]【time】⋒時間
There is a time to reap and a time to sow.
收穫和播種都有定時。

- 考試必勝小祕訣：
at the same time表示「同時」。

2464. timely [ˈtaɪmlɪ]【time·ly】ⓐ及時的
The timely intervention of the police saved lives.
警察的及時干預挽救了生命。

- 考試必勝小祕訣：
timely intervention為常見的用法。

2465. timetable [ˈtaɪmˌtebl]【time·ta·ble】⋒時間表
The timetable was flexible.
這時間表是彈性的。

- 考試必考同義字：
schedule就是「時間表」。

T

time 必考關鍵字三分鐘速記圖

請利用三分鐘的時間，把前面所記過的單字做一個全盤的瞭解和記憶。

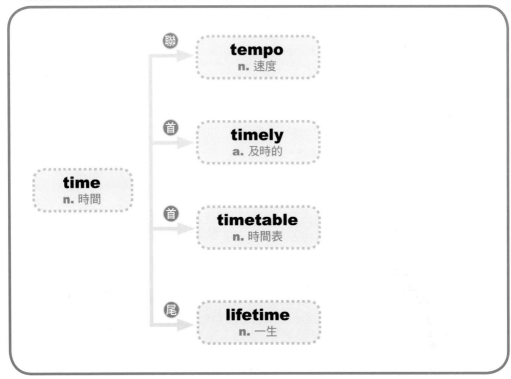

聯字首、根字根、尾字尾記憶法 | 同同義、反反義記憶法 | 相相似字記憶法 | 聯聯想記憶法

必考關鍵字

 temperature n 溫度

托TOEFL ❶IELTS ❸TOEIC ⓖGEPT ⬆學測&指考 公公務人員考試 | 單 字 錦 囊

2466. temper [`tɛmpɚ]【tem•per】 n 脾氣
His temper needed controlling. 他的脾氣需要控制。

• 考試必考混淆字：
tempo（速度；拍子）。

2467. temperament [`tɛmprəmənt]【tem•per•a•ment】
n 氣質，性格
His temperament was rather hot-headed. 他的性情非常暴躁。

• 考試必勝小秘訣：
形容詞**temperamental**表示「性情的」；「性格的」。

2468. temperate [`tɛmprɪt]【tem•per•ate】 a 溫和的，溫帶的
The temperate climate was good for crops.
溫帶氣候適合作物生長。

• 考試必勝小秘訣：
Temperate Zone就是「溫帶」。

2469. temperature [`tɛmprətʃɚ]【tem•per•a•ture】 n 溫度
The temperature in the room was rising. 房間中的溫度上升了。

• 考試必考混淆字：
temperate（溫和的；有節制的）。

 temperature 必考關鍵字三分鐘速記圖

請利用三分鐘的時間，把前面所記過的單字做一個全盤的瞭解和記憶。

temperature 聯→ **temperament**
n. 氣質，性格 聯→ **temperate**
a. 溫和的

必考關鍵字

 tolerance n 容忍

托TOEFL ❶IELTS ❸TOEIC ⓖGEPT ⬆學測&指考 公公務人員考試 | 單 字 錦 囊

2470. tolerance [`tɑlərəns]【tol•er•ance】 n 容忍
I have little tolerance for small children.
我對小孩子的容忍度很低。

• 考試必勝小秘訣：
tolerance是**tolerate**的名詞。

2471. tolerant [`tɑlərənt]【tol•er•ant】 a 容忍的
Please be tolerant, he is only a child.
請寬容他，他只是一個孩子。

• 考試必勝小秘訣：
tolerant是**tolerate**的形容詞。

2472. tolerate [`tɑləˌret]【tol•er•ate】 v 容忍
I can no longer tolerate this bad behavior.
我不能再容忍這種不良行為。

• 考試必考同義字：
bear, endure, suffer, stand

 tolerance 必考關鍵字三分鐘速記圖

請利用三分鐘的時間，把前面所記過的單字做一個全盤的瞭解和記憶。

tolerance
n. 容忍 首→ **tolerant**
a. 容忍的 首→ **tolerate**
v. 容忍

T

首字首、根字根、尾字尾記憶法｜同同義、反反義記憶法｜相相似字記憶法｜聯聯想記憶法　　**411**

必考關鍵字

> tongue n 舌頭

(MP3) 20-07

托TOEFL ❶IELTS ❶TOEIC ❻GEPT ❶學測&指考 ❀公務人員考試

| 單 字 錦 囊 |

2473. bilingual [baɪˋlɪŋwəl]【bi·lin·gual】**a** 雙語的
Their children were bilingual.
他們的孩子是雙語的。

托❶❶❻❶❀

• 考試必勝小祕訣：
bi = two; bilingual = two languages

2474. language [ˋlæŋgwɪdʒ]【lan·guage】**n** 語言
He speaks many languages.
他會講多國語言。

托❶❶❻❶❀

• 考試必考片語：
speak the same language表示「有共同的信仰觀點」。

2475. linguist [ˋlɪŋgwɪst]【lin·guist】**n** 語言學家
The linguist was a very intelligent person.
這位語言學家是個非常聰明的人。

托❶❶❻❶❀

• 字尾：**ist**表示「做⋯的人」。

2476. linguistic [lɪŋˋgwɪstɪk]【lin·guis·tic】**a** 語言的
She had a very high linguistic ability.
她有非常高的語言能力。

托❶❶❻❶❀

• 考試必考混淆字：
linguistic是**linguist**的形容詞。

2477. linguistics [lɪŋˋgwɪstɪks]【lin·guis·tics】**n** 語言學
Applied linguistics is the study of language teaching.
應用語言學是一門語言教學學科。

托❶❶❻❶❀

• 考試必勝小祕訣：
linguistician就是「語言學家」。

2478. tongue [tʌŋ]【tongue】**n** 舌頭
Your tongue is red from eating betel nuts.
因為吃檳榔，你的舌頭變成紅色的。

托❶❶❻❶❀

• 考試必考片語：
hold one's tongue就是「保持沉默」的意思。

> tongue 必考關鍵字三分鐘速記圖

請利用三分鐘的時間，把前面所記過的單字做一個全盤的瞭解和記憶。

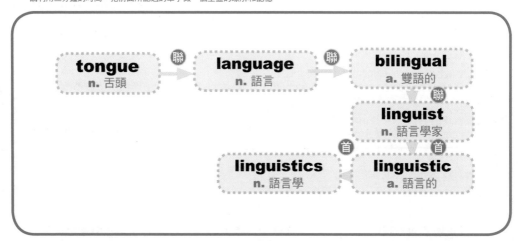

| 首字首、根字根、尾字尾記憶法 | 同同義、反反義記憶法 | 相相似字記憶法 | 聯聯想記憶法

必考關鍵字

 torture n v 拷問

🔖TOEFL ❶IELTS ⓉTOEIC ⒼGEPT ⬆學測&指考 ⒶＡ公務人員考試　　　單　字　錦　囊

2479. distort [dɪsˈtɔrt]【dis·tort】v 扭曲
You have distorted the truth somewhat. 你有點扭曲事實。
- 考試必考同義字：
twist, contort

2480. retort [rɪˈtɔrt]【re·tort】n v 反駁
His retort was rather vicious. 他的反駁相當惡毒。
- 考試必考混淆字：
retreat（撤退）

2481. torment [ˈtɔrmɛnt]【tor·ment】n 痛苦
He underwent many torments in prison. 他在獄中經歷許多痛苦。
- 考試必勝小祕訣：
形容詞**tormenting**是「令人痛苦的」。

2482. tortoise [ˈtɔrtəs]【tor·toise】n 烏龜
The tortoise moved very slowly. 這隻烏龜移動的十分緩慢。
- 考試必勝小祕訣：
tortoise 是「陸龜」；**turtle**是「海龜」。

2483. torture [ˈtɔrtʃɚ]【tor·ture】n v 拷問
Torture is illegal under international law.
國際法認為酷刑是非法的。
- 考試必勝小祕訣：
torturer是指「拷打者」；「施虐者」。

> **torture** 必考關鍵字三分鐘速記圖

請利用三分鐘的時間，把前面所記過的單字做一個全盤的瞭解和記憶。

torture
n. v. 拷問
→根→
distort
v. 扭曲
→相→
retort
v.n. 反駁

必考關鍵字

 touch v 觸摸，接觸

🔖TOEFL ❶IELTS ⓉTOEIC ⒼGEPT ⬆學測&指考 ⒶＡ公務人員考試　　　單　字　錦　囊

2484. contingent [kənˈtɪndʒənt]【con·tin·gent】n 代表團，
意外事故 a 附帶的，以…為條件
Our plans are contingent on the weather.
我們的計畫視天氣狀況而定。
- 考試必勝小祕訣：
contingent是"**depend on**"的較正式用語。

2485. tact [tækt]【tact】n 老練，機智
He was not known for his tact. 他並不機智。
- 考試必考片語："**He was not known for his tact.**"= "**He was not tactful**"（他並不機智。）

2486. touch [tʌtʃ]【touch】v 觸摸，接觸
You have touched my heart with your kind words.
你那體貼的話語觸動了我的心。
- 考試必勝小祕訣：
touch也可當名詞「接觸」；「聯繫」。

> **touch** 必考關鍵字三分鐘速記圖

請利用三分鐘的時間，把前面所記過的單字做一個全盤的瞭解和記憶。

touch
v. 觸摸，接觸
→聯→
tact
n. 老練，機智
→聯→
contingent
n. 代表團，意外事故

T

必考關鍵字

tactic n 手段

TTOEFL **I**IELTS **T**TOEIC **G**GEPT **↑**學測&指考 **公**公務人員考試

單 字 錦 囊

2487. attain [ə`ten] 【at·tain】 **v** 達到
He attained a high grade in his exam.
他在考試中拿到了高分。

- 考試必勝小祕訣：
attain 是"got"的較正式說法。

2488. contact [`kɑntækt] 【con·tact】 **n** 接觸，聯絡
The identity of the contact is unknown.
聯絡者的身分不明。

- 考試必考片語：
in contact with表示「與…有聯繫」。

2489. contagious [kən`tedʒəs] 【con·ta·gious】 **a** 接觸傳染性的
Contagious diseases need to be controlled.
傳染性的疾病需要加以控制。

- 考試必勝小祕訣：
contagious disease為常見用法。

2490. contaminate [kən`tæmə͵net] 【con·tam·i·nate】
v 弄髒
The dead sheep's corpse contaminated the water.
死羊的屍體污染了水。

- 考試必考同義字：
pollute, corrupt, defile

2491. intact [ɪn`tækt] 【in·tact】 **a** 完整無缺的，未受損傷的
Despite the crash, the racing driver emerged intact.
雖然車撞毀了，賽車手沒有受傷。

- 考試必考同義字：
untouched, whole, uninjured

2492. tactic [`tæktɪk] 【tac·tic】 **n** 手段
We need to change tactics in order to win.
為了獲勝，我們必須改變策略。

- 考試必勝小祕訣：
tactic 常用於運動或軍事方面。

2493. tangible [`tændʒəbḷ] 【tan·gi·ble】 **a** 接觸的，明確的
There appears to be no tangible benefit to taking this supplement.
服用這補給品似乎沒有明確的好處。

- 考試必勝小祕訣：
副詞**tangibly**表示「明白地」。

tactic 必考關鍵字三分鐘速記圖

請利用三分鐘的時間，把前面所記過的單字做一個全盤的瞭解和記憶。

首字首、根字根、尾字尾記憶法 ｜ **同**同義、反反義記憶法 ｜ **相**相似字記憶法 ｜ **聯**聯想記憶法

必考關鍵字

| **translate** Ⓥ 翻譯 (MP3) 20-08

托TOEFL ⒤IELTS ⓉTOEIC ⒢GEPT ↑學測&指考 Ⓩ公務人員考試

單 字 錦 囊

2494. **transfer** [træns`fɝ]【trans•fer】Ⓥ轉移
Alice transferred to another school this semester.
艾莉絲這學期轉到另一間學校。

· 字首：**trans**表示「橫穿」；「通過」。

2495. **translate** [træns`let]【trans•late】Ⓥ翻譯
Can you translate the document by Monday?
你可以在星期一前翻譯好嗎？

· 考試必勝小祕訣：
名詞**translation**是「譯文」；「譯本」。

2496. **translation** [træns`leʃən]【trans•la•tion】Ⓝ翻譯
We quoted the researcher's findings in translation in our essay.
我們在論文裡引用了研究者的翻譯研究結果。

· 考試必勝小祕訣：
translation是**translate**的名詞形。

2497. **transmission** [træns`mɪʃən]【trans•mis•sion】
Ⓝ傳送，傳染
The transmission of diseases is hard to control.
疾病的傳染很難控制。

· 考試必考同義字：
transfer就是「轉移」的意思。

2498. **transmit** [træns`mɪt]【trans•mit】Ⓥ傳輸
He transmitted the message over the radio.
他透過無線電傳遞訊息。

· 考試必勝小祕訣：
名詞**transmittal**表示「傳送」；「媒介」。

2499. **transmitter** [træns`mɪtɚ]【trans•mit•ter】Ⓝ傳輸者
Mice are said to be transmitters of some deadly diseases.
老鼠是致命性疾病的傳輸者。

· 考試必勝小祕訣：
transmitter就是負責**transmit**（傳送；傳達）的人。

2500. **transparent** [træns`pɛrənt]【trans•par•ent】ⓐ透明的
The transparent glass sheet was very fragile.
這塊透明玻璃片相當易碎。

· 考試必勝小祕訣：
副詞**transparently**表示「明亮地」；「顯然地」。

2501. **transplant** [træns`plænt]【trans•plant】Ⓥ移植
The transplant was necessary to save his life.
為挽救他的生命，移植是必要的。

· 字首：**trans = across**

| **translate** 必考關鍵字三分鐘速記圖

請利用三分鐘的時間，把前面所記過的單字做一個全盤的瞭解和記憶。

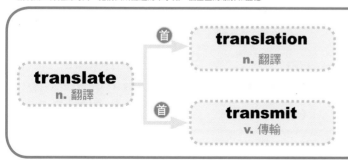

T

必考關鍵字

transform Ⅴ 變形

🔠TOEFL ❶IELTS 🔠TOEIC 🄖GEPT 🔠學測&指考 🔠公務人員考試

	單 字 錦 囊
	🔠❶🔠🔠🔠

2502. transaction [trænˈzækʃən]【trans‧ac‧tion】🄝交易
The transaction went ahead as planned.
該交易照計劃進行。

• 考試必考混淆字：
translation（翻譯；譯本）

🔠❶🔠🔠🔠

2503. transform [trænsˈfɔrm]【trans‧form】Ⅴ變形
The robot transformed into a car.
這個機器人變形為一輛汽車。

• 考試必勝小祕訣：
形容詞**transformable**表示「可變形的」。

🔠❶🔠🔠🔠

2504. transistor [trænˈzɪstə]【tran‧sis‧tor】🄝電晶體
The transistor radio was not working properly.
這個電晶體收音機不能正常運作。

• 考試必勝小祕訣：
transistor radio就是「電晶體收音機」。

🔠❶🔠🔠🔠

2505. transition [trænˈzɪʃən]【tran‧si‧tion】🄝轉變
It has been hard to adapt to this transition.
很難適應這種轉變。

• 考試必勝小祕訣：
change, conversion, transformation

🔠❶🔠🔠🔠

2506. transport [trænsˈpɔrt]【trans‧port】Ⅴ運輸
The goods will be transported to Hongkong by ship.
這批貨物會由船隻運送到香港。

• 考試必勝小祕訣：
transport也有「流放」；「放逐」的意思。

🔠❶🔠🔠🔠

2507. transportation [ˌtrænspəˈteʃən]【trans‧por‧ta‧tion】
🄝交通運輸
You don't have to pay for transportation in the city.
在這個城市你不需要付交通運輸費。

• 考試必勝小祕訣：
transportation也可指「交通車輛」。

🔠❶🔠🔠🔠

2508. transit [ˈtrænsɪt]【tran‧sit】Ⅴ運送 🄝通過
The President is in transit now.
總統現在正在過境。

• 考試必勝小祕訣：
transit是**"on the way"**較正式的說法。

> transform 必考關鍵字三分鐘速記圖

請利用三分鐘的時間，把前面所記過的單字做一個全盤的瞭解和記憶。

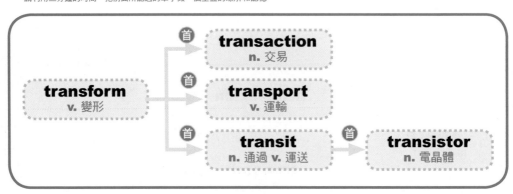

⸨首⸩字首、⸨根⸩字根、⸨尾⸩字尾記憶法 | ⸨同⸩同義、⸨反⸩反義記憶法 | ⸨相⸩相似字記憶法 | ⸨聯⸩聯想記憶法

必考關鍵字

true a 真實的

單 字 錦 囊

2509. ruthless [ˋruθlɪs]【ruth•less】 a 無情的
The ruthless general showed no mercy.
這個無情的將軍毫無憐憫之心。

• 字尾：
less＝lacking；**ruthless** 表示 **lacking mercy**。

2510. true [tru]【true】 a 真實的
Can that really be true?
那真的可以成真嗎？

• 考試必考片語：
come true 就是「實現」的意思。

2511. truly [ˋtrulɪ]【tru•ly】 ad 真實地
You truly are magnificent!
你真的是很動人！

• 考試必考同義字：
doubtless, really

2512. trust [trʌst]【trust】 v n 信任
I trust you with my life.
我以我的生命相信你。

• 考試必勝小祕訣：
"I trust you with my life." 為常用說法。

2513. trustee [trʌsˋti]【trust•ee】 n 受託管理人
His request for money was turned down by the trustees.
他要錢的請求被受託管理人拒絕了。

• 考試必勝小祕訣：
trusteeship 指「託管制度」。

2514. truth [truθ]【truth】 n 事實
The truth is not what you think.
事實不是你所想的那樣。

• 考試必勝小祕訣：
truth 是 **true** 的名詞形。

true 必考關鍵字三分鐘速記圖

請利用三分鐘的時間，把前面所記過的單字做一個全盤的瞭解和記憶。

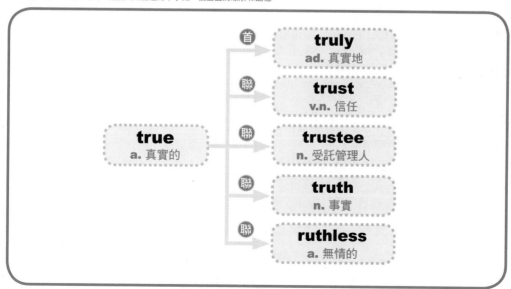

必考關鍵字

trait n 特點

 20-09

托TOEFL I IELTS T TOEIC G GEPT ↑學測&指考 公公務人員考試

單 字 錦 囊

2515. portrait [`portret]【por·trait】n 肖像
The portrait looked good on the wall.
這幅畫掛在牆上看起來很好。

• 考試必勝小祕訣：
portraitist就是「肖像畫家」或「人像雕塑家」。

2516. portray [por`tre]【por·tray】v 把…描繪成，扮演
The painting portrays a pretty little girl.
這幅畫描繪了一個漂亮的小女孩。

• 考試必勝小祕訣：
名詞**portrayal**就是「肖像」。

2517. trait [tret]【trait】n 特點
This breed of dog has special traits. 這品種的狗有特殊特徵。

• 考試必考同義字：
characteristic, feature, peculiarity

2518. traitor [`tretɚ]【trai·tor】n 叛徒
The traitor was hung at dawn. 這個叛國者在黎明時被吊死了。

• 考試必考混淆字：
tractor（牽引機）。

trait 必考關鍵字三分鐘速記圖

請利用三分鐘的時間，把前面所記過的單字做一個全盤的瞭解和記憶。

trait
n. 特點
→(尾)→ **portrait**
n. 肖像
→(首)→ **portray**
v. 把…描繪成，扮演

必考關鍵字

treat v 對待

托TOEFL I IELTS T TOEIC G GEPT ↑學測&指考 公公務人員考試

單 字 錦 囊

2519. retreat [rɪ`trit]【re·treat】v n 撤退
The army was ordered to retreat. 這支軍隊被命令撤退。

• 考試必勝小祕訣：
retreat這個字常用於軍事方面。

2520. treat [trit]【treat】v 對待
Treat your spouse well and the marriage will be good.
善待你的配偶，婚姻將會美滿。

• 考試必勝小祕訣：
"trick or treat"（不給糖就搗蛋）是萬聖節的常用語。

2521. treatment [`tritmənt]【treat·ment】n 對待
The cruel treatment of animals is of great concern.
虐待動物是極度被關注的。

• 考試必勝小祕訣：
treatment是**treat**的名詞。

2522. treaty [`triti]【trea·ty】n 條約
The treaty was ratified by both sides.這項契約是由雙方認可的。

• 考試必勝小祕訣：
treaty ratify為常見用法。

treat 必考關鍵字三分鐘速記圖

請利用三分鐘的時間，把前面所記過的單字做一個全盤的瞭解和記憶。

treat
v. 對待
→(尾)→ **treaty**
n 條約
→(根)→ **retreat**
n.v. 撤退

(首)字首、(根)字根、(尾)字尾記憶法 | (同)同義、(反)反義記憶法 | (相)相似字記憶法 | (聯)聯想記憶法

必考關鍵字

> treasure n 財富

⓿TOEFL ❶IELTS ❶TOEIC ⓰GEPT ⬆學測&指考 ⓛ公務人員考試

單 字 錦 囊

2523. leisure [ˈliʒɚ]【lei·sure】n 休閒 a 空閒的
Review the files at your leisure. 在您閒暇時**請審查文件**。

> ⓿❶❶⓰⬆
> • 考試必勝小祕訣：
> **at your leisure=when you have time**

2524. treasure [ˈtrɛʒɚ]【trea·sure】n 財富
The pirates buried their treasure on the island.
這些海盜將**寶藏**埋在島上。

> ⓿❶❶⓰⬆
> • 考試必勝小祕訣：
> **treasure**也可當動詞「珍藏」。

2525. treasurer [ˈtrɛʒərɚ]【trea·sur·er】n 會計
The treasurer kept careful accounts. 這位會計仔細地記帳。

> ⓿❶❶⓰⬆
> • 考試必勝小祕訣：
> **treasurer**是看管**treasure**（財富）的人。

2526. treasury [ˈtrɛʒərɪ]【trea·sury】n 財政部，庫房
The Treasury needed to find more money.
財政部需要尋找更多的錢。

> ⓿❶❶⓰⬆
> • 考試必勝小祕訣：
> **Treasury**當「財政部」時，字首"**T**"需大寫。

> treasure 必考關鍵字三分鐘速記圖

請利用三分鐘的時間，把前面所記過的單字做一個全盤的瞭解和記憶。

treasure ➜ **treasurer** ➜ **treasury**
n. 財富　　　　　　　n. 會計　　　　　　　n. 財政部，庫房

必考關鍵字

> traffic n 交通

(MP3) 20-10

⓿TOEFL ❶IELTS ❶TOEIC ⓰GEPT ⬆學測&指考 ⓛ公務人員考試

單 字 錦 囊

2527. tradition [trəˈdɪʃən]【tra·di·tion】n 傳統
The traditions in this country are very strange.
這個國家的傳統是非常奇怪的。

> ⓿❶❶⓰⬆
> • 考試必勝小祕訣：
> 形容詞**traditional**表示「傳統的」。

2528. traffic [ˈtræfɪk]【traf·fic】n 交通
The traffic was heavy this morning. 今天上午交通很繁忙。

> ⓿❶❶⓰⬆
> • 考試必勝小祕訣：
> **traffic + heavy/light**為常見用法。

2529. transcend [trænˈsɛnd]【tran·scend】v 超越
He tried to transcend his earlier failure. 他試圖超越以前的失敗。

> ⓿❶❶⓰⬆
> • 考試必勝小祕訣：
> 名詞**transcendence**表示「超越」；「卓絕」。

2530. transcript [ˈtrænˌskrɪpt]【tran·script】n 抄本，（錄音的）文字記錄
The transcript was incomplete. 這份抄本是不完整的。

> ⓿❶❶⓰⬆
> • 考試必勝小祕訣：
> **transcript**常用於警務或法律用語。

> traffic 必考關鍵字三分鐘速記圖

請利用三分鐘的時間，把前面所記過的單字做一個全盤的瞭解和記憶。

traffic ➜ **transcend** ➜ **transcript**
n. 交通　　　　　　　v. 超越　　　　　　　n. 抄本

T

必考關鍵字

tube n 管子

托TOEFL ❶IELTS ❶TOEIC ❻GEPT ❶學測&指考 ❹公務人員考試

單 字 錦 囊

托❶❶❻❶❹

2531. cube [kjub]【cube】n 立方體
He tried to solve the cube puzzle.
他試圖破解這個魔術方塊。

- 考試必勝小祕訣:
  ice cube就是「冰塊」。

托❶❶❻❶❹

2532. cubic [`kjubɪk]【cu•bic】a 立方的
Several thousand cubic metres of rain fell in the storm.
這場暴風雨落下了數千立方公尺的雨水。

- 考試必勝小祕訣:
  形容詞**cubical**表示「立方體的」。

托❶❶❻❶❹

2533. tub [tʌb]【tub】n 浴缸
The tub of water had grown cold.
浴缸中的水已經變冷了。

- 考試必考混淆字:
  tuba(指樂器「大號」)

托❶❶❻❶❹

2534. tube [tjub]【tube】n 管子
The tube supplied the patient with air.
那管子為病人提供空氣。

- 考試必考同義字:
  pipe, hose

托❶❶❻❶❹

2535. tunnel [`tʌnḷ]【tun•nel】n 隧道
The tunnel ran under the mountain.
這座隧道從山下通過。

- 考試必勝小祕訣:
  tunnel也可以當動詞「挖掘隧道」的意思。

tube 必考關鍵字三分鐘速記圖

請利用三分鐘的時間,把前面所記過的單字做一個全盤的瞭解和記憶。

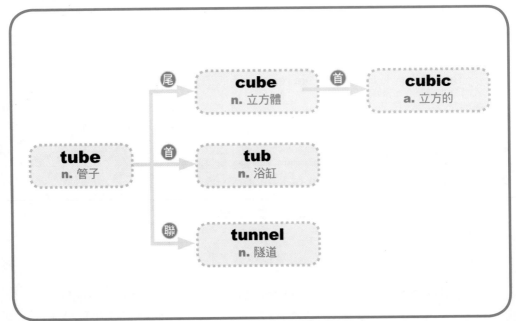

首字首、根字根、尾字尾記憶法 | 同同義、反反義記憶法 | 相相似字記憶法 | 聯聯想記憶法

必考關鍵字

trouble n v 麻煩

TOEFL IELTS TOEIC GEPT 學測&指考 公務人員考試

單 字 錦 囊

2536. disturb [dɪsˈtɝb] 【dis‧turb】 v 妨礙
I put the 'do not disturb' sign on the door.
我把「請勿打擾」的標誌放在門上。

• 考試必考同義字：
trouble, perturb

2537. disturbance [dɪsˈtɝbəns] 【dis‧tur‧bance】 n 擾亂
The disturbance in the countryside concerned the government.
農村的騷動使政府擔憂。

• 考試必考同義字：
disorder, disarrangement, derangement

2538. troublesome [ˈtrʌblsəm] 【trou‧ble‧some】 a 麻煩的
The troublesome heater was broken again.
這個麻煩的暖氣機又壞了。

• 考試必勝小祕訣：
副詞**troublesomely**表示「麻煩地」。

2539. trouble [ˈtrʌbl̩] 【tran‧script】 n v 麻煩
There is trouble in the marketplace.
市場有麻煩。

• 考試必勝小祕訣：
troublemaker指「惹麻煩的人」。

2540. turbine [ˈtɝbɪn] 【tur‧bine】 n 渦輪機
The turbine engine warmed up slowly.
這個渦輪引擎慢慢地暖機。

• 考試必考混淆字：
turbinate（螺旋狀的）

2541. turbulent [ˈtɝbjələnt] 【tur‧bu‧lent】 a 混亂的
The turbulent flight made him feel sick.
動盪的飛行讓他感到不舒服。

• 考試必考同義字：
violent, disorderly, unruly

---

trouble 必考關鍵字三分鐘速記圖

請利用三分鐘的時間，把前面所記過的單字做一個全盤的瞭解和記憶。

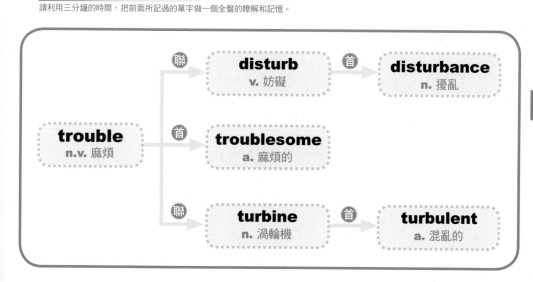

T

首字首、根字根、尾字尾記憶法｜同同義、反反義記憶法｜相相似字記憶法｜聯聯想記憶法

421

必考關鍵字

> tutor n 輔導老師

單字錦囊
托 I T G 公

2542. intuition [ˌɪntjuˈɪʃən]【in•tu•i•tion】n 直覺
Her female intuition was correct.
她女性的直覺是正確的。

• 考試必勝小祕訣：
female intuition為常見用法。

托 I T G 公

2543. tuition [tjuˈɪʃən]【tu•ition】n 學費，教學
The tuition fee was very high.
教學費用是很高的。

• 考試必勝小祕訣：
形容詞**tuitional**表示「學費的」；「講授的」。

托 I T G 公

2544. tutor [ˈtjutɚ]【tu•tor】n 輔導老師，家庭老師
The tutor made the student work hard.
這位家庭老師使這學生努力用功。

• 考試必勝小祕訣：
tutor也可當動詞「輔導」；「指導」的意思。

托 I T G 公

2545. tutorial [tjuˈtorɪəl]【tu•to•ri•al】a 輔導的
The tutorial class really helped him understand the subject.
輔導課真正幫助他瞭解了這個科目。

• 考試必勝小祕訣：
tutorial是**tutor**的形容詞形。

> tutor 必考關鍵字三分鐘速記圖

請利用三分鐘的時間，把前面所記過的單字做一個全盤的瞭解和記憶。

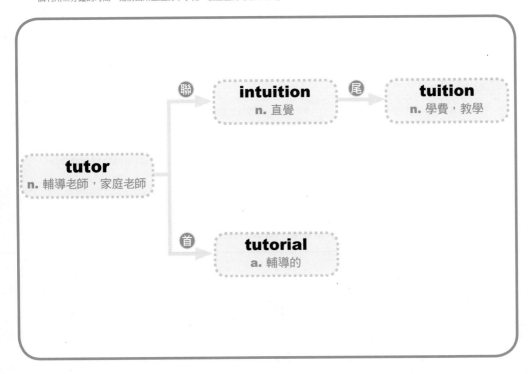

首字首、根字根、尾字尾記憶法 ┃ 同同義、反反義記憶法 ┃ 相相似字記憶法 ┃ 聯聯想記憶法

a	形容詞
ad	副詞
aux	助動詞
conj	連接詞
n	名詞
num	數字
prep	介係詞
pron	代名詞
v	動詞

（美）美式用語
（英）英式用語

首	字首記憶法	托	TOEFL
根	字根記憶法	I	IELTS
尾	字尾記憶法	T	TOEIC
同	同義字記憶法	G	GEPT
反	反義字記憶法	↑	學測&指考
相	相似字記憶法	公	公務人員考試
聯	聯想記憶法		

必考關鍵字

use v 使用

MP3 21-01

托TOEFL I IELTS T TOEIC G GEPT 學測&指考 公公務人員考試

單字錦囊

2546. abuse [ə`bjuz]【abuse】v 濫用
Don't abuse your privileges.
不要濫用你的特權。

• 考試必勝小祕訣：
abuse也可當名詞「妄用」；「辱罵」。

2547. usage [`jusɪdʒ]【us•age】n 使用
What is the normal usage of this word?
這個字通常如何用？

• 考試必勝小祕訣：
usage這個字常用於語言學方面。

2548. use [juz]【use】v 使用
Be careful how you use that knife.
小心使用那把刀。

• 考試必勝小祕訣：
有句常用的諺語**"It's no use crying over spilt milk."**（為已潑出的牛奶哭泣也沒用），就是「覆水難收」的意思。

2549. used [`just]【used】a 習慣於，舊的
Mike bought a used car.
麥克買了一部舊車。

• 考試必考片語：
used to表示「過去一向」；「過去時常」。

2550. useless [`juslɪs]【use•less】a 無用的
It is useless to try to control the weather.
試圖控制天氣是無用的。

• 字尾：**less**表示「無」；「沒有」。

2551. user [`juzɚ]【us•er】n 使用者
Computer users need to log in.
電腦用戶必須登錄。

• 考試必勝小祕訣：
user常用於電腦方面。

2552. utensil [ju`tɛnsḷ]【uten•sil】n 工具，器皿
The kitchen utensils needed cleaning.
廚房用具需要清潔。

• 考試必考同義字：
表示「器皿」；「用具」的字，還有**implement, tool, instrument**。

2553. utility [ju`tɪlətɪ]【util•i•ty】n 效用
The new flat was built with a number of modern utilities.
這棟新大樓有許多現代化的公司。

• 考試必勝小祕訣：
utility也可當形容詞，表示「實用的」；「有多種用途的」。

2554. utilization [ˌjutḷə`zeʃən]【uti•li•za•tion】n 利用，使用
The full utilization of this workforce is necessary for success.
充分利用團隊力量是成功的要素。

• 考試必勝小祕訣：
動詞**utilize**是「利用」的意思。

2555. utilize [`jutḷˌaɪz]【uti•lize】v 利用
He utilized his talents to move the project along.
他運用他的才華獨自推動這項計畫。

• 考試必考同義字：
use, avail

2556. useful [`jusfəl]【use•ful】a 有用的
I find the new computer very useful for my work.
我發現這台新電腦對我的工作很有用。

• 考試必勝小祕訣：
副詞**usefully**表示「有用地」；「有效地」。

use 必考關鍵字三分鐘速記圖

請利用三分鐘的時間，把前面所記過的單字做一個全盤的瞭解和記憶。

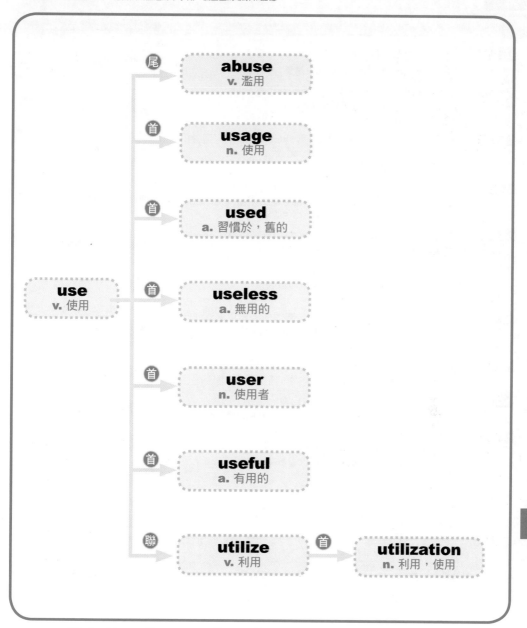

尾字首、根字根、尾字尾記憶法｜同同義、反反義記憶法｜相相似字記憶法｜聯聯想記憶法

必考關鍵字

> **vacation** n 假期

(MP3) 22-01

托TOEFL I IELTS T TOEIC G GEPT ⬆學測&指考 公公務人員考試

單 字 錦 囊 I T ⬆

2557. avoid [ə`vɔɪd] 【avoid】 V 避免
Try to avoid trouble if you can. 盡量避免麻煩。

• 考試必考同義字:
evade, escape
托-I-T-G-⬆-公

2558. evacuate [ɪ`vækjʊˌet] 【evac•u•ate】 V 疏散
Please evacuate the building calmly.
請冷靜地撤離這棟建築物。

• 考試必勝小祕訣:
evacuation是名詞「疏散」;「撤離」的意思。
托-I-T-G-⬆-公

2559. inevitable [ɪn`ɛvətəbl̩] 【in•ev•i•ta•ble】 a 不可避免的
The inevitable storm arrived the next day.
無法避免的暴風雨隔天抵達了。

• 考試必考同義字:
destined, fated, doomed, unavoidable
托-I-T-G-⬆-公

2560. vacant [`vekənt] 【va•cant】 a 空的,空缺的
The boy's vacant expression showed that he had not understood. 這男孩茫然的神情顯示出他並未瞭解。

• 考試必考同義字:
unoccupied, empty
托-I-T-G-⬆-公

2561. vacation [ve`keʃən] 【va•ca•tion】 n 假期
I really need a vacation. 我真的需要一個假期。

• 考試必考混淆字:
vocation(行業;職業)。
托-I-T-G-⬆-公

2562. vacuum [`vækjʊəm] 【vac•u•um】 n 真空
The vacuum of space is deadly to humans.
真空的空間會造成人類死亡。

• 考試必勝小祕訣:
vacuum bottle就是「熱水瓶」;「保溫瓶」。
托-I-T-G-⬆-公

2563. vain [ven] 【vain】 a 愛虛榮的,空虛的,自負的
She was rather vain and liked to photograph herself.
她相當自戀,很喜歡自拍。

• 考試必考混淆字:
van(小貨車)。
托-I-T-G-⬆-公

2564. vanish [`vænɪʃ] 【van•ish】 V 消失
The magician's assistant had vanished! 魔術師的助理消失了!

• 考試必考同義字:
disappear就是「消失不見」。
托-I-T-G-⬆-公

2565. vanity [`vænətɪ] 【van•i•ty】 n 自負,虛幻
A little vanity is acceptable. 有一點虛榮心是可以接受的。

• 考試必勝小祕訣:
vanity是**vain**的形容詞。
托-I-T-G-⬆-公

2566. void [vɔɪd] 【void】 a 空的
After duelling with the demon the wizard vanished into the void. 和惡魔決鬥之後,這位巫師消失無蹤。

• 考試必考同義字:
empty, vacant, bare, blank
托-I-T-G-⬆-公

> **vacation** 必考關鍵字三分鐘速記圖

請利用三分鐘的時間,把前面所記過的單字做一個全盤的瞭解和記憶。

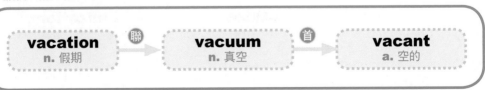

vacation
n. 假期
→聯→
vacuum
n. 真空
→首→
vacant
a. 空的

首字首、根字根、尾字尾記憶法 | 同同義、反反義記憶法 | 相相似字記憶法 | 聯聯想記憶法

必考關鍵字

value v 價值

單字錦囊

2567. avail [ə`vel]【avail】v 有益，有幫助
Your dark sorcery will not avail you.
你的黑暗巫術對你沒有助益。

- 考試必考片語：
avail oneself of 表示「利用」。

2568. available [ə`veləbl]【avail·able】a 可得到的，有空的
Do you have any rooms available?
你們有空房間嗎？

- 考試必考同義字：
handy, obtainable

2569. equivalent [ɪ`kwɪvələnt]【equiv·a·lent】a 相等的
One English pound is equivalent to around one and a half US dollars.
一英鎊相當於1.5美元。

- 考試必考反義字：
different（不同的）。

2570. evaluation [ɪ,vælju`eʃən]【eval·u·a·tion】n 評價
Your evaluation of the market is accurate.
您對市場的評價是準確的。

- 考試必考小祕訣：
形容詞 **evaluative** 表示「可估價的」；「可評價的」。

2571. evaluate [ɪ`vælju,et]【eval·u·ate】v 評價
I need to evaluate your performance.
我需要對你的表現進行評估。

- 考試必考同義字：
estimate, appraise

2572. invalid [`ɪnvəlɪd]【in·val·id】a 無效的
Your driver's licence is invalid.
你的駕照是無效的。

2573. invaluable [ɪn`væljəbl]【in·valu·able】a 無價的
This new information will be invaluable.
這則新資訊將是無價的。

- 考試必考同義字：
priceless, precious

2574. prevail [prɪ`vel]【pre·vail】v 勝過，普遍
We will prevail with or without you.
無論有你沒你，我們都將贏得勝利。

- 考試必考片語：
prevail on/upon sb 就是「說服」；「勸說」的意思。

2575. prevalent [`prɛvələnt]【prev·a·lent】a 普遍的
This is the prevalent opinion.
這是普遍的看法。

- 考試必考同義字：
widespread, common

2576. valid [`vælɪd]【val·id】a 有效的
That is not a valid solution.
這不是一個有效的解決辦法。

- 考試必考小祕訣：
valid solution 為常見用法。

2577. validity [və`lɪdətɪ]【va·lid·i·ty】n 確實，有效性
The validity of your passport is in question.
你護照的有效性有待考慮。

- 考試必考同義字：
certainty, accuracy

2578. valuable [`væljuəbl]【valu·able】a 有價值的
This watch is very valuable.
這支手錶很有價值。

- 考試必考小祕訣：
valuable 可形容物質或情感方面。

2579. value [`vælju]【val·ue】n 價值
The value of this property has risen. 這一房產增值了。

- 考試必考小祕訣：
動詞 **valuate** 是「對…估價」的意思。

V

> | **value** 必考關鍵字三分鐘速記圖

請利用三分鐘的時間，把前面所記過的單字做一個全盤的瞭解和記憶。

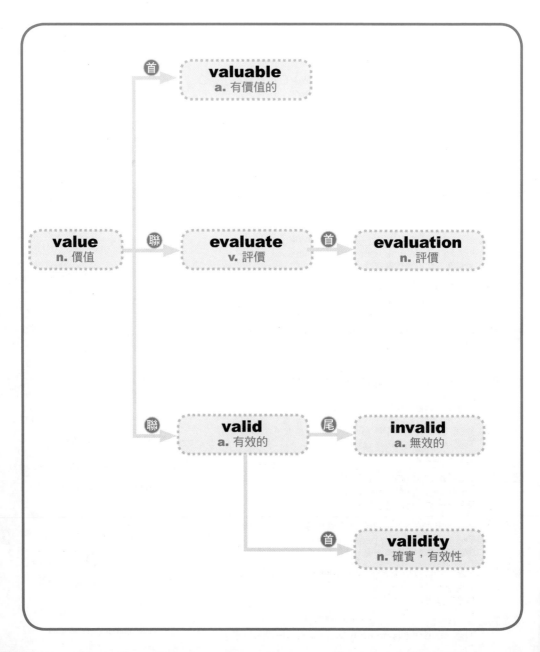

必考關鍵字

 visit n v 參觀，拜訪　(MP3) 22-02

托TOEFL I IELTS T TOEIC G GEPT ↑學測&指考 公公務人員考試　　單字錦囊

2580. advisable [əd`vaɪzəbl̩]【ad·vis·able】 a 明智的，適當的，可取的
It is not advisable to smoke around children.
在小孩旁邊抽菸很不適當。
• 考試必考同義字：
prudent, wise

2581. advise [əd`vaɪz]【ad·vise】 v 提議
I would advise you to change your policy.
我會建議您更改政策。
• 考試必勝小祕訣：
adviser就是「顧問」；「勸告者」。

2582. envisage [ɪn`vɪzɪdʒ]【en·vis·age】 v 想像、設想
I cannot envisage a future without you.
我不能想像沒有你的未來。
• 考試必考同義字：
imagine, conceive

2583. envy [`ɛnvɪ]【en·vy】 v n 忌妒，羨慕
He was full of envy for his friend's success.
對於他朋友的成功，他充滿了妒忌。
• 考試必勝小祕訣：
形容詞**enviable**表示「可羨慕的」；「引起妒忌的」。

2584. evident [`ɛvədənt]【ev·i·dent】 a 明顯的
It is evident that the killer was a man.
很明顯，兇手是一名男子。
• 考試必考同義字：
clear, plain, apparent, obvious

2585. evidently [`ɛvədəntlɪ]【ev·i·dent·ly】 ad 明顯地，顯然
You evidently don't know much about people.
你顯然不太了解人。
• 考試必考同義字：
obviously, apparently

2586. invisible [ɪn`vɪzəbl̩]【in·vis·i·ble】 a 看不見的
The ghost was invisible to everyone but her.
除了她之外，大家都看不見這個鬼魂。
• 字首：in= not, not visible就是看不見。

2587. revise [rɪ`vaɪz]【re·vise】 v 修改，複習
I need to revise before my exam.
考試前我需要複習。
• 字首：re = again, revise就是look at again。

2588. revision [rɪ`vɪʒən]【re·vi·sion】 n 修改
Good revision is key to success.
良好的修改是成功的關鍵。
• 考試必勝小祕訣：
revision是revise的名詞。

2589. supervise [`supɚvaɪz]【su·per·vise】 v 監管
He supervised the soup kitchen.
他監督了賑災處。
• 考試必勝小祕訣：
名詞**supervision**就是「管理」；「監督」。

2590. survey [sɚ`ve]【sur·vey】 v n 測量，調查
The survey showed people supported the party.
該調查顯示人們支持那一黨。
• 考試必勝小祕訣：
surveillant就是「監視者」。

2591. televise [`tɛlə͵vaɪz]【tele·vise】 v 電視播放，電視拍攝
The match will be televised live.
這場比賽將被現場直播。

2592. television [ˈtɛləˌvɪʒən]【tele·vi·sion】n 電視
Television can broaden your mind.
電視節目可以拓寬你的想法。

- 考試必勝小祕訣：
看電視要用動詞**watch**。

2593. video [ˈvɪdɪˌo]【vid·eo】n 錄影 a 電視影像的
The video was of good quality.
這影片品質很好。

- 考試必勝小祕訣：
video camera就是「攝影機」。

2594. visa [ˈvizə]【vi·sa】n 簽證
You will need a visa to enter that country.
你需要簽證才能進入該國。

- 考試必勝小祕訣：
visa是准許其他國家或地區人民進入國境的入境許可文件。

2595. visible [ˈvizəbl̩]【vis·i·ble】a 可見的
At night the stars become visible. 在夜晚，星星變得明顯。

- 考試必勝同義字：
apparent, noticeable

2596. vision [ˈvɪʒən]【vi·sion】n 視覺，視力
My vision is twenty-twenty. 我的視力是1.0/1.0。

- 考試必勝小祕訣：
vision也可指「夢想」；「憧憬」。

2597. visit [ˈvɪzɪt]【vis·it】v n 參觀，拜訪
Would you like to visit next week? 您要在下週來訪嗎？

- 考試必勝小祕訣：
visitor就是「訪問者」；「觀光者」。

2598. visitor [ˈvɪzɪtɚ]【vis·i·tor】n 訪客，參觀者
You have a visitor. 您有一位訪客。

- 考試必勝小祕訣：
visitor center就是「遊客中心」。

2599. visual [ˈvɪʒʊəl]【vi·su·al】a 看得見的
I love the visual arts most. 我最愛視覺藝術。

- 字首：**vis = to see**

2600. visualize [ˈvɪʒʊəˌlaɪz]【vi·su·al·ize】v 想像，使形象化
Can you visualize how the room will look after decorating?
你能想像這個房間裝潢後的樣子嗎？

- 考試必勝小祕訣：
visualize 是**visual**動詞。

> **visit** 必考關鍵字三分鐘速記圖

請利用三分鐘的時間，把前面所記過的單字做一個全盤的瞭解和記憶。

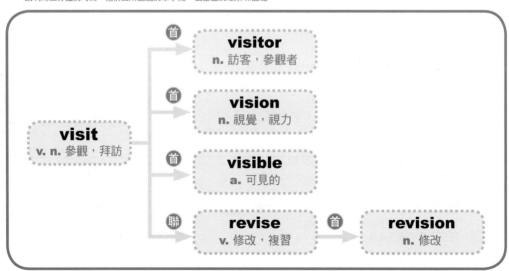

首 **visitor**
n. 訪客，參觀者

首 **vision**
n. 視覺，視力

visit
v. n. 參觀，拜訪

首 **visible**
a. 可見的

聯 **revise**
v. 修改，複習

首 **revision**
n. 修改

首 字首、根 字根、尾 字尾記憶法 ┃ 同 同義、反 反義記憶法 ┃ 相 相似字記憶法 ┃ 聯 聯想記憶法

必考關鍵字

voice n 聲音

(MP3) 22-03

(托)TOEFL (I)IELTS (T)TOEIC (G)GEPT (學)學測&指考 (公)公務人員考試

單 字 錦 囊

2601. advocate [ˈædvəkɪt]【ad·vo·cate】v 提倡，主張
n 提倡者，擁護者
I would advocate a return to your country.
我主張返回你的國家。

- 考試必勝小祕訣：
advocate + Ving

2602. evoke [ɪˈvok]【evoke】v 喚起
This music evokes memories of home.
這音樂喚起了家的回憶。

- 考試必考同義字：
elicit, summon

2603. provocative [prəˈvɑkətɪv]【pro·voc·a·tive】a 刺激的，挑撥的，挑釁的
Your behavior was rather provocative.
你的行為相當挑釁。

- 考試必考同義字：
aggressive, offensive

2604. provoke [prəˈvok]【pro·voke】v 對…挑釁、激怒
Don't provoke wild animals.
不要激怒野生動物。

- 考試必考同義字：
anger, arouse

2605. revoke [rɪˈvok]【re·voke】v 撤銷
The judge revoked the previous judgement.
法官撤銷了先前的判決。

- 考試必考同義字：
countermand, rescind, repeal

2606. vocabulary [vəˈkæbjəˌlɛrɪ]【vo·cab·u·lary】n 字彙
Are you ready for the vocabulary test?
你是否已經準備好了詞彙測試？

- 考試必考同義字：
lexicon, words

2607. vocal [ˈvokl̩]【vo·cal】a 聲音的，暢所欲言的
The crowd were very vocal in giving their views.
群眾暢所欲言表達自己的觀點。

- 考試必勝小祕訣：
vocal是**voice**的形容詞。

2608. vocation [voˈkeʃən]【vo·ca·tion】n 職業
Being a nurse is often considered to be a vocation.
護士常被視為一種職業。

- 考試必考同義字：
occupation, work

2609. vocational [voˈkeʃənl̩]【vo·ca·tion·al】a 職業的
The vocational course trained the students to be more professional.
職業訓練課程將學生訓練得更專業。

- 考試必勝小祕訣：
vocational是**vocation**的形容詞。

2610. voice [vɔɪs]【voice】n 聲音
Her voice was clear and strong.
她的聲音明確有力。

- 考試必考片語：
with one voice（異口同聲地；一致地）

2611. vowel [ˈvaʊəl]【vow·el】n 母音
There are five vowels – a,e,i,o,u.
a,e,i,o,u.是五個母音。

- 考試必勝小祕訣：
子音是**consonant**。

voice 必考關鍵字三分鐘速記圖

請利用三分鐘的時間，把前面所記過的單字做一個全盤的瞭解和記憶。

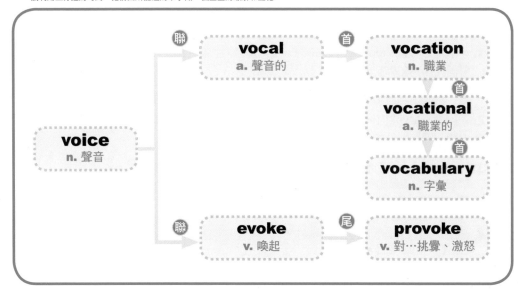

首字首、根字根、尾字尾記憶法｜同同義、反反義記憶法｜相相似字記憶法｜聯聯想記憶法

MEMO

a 形容詞
ad 副詞
aux 助動詞
conj 連接詞
n 名詞
num 數字
prep 介係詞
pron 代名詞
v 動詞
（美）美式用語
（英）英式用語

首 字首記憶法
根 字根記憶法
尾 字尾記憶法
同 同義字記憶法
反 反義字記憶法
相 相似字記憶法
聯 聯想記憶法

托 TOEFL
Ⅰ IELTS
T TOEIC
G GEPT
↑ 學測&指考
公 公務人員考試

必考關鍵字

 wake Ⅴ 醒來

MP3 23-01

🔴TOEFL 🔵IELTS 🔴TOEIC 🟢GEPT 🔵學測&指考 ⚫公務人員考試

| 單 字 錦 囊 |

2612. awake [ə`wek]【a‧wake】Ⅴ 喚醒
Can you awake your father, please?
你能喚醒你的父親嗎？

• 考試必考片語：
awake to（意識到）

2613. vegetable [`vɛdʒətəbl]【veg‧e‧ta‧ble】ⁿ 蔬菜
Eat your vegetables.
吃你的蔬菜。

• 考試必考同義字：
vegetal 指「植物」；「蔬菜」。

2614. vegetarian [ˌvɛdʒə`tɛrɪən]【veg‧e‧tar‧i‧an】ⁿ 素食者
The vegetarian couldn't stand the smell of meat.
素食者無法忍受肉的氣味。

• 考試必勝小祕訣：
vegetarian 在口語中又稱 **veggie**。

2615. vegetation [ˌvɛdʒə`teʃən]【veg‧e‧ta‧tion】ⁿ 植物，植被
The vegetation was overgrown in the forest.
植被在森林中蔓生。

• 考試必考同義字：
plant, flora

2616. vigorous [`vɪgərəs]【vig‧or‧ous】ɑ 精力充沛的
The vigorous dance left her completely exhausted.
這種剛健的舞蹈讓她筋疲力盡。

• 考試必考同義字：
energetic, powerful

2617. wake [wek]【wake】Ⅴ 醒來
Wake up! It's time to go!
醒來！該走了！

• 考試必考片語：
wake up（使醒來、起床）

2618. waken [`wekn]【wak‧en】Ⅴ 醒來，覺醒
He was wakened by the sound of birds.
他被鳥的聲音給驚醒了。

• 考試必考片語：
awaken, wake up

2619. watch [wɑtʃ]【watch】Ⅴ 注視 ⁿ 手錶
Watch your speed on the highway.
注意你在公路上的速度。

• 考試必考片語：
watch out（小心）；**watch over**（照管、看管）

> **wake** 必考關鍵字三分鐘速記圖

請利用三分鐘的時間，把前面所記過的單字做一個全盤的瞭解和記憶。

首字首、根字根、尾字尾記憶法｜同同義、反反義記憶法｜相相似字記憶法｜聯聯想記憶法

必考關鍵字

 warm a 溫暖的

托TOEFL ❶IELTS ❶TOEIC ⓖGEPT ⬆學測&指考 ⓐ公務人員考試　　　　單　字　錦　囊

2620. swarm [swɔrm]【swarm】 n 一大群，大量
The swarm of bees chased him down the road.
一群蜜蜂在路上追著他。

• 考試必考同義字：
crowd, cloud, group

2621. warm [wɔrm]【warm】 a 溫暖的
The warm duvet was necessary in the cold.
溫暖的羽絨被是寒冷中必要的。

• 考試必勝小秘訣：
warm up 是動詞片語，表示「暖身、做準備」。

2622. warmhearted [ˋwɔrmˋhɑrtɪd]【warm•heart•ed】
a 熱心的，富於同情心的
The warmhearted old man gave the children some sweets.
熱情的老人給了孩子一些糖果。

• 考試必考同義字：
kind, gracious

2623. warmth [wɔrmθ]【warmth】 n 溫暖
The kitten sought the warmth of its mother.
小貓尋求媽媽的溫暖。

• 考試必勝小秘訣：
warmth 是**warm**的名詞。

▷ **warm** 必考關鍵字三分鐘速記圖

請利用三分鐘的時間，把前面所記過的單字做一個全盤的瞭解和記憶。

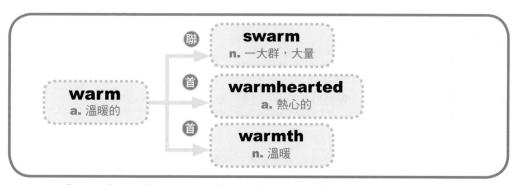

首字首、根字根、尾字尾記憶法｜同同義、反反義記憶法｜相相似字記憶法｜聯聯想記憶法

必考關鍵字

 way n 路，方法 MP3 23-02

托TOEFL ❶IELTS ❶TOEIC ❻GEPT ↑學測&指考 公公務人員考試

單字錦囊
托❶❶↑

2624. **anyway** [ˈɛnɪˌwe] 【any•way】 ad 無論如何，反正
We need to go there anyway, so we might as well visit your parents.
反正我們必須去那裡，所以我們可能也會去拜訪你的父母。

• 考試必考同義字：
anyhow, in any case

托❶❶❻↑公

2625. **away** [əˈwe] 【away】 ad 離開，隔開…遠
He has been playing away for some time.
他在外比賽一段時間了。

• 考試必考片語：
far away（在遠處）；**right away**（馬上、立刻）

❶❶❶↑

2626. **convey** [kənˈve] 【con•vey】 v 傳達
I want to convey my sympathies to your mother.
我要表達對你母親的慰問。

• 考試必考同義字：
transmit, express

托❶❶↑

2627. **deviate** [ˈdivɪˌet] 【de•vi•ate】 v 脫離，越軌
Don't deviate from the path.
不要偏離道路。

• 考試必考片語：
deviate from（偏離、脫離）

托❶❶↑

2628. **highway** [ˈhaɪˌwe] 【high•way】 n 公路，途徑
The highway was a fast way to get to work.
這條公路是去上班的一個快速道路。

• 考試必考同義字：
expressway, freeway

托❶❶❻↑

2629. **railway** [ˈrelˌwe] 【rail•way】 n 鐵路
The railway was newly built.
這條鐵路是新建的。

• 考試必考同義字：
railroad就是「鐵路」。

托❶❶❻↑公

2630. **subway** [ˈsʌbˌwe] 【sub•way】 n 地鐵
The subway was a convenient way across the road.
地鐵是一種穿越馬路的方便方法。

• 考試必考同義字：
underground, tube

托❶❶❻↑

2631. **sway** [swe] 【sway】 v 搖擺 n 搖擺，支配，統治
He was under the sway of the evil magician, and could not break free.
他無法從邪惡魔術師的支配下掙脫。

• 考試必考片語：
under the sway of（受…支配）

托❶❶❻↑公

2632. **vehicle** [ˈviɪkl̩] 【ve•hi•cle】 n 運輸工具，傳播媒介
The vehicle had broken down at the side of the road.
車輛在路邊發生故障。

• 考試必考同義字：
conveyance, transport

托❶❶❻↑公

2633. **voyage** [ˈvɔɪɪdʒ] 【voy•age】 n 航行
Their voyage to America had begun!
他們前往美國的航程已經開始！

• 考試必考同義字：
journey, travel

托❶❶❻↑

2634. **way** [we] 【way】 n 路，方法
It's a long way to the station.
到車站的路很遠。

• 考試必考片語：
by the way（順便說說）；**ways and means**（辦法）；**get one's own way**（為所欲為）

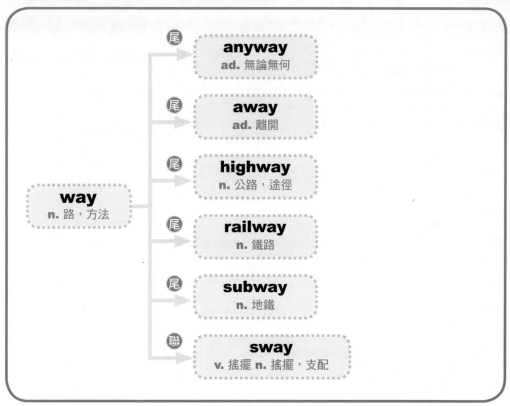

way 必考關鍵字三分鐘速記圖

請利用三分鐘的時間，把前面所記過的單字做一個全盤的瞭解和記憶。

尾 **anyway** ad. 無論無何

尾 **away** ad. 離開

尾 **highway** n. 公路，途徑

way n. 路，方法

尾 **railway** n. 鐵路

尾 **subway** n. 地鐵

聯 **sway** v. 搖擺 n. 搖擺，支配

首字首、根字根、尾字尾記憶法│同同義、反反義記憶法│相相似字記憶法│聯聯想記憶法

W

必考關鍵字

where ad 在哪裡

托TOEFL ❶IELTS ❶TOEIC ❺GEPT ⬆學測&指考 公公務人員考試

	單 字 錦 囊
	托❶❶❺⬆公

2635. **anywhere** [ˋɛnɪ͵hwɛr]【any‧where】n ad 在任何地方
Is there anywhere special you want to go?
你是否有任何特別想要去的地方？

- 考試必考片語：
get anywhere（吃得開、取得進展、成功）
托❶❶❺⬆公

2636. **elsewhere** [ˋɛls͵hwɛr]【else‧where】ad 在別處
You need to go elsewhere to smoke. 你需要去其他地方吸煙。

- 考試必勝小秘訣：
else是「其他、另外」的意思。
托❶❶❺⬆

2637. **nowhere** [ˋno͵hwɛr]【no‧where】n ad 任何地方都不，毫無結果 The missing pen was nowhere to be found.
失蹤的筆是冉也找不到了。

- 考試必考片語：
from nowhere（從不知名處）；**get nowhere**（（使）無進展；（使）無結果）；**nowhere near**（離…很遠）
托❶❶

2638. **somewhere** [ˋsʌm͵hwɛr]【some‧where】n ad 某處
"Somewhere over the rainbow" is a pleasant song.
《彩虹的某處》是首動聽的歌曲。

- 考試必考片語：
or somewhere（或別的地方）
托❶❶❺⬆

2639. **where** [hwɛr]【where】ad 在哪裡
Where are you going? 你要去哪裡？

- 考試必勝小秘訣：
where為疑問副詞，通常放問句句首。
托❶❶❺⬆公

2640. **whereabouts** [ˋhwɛrə`bauts]【where‧abouts】ad 在哪裡，靠近什麼地方 n 行蹤，下落
Whereabouts did you say you were? 你說你是在哪？

- 考試必考同義字：
location, position
托❶❶❺⬆公

2641. **whereas** [hwɛrˋæz]【where‧as】con 然而，反之，卻，鑒於
The dog is a good companion, whereas the cat is more independent. 狗是一個很好的陪伴者，而貓是較獨立的。

- 考試必考同義字：
because, since, although, though
托❶❶❺⬆公

2642. **wherein** [hwɛrˋɪn]【where‧in】ad 在哪方面
The place wherein they live is hard to reach.
他們居住的地方很難到達。

- 考試必勝小秘訣：
wherein 是古老或正式用語，現代較少使用。
托❶❶❺⬆公

2643. **wherever** [hwɛrˋɛvɚ]【wher‧ev‧er】ad 無論在哪裡，無論什麼情況之下
Wherever you go, let me go with you. 無論你去哪，讓我跟你去。

- 考試必勝小秘訣：
疑問副詞（**where, what, when, who, how**）+ **ever** = 無論（哪裡，什麼，何時，誰，如何）

where 必考關鍵字三分鐘速記圖

請利用三分鐘的時間，把前面所記過的單字做一個全盤的瞭解和記憶。

首字首、根字根、尾字尾記憶法 │ 同同義、反反義記憶法 │ 相相似字記憶法 │ 聯聯想記憶法

必考關鍵字

> | **whole** a 全部的

托TOEFL ❶IELTS T TOEIC G GEPT ⬆學測&指考 公公務人員考試　　　　單　字　錦　囊

2644. heal [hil]【heal】V 治癒
The mutant was able to heal rapidly.
這突變能夠迅速治癒。

• 考試必考同義字：
cure, remedy

2645. health [hɛlθ]【health】n 健康
Look after your health.
照顧你的健康。

• 考試必考同義字：
wellness（健康）

2646. healthy [ˋhɛlθɪ]【health•y】a 健康的
Healthy people do lots of exercise.
健康的人做很多運動。

• 考試必考反義字：
unhealthy（不健康的）, **ill**（生病的）
, **weak**（體弱的）

2647. holiday [ˋhɑləˏde]【hol•i•day】n 假日
They were all going on holiday together.
他們都一起去度假了。

• 考試必考片語：
on holiday（度假、在休假中）

2648. holy [ˋholɪ]【ho•ly】a 神聖的
The holy water burned the zombie.
殭屍被聖水燒毀。

• 考試必考同義字：
**sacred, pure, spiritual,
religious**

2649. whole [hol]【whole】a 全部的
He ate a whole chicken all by himself.
他吃了整隻雞。

• 考試必考片語：
as a whole（作為一個整體；整個看來
）；**on the whole**（一般說來；就全（
整）體而論）

2650. wholesome [ˋholsəm]【whole•some】a 有益於健康
的，謹慎的
The wholesome sandwich filled him up.
那健康的三明治填飽了他。

• 考試必考同義字：
healthful, sound

2651. wholly [ˋholɪ]【whol•ly】ad 完全地
Your comments were wholly unnecessary.
您的意見是完全不必要的。

• 考試必考同義字：
outright, entirely

> | **whole** 必考關鍵字三分鐘速記圖

請利用三分鐘的時間，把前面所記過的單字做一個全盤的瞭解和記憶。

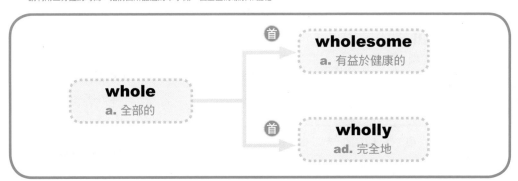

首 **wholesome**
a. 有益於健康的

whole
a. 全部的

首 **wholly**
ad. 完全地

首字首、根字根、尾字尾記憶法 ┃ 同同義、反反義記憶法 ┃ 相相似字記憶法 ┃ 聯聯想記憶法　　**439**

必考關鍵字

> | **will** n 意願 aux 將

🔀TOEFL ❶IELTS 🔀TOEIC ⑤GEPT ↑學測&指考 公公務人員考試

單 字 錦 囊
❶-⑤-↑

2652. could [kʊd]【could】 aux (can的過去式)可能
Could you pass me that book?
你能不能把書傳給我？

· 考試必勝小秘訣：
使用**could**的句子在表達語氣上較委婉、客氣。

🔀-❶-🔀-↑-公

2653. unwilling [ʌnˋwɪlɪŋ]【un·will·ing】 a 不願意的
The unwilling child screamed and wailed.
那不情願的孩子又尖叫又哭泣。

· 考試必考同義字：
reluctant, forced

🔀-❶-🔀-↑-公

2654. voluntary [ˋvɑlənˌtɛrɪ]【vol·un·tary】 a 自願的
He is a voluntary worker in this museum.
他是這間博物館的義工。

· 考試必考反義字：
involuntary（非自願的），
compulsory（強迫的）

🔀-🔀-↑-公

2655. volunteer [ˌvɑlənˋtɪr]【vol·un·teer】 n 自願者，義工
The volunteers helped to the survivors.
志工幫助倖存者。

· 考試必勝小秘訣：
volunteer意即**unpaid worker**（不支薪的工作人員）

🔀-🔀-⑤-↑-公

2656. will [wɪl]【will】 n 意願 aux 將，願，經常
You need a strong will to succeed.
你需要堅強的意志才能成功。

· 考試必考片語：
at will（任意;隨心所欲地）；**of one's own free will**（出於自願）；**with a will**（起勁地）
🔀-❶-🔀-↑-公

2657. willing [ˋwɪlɪŋ]【will·ing】 a 願意的
Are you willing to help?
你願意幫助我們嗎？

· 考試必考同義字：
voluntary（自願的）

🔀-❶-🔀-↑-公

2658. would [wʊd]【would】 aux (will過去式)將，願，經常
I would like to see you. 我想看看你。

· 考試必勝小秘訣：
使用**would**的句子在表達語氣上較委婉、客氣。

> | **will** 必考關鍵字三分鐘速記圖

請利用三分鐘的時間，把前面所記過的單字做一個全盤的瞭解和記憶。

首字首、根字根、尾字尾記憶法 | 同同義、反反義記憶法 | 相相似字記憶法 | 聯聯想記憶法

必考關鍵字

▶ wide a 寬廣的

(MP3) 23-03

🌎TOEFL ❶IELTS ❶TOEIC ⑥GEPT ⬆學測&指考 ⚙公務人員考試

單 字 錦 囊

2659. wide [waɪd]【wide】a 寬廣的
The wide canyon would take days to circumvent.
這寬廣的峽谷要好幾天才繞得完。

• 考試必考反義字：
narrow（狹窄的）

2660. widen [ˈwaɪdn̩]【wid•en】v 加寬
The gap between rich and poor is widening.
富國與窮國之間的差距正在擴大。

• 考試必考同義字：
broaden, extend

2661. widespread [ˈwaɪdˌsprɛd]【wide•spread】a 分佈廣泛的
Tax evasion is widespread.
逃漏稅的現象很普遍。

• 考試必勝小秘訣：
widespread 是複合字：wide（寬廣的）**+ spread**（散佈）。

2662. width [wɪdθ]【width】n 寬度
The width of your arms is supposed to equal your height.
你兩隻手臂的寬度應該和你的高度相等。

• 考試必考同義字：
breadth（寬度）

2663. worldwide [ˈwɝldˌwaɪd]【world•wide】a 全世界的
The worldwide web is a modern innovation.
全球網站是一個現代化的創新。

• 考試必考同義字：
international, planetary, universal

 wide 必考關鍵字三分鐘速記圖

請利用三分鐘的時間，把前面所記過的單字做一個全盤的瞭解和記憶。

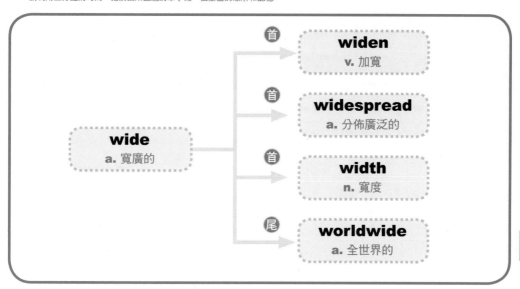

首字首、根字根、尾字尾記憶法 | 同同義、反反義記憶法 | 相相似字記憶法 | 聯聯想記憶法

W

必考關鍵字

work Ⅴ n 工作

托TOEFL ⒤IELTS ⓉTOEIC ⒼGEPT ↑學測&指考 ⒶTOEIC公務人員考試

| 單 字 錦 囊 |

2664. frame [frem]【frame】n框架
The garden frame is made of wood.
這個園藝框架是木頭作的。

• 考試必考片語：
frame of mind（心情，心境）

2665. framework [ˋfrem͵wɝk]【frame•work】n框架
The framework around the building was flimsy.
該建設的框架是站不住腳的。

• 考試必考同義字：
structure, skeleton, frame

2666. homework [ˋhom͵wɝk]【home•work】n家庭作業
Have you done your homework? 你有做你的功課嗎？

• 考試必考同義字：
assignment（任務，功課）。

2667. housework [ˋhaus͵wɝk]【house•work】n家務事，家事
The housework needed finishing. 家務需要整理。

• 考試必考混淆字：
housework, homework

2668. network [ˋnɛt͵wɝk]【net•work】n網路
She had a big network of friends.
她有一個大的朋友網絡。

• 考試必考同義字：
meshwork, web

2669. work [wɝk]【work】Ⅴ n工作
Work and play need to be balanced. 工作和娛樂需要平衡。

• 考試必考片語：
at work（在工作）；**work out**（有好結果）

2670. worker [ˋwɝkɚ]【work•er】n工人
The workers stopped for lunch. 工人停工去吃午飯。

• 考試必考同義字：
laborer, employee

2671. workman [ˋwɝkmən]【work•man】n技術工人
The workmen whistled at the women as they passed.
工人對著通過的婦女吹口哨。

• 考試必考同義字：
worker（工人）。

2672. workshop [ˋwɝk͵ʃɑp]【work•shop】n 小工廠，專題討論會
The workshop was full of sawdust. 這間小工廠裡全是鋸木屑。

• 考試必考同義字：
factory, plant, seminar

> **work** 必考關鍵字三分鐘速記圖

請利用三分鐘的時間，把前面所記過的單字做一個全盤的瞭解和記憶。

首字首、根字根、尾字尾記憶法｜同同義、反反義記憶法｜相相似字記憶法｜聯聯想記憶法

必考關鍵字

word n 字，詞

🔴TOEFL ①IELTS ⓣTOEIC ⓖGEPT ①學測&指考 ⚠公務人員考試

2673. adverb [ˋædvɝb]【ad•verb】n 副詞
An adverb gives more information about a verb.
副詞可以讓一個動詞有更多的資訊。

🔴①ⓣⓖ①⚠
• 考試必勝小秘訣：
  adverb的縮寫是**ad.**。

2674. proverb [ˋprɑvɝb]【prov•erb】n 諺語
Some people love to use proverbs.
有些人愛用諺語。

🔴①ⓣⓖ①⚠
• 考試必考同義字：
  byword, adage

2675. sword [sord]【sword】n 劍
The cavalier unsheathed his sword.
騎士拔出了他的劍。

🔴①ⓣⓖ①⚠
• 考試必勝小秘訣：
  unsheathe the sword拔劍。

2676. verb [vɝb]【verb】n 動詞
Verbs are difficult in English.
英文中的動詞很難。

🔴①ⓣⓖ①⚠
• 考試必勝小秘訣：
  verb可分為**transitive verb**（及物動詞）和**intransitive verb**（不及物動詞）。

2677. verbal [ˋvɝbḷ]【ver•bal】a 口頭的，言辭上的
His verbal ability was very good.
他的口語能力是非常好的。

🔴①ⓣⓖ①⚠
• 考試必考同義字：
  oral（口頭的）

2678. word [wɝk]【word】n 字，詞
I can't remember the right word for that.
我不記得最恰當的一個詞了。

🔴①ⓣⓖ①⚠
• 考試必考片語：
  break one's word（失信）；**in a word**（簡言之）；**keep one's word**（遵守諾言）

word 必考關鍵字三分鐘速記圖

請利用三分鐘的時間，把前面所記過的單字做一個全盤的瞭解和記憶。

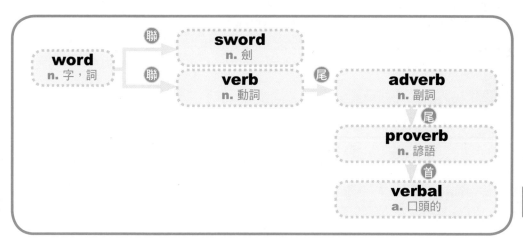

首字首、根字根、尾字尾記憶法 ｜ 同同義、反反義記憶法 ｜ 相相似字記憶法 ｜ 聯聯想記憶法

W

必考關鍵字

> **wrong** a 錯誤的

MP3 23-04

🔨TOEFL　🎓IELTS　🎯TOEIC　🅖GEPT　↑學測&指考　🅒公務人員考試

單 字 錦 囊
🔨🅘🅖

2679. shipwreck [ˈʃɪpˌrɛk] 【ship•wreck】 n 船隻失事
The shipwreck was of interest to the explorers.
探險家對沉船感興趣。

• 考試必考同義字：
wreck（船難）

🔨🅘🎯🅖↑公

2680. wrap [ræp] 【wrap】 v 包裹
She wrapped her lips around the lollipop.
她用她的嘴唇含著棒棒糖。

• 考試必考同義字：
be wrapped up in（醉心於）

🔨🅘🎯🅖↑公

2681. wreath [riθ] 【wreath】 n 花圈
The laurel wreath is a mark of honor.　桂冠是一種榮譽的標誌。

• 考試必考同義字：
garland, coronet

🔨🅘🎯↑公

2682. wreck [rɛk] 【wreck】 v 破壞
The naughty cat had wrecked the room.
那淘氣的貓破壞了房間。

• 考試必考同義字：
estroy, ruin

🔨🅘🎯🅖

2683. wreckage [ˈrɛkɪdʒ] 【wreck•age】 n 殘骸
The wreckage was spread over a wide area.　殘骸散落的很廣泛。

• 考試必考同義字：
wreck, shipwreck

🔨🅘🎯↑公

2684. wrench [rɛntʃ] 【wrench】 v 猛扭
He wrenched at the door lever.　他猛扭門桿。

• 考試必考同義字：
twist, wrest, wring

🔨🅘🅖↑

2685. wretched [ˈrɛtʃɪd] 【wretch•ed】 a 難受的，不幸的，可憐的
The wretched dog whined forlornly.　可憐的狗難受的哀號著。

• 考試必考同義字：
miserable, poor

🔨🅘🎯🅖↑公

2686. wring [rɪŋ] 【wring】 v 扭，絞
She wrung the water out of the towel.　她把毛巾扭乾。

• 考試必考小秘訣：
wring的三態變化**wring, wrung, wrung**

🅘🅖🅒公

2687. wrinkle [ˈrɪŋkl̩] 【wrin•kle】 n 皺紋
The old ladies face was full of wrinkles.　老太太的臉佈滿了皺紋。

• 考試必考同義字：
crinkle（波紋）

🔨🎯🅘↑

2688. wrist [rɪst] 【wrist】 n 手腕
He had broken his wrist when playing badminton.
他打羽毛球時弄斷了手腕。

• 考試必考小秘訣：
扭傷手腕的英文是**sprain the wrist**。

🔨🅘🎯🅖↑公

2689. wrong [rɔŋ] 【wrong】 a 錯誤的
You are wrong about this.　這一點你錯了。

• 考試必考片語：
go wrong（弄錯）

> **wrong** 必考關鍵字三分鐘速記圖

請利用三分鐘的時間，把前面所記過的單字做一個全盤的瞭解和記憶。

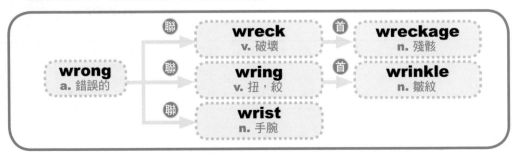

聯 **wreck** v. 破壞 → 首 **wreckage** n. 殘骸

wrong a. 錯誤的 聯 **wring** v. 扭，絞 → 首 **wrinkle** n. 皺紋

聯 **wrist** n. 手腕

首 字首、根 字根、尾 字尾記憶法｜同 同義、反 反義記憶法｜相 相似字記憶法｜聯 聯想記憶法

必考關鍵字

> | yellow n 黃色 a 黃色的

(MP3) 24-01

托TOEFL I IELTS T TOEIC G GEPT ↑學測&指考 公公務人員考試

單 字 錦 囊
I T G ↑

2690. folk [fok]【folk】n 廣大成員，人們，家族，民族 a 民間的，通俗的
The folks around here is very friendly.
這裡的人非常友善。

• 考試必考同義字：
people, tribe

I T G ↑ 公

2691. yellow [ˋjɛlo]【yel•low】n 黃色 a 黃色的
Yellow-fin tuna are becoming endangered.
黃鰭鮪魚已成為瀕危的物種。

• 考試必勝小秘訣：
Yellow River就是黃河。

托 I T ↑ 公

2692. yolk [jok]【yolk】n 蛋黃
I like my yolk runny.
我喜歡半熟的蛋黃。

• 考試必勝小秘訣：
蛋白就是**egg white**。

托 I T ↑ 公

2693. young [jʌŋ]【young】a 年輕的
The young people liked to eat fast food.
年輕人喜歡吃速食。

• 考試必考同義字：
youthful, juvenile

I T G 公

2694. youngster [ˋjʌŋstɚ]【young•ster】n 年輕人
The youngster loved his skateboard.
那年輕人愛他的滑板。

• 考試必考同義字：
child, kid

托 I T G 公

2695. youth [juθ]【youth】n 青春時代
The youth of today prefers computer games to chess.
現代的青年人喜歡玩電腦遊戲勝過於西洋棋。

• 考試必勝小秘訣：
the youth泛指所有年輕人。

I T ↑ 公

2696. youthful [ˋjuθfəl]【youth•ful】a 年輕的
The youthful doctor smiled broadly.
年輕的醫生刻板的微笑著。

• 考試必考反義字：
aged（老年的），**grown-up**（成人的）

> | yellow 必考關鍵字三分鐘速記圖

請利用三分鐘的時間，把前面所記過的單字做一個全盤的瞭解和記憶。

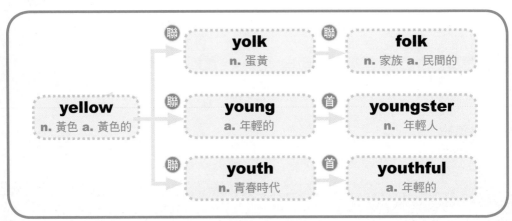

首字首、根字根、尾字尾記憶法 | 同同義、反反義記憶法 | 相相似字記憶法 | 聯聯想記憶法

國家圖書館出版品預行編目資料

考來考去都考這3,000單字 / 蔣志榆著.
--初版. -- 臺北市：我識, 2009. 09
面；公分

ISBN 978-986-6481-45-1（平裝附光碟
片）

1. 英語 2. 詞彙

805.12   98015240

考來考去都考這 3,000單字

包中

書名 / 考來考去都考這3,000單字

作者 / 蔣志榆

發行人 / 蔣敬祖

主編 / 陳弘毅

執行主編 / 常祈天

執行編輯 / 戴嬿凌・楊雯伊・廖珮汝

美術編輯 / 黃馨儀・彭君如

內文排版 / 果實文化設計

法律顧問 / 北辰著作權事務所蕭雄淋律師

印製 / 凱立國際資訊股份有限公司

初版 / 2009年9月

再版 / 2009年12月二刷

出版 / 我識出版集團─我識出版社有限公司

電話 / (02) 2578-8578・2577-7136

傳真 / (02) 2578-8286

地址 / 台北市光復南路32巷16弄4號1樓

郵政劃撥 / 19793190

戶名 / 我識出版社

網址 / www.17buy.com.tw

E-mail / iam.group@17buy.com.tw

定價 / 新台幣349 元 / 港幣116 元 (附1MP3)

台灣地區總經銷 / 彩舍國際通路
地址 / 台北縣中和市中山路二段366巷10號3樓

港澳總經銷 / 和平圖書有限公司
地址 / 香港柴灣嘉葉街12號百樂門大廈17樓
電話 /（852）2804-6687 傳真 /（852）2804-6409